金瓶梅 下

笑笑生　原作
劉本棟　校注
繆天華　校閱

三民書局

回目

下冊

第五十四回　應伯爵郊園會諸友　任醫官豪家看病症

來日陰晴未可商，常言極樂起憂惶。
浪遊年少耽紅陌，薄命嬌娥怨綠窗。
乍入杏村沽美酒，還從橘井問奇方。
人生多少悲歡事，幾度春風幾度霜。

話說西門慶在金蓮房裏起身，分付琴童、玳安送豬蹄羊肉到應二爹家去。兩個小廝正送去時，應伯爵正邀客回來，見了就進房，帶邀帶請的寫一張回字：「昨擾極，茲復承佳惠，謝謝！即刻屈吾兄過舍，同往郊外一樂。」寫完了，走出來，將交與玳安。玳安道：「別要寫字去了。爹差我每兩個在這裏伏侍，也不得去了。」應伯爵笑道：「怎好勞動你兩個親油嘴，折殺了你二爹哩！」就把字來袖過了。玳安道：「二爹今日在那荅❶兒吃酒？我們把桌子也擺擺麼。還是灰塵的哩。」伯爵道：「好人呀，正待要抹抹。先擺在家裏吃了便飯，然後到郊園上去玩耍。」琴童道：「先在家裏吃飯，也倒有理。省得又到那裏吃飯。逕把攢盒酒小碟兒挈去罷。」伯爵道：「你兩個倒也聰明，正合二爹的粗主意。想是日夜被人鑽掘，

❶ 那荅：那裏。

掘開了聰明孔哩！」玳安道：「別要講閒話，就與你收拾起來。」伯爵道：「這叫做接連三個觀音堂，妙妙妙！」兩個安童剛收拾得七八分，只見搖搖擺擺的走進門來，卻是白來創。見了伯爵拱手。又見了琴童、玳安，道：「這兩個小親親，這等奉承你二爹？」伯爵道：「你莫待撚酸哩！」笑了一番。白來創道：「哥，請那幾客？」伯爵道：「只是弟兄幾個坐坐，就當會茶，沒有別的新客。」白來創道：「這卻妙了。小弟極怕的是面沒相識的人同吃酒。今日我每弟兄輩小敘，倒也好吃酒玩耍。只是席上少不得唱的，和李銘、吳惠兒彈唱彈唱，倒也好吃酒。」伯爵道：「不消分付，此人自然知趣。難道悶昏昏的吃了一場便罷了。你幾曾見我是恁的來？」白來創道：「停當停當，還是你老幫襯。只是停會兒，少罰我的酒。因前夜吃了火酒，吃得多了，嗓子兒怪疼的要不得，只吃些茶飯、粉湯兒罷。」伯爵道：「酒病酒藥醫❷，就吃些何妨？我前日也有些嗓子痛，吃了幾盃酒，倒也就好了。你不如依我這方，絕妙。」白來創道：「哥你只會醫嗓子，可會醫肚子麼？」伯爵道：「你想是沒有用早飯？」白來創道：「也差不遠。」伯爵道：「怎麼處？」就跑的進去了，拏一碟子乾糕，一碟子檀香餅，一壺茶出來，與白來創吃。那白來創把檀香餅一個一口，都吃盡了，讚道：「這餅卻好！」伯爵道：「糕亦頗通。」白來創就嗶嗶聲都吃了。只見琴童、玳安收迭家火，一霎地明窗淨几。白來創道：「收拾恁的整齊了，只是弟兄每還未齊。早些來多玩玩也得，怎地只管縮在家裏，不知做甚的來？」伯爵正望著外邊，只見常時節走進屋裏來。琴童正掇茶出來。常時節拱手畢，便瞧著琴童道：「是你在這裏？」琴童笑而不答。吃茶畢，三人剛立起散走。白來創看見櫥上有一副棋枰，就對常時節道：「我與你下一盤棋。」常時節道：「我

---

❷ 酒病酒藥醫：據說喝醉酒的人，次日精神萎頓，必須再喝幾杯酒，才能精神復振。

方走了熱剌剌的，正待打開衣帶搧搧扇子，又要下棋！也罷麼，待我胡亂下局罷。」就取下棋枰來下棋。伯爵道：「賭個東道兒麼？」白來創道：「今日擾兄了，不如著入已的，倒也徑捷些兒。省得虛脾胃，吃又吃不成。倒不如入已的有實惠。」伯爵道：「我做主人不來，你每也著東道來湊湊麼？」笑了一番。白來創道：「如今說了，著甚麼東西？還是銀子。」常時節道：「我不帶得銀子，只有扇子在此當得二三錢銀子起的，慢慢的贖了罷。」白來創道：「我是贏別人的絨繡汗巾在這裏，也值許多，就著了罷。」一齊交與伯爵。伯爵看看，一個是詩畫的白竹金扇，卻是舊做骨子。一個是簇新的繡汗巾。說道：「都值的，徑著了罷。」伯爵把兩件拏了，兩個就對局起來。琴童、玳安見家主不在，不住的走到椅子後邊來看下棋。伯爵道：「小油嘴，有心央及你來再與我泡一甌茶來。」琴童就對玳安暗暗裏做了一個鬼臉，走到後邊燒茶了。

卻說白來創與常時節棋子原差不多，常時節略高些。白來創極會反悔。正著時，只見白來創一塊棋子，漸漸的輸倒了。那常時節暗暗決他要悔，那白來創果然要拆幾著子。一手撇去常時節著的子，說道：「差了差了，不要這著。」常時節道：「哥子來，不好了。」伯爵奔出來道：「怎的鬧起來？」常時節道：「他下了棋，差了三四著，後又重待拆起來，不算帳。哥做個明府，那裏有這等率性的事？」白來創面色都紅了，太陽裏都是青筋綻起了，滿面涎唾的嚷道：「我也還不曾下，他又撲的一著了。我正待看個分明，他又把手來影來影去，混帳得人眼花撩亂了。那一著方纔著下，手也不曾放，又道我悔了。你斷一斷，怎的說我不是？」伯爵道：「這一著便將就著了，也還不叫悔。下次再莫待恁的了。」常時節道：「便罷，且容你悔了這著。後邊再不許你『白來創』我的子了。」白來創笑道：「你是『常時節』

輸貫的，倒來說我。」正說話間，謝希大也到了。琴童掇茶吃了，就道：「你每自去完了棋，待我看著。」正看時，吳典恩也正走到屋裏來了。都敘過寒溫，就問：「可著甚的來？」伯爵把二物與眾人看。都道：「既是這般，須著完了。」白來創道：「九阿哥，完了罷，只管思量甚的？」常時節正在審局，吳典恩與謝希大旁賭。希大道：「九弟勝了。」吳典恩道：「他輸了，怎地倒說勝了？賭一盃酒。」常時節道：「看看區區叨勝了。」白來創臉都紅了道：「難道這把扇子是送你的了？」常時節道：「也差不多。」于是填完了官著，就數起來。白來創看了五塊棋頭，常時節只得兩塊。白來創又該找還常時節三個棋子，口裏道：「輸在這三著了。」連忙數自家棋子，輸了五個子。希大道：「可是我決著了。」指吳典恩道：「記你一盃酒。停會一準要吃還我。」吳典恩笑而不答。伯爵就把扇子並原捎汗巾，送與常時節。常時節把汗巾原袖了，將扇子拽開賣弄，品評詩畫，眾人都笑了一番。玳安外邊奔進來報，卻是吳銀兒與韓金釧兒兩個相牽相引，嬉笑進來了，深深的相見眾位。白來創意思還要下盤，卻被眾人笑了。伯爵道：「罷罷，等大哥一來，用了飯，就到郊園上去。著到幾時？莫要著了。」于是琴童忙收棋子，都吃過茶。伯爵道：「大哥此時也該來了。莫待弄晏了玩耍不來？」剛說時，西門慶來到，衣帽齊整，四個小廝跟隨。眾人都下席迎接，敘禮讓坐。兩個妓女都磕了頭。李銘、吳惠都到來磕頭過了。伯爵就催琴童、玳安擎上八個靠山小碟兒，盛著十香瓜，五方荳豉，醬油浸的花椒，釃醋滴的苔菜，一碟糖蒜，一碟糟筍乾，一碟辣菜，一碟醬的大通薑，一碟香菌，擺放停當。兩個小廝見西門慶坐地，加倍小心，比前越覺有些馬前健❸。伯爵見西門慶看他擺放家火，就道：「虧了他兩個，收拾了許多事，替了二爹許多力氣。」

❸ 馬前健：在上司或主人面前做事格外賣力。

西門慶道：「恐怕也伏侍不來。」伯爵道：「忒會了些。」謝希大道：「自古道強將手下無弱兵，畢竟經了他每，自然停當。」那兩個小廝擺完小菜，就拏上大壺酒來，不住的拏上廿碗下飯菜兒，蒜燒荔枝肉，葱白椒料檜皮煮的爛羊肉，燒魚、燒雞、酥鴨、熟肚之類，說不得許多色樣。原來伯爵在各家吃轉來，都學了這些好烹庖了，所以色色俱精，無物不妙。眾人都拏起筯來，嗒嗒聲都吃了幾大盃酒，就拏上飯來吃了。那韓金釧吃素，再不用葷，只吃小菜。伯爵道：「今日又不是初一月半，喬作衙甚的？當初有一個人，吃了一世素，死去見了閻羅王說：『我吃了一世素，要討一個好人身。』閻王道：『那得知你吃不吃？且割開肚子驗一驗。』割開時，只見一肚子涎唾。原來平日見人吃葷，嚥在那裏的。」眾人笑得翻了。金釧道：「這樣搗鬼，是那裏來！可不怕地獄拔舌根麼？」伯爵道：「地獄裏只拔得小淫婦的舌根，道是他親嘴時會活動哩。」都笑一陣。

伯爵道：「我每到郊外去一遊何如？」西門慶道：「極妙了！」眾人都說妙。伯爵就把兩個食盒、一罎酒，都央及玳安與各家人抬在河下。喚一隻小舡，一齊下了。又喚一隻空舡載人。眾人逐一上舡，就搖到南門外三十里有餘，逕到劉太監莊前。伯爵叫彎了船，就上岸，扶了韓金釧、吳銀兒兩個上岸。西門慶問道：「到那一家園上走走倒好？」應伯爵道：「就是劉太監園上也好。」西門慶道：「也罷，就是那荅也好。」眾人都到那裏。進入一處廳堂，又轉入曲廊深徑，茂林修竹，說不盡許多景致。但見：翠柏森森，修篁簌簌。芳草平鋪青錦褥，垂楊細舞綠絲絛。曲砌重欄，萬種名花紛若綺；幽窗密牖，數聲嬌鳥弄如簧。真同閬苑風光，不減清都景致。散淡高人，日涉之以成趣；往來游女，每樂此而忘疲。果屬奇觀，非因過譽。西門慶攜了韓金釧、吳銀兒手，走往各處，飽玩一番。到一木香棚下，蔭涼的緊，兩邊又有老大長的石凳琴臺，恰好散坐的。眾人都坐了。伯爵就去教琴童兩個舡上人，拏起酒盒、菜蔬、風爐、器皿等上來，都放在綠陰之下。先吃了茶，閒話起孫寡嘴、祝麻子的事。常時節道：「不然，今日也在這裏。那裏說起！」西門慶道：「也是自作自受。」伯爵道：「我每坐了罷。」白來創道：「也用得著了。」于是就擺列坐了。西門慶首席坐下。兩個妓女，就坐在西門慶身邊。李銘、吳惠立在太湖石邊，輕撥琵琶，漫擊檀板，唱一隻曲，名曰水仙子：

據著俺老母情，他則待祆廟火，刮刮匝匝烈焰生。將水面上鴛鴦，忒楞楞騰，生分開交頸。踈剌剌沙鞴雕鞍，撒了鎖鞓。廝琅琅湯偷香處喝號提鈴，支楞楞箏絃斷了不續碧玉箏。咭叮叮璫精甎上摔碎菱花鏡，撲通通鼕井底墜銀瓶。

唱畢，又移酒到水池邊，鋪下氈單，都坐地了。傳盃弄盞，猜拳賽色，吃的恁地熱鬧。西門慶道：「董嬌兒那個小淫婦怎地不來？」應伯爵道：「昨日我自去約他。他說要送一個漢子出門，約午前來的。想必此時曉得我每在這裏玩耍，他一定趕來也。」白來創道：「這都是二哥的過，怎的不約實了他來？」西門慶就向白來創耳邊說道：「我每與那花子賭了。只說過了日中，董嬌兒不來，各罰主人三大碗。」白來創對應伯爵說了。伯爵道：「便罷。只是日中以前來了，要罰列位三大碗一個。」賭便一時賭了，董嬌兒那得見來。伯爵慌的只管笑。白來創與謝希大、西門慶、兩個妓女，這般這般，都定了計。西門慶假意淨手起來，分付玳安教他假意嚷將進來，只說董姑娘在外來了，如此如此。玳安曉得了。停一會時，伯爵正在遲疑。只見玳安慌不迭的奔將來道：「董家姐姐來了！不知那裏尋的來？」那伯爵嚷道：

「樂殺我老太婆也！我說就來的。快把酒來，各請三碗一個。」西門慶道：「若是我們贏了，要你吃你怎的就肯吃？」伯爵道：「我若輸了，不肯吃，不是人了！」眾人道：「是便是了。你且去叫他進來，我每纔好吃。」伯爵道：「是了。好人口裏的言語呢！」一走出去，東西南北都看得眼花了，那得董嬌兒的魂靈？望空罵道：「賊淫婦，在二爺面上這般的拔短梯❹，喬作衙哩！」走進去，眾人都笑得了不的。擁住道：「如今日中過了，要吃還我每三碗一個。」伯爵道：「都是小油嘴哄我，你每倒做實了我的酒了。怎的擺布？」西門慶不由分說，滿滿捧一碗酒，對伯爵道：「方纔說的，不吃不是人了。」伯爵接在手，謝希大接連又斟一碗來了。吃也吃不完。吳典恩又接手斟一大碗酒來了。慌得那伯爵了不的，嚷道：「不好了，嘔出來了。拏些小菜我過過便好。」白來創倒取甜東西去。伯爵道：「賊短命，不把酸的，倒把甜的來混帳！」白來創笑道：「那一碗就是酸的來了。左右鹹酸苦辣，都待嚐到罷了。且沒慌著。」伯爵道：「精油嘴，碜誇口得好！」常時節又送一碗來了。伯爵只待奔開暫避。西門慶和兩個妓女擁住了，那裏得去。伯爵叫道：「董嬌兒賊短命小淫婦，害得老子好苦也！」眾人都笑做一堆。那白來創又教玳安拏酒壺，滿滿斟著。玳安把酒壺嘴支入碗內一寸許多，骨都都只管篩，那裏肯住手。伯爵瞧著道：「癡客勸主人也罷。那賊小淫婦慣打鬨鬨的，怎的把壺子都放在碗內了！看你一千年，我二爺也不攛掇你討老婆哩！」韓金釧、吳銀兒各人斟了一碗送與應伯爵。伯爵道：「我跪了殺雞罷！」韓金釧道：「都免禮，只請酒便了。」吳銀兒道：「怠的不向董家姐姐殺雞，求他來了？」伯爵道：「休見笑了，也夠吃了。」兩個一齊推酒到嘴邊。伯爵不好接一頭，兩手各接了一碗，就吃完了。連忙吃了

❹ 拔短梯：與人合作，中途退出。

些小菜，一時面都通紅了。叫道：「我被你每弄了。酒便慢慢吃還好，怎的灌得悶不轉的！」眾人只待斟酒。伯爵跪著西門慶道：「還求大哥說個方便，饒恕小人窮性命，還要留他陪客。若一醉了，便不知天好日暗，一些興子也沒有了。」西門慶道：「便罷，這兩碗一個，你且欠著，停徵了罷。」伯爵就起來謝道：「一發蠲免了罷，足見大恩！」西門慶道：「也罷，就恕了你。只是方纔說，我們不吃，不是個人。如今你漸有些沒人氣了！」伯爵道：「我倒灌醉了。那淫婦不知那裏歪斯纏去了！」吳銀兒笑伯爵道：「咳，怎的大老官人在這裏做東道玩耍，董嬌姐也不來來？」伯爵假意道：「他是上檯盤的名妓，倒是難請的。」韓金釧兒道：「他是趕勢利去了。成甚的行貨，叫他是名妓！」伯爵道：「我曉得你想必有些吃醋的宿帳哩！」西門慶認是蔡公子那夜的故事，把金釧一看，不在話下。那時伯爵，已是醉醺醺的。兩個妓女又不是耐靜的，只管調唇弄舌❺。一句來，一句去，歪斯纏到吃得冷淡了。白來創對金釧道：「你兩個唱個曲兒麼？」吳銀兒道：「也使得。」讓金釧先唱。常時節道：「我勝那白阿弟的扇子，倒是板骨的，倒也好打板。」金釧道：「借來打一打板。」接去看看道：「我倒少這把打板的扇子。不如作我贏的棋子，送與我罷。」西門慶道：「這倒好。」常時節吃眾人攛掇不過，只得送與他了。金釧道：「吳銀姐在這裏，我怎的好獨要。我與你猜色，那個色大的，拏了罷。」常時節道：「這卻有理。」就猜一色，是吳銀兒贏了。金釧就遞與銀兒了。常時節假冠冕道：「這怎麼處？我還有一條汗巾，送與金釧姐，補了扇罷。」遂送過去。金釧接了道：「這卻撒漫了。」西門慶道：「我可惜不曾帶得好川扇兒來，也賣富❻賣富。」常時節道：「這是打我一下子。」那謝希大驀地嚷起來道：「我幾乎忘了！又

❺ 調唇弄舌：即「掉嘴弄舌」。

是說起扇子來！」教玳安斟了一大盃酒，送與吳典恩道：「請完了旁賭的酒。」吳典恩道：「這罷了。停了幾時纔想出來，他每的東西都花費了。那在一盃酒？」被謝希大逼勒不過，只得呷完了。那時金釧就唱一曲，名喚荼蘼香：

記得初相守，偶爾間因循成就，美滿效綢繆。花朝月夜同宴賞，佳節須酬，到今一旦休。常言道好事天慳，美姻緣他娘間阻，生拆散鸞交鳳友。　坐想行思，傷懷感舊，各辜負了星前月下深深咒。願不損，愁不煞，神天還祐。他有日不測相逢，話別離，情取一場消瘦。

唱畢，吳銀兒接唱一曲，名青杏兒：

風雨替花愁，風雨過花也應休。勸君莫惜花前醉，今朝花謝，白了人頭。　乘興再三甌，揀溪山好處追遊。但教有酒身無事，有花也好，無花也好，選甚春秋？

唱畢，李銘、吳惠排立，謝希大道：「還有這些伎藝，不曾做哩。」只見彈的彈，吹的吹，琵琶簫管，又唱一隻小梁州：

門外紅塵滾滾飛，飛不到魚鳥清溪。綠陰高柳聽黃鸝，幽棲意，料俗客幾人知。　山林本是終焉計，用之行，舍之藏兮。悼後世，追前輩；五月五日，歌楚些弔湘纍。

❻ 賣富：賣弄闊綽。

唱畢，酒興將闌。那白來創尋見園廳上，架著一面小小花框羯鼓，被他馱在湖山石後，又折一枝花來，要催花擊鼓。西門慶叫李銘、吳惠擊鼓，一個眼色，他兩個就曉得了。從石孔內瞧著，到會吃的面前，鼓就住了。白來創道：「畢竟賊油嘴，有些作弊！我自去打鼓。」也弄西門慶吃了幾盃。正吃得熱鬧，只見書童搶進來，到西門慶身邊，附耳低言道：「六娘身子不好的緊，快請爹回來。馬也備在門外接了。」西門慶聽得，連忙走起告辭。那時酒都有了，眾人都起身。伯爵道：「哥，今日不曾奉酒，怎的好去？是這些耳報法極不好。」便待留住。西門慶以實情告訴他，就謝了上馬來。伯爵又留眾人。一個韓金釧霎眼挫不見了。伯爵躡足潛蹤尋去，只見在湖山石下撒尿，露出一條紅線，拋卻萬顆明珠。伯爵在隔籬笆眼，把草戲他的牝口。韓金釧撒也撒不完，吃了一驚，就立起，裩腰都濕了。罵道：「硶短命，恁尖酸的沒槽道！」面都紅了。帶笑帶罵出來。伯爵與眾人說知，又笑了一番。西門慶原留琴童與伯爵收拾家火。琴童收拾風爐、食具下舡，都進城了。眾人謝了伯爵，各散去訖。伯爵打發兩隻舡錢，琴童送進家火。伯爵就打發琴童吃酒。都不在話下。

卻說西門慶來家，兩步做一步走，一直走進六娘房裏。迎春道：「俺娘了不得病，爹快看看他。」走到床邊，只見李瓶兒咿嚶的叫疼，卻是胃腕作疼。西門慶聽他叫得苦楚，連忙道：「快去請任醫官來看你。」就叫迎春：「喚書童寫帖，去請任太醫。」迎春出去說了。書童隨寫侍生帖，去請任太醫了。西門慶摟了李瓶兒坐在床上。李瓶兒道：「恁的酒氣！」西門慶道：「是胃虛了，便厭著酒氣。」又對迎春道：「可曾吃些粥湯？」迎春回道：「今早至今，一粒米也沒有用，只吃兩三甌湯兒。心口肚腹兩腰子，都疼得異樣的。」西門慶攢著眉，皺著眼，嘆了幾口氣。又問如意兒：「官哥身子好了麼？」如意兒道：「昨夜還有頭熱，還要哭哩！」西門慶道：「恁的悔氣！娘兒兩個都病了，怎的好？留得娘的精神，還好去支持孩子哩！」李瓶兒又叫疼起來了。西門慶道：「且耐心著，太醫也就來了。待他看過脈，吃兩鍾藥，就好了的。」迎春打掃房裏，抹淨桌椅，燒香點茶。又支持奶子，引鬥得官哥睡著。此時有更次了，外邊狗叫得不迭，卻是琴童歸來。不一時，書童掌了燈，照著任太醫四角方巾，大袖衣服，騎馬來了。進門坐在軒下。書童走進來說：「請了來了，坐在軒下了。」西門慶道：「好了，快拏茶出去。」玳安即便掇茶，跟西門慶出去迎接任太醫。太醫道：「不知尊府那一位看脈？失候了，負罪實多！」西門慶道：「昏夜勞重，心切不安。萬惟垂諒！」太醫著地打躬道：「不敢！」吃了一鍾燻豆子撒的茶，就問：「看那一位尊恙？」西門慶道：「是第六個小妾。」又換一鍾鹹櫻桃的茶，說了幾句閒話。玳安接鍾。西門慶道：「裏面可曾收拾？你進去說聲，掌燈出來照進去。」玳安進到房裏去說了一聲，就掌燈出來回報。西門慶就起身打躬，邀太醫進房。太醫遇著一個門口或是階頭上或是轉彎去處，就打一個半喏的躬，渾身恭敬，滿口寒溫。走進房裏，只見沈煙繞金鼎，蘭火爇銀缸。錦帳重圍，玉鉤齊下。真是繁華深處，果然別一洞天。西門慶看了太醫的椅子。太醫道：「不消了。」也荅看了西門慶椅子，就坐下了。迎春便把繡褥來襯起李瓶兒的手，又把錦帕來擁了玉臂，又把自己袖口籠著他纖指，從帳底下露出一段粉白的臂來，與太醫看脈。太醫澄心定氣，候得脈來，卻是胃虛氣弱，血少肝筋旺，心境不清，火在三焦，須要降火滋榮。就依書據理，與西門慶說了。西門慶道：「先生果然如見，實是這樣的。這個小妾，性子極忍耐得。」太醫道：「正為這個緣故，所以他肝筋原旺，人卻不知他。如今木剋了土，胃氣自弱了。氣那裏得滿？血那裏得生？水不能載火，火都升上截來。胸膈作飽作疼，肚子也時常作疼。

血虛了，兩腰子渾身骨節裏頭，通作酸痛，飲食也吃不下了。可是這等的？」迎春道：「正是這樣的。」西門慶道：「真正任仙人了！貴道裏望聞問切，如先生這樣明白脈理，不消問的，只管說出來了。也是小妾有幸。」太醫深打躬道：「晚生曉得甚的？只是猜多了。」西門慶道：「太謙遜了些。」又問：「如今小妾，該用甚麼藥？」太醫道：「只是降火滋榮。火降了，這胸膈自然寬泰；血足了，腰脅自然不作疼了。不要認是外感，一些也不是的。都是不足之症。」又問道：「經事來得勻麼？」迎春道：「便是不得準。」太醫道：「幾時便來一次？」迎春道：「自從養了官哥，還不見十分來。」太醫道：「元氣原弱，產後失調，遂致血虛了。不是壅積了，要用疏通藥。要逐漸吃些丸藥，養他轉來纔好。不然，就要做牢了病。」西門慶道：「便是極看得明白。如今先求煎劑，救得目前痛苦。還要求些丸藥。」太醫道：「當得。晚生返舍，即便送來，沒事的。只要知此症，乃不足之症；其胸膈作痛，乃火痛，非外感也；其腰脅怪疼，乃血虛，非血滯也。吃了藥去，自然逐一好起來。不須焦躁得。」西門慶謝不絕口。剛起身出房，官哥又醒覺了，哭起來。太醫道：「這位公子好聲音。」西門慶道：「便是也會生病，不好得緊。連累小妾，日夜不得安枕。」一路送出來了。

卻說書童對琴童道：「我方纔去請他，他已早睡了。敲得半日門，纔有人出來。那老子一路揉眼出來，上了馬，還打盹不住。我只愁突了下來。」琴童道：「你是苦差使。我今日遊玩得了不的，又吃了一肚子酒。」正在閒話，玳安掌燈，跟西門慶送出太醫來。到軒下，太醫只管走。西門慶道：「請寬坐，再奉一茶，還要便飯點心。」太醫搖頭道：「多謝盛情，不敢領了。」一直走到出來。西門慶送上馬，就差書童掌燈送去。別了太醫，飛的進去。教玳安拏一兩銀子，趕上隨去討藥。直到任太醫家，太醫下了馬，對他兩個道：「阿叔每，且坐著吃茶。我去拏藥出來。」玳安拏禮盒，送與太醫道：「藥金請收了。」太醫道：「我每是相知朋友，不敢受你老爺的禮。」書童道：「定求收了，纔好領藥。不然，我每藥也不好拏去。恐怕回家去，一定又要送來，空走腳步。不如作速收了，候的藥去便好。」玳安道：「無錢課不靈。定求收了。」

太醫只得收了。見藥金盛了，就進去簇起煎劑，連瓶內丸子藥，也倒了淺半瓶。兩個小廝吃茶畢，裏面打發回帖出來，與玳安、書童，逕閉了門，兩個小廝回來。西門慶見了藥袋厚大的，說道：「怎地許多！」拆開看時，卻是丸藥也在裏面了。笑道：「『有錢能使鬼推磨』。方纔他說先送煎藥，如今都送了來。也好也好。」看藥袋上是寫著：「降火滋榮湯。水二鍾，薑不用，煎至捌分，食遠服，渣再煎。忌食麩麵油膩炙煿等物。」又打上「世醫任氏藥室」的印記。又一封筒，大紅票簽，寫著「加味地黃丸」。西門慶把藥交迎春，先分付煎一帖起來。李瓶兒又吃了些湯。迎春把藥熬了，西門慶自家看藥，濾清了渣出來，捧到李瓶兒床前道：「六娘，藥在此了。」李瓶兒翻身轉來，不勝嬌顫。西門慶一手拏藥，一手扶他頭頸。李瓶兒吃了叫苦。迎春就拏滾水來過了口。西門慶吃了粥，洗了足，就伴李瓶兒睡了。迎春又燒些熱湯護著，也連衣服假睡了。說也奇怪，吃了這藥，就有睡了。西門慶也熟睡去了。官哥只管要哭起來。如意兒恐怕哭醒了李瓶兒，把奶子來放他吃，後邊也寂寂的睡了。

到次早，西門慶將起身，問李瓶兒：「昨夜覺好些兒麼?」李瓶兒道：「可霎作怪！吃了藥，不知怎地睡的熟了。今早心腹裏，都覺不十分怪疼了。學了昨的下半晚，真要痛死人也！」西門慶笑道：「謝天，謝天！如今再煎他二鍾吃了，就全好了。」迎春就煎起第二鍾來吃了。西門慶一個驚魂落向爪哇國

去了。怎見得?有詩為證:

西施時把翠蛾顰,幸有仙丹妙入神。
信是藥醫不死病,果然佛度有緣人。

畢竟未知如何,且聽下回分解。

第五十五回　西門慶東京慶壽旦　苗員外揚州送歌童

千歲蟠桃帶露攜，攜來黃閣祝期頤。
八仙下降稱觴日，七鳳團花織錦時。
六合五溪輸賀軸，四夷三島獻珍奇。
羲和莫遣兩丸速，願壽中朝帝者師。

卻說任醫官看了脈息，依舊到廳上坐下。西門慶便開言道：「不知這病症，看得何如？沒的甚事麼？」任醫官道：「夫人這的病，原是產後不慎調理，因此得來。目下惡路不淨，面帶黃色，飲食也沒些要緊，走動便覺煩勞。依學生愚見，還該謹慎保重。大凡婦人產後，小兒痘後，最難調理。略有些差池，便種了病根。如今夫人兩手脈息，虛而不實。按之散大，卻又軟不能自固。這病症都只為火炎肝腑，土虛木旺，虛血妄行。若今番不治，他後邊一發了不的了。」說畢，西門慶道：「如今該用甚藥纔好？」任醫官道：「只是用些清火止血的藥。黃栢知母為君，其餘只是地黃、黃岑之類。再加減些吃下看住，就好了。」西門慶聽了，就叫書童封了一兩銀子送任醫官做藥本。任醫官作謝去了。不一時，送將藥來。李瓶兒屋裏煎服，不在話下。

且說西門慶送了任醫官去回來，與應伯爵坐地。想起東京蔡太師壽旦已近，先期曾差來保往杭州買辦龍袍錦繡，金花寶貝上壽禮物，俱已完備，即日要自往東京拜賀。算來日期已近，自山東來到東京，也有半個月日路程。連夜收拾行李進發，剛剛正好，再遲不的了。便進房來和月娘說知，如此這般。月娘道：「這咱時不說，如今忙匆匆的，你擇定幾時起身？」西門慶道：「明日起身也纔夠到哩，還得幾個日頭。」西門慶說畢，就走出外來，分付玳安、琴童、書童、畫童：「打點衣服行李，明日跟隨東京走一遭。」四個小廝，各各收拾行李不迭。月娘便叫小玉：「去請你各房娘，都來收拾你爹行李。」當下只有李瓶兒，一來有了孩子，二來服了藥，不出房來。其餘各房孟玉樓、潘金蓮，一齊都到，走來的多動手把皮箱涼箱裝了蟒衣、龍袍、段匹、上壽等物，共有二十多扛。又整頓了應用冠帶、衣服等件，一齊完了。晚夕三位娘子擺設酒肴，和西門慶送行。席上西門慶各人叮囑了幾句，自進月娘房裏宿歇。次日把二十扛行李，先打發出門。又發了一張通行馬牌，仰經過驛遞，起夫馬迎送。各各停當，然後進李瓶兒房裏來，看了官哥兒，與李瓶兒說了句話，教他：「好好調理，我不久便來家看你。」那李瓶兒閣著淚道：「路上小心保重。」直送出廳來，和月娘、玉樓、金蓮打夥兒送出了大門。西門慶乘了涼轎，四個小廝騎了頭口，望東京進發。迤逦行來，卻走了百里路程。那時日已傍晚，西門慶分付駐箚。驛官廝見，送供應，過了一宵。明日天早，西門慶催趲人馬，扛箱快行，一路看了些山明水秀。午牌時，打中火❶又行。路上相遇的，無非各路文武官員，進京慶賀壽旦的，也有進生辰擔的，不計其數。又行了十來日，算前途路已不多，趲到剛剛湊巧。宿了一晚，又行勾兩日，早到東京，進了萬壽城門。那時天

❶ 打中火：吃午飯。

色將晚，趕到龍德街牌樓底下，就投翟家屋裏去住歇。那翟管家聞知西門慶到了，忙的出來迎接，各敘寒暄，吃了茶。西門慶叫玳安專管行李，一一交盤進了翟家裏來。翟謙教府幹收了，就擺酒和西門慶洗塵。不一時，只見剔犀官桌上列著幾十樣大菜，幾十樣小菜，都是珍羞美味，燕窩魚刺絕好下飯，只沒有龍肝鳳髓；其餘奇巧富麗。便是蔡太師自家受用，也不過如此。當直的拏著通天犀盃，斟上蘼姑酒兒，遞與翟謙。接過滴了天，然後又斟上來把盞與西門慶。西門慶也回敬了。兩人坐下，糖果、熱碟、按酒之物，流水也似遞將上來。酒過兩巡，西門慶便對翟謙道：「學生此來，單為老太師慶壽，聊備些微禮，孝順太師，想不見卻。只是學生向有相攀的心，欲求親家預先稟過，但拜太師門下做個乾生子❷，也不枉了一生一世。不知可以啓口帶攜的學生麼？」翟謙道：「這個有何難哉？我每主人雖是朝廷大臣，卻也極好奉承。今日見了這般盛禮，自然還要陞選官爵；不惟拜做乾子定然允哩！」西門慶聽說，不勝之喜。飲勾多時，西門慶便推不吃酒罷。翟管家道：「再請一盃，怎的不吃了？」西門慶道：「明日有正經事，卻不敢多飲。」再四相勸，只得又吃了一盃。翟管家賞了隨從人酒食，分付叫把牲口牽到後槽去。當下收過了家火，就請西門慶到後邊書房裏安歇。排下好描金煖床，鮫綃帳兒。把銀鈎掛起，露出一床好錦被，香噴噴的。一班小廝，伏侍西門慶脫衣脫襪，上床獨宿孤眠。西門慶一生不慣，那一晚好難捱過也。

巴到天明，正待起身，那翟家門戶重掩，著那裏討水淨臉？直挨到巳牌時分，纔有個人把匙鑰一路開將出來。隨後一個小廝拏著手巾，一個捧著銀面盆，傾了香湯，進書房來。西門慶梳洗完畢，戴上忠

❷ 乾生子：乾兒子。

靖冠，穿著外蓋衣服，一個在書房裏坐。只見翟管家出來，和西門慶廝見了坐下。當直的托出一個朱紅盒子，裏邊有三十來樣美味。一把銀壺，斟上酒來，吃早飯。翟謙道：「請用過早飯，學生先進府去和主翁說過，然後親家搬禮物進來。」西門慶道：「多勞費心。」酒過數盃，就拏早飯來吃了。收過家火。翟管家道：「且權坐一回，學生進府去便來。」翟謙去不多時，忙跑來家向西門慶說：「老爺正在書房梳洗，外邊滿朝文武官員，都各伺候拜壽，未得廝見哩。學生已對老爺說過了。如今先進去拜賀，省的泯雜，學生也隨後便到了。」西門慶不勝歡喜，便教跟隨人拉同翟家幾個伴當，先把那二十扛金銀段疋，抬到太師府前。一行人應聲去了。西門慶冠帶，乘了轎來。只見亂哄哄的挨肩擦背，都是大小官員來上壽的。西門慶遠遠望見一個官員，也乘著轎進龍德坊來。西門慶仔細一認，倒是揚州苗員外。卻不想苗員外也望見西門慶了。兩個同下轎作揖，敘了寒溫。原來這苗員外是第一個財主，他身上也現做個散官之職。向來結交在蔡太師門下，那時也來上壽，恰遇了故人。當下兩個忙匆匆路次話了幾句，分手而別。西門慶來到太師府前，但見：堂開綠野，彷彿雲霄；閣起凌煙，依稀星斗。門前寬綽堪旋馬，閥閱巍峨好堅旂。錦繡叢中，風送到畫眉聲巧；金銀堆裏，日映出琪樹花香。旃檀香，截成梁棟；醒酒石，滿砌階除。左右玉屏風，一個個夷光紅拂；滿堂羅寶玩，一件件周鼎商彝。明晃晃懸掛著明珠十二，黑夜裏何用燈油；貌堂堂招致得珠履三千，彈短鋏盡皆名士。恁地九州四海，大小官員，多來慶賀；就是六部尚書，三邊總督，無不低頭。正是：除卻萬年天子貴，只有當朝宰相尊。西門慶恭身進了大門，只見中門關著不開，官員都打從角門而入。西門慶便問：「為何今日大事，卻不開大門？」翟管家道：「原來中門曾經官家行幸，因此人不敢打這門出入。」西門慶和翟管家進了幾重門，門上都是武官把守，一些兒也不混亂。見了翟謙，一個個都欠身問管家：「從何處來？」翟管家答道：「舍親打山東來拜壽老爺的。」說罷，又走過幾座門，轉幾個彎，無非是畫棟雕梁，金張甲第。隱隱聽見鼓樂之聲，如在天上的一般。西門慶又問道：「這裏民居隔絕，那裏來的鼓樂喧嚷？」翟管家道：「這是老爺教的女樂，一班共二十四人，也曉得天魔舞、霓裳舞、觀音舞，凡老爺早膳中飯夜燕，都是奏的。如今想是早膳了。」西門慶聽言未了，又鼻子裏覺得異香馥馥，樂聲一發近了。翟管家道：「這裏老爺書房將到了，腳步兒放鬆些。」轉個迴廊，只見一座大廳如寶殿仙宮，廳前仙鶴孔雀，種種珍禽；又有那瓊花曇花佛桑花，四時不謝。開的閃閃爍爍，應接不暇。西門慶還未敢闖進，教翟管家先進去了，然後挨挨排排，走到堂前。堂上虎皮太師交椅上，坐一個大猩紅蟒衣的，是太師了。屏風後列有三四十個美女，一個個都是宮樣妝束，執巾執扇，捧擁著他。翟管家也站在一邊。西門慶朝上拜了四拜，蔡太師也起身就氍單上回了個禮，這是初相見了。落後翟管家走近蔡太師耳邊，暗暗說了幾句話下來。西門慶理會的是那話了，又朝上拜四拜。蔡太師便不答禮。這四拜是認乾爺了，因受了四拜。後來都以父子相稱。西門慶開言道：「孩兒沒恁孝順爺爺。今日華誕，家裏備的幾件菲儀，聊表千里鵝毛之意。願老爺壽比南山。」蔡太師道：「這怎的生受！」便請坐下。當直的拏了把椅子上來，西門慶朝上作了個揖道：「告坐了。」就西邊坐地吃茶。翟管家慌跑出門來，叫：「抬禮物的都進來！」二十來扛禮物，揭開了涼箱蓋，呈上一個禮目：大紅蟒袍一套，官綠龍袍一套，漢錦二十疋，蜀棉二十疋，火浣布二十疋，西洋布二十疋；其餘花素尺頭共四十疋，獅蠻玉帶一圍，金鑲奇南香帶一圍，玉盃犀盃各十對，赤金攢花爵盃八隻，明珠十顆；又梯己黃金二百兩。送上蔡太師，做贄見的禮。蔡太師看了禮目，又瞧了抬上二十來扛，心下十分歡喜。連聲稱多謝不迭。便教翟管家：「收進庫房去罷。」一面分付擺酒款待。西門慶因見忙沖沖，推事故辭別了蔡太師。太師道：「既如此，下午早早來罷。」西門慶作個揖起身，蔡太師送了幾步，便不送了。西門慶依舊和翟管家同出府來。翟管家府內有事，也作別進去。西門慶竟回到翟家來，脫下冠帶，又整的好飯吃了一頓。回到書房，打了個磕睡，恰好蔡太師差舍人邀請赴席。西門慶謝了些扇金，著先去，隨後就來了。便重整冠帶，預先叫玳安封下許多賞封，做一拜匣盛了，跟隨著四個小廝，乘轎望太師府來不題。

且說蔡太師那日滿朝文武官員來慶賀的，各各請酒。自次日為始，分做三停。第一是皇親內相，第二日是尚書題要衙門官員，第三日是內外大小等職。只有西門慶，一來遠客，二來送了許多禮物，蔡太師倒十分歡喜他。因此就是正日，獨獨請他一個。見說請到了新乾子西門慶，忙走出軒下相迎。西門慶再四謙遜，讓爺爺先行。自家屈著背，輕輕跨入檻內。蔡太師道：「遠勞駕從，又損隆儀，今日略坐，少表微忱。」西門慶道：「孩兒戴天履地，全賴爺爺洪福。些小敬意，何足掛懷？」兩個喁喁笑語，真似父子一般。二十個美女，一齊奏樂。府幹當直的，斟上酒來。蔡太師要與西門慶把盞。西門慶力辭不敢。只領的一盞，立飲而盡，隨即坐了筵席。西門慶教書童取過一隻黃金桃盃，斟上滿滿一盃。走到蔡太師席前，雙膝跪下道：「願爺爺千歲！」蔡太師滿面歡喜道：「孩兒起來。」接過便飲個完。西門慶纔起身，依舊坐下。那時相府華筵，珍奇萬狀，都不必說。西門慶直飲到黃昏時候，拏賞封賞了諸執役人，纔作謝告別道：「爺爺貴冗，孩兒就此叩謝。後日不敢再來求見了。」出了府門，仍到翟家安歇。次日要拜苗員外，著玳安跟尋了一日，卻在皇城後李太監房中住下。玳安拏著帖子通報了。苗員外出來迎道：「學生一個兒坐著，正想個知心的朋友講講，恰好來湊巧！」就留西門慶筵燕，西門慶推卻不過，只得便住了。當下山肴海錯，不記其數。又有兩個歌童，生的眉清目秀，開喉音唱幾套曲兒。西門慶指著玳安、琴童、書童、畫童向苗員外看著：「那班蠢材，只顧吃酒飯，卻怎地比的那兩個！」苗員外笑道：「只怕伏侍不的。老先生若愛時，就送上也何難。」西門慶謙謝不敢奪人之好。飲到更深，別了苗員外，依舊來翟家歇。那幾日內相府管事的，各各請酒，留連了八九日。西門慶歸心如箭，便叫玳安收拾行李。那翟管家苦死留住，只得又吃了一夕酒，重敘姻親，極其眷戀。次日早起辭別，望山東而行。一路水宿風餐，不在話下。

且說自從西門慶往東京慶壽，姊妹每眼巴巴望西門慶回來，多有懸掛。在屋裏做些針指，通不出來閒耍。只有那潘金蓮打扮的如花似玉，嬌模喬樣，在丫鬟夥裏，或是猜枚，或是抹牌，說也有，笑也有，狂的通沒些成色，嘻嘻哈哈，也不顧人看見，只想著與陳經濟勾搭，便心上亂亂的焦躁起來。多少長吁短嘆，托著腮兒，呆登登本待要等經濟回來，和他做些營生。又不道經濟每日在店裏沒的閒。欲要自家出來尋著他，又有許多丫頭往來不方便。日裏便似熬盤上蟻子一般，跑進跑出，再不坐在屋裏。那一日正是風和日煖，那金蓮身邊帶著許多麝香、合香，走到捲棚後面，只望著雪洞裏。那日經濟在店裏，那得脫身進來。望了一回不見，只得來到屋裏，把筆在手，吟哦了幾聲，便寫一封書封著，叫春梅逕送與陳姐夫。經濟接著，拆開從頭一看，卻不是書，一個曲兒。經濟看罷，慌的丟了買賣，跑到捲棚後面看。只見春梅回房去對潘金蓮說了。不一時也跑到捲棚下，兩個遇著，就如餓眼見瓜皮一般，禁不的一身直鑽到經濟懷裏來。捧著經濟臉，一連親了幾個嘴，咂的舌頭一片聲響，道：「你負心的短命賊囚！自從我和你在屋裏被小玉撞破了去後，如今一向都不得相會。這幾日你爺爺上東京去了，我一個兒坐炕上，淚汪汪只想著你。你難道耳根兒也不熱的！我仔細想來，你恁地薄情，便去著也索罷休。只到了其間，又丟你不的。常言癡心女子負心漢。只你也全不留些情！」正在熱鬧間，不想那玉樓冷眼瞧破。忽然抬頭看見，順手一推，險些兒經濟跌了一交。慌忙驚散不題。

那日吳月娘、孟玉樓、李瓶兒同一處坐地，只見玳安慌慌的跑進門來，見月娘磕了個頭道：「爹回來了。小的一路騎頭口，拏著馬牌先行，因此先到家。爹這時節也差不上二十里遠近了。」月娘道：「你曾吃飯沒有？」玳安道：「從早上吃來，卻不曾吃中飯。」月娘便教玳安廚下吃飯去。又教整飯，待大官人回來，自和六房姊妹，同夥兒到廳上迎接。正是：詩人老去鶯鶯在，公子歸時燕燕忙。四人閒話多時，卻早西門慶到門前下轎了。眾妻妾一齊相迎進去。西門慶先和月娘廝見畢，然後孟玉樓、李瓶兒、潘金蓮依次見了。西門慶和六房妻小，各敘寒溫。落後書童、琴童、畫童也來磕了六房的頭，自去廚下吃飯。西門慶把路上辛苦，並到翟家住下，明日蔡太師厚情，與內相日日吃酒事情，備細說了一遍。因問李瓶兒：「孩子這幾時好麼？你身子怎地調理？吃的任醫官藥，有些應驗麼？我雖則往東京，一心只弔不下家事哩！店裏又不知怎樣，因此急忙回來。」李瓶兒道：「孩子也沒甚事，我身子吃藥後，略覺好些。」月娘一面教眾人收好行李，及蔡太師送的下程，一面做飯與西門慶吃。到晚又設酒和西門慶接風。西門慶晚就在月娘房裏歇了兩夜。是久旱逢甘雨，他鄉遇故知，歡愛之情，多不必說。

次日陳經濟和大姐來廝見了，說了些店裏的帳目。應伯爵和常時節打聽的大官人來家，都來望西門慶。出門廝見畢，兩個一齊說：「哥哥一路辛苦！」西門慶便把東京富麗的事情，及太師管待情分，備細說了一遍。兩人只顧稱羨不已。當日西門慶留二人吃了一日酒。常時節臨起身，向西門慶道：「小弟有一事相求，不知哥可照顧麼？」說著只是低了臉，半含半吐。西門慶道：「但說不妨。」常時節道：「實為住的房子不方便。待要尋間房子安身，卻沒有銀子。因此要求哥周濟些兒，日後少不的加些利錢，送還哥哥。」西門慶道：「相處中說甚利錢！我如今忙忙地，那討銀子？且待到韓夥計貨船來家，自有個處。」說罷，常時節、應伯爵作謝去了，不在話下。

且說苗員外自與西門慶相會在太師府前，便請了一席酒，席上又把兩個歌童許下了。那一日西門慶歸心如箭，卻不曾作別的他，竟自歸來了。員外還道西門慶在京，伴當來翟家問著。那翟家說：「三日前西門大官家去了。」伴當回話，苗員外纔曉的。卻不道君子一言，快馬一鞭。不送去也罷，不和我合著氣，只後邊說不的話了。便叫過兩個歌童分付道：「我前日請山東西門大官，席上把你兩個許下他。如今他離東京回家去了，我目下就要送你每過去。你每早收拾包裹，待我捎下書打發你每。」那兩個歌童一齊陪告道：「小的每伏侍的員外多年了，卻為何今日閃的小的每不好。又不知西門大官性格怎地，今日還要員外做主。」員外道：「你每卻不曉的，西門大官家裏，豪富潑天，金銀廣布。身居著右班左職，現在蔡太師門下做個乾兒子。就是內相朝官，那個不與他心腹往來。家裏開著兩個綾段鋪，如今又要開個標行，進的利錢也委的無數。況兼他性格溫柔，吟風弄月，家裏養著七八十個丫頭，那一個不穿綾著襖。後房裏擺著五六房娘子，那一個不插珠掛金。那些小優每戲子每，個個借他錢鈔，服他差使。平康巷青水巷這些角伎❸，人人受他恩惠，這也不消說的。只是咱前日酒席之中，已把小的子許下他了。

❸ 角伎：善歌舞能演劇的妓女。

如今終不成改個口哩。」那歌童又說道：「員外這幾年上，不知費盡多少心力，教的俺每彈唱哩。如今才曉得些絃索，卻不留下自家歡樂，怎地倒送與別人快活！」說罷，不覺地撲簌簌裏吊下淚來。那員外也覺慘然不樂，說道：「小的子，你也說的是。咱也何苦定要是這等？只是人而無信，不知其可也。那孔聖人說的話，怎麼違得？如今也由不得你。待咱修書一封，差個伴當送你去，教他把隻眼兒好生看覷你每。你到那邊快活，也強似在我這裏一般。」就叫那門管先生寫著一封通候的八行書信，後面又寫那相送歌童，求他親目的語兒。又寫個禮單兒，把些尺頭書帕，做個通問的禮兒。差了苗秀、苗實，齎擎書信，護送兩個歌童，一霎時拴上了頭口，帶了被囊行李，直到山東西門慶家來。那兩個歌童當時忍不住腮邊淚滴，又是主命難違，只得插燭也似磕了幾個頭，謝辭了員外，翻身上馬，迤逦行來，見那青山環馬首，綠水繞行鞭。酒帘深樹裏，草舍落霞前。只為那遏行雲歌聲絕代，不覺的謝恩主跋涉風煙。這兩個思鄉念主，把那些檀板風流陽春白雪兒多忘卻。這兩個忙投急趁❹，只思量早完公事，披星戴月的夜忘眠。正是：朝為苗府清歌客，暮作西門侑酒人。遠遠望見綠樹林中，掛著一個望子❺。那歌童道：「哥走了這一日了，肚裏有些飢了，且吃盃酒兒去。」只見四個人兒滾鞍下馬，走入店中。那招牌上面寫的好，說：「神仙留玉佩，卿相解金貂。」真個是好酒店也！四人坐下，喚顧買❻打上兩角酒來。攮個蔥兒、蒜兒、大賣肉兒、荳腐菜兒，鋪上幾碟，正待舒懷暢飲。忽地裏回頭看時，只見粉壁上飛白字，

❹ 忙投急趁：急急忙忙地趕路。
❺ 望子：酒店門前所掛招徠顧客的幌子。
❻ 顧買：即「過賣」，店鋪中管買賣的伙計。

寫著兩行說道：「千里不為遠，十年歸未遲。總在乾坤內，何須嘆別離。」正對著兩個歌童眼兒，不覺的賣藥有病的了，動人心處，撲簌簌流下兩行淚來，說道：「哥，我每隨著員外，指望一蒂兒到底❼。誰想酒席中間，一言兩句，竟把我每送與別人。人離鄉賤，未知去後若何？」那苗秀、苗實，把好言知慰了一番。吃了飯，上馬又走。四個生口，十六個蹄兒，端的是走的好。不多幾個日頭，就到東平州清河縣地面。四人拴了生口，下馬訪問端的。一直地竟到紫石街西門慶家府裏投下。

卻說那西門慶自從東京到家，每日忙不迭送禮的、請酒的，日日三朋四友。既要與大娘兒接風，又要與各房兒繾綣。朝朝殢雨尤雲。以此不曾到衙門裏去走，連那告竊的帖兒也不曾消的。那日清閒無事，且到衙門裏升堂畫卯。把那些解到的人犯，也有姦情的、鬥毆的、賭博的、竊盜的，一一重問一番。又把那些投到文書，一一押到日僉押了一會。乘了一乘涼轎，幾個牢子喝道，簇擁了來家。只見那苗秀、苗實與那兩個歌童，已是候的久了。就跟著西門慶的轎子，隨到前廳，雙膝跪下稟說：「小的是揚州苗員外，有書拜候老爺。」磕個頭起在一邊。那西門慶舉個手說著起來！就把苗員外別來的行徑，寒暄的套語，問了一會。就叫書童把那銀剪子剪開護封，拆了內函封袋，打開副啓，細細看時，只見那苗秀、苗實依先跪下，奉過那許多禮物說道：「這是俺員外一點孝心，求老爹俯納。」西門慶喜之不勝，連忙叫玳安收起禮物，請起苗秀、苗實說道：「我與千里相逢，不想就蒙員外情投意合，十分相愛，就把歌童相許。那時酒中說話，咱也忘卻多時。因為那歸的忙促，不曾叩府辭別。正在想著，不意一諾千金，遠蒙員外記憶。我記得那古人交誼，只有那范張結契，千里相從，古今以為美談。如今你每那個員外，

❼ 一蒂兒到底：一輩子廝守著。

委的也是難的！」稱長道好，細細又感謝了一番。只見那兩個歌童，重新走過，又磕幾個頭說道：「員外著小的每伏侍老爺，萬求老爺親目。」西門慶見兩個兒生得清秀，真真婿婿媚媚。雖不是兩節穿衣的婦人，卻勝似那唇紅齒白的妮子。歡天喜地，就請四位管家前廳茶飯。一面整辦厚禮，綾羅細軟，修書答謝員外。一面收拾房間，就叫兩個歌童，在于書房伺候著。

只見那應伯爵諸人，聞此事知此事，通來探望。西門慶就叫玳安裏邊討出菜蔬、嗄飯、點心、小酒，擺著八仙桌兒，就與諸人燕飲，就叫兩個歌童前來唱。只見捧著檀板，拽起歌，唱一個：

〔新水令〕小園昨夜放江梅，另一番動人風味。梨花迎笑臉，楊柳妬腰圍。試問荼蘼開到海棠未？

〔駐馬聽〕野徑踈籬，陣陣香風來燕子；小園幽砌，紛紛晴雨過林西。芳心不與蝶潛知，暗香未許蜂先覺。闌遍倚，不知多少傷心處？

〔雁兒落帶得勝令〕我則見碧陰陰西施鎖翠，紅點點鵑鳺抛珠淚；舞仙仙砑光帽帽簪，虛飄飄花谷樓前墜。尚兀是芳氣襲人衣，艷質易沾泥。落處魚驚，飛來蝶欲迷。尋思憑誰寄，還悲花源未可期。

那西門慶點著頭道：「果然唱得好！」那兩個歌童打個半跪兒，跪將下告道：「小的每還學得些小詞兒，一發歌與老爹聽。」西門慶說道：「這卻更好。」便教歌詞：

試裂齊紈，施鉛槧，爰圖春牧。草淺淺細鋪平野，散騎黃犢。一卷殘書牛背穩，數聲短笛煙光綠。

想按圖題詠賦新詞，勞心曲。文章紗，傳芸局；音調促，偕絲竹。倚清歌，追和陽春難續。一代風流誇好事，可堪膾炙人爭錄。羨先生想像賦高唐情詞足。

又：

畫出耕圖，郊原外，東阡西陌。町疃曲群山環翠，岸塍聯絡。綠遍田疇多黍稌，麥旂纂纂蠶盈箔。彷彿有小溪繞柴門，山如削。扶藜杖，徑丘壑；穿林藪，聽猿鶴。子耕耘，前妻饁服勞耕作。喬木陰森流憩處，皤然捫腹舒雙腳。羨先生想像詠豳風，風村田樂。

又：

寫就丹青，新圖好，溪山環繞。隱隱遍沙汀水岸，綠蘋紅蓼。一派秋光連浦溆，短蓑篛笠煙波渺。看此時網得幾鮮鱗，鱸魚小。漁唱起，飛鴻杳；江月白，歸雲少。倚蓬窗，試覓舊盟鷗鳥。借問忘機當日事，何如此際心情悄。羨先生想像詠滄浪，起塵表。

又：

四野雲垂，冰花醉，平鋪茅屋。紅爐煖，妻煨山芋。自斟醽醁，課僕採薪外戶。呼兒引鶴翻平阯，攬此景寫入畫圖中，娛心目。鍾貴富，天之祿；懼盛滿，吾之欲。騁姸奇，攄寫好詞盈軸。愧我倡酬才思澀，輸他文采機關熟。羨先生想像樂桑榆，顏如玉。

果然是聲遏行雲，歌成白雪，引的那後邊娘子每吳月娘、孟玉樓、潘金蓮、李瓶兒都來聽看，十分歡喜。

齊道：「唱的好。」只見潘金蓮在人叢裏雙眼直射那兩個歌童。口裏暗暗低言道：「這兩個小夥子，不但唱的好，就他容貌也標致的緊！」心下便已有幾分喜他了。當下西門慶打發兩個歌童東廂房安下。一面叫擺飯與苗秀、苗實吃。一面整頓禮物回書，答謝苗員外。

畢竟未知何如，且聽下回分解。

第五十六回　西門慶周濟常時節　應伯爵舉薦水秀才

斗積黃金侈素封，蘧蘧莊蝶夢魂中。
曾聞郿鄔光難駐，不道銅山運可窮。
此日分籝推鮑子，當年沈水笑龐公。
悠悠末路誰知己，惟有夫君尚古風。

這八句單說人生世上，榮華富貴，不能常守。有朝無常到來，恁地堆金積玉，出落空手歸陰。因此西門慶仗義疏財，救人貧難，人人都是贊嘆他的，這也不在話下。當日西門慶留下兩個歌童只候著：「遇有呼喚，不得有違。」兩人應諾去了。隨即打發苗家人回書禮物，又賞了些銀錢。苗實、苗秀磕頭謝了出門。後來兩個歌童西門慶畢竟用他不著，都送太師府去了。正是：千金散盡教歌舞，留與他人樂少年。

卻說常時節自那日席上求了西門慶的事情，還不得個到手，房主又日夜催併了不的。恰遇西門慶自從在東京來家，今日也接風，明日也接風，一連過了十來日，只不得個會面。常言道：「見面情難盡。」一個不見，卻告訴誰？每日央了應伯爵只走到大官人門首，問聲說不在，就空回了。回家又被渾家埋怨道：「你也是男子漢大丈夫，房子沒間住，吃這般懊惱氣！你平日只認得西門大官，今日求些周濟，也做了瓶落水❶！」說的常時節有口無言，呆登登不敢做聲。到了明日，早起身尋了應伯爵，來到一個酒店內。只見小小茅簷兒，靠著一灣流水。門前綠樹陰中，露出酒望子❷來。五七個火家，搬酒搬肉不住的走。店裏橫著一張櫃檯，掛幾樣鮮魚鵝鴨之類，倒潔淨可坐。便請伯爵店裏吃三盃去。伯爵道：「這卻不當生受。」常時節拉了到店裏坐下，量酒打上酒來，擺下一盤薰肉、一盤鮮魚。酒過兩巡，常時節道：「小弟向求哥和西門大官人說的事情，這幾日通不能夠會，房子又催併的緊。昨晚被房下聒絮了半夜，耐不的五更抽身，專求哥趁早大官人還沒出門時，慢慢地候他。不知哥意下如何？」應伯爵道：「受人之托，必當終人之事。我今日好歹要大官人助你些就是了。」兩個又吃過幾盃。應伯爵便推：「早酒不吃罷。」常時節又勸一盃。算還酒錢，一同出門，逕奔西門慶家裏來。那時正是新秋時候，金風薦爽。西門慶連醉了幾日，覺精神減了幾分。正遇周內相請酒，便推事故不去。自在花園藏春塢遊玩。原來西門慶後園那藏春塢，有的是果樹鮮花兒，四季不絕。這時雖是新秋，不知開著多少花朵在園裏。西門慶無事在家，只是和吳月娘、孟玉樓、潘金蓮、李瓶兒五個在花園裏玩耍。只見西門慶頭戴著忠靖冠，身穿柳綠緯羅直身粉頭靴兒。月娘上穿柳綠杭絹對衿襖兒，淺藍水紬裙子，金紅鳳頭高底鞋兒。孟玉樓上穿鴉青段子襖兒，鵝黃紬裙子，桃紅素羅羊皮金滾口高底鞋兒。潘金蓮上穿著銀紅縐紗白絹裏對衿衫子，荳綠沿邊金紅心比甲兒，白杭絹畫拖裙子，粉紅花羅高底鞋兒。只有李瓶兒上穿素青杭絹大衿襖兒，月

❶ 瓶落水：水往瓶子裏灌，把瓶裏的空氣擠出來，發出「不不不」的聲音，所以「瓶落水」就是「不！不！不！」的隱語。

❷ 酒望子：同第五十五回註❺。

白熟絹裙子，淺藍玄羅高底鞋兒。四個妖妖嬈嬈，伴著西門慶尋花問柳，好不快活。

且說常時節和應伯爵來到廳上，問知大官人在屋裏，歡的坐著等了好半日，卻不見出來。只見門外書童和畫童兩個抬著一隻箱子，都是綾絹衣服，氣吁吁走進門來，亂嚷道：「等了這半日，還只得一半！」就廳上歇下。應伯爵便問：「你爹在那裏？」書童道：「爹在園裏玩耍哩。」伯爵道：「勞你說聲。」兩個依舊抬著進去了。不一時書童出來道：「爹請應二爹、常二叔少待，便出來。」兩人坐著等了一回，西門慶纔走出來。二人作了揖，便請坐地。伯爵道：「連日哥吃酒忙，不得些空。今日卻怎的在家裏？」西門慶道：「自從那日別後，整日被人家請去飲酒，醉的了不的，通沒些精神。今日又有人請酒，我只推有事不去。」伯爵道：「方纔那一箱衣服，是那裏抬來的？」西門慶道：「這目下交了秋，大家都要添些秋衣。方纔一箱是你大嫂子的，還做不完，纔夠一半哩。」常時節伸著舌道：「六房嫂子就六箱了，好不費事！小戶人家，一疋布也難的。恁做著許多綾絹衣服，哥果是財主哩！」西門慶和應伯爵都笑起來。伯爵道：「這兩日杭州貨船怎地還不見到？不知他買賣貨物何如？這幾日不知李三、黃四的銀子，曾在府裏關了些送來與哥麼？」西門慶道：「貨船不知在那裏擔閣著，書也沒捎封寄來。好生放不下。李三、黃四的，又說在月初纔關。」應伯爵挨到身邊坐下，乘間便說：「常二哥那一日在哥席上求的事情，一向哥又沒的空，不曾說的。常二哥被房主催併慌了，每日被嫂子埋怨。二哥只麻做一團，沒個理會。如今又是秋涼了，身上皮襖兒，又當在典鋪裏。哥若有好心，常言道：『救人須救急時無。』省的他嫂子日夜在屋裏絮絮叨叨。況且尋的房子住著了，人走動也只是哥的體面。因此常二哥央小弟特地來求哥，早些周濟他罷。」西門慶道：「我當先曾許下他來。因為東京去了這番，費的銀子多了。本待等韓夥計到家，和他理會。要房子時，我就替他兌銀子買。如今又恁地要緊？」伯爵道：「不是常二哥要緊，當不的他嫂子聒絮，只得求哥早些便好。」西門慶躊躇了半晌道：「既這等，也不難。且問你，要多少房子纔夠住了。」伯爵道：「他兩口兒也得一間門面，一間客坐，一間床房，一間廚竈；四間房子是少不得的。論著價銀，也得三四個多銀子。哥只早晚湊些，教他成就了這樁事罷。」西門慶道：「今日先把幾兩碎銀與他拏去。買件衣服，辦些家火，盤攪❸過來。待尋下房子，我自兌銀與你成交可好麼？」兩個一齊謝道：「難得哥好心！」西門慶便叫書童：「去對你大娘說，皮匣內一包碎銀取了出來。」書童應諾去了。不一時取了一包銀子出來，遞與西門慶。西門慶對常時節道：「這一包碎銀，是那日東京太師府賞封剩下的十二兩，你拏去好雜用。」打開與常時節看，都是三五錢一塊的零碎紋銀。常時節接過放在衣袖裏，就作揖謝了。西門慶道：「我這幾日不是要遲你，只等你尋下房子，一攪果❹和你交易。你又沒曾尋的，如今即忙便尋下，待我有銀，一起兌去便了。」常時節又稱謝不迭。三個依舊坐下。伯爵便道：「幾個古人，輕財好施，到後來子孫高大門閭，把祖宗基業一發增的多了。慳吝的積下許多金寶，後來子孫不好，連祖宗墳土也不保。可知天道好還哩！」西門慶道：「兀那❺東西是好動不喜靜的，怎肯埋沒在一處？也是天生應人用的，一個人堆積，就有一個人缺少了。因此積下財寶，極有罪的。」

有詩為證：

---

❸ 盤攪：開支。

❹ 一攪果：一總。

❺ 兀那：那。兀是發聲詞，無意義。

積玉堆金始稱懷，誰知財寶禍根荄。
一文愛惜如膏血，仗義翻將笑作呆。
親友人人同陌路，存形心死定堪哀。
料他也有無常日，空手俜伶到夜臺。

正說著，只見書童托出飯來，三人吃了。常時節作謝起身，袖著銀子歡的走到家來。剛剛進門，只見那渾家鬧炒炒嚷將出來，罵道：「梧桐葉落，滿身光棍的行貨子，出去一日，把老婆餓在家裏，尚兀是千歡萬喜到家來，可不害羞哩！房子沒的住，受別人許多酸嘔氣，只教老婆耳朵裏受用！」那常二只是不開口。任老婆罵的完了，輕輕把袖裏銀子摸將出來，放在桌兒上，打開瞧著道：「孔方兄，孔方兄，我瞧你光閃閃響噹噹的無價之寶，滿身通麻了。恨沒口水嚥你下去！你早些來時，不受這淫婦幾場合氣了！」那婦人明明看見包裹十二三兩銀子一堆，喜的搶近前來，就想要在老公手裏奪去。常二道：「你生世要罵漢子，見了銀子就來親近哩！我明日把銀子去買些衣服穿好，自去別處過活，卻再不和你鬼混了！」那婦人陪著笑臉道：「我的哥，端的此是那裏來的這些銀子？」常二也不做聲。婦人又問道：「我的哥，難道你便怨了我？我只是要你成家。今番有了銀子，和你商量停當，買房子安身，卻不好？到恁地喬張致！我做老婆的不曾有失花兒，憑你怨我，也是枉了！」常二也不開口。那婦人只顧饒舌，又見常二不揪不採，自家也有幾分慚愧了，禁不的掉下淚來。常二看了，嘆口氣道：「婦人家不耕不織，把老公恁地發作！」那婦人一發掉下淚來。兩個人都閉著口，又沒個人勸解，悶悶的坐著。常二尋思道：

「婦人家也是難做。受了辛苦埋怨人，也怪他不的。我今日有了銀子，不採他，人就道我薄情。便大官人知道，也須斷我不是。」就對那婦人笑道：「我自要你，誰怪你來？只你時常聒噪，我只得忍著出門去了。卻誰怨你來？我明白和你說，這銀子原是早上耐你不的，特地請了應二哥在酒店裏吃了三盃，一同往大官人宅裏等候。恰好大官人正在家，沒曾去吃酒。多虧了應二哥，不知費許多唇舌，纔得這些銀子到手。還許我尋下房子，一頓兌銀與我成交哩！這十二兩是先教我盤攪過日子的。」那婦人道：「原來正是大官人與你的。如今又不要花費開了，尋件衣服過冬，省的耐冷。」常二道：「我正要和你商量，十二兩紋銀買幾件衣服，辦幾件家火在家裏。等有了新房子，搬進去也好看些。只是慼不盡大官人恁好情。後日搬了房子，也索請他坐坐是。」婦人道：「且到那時，再作理會。」正是：惟有感恩並積恨，萬年千載不生塵。

常二與婦人兩個說了一回，那婦人道：「你那裏吃飯來沒有？」常二道：「也是大官人屋裏吃來的。你沒曾吃飯，就拏銀子買了米來。」婦人道：「仔細拴著銀子，我等你就來。」常二取栲栳望街上便走。不一時買了米，栲栳上又放著一大塊羊肉兒，笑哈哈跑進門來。那婦人迎門接住道：「這塊羊肉又買他做甚？」常二笑道：「剛纔說了許多辛苦，不爭這一些羊肉，就牛也該宰幾個請你。」那婦人笑指著常二罵道：「狠心的賊，今日便懷恨在心，看你怎的奈何了我！」常二道：「只怕有一日，叫我一萬聲『親哥，饒我小淫婦罷』，我也只不饒你哩，試試手段看！」那婦人聽說，笑的走井邊打水去了。當下婦人做了飯，切了一碗羊肉，擺在桌兒上，便叫：「哥吃飯。」常二道：「我纔在大官人屋裏吃的飯，不要吃了。你餓的慌，自吃些罷。」那婦人便一個自吃了。收了家火，打發常二去買衣服。常二袖著銀子，一直奔到大街上來。看了幾家，都不中意。只買一領青杭絹女襖，一條綠紬裙子，月白雲紬衫兒，紅綾襖子兒，白紬子裙兒，共五件；自家也對身買了件鵝黃綾襖子，丁香色紬直身兒；又有幾件布草衣服。共用去六兩五錢銀子。打做一包，背著來到家中，教婦人打開看看。那婦人忙打開來瞧著，便問：「多少銀子買的？」常二道：「六兩五錢銀子買來。」婦人道：「雖沒的便宜，卻直這些銀子。」一面收拾箱籠放好，明日去買家火。當日婦人歡天喜地過了一日，埋怨的話都掉在東洋大海去了。不在話下。

再表應伯爵和西門慶兩個，自打發常時節出門，依舊在廳上坐的。西門慶因說起：「我雖是個武職恁的一個門面，京城內外也交結的許多官員。近日又拜在太師門下，那些通問的書柬，流水也是往來。我又不得細工夫，多不得了理。我一心要尋個先生每在屋裏，好教他寫寫，省些力氣也好；只沒個有才學的人。你看有時，便對我說。我須尋間空房與他住下，每年算還幾兩束脩與他養家。卻也要是你心腹之友便好。」伯爵道：「哥不說不知。你若要別樣卻有，要這個倒難。怎的要這個到沒？第一要才學，第二就要人品了。又要好相處，沒些說是說非，翻唇弄舌，這就好了。若只是平平才學，又做慣搗鬼的，怎用的他？小弟只有祖父相處一個朋友生下來的孫子，他現是本州一個秀才。應舉過幾次，只不得中。他胸中才學，果然班馬之上。就是他人品，也孔孟之流。他和小弟通家兄弟，極有情分的。曾記他十年前應舉，兩道策，那一科試官，極口贊他好。卻不想又有一個賽過他的，便不中了。後來連走了幾科不中，禁不的髮白鬢斑。如今他雖是飄零書劍，家裏也還有一百畝田，三四帶房子，整的潔淨住著。」西門慶道：「他家幾口兒也夠用了，卻怎的肯來人家坐館？」應伯爵道：「當先有的田房，都被那些大戶人家買去了。如今只剩得雙手皮哩！」西門慶道：「原來是賣過的田，算甚麼數！」伯爵道：「這果是算不的數了。只他一個渾家，年紀只好二十左右，生的十分美貌。又有兩個孩子，纔三四歲。」西門慶道：「他家中有了美貌渾家，那肯出來？」伯爵道：「喜的是兩年前，渾家專要偷漢，跟了個人上東京去了。兩個孩子，又出痘死了。如今只存他一口，定然肯出來。」西門慶笑道：「恁地說的他好，都是鬼混！你且說他姓甚麼？」伯爵道：「姓水。他才學果然無比，哥若用他時，管情書柬詩詞歌賦，一件件增上哥的光輝哩。人看了時，都道西門大官恁地才學哩！」西門慶道：「你纔說這兩椿，都是吊慌。我卻不信你的吊慌。你有記的他些書柬兒，念來我聽。看好時，我便請他來家，撥間房子住下。只一口兒，也好看承的。尋個好日子，便請他也罷。」伯爵道：「曾記得他捎書來，要我替他尋個主兒。這一封書，略記的幾句，念與哥聽：

〔黃鶯兒〕書寄應哥前，別來思，不待言。滿門兒托賴都康健。舍字在邊，旁立著官，有時一定求方便。羨如椽，往來言疏，落筆起雲煙。」

西門慶聽畢，呵呵大笑將起來道：「他滿心正經，要你和他尋個主子，卻怎的不捎封書來，倒寫著一隻曲兒；又做的不好，可知道他才學荒疎，人品散淡哩。」伯爵道：「這倒不要作准他。只為他與我是三世之交。小弟兩三歲時節，他也纔勾四五歲。那時就同吃糖糕餅果之類，也沒些兒爭論。後來大家長大了，上學堂讀書寫字，先生也道應二學生子和水學生子一般的聰明伶俐，後來已定長進。落後做文字，一樣同做，再沒些妬忌。日裏同行同坐，夜裏有時也同一處歇。到了戴網子，尚兀是相厚的。因此是一個人一般，極好兄弟。故此不拘形跡，便隨意寫個曲兒。我一見了，也有幾分著惱。後想一想，他自托相知，纔敢如此，就不惱罷了。況且那隻曲兒，也倒做的有趣。哥卻看不出來。第一句說『書寄應哥前，』是啓口，就如人家寫某人見字一般，卻不好哩？第二句說『別來思，不待言。』這是敘寒溫了。簡而文，又不好哩？第三句是『滿門兒托賴都康健。』這是說他家沒事故了。後來一發好的緊了！」西門慶道：「第五句是甚麼說話？」伯爵道：「哥不知道，這正是拆白道字❻，尤人所難。『舍』字在邊，旁立著『官』字，不是個『館』字？若有館時，千萬要舉薦。因此說『有時定要求方便。』『羨如椽，』他說自家一筆如椽。做人家往來的書疏，筆兒落下去，其煙滿紙，因此說『落筆起雲煙。』哥你看他詞裏，有一個字兒是閒話麼？只這幾句，穩穩把心窩裏事都寫在紙上，可不好哩！」西門慶被伯爵說了他恁地好處，倒沒的說了。只得對伯爵道：「你既說他許多好處，且問你，有甚正經的書札，拏些我看看，我就請了他。」伯爵道：「他做的詞賦也有在我處，只是不曾帶得來哥看。我還記的他一篇文字，做得甚好。就念與哥聽著：

一戴頭巾心甚歡，豈知今日誤儒冠。別人戴你三五載，偏戀我頭三十年。要戴烏紗求閣下，做篇詩句別尊前。此番非是吾情薄，白髮臨期太不堪。今秋若不登高第，踹碎冤家學種田。

維歲在大比之期，時到揭曉之候。訴我心事，告汝頭巾。為你青雲利器望榮身，誰知今日白髮盈頭戀故人。嗟乎！憶我初戴頭巾，青雲子襟；承汝枉顧，昂昂氣忻。既不許我少年早發，又不許我久屈待伸。上無公卿大夫之職，下非農工商賈之民。年年居白屋，日日走黌門。宗師案臨，膽怯心驚。上司迎接，東走西奔。思量為你，一世驚驚嚇嚇，受了若干辛苦。一年四季，零零碎碎，

❻ 拆白道字：同第二回註⓫。

被人賴了多少束修銀。告狀助貧，分穀五斗，祭下領支肉半斤。官府見了，不覺怒嗔；早快通稱，盡道廣文。東京路上，陪人幾次；兩齋學霸，惟吾獨尊。你看我兩隻皁靴穿到底，一領藍衫剩布筋。埋頭有年，說不盡艱難悽楚；出身何日，空歷過冷淡酸辛。賺盡英雄，一生不得文章力；未沾恩命，數載猶懷霄漢心。嗟乎哀哉，哀此頭巾！看他形狀，其實可矜。後直前橫，你是何物？七穿八洞，真是禍根！嗚呼！沖霄烏兮未垂翅，化龍魚兮已失鱗。豈不聞久不飛兮一飛登雲，久不鳴兮一鳴驚人！早求你脫胎換骨，非是我棄舊憐新。斯文名器，想是通神。從茲長別，方感洪恩。短詞薄奠，庶其來歆。理極數窮，不勝具懇。就此拜別，早早請行。」

伯爵念罷，西門慶拍手大笑道：「應二哥把這樣才學就做了班揚了。」伯爵道：「他人品比才學又高。如今且說他人品罷。」西門慶道：「你且說來。」伯爵道：「前年他在一個李侍郎府裏坐館。那李家有幾十個丫頭，一個個都是美貌俊俏的。又有幾個伏侍的小廝，也一個個都標致龍陽的。那水秀才連住了四五年，再不起一些邪念。後來不想被幾個壞事的丫頭小廝，見是一個聖人一般，反去日夜括他。那水秀才又極好慈悲的人，便口軟勾搭上了。因此被主人逐出門來。鬨動街坊，人人都說他無行。其實水秀才原是坐懷不亂的。若哥請他來家，憑你許多丫頭小廝，同眠同宿，你看水秀才亂麼？再不亂的。」西門慶道：「他既前番被主人趕了出門，一定有些不停當哩。二哥雖與我相厚，那樁事不敢領教。前日敝僚友倪桂岩老先生，曾說他有個姓溫的秀才。且待他來時再處。」

畢竟未知何如，且聽下回分解。

第五十七回　道長老募修永福寺　薛姑子勸捨陀羅經

本性員明道自通，翻身跳出網羅中。
修成禪那非容易，煉就無生豈俗同。
清濁幾番隨運轉，闢門數仞任西東。
逍遙萬億年無計，一點神光永注空。

話說那山東東平府地方，向來有個永福禪寺，起建自梁武帝普通二年，開山是那萬回老祖。怎麼叫做萬回老祖？因那老師父七八歲的時節，有個哥兒從軍邊上，音信不通，不知生死。因此上那老娘兒思想那大的孩兒，掉不下的心腸，時常在家啼哭。忽一日，那孩子問著母親說道：「娘這等清平世界，孩兒每又沒的打攪你。頁頁兒小米飯兒，咱家也儘挨的過。恁地裏你時時掉下淚來？娘你說與咱，咱也好分憂哩。」那老娘兒就說：「小孩子，你還不知道老人家的苦哩。自從你老頭兒去世，你大哥兒到邊上去做了長官，四五年地信兒也不捎一個來家。不知他死生存亡，教我老人家怎生掉的下？」說了又哭起來。那孩子說：「早是這等，有何難哉？娘，如今哥在那裏？咱做弟郎的早晚間走去，抓著哥兒，討個信來回覆你老人家，卻不是好？」那婆婆一頭哭，一頭笑起來，說道：「怪呆子，說起你哥在恁地，若是那一百二百里程途，便可去的。直在那遼東地面，去此一萬餘里，就是那好漢子，也走得要不的。直要四五個月纔到哩！笑你孩兒家怎麼去的！」那孩子就說：「嗄！若是果在遼東，也終不在個天上，我去去，尋哥兒就回也。」只見把靸鞋兒繫好了，把直裰兒整一整，望著婆兒拜個揖，一溜煙去了。那婆婆叫之不應，追之不及，愈添愁悶。也有鄰舍街坊婆兒婦女，捱肩插背，拏湯送水，說長道短，前來解勸。也有說的是的，說道：「孩兒每怎去的遠？早晚間卻回也。」因此婆婆也收著兩眶眼淚，悶悶的坐地。看看紅日西沈，東鄰西舍，一個個燒湯煮飯，一個個上榻關門。那婆婆探頭探腦，那兩隻眼珠兒一直向外，恨不的趕將上去。只見遠遠的望見那黑魆魆影兒頭有一個小的兒來也。那婆婆就說：「靠天靠地，靠著日月三光！若得俺小的子兒來也，也不虧了俺修齋吃素的念頭！」只見那萬回老祖一忽地跪到跟前，說：「娘，你還未睡炕哩。咱已到遼東抓著哥兒，討的平安家信來也。」婆婆笑道：「孩兒你不去的正好，免教你老人家掛心。只是不要吊著謊，哄著老娘。那裏有一萬里路程，朝暮往還的？」孩兒道：「娘，你不信不信麼？」一直裏卸下衣包，取出平安家信。果然是那哥兒手筆。又取出一件汗衫帶回漿洗的，也是那個婆婆親手縫紉的，毫厘不差。因此鬨動了街坊，叫做「萬回」。日後捨俗出家，就叫做萬回長老，果然是道德高妙，神通廣大。曾在那後趙皇帝石虎跟前，吞下兩升鐵針兒；又在那梁武皇殿下，在頭頂上取出舍利三顆。因此勅建那永福禪寺做那萬回老祖的香火院。正不知費了多少錢糧。正是：神僧出世神通大，聖主尊隆聖澤深。

不想那歲月如梭，時移事改。只見那萬回老祖歸天圓寂，那些得皮得肉的上人每，一個個多化去了。只有幾個憊賴的和尚，撇賴❶了百丈清規，養婆兒，吃燒酒，啥事兒不弄出來？打哄了燒苦蔥，啥勾當兒不做？卻被那些潑皮賴虎，常常作酒撈錢抵當。不過一會兒，把袈裟也當了，鐘兒、磬兒多典了，殿上一椽兒賣了，沒人要的燒了，磚兒、瓦兒換酒吃了。弄得那雨淋風刮，佛像兒倒了，荒荒涼涼。燒香的也不來了。主顧門徒、做道場的、薦亡的，多是關大王賣豆腐，鬼兒也沒的上門了！一片鐘鼓道場，忽變做荒煙衰草！驀地裏三四十年，那一個扶衰起廢？原來那寺裏有個道長老，原是西印度國出身。因慕中國清華，發心要到上方行腳。打從那流沙河、星宿海、潅兒水地方，走了八九個年頭，才到中華區處。迤逞來到山東地方，卓錫在這個破寺院裏面。面壁九年，不言不語。真個是：佛法原無文字障，工夫好向定中尋。忽一日，發個念頭，說道：「呀，這寺院兒坍塌的這模樣了。你看這些蠢頭村腦的禿驢，只會吃酒噇飯。把這古佛道場，弄得赤白白地，豈不可惜！那一個尋得一磚半瓦，重整家風？常記的古人說得好：『人傑地靈。』事到今日，咱不做主，那個做主？咱不出頭，那個出頭兒？且前日山東有個西門大官，官居錦衣之職。他家私巨萬，富比王侯。家中那一件沒有？前日餞送宋西廉御史，曾在咱這裏擺設酒席。他因見咱這裏寺宇傾頹，就有個捨錢布施，鼎建重新的意思。咱那時口雖不言，心窩裏已有下幾分了。今日呵，若得那個檀越為主作倡，管情早晚間把咱好事成就也！咱須辦自家去走一遭。」當時間喚起法子徒孫，打起鐘，敲起鼓，舉集大眾，上堂宣揚此意。那長老怎生打扮？只見：身上禪衣猩血染，雙環掛耳是黃金。手中錫杖光如鏡，百八胡珠耀日明。開覺明路現金繩，提起凡夫夢亦醒。龐眉紺髮銅鈴眼，道是西天老聖僧。那長老宣揚已畢，就教行者拏過文房四寶，磨起龍香，劑飽揩鬚筆，展開烏絲欄，寫著一篇疏文。先敘那始末根由，後勸人捨財作福。寫的行行端正，字字清新。好長老真

❶ 撇賴：丟開。

個是古佛菩薩現身。從此辭了大眾，著上了禪鞋，戴上個斗蓬笠子，一壁廂直奔到西門慶家府裏來。

且說西門慶辭別了應伯爵，轉到後廳，直到捲棚下卸了衣服。走到吳月娘房內，把那應伯爵薦水秀才的事體，說了一番。就說道：「咱前日東京去的時節，多虧那些親朋齊來與咱把盞。如今少不的也要整辦些兒小酒，回答他。倒今日空閒，沒件事體，就把這事兒完了也罷。」當下就叫了玳安拏了籃兒，到十市街坊，買下些時鮮果品、豬羊魚肉、醃臘雞鵝嗄飯之類。分付了當，就分付小廝分頭去請各位。一面拉著月娘一同走到李瓶兒房裏來看官哥。李瓶兒笑嘻嘻的接住了月娘、西門慶。西門慶道：「娘兒來看孩子哩。」李瓶兒就叫奶子抱出官哥。見眉目稀疏，就如粉塊裝成一般，笑欣欣直攢到月娘懷裏來。月娘把手接著，抱起道：「我的兒恁地乖覺，長大來定是聰明伶俐的！」又向那孩子說：「兒長大起來，恁地奉養老娘哩？」那李瓶兒就說：「娘說那裏話？假饒兒子長成，討的一官半職，也先向上頭封贈起。娘那鳳冠霞帔，穩穩兒先到娘哩。好生奉養老人家。」西門慶接口便說：「兒，你長大來，還挣個文官。不要學你家老子，做個西班出身。雖有興頭，卻沒十分尊重。」正說著，不想那潘金蓮正在外邊聽見，不覺的怒從心上起，就罵道：「沒廉恥弄虛脾❷的臭娼根！偏你會養兒子哩！也不曾經過三個黃梅、四個夏至；又不曾長成十五六歲，出幼過關，上學堂讀書。還是水的泡，與閻羅王合養在這裏的。怎見的就做官，就封贈那老夫人？我那怪賊囚根子，沒廉恥的貨，怎地就見的要他做個文官，不要像你？」正在嘮嘮叨叨，喃喃吶吶，一頭罵一頭著惱的時節，只見那玳安走將進來，叫聲五娘，說道：「爹在那裏？」潘金蓮便罵：「怪尖嘴的賊囚根子！那個曉得你甚麼爹在那裏？爹怎的到我這屋裏來！他自有五花官誥

❷ 虛脾：虛假。

的太奶奶、老封婆，八珍五鼎奉養他的在那裏，那裏問著我討！」那玳安就曉得不是路了，說：「是了。」望六娘房裏便走。走到房門前，打個咳嗽，朝著西門慶道：「應二爹在廳上。」西門慶道：「應二爹纔送的他去，又做甚？」玳安道：「爹自家出去便知。」西門慶只得撇了月娘、李瓶兒，仍到那捲棚下面，穿了衣服，走到外邊迎接伯爵。正要動問間，只見那募緣的道長老已到西門慶門首了。高聲叫：「阿彌陀佛！這是西門老爹門首麼？那個掌事的管家與吾傳報一聲？說道，扶桂子，保蘭孫，求福有福，求壽有壽，東京募緣的長老求見。」原來西門慶平日原是一個撒漫好使錢的漢子。又是新得官哥，心下十分歡喜，也要幹些好事保佑孩兒。小廝也通曉得，並不嗔道作難，一壁廂進報西門慶。西門慶就說：「且教他進來看。」只見管家的三步那來兩步走，就如見了活佛的一般，慌忙請了長老，那長老進到花廳裏面，打了個問訊，說道：「貧僧出身西印度國，行腳到東京汴梁，卓錫在永福禪寺，面壁九年，頗傳心印。只為那殿宇傾頹，琳宮倒塌，貧僧想的起來，為佛弟子，自然應得為佛出力。總不然儹到那個身上去？因此上貧僧發了這個念頭，前日老檀越餞行各位老爹時，悲憐本寺廢壞，也有個良心美腹，要和本寺作主。那時諸佛菩薩，已作證盟。貧僧記的佛經上說的好：『如有世間善男子，善女人，以金錢喜捨莊嚴佛像者，主得桂子蘭孫，端嚴美貌。日後早登科甲，蔭子封妻之報。』故此特叩高門，不拘五百一千，要求老檀那開疏發心，成就善果。」就把錦帕展開，取出那募緣疏簿，雙手遞上。不想那一席話兒，早已把西門慶的心兒打動了。不覺的歡天喜地，接了疏簿，就叫小廝看茶，揭開疏簿，只見寫道：

伏以白馬駝經開象教，竺騰衍法啓宗門。大地眾生，無不皈依佛祖；三千世界，盡皆蘭若裝嚴。

看此瓦礫傾頹，成甚名山勝境？若不慈悲喜捨，何稱佛子款人？今有永福禪寺古佛道場，焚修福地。啓建自梁武皇帝，開山是萬回祖師。規制恢弘，彷佛那給孤園黃金鋪地；雕鏤精製，依希似祇洹舍白玉為階。高閣摩空，旃檀氣直接九霄雲表；層基亙地，大雄殿可容千眾禪僧。兩翼嵬峨，盡是琳宮紺宇；廊房潔淨，果然精勝洞天。那時鐘鼓宣揚，盡道是寰中佛國；只這緇流濟楚，卻也像塵界人天。那知歲久年深，一瞬地時移事異。莽和尚縱酒撒潑，首壞清規；獃道人懶惰貪眠，不行打掃。漸成寂莫，斷絕門徒。以致淒涼，罕稀瞻仰。兼以鳥鼠穿蝕，那堪風雨漂搖？棟宇摧頹，一而二二而三，支撐靡計；牆垣坍塌，日復日年復年，振起無人。朱紅櫺槅，拾來煨酒煨茶；合抱梁檻，拏去換鹽換米。風吹羅漢金消盡，雨打彌陀化作塵。吁嗟乎金碧輝炫，一旦為灌莽榛荊。雖然有成有敗，終須否極泰來。幸而有道長老之虔誠，不忍見梵王宮之費敗。發大弘願，遍叩檀那。伏願咸起慈悲，盡興惻隱。梁柱椽楹，不拘大小，喜捨到高題姓字；銀錢布幣，豈論豐羸，投櫃日疏簿標名。仰仗著佛祖威靈，福祿壽永永百年千載；倚靠他伽藍明鏡，父子孫個個厚祿高官。瓜瓞綿綿，森挺三槐五桂；門庭奕奕，輝煌金埒錢山。凡所營求，吉祥如意。疏文到日，各破慳心。謹疏。

看畢，西門慶就把冊葉兒收好，裝入那錦套裏頭。把插銷兒銷著，錦帶兒拴著，恭恭敬敬放在桌兒上面。叉手而言，對長老說：「實不相瞞，在下雖不成個人家，也有幾萬產業，忝居武職，交遊世輩儘有。不想偌大年紀，未曾生下兒子。房下每也有五六房，只是放心不下，有意做些善果。去年第六房賤累，生下孩子。咱萬事已是足了。偶因餞送俺友，得到上方。因見廟宇傾頹，有個捨才助建的念頭。蒙老師下顧，西門慶那敢推辭？」拏著兔毫妙筆，正在躊躇之際，那應伯爵就說：「哥，你既有這片好心，為姪兒發願，何不一力獨成，也是小可的事體！」西門慶拏著筆哈哈哩笑道：「力薄，力薄！」伯爵又道：「極少也助一千。」西門慶又哈哈地笑道：「力薄，力薄！」那長老就開口說道：「老檀越在上，不是貧僧多口，只是我每佛家的行徑，多要隨緣喜捨，終不強人所難。隨分但憑老爹發心便是。此外親友，更求檀越吹噓吹噓。」西門慶又說道：「還是老師體諒，少也不成。」就寫上五百兩閣了兔毫筆。那長老打個問訊謝了。西門慶又說：「我這裏內宮太監，府縣倉巡，一個個多與我相好的。我明日就拏疏簿去，要他每寫。寫的來，就不拘三百二百，一百五十，管教與老師成就這件好事。」當日留了長老素齋，相送出門。正是：慈悲作善豪家事，保福消災父母心。又有一首詞單道那有施主的事體：

佛法無多止在心，種瓜種果是根因。
珠和玉珀寶和珍，誰人拏得見閻君。
積善之人貧也好，豪家積業枉拋銀。
若使年齡身可買，董卓還應活到今。

卻說西門慶送了長老，轉到廳上，與應伯爵坐地，道：「二哥，我正要差人請你，你來的正好。我前日因往東京，多虧眾親友每與咱把個盞兒。今日分付小的買辦，你家大嫂安排小酒，與眾人回答，要二哥在此相陪。不想遇著這個長老，鬼混了一會兒。」那伯爵就說道：「好個長老，想是果然有德行的。

他說話中間，連咱也心動起來，做了施主。」西門慶說道：「二哥，你又幾曾做施主來的？疏簿又是幾時寫的？」應伯爵笑道：「咦！難道我出口的不是施主不成？哥，你也不曾見佛經過來？佛經上第一重的是心施，第二法施，第三才是財施。難道我從旁攛掇的，不當個心施的不成？」西門慶又笑道：「二哥，又怕你有口無心哩！」兩人拍手大笑。應伯爵就說：「小弟在此等待客來。哥有正事，自與嫂子商議去來。」只見西門慶別了伯爵，轉到內院裏頭。只見那潘金蓮哼哼唔唔，沒揪沒採，不覺的睡魔纏擾，打了幾個呵噴，走到房中，倒在象牙床上，一忽地睡去了。那李瓶兒又為孩子啼哭，自與那奶子、丫鬟在房中坐地看官哥喜笑。只有那吳月娘與孫雪娥，兩個伴當，在那裏整辦嗄飯。西門慶走到面前坐地，就把那道長老募緣與那自己開疏的事，備細對月娘說了一番。又把那應伯爵耍笑打觑的說話，也說了一番。歡天喜地，大家嘻笑了一會。只見那吳月娘畢竟是個正經的人，不慌不忙，不思不想，說下幾句話兒。倒是西門慶頂門上針。正是：妻賢每致雞鳴警，款語常聞藥石言。畢竟那說話怎麼講？月娘說道：「哥你天大的造化，生下孩兒。你又發起善念，廣結良緣。豈不是俺一家兒的福分！只是那善念頭他怕不多，那惡念頭怕他不盡。哥你日後那沒來由，沒正經，養婆兒，沒搭煞❸，貪財好色的事體，少幹幾椿兒也好。儹下些陰功與那小的子也好。」西門慶笑道：「你的醋話兒又來了。卻不道天地尚有陰陽，男女自然配合。今生偷情的，苟合的，多都是前生分定，姻緣簿上註名，今生了還。難道是生剌剌搊搊胡扭歪斯纏做的？咱聞那佛祖西天，也只不過要黃金鋪地；陰司十殿，也要些楮鏹營求。咱只消儘這家私，廣為善事，就使強姦了常娥，和姦了織女，拐了許飛瓊，盜了西王母的女兒，也不減我潑天富貴！」

---

❸ 沒搭煞：無聊；沒意思。

月娘笑道：「笑哥狗吃熱矢，原道是個香甜的！生血吊在牙兒內，怎生改得？」

正在笑間，只見那王姑子同了薛姑子提一個盒子，直闖進來。飛也似朝月娘道個萬福，又向西門慶拜了拜說：「老爹你倒在家裏？我自前日別了，因為有些小事，不得空，不曾來看得你老人家，心子裏吊不下。今日同這薛姑子來看你。」原來這薛姑子，不是從幼出家的。少年間曾嫁丈夫，在廣成寺前居住，賣蒸餅兒生理。不料生意淺薄，那薛姑子就有些不尷不尬，專一與那些寺裏的和尚行童調嘴弄舌，眉來眼去，說長說短。弄的那些和尚每的懷中，個個是硬幫幫的。乘那丈夫出去了，茶前酒後，早與那和尚每刮上了四五六個。也常有那火燒、波波、饅頭、栗子，拏來進奉他。又有那付應錢，與他買花。開地獄的布，送與他做裹脚。他丈夫那裏曉得。以後丈夫得病死了，他因佛門情熟，這等就做了個姑子，專一在些士夫人家往來，包攬經讖。又有那些不長進要偷漢子的婦人，叫他牽引和尚進門。他就做個馬八六❹兒，多得錢鈔。聞的那西門慶家裏豪富，見他侍妾多人，思想拐些用度。因此頻頻往來。那西門慶也不曉得，三姑六婆，人家最忌出入。正是：當年行經是窠兒，和尚闍黎鋪。中間打扮念彌陀，開口兒就說西方路。尺布裹頭顱，身穿直裰，繫個黃縧，早晚捱門傍戶。騙金銀猶是叮心窩裏，畢竟胡塗。算來不是好姑姑，幾個清名被點污。又有一隻歌兒道得好：

尼姑生來頭皮光，拖了和尚夜夜忙。三個光頭，好像師父師兄並師弟，只是鐃鈸緣何在裏床。

那薛姑子坐就，把那個小盒兒揭開說道：「咱每沒有甚麼孝順，拏得施主人家幾個供佛的果子兒，權當

❹ 馬八六：同第二回註㉗。

獻新。」月娘道：「要來竟來來便了，何苦要你費心？」只見那潘金蓮睡覺，聽得外邊有人說話，又認是前番光景，便走向前來聽看。見那李瓶兒在房中弄孩子，因曉得王姑子在此，也要與他商議保佑官哥，同到月娘房中，大家道個萬福，各各坐地。西門慶因見李瓶兒不曾曉得，又把那道長老募緣，與那自家開疏捨財，替官哥求福的事情，重新又說一番。不想道惱了潘金蓮抽身竟走，喃喃噥噥，一溜煙竟自去了。只見那薛姑子站將起來，合掌著手，叫聲：「佛阿，老爹，你這等樣好心作福，怕不的壽年千歲，五男二女，七子團圓！只是我還有一件，說與你老人家，這個因果費甚麼多？更自獲福無量！咦，老檀越，你若幹了這件功德，就是那老瞿曇雪山修道，迦葉尊散髮鋪地，二祖師投崖飼虎，給孤老滿地黃金，也比不的你功德哩！」西門慶笑道：「姑姑且坐下，細說甚麼功果，我便依你。」那薛姑子就說：「我每佛祖留下一卷陀羅經，專一勸人法西方淨土的。佛說：『那三禪天、四禪天、切利天、兜率天、大羅天、不周天，急切不能即到。唯有西方極樂世界，這是阿彌陀佛出身所在。沒有那春夏秋冬，也沒有那風寒暑熱，常常如三春時候融和天氣；也沒有夫婦男女。其人生在七寶池中，金蓮臺上。』」西門慶道：「那一朵蓮花有幾多大？生在上邊，一陣風擺，怕不骨碌碌吊在池裏麼？」薛姑子道：「老爹你還不曉得。我依那經上說：佛家以五百里為一由旬。那一朵蓮花好生利害，大的緊，大的緊，大的五百由旬！寶衣隨願至，玉食自天來。又有那些好鳥和鳴，如笙簧一般。委的好個境界！因為那肉眼凡夫不知去向，不生尊信，故此佛祖演說此經，勸人專心念佛，竟往西方，見了阿彌陀佛。自此一世二世，以至百千萬世，永永不落輪迴。那佛祖說的好：『如有人持頌此經，或將此經印刷抄寫，轉勸一人，至千萬人持誦，獲福無量。』況且此經裏面，又有獲諸童子經咒。凡有人家生育男女，必要從此發心，方得易長易養，災去福來。如今這付經板現在，只沒人印刷施行。老爹你只消破些工料，印上幾千卷，裝釘完成，普施十方，那個功德，真是大的緊！」西門慶道：「也不難。只不知這一卷經要多少紙札？多少裝釘工夫？多少印刷？有個細數，纔好動旦。」薛姑子又道：「老爹你一發呆了，說那裏話去細細算將起來？止消先付九兩銀子，交付那經坊裏，要他印造幾千幾萬卷，裝釘完滿以後，一攬果算還他工食紙札錢兒就是了。卻怎地要細細算將出來？」正說的熱鬧，只見那陳經濟要與西門慶說話，跟尋了好一回不見。問那玳安，說在月娘房裏。走到捲棚底下，剛剛湊巧，遇著了那潘金蓮凭闌獨笑。猛然抬起頭來，見了經濟，就是個貓兒見了魚鮮飯，一心心要啖他下去了。不覺的把一天愁悶，多改做春風和氣。兩個乘著沒有人來，執手相偎，做剝嘴咂舌頭。兩下肉麻，好生兒玩了一回兒。因恐怕西門慶出來撞見，連那算帳的事情也不吆呼，兩雙眼又像老鼠兒見了貓來，左顧右盼提防著，又沒個方便，一溜煙自出去了。

且說西門慶聽罷了薛姑子的話頭，不覺心上打動了一片善念。就叫玳安取出拜匣，把汗巾上的小匙鑰兒開了，取出一封銀子，準準三十兩足色松紋，便交付薛姑子與那王姑子：「即便同去，隨分那裏經坊，與我印下五千卷經。待完了，我就算帳找他。」正話間，只見那書童忙忙的來報道：「請的各位客人多到了。」少不的是吳大舅、花大舅、謝希大、常時節這一班，多各齊齊整整一齊到。西門慶忙的不迭，即便整衣出外，迎接升堂。就叫小廝擺下桌兒，放下小菜兒。請吳大舅上坐了。眾人一行兒分班列次，各敘長幼，各各坐地。那些醃臘煎熬、大魚大肉、燒雞燒鴨、時鮮果品，一齊兒多捧將出來。西門慶又叫道：「開那麻姑酒兒盪來。」只見酒逢知己，形迹多忘。猜枚的、打鼓的、催花的、三拳兩謊的；歌的歌，唱的唱。談風月，盡道是杜工部、賀黃剁乘春賞玩；掉文袋，也曉的蘇玉局、黃魯直，赤壁清遊。投壺的定要那正雙飛，拗雙飛，八仙過海；擲色的又要那正馬軍，拗馬軍，鰍入菱窠。輸酒的要喝個無滴，不怕你玉山頹倒；贏色的又要去掛紅，誰讓你倒著接䍦。玩不盡少年場光景，說不了醉鄉裏日月。正是：秋月春花隨處有，賞心樂事此時同。百年若不千場醉，碌碌營營總是空。

畢竟未知後來何如，且聽下回分解。

第五十八回　懷妒忌金蓮打秋菊　乞臘肉磨鏡叟訴冤

繡幃寂寂思懨懨，萬種新愁日夜添。
一鴈叫群秋度塞，亂蛩吟苦月當簷。
藍橋失路悲紅線，金屋無人下翠簾。
何似湘江江上竹，至今猶被淚痕沾。

話說當日西門慶前廳陪親朋飲酒，吃的酩酊大醉，走入後邊孫雪娥房裏來。雪娥正顧竈上看收拾家火。聽見西門慶往後邊去，慌的兩步做一步走。先前郁大姐正在他炕上坐的，一面攛掇他往月娘炕屋裏和玉簫、小玉一處睡去了。原來孫雪娥在後邊，也住著一明兩暗三間房，一間床房，一間炕房。西門慶也有一年多沒進他房中來。聽見今日進來，連忙向前替西門慶接了衣服，安頓中間椅子上坐的。一面在房中揩抹涼蓆，收拾床鋪。薰香澡牝。走來遞茶與西門慶吃了，攙扶進房中，上床脫靴解帶，打發安歇。一宿無話。

到次日廿八，乃西門慶正生日。剛燒畢紙，只見韓道國後生胡秀到了門首，下頭口，左右稟報與西門慶。西門慶叫胡秀到廳上，磕頭見了。問他：「貨船在那裏？」這胡秀遞上書帳，說道：「韓大叔在杭州置了一萬兩銀子段絹貨物，見今直抵臨清鈔關，缺少稅鈔銀兩。方纔納稅起腳，裝載進城。」這西門慶一面看了書帳，心中大喜。分付棋童看飯與胡秀吃了，教他往喬親家爹那裏見見去。不一時胡秀吃畢飯去了。西門慶進來對吳月娘說：「如此這般，韓夥計貨船到了臨清，使了後生胡秀送書帳上來。如今少不的把對門房子打掃，卸到那裏，尋夥計收拾，裝廂土庫，開鋪子發賣。」月娘聽了，便說：「你上緊尋著。也不早了，還要慢慢的！」西門慶道：「如今等應二哥來，我就對他說，教他上緊尋覓。」伯爵就時應伯爵來了，西門慶在廳上陪著他坐，對他說：「韓夥計杭州貨船到了。缺少個夥計發賣。」伯爵就說：「哥，恭喜！今日華誕的日子貨船到，決增十倍之利，喜上加喜！哥若尋賣手，不打緊，我有一相識，卻是父交子往的朋友。原是這段子行賣手，連年運拙，閒在家中。今年纔四十多歲，正是當年漢子。眼力看銀水是不消說，寫算皆精，又會做買賣。此人姓甘，名潤，字出身，見在石橋兒巷住，倒是自己房兒。」西門慶道：「若好，你明日請他見我。」

正說著，只見李銘、吳惠、鄭奉三個，先來扒在地下磕頭，起來旁邊站立。不一時，雜耍樂工都到了，廂房中打發吃飯。就把桌子擺下，與李銘、吳惠、鄭奉三個同吃。只見答應的節級，拏票來回話：「小的叫了唱的，只有鄭愛月兒不到。他家鴇子說，收拾了纔待來，被王皇親家人攔的往宅裏唱去了。小的只叫了齊香兒、董嬌兒、洪四兒三個，收拾了便來也。」西門慶聽見他不來，便道：「胡說，怎的不來？」便叫過鄭奉問：「怎的你妹子我這裏叫他不來？果係是被王皇親家攔了去？」那鄭奉跪下便道：「小的另住，不知道。」西門慶道：「你說往王皇親家唱就罷了，敢量我就拏不得來！」便叫玳安兒近前分付：「你多帶兩個排軍，就拏我個侍生帖兒，到王皇親家宅內，見你王二老爹，就說是我這裏請幾位人吃酒，這鄭月兒答應下兩三日了，好歹放了他來。倘若推辭，連那鴇子都與我鎖了墩在門房兒裏。這等可惡，叫不得來就罷了！」一面叫鄭奉：「你也跟了去。」那鄭奉又不敢不去。走出外邊來，央及玳安兒說道：「安哥，你進去，我在外邊等著罷。一定是王二老爹府裏叫，怕不的還沒收拾去哩。有累安哥，若是沒動身，看怎的將就，教他好好的來罷。」玳安道：「若果然往王家宅裏去了，等我拏帖兒討去。若是在家藏著，你進去對他媽說，教他快快收拾一答兒來。俺就與你替他回護兩句言語兒，爹就罷了。你每不知道性格，他從夏老爹宅定下，你不來，他可知惱了哩。」這鄭奉一面先往家中說去了。玳安同兩個排軍，一名節級，後邊去著。

且說西門慶打發玳安、鄭奉去了，因向伯爵道：「這個小淫婦兒，這等可惡！在別人家唱，我這裏叫他不來！」伯爵道：「小行貨子，他曉的甚麼！他還不知你的手段哩！」西門慶道：「我倒見他酒席上說話兒伶俐，叫他來唱兩日試他，倒這等可惡！」伯爵道：「哥今日揀的這四個粉頭，都是出類拔萃的尖兒了。再無有出在他上的了。」李銘道：「你沒見愛香兒的。」伯爵道：「我跟你爹在他家吃酒，他還小哩。這幾年倒沒曾見，不知出落的怎樣的了？」李銘道：「這小粉頭子，雖故好個身段兒，光是一味妝飾。唱曲也會，怎生趕的上桂姐的一半兒唱。爹這裏是那裏，叫著敢不來？就是來了，虧了你？還是不知輕重！」只見胡秀來回話：「小的到喬爹那邊見了來了，伺候老爺示下。」西門慶教陳經濟：「後邊討五十兩銀子來。」令書童：「寫一封書，使了印色，差一名節級，明日早起身，一同去下與你鈔關上錢老爹，教他過稅之時，青目一二。」須臾，陳經濟取了一封銀子來交與胡秀。胡秀稟道：「小的往韓大叔家歇去。」便領文書，並稅帖，次日早同起身，不在話下。

忽聽喝的道子響，平安來報：「劉公公與薛公公來了。」西門慶即冠帶迎接至大廳，見畢禮數，請至捲棚內，寬去上蓋蟒衣，上面設兩張交椅坐下。應伯爵在下，與西門慶關席陪坐。薛內相便問：「此位是何人？」西門慶道：「去年老太監會過來。乃是學生故友應二哥。」薛內相道：「卻是那快耍笑的應先兒麼？」那應伯爵欠身道：「老公公還記的，就是在下。」須臾，拏茶上來吃了。只見平安走來稟道：「府裏周爺差人拏帖兒來，說今日還有一席，來遲些。教老爹這裏先坐，不須等罷。」西門慶看了帖兒，便說：「我知道了。」薛內相因問：「西門大人，今日誰來遲？」西門慶道：「周菊軒那邊還有一席，使人來說，上坐休等他哩，只怕來遲些。」薛內相道：「既來說，咱虛著他席面就是。」上面只見兩個小廝上來，一邊一個打扇。正說話之間，王經拏了兩個帖兒進來：「兩位秀才來了。」西門慶見帖兒上，一個是侍生倪鵬，一個溫必古。西門慶就知倪秀才舉薦了他同窗朋友來了，連忙出來迎接。見都穿著衣巾進來，且不看倪秀才，觀看那溫必古；年紀不上四旬，生的明眸皓齒，三牙鬚；丰姿灑落，舉止飄逸。未知行藏何如，見觀動靜若是。有幾句道得他好：

雖抱不羈之才，慣遊非禮之地。功名蹭蹬，豪傑之志已灰；家業凋零，浩然之氣先喪。把文章道學，一並送還了孔夫子。將致君澤民的事業，及榮華顯親的心念，都撇在東洋大海。和光混俗，惟其利欲是前；隨方逐圓，不以廉恥為重。峨其冠，博其帶，而眼底旁若無人；席上闊其論，高其談，而胸中實無一物。三年叫案，而小考尚難，豈望月桂之高攀；廣坐啣盃，遯世無悶，且作岩穴之隱相。

西門慶讓至廳上敘禮。每人遞書帕二事，與西門慶祝壽。交拜畢，分賓主而坐。西門慶問道：「久仰溫老先生大才，敢問尊號？」溫秀才道：「學生賤名必古，字日新，號葵軒。」西門慶道：「葵軒老先生。」又問：「貴庠？魁經？」溫秀才道：「學生不才，府學備數，初學易經。一向久仰尊府大名，未敢進拜。昨因我這敝同窗倪桂岩道及老先生盛德，敢來登堂恭謁。」西門慶道：「不敢。承老先生先施，學生容日奉拜。只因學生一個武官，粗俗不知文理，往來書柬，無人代筆。前者因在我這敝同僚府上，會遇桂岩老先生，甚是稱道老先生大才盛德。正欲趨拜請教，不意老先生下降，兼承厚貺，感激不盡！」溫秀才道：「學生匪才薄德，繆承過譽。」茶罷，西門慶讓至捲棚內，有薛、劉二老太監在座。薛內相道：「請二位老先生寬衣進來。」西門慶一面請寬了青衣，進裏面各遜讓再四，方纔一邊一位，垂首坐下。正敘談間，吳大舅、范千戶到了，敘禮坐定。

不一時，玳安與同答應的，和鄭奉都來回話：「四個唱的都叫來了。」西門慶問：「是王皇親那裏不在？」玳安道：「是王皇親宅內叫。還沒起身，小的要拴他鴇子墩鎖，他慌了，纔上轎都一答兒來了。」西門慶即出來，到廳臺基上站立。只見四個唱的，一齊進來，向西門慶花枝招展，繡帶飄飄，都插燭也似磕下頭去。那鄭愛月兒穿著紫紗衫兒，白紗挑線裙子，頭上鳳釵半卸，寶髻玲瓏，腰肢嬝娜，猶如楊柳輕盈：花貌娉婷，好似芙蓉艷麗。正是：萬種風流無處買，千金良夜實難消。西門慶便向鄭愛月兒道：「我叫你，如何不來？這等可惡，敢量我拏不得你來！」那鄭愛月兒磕了頭起來，一聲兒也不言語，笑著同眾人一直往後邊去了。到後邊與月娘眾人都磕了頭。看見李桂姐、吳銀兒都在跟前，各道了萬福，說道：「你二位來的早？」李桂姐道：「俺每兩日沒家去了。」因說：「你四個怎的這咱纔來？」董嬌兒道：「都是月姐帶累的俺每來遲了。收拾下，只顧等著，他白不起身。」那鄭愛月兒用扇兒遮著臉兒，只是笑，不做聲。月娘便問：「這位大姐是誰家的？」董嬌兒道：「娘不知道，他是鄭愛香兒的妹子鄭愛月兒，纔成人還不上半年光景。」月娘道：「可倒好個身段兒！」說畢，看茶吃了。一面放桌兒擺茶，與眾人吃。那潘金蓮且只顧揭起他裙子，撮弄他的腳看，說道：「你每這裏邊的樣子，只是恁直尖了。不相俺外邊的樣子趫。俺外邊尖底停匀，你裏邊的後跟子大。」月娘向大妗子道：「偏他恁好百勝，問他怎的？」一回又取下他頭上金魚撇扠兒來瞧，因問：「你這樣兒，是那裏打的？」鄭愛月兒道：「是俺裏邊銀匠打的。」須臾擺下茶，月娘便叫：「桂姐、銀姐，你陪他四個吃茶。」不一時，六個唱的做一處，同吃了茶。李桂姐、吳銀兒便向董嬌兒四個說：「你每來花園裏走走。」董嬌兒道：「等我每到後邊就來。」這李桂姐和吳銀兒就跟著潘金蓮、孟玉樓出儀門往花園中來。因有人在大捲棚內，就不曾過那邊去。只在這邊看了回花艸，就往李瓶兒房裏看官哥兒。官哥心中又有些不自在，睡夢中驚哭，吃不下奶去。李瓶兒在屋裏守著不出來。看見李桂姐、吳銀兒和孟玉樓、潘金蓮進來，連忙讓坐的。桂姐問道：「哥兒睡哩？」李瓶兒道：「他哭了這一日，我打發他面朝裏床纔睡下了。」玉樓道：「大娘說請劉婆子來看他看，你怎的不使小廝快請去？」李瓶兒道：「今日他爹好的日子。明日請他去罷。」正說話中間，只見四個唱的和西門大姐、小玉走來。大姐道：「原來你每都在這裏，卻教俺花園內尋你。」玉樓道：「花園內有人在那裏，咱每不好去的。瞧了瞧兒就來了。」李桂姐問洪四兒：「你每四個在後邊做甚麼？這半日纔來？」洪四兒道：「俺每在後邊四娘房裏吃茶來，坐了這一回。」潘金蓮聽了，望著玉樓、李瓶兒，笑問洪四兒：「誰對你說是四娘來？」董嬌兒道：「他留俺每在房裏吃茶來。他每問來：『還不曾與你老人家磕頭，不知娘是幾娘。』他便說：『我是你四娘哩。』」金蓮道：「沒廉恥的小婦人，別人稱道你便好，誰家自己稱是四娘來！這一家大小，誰興你，誰數你，誰叫你是四娘？漢子在屋裏睡了一夜兒，得了些顏色兒，就開起染房來了！若不是大娘房裏有他大妗子，他二娘房裏有桂姐，你房裏有楊姑奶奶，李大姐便有銀姐在這裏，我那屋裏有他潘姥姥，且輪不到往你那屋裏去哩！」玉樓道：「你還沒曾見哩，今日早晨起來，打發他爹往前邊去了。在院子裏呼張喚李的，便那等花哨起來！」金蓮道：「常言道：『奴才不可逞，小孩兒不宜哄。』」又問小玉：「我聽見你爹對你奶奶說，替他尋丫頭子與他。爹昨日到他屋裏見他，只顧收拾不見。問他，到底是那小淫婦做勢兒，對你爹說：『我終日不得個閒，收拾屋裏，只好晚夕來這屋裏睡罷了。』你爹說：『不打緊，到明日對你娘說，尋一個丫頭子與你使便了。』真個有此話？」小玉道：「我不曉的。敢是玉簫他聽見來？」金蓮向桂姐道：「你爹不是俺各房裏有人，等閒不往他後邊去。莫不俺每背地說他，本等他嘴頭子不達時務，慣傷犯人。俺每急切不和他說話。」正說著，綉春拏了茶上來，每人一盞果仁泡茶。

正吃間，忽聽前邊鼓樂響動，荊都監眾人都到齊了，遞酒上坐。玳安兒來叫，四個唱的就往前邊去了。那日喬大戶沒來。先是雜耍百戲，吹打彈唱，隊舞吊罷，做了個笑樂院本。割切上來，獻頭一道湯飯。只見任醫官到了，冠帶著進來。西門慶迎接至廳上敘禮。任醫官令左右氈包內取出一方壽帕、二星白金來，與西門慶拜壽。說道：「昨日韓明川纔說老先生華誕，恕學生來遲。」西門慶道：「豈敢動勞車駕？又兼謝盛儀。外日❶多謝妙藥。」彼此拜畢，任醫官還要把盞。西門慶道：「不消。剛纔已見過

❶ 外日：前日。

禮，就是了。」一面脫了衣服，安在左手第四席，與吳大舅相近而坐。獻上湯飯，並手下攢盤，任醫官道：「多謝了！」令僕從領下去，告坐坐下。四個唱的彈著樂器，在旁唱了一套壽詞。西門慶令上席，各分投遞酒。下邊樂工，呈上揭帖，到劉、薛二內相席前。揀令一段韓湘子度陳半街升仙會雜劇。纔唱得一摺，只聽喝道之聲漸近。平安進來稟報：「守備府周爺來了。」西門慶冠帶迎接，未曾相見，就先令寬盛服。周守備道：「我來非為別務，要與四哥把一盞。」薛內相向前來說道：「周大人不消把盞，只見禮兒罷。」于是二人交拜。又道：「我學生來遲，恕罪，恕罪！」敘畢禮數，方寬衣解帶，纔與眾人作揖。左首第三席安下鍾筯。下邊就是湯飯，割切一道添換，拏上來，席前打發馬上人兩盤點心，兩盤熟肉，兩瓶酒。周守備舉手謝道：「忒多了！」令左右上來領下去，然後坐下。一面劉、薛二內相，每人送周守備一大盃。觥籌交錯，歌舞吹彈，花攢錦簇飲酒。正是：舞低楊柳樓心月，歌罷桃花扇底風。

吃至日暮時分。先是任醫官隔門去的早。西門慶送出來。任醫官因問：「老夫人貴恙覺好了？」西門慶道：「拙室服了良劑，已覺好些。這兩日不知怎的，又有些不自在。明日還望老先生過來看看。」說畢，任醫官作辭上馬而去。落後又是倪秀才、溫秀才起身。西門慶再三款留不住，送出大門，說道：「容日奉拜請教。寒家就在對門收拾一所書院，與老先生居住，連寶眷多搬來一處方便。學生每月奉上束修，以備菽水之需。」溫秀才道：「多承盛愛，感激不盡！」倪秀才道：「觀此，是老先生崇尚斯文之雅意矣！」打發二秀才去了。西門慶陪客飲酒，吃至更闌方散。四個唱的都歸在月娘房內，唱與月娘、大妗子、楊姑娘眾人聽。西門慶還在前邊，留下吳大舅、應伯爵復坐飲酒，看著打發樂工酒飯吃了，先去了；其餘席上家火都收了；鮮果殘饌都令手下人分散吃了。分付從新後邊拏果碟兒上來，教李銘、吳惠、鄭奉上來彈唱，拏大盃賞酒與他吃。應伯爵道：「哥，今日華誕設席，列位都是喜歡。」李銘道：「今日薛爺和劉爺，也費了許多賞賜。落後見桂姐、銀姐又出來，每人又遞了一包與他。只是薛爺比劉爺年小快玩些。」不一時，畫童兒拏上添換果碟兒來，都是蜜餞減碟，榛松果仁，紅菱雪藕，蓮子荸薺，酥油蚫螺，冰糖霜梅，玫瑰餅之類。這應伯爵看見酥油蚫螺，渾白與粉紅兩樣，上面都沾著飛金。就先揀了一個，放在口內，如甘露灑心，入口而化。說道：「倒好吃！」西門慶道：「我的兒，你倒肯吃，此是你六娘親手揀的。」伯爵笑道：「也是我女兒孝順之心。」說道：「老舅，你也請個兒。」于是揀了一個，放在吳大舅口內。又叫李銘、吳惠、鄭奉近前，每人揀了一個賞他。正飲酒間，伯爵向玳安道：「你去後邊叫那四個小淫婦出來；我便罷了，也教他唱個兒與老舅聽。再遲一回兒，便好去。今日連用錢，他只唱了兩套。休要便宜了他。」那玳安不動身，說道：「小的叫了他了。在後邊唱與妗子和娘每聽哩，便來。」伯爵道：「賊小油嘴，你幾時去哩？還哄我。」因叫王經：「你去。」那王經又不動。伯爵道：「我便看你每都不去，等我去罷。」于是就往後走。玳安道：「你老人家趁早休進去。後邊有狗哩，好不利害，只咬大腿。」伯爵道：「若咬了我，我直賴到你娘那炕頭子上。」玳安入後邊良久，只聽一陣香風過，覺有笑聲。四個粉頭都用汗巾兒搭著頭出來。伯爵看見：「我的兒，誰養的你恁乖？搭上頭兒，心裏要去的情，好自在性兒！不唱個曲兒與俺每聽，就指望去，好容易！連轎子錢，就是四錢銀子。買紅梭兒來，買一石七八斗。夠你家鴇子和你一家大小吃一個月。」董嬌兒道：「哥兒，恁便益衣飯兒，你也入了籍罷了！」洪四兒道：「大爺，這咱晚七八有二更，放了俺每去罷了。」齊香兒道：「俺每明日還要起早往門外送殯去哩。」伯爵道：「誰家？」齊香兒道：「是房簷底下開門兒那家子。」

伯爵道：「莫不又是王三官兒家？前日被他連累你那場事，多虧你大爹這裏人情替李桂兒說，連你也饒了。這一遭雀兒不在那窩兒罷了。」齊香兒笑罵道：「怪老油嘴，汗邪了你恁胡說！」伯爵道：「你笑話我老，我那些兒放著老？我半邊俏❷，把你這四個小淫婦兒還不夠擺布！」洪四兒笑道：「哥兒，我看你行頭不怎麼好，光一味好撇！」伯爵道：「我那兒，到跟前看手段還錢。」又道：「鄭家那賊小淫婦兒，吃了糖五老座子兒，白不言語，有些出神的模樣。敢記掛著那孤老兒在家裏？」董嬌兒道：「他剛纔聽見你說，在這裏有些怯床。」伯爵道：「怯床不怯床，拏樂器來，每人唱一套，你每去罷。我也不留你了。」西門慶道：「也罷，你每叫兩個遞酒，兩個唱一套與他聽罷。」齊香兒道：「等我和月姐唱。」當下鄭月兒琵琶，齊香兒彈箏，坐在交床兒，兩個輕舒玉指，款跨鮫綃，啓朱唇，露皓齒，歌美韻，放嬌聲，唱了一套越調鬥鵪鶉：「夜去明來，倒有個天長地久。」當下董嬌兒遞吳大舅酒，洪四兒遞應伯爵酒，在席上交盃換盞，倚翠偎紅，翠袖慇懃，金盃瀲灩。正是：朝赴金谷宴，暮伴綺樓娃。休道歡娛處，流光逐落霞。當下酒進數巡，歌吟兩套，打發四個唱的去了。西門慶還留吳大舅坐，教春鴻上來，唱南曲與大舅聽。分付棋童：「備馬來，拏燈籠送大舅。」大舅道：「姐夫不消備馬，我同應二哥一路走罷。天色晚了。」西門慶道：「無是理。如此，教棋童打燈籠送到家。」當下唱了一套，吳大舅與伯爵起身，作別道：「深擾姐夫！」西門慶送至大門首，因和伯爵說：「你明日好歹上心，約會了那位甘夥計，來見了批合同。我會了喬親家，好收拾那邊房子，一兩日卸貨。」伯爵道：「哥不消分付，我知道。」一面作辭，與大舅同行。棋童打著燈籠，吳大舅便問：「剛纔姐夫說收拾那裏房子？」伯爵

❷ 半邊俏：一半好一半不好。

悉把韓夥計貨船到，無人發賣，他心內要開個段子鋪，收拾對門房子，教我替他尋個夥計一節，對大舅說了。大舅道：「幾時開張？咱每親朋會定，少不的具果盒花紅來作賀作賀。」須臾出大街，到伯爵小衚衕口上。大舅要棋童打燈籠：「送你應二叔到家。」伯爵不肯，說道：「棋童，你送大舅，我不消燈籠。進巷內就是了。」一面作辭，分路回來。棋童使送大舅去了。

西門慶打發李銘等唱錢，關門回後邊月娘房中歇了一夜。到次日，果然伯爵領了甘出身，穿青衣走來拜見，講說了回買賣之事。西門慶叫將崔本來，會喬大戶那邊，收拾房子卸貨，修蓋土庫局面，擇日開張舉事。喬大戶對崔本說：「將來凡一應大小事，隨你親家爹這邊只顧處，不消多較。」當下就和甘夥計批立了合同，就立伯爵作保。譬如得利十分為率，西門慶分五分，喬大戶分三分，其餘韓道國、甘出身與崔本三分均分。一面收卸磚瓦木石，修蓋土庫局面，裝畫牌面。待貨車到日，堆卸貨物。後邊獨自收拾一所書院，請將溫秀才來作西賓。專修書柬，回答往來士夫。每月三兩束修，四時禮物不缺。又撥了畫童兒小廝伏侍他半晚，替他拏茶飯，舀硯水。他若出門望朋友，跟他拏拜帖匣兒。西門慶家中常筵客，就請過來陪侍飲酒，俱不必細說。

不覺過了西門慶生辰。第二日早晨，就請了任醫官來看李瓶兒討藥，又在對門看著收拾。楊姑娘先家去了，李桂姐、吳銀兒還沒家去。吳月娘買了三錢銀子螃蟹，午間煮了，來在後邊院內，請大妗子、李桂姐、吳銀兒眾人，都圍著吃了一回。只見月娘請的劉婆子來看官哥兒，吃了茶，李瓶兒就陪他往前邊房裏去了。劉婆子說：「哥兒驚了，住了奶奶。」又留下幾服藥。月娘與了他三錢銀子，打發去了。孟玉樓、潘金蓮和李桂姐、吳銀兒、大姐都在花架底下，放小桌兒，鋪氈條，同抹骨牌，賭酒玩耍。那個輸一牌，吃一大盃酒。孫雪娥吃眾人贏了七八鍾酒，又不敢久坐，坐一回又去了。西門慶在對門房子內，看著收拾打掃，和應伯爵、崔本、甘夥計吃酒，又使小廝來家要菜兒。慌的雪娥往廚下打發，只拏李嬌兒頂缺。金蓮教吳銀兒、桂姐：「你唱慶七夕俺每聽。」當下彈著琵琶，唱商調集賢賓：

暑纔消，大火即漸西。斗柄往，次宮移。一葉梧桐飄墜，萬方秋意皆知。暮雲軒，聒聒蟬鳴；晚風輕，點點螢飛。天階夜涼清似水，鵲橋高掛偏宜。金盤內種五生，瓊樓上設筵席。

當日眾姊妹飲酒至晚，月娘裝了盒子，相送李桂姐、吳銀兒家去了。潘金蓮吃的大醉歸房。因見西門慶夜間在李瓶兒房裏歇了一夜，早晨請任醫官又來看他，那惱在心裏。知道他孩子不好，進門不想天假其便，黑影中躧了一腳狗屎。到房中叫春梅點燈來看，大紅段子新鞋兒上，滿幫子都展污了。登時柳眉倒豎，星眼圓睜。叫春梅打著燈，把角門關了。拏大棍，把那狗沒高低只顧打，打的怪叫起來。李瓶兒那邊使過迎春來說：「俺娘說哥兒纔吃了老劉的藥睡著了，教五娘這邊休打狗罷。」這潘金蓮坐著半日不言語。一面把那狗打了一回，開了門，放出去了，又尋起秋菊的不是來。看著那鞋，左也惱，右也惱。因把秋菊喚至跟前說：「論起這咱晚，這狗也該打發去了。只顧還放在這屋裏做甚麼？是你這奴才的野漢子？你不發他出去，教他恁遍地撒屎。把我恁雙新鞋兒，連今日纔三四日兒，躧了恁一鞋幫子屎！知道了我來，你與我點個燈兒出來。你如何恁推聾裝啞裝憨兒？」春梅道：「我頭裏又對他說，你趁娘不來，早餵他些飯，關到後邊院子裏去罷。他佯打耳睜❸的不理我，還拏眼兒瞟著我！」婦人道：「可又

❸ 佯打耳睜：假裝癡呆。

來，賊膽大萬殺的奴才！怎麼恁把屁股兒懶待動旦？我知道你在這屋裏成了把頭，便說你恁久慣牢頭，把這打來不作理。」因叫他到跟前，叫春梅：「拏過燈來，教他瞧躧的我這鞋上的齷齪！我纔做的恁雙心愛的鞋兒，就教你奴才遭塌了我的！」哄得他低頭瞧，提著鞋拽巴，兜臉就是幾鞋底子。打的秋菊嘴唇都破了，只顧搵著搽血。那秋菊走開一邊。婦人罵道：「好賊奴才，你走了！」教春梅：「與我採過跪著。取馬鞭子來，把他身上衣服與我扯了，好好教我打三十馬鞭子便罷。但扭一扭兒，我亂打了不算！」春梅于是扯了他衣裳。婦人教春梅把他手拴住，雨點般鞭子輪起來，打的這丫頭殺豬也似叫。那邊官哥纔合上眼兒，又驚醒了。又使了綉春來說：「俺娘上覆五娘，饒了秋菊，不打他罷。只怕諕醒了哥哥。」那潘姥姥正歪在裏間屋裏炕上，聽見金蓮打的秋菊叫，一骨碌子扒起來，在旁邊勸解。見金蓮不依，落後又見李瓶兒使過綉春來說，又走向前奪他女兒手中鞭子，說道：「姐姐，少打他兩下兒罷。惹的他那邊姐姐說，只怕諕了哥哥。為驢扭棍不打緊，倒沒的傷了紫荊樹。」金蓮緊自心裏惱，又聽見他娘說了這一句，越發心中攛上把火一般。須臾，紫漒了面皮，把手只一推，險些兒不把潘姥姥推了一交。便道：「怪老貨，你不知道，與我過一邊坐著去！不干你事，來勸甚麼？腌子！甚麼紫荊樹，驢扭棍，單管外合裏差！」潘姥姥道：「賊作死的短壽命！我怎的外合裏差？我來你家討冷飯吃，教你恁頓摔❹我！」金蓮道：「你明日說與我來，看那老毬走，怕是他家不敢拏長鍋煮吃了我。」那潘姥姥聽見女兒這等證他，走那裏邊屋裏，嗚嗚咽咽哭起來了。由著婦人打秋菊，打夠約二三十馬鞭子，然後又蓋了十欄杆，打得皮開肉綻，纔放起來。又把他臉和腮頰，都用尖指甲掐的稀爛。李瓶兒在那邊，只是雙手摀著孩子

❹ 頓摔：挺撞。

耳朵腮頰痛淚，敢怒而不敢言。不想那日西門慶在對門房子裏吃酒散了，逕往玉樓房中歇了一夜。到次日，周守備家請吃補生日酒，不在家。李瓶兒見官哥兒吃了劉婆子藥，不見動靜，夜間又著驚唬，一雙眼只是往上吊吊的。因那日薛姑子、王姑子家去，來對月娘說，向房中拏出他壓被的銀獅子一對來，要叫薛姑子印造佛頂心陀羅經，趕八月十五日嶽廟裏去捨。那薛姑子就要拏著走，被孟玉樓在旁說道：「師父，你且住。大娘，你還使小廝叫將賁四來，替他兌兌多少分兩，就同他往經鋪裏講定個數兒來。每一部經多少銀子？咱每捨多少，到幾時有？纔好。你教薛師父去，他獨自一個怎弄的過來？」月娘道：「你也說的是。」一面使來安兒：「你去瞧，賁四來家不曾？你叫了他來。」來安兒一直去了。不一時，賁四來到。向月娘眾人作了揖，把那一對銀獅子上天平兌了，重四十一兩伍錢。月娘分付同薛師父往經鋪請印造經數去了。潘金蓮隨即叫孟玉樓：「咱送送他兩位師父去。就前邊看看大姐，他在屋裏做鞋哩。」兩個攜著手兒，往前邊來。賁四同來安兒、薛姑子、王姑子往經鋪裏去。金蓮與玉樓走出大廳前，來東廂房門首，見他正守著針線筐兒在簷下納鞋。金蓮拏起來看，卻是沙綠潞紬子鞋面。玉樓道：「大姐，你不要這紅鎖線子。爽利著藍頭線兒，卻不老作些？你明日還要大紅提跟子？」大姐道：「我有一雙是大紅提跟子的。這個我心裏要藍提跟子，所以使大紅線鎖口。」金蓮瞧了一回，三個都在廳臺基上坐的。玉樓問大姐：「你女婿在屋裏不在？」大姐道：「他不知那裏吃了兩鍾酒，在屋裏睡哩。」孟玉樓便向金蓮說：「剛纔若不是我在旁邊說著，李大姐恁哈帳❺行貨，就要把銀子交姑子拏了印經去。經也印不成，沒腳蟹行貨子，藏在那大人家，你那裏尋他去？早時我說叫將賁四來，同他去了。」金蓮道：「你

❺ 哈帳：隨便。

看麼，你教我幹，恁有錢的姐姐，不撰他些兒是傻子；只相牛身上拔一根毛了！你孩兒若沒命，休說捨經，隨你把萬里江山捨了，也成不的！正是饒你有錢拜北斗，誰人買得不無常？如今這屋裏只許人放火，不許俺每點燈。大姐聽著，也不是別人。偏染的白兒不上色，偏你會那等輕狂百勢❻！大清早晨，刁蹬著漢子請太醫看。他亂他的，俺每又不管。每常在人前，會那等撇清兒說話。我心裏不耐煩。他爹要便進我屋裏，推看孩子睡著，和我睡。誰耐煩？教我就攛掇往別人屋裏睡去了。俺每自恁好罷了，背地還嚼說俺每。那大姐姐，偏聽他一面詞兒說話。不是俺每爭這個事，怎麼昨日漢子不進你屋裏去，你使丫頭在角門子首叫進屋裏，推看孩子，你便吃藥，一逕把漢子作成在那屋裏和吳銀兒睡了一夜去了。一逕顯你那乖覺，教漢子喜歡你。那大姐姐就有的話兒說了。昨日晚夕，人進屋裏躧了一鞋狗屎，打丫頭趕狗，也嗔起來。使丫頭過來說，諕了他孩子了。俺娘那老貨，又不知道，挑他那嘴吃，教他那小買手，走來勸甚麼的驢扭棍傷了紫荊樹。我惱他那等輕聲浪氣，他又來我跟前說話長短。教我墩了他兩句，他今日使性子家去了。去了罷，教我說，他家有你這樣窮親戚也不多。沒你也不少！比時恁他快使性子，到明日不要來他家，怕他拏長鍋煮吃了我，隨他和他家纏去。」玉樓笑道：「你這個沒訓教的子孫，你一個親娘母兒，你這等訌他？」金蓮道：「不是這等說，惱人子腸了！單管黃貓黑尾，外合裏差，只替人說話！吃人家碗半，被人家使喚。得不的人家一個甜來兒，千也說好，萬也說好。想著迎頭兒養了這個孩子，把漢子調唆的生根也似的，把他便扶的正正兒的，把人恨不的躧到那泥裏頭還躧！今日怎的天也有眼，你的孩兒生出病來了！我只說日頭常晌午，如何也有個錯了的時節兒！」

❻ 輕狂百勢：種種輕狂的樣子。

正說著，只見賁四和來安兒，往經鋪裏交了銀子，來回月娘話。看見玉樓、金蓮和大姐都在廳臺基上坐的，只顧在儀門外立著，不敢進來。來安走來說道：「娘每閃閃兒，賁四來了。」金蓮道：「怪囚根子，你教他進去不是，纔乍見他？」來安說了，賁四于是低著頭，一直後邊見月娘、李瓶兒，說道：「兌了銀子四十一兩五錢，眼同兩個師父，交付與翟經兒家收了。講定印造綾殼陀羅五百部，每部五分；絹殼經一千部，每部三分。算共該五十五兩銀子。除收過四十一兩五錢，還找與他十三兩五錢。准在十四日早抬經來。」李瓶兒連忙向房裏取出一個銀香毬來，教賁四上天平兌了，十五兩。李瓶兒道：「你挐了去。除找與他，別的你收著。換下些錢，到十五日廟上捨經，與你每做盤纏就是了。省的又來問我要。」賁四于是挐香毬出門。月娘使來安送賁四出去。李瓶兒道：「四哥，多累你。」賁四躬著身說道：「小人不敢。」走到前邊，金蓮、玉樓又叫住問他：「銀子交付與經鋪了？」賁四道：「已交付明白，共一千五百部經，共該給五十五兩銀子。除收過那四十一兩五錢，剛纔六娘又與了這件銀香毬。」玉樓、金蓮瞧了瞧，沒言語。賁四便回家去了。

玉樓向金蓮說道：「李大姐像這等，都枉費了錢。他若是你的兒女，就是狼頭也樁不死。他若不是你兒女，你捨經造像，隨你怎的，也留不住！他信著姑子，甚麼繭兒幹不出來！剛纔不是我說著，把這些東西就託他挐的去了。這等著咱家個人兒去，卻不好？」金蓮道：「總然他背地落，也落不多兒。」兩個說了一回，都立起來。金蓮道：「咱每往前邊大門首走走去。」因問大姐：「你不出去？」大姐道：「我不去。」這潘金蓮便拉著玉樓手兒，兩個同來到大門裏首站立。因問平安兒：「對門房子都收拾了？」平安道：「這咱哩，從昨日爹看著，都打掃乾淨了。後邊樓上堆貨。昨日教陰陽來破土，樓底下要裝廂三間土庫閣段子。門面打開一溜三間，鋪子局面，都教漆匠裝新油漆。地下鏝磚廂地平，打架子，要在出月開張。」玉樓又問：「那寫書溫秀才家小，搬過來了不曾？」平安道：「從昨日就過來了。今早爹分付，把後邊堆放的那一張涼床子拆了與他。又搬了兩張桌子，四張椅子與他坐。」金蓮道：「你沒見他老婆，怎的模樣兒？」平安道：「黑影子坐著轎子來，誰看見他來？」正說著，只聽見遠遠一個老頭兒，斯琅琅搖著驚閨❼葉過來。潘金蓮便道：「磨鏡子的過來了。」教平安兒：「你叫住他，與俺每磨磨鏡子。我的鏡子，這兩日都使的昏了。分付你這囚根子，看著過來再不叫！俺每出來站了多大回，怎的就有磨鏡子的過來了？」那平安一面叫住磨鏡老兒，放下擔兒。見兩個婦人在門裏首，向前唱了兩個喏，立在旁邊。金蓮便問玉樓道：「你也磨？都叫小廝帶出來，一答兒裏磨了罷。」于是使來安兒：「你去我屋裏，問你春梅姐討我的照臉大鏡子，兩面小鏡子兒；就把那大四方穿衣鏡也帶出來，教他好生磨。」玉樓分付來安：「你到我屋裏，教蘭香也把我的鏡子拏出來。」那來安兒去不多時，兩隻手提著大小八面鏡子，懷裏又抱著四方穿衣鏡出來。金蓮道：「賊小肉兒，你拏不了，做兩遭兒拏。如何恁拏出來？一時叮噹了我這鏡子，怎了？」玉樓道：「我沒見你這面大鏡子，是那裏的？」金蓮道：「是鋪子人家當的。我愛他且是亮，安在屋裏早晚照照。」因問：「你的鏡子只三面？」玉樓道：「我的大小只兩面。」金蓮道：「這兩面是誰的？」來安道：「這兩面是俺春梅姐的，捎出來也教磨磨。」金蓮道：「賊小肉兒，他放著他的鏡子不使，成日只撾著我的鏡子照。弄的恁昏昏的！」共大小八面鏡子，交付與磨鏡老叟，教他磨。當下絆在坐架上，使了水銀，那消頓飯之間，淨磨的耀眼爭光。婦人拏在手內，

❼ 驚閨：貨郎兒手中所搖的小鼓，鼓上裝有鈴鐺。

對照花容，猶如一汪秋水相似。有詩為證：

蓮萼菱花共照臨，風吹影動碧沈沈。
一池秋水芙蓉現，好似嫦娥入月宮。
翠袖拂塵霜暈退，朱唇呵氣碧雲深。
從教粉蝴飛來撲，始信花香在畫中。

那磨鏡老子須與將鏡子磨畢，交與婦人看了，付與來安兒收進去了。玉樓便令平安問鋪子裏傳夥計櫃上，要五十文錢兒與磨鏡的。那老子一手接了錢，只顧立著不去。玉樓教平安問那老子：「你怎的不去？敢嫌錢少？」那老子不覺眼中撲簌簌流下淚來哭了。平安道：「俺當家的奶奶問你，怎的煩惱？」老子道：「不瞞哥哥說，老漢今年癡長六十一歲。老漢前妻丟下個兒子，二十二歲，尚未娶妻。專一狗油❽，不幹生理。老漢日逐出來掙錢，便養活他。他又不守本分，常與街上搗子耍錢。昨日惹了禍，同拴到守備府中，當土賊打了他二十大棍。歸來把媽媽的裙襖，都去當了。媽媽便氣了一場病，打了寒❾，睡在炕上半個月。老漢說了他兩句，他便走出來，不往家去。教老漢日逐抓尋他不著個下落。待要賭氣不尋他，況老漢恁大年紀，只生他一個兒子，往後無人送老。有他在家，見他不成人，又要惹氣。似這等，乃老漢的業障！有這等負屈啣冤，沒處告訴，所以這等淚出痛腸。」玉樓教平安兒：「你問他，你

❽ 狗油：浪蕩浮滑。
❾ 打了寒：打寒，「打寒脾」的簡詞。發瘧疾。

這後婜婆兒是今年多大年紀了？」老子道：「他今年癡長五十五歲了，男女花兒沒有。如今打了寒纔好些，只是沒將養的，心中想塊臘肉兒吃。老漢在街上恁問了兩三日，走了十數條街巷，白不討出塊臘肉兒來！甚可嗟歎人子！」玉樓笑道：「不打緊處。我屋裏抽替內，有塊臘肉哩。」即令來安兒：「你去對蘭香說，還有兩個餅錠，教他拏與你來。」金蓮叫那老頭子問：「你家媽媽兒，吃小米兒粥不吃？」老漢子道：「怎的不吃？那裏有？可知好哩！」金蓮于是叫過來安兒來：「你對春梅說，把昨日你姥姥捎來的新小米兒量二升，就拏兩個醬瓜兒出來，與他媽媽兒吃。」那來安去不多時，拏出半腿臘肉、兩個餅錠、二升小米、兩個醬瓜茄，叫道：「老頭子過來，造化了你。你家媽媽子不是害病想吃，只怕害孩子坐月子，想定心湯吃。」那老子連忙雙手接了，安放在擔內，望著玉樓、金蓮唱了個喏，揚長挑著擔兒，搖著驚閨葉去了。平安道：「二位娘子不該與他這許多東西。被這老油嘴設智誆的去了。他媽媽子是個媒人，昨日打這街上走過去不是？幾時在家不好來？」金蓮道：「賊囚，你早不說，做甚麼來？」平安道：「罷了，也是他的造化！可可二位娘出來看見，叫住他，照顧了他這些東西去了。」正是：閒來無事倚門楣，正是驚閨一老來。不獨纖微能濟物，無緣滴水也難為。

畢竟未知後來何如，且聽下回分解。

第五十九回　西門慶摔死雪獅子　李瓶兒痛哭官哥兒

日落水流西復東，春風不盡折何窮。
巫峨廟裏低含雨，宋玉門前斜帶風。
莫將榆莢共爭翠，深感杏花相映紅。
灞上漢南千萬樹，幾人遊宦別離中。

話說孟玉樓和潘金蓮在門首打發磨鏡叟去了。忽見從東一人，帶著大帽眼紗，騎著騾子，走得甚急，逕到門首下來。慌的兩個婦人往後走不迭。落後揭開眼紗，卻是韓夥計來家了。平安忙問道：「貨車到了不曾？」韓道國道：「貨車進城了。稟問老爹，卸在那裏？」平安道：「爹不在家，往周爺府裏吃酒去了。收拾了教卸在對門樓上哩。你老人家請進裏邊去。」不一時陳經濟出來，陪韓道國人後邊，見了月娘。出來廳上，拂去塵土，把行李搭連教王經送到家去。月娘一面打發出飯來，與他吃了。不一時，貨車纔到。經濟拏鑰匙開了那邊樓上門，就有卸車的小腳子❶，領籌搬運貨，一箱箱堆卸在樓上。十大車段貨，連家用酒米，直卸到掌燈時分。崔本也來幫扶照管。堆卸完畢，查數鎖門，貼上封皮，打發小

❶小腳子：搬運工人。

脚錢出門。早有玳安往守備府報西門慶去了。西門慶聽見家中卸貨，吃了幾鍾酒，約掌燈以後就來家。韓夥計等著見了，在廳上坐的，悉把前後往回事，說了一遍。西門慶因問：「錢老爹書下了？也見些分上不曾？」韓道國道：「全是錢老爹這封書，十車貨少使了許多稅錢。小人把段箱兩箱並一箱，三停只報了兩停，都當茶葉馬牙香櫃上稅過來了。通共十大車貨，只納了三十兩五錢鈔銀子。老爹接了報單，也沒差巡攔下來查點，就把車喝過來了。」西門慶聽言，滿心歡喜。因說：「到明日，少不的重重買一分禮謝那錢老爹。」于是分付陳經濟陪韓夥計、崔大哥坐，後邊拏菜出來，留吃了一回酒，方纔各散回家。

王六兒聽見韓道國來了，王經替他駝行李搭連來家，連忙接了行李，因問：「你姐夫來了麼？」王經道：「俺姐夫看著卸行李，還等著見俺爹纔來哩。」這婦人分付丫頭春香、錦兒，伺候下好茶好飯。等的晚上韓道國到家，拜了家堂，脫了衣裳，淨了面目，夫妻二人各訴離情一遍。韓道國悉把買賣得意一節，告訴老婆。老婆又見搭連內沈沈重重許多銀兩，因問他；梯己又帶了一二百兩貨物酒米，卸在門前店裏，漫漫發賣了銀子來家。老婆滿心歡喜：「聽見王經說又尋了個甘夥計做賣手，咱每和崔大哥與他同分利錢使，這個又好了；到出月開鋪子。」韓道國道：「這裏使著了人做賣手，南邊還少個人立莊置貨。老爹已定還裁派我去。」老婆道：「你看貨才料。自古能者多勞，你看不會做買賣，那老爹託你麼？常言：『不將辛苦意，難得世人財。』你外邊走上三年，你若懶得去，等我對老爹說了，教姓甘的和保官兒打外，你便在家賣貨就是了。」韓道國道：「外邊走熟了，也罷了。」老婆道：「可又來，你先生迷了路，在家也是閒。」說畢，擺上酒來，夫婦二人飲了幾盃闊別之酒，收拾就寢。是夜歡娛無度，不必用說。次日卻是八月初一日，韓道國早到。西門慶教同崔本、甘夥計在房子內看著收卸磚瓦木石，收拾裝修土庫，不在話下。

卻說西門慶見卸貨物，家中無事，忽然心中想起要往鄭愛月兒家去。暗暗使玳安兒送了三兩銀子、一套紗衣服與他。鄭家鴇子聽見西門老爹來請他家姐兒，如天上落下來的一般，連忙收了禮物，沒口子向玳安：「你多頂上老爹，就說他姐兒兩個都在家裏伺候老爹。請老爹早些兒下降。」玳安走來家中書房內，回了西門慶話。西門慶約午後時分，分付玳安收拾著涼轎，頭上戴著坡巾，身上穿青緯羅暗補子直身，粉底皂靴。先走在房子，看了一回裝修土庫。然後起身，坐上涼轎，放下斑竹簾來。琴童、玳安跟隨，留王經在家，只著春鴻背著直袋，逕往院中鄭月兒家來。正是：天仙機上整香羅，入手先拖雪一窩。不獨桃源能問渡，卻來月窟伴嫦娥。

卻說鄭愛香兒頭戴著銀絲鬏髻，梅花鈿兒，周圍金纍絲簪兒。打扮的粉面油頭，花容月貌。上著藕絲裳，下著湘紋裙。見西門慶到，笑吟吟在半門裏首，迎接進去。到于明間客位，道了萬福。西門慶坐下，就分付小廝琴童：「把轎回了家去，晚夕騎馬來接。」琴童跟轎家去不題。只留玳安和春鴻兩個伺候。良久，只見鴇子出來拜見，說道：「外日姐兒在宅內多有打攪。老爹家中悶的慌，來這裏自恁散心走走罷了。如何多計較？又見賜將禮來，又多謝與姐兒的衣服。」西門慶道：「我那日叫他，怎的不去？只認王皇親家了。」鴇子道：「俺每如今還怪董嬌兒和李桂兒。不知是老爹生日叫唱，他每都有了禮，只俺每姐兒沒有。若早知時，也不答應王皇親家唱，先往老爹宅裏去了。老爹那裏叫唱在後，咱姐兒纔待收拾起身，只見王家人來，把姐兒的衣包拏的去。落後老爹那裏又差了人來，他哥子鄭奉又說：『你若不去，一時老爹動意怒了。』慌的老身背著王家人，連忙攛掇姐兒打後門起身上轎去了。」西門慶道：「先日，我在他夏老爹家酒席上，已定下他了。他若那日不去，我不消說的就惱了。怎的他那日不言不語，不做喜歡，端的是怎的說？」鴇子道：「小行貨子家，自從梳弄了，那裏好生出去供唱去？到老爹宅內，見人多，不知諕的怎樣的？他從小是恁不出語，嬌養慣了。你看甚時候，纔起來！老身該催促了幾遍，說：『老爹今日來，你早些起來收拾了罷。』他不依，還睡到這咱晚。」不一時，丫鬟拏茶上來，鄭愛香兒向前遞了茶吃了。鴇子道：「請老爹到後邊坐罷。」原來鄭愛香兒家，門面四間，到底五層房子。轉過軟壁，就是竹槍籬，三間大院子，兩邊四間廂房。上首一明兩暗，三間正房，就是鄭愛月兒的房。他姐姐愛香兒的房，在後邊第四層住。但見簾櫳香藹，進入明間內，供養著一軸海潮觀音，兩旁掛四軸美人，按春夏秋冬：惜花春起早，愛月夜眠遲，掬水月在手，弄花香滿衣。上面掛著一聯：「捲簾邀月入，諧瑟待雲來。」上首列四張東坡椅，兩邊安二條琴光漆春凳。西門慶坐下，看見上面楷書「愛月軒」三字。坐了半日，忽聽簾櫳響處，鄭愛月兒出來，不戴鬏髻，頭上挽著一窩絲杭州攢，梳的黑鬒鬒光油油的。烏雲霞著四鬢；雲鬢堆鴉，猶若輕煙密霧。都用飛金巧貼。帶著翠梅花鈿兒，周圍金纍絲簪兒齊插，後鬢鳳釵半卸。耳邊帶著紫瑛石墜子。上著白藕絲對衿仙裳，下穿紫綃翠紋裙。腳下露一雙紅鴛鳳嘴，胸前搖珮瓃寶玉玲瓏。正面貼三顆翠面花兒，越顯那芙蓉粉面；四周圍香風縹緲偏相襯楊柳纖腰。正是：若非道子觀音畫，定然延壽美人圖。望上不當不正，與西門慶道了萬福，就用灑金扇兒掩著粉臉，坐在旁邊。西門慶注目停視，比初見時節兒，越發齊整。不覺心搖目蕩，不能禁止。不一時，丫鬟又拏一道茶來。這粉頭輕搖羅袖，微露春纖，取一鍾茶過來，抹去盞邊水漬，雙手遞與西門慶。然後與愛香各取一鍾相陪。吃畢，收下盞托去，請寬衣服房裏坐。西門慶叫玳安上來，把上蓋青紗衣寬了，搭在椅子上，進入粉頭房中。但見：瑤窗素紗罩淡月半浸，繡幕以夜明懸伴光高燦。正面黑漆鏤金床，床上帳懸繡錦，褥隱華裀。旁設褆紅小几，博山小篆，靄沈檀樓鼻；壁上文錦囊象筂瓶，插紫笋其中。床前設兩張繡甸矮椅，旁邊放對鮫綃錦帨。雲母屏，模寫淡濃之筆；鴛鴦榻，高閣古今之書。西門慶坐下，但覺異香襲人，極其清雅，真所謂神仙洞府，人跡不可到者也。彼此攀話之間，語言調笑之際，只見丫鬟進來安放桌兒。四個小翠碟兒，都是精製銀絲細菜，割切香芹鱘絲鰉鮓鳳脯鸞羹。然後拏上兩筯賽團圓，如明月，薄如紙，白如雪，香甜美口，酥油和蜜餞麻椒鹽荷花細餅。鄭愛香兒與鄭愛月兒親手揀攢各樣菜蔬肉絲捲，就安放小泥金碟兒內，遞與西門慶吃。旁邊燒金翡翠甌兒斟上苦艷艷桂花木樨茶。須臾，姊妹二人陪吃了餅，收下家火去。揩抹桌席，鋪茜紅氈條，床几上取了一個沈香雕漆匣，內盛象牙牌三十二扇，兩個與西門慶抹牌。當下西門慶出了個天地分，劍行十道。那愛香兒出了個地牌，花開蝶滿枝。那愛月兒出了個人牌，搭梯望月。須臾收過去，擺上酒來。但見盤堆異果，酒泛金波。桌上無非是鵝鴨雞蹄，烹龍炮鳳。珍果人間少有，佳肴天上無雙。正是：舞回明月墜秦樓，歌遏行雲遮楚館。鴛鴦盃，翡翠盞，飲玉液，泛瓊漿。姊妹二人遞上酒去，在旁箏排鴈柱，款跨鮫綃，當下鄭愛香兒彈箏，愛月兒琵琶，唱了一套兜的上心來。端的詞出佳人口，有裂石繞梁之聲。唱畢，又是十二碟果仁減碟細巧品類。姊妹兩個，促席而坐，拏骰盆兒，二十個骰兒，與西門慶搶紅猜枚。飲夠多時，鄭愛香兒推更衣出去了。獨有愛月兒陪著西門慶吃酒。先是西門慶向袖中取出白綾雙欄子汗巾兒上，一頭拴著三事挑牙兒，一頭束著金穿心盒兒。鄭愛月兒只道是香茶，便要打開。西門慶道：「不是香茶，是我逐日吃的補藥。我的香茶不放在這裏面，只用紙包兒包著。」于是袖中取出一包香茶桂花餅兒，遞與他。那月兒不信，還伸手往他這邊袖子裏掏。又掏出個紫綯紗汗巾兒，上拴著一副揀金挑牙兒。拏在手中觀看，甚是可愛。說道：「我見桂姐和吳銀兒都拏著這樣汗巾兒，原來是你與他的？」西門慶道：「是我揚州船上帶來的，不是我與他誰與他的？你若愛，與了你罷。到明日再送一副與你姐姐。」說畢，西門慶就著鍾兒裏酒，把穿心盒兒內藥吃了一服。把粉頭摟在懷中，兩個一遞一口兒飲酒咂舌，無所不至。西門慶又舒手向他身上摸弄他香乳兒，緊緊就就，賽麻團滑膩。一面推開衫兒觀看，白馥馥，猶如瑩玉一般。粉頭雙手摟定西門慶脖心，說道：「我的親親，你今日初會，將就我罷。如何天生恁怪刺刺的兒？好砢磣人子！」西門慶笑道：「我的兒，你下去替我品品。」愛月兒道：「慌怎的，往後日子多如樹葉兒。今日初會，人生面不熟。再來，等我替你品。」說畢，西門慶欲與他講歡。愛月兒道：「你不吃酒了？」西門慶道：「我不吃了。咱睡罷。」愛月兒便叫丫鬟把酒桌抬過一邊，與西門慶脫靴。他便就往後邊更衣澡牝去了。西門慶脫靴時，還賞了丫頭一塊銀子打發先上床睡，炷了香，放在薰籠內。良久，婦人進房，問西門慶：「你吃茶不吃？」西門慶道：「我不吃。」一面掩上房門，放下綾綃來，將絹兒安在褥下，解衣上床。兩個枕上鴛鴦，被中瀉瀨。西門慶見粉頭脫了衣裳，肌膚纖細，猶如白麵蒸餅一般，柔嫩可愛。抱了抱腰肢，未盈一掬。誠為軟玉溫香，千金難買。那鄭月兒把眉頭綯在一處兒，兩手攀閣在枕上，朦朧著星眼，不勝歡娛。正是：得多少春點碧桃紅綻蕊，風欺楊柳綠翻腰。有詩為證：

帶雨龍煙匝樹奇，妖嬈身勢似難支。

水推西子無雙色，春點河陽第一枝。
濃艷正宜吟郡子，功夫何用寫王維。
含情故把芳心束，留住東風不放歸。

當下西門慶與鄭月兒留戀至三更，方纔回家。

到次日吳月娘打發他往衙門中去了。和玉樓、金蓮、李嬌兒都在上房坐的。只見玳安進來上房取尺頭匣兒，往夏提刑送生日禮去。四樣鮮肴、一罈酒、一疋金段。月娘因問玳安：「你爹昨日坐轎子往誰家吃酒，吃到那咱晚纔來家？想必又在韓道國家，望他那老婆去來？原來賊囚根子成日只瞞著我，背地替他幹這等繭兒！」玳安還道：「不是。他漢子來家，爹怎好去的。」月娘道：「不是那裏，卻是誰家？」那玳安又不說，只是笑。取了段匣送禮去了。潘金蓮道：「娘，你不消問這賊囚根子，他也不肯實說。我聽見說蠻小廝昨日也跟他爹去來。你只叫了蠻小廝來問他，就是了。」一面把春鴻叫到跟前。金蓮問：「你昨日跟了你爹轎子去，在誰家吃酒來？你實說便罷，不實說，如今你大娘就要打你。」那春鴻跪下便道：「娘，休打小的。待小的說就是來。小的和玳安、琴童哥三個，跟俺爹從一座大門樓進去。轉了幾條街巷到個人家，只半截門兒，都用鋸齒兒鑲了。門裏立著個娘娘，打扮的花花黎黎的。」金蓮聽見笑了，說道：「囚根子，一個院裏半門子也認不的了，趕著粉頭叫娘娘起來！」金蓮問道：「那個娘娘怎麼模樣？你認的他不認的？」春鴻道：「我不認的他。生的像菩薩樣，也像娘每頭上戴著這個假殼。進入裏面，一個年老白頭的阿婆出來，望俺爹拜了一拜。落後請到大後邊竹籬笆進去，又是一位年小娘娘出來，不戴假殼。生的銀盆臉，瓜子面，搽的嘴唇紅紅的，陪著俺爹吃酒。」金蓮道：「你每都在那裏坐來？」春鴻道：「我和俺玳安、琴童哥，便在阿婆房裏，阿婆陪著俺每吃酒並肉兜子來。」把月娘、玉樓笑的了不得。因問道：「你認的他不認的？」春鴻道：「那一個好似在咱家唱的。」玉樓笑道：「就是李桂姐了。」月娘道：「原來摸到他家去了！」李嬌兒道：「俺家沒半門子，也沒竹搶籬。」金蓮道：「只怕你不知道。你家新安的半門子是的。」問了一回，西門慶來家，往夏提刑家拜壽去了。

卻說潘金蓮房中養活的一隻白獅子貓兒，渾身純白，只額兒上帶龜背一道黑，名喚「雪裏送炭」，又名「雪獅子」。又善會口啣汗巾兒拾扇兒。西門慶不在房中，婦人晚夕常抱著他在被窩裏睡。又不撒尿屎在衣服上。婦人吃飯，常蹲在肩上餵他飯。呼之即至，揮之即去。婦人常喚他是「雪賊」。每日不吃牛肝乾魚，只吃生肉半斤。調養得十分肥壯，毛內可藏一雞蛋。甚是愛惜他，終日抱在膝上摸弄，不是生好意。因李瓶兒、官哥兒平昔好貓，尋常無人處，在房裏用紅絹裹肉，令貓撲而撾食。也是合當有事，官哥兒心中不自在，連日吃劉婆子藥，略覺好些。李瓶兒與他穿上紅段衫兒，安頓在外間炕上，鋪著小褥子兒玩耍。迎春守著，奶子便在旁拏著碗吃飯。不料金蓮房中這雪獅子，正蹲在護炕上。看見官哥兒在炕上穿著紅衫兒，一動動的玩耍。只當平日哄餵他肉食一般，猛然望下一跳，撲將官哥兒，身上皆抓破了。只聽那官哥兒呱的一聲，倒咽了一口氣，就不言語了。手腳俱被風搐起來。慌的奶子丟下飯碗，摟抱在懷，只顧唾噦，與他收驚。那貓還來趕著他要撾。被迎春打出外邊去了。如意兒實承望孩子搐過一陣好了。誰想只顧常連；一陣不了，一陣搐起來。李瓶兒又在後邊。一面使迎春：「後邊請娘去，哥兒不好了，風搐著哩，叫娘快來！」那李瓶兒不聽便罷。聽了，正是：驚損六葉連肝肺，諕壞三毛七孔心。

連月娘慌的兩步做一步走，逕撲到房中。見孩子搐的兩隻眼直往上吊，通不見黑眼睛珠兒，口中白沫流出，咿咿猶如小雞叫，手足皆動。一見，心中猶如刀割相侵一般。連忙摟抱起來，臉揾著他嘴兒，大哭道：「我的哥哥，我出去好好兒的，怎麼的搐起來！」迎春與奶子悉把被五娘房裏貓所諕一節說了。那李瓶兒越發哭起來，說道：「我的哥哥，你緊不可公婆意，今日你只當脫不了，打這條路兒去了！」月娘聽了，一聲兒沒言語。一面叫將金蓮來，問他說：「是你屋裏的貓諕了孩子。」金蓮問：「是誰說的？」月娘指著：「是奶子和迎春說來。」金蓮道：「你看這老婆子這等張睛！俺貓在屋裏好好兒的臥著不是？你每亂道，怎的把孩子諕了，沒的賴人起來！瓜兒只揀軟處捏，俺每這屋裏是好纏的！」月娘道：「他的貓，怎得來這屋裏？」迎春道：「每常也來這邊屋裏走跳。」那金蓮接過來道：「早時你說，每常怎的不撾他？可可今日兒就撾起來？你這丫頭也跟著他恁張眉瞪眼兒六說白道的！將就些兒罷了，怎的要把弓兒扯滿❷了，可可兒俺每自恁沒時運來！」于是使性子抽身往房裏去了。看官聽說：常言道：「花枝葉下猶藏刺，人心怎保不懷毒？」這潘金蓮平日見李瓶兒從有了官哥兒，西門慶百依百隨，要一奉十，每日爭妍競寵，心中常懷嫉妬不平之氣。今日故行此陰謀之事，馴養此貓。必欲諕死其子，使李瓶兒寵衰，教西門慶復親于己。就如昔日屠岸賈養神獒害趙盾丞相一般。正是：湛湛青天不可欺，未曾舉意早先知。休道眼前無報應，古往今來放過誰？

月娘眾人見孩子只顧搐起來，一面熬薑湯灌他。一面使來安兒快叫劉婆去。不一時劉婆子來到，看了脈息，只顧跌腳，說道：「此遭驚諕重了，是驚風難得過來。」急令快熬燈心薄荷湯金銀湯。取出一

❷ 弓兒扯滿：事情幹到十分；氣燄擺得十足。

丸金箔丸來，向鍾兒內研化。牙關緊閉。月娘連忙拔下金簪兒來撬開口，灌下去：「過得來便罷。如過不來，告過主家奶奶，必須要灸幾醮纔好。」月娘道：「誰敢耽？必須還等他爹來，問了他爹。不然灸了，惹他來家嘍喝。」李瓶兒道：「大娘，救他命罷！若等來家，只恐遲了。若是他爹罵，等我承當就是了。」月娘道：「孩兒是你的孩兒，隨你灸。我不敢張主。」當下劉婆子把官哥兒眉攢脖根，兩手關尺並心口，並灸了五醮，放他睡下。那孩子昏昏沈沈，直睡到日暮時分，西門慶來家，還不醒。那劉婆見西門慶來家，月娘與了他五錢銀子藥錢，一溜煙從夾道內出去了。西門慶歸到上房，月娘把孩子風搐不好，對西門慶說了。西門慶連忙走到前邊來看視。見李瓶兒哭的眼紅紅的，問：「孩兒怎的風搐起來？」李瓶兒滿眼落淚，只是不言語。問丫頭奶子，都不敢說。西門慶又見官哥兒手上皮兒去了，灸的滿身火艾。心中焦躁，又走到後邊問月娘。月娘隱瞞不住，只得把金蓮房中貓驚諕之事說了：「劉婆子剛纔看，說是急驚風。若不針灸，難過得來。若等你來，又恐怕遲了。他娘母子主張，教他灸了孩兒身上五醮。纔放下他睡了，這半日還未醒。」西門慶不聽便罷，聽了此言，三尸暴跳，五臟氣沖；怒從心上起，惡向膽邊生。直走到潘金蓮房中，不由分說，尋著貓提溜著腳，遠向穿廊望石臺基輪起來只一摔，只聽響亮一聲，腦漿迸萬朵桃花，滿口牙零噙碎玉。正是：不在陽間擒鼠耗，卻歸陰府作狸仙。

那潘金蓮見他拏出貓去摔死了，坐在炕上紋風也不動。待西門慶出了門，口裏喃喃吶吶罵道：「賊作死的強盜，把人裝出去殺了纔是好漢！一個貓兒礙著你咊屎，亡神也似走的來摔死了。他到陰司裏，明日還問你要命，你慌怎的！賊不逢好死變心的強盜！」這西門慶走到李瓶兒房裏，因說奶子、迎春：「我教你好生看著孩兒，怎的教貓諕了他，把他手也搗了？又信劉婆子那老淫婦，平白把孩子灸的恁樣的。若好，便罷；不好，把這老淫婦拏到衙門裏，與他個兩拶！」李瓶兒道：「你看孩兒緊自不得命，你又是恁樣的。孝順是醫家，他也巴不得要好哩。」

當下李瓶兒只指望孩兒好來。不料被艾火把風氣反于內變為慢風。內裏抽搐的腸肚兒皆動，尿屎皆出。大便屙出五花顏色，眼目忽睜忽閉，中朝只是昏沈不省，奶也不吃了。李瓶兒慌了，到處求神問卜打卦，皆有凶無吉。月娘瞞著西門慶，又請劉婆子來家跳神。又請小兒科太醫來看。都用接鼻散試之。若吹在鼻孔內打鼻涕，還看得；若無鼻涕出來，則看陰騭守他罷了。于是吹下去，茫然無知，並無一個噴涕出來。越發晝夜守著哭涕不止，連飲食都減了。看看到八月十五日將近。月娘因他不好，連自家生日都回了不做。親戚內眷就送禮來，也不請。家中只有吳大妗子、楊姑娘，並大師父來相伴。那薛姑子和王姑子兩個，在印經處爭分錢不平，又使性兒彼此互相揭調。十四日賁四同薛姑子催討，將經卷挑將來，一千五百卷都完了。李瓶兒又與了一吊錢買紙馬香燭，十五日同陳經濟早往岳廟裏進香紙。把經來看著都散施盡了，走來回李瓶兒話。喬大戶家一日一遍使孔嫂兒來看。又舉薦了一個看小兒的鮑太醫來看，說道：「這個變成天吊客忤，治不得了。」白與了他五錢銀子，打發去了。灌下藥去也不受，還吐出來了。只是把眼合著，口中叫的牙格支支響。李瓶兒通衣不解帶，晝夜抱在懷中，眼淚不乾的只是哭。西門慶也不往那裏去，每日衙門中來家，就進來看孩兒。那時正值八月下旬天氣。李瓶兒守著官哥兒，睡在床上。桌上點著銀燈。丫鬟、養娘，都睡熟了。覷著滿窗夜色，更漏沈沈。見那孩兒只是昏昏不省人事。一向愁腸萬結，離思千端。正是：人逢喜事精神爽，悶入愁腸磕睡多。但見：銀河耿耿，玉漏迢迢。穿窗皓月耿寒光，透戶涼風吹夜氣。鴈聲嘹亮，孤眠才子夢魂驚；蛩韻淒涼，獨宿佳人情緒苦。譙樓禁鼓，一更未盡一更敲；別院寒砧，千搗將殘千搗起。畫簷前叮噹鐵馬，敲碎仕女情懷；銀臺上閃爍燈光，偏照佳人長歎。一心只想孩兒好，誰料愁來睡夢多。

當下李瓶兒臥在床上，似睡不睡，夢見花子虛從前門外來，身穿白衣，恰活時一般。見了李瓶兒，厲聲罵道：「潑賊淫婦，你如何抵盜我財物與西門慶？如今我告你去也！」被李瓶兒一手扯住他衣袖，央及道：「好哥哥，你饒恕我則個！」花子虛一頓，撒手驚覺，卻是南柯一夢。醒來，手裏扯著卻是官哥兒的衣衫袖子。連噦了幾口，道：「怪哉，怪哉！」一聽那更鼓時，正打三更三點。這李瓶兒諕的渾身冷汗，毛髮皆豎起來。到次日西門慶進房來，把夢中之事，告訴與西門慶。西門慶道：「知道他死到那裏去了！此是你夢想舊境。只把心來放正著，休要理他。你休害怪。如今我使小廝拏轎子接了吳銀兒，晚夕來與你做伴兒。再把老馮叫來，伏侍你兩個。」玳安打院裏接了吳銀兒來。那消到日西時分，那官哥兒在奶子懷裏，只搐氣兒了。慌的奶子叫李瓶兒：「娘你來看，哥哥這黑眼睛珠兒只往上翻。口裏氣兒，只有出來的，沒有進去的！」這李瓶兒走來，抱到懷中，一面哭起來，叫丫頭：「快請你爹去，你說孩子待斷氣也！」可好常時節又走來說話，告訴：「房子兒尋下了，門面兩間，二層，大小四間。只要三十五兩銀子。」西門慶聽見後邊官哥兒重了，就打發常時節起身，說：「我不送你罷。改日我使人拏銀子和你看去。」急急走到李瓶兒房中。月娘眾人，連吳銀兒、大妗子，都在房裏瞧著。那孩子在他娘懷裏，把嘴一口口搐氣兒。西門慶不忍看他，走到明間椅子上坐著，只長吁短氣。那消半盞茶時，官哥兒嗚呼哀哉，斷氣身亡。時八月廿三日申時也，只活了一年零兩個月。合家大小，放聲號哭。那李瓶兒撾耳撓腮，一頭撞在地下，哭的昏過去半日，方纔甦省。摟著他大放聲哭，叫道：「我的沒救星兒，心疼殺我了！寧可我同你一答兒裏死了罷，我也不久活于世上了！我的拋閃殺人的心肝，撇的我好苦也！」那奶子如意兒和迎春，在旁哭的言不得，動不得。西門慶即令小廝收拾前廳西廂房乾淨，放下兩條寬凳，要把孩子連枕席被褥抬出去那裏挺放。那李瓶兒躺在孩兒身上，兩手摟抱著，那裏肯放。口口聲聲直叫：「沒救星的冤家，嬌嬌的兒，生揭了我的心肝去了！撇的我枉費辛苦，乾生受一場，再不得見你了。我的心肝！」月娘眾人哭了一回，在旁勸他不住。西門慶走來，見他把臉抓破了，滾的寶髻鬅鬆，烏雲散亂，便道：「你看蠻子！他既然不是你我的兒女，乾養活他一場。他短命死了，哭兩聲丟開罷了。如何只顧哭了去？又哭不活他！你的身子也要緊。如今抬出去，好叫小廝請陰陽來看那是甚麼時候？」月娘道：「這個也有申時前後。」玉樓道：「我頭裏怎麼說來，他管情還等他這個時候纔去。原是申時生，還是申時死。日子又相同，都是二十三日。只是月分差些。圓圓的一年零兩個月。」李瓶兒見小廝每伺候兩旁要抬他，又哭了。說道：「慌抬他出去怎麼的？大媽媽，你伸手摸摸，他身上還熱的。」叫了一聲：「我的兒嚛，你教我怎生割捨的你去？坑得我好苦也！」一頭又撞倒在地下，放聲哭道：有山坡羊為證：

叫一聲青天，你如何坑陷了人奴性命？叫一聲我的嬌兒呵，恨不的一聲兒就要把你叫應。也是前緣前世，那世裏少欠下你冤家債不了。輪著我今生今世，為你眼淚也拋流不盡。每日家吊膽提心，費殺了我心。從來我又不曾坑人陷人，蒼天如何恁不睜眼！非是你無緣，必是我那些兒薄倖。撇的我四撲著地，樹倒無陰。來的竹籃打水，勞而無效。叫了一聲痛腸的嬌生，奴情願和你陰靈路上，一處兒行！

當下李瓶兒哭了一回，把官哥兒抬出，停在西廂房內。月娘向西門慶計較：「還對親家那裏，並他師父廟裏說聲去。」西門慶道：「他師父廟裏，明早去罷。」一面使玳安往喬大戶家說了。一面使人請了徐陰陽來批書。又拏出十兩銀子與賁四，教他快抬了一付平頭杉板，令匠人隨即儹造了一具小棺槨兒，就要入殮。喬宅那裏一聞來報，隨即喬大戶娘子就坐轎子，進門來就哭。月娘眾人都陪著大哭了一場，告訴前事一遍。不一時請了陰陽徐先生來到，看了說道：「哥兒還是正申時永逝。」月娘分付出來，教與他看看黑書。徐先生掐指，尋復又檢閱了陰陽秘書，瞧了一回：「哥兒生時八字，生于政和丙申六月廿三日申時，卒于政和丁酉八月廿三日申時。月令丁酉，日干壬子，犯天地重春。本家卻要忌，忌哭聲。親人不忌。入殮之時，蛇龍鼠兔四生人，避之則吉。又黑書上云：『壬子日死者，上應寶瓶宮，下臨齊地。』他前生曾在兗州蔡家作男子。曾倚力奪人財物，吃酒落魄，不敬天地六親。橫事牽連，遭氣寒之疾。久臥床席，穢污而亡。今生小兒，亦患風癇之疾。十日前被六畜驚去魂魄，又犯土司太歲，先亡攝去魂死。託生往鄭州王家為男子。後作千戶，壽六十八歲而終。」須臾，徐先生看了黑書：「請問老爹，明日出去，或埋或化？」西門慶道：「明日如何出得出三日，念了經，到五日出去，墳上埋了罷。」徐先生道：「二十七日丙辰，合家本命都不犯。宜正午時掩土。」批畢書，一面就收拾入殮。已有三更天氣。李瓶兒哭著往房中，尋出他幾件小道衣、道髻、鞋襪之類，替他安放在棺槨內。釘了長命釘。合家大小又哭了一場。打發陰陽去了。次日，西門慶亂著，也沒往衙門中去。夏提刑打聽得知，早晨衙門散時，就來弔問致賻慰懷。又差人對吳道官廟裏說知。到三日，請報恩寺八眾僧人在家誦經。吳道官廟裏並喬大戶家，俱備折桌三牲來祭奠。吳大舅、沈姨夫，門外韓姨夫、花大舅，都有三牲祭桌來燒紙。應伯爵、謝希大、溫秀才、常時節、韓道國、甘出身、賁地傳、李智、黃四都鬥了分資，晚夕來與西門慶宿伴。打發僧人去了，叫了一起提偶的，先在哥兒靈前祭畢。然後西門慶在大廳上放桌席，管待眾人。那日院中李桂姐、吳銀兒並鄭月兒三家，都有人情來上紙。

李瓶兒思想官哥兒，每日黃懨懨，連茶飯兒都懶待吃。題起來，只是哭涕，把喉音都哭啞了。西門慶怕他思想孩兒，尋了拙智❸。白日裏分付奶子、丫鬟和吳銀兒相伴他，不離左右。晚夕西門慶一連在他房中，歇了三夜，枕上百般解勸。薛姑子夜間又替他念楞嚴經、解冤咒，勸他休要哭了：「經上不說的好：改頭換面輪迴去，來世機緣莫想他。當來世他不是你的兒女，都是宿世冤家債主托出來，化財化目，騙劫財物。或一歲而亡，二歲而亡，三六九歲而亡。一日一夜，萬死萬生。陀羅經上不說的好：昔日有一婦人，常持佛頂心陀羅經，日以供養不缺。乃于三生之前，曾置毒藥，殺害他命。此冤家不爭❹離于前後，欲求方便，致殺其母。遂以托蔭此身，向母胎中，抱母心肝，令母至生產之時，分解不得，萬死千生。及至生產下來，端正如法。不過兩歲，即便身亡。母思憶之，痛切號哭。遂即把他孩兒，拋向水中。如是三遍托蔭此身向母腹中，欲求方便致殺其母。至第三遍，准前得生，向母胎中，百千計較，抱母心肝，令其母千生萬死，悶絕叫喚。准前得生下，特地端嚴，相見具足。不過兩歲，又以身亡。母

❸ 尋拙智：自殺。

❹ 不爭：不稍。

既見之，不覺放聲大哭。是何惡業因緣？准前把孩兒直至江邊，已經數時，不忍抛棄。感得觀世音菩薩遂化作一僧，身披百衲，直至江邊。乃謂此婦人曰：『不用啼哭，此非是你男女。是你三生前冤家，三度托生，欲殺母不得。為緣你常持誦佛頂心陀羅經，並供養不缺，所以殺汝不得。若你要見這冤家，但隨貧僧手指看之。』道罷，以神通力一指，其兒遂化作一夜叉之形，向水中而立。報言：『緣汝曾殺我來，我今故來報冤。蓋緣汝有大道心，常持佛頂心陀羅經，善神日夜擁護，所以殺汝不得。我已蒙觀世音菩薩受度了，從今永不與汝為冤。』道畢，沈水中不見。此女人兩淚交流，禮拜菩薩。歸家益修善事。後壽至九十七歲而終，轉女成男。不該我貧僧說，今你這兒子，必是宿世冤家托來你蔭下，化目化財，要惱害你身。為緣你供養修時，那捨了此經一千五百卷，有此功行，他殺害你不得。今此離身，到明日再生下來，纔是你兒女。」這李瓶兒聽了，終是愛緣不斷。但題起來，輒流涕不止。

須臾，過了五日光景。到廿七日早晨，顧了八名青衣白帽小童，大紅銷金棺，與旛幢雪蓋，玉梅雪柳，圍隨前首。大紅銘旌，題著「西門冢男之柩」。吳道官廟裏，又差了十二眾青衣小道童兒來，繞棺轉咒，生神玉章，動清樂送殯。眾親朋陪西門慶穿素服，走至大街東口，將及門上，纔上頭口。西門慶恐怕李瓶兒到墳上悲慟，不叫他去。只是吳月娘、李嬌兒、孟玉樓、潘金蓮、大姐家裏五頂轎子，陪喬親家母大妗子和李桂姐、鄭月兒、吳舜臣媳婦鄭三姐，往山頭去。留下孫雪娥、吳銀兒並個姑子在家，與李瓶兒做伴兒。那李瓶兒見不放他去，見棺材起身，送出到大門首，趕著棺材大放聲，一口一聲，只叫：「不來家虧心的兒嚛！」叫的連聲氣破了。不防一頭撞在門底下，把粉額磕傷，金釵墜地。慌了吳銀兒與孫雪娥，向前摀扶起來，勸歸後邊去了。到了房中，見炕上空落落的，只有他要的那壽星博浪鼓兒，還掛在床頭上。一面想將起來，拍了桌子，由不的又哭了。山坡羊全腔為證：

進房來，四下靜，由不的我俏嘆。想嬌兒，哭的我肝腸兒氣斷。想著生下你來，我受盡了千辛萬苦。說不的偎乾就濕❺，成日把你耽心兒來看。教人氣破了心腸，和我兩個結冤。實承望你與我做生兒，團圓久遠。誰知道天無眼，又把你殘生喪了。撇的我前不著村，後不著店。明知我不久也命喪在黃泉。來的咱娘兒兩個，鬼門關上一處兒眠。叫了一聲我嬌嬌的心肝，皆因是前世裏無緣，你今生壽短！

那吳銀兒在旁，一面拉著他手，勸說道：「娘，少哭了。哥哥已是抛閃了你去了，那裏再哭得活？你須自解自歎，休要只顧煩惱了。」雪娥道：「你又年少青春，愁到明日養不出來也怎的？這裏牆有縫，壁有眼，俺每不好說的。他使心用心，反累己身。誰不知他氣不忿你養這孩子？若果是他害了，等到來世，教他一還一報，問他要命。不知你我也被他活埋了幾遭哩！只要漢子常守著他，便好。到人屋裏睡一夜兒，他就氣生氣死。早時前者你每都知道，漢子等閒不到我後邊。到了一遭兒，你看背地亂都唧喳成一塊。對著他姐兒每，說我長，道我短。那個紙包兒裏也看哩！俺每也不言語，每日洗著眼兒看著他。這個淫婦，到明日還不知怎麼死哩！」李瓶兒道：「罷了！我也惹了一身病在這裏，不知在今日明日死也！和他也爭執不得了。隨他罷！」正說著，只見奶子如意兒向前跪下，哭道：「小媳婦有句話，不敢對娘說。今日哥兒死了，乃是小媳婦沒造化。只怕往後爹與大娘打發小媳婦出去。小媳婦男子漢又沒了，那

❺ 偎乾就濕：形容帶孩子的辛苦。

裏投奔？」李瓶兒見他這般說，又心中傷痛起來，說：「我有那冤家在一日，去用他一日。他豈有此話說？」便道：「怪老婆，你放孩子便沒了，我還沒死哩。總然我到明日死了，你恁在我手下一場，我也不教你出門。往後你大娘身子若是生下哥兒小姐來，你就接了奶，就是一般了。你慌亂的是些甚麼？」那如意兒方纔不言語了。這李瓶兒良久又悲慟哭起來。前腔：

想嬌兒，想的我無顛無倒。盼嬌兒，除非是夢兒中來到。白日裏，覩物傷情，如刀剜了肺腑。到晚間，睡醒來，再不見你在我這懷兒中抱，由不的珍珠望下抛。你再不來在描金床兒上睡著玩耍，你再不來在我手掌兒上引笑，你再不來相靠著我胸膛兒來的生抱；這熱突突心肝割上一刀。奴為你乾生受，枉費了徒勞，稱怨了別人，撇的我無有個下梢！

雪娥與吳銀兒兩個在旁，解勸了一回，說道：「你肚中吃了些甚麼兒？這般只顧哭了去！」一面綉春後邊拏了飯來，擺在桌上，陪他吃。那李瓶兒怎生嚥得下去？只吃了半甌兒，就丟下不吃了。

西門慶在墳上，教徐先生畫了穴，把官哥兒就埋在先頭陳氏娘懷中，抱孫葬了。那日喬大戶山頭，並眾親戚，都有祭祠。就在新蓋捲棚管待飲酒一日。來家，李瓶兒與月娘、喬大戶娘子、大妗子磕著頭又哭了，向喬大戶娘子說道：「親家，誰似奴養的孩兒不氣長，短命死了。既死了，你家姐姐做了望門寡，勞而無功。親家休要笑話。」那喬大戶娘子說道：「親家怎的這般說話？孩兒每各人壽數，誰人保得後來的事！常言先親後不改，親家每又不老，往後愁沒子孫？須得慢慢來。親家也少要煩惱了。」說畢，作辭回家去了。西門慶在前廳，教徐先生灑掃，各門上都貼辟非黃符。死者煞高三丈，向東北方而去，遇日遊神沖回不出，斬之則吉。親人勿避。西門慶拏出一疋大布、二兩銀子，謝了徐先生，管待出門。晚夕入李瓶兒房中，陪他睡。夜間百般言語溫存。見官哥兒的戲耍物件都還在跟前，死怕李瓶兒看見，思想煩惱。都令迎春拏到後邊去了。正是：思想嬌兒晝夜啼，寸心如割命懸絲。世間萬般哀苦事，除非死別共生離。

畢竟未知後來何如，且聽下回分解。

第六十回　李瓶兒因暗氣惹病　西門慶立段鋪開張

赤繩緣盡再難期，造化無端敢恨誰。
殘淚驚秋和葉落，斷魂隨月到窗遲。
金風拂面思兒處，玉燭成灰墮淚時。
任是肝腸如鐵石，不生悲也自生悲。

話說當日孫雪娥、吳銀兒兩個，在旁邊勸解了李瓶兒一回云云，到後邊去了。那潘金蓮見孩子沒了，李瓶兒死了生兒，每日抖擻精神，百般的稱快。指著丫頭罵道：「賊淫婦，我只說你日頭常晌午，卻怎的今日也有錯了的時節？你班鳩跌了蛋也嘴答谷了；春凳折了靠背兒，沒的倚了；王婆子賣了磨，推不的了；老鴇子死了粉頭，沒指望了。卻怎的也和我一般！」李瓶兒這邊屋裏分明聽見，不敢聲言。背地裏只是掉淚。著了這暗氣暗惱，又加之煩惱憂戚，漸漸心神恍亂，夢魂顛倒兒。每日茶飯，都減少了。自從墳上葬埋了官哥兒回來，第二日吳銀兒就家去了。老馮領了十三歲丫頭來賣與孫雪娥房中使喚，要了五兩銀子，改名翠兒。不在話下。這李瓶兒一者思念孩兒，二者著了重氣，把舊時病症，又發起來，照舊下邊經水淋漓不止。西門慶請任醫官來看一遍，討將藥來吃下去。如水澆石一般，越吃藥越旺。那消半月之間，漸漸容顏頓減，肌膚消瘦，而精彩丰標，無復昔時之態矣。正是：肌骨大都無一把，如何禁架許多愁。

一日九月初旬，天氣淒涼，金風漸漸。李瓶兒夜間獨宿在房中。銀床枕冷，紗窗月浸。不覺思想孩兒，欷歔長歎。似睡不睡，恍恍然恰似有人彈的窗櫺響。李瓶兒呼喚丫鬟，都睡熟了不答。乃自下床來，倒靸弓鞋，翻披繡襖，開了房門，出戶視之。彷彿見花子虛抱著官哥兒叫他，新尋了房兒，同去居住。這李瓶兒還捨不得西門慶，不肯去。雙手就去抱那孩兒。被花子虛只一推，跌倒在地。撒手驚覺，卻是南柯一夢。唬了一身冷汗，嗚嗚咽咽，只哭到天明。正是：有情豈不等，著相自家迷。有詩為證：

纖纖新月照銀屏，人在幽閨欲斷魂。
益悔風流多不足，須知恩愛是愁恨。

那時來保南京貨船又到了，使了後生王顯上來取單稅銀兩。西門慶這裏寫書差榮海拏了一百兩銀子，又具羊酒金段禮物謝主事。就說此船貨過稅，還望青目一二。家中收拾鋪面完備，又擇九月初四日開張。就是那日卸貨，連行李共裝二十大車。那日親朋遞果盒掛紅者，約有三十多人。喬大戶叫了十二名吹打的樂工，雜耍撮弄。西門慶這裏，李銘、吳惠、鄭春三個小優兒彈唱。甘夥計與韓夥計都在櫃上發賣。一個看銀子，一個講說價錢。崔本專管收生活，不拘經紀買主進來，讓進去，每人飲酒二盃。西門慶穿大紅冠帶著。燒罷紙，各親友都遞果盒。把盞畢，後邊廳上安放十五張桌席，五果五菜，三湯五割，從新遞酒上坐，鼓樂喧天。那日夏提刑家，差人送禮花紅來。西門慶回了禮物，打發去了。在座者有喬大戶、吳大舅、吳二舅、花大舅、沈姨夫、韓姨夫、吳道官、倪秀才、溫葵軒、應伯爵、謝希大、常時節，還有李智、黃四、傅自新等眾夥計主管，並街坊鄰舍，都坐滿了席面。三個小優兒在席前唱了一套南呂紅衲襖：「混元初生太極」云云。須臾，酒過五巡，食割三道。下邊樂工吹打彈唱，雜耍百戲過去，席上觥籌交錯。當日應伯爵、謝希大飛起大鍾來，盃來盞去，飲至日落時分。把眾人打發散了，西門慶只留下吳大舅、沈姨夫、倪秀才、溫葵軒、應伯爵、謝希大，從新擺上桌席，留後坐。那日新開張，夥計攢帳，就賣了五百餘兩銀子。西門慶滿心歡喜。晚夕收了鋪面，把甘夥計、韓夥計、傅夥計、崔本、賁四，連陳經濟，都邀來到席上飲酒。吹打良久，把吹打樂工打發去了，只留下三個小優兒在席前唱。那應伯爵坐了一日，吃的已醉上來。出來前邊解手，叫過李銘，問李銘：「那個紮包髻兒的清俊小優兒，是誰家的？」李銘道：「二爹不知道？」因掩口說道：「他是鄭奉的兄弟鄭春。前日爹在裏邊他家吃酒，請了他姐姐愛月兒了。」伯爵道：「真個？怪道前日上紙送殯都有他！」于是歸到酒席上，向西門慶道：「哥你又恭喜，又抬了小舅子了。」西門慶笑道：「怪狗材，休要胡說。」一面叫過王經來：「斟與你應二爹一大盃酒。」伯爵向吳大舅說道：「老舅，你怎麼說？這鍾罰的我沒名。」西門慶道：「我罰你這狗材，一個出位妄言！」那伯爵低頭想了想兒，呵呵笑了道：「不打緊處。等我吃我吃，死不了人。」又道：「我從來吃不得啞酒。你叫鄭春上來唱個兒我聽，我纔罷了。」當下三個小優，一齊上來彈唱。伯爵令李銘、吳惠下去：「不要你兩個。我只要鄭春單彈著箏兒，只唱個小小曲兒我下酒罷。」謝希大叫道：「鄭春你過來，依著你應二爹唱。」西門慶道：「和花子講過，有個曲兒吃一鍾酒。」于是玳安旋取了兩個大銀鍾，放在應二面前。那鄭春款按銀箏，低低唱清江引道：

一個姐兒十六七，見一對蝴蝶戲。香肩靠粉牆，春筍彈珠淚。喚梅香，趕他去別處飛。

鄭春唱了個：「請酒！」伯爵剛纔飲訖，那玳安在旁連忙又斟上一盃酒。鄭春又唱道：

轉過雕闌正見他，斜倚定荼蘼架。佯羞整鳳釵，不說昨宵話。笑吟吟，掐將花片兒打。

伯爵吃過，連忙推與謝希大，說道：「罷，我是成不的，成不的！這兩大鍾把我就打發的了。」謝希大道：「俊花子，你吃不的，推于我來？我是你家有毯的鑾子？」伯爵道：「俊花子，我明日就做了堂上官兒，少不的是你替。」西門慶道：「你這狗材，到明日只好做個韶武。」伯爵笑道：「俊孩兒，我做了韶武，把堂上讓與你就是了。」西門慶笑令玳安兒：「拏磕瓜來打這賊花子。」那謝希大悄悄向他頭上打了一個響瓜兒，說道：「你這花子，溫老先生在這裏，你口裏只恁胡說。」伯爵道：「溫老先兒他斯文人，不管這閒事。」溫秀才道：「二公與我這東君老先生，原來這等厚。酒席中間，誠然不如此，也不樂。悅在心，樂主發散在外。自不覺手之舞之，足之蹈之如此。」座上沈姨夫向西門慶說：「姨夫，不是這等。請大舅上席還行個令兒，或擲骰，或猜枚，或看牌，不拘詩詞歌賦，頂真續麻急口令，說不過來，吃酒。這個庶幾均勻，彼此不亂。」西門慶道：「姨夫說的是。」先斟了一盃，與吳大舅起令。吳大舅拏起骰盆兒來，說道：「列位，我行一令，說差了，罰酒一盃。先用一骰，後用兩骰，遇點飲酒。」

一百萬軍中捲白旗，二天下豪傑少人知。

三秦王斬了余元帥，四罵得將軍無馬騎。

五諕得吾今無口應，六衮衮街頭脫去衣。
七皂人頭上無白髮，八分屍不得帶刀歸。
九一丸好藥無人點，十千載終須一撇離。

吳大舅擲畢，遇有兩點，飲過酒。該沈姨夫起令，說道：「用一骰六擲，遇點飲酒。」說道：

天象六色地象雙，人數推來中二紅。
三見巫山梅五出，算來花有幾人通。

當下只遇了個四紅，飲過一盃，過盆與溫秀才。秀才道：「我學生奉令了。遇點要一花名，名下接四書一句頂。」：

一擲一點紅，紅梅花對白梅花。二擲並頭蓮，蓮漪戲彩鴛。三擲三春柳，柳下不整冠。四擲狀元紅，紅紫不以為褻服。五擲臘梅花，花迎劍珮星初落。六擲滿天星。星辰之遠也。

溫秀才只遇了一鍾酒，該應伯爵行令。伯爵道：「我在下一個字也不識，行個急口令兒罷。」：

一個急急腳腳的老小，左手拏著一個黃豆巴斗，右手拏著一條綿花叉口，望前只管跑走。撞著一個黃白花狗，咬著那綿花叉口。那急急腳腳的老小，放下那左手提的那黃豆巴斗，走向前去打黃白花狗。不知手鬥過那狗，狗鬥過那手？

西門慶笑罵道：「你這賊謅斷了腸子的天殺的，誰家一個手去鬥狗來！一口不被那狗咬了？」伯爵道：「誰教他不拏個棍兒來？我如今抄花子❶不見了拐棒兒，受狗的氣了！」謝希大道：「大官人，你看花子自家倒了柴，說他是花子。」西門慶道：「該罰他一鍾，不成個令。謝子純，你行罷。」謝希大道：「我這令兒比他更妙。說不過來，罰一鍾。」：

牆上一片破瓦，牆下一疋騾馬。落下破瓦，打著騾馬。不知是那破瓦打傷騾馬，不知是那騾馬踏碎了破瓦。

伯爵道：「你笑話我的令不好，你這破瓦倒好？你家娘子兒劉大姐就是個騾馬，我就是個破瓦。俺兩個破磨對腐驢。」謝希大道：「你家那杜蠻婆老淫婦，撒把黑豆，只好餵豬拱，狗也不要他！」兩個人鬥了回嘴，每人罰了一鍾。該傅自新行令。傅自新道：「小人行個江湖令，遇點飲酒。先一後二。」：

一舟二櫓，三人搖出四川河；五音六律，七人齊唱八仙歌。九十春光齊賞玩，十一十二慶元和。

擲畢，皆不遇。吳大舅道：「總不如傅夥計這個令兒，行得切實些。」伯爵道：「太平鍾，也該他吃一盃兒。」于是親下席來，斟了一盃與傅自新吃。如今該韓夥計。韓道國道：「老爹在上，小人怎敢占先？」西門慶道：「你每行過，等我行罷。」于是韓道國道：「頭一句要天上飛禽，第二句要果名，第三句要骨牌名，第四句要一官名。俱要貫串，遇點照席飲酒。」說：

---

❶ 抄花子：即「叫化子」。

天上飛來一仙鶴，落在園中吃鮮桃。
卻被孤紅拏住了，將去獻與一提學。
天上飛來一鵪鶖，落在園中吃朱櫻。
卻被二姑拏住了，將去獻與一公卿。
天上飛來一老鸛，落在園中吃菱芡。
卻被三綱拏住了，將去獻與一通判。
天上飛來一班鳩，落在園中吃石榴。
卻被四紅拏住了，將來獻與一戶侯。
天上飛來一錦雞，落在園中吃苦株。
卻被五岳拏住了，將來獻與一尚書。
天上飛來一淘鵝，落在園中吃蘋婆。
卻被綠暗拏住了，將來獻與一照磨。

擲畢，該西門慶擲。西門慶道：「我只擲四擲，遇點飲酒。」：

六口載成一點霞，不論春色見梅花。
摟抱紅娘親個嘴，拋閃鶯鶯獨自嗟。

擲到遇紅一句，果然擲出個四來。應伯爵看見，說道：「哥今年上冬，管情高轉加官，主有慶事。」于是斟了一大盃酒與西門慶。一面喚李銘等三個，上來彈唱玩耍。至更闌方散。西門慶打發小優兒出門，看著收了家火。派定韓道國、甘夥計、崔本、來保，四人輪流上宿。分付仔細門戶，就過那邊去了。一宿晚景不題。

卻說次日，應伯爵領了李智、黃四來交銀子，說：「此遭只關了一千四百五六十兩銀子，不夠還人。只挪了這三百五十兩銀子與老爹。等下遭銀子關出來，再找完，不敢遲了。」伯爵在旁，又替他說了兩句美言。西門慶把銀子教陳經濟來拏天平兌收明白，打發去了。銀子還擺在桌上。西門慶因問伯爵道：「常二哥說，他房子尋下了，前後四間，只要三十五兩銀子就賣了。他來對我說。正值小兒病重了，我心裏正亂著哩，打發他去了。不知他對你說來不曾？」伯爵道：「他對我說來。我說你去的不是時，他乃郎不好，他自亂亂的，有甚麼心緒和你說話？你且休回那房主兒，等我見哥替你題就是了。」西門慶聽了便道：「也罷，你吃了飯，拏一封五十兩銀子，今日是個好日子，替他把房子成了來罷。剩下的教常二哥門面開個小本鋪兒，月間撰的幾錢銀子兒，夠他兩口兒盤攪過來就是了。」伯爵道：「此是哥下顧他了。」不一時，放桌兒，擺上飯來。西門慶陪他吃了飯道：「我不留你。你拏了這銀子去，替他幹這勾當去罷。」伯爵道：「你這裏還教個大官，和我兩個拏這銀子去。」西門慶道：「沒的扯淡，你袖了去就是了。」伯爵道：「不是這等說。今日我還有小事去。實和哥說，家表弟杜三哥生日，早晨我送了些禮兒去。他使小廝來請我後晌坐坐，我不得來回你。教個大官兒跟了去，成了房子，我教大官兒好來回你。」說罷，西門慶道：「若是恁說，教王經跟了你去罷。」一面叫了王經跟伯爵去了。到了常時節家，常時節正在家。見伯爵至，讓進裏面坐。伯爵拏出銀子來與常時節看，說：「大官人如此如此，教我同你今日成房子去。我又不得閒，杜三哥請我吃酒。我如今了畢你的事，我方纔得去。所以叫大官兒跟了我來。成了房子，我不回他爹話去，教他回回便了。」常時節連忙叫渾家快看茶來，說道：「哥的盛情！誰肯？」一面吃畢茶，叫了房中人來，同到新市街兌與賣主銀子，寫立房契。伯爵分付與王經，歸家回西門慶話。剩的銀，交與常時節收了。他便與常時節作別，往杜家吃酒去了。西門慶看了文契，還使王經：「送與你常二叔收了。」不在話下。正是：求人須求大丈夫，濟人須濟急時無。一切萬般皆下品，誰知陰德是良圖。

畢竟未知後來何如，且聽下回分解。

第六十一回　韓道國筵請西門慶　李瓶兒帶病宴重陽

去年九日愁何限，重上心來益斷腸。
秋色夕陽俱淡薄，淚痕離思共淒涼。
征鴻有隊全無信，黃菊無情卻有香。
自覺近來消瘦了，頻將鸞鏡照容光。

話說一日，韓道國晚夕鋪中散了，回家睡到半夜，他老婆王六兒與他商議：「你我被他照顧此遭，掙了恁些錢，就不擺席酒兒請他來坐坐兒？休說他又丟了孩兒，只當與他釋悶，也請他坐半日。他能吃多少？彼此好看些。就是後生小郎看著，到明日就到南邊去，也知財主和你我親厚，比別人不同。」韓道國道：「我心裏也是這等說。明日是初五日，月忌不好。到初六日，叫了廚子，安排酒席，叫兩個唱的，具個柬帖，等我親自到宅內請老爹散悶坐坐。我晚夕便往鋪子裏睡去。」王六兒道：「平白又叫甚麼唱的？只怕他酒後要來這屋裏坐坐，不方便。隔壁樂三嫂家常走一個女兒申二姐，年紀小小兒的，打扮又風流，又會唱時興的小曲兒。倒請將他來唱。等晚夕酒闌上來，老爹若進這屋裏來，打發他過去就是了。」韓道國道：「你說的是。」一宿晚景題過。

到次日，這韓道國走到鋪子裏，央及溫秀才寫了個請柬兒。走到對門宅內，親見西門慶。聲喏畢，說道：「老爹明日沒事，小人家裏治了一盃水酒，無事請老爹貴步下臨，散悶坐一日。」因把請柬遞上去。西門慶看了，說道：「你如何又費此心？我明日倒沒事。衙門中回家就去。」那韓道國作辭出門，來到鋪子做買賣。拏銀子叫後生胡秀拏籃子，往街買雞蹄、鵝鴨、鮮魚、嗄飯菜蔬。一面叫廚子在家整理割切，使小廝早拏轎子接了申二姐來。王六兒同丫鬟伺候下好茶好水，客座內打掃收拾桌椅乾淨，單等西門慶來到。等到午後，只見琴童兒先送了一罎葡萄酒來。然後西門慶坐著涼轎，玳安、王經跟隨，到門首下轎。頭戴忠靖冠，身穿青水緯羅直身，粉頭皂靴。韓道國至，迎入內。見畢禮數，說道：「又多謝老爹賜將來酒！」正面獨獨安放一張交椅，西門慶坐下。不一時，王六兒打扮出來，頭上銀絲鬏髻，翠藍綯紗羊皮金滾邊的箍兒。週圍插碎金草蟲啄針兒，白杭絹對衿兒，玉色水緯羅比甲兒，鵝黃挑線裙子。腳上老鴉青光素段子高底鞋兒，羊皮金緝的雲頭兒。耳邊金丁香兒。打扮的十分精緻，與西門慶插燭也似磕了四個頭兒，回後邊看茶去了。須臾，王經紅漆描金托子，拏了兩盞八寶青荳木樨泡茶，韓道國先取一盞，舉的高高，奉與西門慶，然後自取一盞，旁邊相陪。吃畢，王經接了茶盞下去。韓道國便開言說道：「小人承老爹莫大之恩，一向在外，家中小媳婦蒙老爹看顧。王經又蒙抬舉，叫在宅中答應。感恩不淺。今日與媳婦兒商議，無甚孝順，治了一盃水酒兒，請老爹過來坐坐。前日因哥兒沒了，雖然小人在那裏，媳婦兒因感了些風寒，不曾往宅裏弔問的，恐怕老爹惱。今日一者請老爹解解悶，二者就恕俺兩口兒罪。」西門慶道：「無事又教你兩口兒費心。」說著，只見王六兒也在旁邊小杌兒坐下。因向道國道：「你和老爹說了不曾？」道國道：「我還不曾說哩。」西門慶問道：「是甚麼？」王六兒道：

「他今日心裏要內邊請兩位姐兒來伏侍老爹。恐怕老爹計較，又不敢請。隔壁樂家常走的一個女兒，姓申，名喚申二姐，諸般大小時樣曲兒連數落都會唱。我前日在宅裏見那一位郁大姐，唱的也中中的，還不如這申二姐唱的好。教我今日請了他來唱與爹聽。未知你老人家心下何如？若好，到明日叫了宅裏去，唱與他娘每聽。他也常在各人家走。若叫他，預先兩日定下他。他並不敢誤了。」西門慶道：「既是有女兒，亦發好了。你請出來我看看。」不一時，韓道國教玳安上來，替老爹寬去衣服。一面安放桌席，胡秀拏果菜案酒上來。無非是鴨臘、蝦米、海味、燒餶飿之類。當下王六兒把酒打開，盪熱了，在旁執壺。道國把盞，與西門慶安席坐下。然後纔叫上申二姐來。西門慶睜眼觀看他，高髻雲鬟，插著幾枝稀稀花翠。淡淡釵梳，綠衫紅裙，顯一對金蓮趫趫桃腮粉臉，描兩道細細春山。青石墜子耳邊垂，糯米銀牙噙口內。望上花枝招展，與西門慶磕了四個頭。西門慶便道：「請起。你今青春多少？」申二姐道：「小的二十一歲了。」又問：「你記得多少小唱？」申二姐道：「小的大小也記百十套曲子。」西門慶令韓道國旁邊安下個坐兒與他坐。那申二姐向前行畢禮，方纔坐下。先拏箏來，唱了一套秋香亭。然後吃了湯飯，添換上來，又唱了一套半萬賊兵。落後酒闌上來，西門慶分付：「把箏拏過去，取琵琶與他。等他唱小詞兒我聽罷。」那申二姐一逕要施逞他能彈能唱，一面輕搖羅袖，款跨鮫綃，頓開喉音，把絃兒放得低低的，彈了個四不應山坡羊：

一向來，不曾和冤家面會。肺腑情，難捎難寄。我的心誠想著你，你為我懸心掛意。咱兩個相交，不分個彼此。山盟海誓，心中牢記。你比鶯鶯重生而再有，可惜不在那蒲東寺。不由人一見了眼角留情來呵，玉貌生春，你花容無比。聽了聲嬌姿，好教人日斷東牆，把西樓倦倚。意中人，兩下裏懸心掛意。意兒裏，不得和你兩個眉來眼去。去了時，強挨孤枕枕兒寒，衾兒剩，瑤琴獨對。病體如柴，瘦損了腰肢。知道你夫人行應難離，倒等的我寸心如醉。最關心伴著這一盞寒燈來呵，又被風弄竹聲，只道多情到矣。急忙忙出離了書幃，不想是花影輕搖，月明如水。

唱了兩個山坡羊，叫了斟酒。那韓道國教渾家篩酒上來，滿斟一盞，遞與西門慶。因說：「申二姐，你還有好鎖南枝，唱兩個兒與老爹聽。」那申二姐改了調兒，唱鎖南枝道：

初相會，可意人，年少青春，不上二旬。黑鬖鬖兩朵烏雲，紅馥馥一點朱唇，臉賽夭桃如嫩笋。若生在畫閣蘭堂，端的也有個夫人分。可惜在章臺，出落做下品。但能夠改嫁從良，勝強似棄舊迎新。

初相會，可意嬌，月貌花容，風塵中最少。瘦腰肢一捻堪描，俏心腸百事難學。恨只恨，和他相逢不早。常則願席上樽前，淺斟低唱相偎抱。一覷一個真，一看一個飽。雖然是半霎歡娛，權且將悶減愁消。

西門慶聽了這兩個鎖南枝，正打著他初請了鄭月兒那一節事來，心中甚喜。又見他叫了個賞音。王六兒在旁滿滿的又斟上一盞，笑嘻嘻說道：「爹，你慢慢兒的消飲。申二姐這個纔是零頭兒，他還記得好些小令兒哩。到明日閒了，拏轎子接了，唱與他娘每聽。」又說：「宅中那位唱姐兒？」西門慶道：「那個是常在我家走的郁大姐，這好些年代了。」王六兒道：「管情申二姐到宅裏，比他唱的高。爹到明日呼喚他，早些兒來對我說。我使孩子早拏轎子去接他，送到宅內去。」西門慶因說：「申二姐，我重陽那日使人來接你，去不去？」申二姐道：「老爹說那裏話，但呼喚小的，怎敢違阻？」西門慶聽見他說話兒，心中大喜。不一時，交盃換盞之間，王六兒恐席間說話不方便，教他唱了幾套。悄悄向韓道國說：「教小廝招弟兒送過他那邊樂三嫂家歇去罷。」臨去，拜辭西門慶。西門慶向袖中掏出一包兒三錢，賞賜與他買絃。那申二姐連忙花枝招展，向西門慶磕頭謝了。西門慶約下：「我初八日使人請你去。」那王六兒道：「爹只教王經來對我說，等這裏教小廝送他去。」那申二姐拜辭了韓道國夫婦，招弟領著往隔壁去了。那韓道國打發申二姐去了，與老婆說知，就往鋪子裏睡去了。只落下老婆在席上，陪西門慶擲骰飲酒。吃了一回，兩個看看吃的涎將上來。西門慶推起身往後邊更衣，就走入婦人房裏，兩個頂門玩耍。王經便把燈燭拏出來，在前半間內，和玳安、琴童兒三個，做一處飲酒。那後生胡秀，不知這多咱時分在後邊廚下偷吃多幾碗酒，打發廚子去了，走在王六兒隔壁半間供養佛祖先堂兒內地下，鋪著一領蓆就睡著了。睡了一覺起來，原來與那邊臥房，只隔著一層板壁兒。忽聽婦人房裏聲喚起來。這胡秀只見板壁縫兒，透過燈亮兒來。只道西門慶去了，韓道國在房中宿歇。暗暗用頭上簪子，取下來，刺破透板縫中糊的紙，往那邊張看。見那邊房中，亮騰騰點著燈燭。不想西門慶和老婆在屋裏，兩個正幹得好伶伶俐俐。看見西門慶上身只著一件綾襖兒，下身赤露。老婆口裏百般言語，都叫將出來。淫聲艷語，通做成一塊。良久，只聽老婆說：「我的親達，你要燒淫婦，隨你心裏揀著那塊，只顧燒，淫婦不敢攔你。左右淫婦的身子屬了你，顧的那些兒了！」西門慶道：「只怕你家裏的嗔是的。」老婆道：「那王八七個頭八個膽，他敢嗔？他靠著那裏過日子哩！」西門慶道：「你既是一心在我身上。到明日等賣下銀子，這遭打發他和來保起身，亦發留他長遠在南邊立莊，做個買手。家中已有甘夥計發賣，那裏只是缺少個買手看著置貨。」老婆道：「等走過兩遭兒回來，卻教他去。省的閒著在家，做甚麼？他說道：『倒在外邊走慣了，一心只要外邊去。』他江湖從小兒走過，甚麼買賣客貨中事兒不知道？你若下顧他，可知好哩！等他回來，我房裏替他尋下一個。我也不要他，一心撲在你身上，隨你把我安插在那裏就是了。我若說一句假，把淫婦不值錢身子就爛化了！」西門慶道：「我兒，你快休賭誓。」這裏兩個一動一靜，都被這胡秀聽了個不亦樂乎。那韓道國先在家中不見胡秀，只說往鋪子裏睡去了。走到段子鋪裏，問王顯、榮海，說他沒來。韓道國一面又走回家，叫開門，前後尋胡秀，那裏得來。只見王經陪玳安、琴童，三個在前邊吃酒。這胡秀聽見他的語音來家，連忙倒在蓆上，又推睡了。不一時，韓道國點燈尋到佛堂地下，看見他鼻口內打鼾睡，用腳踢醒，罵道：「賊野狗死囚，還不起來！我只說先往鋪子裏睡去，你原來在這裏挺的好覺兒。還不起來跟我去！」那胡秀起來，推揉了揉眼，愣愣睜睜，跟道國往鋪子裏去了。

西門慶弄老婆，直弄夠有一個時辰，方纔了事。燒了王六兒心口裏，並毬蓋子上，尾停骨兒上，共三處香。老婆起來，穿了衣服，教丫鬟打發舀水淨了手。重篩煖酒，再上佳肴，情話攀盤。又吃了幾鍾，方纔起身上馬。玳安、王經、琴童三個跟著，到家中已有二更天氣。走到李瓶兒房中。李瓶兒睡在床上，見他吃的酣酣兒的進來，說道：「你今日在誰家吃酒來？」西門慶悉把韓道國家請我，見我丟了孩子，與我釋悶。他家叫了個女先生申二姐來，年紀小小，好不會唱！又不讓郁大姐。等到明日重陽，使小廝拏轎子接他來家，唱兩日你每聽，就與你解解悶。你緊心裏不好，休要只顧思想他了。說著，就要叫迎春來脫衣裳，和李瓶兒睡。李瓶兒道：「你沒的說，我下邊不住的長流，丫頭火上替我煎著藥哩。你往別人屋裏睡去罷。你看著我成日好模樣兒罷了，只有一口遊氣兒在這裏邊，來纏我起來！」西門慶道：「我的心肝，我心裏捨不的你。只要和你睡，如之奈何？」李瓶兒瞟了他一眼，笑了笑兒：「誰信你那虛嘴掠舌❶的，我到明日死了，你也捨不得我罷！」又道：「亦發等我好好兒，你再進來和我睡，也是不遲。」那西門慶坐了一回，說道：「罷罷，你不留我，等我往潘六兒那邊睡去罷。」李瓶兒道：「著來你去，省得屈著你那心腸兒。他那裏正等的你火裏火發❷，你不去，卻忙惚兒來我這屋裏纏！」西門慶道：「你恁說，我又不去了。」那李瓶兒微笑道：「我哄你哩，你去麼。」于是打發西門慶過去了。這李瓶兒起來，坐在床上，迎春伺候他吃藥。拏起那藥來，止不住撲簌簌從香腮邊滾下淚來。長吁了一口氣，方纔吃那盞藥。正是：心中無限傷心事，付與黃鸝叫幾聲。

不說李瓶兒吃藥睡了。單表西門慶到于潘金蓮房裏。金蓮纔教春梅罩了燈，上床睡下。忽見西門慶推開門進來，便道：「我兒，又早睡了。」金蓮道：「稀倖，那陣風兒刮你到我這屋裏來？」因問：「你今日往誰家吃酒去來？」西門慶道：「韓夥計打南邊來，見我沒了孩子，一者與我釋悶，二者照顧了他外邊走了這遭，請我坐坐。」金蓮道：「他便在外邊。你在家，卻照顧了他老婆了。」西門慶道：「夥計家，那裏有這道理！」婦人道：「夥計家有這個道理？齊腰栓著根線兒，只怕肏過界兒去了！你還搗

❶ 虛嘴掠舌：花言巧語。

❷ 火裏火發：心焦。

鬼哄俺每哩，俺每知道的不耐煩了！你生日時，賊淫婦他沒在這裏？你悄悄把李瓶兒壽字簪子，黃貓黑尾偷與他。卻教他戴了來這裏施展。大娘、孟三兒這一家子，那個沒看見！吃我相問著他，那臉兒上紅了。他沒告訴你？今日又摸到那裏去了，賊沒廉恥的貨！你家外頭還少哩，也不知怎的一個大摔爪長淫婦，喬眉喬樣，描的那水鬢長長的，搽的那嘴唇鮮紅的，倒人家那血毯，甚麼好老婆！一個大紫膛色黑淫婦，我不知你喜歡他那些兒？嗔道把王八舅子也招惹將來，卻一早一晚教他好往回傳捎話兒！」那西門慶堅執不認，笑道：「怪小奴才兒，單管只胡說，那裏有此勾當？今日他男子漢陪我坐，他又沒出來。」婦人道：「你拏這個話兒來哄我，誰不知他漢子是個明王八！又放羊，又拾柴❸。一逕把老婆丟與你，圖你家買賣做，要撰你的錢使。你這傻行貨子，只好四十里聽銃響罷了！」見西門慶脫了衣裳，坐在床沿上。婦人探出手來，把褲子扯開，摸見那話軟叮噹的，托子還帶在上面。說道：「可又來，你臘鴨子煮到鍋裏，身子兒爛了，嘴頭兒還硬！見放著不語先生，在這裏強道，和那淫婦怎麼弄聳聳，到這咱晚纔來家？弄的恁軟如鼻涕濃瓜醬的，嘴頭兒還強哩！你賭幾個誓，我教春梅舀一瓶子涼水，你只吃了，我就算你好膽子。論起來，鹽也是這般鹹，醋也是這般酸，禿子包網巾，饒這一抿子兒也罷了！若是信著你意兒，把天下老婆都耍遍了罷。賊沒羞的貨，一個大眼裏火行貨子。你早是個漢子，若是個老婆，就養遍街，肏遍巷；屬皮匠的，逢著的就上！」幾句說的西門慶睜睜的。西門慶道：「怪小淫婦兒，單管胡說白道的！那裏有此勾當？」婦人道：「那裏有此勾當！你指著肉身子賭個誓麼？」亂了一回，西門慶口中呼叫道：「小淫婦兒，你怕我不怕？再敢無禮不敢？」婦人道：「我的達達，罷麼！你將就我

❸ 又放羊二句：兩面收穫利益。

些兒，我再不敢了。」兩個顛鸞倒鳳，又狂了半夜，方纔體倦而寢。

話休饒舌。又早到重陽令節。西門慶對吳月娘說：「韓夥計家前日請我，席上唱的一個申二姐，生的人材又好，又會唱，琵琶箏都會。我使小廝接他去。等接了他來，留他兩日，教他唱與你每聽。」于是分付廚下，收拾酒果肴饌。在花園大捲棚聚景堂內，安放大八仙桌席，放下簾來，合家宅眷，在那裏飲酒，慶賞重陽佳節。不一時王經轎子接的申二姐到了。入到後邊，與月娘眾人磕了頭。月娘見他年小，生的好模樣兒，問他套數，倒會不多。若題諸般小曲兒，山坡羊、鎖南枝、兼數落，倒記的有十來個。一面打發他吃了茶食，先教在後邊唱了兩套。然後花園擺設下酒席。那日西門慶不曾往衙門中去，在家看著栽了菊花，請了月娘、李嬌兒、孟玉樓、潘金蓮、李瓶兒、孫雪娥並大姐，都在席上坐的。春梅、玉簫、迎春、蘭香，在旁斟酒伏侍。申二姐先拏琵琶在旁彈唱。那李瓶兒在房中身上不方便，請了半日，纔請了來。恰似風兒刮倒的一般，強打著精神，陪西門慶坐。眾人讓他酒兒，也不大好生吃。西門慶和月娘見他面帶憂容，眉頭不展，說道：「李大姐你把心放開，教申二姐唱個曲兒你聽。」玉樓道：「你說與他，教他唱甚麼曲兒，他好唱。」那李瓶兒只顧不說。正飲酒中間，忽見王經走來說道：「應二爹、常二叔來了。」西門慶道：「請你應二爹、常二叔在小捲棚裏坐，我就來。」王經道：「常二叔教人拏了兩個盒子在外頭。」西門慶向月娘道：「此是他成了房子，買了些禮來謝我的意思。」月娘道：「少不的安排些甚麼管待他，怎好空了他去？你陪他坐去，我這裏分付看菜兒。」西門慶臨出來，又叫申二姐：「你好歹唱個好曲兒與他六娘聽。」一直往前邊去了。金蓮道：「也沒見這李大姐，隨你心裏說個甚麼曲兒，教申二姐唱個你聽就是了。辜負他爹的心。此來為你叫將他來，你又不言語的！」于是催逼的李瓶兒急了，半日纔說出來：「你唱個『紫陌紅徑』俺每聽罷。」那申二姐道：「這個不打緊，我有。」于是取過筝來，排開鴈柱，調定冰絃，頓開喉音，唱折腰一枝花：

紫陌紅徑，丹青妙手難畫成。觸目繁華如鋪錦，料應是春負我，非是辜負了春。為著我心上人，對景越添愁悶。

〔東甌令〕花零亂，柳成陰，蝶困蜂迷鶯倦吟。方纔眼睜，心兒裏忘了。想啾啾唧唧呢喃燕，重將舊恨；舊恨又題醒，撲簌簌淚珠兒暗傾。

〔滿園春〕悄悄庭院深，默默的情掛心。涼亭水閣，果是堪宜宴飲。不見我情人，和誰兩個問樽！把絲絃再理，將琵琶自撥，是奴欲歌悶情，怎如倦聽？

〔東甌令〕榴如火，簇紅錦，有焰無煙，燒碎我心。懷著向前，欲待要摘一朵，觸觸拈拈不堪□。怕奴家花貌，不似舊時人。伶伶仃仃，怎宜樣簪？

〔梧桐樹〕梧葉兒飄，金風動，漸漸害相思，落入深深井。一旦夜長，難捱孤枕。懶上危樓望我情人。未必薄情，與奴心相應。他在那裏，那裏貪歡戀飲？

〔東甌令〕菊花綻，桂花零，如今露冷風寒，秋意漸深。驀聽的窗兒外幾聲，幾聲孤鴈，悲悲切切，如人訴。最嫌花下砌畔小蛩吟。咭咭咶咶❹，惱碎奴心。

〔浣溪沙〕風漸急，寒威凜。害想思，最恐怕黃昏。沒情沒緒，對著一盞孤燈。窗兒眼數，教還

---

❹ 咭咭咶咶：同「咭咶」，見第三十七回註⑫。

再輪。畫角悠悠聲透耳，一聲聲哽咽難聽。愁來別酒強重斟，酒入悶懷珠淚傾。

〔東甌令〕長吁氣，兩三聲，斜倚定幃屏兒，思量那個人。一心指望夢兒裏，略略重相見。撲撲簌簌雪兒下，風吹簷馬，把奴夢魂驚。叮叮噹噹，攪碎了奴心。

〔尾聲〕為多情，牽掛心。朝思暮想淚珠傾，恨殺多才不見影。

唱畢，吳月娘道：「李大姐，你好甜酒兒，吃上一鍾兒？」那李瓶兒又不敢違阻了月娘，拏起鍾兒來咽了一口兒，又放下了。強打著精神兒，與眾人坐的。坐不多時，下邊一陣熱熱的來，又往屋裏去了。

不說這裏內眷。單表西門慶到于小捲棚翡翠軒，只見應伯爵與常時節，在松牆下正看菊花。原來松牆兩邊，擺放二十盆，都是七尺高各樣有名的菊花。也有大紅袍、狀元紅、紫袍金帶、白粉西、黃粉西、滿天星、醉楊妃、玉牡丹、鵝毛菊、鴛鴦菊之類。西門慶出來，二人向前作揖。常時節即喚跟來人，把盒兒掇進來。西門慶一見便問：「又是甚麼？」伯爵道：「常二哥蒙你厚情，成了房子。無甚麼酬答，教他娘子製造了這螃蟹鮮，並兩隻爐燒鴨兒，邀我來同和哥坐坐。」西門慶道：「常二哥，你又費這個心做甚麼？你令正病纔好些，你又禁害他！」伯爵道：「我也是恁說。他說道：『別的東西兒來，恐怕哥不稀罕。』」西門慶令左右打開盒兒觀看，四十個大螃蟹，都是剔剝淨了的。裏邊釀著肉，外用椒料薑蒜米兒團粉裹就，香油煠醬油醋造過，香噴噴酥脆好食。又是兩大隻院中爐燒熟鴨。西門慶看了，即令春鴻、王經掇進去。分付：「拏五十文錢賞拏盒人。」因向常時節謝畢。琴童在旁，掀簾請入翡翠軒坐的。伯爵只顧誇獎不盡：「好菊花！」問：「哥是那裏尋的？」西門慶道：「是管磚廠劉太監送我這二十盆。」伯爵道：「連這盆？」西門慶道：「就連這盆，都送與我了。」伯爵道：「花倒不打緊。這盆正是官窯雙箍鄧漿盆，又吃年代，又禁水漫，都是用絹羅打，用腳跐過泥，纔燒造這個物兒。與蘇州鄧漿磚一個樣兒做法。如今那裏尋去！」誇了一回，西門慶喚茶來吃了。因問：「常二哥，幾時搬過去？」伯爵道：「從兌了銀子，三日就搬過去了。那家子已是尋下房子，兩三日就搬了。昨兒好日子，買了些雜貨兒，門首把鋪兒也開了。就是常二嫂兄弟，替他在鋪兒裏看銀子兒。」西門慶道：「俺每幾時買些禮來，休要人多了，再邀謝子純、你三四位。我家裏整理菜兒抬了去，休費煩常二哥一些東西兒。叫兩個妓者，咱每替他煖煖房，耍一日。」常時節道：「小弟有心，也要請哥坐坐。算計來，不敢請。地方兒窄狹，恐怕哥受屈駞。」西門慶道：「沒的扯淡。那裏又費他的事起來？如今使小廝請將謝子純來，和他說說。」即令琴童兒：「快請你謝爹去。」伯爵因問：「哥，你那日叫那兩個去？」西門慶笑道：「叫你鄭月娘和洪四兒去。洪四兒令打掇鼓兒，唱慢山坡羊兒。」伯爵道：「哥，你是個人。你請他就不對我說聲，我怎的也知道了？比李桂兒風月如何？」西門慶道：「通色絲子女不可言！」伯爵道：「他怎的前日你生日時，那等不言語扭扭的？也是個肉佞賊小淫婦兒。」西門慶道：「等我到幾時再去著，也攜帶你走走。你月娘兒會打的好雙陸。你和他打兩貼雙陸。」伯爵道：「等我去混那小淫婦兒，休要慣了他。」西門慶道：「你這歪狗材，不要惡識❺他便好。」正說著，謝希大到了。聲喏畢，坐下。西門慶道：「常二哥如此這般新有了華居，瞞著俺每已搬過去了。咱每人隨意出些分資，休要費煩他絲毫。我這裏整治停當，教小廝抬了他府上。我還助兩個妓者，咱耍一日何如？」謝希大道：「哥分付每人出

❺ 惡識：惹惱。

多少分資，俺每都送哥這裏來就是了。還有那幾位?」西門慶道：「再沒人，只這三四個兒。每人二星銀子就夠了。」伯爵道：「十分人多了，他那裏沒地方兒。」正說著，只見琴童來說：「吳大舅來了。」西門慶道：「請你大舅這裏來坐。」不一時，吳大舅進入軒內。先與三人作了揖，然後與西門慶敘禮坐下。小廝拏茶上來，同吃了茶。吳大舅起身說道：「請姐夫到後邊說句話兒。」西門慶連忙讓大舅到于後邊月娘房裏。月娘還在捲棚內，與眾姊妹吃酒聽唱。聽見小廝說：「大舅來了，爹陪著在後邊坐著說話哩。」一面走到上房見大舅，道了萬福，叫小玉遞上茶來。大舅向袖中取出十兩銀子，遞與月娘，說道：「昨日府上纔領了三錠銀子。姐夫且收了這十兩。餘者待後次再送來。」西門慶道：「大舅，你怎的這般計較?且使著，慌怎的。」大舅道：「我恐怕遲了姐夫的。」西門慶因問：「倉廒修理的也將完了?」大舅道：「還得一個月將完。」西門慶道：「工完之時，一定撫按有些獎勵。」大舅道：「今年考選軍政在邇，還望姐夫扶持，大巡上替我說說。」西門慶道：「大舅之事，都在于我。」說畢話，月娘道：「請大舅來前邊坐。」大舅道：「我去罷。只怕他三位來有甚話說。」西門慶道：「沒甚麼話。常二哥新近問我借了幾兩銀子，買下了兩間房子，已搬過去了。今日買了些禮兒來謝我。節間留他每坐坐，不想大舅來的正好。」于是讓至前邊坐下。月娘連忙教廚下打發菜兒上去。琴童與王經先安放八仙桌席端正，拏上小菜果酒上去。西門慶旋教開庫房，拏去一罈夏提刑家送的菊花酒來。打開，碧靛清，噴鼻香。未曾篩，先攙一瓶涼水，以去其蓼辣之性。然後貯于布甑內，篩出來，醇厚好吃，又不讓葡萄酒。教王經用小金鍾兒斟一盃兒，先與吳大舅嘗了。然後伯爵等每人都嘗訖，極口稱羨不已。須臾大盤大碗嗄飯肴品擺將上來，堆滿桌上。先拏了兩大盤玫瑰果餡蒸糕，蘸著白砂糖，眾人乘熱搶著吃了一頓。

然後纔拏上釀螃蟹，並兩盤燒鴨子來。伯爵讓大舅吃。連謝希大也不知是甚麼做的，這般有味酥脆好吃。西門慶道：「此是常二哥家送來的。」大舅道：「我空癡長了五十二歲，並不知螃蟹這般造作，委的好吃！」伯爵又問道：「後邊嫂子都嘗了嘗兒不曾？」西門慶道：「房下每都有了。」伯爵道：「也難為我這常嫂，也這般好手段兒！」常時節笑道：「賤累還恐整理的不堪口，教列位哥笑話。」吃畢螃蟹，左右上來斟酒。西門慶令春鴻和書童兩個在旁，一遞一個歌唱南曲。應伯爵忽聽大捲棚內彈箏歌唱之聲，便問道：「哥今日有李桂姐在這裏？不然，如何這等音樂之聲？」西門慶道：「你再聽著，是不是？」伯爵道：「李桂姐不是，就是吳銀兒。」西門慶道：「你這花子，單管只瞎謅❻。倒是個女先生。」伯爵道：「不是郁大姐？」西門慶道：「不是他。這個是申二姐，年小哩，好個人材，又會唱。」伯爵道：「真個這等好！哥怎的不牽出來俺每瞧瞧？又唱個兒俺每聽。」西門慶道：「今日你眾娘每，大節間叫他來賞重陽玩耍。偏你這狗材耳朵內聽的見。」伯爵道：「我便是千里眼，順風耳。隨他四十里有蜜蜂兒叫，我也聽見了。」謝希大道：「你這花子兩耳朵似竹簽兒也似，愁聽不見！」兩個又玩笑了一回。伯爵道：「哥，你好歹叫他出來俺每見見。俺每不打緊，教他只當唱個兒與老舅聽也罷了，休要就古執了。」西門慶乞他逼迫不過，一面使王經領申二姐出來，唱與大舅聽。不一時，申二姐來，望上磕了頭起來，旁邊安放交床兒，與他坐下。伯爵問申二姐：「青春多少？」申二姐回道：「屬牛的，二十一歲了。」又問：「會多少小唱？」申二姐道：「琵琶箏上套數小唱，也會百十來個。」伯爵道：「你會許多唱也夠了。」西門慶道：「申二姐，你拏琵琶唱小詞兒罷。省的勞動了。你說你會唱『四夢八空』，你

❻ 瞎謅：亂造謠言。

唱與大舅聽。」分付王經、書童兒席間斟上酒。那申二姐款跨鮫綃，微開檀口，唱羅江怨道：

懨懨病轉濃，甚日消融？春思夏想秋又冬。滿懷愁悶，訴與天公也。天有知呵，怎不把恩情送？恩多也是個空，情多也是個空，都做了南柯夢。

伊西我在東，何日再逢？花箋慢寫封又封。叮嚀囑付，與鱗鴻也。他也不忠，不把我這音書送。思量他也是空，埋怨他也是空，都做了巫山夢。

恩情逐曉風，心意懶慵。伊家做作無始終。山盟海誓，一似耳邊風也。不記當時，多少恩情重。虧心也是空，癡心也是空，都做了蝴蝶夢。

惺惺似懞懂，落伊套中。無言暗把珠淚湧。口心誰想，不相同也。一片真心，將我廝調弄。得便宜也是空，失便宜也是空，都做了陽臺夢。

不說前邊彈唱飲酒。且說李瓶兒歸到房中，坐淨桶，下邊似尿也一般，只顧流將起來，登時流的眼黑了。起來穿裙子，忽然一陣旋暈的，向前一頭搶倒在地。饒是❼迎春在旁搊扶著，還把額角上磕傷了皮。和奶子搊到炕上，半日不省人事。慌了迎春使綉春連忙快對大娘說去。那綉春走到席上，報與月娘眾人：「俺娘在房中暈倒了。」這月娘撇了酒席，與眾姊妹慌忙走來看視。見迎春、奶子兩個搊扶著他，坐在炕上，不省人事。便問他：「好好的進屋裏，端的怎麼來就不好了？」迎春揭開淨桶與月娘瞧，把月娘諕了一跳。說道：「此是他剛纔只怕吃了酒，助趕的他這血旺了，流了這些。」玉樓、金蓮都說：

❼ 饒是：雖是。

「他幾曾大好生吃酒來?」一面煎燈心薑湯灌他。半晌甦省過來，纔說出話兒來了。月娘問：「李大姐，你怎的來?」李瓶兒道：「我不怎的。坐下桶子，起來穿裙子，只見眼面前黑黑的一塊子。就不覺天旋地轉起來，由不得身子就倒了。」月娘便要使來安兒，請你爹進來對他說，教他請任醫官來看你。那李瓶兒又嗔教請去：「休要大驚小怪，打攪了他吃酒。」月娘分付迎春：「打鋪教你娘睡罷。」月娘于是也就吃不成酒了。分付收拾了家火，都歸後邊去了。西門慶陪侍吳大舅眾人，至晚歸到後邊月娘房中。月娘告訴李瓶兒跌倒之事。西門慶慌走到前邊來看視。見李瓶兒睡在炕上，面色蠟渣黃了。扯著西門慶衣袖哭泣。西門慶問其所以。李瓶兒道：「我到屋裏坐槅子。不知怎的，下邊只顧似尿也一般流起來。不覺眼前一塊黑黑的起來。穿裙子，天旋地轉就跌倒了，恁甚麼就顧不的了!」西門慶見他額上磕傷一道油皮，說道：「丫頭都在那裏，不看你?怎的跌傷了面貌?」李瓶兒道：「還虧大丫頭都在跟前，和奶子攙扶著我。不然，還不知跌得怎樣的!」西門慶道：「我明日還早使小廝請任醫官來看你看。」當夜就在李瓶兒對面床上，睡了一夜。次日早晨，沒往衙門裏去，旋使琴童騎頭口請任醫官去了。直到晌午纔來。西門慶先在大廳上陪吃了茶，使小廝說進去。李瓶兒房裏收拾乾淨，薰下香，然後請任醫官到房中。診畢脈，走出外邊廳上，對西門慶說：「老夫人脈息，比前番甚加沈重些。七情感傷，肝肺火太盛，以致木旺土虛，血熱妄行，猶如山崩而不能節制。復使大官兒後邊問去，若所下的血紫者，猶可以調理。若鮮紅者，乃新血也。學生撮過藥來，若稍止則可有望，不然，難為矣。」西門慶道：「望乞老先生留神加減，學生必當重謝!」任醫官道：「是何言語?你我厚間，又是明川情分，學生無不盡心!」西門慶待畢茶，送出門。隨即具一疋杭絹、二兩白金，使琴童兒討將藥來，名曰歸脾湯，乘熱而吃下去，其血越流之不止。西門慶越發慌了。又請大街口胡太醫來瞧。胡太醫說：「是氣沖血管，熱入血室。」亦取將藥來吃下去，如石沈大海一般。

月娘見前邊亂著請太醫，只留申二姐住了一夜，與了他五錢銀子，一件雲絹比甲兒，並花翠，裝了個盒子，打發他坐轎子去了。花子由自從開張那日吃了酒去，聽見李瓶兒不好，至是使了花大嫂買了兩盒禮來看他。見他瘦的黃懨懨兒，不比往時，兩個在屋裏大哭了一回。月娘後邊擺茶，請他吃了。韓道國說：「東門外住的一個看婦人科的趙太醫，指下明白，極看得好。前歲小姪媳婦月經不通，是他看來。老爹這裏差人請他來看看六娘，管情就好。」西門慶于是就使玳安同王經兩個疊騎著頭口，往門外請趙太醫去了。西門慶請了應伯爵來，在廂房坐的，和他商議：「第六個房下，甚是不好的重，如之奈何？」伯爵失驚道：「這個嫂子貴恙說好些，怎的又不好起來？」西門慶道：「自從小兒沒了，一向著了憂慼，把病來又犯了。昨日重陽，我說接了申二姐，節間你每打夥兒散悶玩耍。他又沒大好生吃酒。誰知走到屋中，就不好暈起來，一交跌倒在地，把臉都磕破了。請任醫官來看，說脈息比前沈重。吃了藥，倒越發血盛了。」伯爵道：「哥，你請胡太醫來看，怎的說？」西門慶道：「胡太醫說是氣沖了血管。吃了他的，也不見動靜。今日韓夥計說，門外一個趙太醫，名喚趙龍崗，專科看婦女。我使小廝騎頭口請。去了一回，把我焦愁的了不得。生生為這孩子不好，是白日黑夜思慮起這病來了。婦女人家，又不知個回轉；勸著他，又不依你。教我無法可處。」

正說著，平安來報：「喬親家爹來了。」西門慶一面讓進廳上坐。敘禮已畢，坐下。喬大戶道：「聞得六親家母有些不安，昨日舍甥到家，請房下便來奉看。」西門慶道：「便是一向因小兒沒了，他著了憂慼；身上原有些不調，又感發起來了。蒙親家掛心。」喬大戶道：「也曾請人來看不曾？」西門慶道：「常吃任後溪的藥。昨日又請大街胡先生來看，吃藥越發轉盛。今日又請門外專看婦人科趙龍崗去了。」喬大戶道：「咱縣門前住的行醫何老人，大小方脈俱精。他兒子何岐軒，見今上了個冠帶醫士。親家何不請他來看看親家母？」西門慶道：「既是好，等小价請了趙龍崗來看了脈息，看怎的說，再請他來不遲。」喬大戶道：「親家依我愚見，如今請了何老人來看了親家母脈息，講說停當，安在廂房內坐的。待盛价門外請將趙龍崗來，看他診了脈怎麼說，教他兩個細講一講，就論出病原來了。然後下藥，無有個不效之理。」西門慶道：「親家說的是。」一面使玳安：「拏我拜帖兒，和喬通去請縣門前行醫何老人來。」玳安等應諾去了。西門慶請伯爵到廳上，與喬大戶相見，同坐一處吃茶。那消片晌之間，何老人到來。進門與西門慶、喬大戶等作了揖，讓于上面坐下。西門慶舉手道：「數年不見，你老人家不覺越發蒼髯皓首！」喬大戶又問：「令郎先生肄業盛行？」何老人道：「他逐日縣中迎送，也不得閒。倒是老拙常出來看病。」伯爵道：「你老人家高壽了，還這等健朗！」何老人道：「老拙今年癡長八十一歲。」敘畢話，看茶上來吃了，小廝說進去。須臾請至房中，就床看李瓶兒脈息。旋攙扶起來，坐在炕上，挽著香雲，阻隔三焦，形容瘦的十分狼狽了。但見他：面如金紙，體似銀條。看看減褪丰標，漸漸消磨精彩。胸中氣急，連朝水米怕沾唇，五臟膨脝，盡日藥丸難下腹。隱隱耳虛聞磬響，昏昏眼暗覺螢飛。六脈細沈，東岳判官催命去；一靈縹緲，西方佛子喚同行。喪門弔客已臨身，扁鵲盧醫難下手。那何老人看了脈息，出來外邊廳上，向西門慶、喬大戶說道：「這位娘子乃昰精沖了血管起，然後著了氣惱。氣與血相搏，則血如崩。細思當初起將病之由，看是也不是？」西門慶道：「你老人家如何治療？」

正相論間，忽報：「琴童和王經，門外請了趙先生來了。」何老人便問：「是何人？」西門慶道：「也是夥計舉來一醫者。你老人家只推不知。待他看了脈息出來，你老人家和他兩個相講一講，好下藥。」不一時，從外而入。西門慶與他敘禮畢，然後與眾人相見。何、喬二老居中。讓他在左，應伯爵在右，西門慶主位相陪。來安兒拏上茶來吃了，收下盞托去。此人便問：「二位尊長貴姓？」喬大戶道：「俺二人一位姓何，一位姓喬。」伯爵道：「在下姓應。敢問先生高姓，尊寓何處，治何生理？」其人答道：「不敢。在下小子，家居東門外頭條巷二郎廟三轉橋四眼井住的有名趙搗鬼便是。平生以醫為業。家祖見為太醫院院判，家父見充汝府良醫。祖傳三輩，習學醫術。每日攻習王叔和、東垣勿聽子藥性賦，黃帝素問，難經，活人書，丹溪纂要，丹溪心法，潔古老脈訣，加減十三方，千金奇效良方，壽域神方，海上方，無書不讀，無書不看。藥用胸中活法，脈明指下玄機。六氣四時，辨陰陽之標格；七表八裏，定關格之沈浮。風虛寒熱之症候，一覽無餘；弦洪芤石之脈理，莫不通曉。小人拙口，鈍睁，不能細陳。聊有幾句，道其梗概。」便道：

我做太醫姓趙，門前常有人叫。
只會賣杖搖鈴❽，那有真材實料。
行醫不按良方，看脈全憑嘴調。
撮藥治病無能，下手取積兒妙。

---

❽ 賣杖搖鈴：做走方郎中。

頭疼須用繩箍，害眼全憑艾醮。
心疼定敢刀剜，耳聾宜將針套。
得錢一味胡醫，圖利不圖見效。
尋我的少吉多凶，到人家有哭無笑。

正是：半積陰功半養身，古來醫道通仙道。眾人聽了，都呵呵笑了。何老人道：「你門裏出身，門外出身？」趙太醫道：「門裏出身怎的說？門外出身怎的說？」何老人道：「你門裏出身，有父待子接脈理之良法。若是門外出身，只可問病下藥而已。」趙太醫道：「老先生你就不知道，古人云：『望聞問切，神聖功巧。』學生三輩門裏出身，先問病，後看脈，還要觀其氣色。就如同子平兼五星，還要觀手相貌，纔看得準，庶乎不差。」何老人道：「既是如此，請先生進看去。」西門慶即令琴童後邊說去：「又請了趙先生來了。」不一時，西門慶陪他進入李瓶兒房中。那李瓶兒方纔睡下，安逸一回，又摀扶起來，靠著枕褥坐著。這趙太醫先診其左手，次診右手。便教老夫人抬起頭來，看看氣色。那李瓶兒真個把頭兒揚起來。趙太醫教西門慶：「老爹，你問聲老夫人，我是誰？」西門慶便問李瓶兒：「你看這位是誰？」那李瓶兒抬頭看了一眼，便低聲說道：「他敢是太醫。」趙先生道：「老爹不妨事，死不成。還認的人哩。」西門慶笑道：「趙先生你用心看，我重謝你。」一面看視了半日，說道：「老夫人此病，休怪我說。據看其面色，又診其脈息，非傷寒則為雜症；不是產後，定然胎前。」西門慶道：「不是此疾。先生你再仔細診一診。」先生道：「敢是飽悶傷食，飲饌多了？」西門慶道：「他連日飯食，通不十分進。」

趙先生又道：「莫不是黃病？」西門慶道：「不是。」趙先生道：「不是，如何面色這等黃？」又道：「多管是脾虛泄瀉。」西門慶道：「也不是泄疾。」趙先生道：「不泄瀉，卻是甚麼？怎生的害個病，也教人摸不著頭腦？」坐想了半日，說道：「我想起來了。不是便毒魚口，定然是經水不調勻。」西門慶道：「女婦人，那裏便毒魚口來？你說這經事不調，倒有些近理。」趙先生道：「南無佛耶，小人可怎的也猜著一樁兒了！」西門慶問：「如何經事不調勻？」趙先生道：「不是乾血癆，就是血山崩。」西門慶道：「實說與先生，房下如此這般，下邊月水淋漓不止，所以身上都瘦弱了。你有甚急方？合些好藥與他吃，我重重謝你。」趙先生道：「不打緊處。小人有藥。等我到前邊寫出個方來，好配藥去。」西門慶一面同他來到前廳。喬大戶、何老人還未去，問他：「甚麼病源？」趙先生道：「依小人講，只是經水淋漓。」何老人道：「當用何藥以治之？」趙先生道：「我有一妙方，用著這幾味藥材。吃下去，管情就好。」聽我說：

甘草甘遂與硇砂，藜蘆巴豆與芫花。人言調著生半夏，用烏頭杏仁天麻。這幾味兒齊加，蔥蜜和丸只一撾。清晨用燒酒送下。

何老人聽了，便道：「這等藥吃了，不藥殺人了。」趙先生道：「自古毒藥苦口利于病，若早得摔手伶俐，強如只顧牽經。」西門慶道：「這廝俱是胡說。」教小廝：「與我扠出去！」喬大戶道：「夥計既舉保來一場，醫家休要空了他。」西門慶道：「既是恁說，前邊鋪子裏稱二錢銀子，打發他去罷。」那趙太醫得了二錢銀子往家，一心忙似箭，兩腿走如飛。

西門慶見打發趙太醫去了，因向喬大戶說：「此人原來不知甚麼。」何老人道：「老拙適纔不敢說。此人東門外有名的趙搗鬼，專一在街上賣杖搖鈴，哄過往之人。他那裏曉的甚脈息病源？」因說：「老夫人此疾，老拙到家撮兩貼藥來，遇緣看服畢，經水少減，胸口稍開，就好用藥。只怕下邊不止，飲食再不進，就難為矣！」說畢起身。西門慶這裏封白金一兩，使玳安拏盒兒討將藥來，晚夕與李瓶兒吃了。並不見其分毫動靜。吳月娘道：「你也省可裏與他藥吃。他飲食先阻住了，肚腹中有甚麼兒？只顧拏藥淘碌❾他！前者那吳神仙算他，二十七歲有血光之災。今年卻不整廿七歲了？你還使人尋這吳神仙去，教替他打算，算這祿馬數上，看如何？只怕犯著甚麼星辰，替他禳保禳保。」西門慶這裏旋差人拏帖兒往周守備府裏問去。那裏說：「吳神仙雲遊之人，來去不定。但來，只在城南土地廟下。今歲從四月裏往武當山去了。要打數算命，真武廟外有個黃先生，打的好數。一數只要三錢銀子，不上人家門去。一生別後事，都如眼見。」西門慶隨即使陳經濟拏三錢銀子，逕到北邊真武廟門首抄尋。有黃先生家門上，貼著「抄算先天易數，每命卦金三星。」陳經濟向前作揖，奉上卦金，說道：「有一命，煩先生推算。」就與他八字，女命，年二十七歲，正月十五日午時。這黃先生把算子一打，就說：「這女命辛未年，庚寅月，辛卯日，壬午時，理取印綬之格，借四歲行運。四歲巳未，十四歲戊午，廿四歲丁巳，三十四歲丙辰。今年流年丁酉，比肩用事，歲傷日干，計都星照命，又犯喪門五鬼，災殺作抄。夫計都者，乃陰晦之星也。其像猶如亂絲而無頭，變異無常。人運逢之，多主暗昧之事，引惹疾病。主正二三七九月病災，有損暗傷財物，小口凶殃。小人所算，口舌是非，主失財物。若是陰人，大為不利。」斷云：

❾ 淘碌：銷蝕，通常指色慾傷身。亦作淘淥。

計都流年臨照，命逢陸地行舟，必然家主皺眉頭。
靜裏躊躇無奈，閒中悲慟無休，女人犯此問根由。
必似亂絲不久，切記胎前產後。

其數曰：

莫道成家在晚時，只緣父母早先離。
芳姿嬌媚年來美，百計俱全更有思。
傳揚伉儷當龍至，榮合屠羊看虎威。
可憐情熟恩情失，命入雞宮葉落裏！

抄畢數，封付與經濟拏來家。西門慶正和應伯爵、溫秀才坐的，見經濟抄了數來，拏到後邊，解說與月娘聽，命中多凶少吉。西門慶不聽便罷，聽了眉頭搭上三黃鎖，腹內包藏萬斛愁。正是：高貴青春遭大喪，伶俐醒然卻受貧。年月日時該定載，算來由命不由人。

畢竟未知後來如何，且聽下回分解。

第六十二回　潘道士解禳祭燈壇　西門慶大哭李瓶兒

行藏虛實自家知，禍福因由更問誰。
善惡到頭終有報，只爭來早與來遲。
閒中點檢平生事，靜裏思量日所為。
常把一心行正道，自然天理不相虧。

話說西門慶見李瓶兒服藥百般醫治無效，求神問卜發課，皆有凶無吉，無法可處。初時李瓶兒還閘闌著梳頭洗臉，還自己下炕來坐淨桶。次後漸漸飲食減少，形容消瘦，下邊流之不止。那消幾時，把個花朵朵人兒，瘦弱的不好看，也不著的炕了，只在裀褥上鋪墊草紙。恐怕人進來嫌穢惡，教丫頭燒著下些香在房中。西門慶見他肐膊兒瘦的銀條兒相似，守著在房內哭泣。衙門中隔日去走一走。李瓶兒便道：「我的哥，你還往衙門中去，只怕誤了你公事。我不妨事，只吃下邊流的虧。若得止住不流了，再把口裏放開，吃下些飲食兒就好了。你男子漢，常絆住你在房中守著甚麼？」西門慶哭道：「我的姐姐，我見你不好，心中捨不的你。」李瓶兒道：「好傻子，只不死將來你攔的住那些？」又道：「我要對你說，也沒與你說。我不知怎的，但沒人在房裏，心中只害怕。恰似影影綽綽，有人在我跟前一般。夜裏要便夢見他，恰似好時的拏刀弄杖，和我廝嚷；孩子也在他懷裏，我去奪，反被他推我一交。說他那裏又買了房子，來纏了我好幾遍，只叫我去。只不好對你說。」西門慶聽了說道：「人死如燈滅。這幾年知道他往那裏去了？此是你病的久了，下邊流的你這神虛氣弱了。那裏有甚麼邪魔魍魎，家親外祟？我明日往吳道官廟裏，討兩道符來貼在這房門上，看有邪祟沒有！」

說話中間，走到前邊，即差玳安騎頭口往玉皇廟討符去。走到路上，迎見應伯爵和謝希大，忙下頭口。伯爵因問：「你爹在家裏？」玳安道：「爹在家裏。」又問：「你往那裏去？」玳安道：「小的往玉皇廟討符去。」伯爵與謝希大到西門慶家，因說道：「謝子純聽見嫂子不好，諕了一跳，敬來問安。」西門慶道：「這兩日較好些。告訴身上瘦的通不像模樣了，丟的我上不上下不下，卻怎生樣的！孩子死了，隨他罷了，成夜只是哭，生生憂慮出病兒來了。勸著又不依你，教我有甚法兒處！」伯爵道：「哥，你又使玳安往廟裏做甚麼去？」西門慶悉把李瓶兒房中無人害怕之事，告訴一遍：「只恐有邪祟，教小廝問吳道官那裏討兩道符來，貼在房中，鎮壓鎮壓。」謝希大道：「哥，此是嫂子神氣虛弱，那裏有甚麼邪祟魍魎來？」伯爵道：「哥若遣邪也不難。門外五岳觀潘道士，他受的是天心五雷法，極遣的好邪，有名喚作潘捉鬼，常將符水救人。哥你差人請請他來，看看嫂子房裏有甚邪祟，他就知道。你就教他治病，他也治得。」西門慶道：「等討了吳道官符來看。在那裏住？沒奈何，你就領小廝騎了頭口，請了他來。」伯爵道：「不打緊，等我去。天可憐見嫂子好了，我就頭著地也走。」說了一回話，伯爵和希大吃了茶，起身自勾當去了。玳安兒討了符來，貼在房中。晚間李瓶兒還害怕。對西門慶說：「死了的，他剛纔和兩個人來拏我。見你進來，躲出去了。」西門慶道：「你休信邪，不妨事。昨日應二哥說，此是你虛極了。他說門外五岳觀有個潘道士，好符水治病，又遣的好邪。我明日早教應二哥去請他來，看你有甚邪祟，教他遣遣。」李瓶兒道：「我的哥哥，你請他早早來。那廝他剛纔發恨而去，明日還來拏我哩。你快些使人請去。」西門慶道：「你若害怕，我使小廝拏轎子接了吳銀兒和你做兩日伴兒。」李瓶兒搖頭兒，說：「你不要叫他，只怕誤了他家裏勾當。」西門慶道：「叫老馮來伏侍你兩日兒如何？」李瓶兒點頭兒。這西門慶一面使來安往那邊房子裏叫馮媽媽。又不在，鎖了門出去了。就與一丈青說下：「等他來，好歹教他快來宅內，六娘叫他哩。」西門慶一面又差下玳安，明日早起，和應伯爵往門外五岳觀請潘道士去了，俱不在話下。

次日，只見觀音庵王姑子跨著一盒兒粳米，二十塊大乳餅，一小盒兒十香瓜茄，來看。李瓶兒見他來，連忙教迎春搊扶起來坐的。王姑子道了問訊。李瓶兒請他坐下。道：「王師父你自印經時去了，影邊兒通不見你。我恁不好，你就不來看我看兒？」王姑子道：「我的奶奶，我通不知你不好。昨日他大娘使了大官兒到庵裏，我纔曉得的。又說印經來！你不知道，我和薛姑子老淫婦，合了一場好氣！與你老人家印了一場經，只替他趕了網兒。背地裏和印經家打了五兩銀子夾帳❶，我通沒見一個錢兒！你老人家作福，這老淫婦，到明日墮阿鼻地獄！為他氣的我不好了，把大娘的壽日都誤了，沒曾來。」李瓶兒道：「他各人作業，隨他罷。你休與他爭執了。」王姑子道：「誰和他爭執甚麼！」李瓶兒道：「大娘好不惱你哩。說你把他受生的經都誤了。」王姑子道：「我的菩薩，我雖不好，敢誤了他的經！在家整誦了一個月受生。昨日纔圓滿了，今日纔來。先到後邊見了他，把我這些屈氣，告訴了他一遍。我說

❶ 打夾帳：報虛帳，從中賺錢。

不知他六娘不好，沒甚麼，這盒粳米，和些十香瓜、幾塊乳餅，與你老人家吃粥兒。大娘纔教小玉姐領我來看你老人家。」小玉打開盒兒，與李瓶兒看了，說道：「多謝你費心！」王姑子道：「迎春姐，你把這乳餅就蒸兩塊兒來，我親看你娘吃些粥兒。」那迎春一面收下去了。李瓶兒分付迎春擺茶來與王師父吃。王姑子道：「我剛纔後邊大娘屋裏吃了茶。煎些粥米，我看著你吃些粥兒。」不一時，迎春安放桌兒，擺了四樣茶食，打發王姑子吃了。然後拏上李瓶兒粥來，一碟十香甜醬瓜茄，一碟蒸的黃韲韲乳餅，兩盞粳米粥，一雙小牙快，迎春拏著。奶子如意兒在旁拏著甌兒，餵了半日，只呷了兩三口粥兒，咬了一些乳餅兒，就搖頭兒不吃了。教拏過去罷。王姑子道：「人以水食為命。恁煎的好粥兒，你再吃些兒不是？」李瓶兒道：「也得我吃的下去是怎的！」迎春便把吃茶的桌兒，掇過去。王姑子揭開被，看李瓶兒身上肌體，都瘦的沒了，諕了一跳，說道：「我的奶奶，我去時你好些了。如何又不好了，就瘦得恁樣的了！」如意兒道：「可知好了哩，娘原是氣惱上起的病。爹請了太醫來看，每日服藥已是好到七八分了。只因八月內哥兒著了驚諕不好，娘晝夜憂慼。那樣勞碌，連睡也不得睡。實指望哥兒好了，不想沒了。成日著了那哭，又著了那暗氣暗惱在心裏，就是鐵石人也禁不的，怎的不把病又犯了！是人家有些氣惱兒，對人前分解分解，也還好。娘又不出語，著緊問還不說哩！」王姑子道：「那討氣來？你爹又疼他，你大娘又敬他。左右是五、六位娘，端的誰氣著他？」奶子道：「王爺，你不知道，誰氣著他？」因使綉春：「外邊瞧瞧看，關著門不曾？路上說話，草裏有人不備。俺娘都因為著了那邊五娘一口氣，他那邊貓撾了哥兒手，生生的諕出風來。爹來家那等問著娘，只是不說。落後大娘說了，纔把那貓來摔殺了。他還不承認，拏俺每煞氣。八月裏哥兒死了，他每日那邊指桑樹罵槐樹，百般稱快。俺娘這屋裏，分明聽見，有個不惱的？左右背地裏氣，只是無眼淚。因此這樣暗氣暗惱，纔致了這一場病。天知道罷了！娘可是好性兒，好也在心裏，歹也在心裏。姊妹之間，自來沒有個面紅面赤。有件稱心的衣裳，不等的別人有了，他還不穿出來。這一家子那個不叨貼❷娘些兒？可是說的，饒叨貼了娘的，還背他不道是。」王姑子道：「怎的不道是？」如意兒道：「像五娘那邊潘姥姥來一遭，遇著爹在那邊歇，就過來這屋裏和娘做伴兒。臨去，娘與他鞋面衣服銀子，甚麼不與他？五娘還不道是。」李瓶兒聽見，便嗔如意兒：「你這老婆，平白只顧說他怎的？我已是死去的人了，隨他罷了。天不言而自高，地不言而自卑！」王姑子道：「我的佛爺，誰知道你老人家這等好心！天也有眼望下看著哩，你老人家往後來還有好處。」李瓶兒道：「王師父，還有甚麼好處！一個孩兒也存不住去了。我如今又不得命，身底下弄這等疾，就是做鬼，走一步也不得個伶俐！我心裏還要與王師父些銀子兒，望你到明日我死了，你替我在家請幾位師父，多誦些血盆經懺，我這罪業還不知墮多少罪業哩！」王姑子道：「我的菩薩，你老人家忒多慮了。天可憐見，到明日假若好了是的。你好心人，龍天自有加護。」

正說著，只見琴童兒進來對迎春說：「爹分付把房內收拾收拾，花大舅便進來看娘，在前邊坐著哩。」王姑子便起身說道：「我且往後邊走走去。」李瓶兒道：「王師父你休要去了。與我做兩日伴兒，我還和你說話哩。」王姑子道：「我的奶奶，我不去。」不一時，西門慶陪花大舅進來看問。見李瓶兒睡在炕上不言語，花子由道：「我不知道，昨日聽見這邊大官兒去說，纔曉的。明日你嫂子來看你。」那李瓶兒只說了一聲：「多有起動！」就把面朝裏去了。花子由坐了一回，起身到前邊，向西門慶說道：「俺

❷ 叨貼：即「叨光」。

過世公公老爺，在廣南鎮守，帶的那三七藥，曾吃來不曾？不拘婦女甚崩漏之疾，用酒調五分末兒吃下去即止。大姐他手裏有收下此藥，何不服之？」西門慶道：「這藥也吃過了。昨日本府胡大尹來拜，我因說起此疾，他也得了個方兒，棕灰與白雞冠花，煎酒服之，只止了一日。到第二日，流的比常更多了。」花子由道：「這個就難為了。姐夫，你早替他看下副板兒預備他罷，明日教嫂子來看他。」說畢起身，西門慶再三款留不住，作辭去了。

奶子與迎春正與李瓶兒墊草紙在身底下，只見馮媽媽來到，向前道了萬福。如意兒道：「馮媽媽貴人，怎的不來看看娘？昨日爹使來安兒叫你去來，說你鎖著門，往那裏去來？」馮婆子道：「說不得我這苦，成日往廟裏修法。早晨出去了，是也直到黑，不是也直到黑，來家偏有那些張和尚、李和尚、王和尚。」如意兒道：「你老人家，怎的這些和尚？早時沒王師父在這裏！」那李瓶兒聽了，微笑了一笑兒，說道：「這媽媽子，單管只撒風❸。」如意兒道：「馮媽媽，叫著你還不來。娘這幾日粥兒也不吃，只是心內不耐煩。你剛纔來到，就引的娘笑了一笑兒。你老人家伏侍娘兩日，管情娘這病就好了。」馮媽媽道：「我是你娘退災的博士。」又笑了一回。因向被窩裏摸了摸他身上，說道：「我的娘，你好些兒也罷了！」又問：「坐榪子還下的來？」迎春道：「下的來倒好，前兩遭娘還鬧鬧俺每攙扶著下來。這兩日通只在炕上鋪墊草紙，一日兩三遍。」如意兒道：「本等沒吃甚麼大食力，怎禁的這等流！」正說著，只見西門慶進來，看見馮媽媽，說道：「老馮，你也常來這邊瞧瞧，怎的去了就不來？」婆子道：「我的爺，我怎不來？這兩日醃菜的時候，掙兩個錢兒醃些菜在屋裏，遇著人家領來的業障，好與他吃。

❸ 撒風：作出瘋瘋癲癲的樣子。

不然我那討閒錢買菜兒與他吃？」西門慶道：「你不對我說，昨日俺莊子上起菜，撥兩三畦與你也夠了。」婆子道：「又敢纏你老人家？」說畢，老馮過那邊屋裏去了。

西門慶便坐在炕沿上，迎春在旁薰熱芸香。西門慶便問：「你今日心裏覺怎樣？」又問迎春：「你娘早晨吃了些粥兒不曾？」迎春道：「吃的倒好，王師父送了乳餅蒸來，娘只咬了一些兒，呷了不上兩口粥湯，就丟下了。」西門慶道：「剛纔應二哥小廝門外請那潘道士，又不在了。明日我教來保騎頭口再請去。」李瓶兒道：「你上緊著人請去。那廝但合上眼，只在我跟前纏。」西門慶道：「此是你神弱了。只把心放正著，休要疑影他。管情請了他替你把這祟遣遣，再服他些藥兒，管情你就好了。」李瓶兒道：「我的哥哥，奴已是得了這個拙病，那裏好甚麼？若好，只除非再與兩世人是的。奴今日無人處，和你說些話兒。奴指望在你身邊團圓幾年，死了也是做夫妻一場！誰知到今二十七歲，先把冤家死了。奴又沒造化，這般不得命，拋閃了你去了。若得再和你相逢，只除非在鬼門關上罷了！」說著，一把拉著西門慶手，兩眼落淚哽咽，再哭不出聲來。那西門慶亦悲慟不勝，哭道：「我的姐姐，你有甚話，只顧說。」兩個正在屋裏哭，忽見琴童兒進來，說：「答應的稟爹，明日十五衙門裏拜牌，畫公座，大發放，爹去不去？班頭好伺候。」西門慶道：「我明日不得去。拏我帖兒回你夏老爹，自家拜了牌罷。」琴童應諾去了。李瓶兒道：「我的哥哥，你依我還往衙門去，休要誤了，你公事要緊。我知道幾時死，還早哩。」西門慶道：「我在家守你兩日兒，其心安忍！你把心來放開，不要只管多慮了。剛纔他花大舅和我說，教我早與你看下副壽木，沖你沖，管情你就好了。」李瓶兒點頭兒，便道：「也罷，你休要信著人，使那憨錢。將就使十來兩銀子，買副熟料材兒，把我埋在先頭大娘墳旁，只休把我燒化了，就是夫妻之情。早晚我就搶些漿水，也方便些。你偌多人口，往後還要過日子哩！」這西門慶不聽便罷，聽了如刀剜肝膽，劍挫身心相似，哭道：「我的姐姐，你說的是那裏話？我西門慶就窮死了，也不肯虧負了你！」正說著，只見月娘親自拏著一小盒兒鮮蘋婆進來，說道：「李大姐，他大妗子那裏，送蘋婆兒來與你吃。」因令迎春：「你洗淨了，拏刀兒切塊來你娘吃。」李瓶兒道：「又多謝他大妗子掛心！」不一時迎春旋去皮兒切了，用甌兒盛貯，西門慶與月娘在旁看著，拈餵了一塊，與他放在口內，只嚼了些味兒，還吐出來了。月娘恐怕勞碌他，安頓他面朝裏就睡了。

西門慶與月娘都出來外邊商議。月娘便道：「李大姐，我看他有些沈重。你不早早與他看一副材板兒來預備著他，直到那臨時到節熱亂，又亂不出甚麼好板來。馬捉老鼠一般，不是那幹營生的道理。」西門慶道：「今日花大哥也是這般說。適纔我略與他題了題兒。他分付：『休要使多了錢，將就抬副熟板兒罷。你偌多人口，往後還要過日子。』倒把我傷心了這一會。我說亦發請潘道士來看了他，看板去罷。」月娘道：「你看沒分曉，一個人的形也脫了，關口都鎖住，勺水也不進來，還妄想指望好！咱一壁打鼓，一壁磨旗❹。幸的他若好了，把棺材就捨與人，也不值甚麼！」西門慶道：「既是恁說。」同月娘到後邊，使小廝叫將賁四來，在廳上問他：「誰家有好材板，你和姐夫兩個拏銀子看一副來？」賁四道：「大街上陳千戶家，新到了幾副好板。」西門慶道：「既有好板。」即令陳經濟：「你後邊問你娘要四錠大銀子來，你兩個看去。」那陳經濟少頃，取了五錠元寶出來，同賁地傳去了。直到後晌纔來回話。西門慶問：「怎的這咱纔來？」他二人回說：「到陳千戶家看了幾副板，都中等，又價錢不合。

❹ 一壁打鼓二句：雙方兼顧。

回來到路上，撞見喬親家爹，說尚舉人家有一副好板。原是尚舉人父親在四川成都府做推官時帶來，預備他老夫人的兩副桃花洞。他使了一副，只剩下這一副。牆磕底蓋堵頭俱全，共大小五塊，定要三百七十兩銀子。喬親家爹同俺每過去看了板，是無比的好板。喬親家與做舉人的講了半日，只退了五十兩銀子。不是明年上京會試用這幾兩銀子，便也還捨不得賣。這副板還看咱這裏要，別人家定要三百五十兩。」西門慶道：「既是你喬親家爹主張，兌三百二十兩抬了來罷，休要只顧搖鈴打鼓❺的了。」陳經濟道：「他那裏收了咱二百五十兩，還找與他七十兩銀子就是了。」一面問月娘又要出七十兩雪花銀子，二人去了。比及黃昏時分，只見許多閒漢，用大紅氈條裹著，抬板進門，放在前廳天井內。打開西門慶觀看，果然好板。隨即叫匠人來鋸開，裏面噴香。每塊五寸厚，二尺五寸寬，七尺五寸長，與伯爵觀看，滿心歡喜。向伯爵道：「這板也看得過了。」伯爵口不住只顧喝采不已，說道：「原說是姻緣板。大抵一物，人還有一主。嫂子嫁哥一場，今日暗受這副材板夠了！」分付匠人：「你用心，只要做的好，你老爹賞你五兩銀子。」匠人道：「小人知道。」一面在前廳七手八腳，連夜攢造棺槨不題。伯爵囑來保：「明日早五更，去請潘道士。他若來，就同他一答兒來，不可遲滯。」說畢，陪西門慶晚夕在前廳看著做材。到一更時分，纔家去了。西門慶道：「明日早些來，只怕潘道士來的早。」伯爵道：「我知道。」作辭出門去了。

卻說老馮與王姑子，晚夕都在李瓶兒屋裏相伴。只見西門慶前邊散了，進來看視，要在屋裏睡。李瓶兒不肯，說道：「沒的這屋裏齷齷齪齪的，他每都在這裏，不方便。你往別處睡去罷。」西門慶又見

❺ 搖鈴打鼓：張揚。

王姑子都在這裏，遂過那邊金蓮房中去了。李瓶兒教迎春把角門關了，上了拴。教迎春點著燈，打開箱子，取出幾件衣服銀飾來，放在旁邊。先叫過王姑子來，與他了五兩一錠銀子、一疋紬子：「等我死後，你好歹請幾位師父，與我誦血盆經懺。」王姑子道：「我的奶奶，你忒多慮了。天可憐見你只怕好了。」李瓶兒道：「你只收著，不要對大娘說我與你銀子。只說我與了你這疋紬子做經錢。」王姑子道：「我理會了。」于是把銀子和紬子接過來了。又喚過馮媽媽來，向枕頭邊也拏過四兩銀子，一件白綾襖，黃綾裙，一根銀掠兒，遞與他，說道：「老馮，你是個舊人，我從小兒你跟我到如今。我如今死了去也，甚麼這一套衣服，並這件首飾兒，與你做一念兒。這銀子你收著，到明日做個棺材本兒。你放心那房子，等我對你爹說，你只顧住著，只當替他看房兒。他莫不就攢你不成！」馮媽媽一手接了銀子和衣服，倒身下拜，哭的說道：「老身沒造化了！有你老人家在一日，與老身做一日主兒。你老人家若有些好歹，那裏歸著！」李瓶兒又叫過奶子如意兒，與了他一襲紫紬子襖兒，藍紬裙，一件舊綾披襖兒，兩根金頭簪子，一件銀滿冠兒，說道：「也是你奶哥兒一場。哥兒死了，我原說的教你休撅上奶去，實指望我在一日，占用你一日。不想我又死去了！我還對你爹和你大娘說，到明日我死了，你大娘生了哥兒，也不打發你出去了，就教接你的奶兒罷。這些衣物，與你做一念兒。你休要抱怨。」那奶子跪在地下，磕著頭，哭道：「小媳婦實指望伏侍娘到頭。娘自來沒曾大氣兒呵著小媳婦。還是小媳婦沒造化，哥兒死了，娘又這般病的不得命！好歹對大娘說，小媳婦男子漢又沒了，死活只在爹娘這裏答應了。出去投奔那裏？」說畢，接了衣服首飾，磕了頭起來，立在旁邊，只顧揩眼淚。李瓶兒一面叫過迎春、繡春來跪下，囑付道：「你兩個，也是你從小兒在我手裏答應一場。我今死去，也顧不得你每了。你每衣服都是有的，不消與你了。我每人與你這兩對金裹頭簪兒，兩枝金花兒，做一念兒。那大丫頭迎春，已是他爹收用過的，出不去了。我教與你大娘房裏拘管著。這小丫頭綉春，我教你大娘尋家兒人家，你出身去罷，省的觀眉說眼❻，在這屋裏教人罵沒主子的奴才！我死了，就見出樣兒來了。你伏侍別人，還像在我手裏那等撒嬌撒癡，好也罷歹也罷了。誰人容的你？」那綉春跪在地下哭道：「我娘，我就死也不出這個門！」李瓶兒道：「你看傻丫頭！我死了，你在這屋裏伏侍誰？」綉春道：「我守著娘的靈。」李瓶兒道：「就是我的靈，供養不久，也有個燒的日子。你少不的也還出去。」綉春道：「我和迎春都答應大娘。」李瓶兒道：「這個也罷了。」這綉春還不知甚麼。那迎春聽見李瓶兒囑付他，接了首飾，一面哭的言語說不出來。正是：流淚眼觀流淚眼，斷腸人送斷腸人！

當夜李瓶兒都把各人囑付了，到天明，西門慶走進房來。李瓶兒問：「買了我的棺材來了沒有？」西門慶道：「從昨日就抬了板來，在前邊做材哩，且沖你沖。你若好了，情願捨與人罷！」李瓶兒因問：「是多少銀子買的？休要使那枉錢，往後不過日子哩！」西門慶道：「沒多，只給了百十兩來銀子。」李瓶兒道：「也還多了，預備下與我放著。」那西門慶說了回出來，前邊看著做材去了。只見吳月娘和李嬌兒先進房來，看見他十分沈重，便問道：「李大姐，你心裏卻怎樣的？」李瓶兒揝著月娘手，哭道：「大娘我好不成了！」月娘亦哭道：「李大姐，你有甚麼話兒？二娘也在這裏，你和俺兩個說。」李瓶兒道：「奴有甚話說！奴與娘做姊妹這幾年，又沒曾虧了我。實承望和娘相守到白頭，不想我的命苦，先把個冤家沒了。如今不幸，我又得了這個拙病死去了！我死之後，房裏這兩個丫頭無人收拘。那大丫

❻ 觀眉說眼：看人家臉色。

頭已是他爹收用過的，教他往娘房裏伏侍娘。小丫頭，娘若要使喚，留下；不然，尋個單夫獨妻，與小人家做媳婦兒去罷，省的教人罵沒主子的奴才！也是他伏侍奴一場。奴就死，口眼也閉！又奶子如意兒，再三不肯出去。大娘也看著奴分上，也是他奶孩兒一場，明日娘十月已滿生下哥兒，就教接他奶兒罷。」月娘道：「李大姐，你放寬心，都在俺兩個身上。說凶得吉，你若有些山高水低，迎春教他伏侍我，繡春教他伏侍二娘罷。如今二娘房裏丫頭，不老實做活，早晚要打發出去。教繡春伏侍他罷。奶子如意兒，既是你說他沒頭奔，咱家那裏占用不下他來？就是我有孩子沒孩子，到明日配上個小廝，與他做房家人媳婦也罷了。」李嬌兒在旁便道：「李大姐，你休只要顧慮，一切事都在俺兩個身上。繡春到明日過了你的事，我收在房內伏侍我。等我抬舉他就是了。」李瓶兒一面教奶子和兩個丫頭過來，與二人磕頭。那月娘由不得眼淚出。不一時，孟玉樓、潘金蓮、孫雪娥都進來看他。李瓶兒都留了幾句姊妹仁義之言，不必細記。落後待的李嬌兒、玉樓、金蓮眾人都出去了，獨月娘在屋裏守著他。李瓶兒悄悄向月娘哭泣說道：「娘到明日，好生看養著，與他爹做個根蒂兒，休要似奴心粗，吃人暗算了！」月娘道：「姐姐，我知道。」看官聽說：自這一句話，就感觸月娘的心來。後次西門慶死了，金蓮就在家中住不牢者，就是想著李瓶兒臨終這句話。正是：惟有感恩並積恨，千年萬載不生塵。

正說話中間，只見琴童分付房中收拾焚下香，五岳觀請了潘法官來了。月娘一面看著，教丫頭收拾房中乾淨，伺候淨茶淨水，焚下百合真香。月娘與眾婦女，都藏在那邊床屋裏聽覷。不一時，只見西門慶領了那潘道士進來。怎生形相？但見：頭戴雲霞五岳冠，身穿皂布短褐袍。腰繫雜色綵絲縧，背插橫紋古銅劍。兩隻腳穿雙耳麻鞋，手執五明降鬼扇。八字眉，兩個杏子眼；四方口，一道落腮鬍。威儀凜凜，相貌堂堂。若非霞外雲遊客，定是蓬萊玉府人。只見進入角門，剛轉過影壁，恰走到李瓶兒房穿廊臺基下。那道士往後退訖兩步，似有呵叱之狀。默語數四，方纔左右揭簾，進入房中，向病榻而坐。運雙睛努力，似慧通神目一視。仗劍手內，掐指步罡，念念有辭，早知其意。走出明間，朝外設下香案。西門慶焚了香。這潘道士焚符喝道：「直日神將，不來等甚！」噀了一口法水去。見一陣狂風所過，一黃巾力士現于面前。但見：黃羅抹額，紫繡羅袍。獅蠻帶緊束狼腰，豹皮裩牢拴虎體。常遊雲路，每歷罡風。洞天福地片時過，岳瀆酆都撚指到。業龍作孽，向海底以擒來；妖魅為殃，劈山穴而提出。玉皇殿上，稱為符使之名；北極車前，立有天丁之號。常在壇前護法，每來世上降魔。胸懸雷部赤銅牌，手執宣花金蘸斧。那位神將，拱立階前。大言：「召吾神，那廂使令？」潘道士便道：「西門氏門中李氏陰人不安，投告于我案下。汝即與我拘當坊土地，本家六神，查考有何邪祟，即與我擒來，毋得遲滯！」言訖，其神不見。須臾，潘道士瞑目變神，端坐于位上。據案擊令牌，恰似問事之狀。久久乃止。出來，西門慶讓至前邊捲棚內，問其所以。潘道士便說：「此位娘子，惜乎為宿世冤愆所訴于陰曹，非邪祟也，不可擒之。」西門慶道：「法官，可解禳得麼？」潘道士道：「冤家債主，須得本人。可捨則捨之。雖陰官亦不能強。」因見西門慶禮貌虔切，便問：「娘子年命若干？」西門慶道：「屬羊的，二十七歲。」潘道士道：「也罷，等我與他祭祭本命星壇，看他命燈何如？」西門慶問：「幾時祭？用何香紙祭物？」潘道士道：「就是今晚三更正子時，用白灰界畫，建立燈壇。以黃絹圍之，鎮以生辰壇斗，祭以五穀棗湯。不用酒脯，只用本命燈二十七盞，上浮以華蓋之儀，餘無他物。官人可齋戒青衣，壇內俯伏行禮。貧道祭之，雞犬皆關去，不可入來打攪。」這西門慶都一一備辦停當，就不敢進入。在書房中，沐浴齋戒，換了淨衣。那日留應伯爵也不家去了，陪潘道士吃齋饌。到三更天氣，建立燈壇完備。潘道士高坐在上，下面就是燈壇。按青龍白虎，朱雀玄武，上建三臺華蓋，周列十二宮辰，下首纔是本命燈，共合二十七盞。先宣念了投詞。西門慶穿青衣，俯伏階下。左右盡皆屏去，再無一人在左右。燈燭熒煌，一齊點將起來。那潘道士在法座上披下髮來，仗劍，口中念念有詞，望天罡取真炁，布步訣，躡瑤壇。正是：三信焚香三界合。一聲令下一聲雷。但見晴天星明朗燦，忽然一陣地黑天昏。捲棚四下皆垂著簾幙。須臾，起一陣怪風所過。正是：非干虎嘯，豈是龍吟。彷佛入戶穿簾，定是摧花落葉。推雲出岫，送雨歸川。鴈迷失伴作哀鳴，鷗鷺驚群尋樹杪。嫦娥急把蟾宮閉，列子空中叫救人。大風所過三次，一陣冷氣來，把李瓶兒二十七盞本命燈，盡皆刮盡，惟有一盞復明。那潘道士明明在法座上，見一個白衣人領著兩個青衣人，從外進來。手裏持著一紙文書，呈在法案下。潘道士觀看，卻是地府勾批，上面有三顆印信。諕的慌忙下法座來，向前喚起西門慶來，如此這般說道：「官人，請起來罷。娘子已是獲罪于天，無所禱也。本命燈已滅，豈可復救乎？只在旦夕之間而已。」那西門慶聽了，低首無語，滿眼落淚，哭泣哀告：「萬望法師搭救則個！」潘道士道：「定數難逃，難以搭救了。」就要告辭。西門慶再三款留：「等天明早行罷。」潘道士道：「出家人草行露宿，山栖廟止，自然之道。」西門慶不復強之，因令左右捧出布一疋，白金三兩，作經襯錢。潘道士道：「貧道奉行皇天至道，對天盟誓，不敢貪受世財，取罪不便。」推讓再四，只令小童收了布疋作道袍穿，就作辭而行。囑付西門慶：「今晚官人卻忌不可往病人房裏去，恐禍及汝身。慎之，慎之！」言畢，送出大門，拂袖而去。

西門慶歸到捲棚內，看著收拾燈壇。見沒救星，心中甚慟。向伯爵坐的，不覺眼淚出。伯爵道：「此乃各人稟的壽數，到此地位，強求不得，哥也少要煩惱。」因打四更時分，說道：「哥，你也辛苦了，安歇安歇罷。我且家去，明日再來。」西門慶道：「教小廝拏燈籠送你去。」即令來安取了燈，送伯爵出去，關上門進來。那西門慶獨自一個坐在書房內，掌著一枝蠟燭，心中哀慟，口裏只長吁氣。尋思道：「法官戒我休往房裏去，我怎生忍得！寧可我死了也罷，須得廝守著和他說句話兒。」于是進入房中，見李瓶兒面朝裏睡。聽見西門慶進來，翻過身來，便道：「我的哥哥，你怎的就不進來了？」因問：「那道士點的燈怎麼說？」西門慶道：「你放心，燈上不妨事。」李瓶兒道：「我的哥哥，你還哄我哩。剛纔那廝領著兩個人，又來在我跟前鬧了一回，說道：『你請法師來遣我，我已告准在陰司，決不容你！』發恨而去，明日便來拏我也！」西門慶聽了，兩淚交流，放聲大哭道：「我的姐姐，你把心來放正著，休要理他。我實指望和你相伴幾日，誰知你又抛閃了我去了，寧教我西門慶口眼閉了，倒也沒這等割肚牽腸！」那李瓶兒雙手摟抱著西門慶脖子，嗚嗚咽咽，悲哭半日，哭不出聲，說道：「我的哥哥，奴承望和你並頭相守，誰知奴家今日死去也！趁奴不閉眼，我和你說幾句話兒。你家事大，孤身無靠，又沒幫手，凡事斟酌，休要那一沖性兒。大娘等，你也少要虧了他的。他身上不方便，早晚替你生下個根絆兒，庶不散了你家事。你又居著個官，今後也少要往那裏去吃酒。早些兒來家，你家事要緊。比不的有奴在，還早晚勸你。奴若死了，誰肯只顧的苦口說你？」西門慶聽了，如刀剜心肝相似哭道：「我的姐姐，你所言我知道。你休掛慮我了。我西門慶那世裏絕緣短倖，今世裏與你夫妻不到頭？疼殺我也，天殺我也！」李瓶兒又說：「迎春、綉春之事。奴已和他大娘說來，到明日我死，把迎春伏侍他大娘，那小丫頭，他二娘已承攬。他房內無人，便教伏侍二娘罷。」西門慶道：「我的姐姐，你沒的說。你死了，誰人敢分散你丫頭？奶子也不打發他出去，都教他守你的靈。」李瓶兒道：「甚麼靈！回個神主子，過五七兒燒了罷了！」西門慶道：「我的姐姐，你不要管他。有我西門慶在一日，供養你一日。」兩個說話之間，李瓶兒催促道：「你睡去罷，這咱晚了！」西門慶道：「我不睡了，在這屋裏守你守兒。」李瓶兒道：「我死還早哩！這屋裏穢惡，薰的你慌。他每伏侍我不方便。」西門慶不得已，分付丫頭：「仔細看守你娘。」一往後邊上房裏，對月娘說，悉把祭燈不濟之事，告訴一遍：「剛纔我到他房中，我觀他說話兒，還伶俐。天可憐，只怕還熬出來了也不見得。」月娘道：「眼眶兒也塌了，嘴唇兒也乾了，耳輪兒也焦了，還好甚麼？也只在早晚間了！他這個病，是恁伶俐，臨斷氣還說話兒！」西門慶道：「他來了咱家這幾年，大大小小，沒曾惹了一個人。且是又好個性格兒，又不出語，你教我捨得他那些兒！」題起來，又哭了。月娘亦止不住落淚。

不說西門慶與月娘說話。且說李瓶兒喚迎春、奶子：「你扶我面朝裏略倒倒兒。」因問道：「天有多咱時分了？」奶子道：「雞還未叫，有四更天了。」叫迎春替他鋪墊了身底下草紙，搊他朝裏，蓋被停當睡了。眾人都熬了一夜，沒曾睡。老馮與王姑子都已先睡了。那邊屋裏鎖著。迎春與綉春在面前地坪上，搭著鋪那裏剛睡倒。沒半個時辰，正在睡思昏沈之際，夢見李瓶兒下炕來，推了迎春一推，囑付：「你每看家，我去也！」忽然驚醒，見桌上燈尚未滅。向床上視之，還面朝裏。摸了摸，口內已無氣矣！不知多咱時分，嗚呼哀哉，斷氣身亡！可惜一個美色佳人，都化作一場春夢！正是：閻王教你三更死，怎敢留人到五更。

迎春慌忙推醒眾人，點燈來照。果然見沒了氣兒，身底下流血一窪，慌了手腳。走去後邊，報知西門慶。西門慶聽見李瓶兒死了，和吳月娘兩步做一步奔到前邊，揭起被，但見面容不改，體尚微溫，脫然而逝。身上只著一件紅綾抹胸兒。這西門慶也不顧的甚麼身底下血漬，兩隻手抱著他香腮親著，口口聲聲只叫：「我的沒救的姐姐，有仁義好性兒的姐姐，你怎的閃了我去了！寧可教我西門慶死了罷，我也不久活于世了！平白活著做甚麼！」在房裏離地跳的有三尺高，大放聲號哭。吳月娘亦揾淚哭涕不止。落後李嬌兒、孟玉樓、潘金蓮、孫雪娥，合家大小丫鬟養娘，都抬起房子來也一般，哀聲動地哭起來。

月娘向李嬌兒、孟玉樓道：「不知晚夕多咱死了，恰好衣服兒也不曾得穿一件在身上。」玉樓道：「娘，我摸他身上還溫溫兒的，也纔去了不多回兒。咱不趁熱腳兒不替他穿上衣裳，還等甚麼？」月娘因見西門慶磕伏在他身上，揾臉兒那等哭，只叫：「天殺了我西門慶了！姐姐，你在我家三年光景，一日好日子沒過，都是我坑陷了你了！」月娘聽了，心中就有些不耐煩了。說道：「你看韶刀，哭兩聲兒丟開手罷了！一個死人身上，也沒個忌諱，就臉揾著臉兒哭。倘忽口裏惡氣，撲著你是的！他沒過好日子，誰過好日子來？人死如燈滅。半晌時，不借留的住他倒好。各人壽數到了，誰人不打這條路兒來！」因令李嬌兒、孟玉樓：「你兩個拏鑰匙，那邊屋裏尋他裝防的衣服出來，咱與他眼看著，與他穿上。」叫：「六姐，咱兩個把這頭來整理整理。」西門慶又向月娘說：「多尋出兩套他心愛的好衣服，與他穿了去。」月娘分付李嬌兒、玉樓：「你尋他新裁的大紅段遍地錦襖兒，柳黃遍地金裙；並他今年喬親家去那套丁香色雲紬妝花衫，翠藍寬拖子裙；並新做的白綾襖，黃紬子裙出來罷。」當下迎春拏著燈，孟玉樓拏鑰匙，開了床屋裏門，拔步床上第二個描金箱子裏，都是新做的衣服。揭開箱蓋，玉樓、李嬌兒尋了半日，尋出三套衣裳來。又尋出件綁襯身紫綾小襖兒一件，白紬子裙一件，大紅小衣兒，白綾女襪兒，妝花膝褲腿兒。李嬌兒抱過這邊屋裏，與月娘瞧。月娘正與金蓮燈下替他整理頭髻，用四根金簪兒，綰一方大鴉青手帕，旋勒停當。李嬌兒因問：「尋雙甚麼顏色鞋，與他穿了去？」潘金蓮道：「姐姐，他心裏只愛穿那雙大紅遍地金鸚鵡摘桃白綾高底鞋兒，只穿了沒多兩遭兒。倒尋那雙鞋出來與他穿了去罷。」吳月娘道：「不好。倒沒的穿上陰司裏，好教他跳火坑。你把前日門外往他嫂子家去穿的那雙紫羅遍地金高底鞋，也是扣的鸚鵡摘桃鞋，尋出來與他裝綁了去罷。」這李嬌兒聽了，走來向他盛鞋的四個小描金箱兒約百十雙鞋，翻遍了都沒有。迎春說：「俺娘穿了來，只放在這裏。怎的沒有？」走來廚下問綉春。綉春道：「我看見娘包放在箱坐廚裏。」扯開坐廚子尋，還有一大包，都是新鞋。尋出來了，眾人七手八腳都裝綁停當。西門慶率領眾小廝，在大廳上收捲書畫，圍上幃屏。把李瓶兒用板門抬出，停于正寢。下鋪錦褥，上覆紙被。安放几筵香案，點起一盞隨身燈來。專委兩個小廝，在旁侍奉。一個打磬，一個炷紙。一面使玳安：「快請陰陽徐先生來看時批書。」月娘打點出裝綁衣服來，就把李瓶兒床房門鎖了。只留炕屋裏，交付與丫頭養娘。那馮媽媽見沒了主兒，哭的三個鼻頭兩個眼淚。王姑子且口裏喃喃吶吶，替李瓶兒念密多心經、藥師經、解冤經、楞嚴經，並大悲中道神咒，請引路王菩薩與他接引冥途。西門慶在前廳，手拘著胸膛，由不的撫屍大慟，哭了又哭，把聲都呼啞了。口口聲聲，只叫我的好性兒有仁義的姐姐不住。比及亂著，雞就叫了。

玳安請了徐先生來，向西門慶施禮，說道：「老爹煩惱！奶奶沒了在于甚時候？」西門慶道：「因此時候不真。睡下之時，已打四更。房中人都困倦睡熟了，不知多咱時分沒了。」徐先生道：「此是第幾位奶奶？」西門慶道：「乃是第六的小妾，生了個拙病，淹淹纏纏，也這些時了！」徐先生道：「不打緊。」因令左右掌起燈來，廳上揭開紙被，觀看手掐五更，說道：「正當五更二點徹，還屬丑時斷氣。」西門慶即令取筆硯，請徐先生批書。這徐先生向燈下打開青囊，取出萬年曆通書來觀看，問了姓氏並生時八字，批將下來：「一故錦衣西門夫人李氏之喪，生于元祐辛未正月十五日午時，卒于政和丁酉九月十七日丑時。今日丙子，月令戊戌，犯天地往亡日，重喪之日，煞高一丈，向西南方而去。遇太歲煞沖迎斬之局。避本家，忌哭聲，成服後無妨。入殮之時，忌龍虎雞蛇四生人。外親人不避。」吳月娘使出玳安來，教徐先生看看黑書上，往那方去了。這徐先生一面打開陰陽秘書觀看，說道：「今日丙子日，乃是己丑時。死者上應寶瓶宮，下臨齊地。前生曾在濱州王家作男子，打死懷胎母羊。今世為女人屬羊。稟性柔婉，自幼陰謀之事。父母雙亡，六親無靠。先與人家作妾，受大娘子氣。及至有夫主，又不相投，犯三刑六害。中年雖招貴夫，常有疾病，比肩不和，生子夭亡。主生氣疾，肚腹流血而死。前九日魂去，托生河南汴梁開封府袁指揮家為女，艱難不能度日。後耽閣至二十歲，嫁一富家，老少不對。中年享福，壽至四十二歲，得氣而終。」看畢黑書，眾婦女聽了，皆各嘆息。西門慶教徐先生看破土安葬日期。徐先生請問：「老爹停放幾時？」西門慶哭道：「熱突突，怎麼就打發出去的！須放過五七纔好。」徐先生道：「五七裏沒有安葬日期。倒是四七裏，宜擇十月初八日丁酉午時破土，十二日辛丑巳時安葬。合家六位本命都不犯。」西門慶道：「也罷。到十月十二日發引，再沒那移了。」徐先生當寫殃榜，蓋伏死者身上，向西門慶道：「十九日辰時大殮，一應之物，老爹這裏備下。」于是剛打發徐先生出了門，天已發曉。西門慶使琴童兒騎頭口往門外請花大舅，然後分班差家下人各親眷處報喪。又使人往衙門中給假，在家整理喪事。使玳安往獅子街取了二十桶瀼紗漂白，三十桶生眼布來，教趙裁顧了許多裁縫，在西廂房先顧人造幃幕帳子桌圍，並入殮衣衾纏帶，各房裏女人衫裙。外邊小廝伴當，每人都是白唐巾，一件白直裰。又兌了一百兩銀子，教賁四往門外店裏推了三十桶魁光麻布，二百疋黃絲孝絹。一面又教搭匠在大天井內搭五間大棚。西門慶因想起李瓶兒動止行藏模樣兒來，心中忽然想起忘了與他傳神，叫過來保來問：「那裏有寫真好畫師，尋一個傳神？我就把這件事忘了！」來保道：「舊時與咱家畫圍屏的韓先兒，他原是宣和殿上的畫士，革退來家。他傳的好神！」西門慶道：「他在那裏住？快與我請來。」這來保應諾去了。

西門慶熬了一夜沒睡的人，前後又亂了一五更，心中又著了悲慟，神思恍亂，只是沒好氣罵丫頭，踢小廝，守著李瓶兒屍首，由不得放聲哭叫。那玳安在旁亦哭得言不的語不的。吳月娘正和李嬌兒、孟玉樓、潘金蓮在帳子後，打夥兒分孝與各房裏丫頭並家人媳婦。看見西門慶只顧哭起來，把喉音也叫啞了，問他與茶也不吃，只顧沒好氣。月娘便道：「你看恁嘮叨！死也死了，你沒的哭的他活！哭兩聲丟開手罷了，只顧扯長絆兒哭起來了！三兩夜沒睡，頭也沒梳，臉也還沒洗，亂了恁五更，黃湯辣水還沒嚐著，就是鐵人也禁不得。把頭梳了，出來吃些甚麼，還有個主張。好小身子，一時摔倒了，卻怎樣兒的！」玉樓道：「他原來還沒梳頭洗臉哩！」月娘道：「洗了臉倒好。我頭裏使小廝請他後邊洗臉，他把小廝踢進來，誰再問他來！」金蓮接過來道：「你還沒見頭裏進他屋裏尋衣裳，教我是不是倒好意說他，都像恁一個死了，你恁般起來，把骨禿肉兒也沒了。你在屋裏吃些甚麼兒，出去再亂也不遲。他倒把眼睁紅了的，罵我：『狗攮的淫婦，管你甚麼事！』我如今鎮日不教狗攮，卻教誰攮哩！恁不合理的行貨子，只說人和他合氣！」月娘道：「熱突突死了，怎麼不疼？你就疼，也還放心裏。那裏就這般顯出來！人也死了，不管那有惡氣沒惡氣，就口搵著口那等叫喚，不知甚麼張致！吃我說了兩句。他可可兒來三年，沒過一日好日子？鎮日教他挑水挨磨來？」孟玉樓道：「娘不是這等說。李大姐倒也罷了，沒甚麼，倒吃了他爹恁三等九格❼的！」金蓮道：「他沒得過好日子，那個偏受用著甚麼哩？都是一個跳板兒上人。」正說著，只見陳經濟手裏拏著九疋水光絹：「爹說教娘每剪各房裏手帕。剩下的與娘每做裙子。」月娘收了絹便道：「姐夫去請你爹進來扒口子飯，這咱七八待晌午，他茶水還沒嚐著哩！」經濟道：「我是不敢請他。頭裏小廝請他吃飯，差些沒一腳踢殺了。我又惹他做甚麼？」月娘道：「你不請他，等我另使人請他來吃飯。」良久，叫過玳安來說道：「你爹還沒吃飯，哭這一日了。你拏上飯去，趁溫先生在，陪他吃些兒。」玳安道：「請應二爹和謝爹去了，等他來時，娘這裏使人拏飯上去，消不的他幾句言語兒，管情爹就吃了飯。」月娘道：「硶說嘴的囚根子！你是你爹肚裏蛔虫，俺每這幾個老婆倒不如你了！你怎的就知道他兩個來纔吃飯？」玳安道：「娘每不知，爹的好朋友大小酒席兒，那遭少了他兩個？爹三錢，他也是三錢；爹二星，他也是二星。爹隨問怎的著了惱，只他到略說兩句話兒，爹就眉花眼笑的。」說了一回，棋童兒請了應伯爵、謝希大二人來到，進門撲倒靈前地下，哭了半日，只哭：「我的有仁義的嫂子！」被金蓮和玉樓罵道：「賊油嘴的囚根子，俺每都是沒仁義的！」二人哭畢，扒起來。西門慶與他回禮，兩個又哭了，說道：「哥煩惱煩惱！」一面讓至廂房內，與溫秀才敘禮坐下。先是伯爵問道：「嫂子甚時候歿了？」西門慶道：「正丑時斷氣。」伯爵道：「我到家已是四更多了。房下問我，我說：『看陰騭，嫂子這病已在七八了。』不想剛睡就做了一夢，夢見哥使大官

❼ 三等九格：舊時稱人的種種等級，引申有「不平等」的意思。

兒來請我，說家裏吃慶官酒，教我急急來到。見哥穿著一身大紅衣服，向袖中取出兩根玉簪兒與我瞧，說：『一根折了。』教我瞧了半日，對哥說：『可惜了，這折了是玉的，完全的倒是硝子石。』哥說：『兩根都是玉的。』俺兩個正睡著，我就醒了。教我說此夢做的不好。房下見我只顧咂嘴，便問：『你和誰說話？』我道：『你不知，等我到天曉告訴你。』等到天明，只見大官兒到了，戴著白，教我只顧跌腳。果然哥有孝服！」西門慶道：「我前夜也做了恁個夢，和你這個一樣兒。夢見東京翟親家那裏寄送了六根簪兒，內有一根砧折了。我說：『可惜兒的！』教我夜裏告訴房下。不想前邊斷了氣，好不睜眼的天，撇的我真好苦！寧可教我西門慶死了，眼不見就罷了。到明日一時半霎想起來，你教我怎不心疼？平時我又沒曾虧欠了人，天何今日奪吾所愛之甚也！先是一個孩兒也沒了，今日他又長伸腳子去了，我還活在世上做甚麼！雖有錢過北斗，成何大用！」伯爵道：「哥，你這話就不是了。我這嫂子與你是那樣夫妻，熱突突死了，怎的不心疼？爭耐你偌大的家事，又居著前程，這一家大小太山也似靠著你。你若有好歹，怎麼了得？就是這些嫂子都沒主兒。常言：『一在三在，一亡三亡。』哥你聰明，你伶俐，何消兄弟每說。就是嫂子他青春年少，你疼不過越不過他的情，成服令僧道念幾卷經，大發送葬，埋在墳裏，哥的心也盡了，也是嫂子一場的事，再還要怎樣的？哥，你且把心放開。」當時被伯爵一席話，說的西門慶心地透徹，茅塞頓開，也不哭了。須臾拏上茶來吃了，便喚玳安：「後邊說去，看飯來，我和你應二爹、溫師父、謝爹吃。」伯爵道：「哥原來還未吃飯哩！」西門慶道：「自後你去了，亂了一夜，到如今誰嘗甚麼兒來！」伯爵道：「哥你還不吃飯，這個就糊突了。常言道：『寧可折本，休要饑損。』孝經上不說的：『教民無以死傷生，毀不滅性。』死的自死了，存者還要過日子。哥要做個張主。」

正是：數語撥開君子路，片言題醒夢中人。

畢竟未知後來如何，且聽下回分解。

第六十三回　親朋宿伴玉簫記　西門慶觀戲感李瓶

十二瑤臺七寶欄，瓊花落後再開難。
龍鬚煮藥醫無效，熊膽為丸晒未乾。
蓉帳夜愁紅燭冷，紙窗秋暮翠衾寒。
應憐失伴孤飛雁，霜落風高一影單。

話說當日應伯爵勸解了西門慶一回，拭淚而止。令小廝後邊看飯去了。不一時吳大舅、吳二舅都到了。靈前行畢禮，與西門慶作揖，道及煩惱之意。請至廂房中，與眾人同坐。玳安走至後邊向月娘說：「如何？我說娘每不信。怎的應二爹來了，一席話說的爹就吃飯了。」金蓮道：「你這賊積年久慣的囚根子！鎮日在外邊替他做牽頭，有個拏不住他性兒的。」玳安道：「從小兒答應主子，不知心腹？」月娘問道：「那幾個在廂房子裏坐著陪他吃飯？」玳安道：「大舅、二舅剛纔來，和溫師父、連應二爹、謝爹、韓夥計、姐夫共爹，八位人哩。」月娘道：「請你姐夫來後邊吃罷了，也擠在上頭？」玳安道：「姐夫坐下了。」月娘分付：「你和小廝往廚房裏拏飯去。你另拏甌兒，拏粥與他吃。清早晨不吃飯。」玳安道：「再有誰？只我在家。都使出報喪燒紙買東西。王經又使他往張親家爹那裏借雲板去了。」月娘道：「書童那奴才，和他拏去是的。怕打了他紗絹展腳兒！」玳安道：「書童和畫童兩個在靈前，一個打磬，一個伺候焚香燒紙哩。春鴻爹又使他跟賁四換絹去了；嫌絹不好，要換六錢一疋的絹破孝。」月娘道：「論起來，五錢銀子的也罷。又巴巴兒換去！」又道：「你叫下畫童兒那小奴才，和他快拏去，只顧還挨磨❶甚麼？」玳安于是和畫童兩個大盤大碗拏到前邊，安放八仙桌席。眾人正吃著飯，只見平安拏進手本來稟：「衙門中夏老爹差寫字的送了三班軍衛來這裏答應，討回帖。」西門慶看了放下，分付：「討三錢銀子賞他，寫期服生雙回帖兒回你夏老爹，多謝了。」一面吃畢飯，收了家火。只見來保請的畫師韓先生來到。西門慶與他行畢禮，說道：「煩先生揭白❷傳個神子兒。」那韓先生道：「小人理會得了。」吳大舅道：「動手遲了些，倒只怕面容改了。」韓先生道：「也不妨。就是揭白也傳得。」正吃茶畢，忽見平安來報：「門外花大舅來了。」西門慶陪花子由靈前哭涕了一回，見畢禮數，與眾人一處。因問：「甚麼時候？」西門慶道：「正丑時斷氣。臨死還伶伶俐俐說話兒。剛睡下，丫頭起來瞧，就沒了氣兒。」因見韓先生旁邊小童拏著屏插，袖中取出抹筆顏色來，花子由道：「姐夫如今要傳個神子？」西門慶道：「我心裏疼他，少不的留了個影像兒，早晚看著題念❸他題兒。」一面分付後邊堂客躲開，掀起帳子，領韓先生和花大舅眾人到跟前。這韓先生用手揭起千秋旛，用五輪寶翫著兩點神水，打一觀看。見李瓶兒勒著鴉青手帕，雖故久病，其顏色如生，姿容不改；黃懨懨的，嘴唇兒紅潤可愛。

❶ 挨磨：延宕。
❷ 揭白：人死後請畫師對死屍作速寫以為日後畫像的依據，名為「揭白」。
❸ 題念：想念。

那西門慶由不的掩淚而哭。當下來保與琴童在旁捧著屏插顏色，韓先生一見就知道了。眾人圍著他求畫。應伯爵便道：「先生此是病容。平昔好時，比此還生的面容飽滿，姿容秀麗。」韓先生道：「不須尊長分付，小人知道。不敢就問老爹，此位老夫人前者五月初一日曾在岳廟裏燒香，親見一面，可是否？」西門慶道：「正是。那時還好哩。先生你用心想著，傳畫一軸大影，一軸半身，靈前供養。我送先生一疋段子上蓋、十兩銀子。」韓先生道：「老爹分付，小人無不用心。」須臾，描染出個半身來，端的玉貌幽花秀麗，肌膚嫩玉生香。拏與眾人瞧，就是一幅美人圖兒。西門慶看了，分付玳安：「拏到後邊與你娘每瞧瞧去，看好不好？有那些兒不是，說來好改。」這玳安拏到後邊向月娘道：「爹說交娘每瞧瞧六娘這影，看畫的如何，那些兒不像，說出去教韓先生好改。」月娘道：「成精鼓搗，人也不知死到那裏去了，又描起影來了！畫的那些兒像！」潘金蓮接過來道：「那個是他的兒女，畫下影，傳下神來，好替他磕頭禮拜。到明日六個老婆死了，畫下六個影纔好！」孟玉樓和李嬌兒拏過來觀看，說道：「大娘你來看，李大姐這影倒像似好時那等模樣，打扮的鮮鮮兒，只是嘴唇略匾了些兒。」月娘道：「這左邊額頭略低了些兒。他的眉角，比這眉角兒還彎些。虧這漢子揭白怎的畫來！」玳安道：「他在廟上曾見過六娘一面，剛纔想著，就畫到這等模樣。」少頃，只見王經進來說道：「娘每看了快教拏出去。喬親家爹來了，等喬親家爹瞧哩。」玳安走到前邊，分付韓先生道：「這裏邊說來，嘴唇略匾了些，左額角稍低，眉還略放彎著些兒。」韓先生道：「這個不打緊。」隨即取描筆改正了，呈與喬爹瞧。喬大戶道：「親家母這幅尊像是畫得通，只是少了口氣兒！」西門慶滿心歡喜，一面遞了三鍾酒與韓先生，管待了酒飯；紅漆盤捧出一疋尺頭、十兩白金與韓先生，教他先攢造出半身來，就要掛；大影不誤出殯就是了。俱要用大青大綠，珠翠圍髮冠，大紅通袖五彩遍地金袍兒，百花裙，衢花綾裱，象牙軸頭。韓先生道：「不必分付，小人知道。」領了銀子，教小童拏著屏插，拜辭出門。喬大戶與眾人又看了一回做成的棺木，便道：「親家母今日小殮罷了？」西門慶道：「如今仵作行人來就小殮，大殮還等到三日。」喬大戶吃畢茶，就告辭起身去了。不一時仵作行人來伺候紙箚打捲，鋪下衣衾。西門慶要親與他開光明，強著陳經濟做孝子，與他抿了目。西門慶旋尋出一顆胡珠，安放在他口裏。登時小殮停當，照前停放端正，放下帳子，合家大小哭了一場。來興又早冥衣鋪裏，做了四座堆金瀝粉侍奉的捧盆巾盥櫛毛女兒，都是珠子纓絡兒，銀鑲墜兒，似真的色綾衣服，一邊兩座擺下。靈前供養彝爐商瓶燭臺香盒，教錫匠打造停當，擺在桌上，耀日爭輝。又兌了十兩銀子，教銀匠打了三付銀爵盞。正在廂房中與應伯爵定管喪禮簿籍，先兌了五百兩銀子，一百弔錢來，委付與韓夥計管帳。賁四與來興兒專管大小買辦，兼管外廚房。應伯爵、謝希大、溫秀才、甘夥計四人，輪番陪侍往來弔客。崔本專管付孝帳。來保管外庫房。王經管酒房。春鴻與書童專管靈前伺候。平安逐日與四名排軍，單管人來打雲板，捧香紙。又是一個寫字帶領四名排軍，在大門首記門簿；值念經日期，打傘相搭挑旛幢，無事把門。都派委已定，寫了告示，貼在影壁上，各遵守去訖。只見皇莊上薛內相差人送了六十根杉條，三十條毛竹，三百領蘆蓆，一百條麻繩，拏帖兒與西門慶瞧。連忙賞了來人五錢銀子，拏朞服生回帖兒，打發去了。分付搭綵匠：把棚起脊搭大著些，留兩個門走。把影壁夾在中間。前廳房內還搭三間罩棚，大門首紮七間榜棚。請報恩寺十二眾僧人，先念倒頭經。每日兩個茶酒在茶坊內伺候茶水。外廚房兩名廚役，答應各項飯食。花大舅、吳二舅坐了一回，起身去了。西門慶交溫秀才起孝帖兒，要開刊去，令寫：「荊婦奄逝」；溫秀才悄悄孥與應伯爵看。伯爵道：「這個理上說不通。見有如今吳家嫂子在正室，如何使得？這一個出去，不被人議論，就是吳大哥心內也不自在。等我慢慢再與他講，你且休要寫著。」陪坐至晚，各散歸家去了。西門慶晚夕也不進後邊去，就在李瓶兒靈旁邊裝起一張涼床，拏圍屏圍著，鋪陳停當，獨自宿歇。有春鴻、書童兒近前伏侍。天明便往月娘房裏梳洗，穿戴了白唐巾、孝冠、孝衣、白絨襪、白履鞋、經帶隨身。第二日清晨，夏提刑就來探喪弔問，慰其節哀。西門慶還禮畢，溫秀才相陪，待茶而去。到門首分付寫字的：「好生在此答應。查有不到的排軍，呈來衙門內懲治。」說畢，騎馬往衙門中去了。西門慶令溫秀才發帖兒，差人請各親眷，三日做齋誦經，早來赴會。後晌鋪排來收拾道場，懸掛佛像，不必細說。

那日院中吳銀兒打聽得知，坐轎子來靈前哭泣上紙❹。到後邊，月娘相接引去。吳銀兒與月娘磕頭哭道：「六娘沒了，我通一字不知。就沒個人兒和我說聲兒，可憐傷感人也。」孟玉樓道：「你是他乾女兒，他不好了這些時，你就不來看他看兒？」吳銀兒道：「好三娘，我但知道，有個不來看的？說句假，就死了！委實不知道。」月娘道：「你不來看你娘，他還掛牽著你，留了件東西兒與你做一念兒，我替你收著哩。」因令小玉：「你取出來與銀姐兒看。」那小玉走到裏間，取出包袱，內包著一套段子衣服、兩根金頭簪兒、一件金花兒。把吳銀兒哭的淚人也相似，說道：「我早知他老人家不好，也來伏侍兩日兒！」說著，一面拜謝了月娘。月娘待茶與他吃，留他過了三日去。到三日，和尚打起磬子，揚旛，道場誦經，挑出紙錢去。合家大小，都披麻帶孝。陳經濟穿重孝絰巾，佛前拜禮。街坊鄰舍、親朋

❹ 上紙：焚化冥錢。是弔孝的意思。紙，即「冥錢」。

官長，來弔問上紙祭奠者，不計其數。陰陽徐先生早來伺候大殮。祭告已畢，抬屍入棺。西門慶教吳月娘又尋出他四套上色衣服來裝在棺內，四角安放了四錠小銀子兒。花子由說：「姐夫，倒不消安他在裏面。金銀日久，定要出世，倒非久遠之居。」西門慶不肯，安放如故。放下了七星板，閣上紫蓋。仵作四面用長命丁，一齊釘起來，一家大小，放聲號哭。西門慶亦哭的呆了，口口聲聲哭叫：「我的年小的姐姐，再不得見你了！」良久哭畢，管待徐先生齋饌，打發去了。酒花米貼「神燈安真」四個大字在靈前。親朋夥計人等，都是巾帶孝服。行香之時，門首一片皆白。溫秀才舉薦北邊杜中書來題銘旌。杜中書名子春號雲野，原侍真宗寧和殿，今坐閒在家。西門慶備金幣請來。在捲棚內備果盒，西門慶親遞三盃酒。應伯爵與溫秀才相陪，鋪大紅官紵題旌。西門慶要寫：「詔封錦衣西門恭人李氏柩」十一字。伯爵再三不肯，說：「見有正室夫人在，如何使得？」杜中書說道：「曾生過子，于禮也無礙。」講了半日，去了「恭」字，改了「室人」。溫秀才道：「恭人係命婦，有爵。室人乃室內之人，只是個渾然通常之稱。」于是用白粉題畢，「詔封」二字貼了金，懸于靈前；又題了神主。叩謝杜中書，管待酒饌。拜辭而去。那日喬大戶、吳大舅、花大舅，門外韓姨夫、沈姨夫，各家都是三牲祭桌來燒紙。喬大戶娘子並吳大妗子、二妗子、花大妗子，坐轎子來弔喪，祭祀哭泣。月娘等皆孝髻頭鬚繫腰、麻布孝裙，出來回禮舉哀，讓後邊待茶擺齋。惟花大妗子與花大舅，便是重孝直身道袍兒，餘者都是輕孝。那日院中李桂姐打聽得知，坐轎子也來上紙。看見吳銀兒在這裏，說道：「你幾時來的？怎的也不會我會兒？好人來，原來只顧你。」吳銀兒道：「我也不知道娘沒了。早知是也來看看兒。」月娘後邊管待，俱不必細說。

須臾過了，看看到首七。正是報恩寺十六眾上僧，黃僧官為首座，引領做水陸道場，誦法華經，拜三昧水懺。親朋夥計，無不畢集。那日玉皇廟吳道官，來上紙弔孝，攬二七經。西門慶留在捲棚內，眾人吃齋。忽見小廝來報，韓先生送半身影來。眾人觀看，但見頭戴金翠圍冠，雙鳳珠子插牌，大紅妝花袍兒，白馥馥臉兒，儼然如生時一般。西門慶見了滿心歡喜，懸掛像材頭上。眾人無不誇獎，只少口氣兒。一面讓捲棚吃齋，囑付大影比長，還要加工夫些。韓先生道：「小人隨筆潤色，豈敢粗心。」西門慶厚賞而去。午間喬大戶那邊來上祭，豬羊祭品、吃看桌面、高頂簇盤、五老定勝、方糖樹果、金碟湯飯、五牲看碗、金銀山、段帛綵繒、冥紙炷香，共約五十餘抬，地弔高橇，鑼鼓細樂，吹打纓絡，打挑喧闐而至。官堂客約許多人，陰陽生讀祝。西門慶與陳經濟穿孝衣，在靈前還禮。應伯爵、謝希大，與溫秀才、甘夥計等，迎待賓客。那日喬大戶邀了尚舉人、朱臺官、吳大舅、劉學官、花千戶、段親家七八位親朋，各在靈前上香。三獻已畢，俱跪聽讀祝文，曰：

> 維政和七年，歲次丁酉，九月庚申朔，越二十二日辛巳，眷生喬洪等，謹以剛鬣柔毛庶羞之奠，致祭于故親家母西門孺人李氏之靈曰：嗚呼，孺人之性，寬裕溫良，治家勤儉，御眾慈祥。克全婦道，譽動鄉邦。閨閫之秀，蘭蕙之芳。夙配君子，效聘鸞凰。撫字子性，以義以方。效顰大德，以柔以良。施懿範于家室，悚和粹于娣嫜。藍玉已種，浦珠已光。正期諧琴瑟于有永，享彌壽于無疆。胡為一疾，夢斷黃粱，善人之歿，孰不哀傷！弱女襁褓，沐愛姻嫱。不期中道，天不從願，鴛伴失行！恨隔幽冥，莫睹行藏。悠悠情誼，寓此一觴。靈其有知，來格來歆，尚饗！

官客祭畢，回禮畢，讓捲棚內，自有桌席管待，不在話下。然後喬大戶娘子、崔親家母、朱臺官娘子、尚舉人娘子、段大姐、眾堂客女眷祭奠地弔，鑼鼓靈前，弔鬼判隊舞，戟將響樂。吳月娘陪著哭畢，請去後邊待茶設席，三湯五割，俱不必細說。西門慶正在捲棚內陪人吃酒，忽聽前邊打的雲板響，答應的慌慌張張進來稟報：「本府胡爺上紙來了，在門首下轎子。」慌的西門慶連忙穿孝衣，靈前伺候。即使溫秀才衣巾素服出迎，前廳伺候換衣裳。左右先捧進香紙，然後胡府尹素服金帶，纔進來，許多官吏圍隨扶衣搊帶，奔走不暇。于是靈前春鴻跪著，捧的香高高的，上了香，展拜兩禮，西門慶便道：「老先生請起，多有勞動！」連忙下來回了禮，胡府尹道：「弔遲，弔遲！令夫人幾時沒了？學生昨日纔知。」西門慶道：「不想粗室一疾不救，辱承老先生枉弔！」溫秀才在旁作揖畢，與西門慶兩邊列坐。待茶一盃，胡府尹起身。溫秀才送出大門，上轎而去。上祭人吃至後晌時分方散。到第二日，院中鄭愛月兒家來上紙。愛月兒下了轎子，穿著白雲絹對衿襖兒，藍羅裙子，頭上勒著珠子箍兒，白挑線汗巾子，進至靈前燒了紙。月娘見他抬了八盤餅饊，三牲湯飯來祭奠，連忙討了一疋整絹孝裙與他。吳銀兒與李桂姐都是三錢奠儀，告西門慶說。西門慶道：「值甚麼，每人都與他一疋整絹頭鬚繫腰，後邊房兒裏擺茶管待過夜。」晚夕親朋夥計來伴宿；叫了一起海鹽子弟搬演戲文。李銘、吳惠、鄭奉、鄭春都在這裏答應。晚夕西門慶在大棚內放十五張桌席，為首的就是喬大戶、吳大舅、吳二舅、花大舅、沈姨夫、韓姨夫、倪秀才、溫秀才、任醫官、李智、黃四、應伯爵、謝希大、祝日念、孫寡嘴、白來創、常時節、傅自新、韓道國、甘出身、賁地傳、吳舜臣、兩個外甥，還有街坊六七位人，都是十菜五果開桌兒，點起十數枝高檠大燭來。廳上垂下簾，堂客便在靈前圍著圍屏，放桌席，往外觀戲。當時眾人祭奠畢，西門慶與經濟回畢禮，安席上坐。下邊戲子打動鑼鼓，搬演的是韋臯、玉簫女兩世姻緣玉環記。西門慶分派四名排軍，單管下邊搿盤。琴童、棋童、畫童、來安四個，單管下果兒。李銘、吳惠、鄭奉、鄭春四個小優兒，席上斟酒。不一時弔場，生扮韋皐，唱了一回下去。貼旦扮玉簫，又唱了一回下去。廚房裏廚役上湯飯割鵝，應伯爵便向西門慶說：「我聞的院裏姐兒三個在這裏，何不請出來與喬老親家老舅席上遞盃酒兒？他倒是會看戲，又倒便益了他。」西門慶便使玳安進入說去，請他姐兒三個出來。喬大戶道：「這個卻不當。他來弔喪，如何叫他遞起酒來？」伯爵道：「老親家你不知。像這樣小淫婦兒，別要閒著他。快與我牽出來，你說應二爹說，六娘沒了，只當行孝順，也該與俺每人遞盃酒兒。」玳安進去半日，說：「聽見應二爹在坐，都不出來哩。」伯爵道：「既恁說，我去罷。」走了兩步，又回坐下。西門慶笑道：「你怎的又回了？」伯爵道：「我有心待要扯那三個小淫婦出來，等我罵兩句，出了我氣我纔去。」落後又使了玳安請了一遍，那三個纔慢條條出來，都一色穿著白綾對衿襖兒、藍段裙子，向席上不端不正拜了拜兒，笑嘻嘻立在旁邊。應伯爵道：「俺每在這裏，你如何只顧推三阻四，不肯出來？」那三個也不答應，向上邊遞了回酒，號設一席坐著。下邊鼓樂響動，關目上來，生扮韋皐，淨扮包知本，同到構欄裏玉簫家來。那媽兒出來迎接。包知本道：「你去叫那姐兒出來。」媽云：「包官人，你好不著人，俺女兒等閒不便出來，說不的一個請字兒？你如何說叫他出來？」那李桂姐向席上笑道：「這個姓包的就和應花子一般，就是個不知趣的蹇味兒。」伯爵道：「小淫婦，我不知趣，你家媽兒喜歡我？」桂姐道：「他喜歡你？過一邊兒！」西門慶道：「且看戲罷，且說甚麼。再言語，罰一大盃酒。」那伯爵纔不言語了。那戲子又做了一回，並下。這裏廳內左邊弔簾子看戲的，大妗子、二妗子、楊姑娘、潘姥姥、吳大姨、孟大姨、吳舜臣媳婦鄭三姐、段大姐，並本家月娘眾姊妹；右邊弔簾子看戲的，是春梅、玉簫、蘭香、迎春、小玉，都擠著觀看。那打茶的鄭紀，正拏著一邊果仁泡茶，從簾下頭過。被春梅叫住問道：「拏茶與誰吃？」鄭紀道：「那邊大妗子娘每要吃。」這春梅取一盞在手。不想小玉聽見下邊扮戲的旦兒名子也叫玉簫，便把玉簫拉著說道：「淫婦，你的孤老漢子來了，鴇子叫你接客哩，你還不出去。」使力往下一推，直推出簾子外。春梅手裏拏著茶，推潑一身。罵玉簫：「怪淫婦，不知甚麼張致，都玩的這等，把人的茶都推潑了。早是沒曾打碎盞兒！」西門慶聽得，使下來安兒來問：「誰在裏面喧嚷？」春梅坐在椅上道：「你去就說玉簫浪淫婦，面見了漢子，這等浪想。」那西門慶問了一回，亂著席上遞酒就罷了。月娘便走過那邊，數落小玉：「你出來這一日，也往屋裏瞧瞧去。都在這裏，屋裏有誰？」小玉道：「大姐剛纔後邊去的。兩位師父也在屋裏坐著。」月娘道：「教你每賊狗胎在這裏看看，就恁惹是招非的！」春梅見月娘過來，連忙立起身來說道：「娘，你問他，都一個個只像有風出來，狂的通沒些成色兒，嘻嘻哈哈，也不顧人看見。」那月娘數落了一回，仍過那邊去了。那時喬大戶與倪秀才先起身去了。沈姨夫與任醫官、韓姨夫也要起身，被應伯爵攔住道：「東家，你也說聲兒。俺每倒是朋友，不敢散。一個親家都要去？沈姨夫又不隔門，韓姨夫與任大夫、花大舅都在門裏，這咱纔三更天氣，門也還未開，慌的甚麼？都來大坐回兒，左右關目還未了哩。」西門慶又令小廝提四罈麻姑酒，放在面前，說：「列位，只了此四罈酒，我也不留了。」因拏大賞鍾，放在吳大舅面前，說道：「那位離席破坐說起身者，任大舅舉罰。」于是眾人又復坐下了。西門慶令書童催促子弟，快弔關目上來，分付揀省熱鬧處唱罷。須與打動鼓板，扮末的上來。請問西門慶：「小的寄真容的那一摺，唱罷？」西門慶道：「我不管你，只要熱鬧。」貼旦扮玉簫唱了一回。西門慶看唱到「今生難會，因此上寄丹青」一句，忽想起李瓶兒病時模樣，不覺心中感觸起來，止不住眼中淚落，袖中不住取汗巾兒搽拭。又早被潘金蓮在簾內冷眼看見，指與月娘瞧，說道：「大娘你看他，好個沒來頭❺的行貨子。如何吃著酒，看見扮戲的哭起來。」孟玉樓道：「你聰明一場，這些兒就不知道了。樂有悲歡離合，想必看見那一段兒觸著他心，他覷物思人，見鞍思馬，纔落淚來。」金蓮道：「我不信。打談的弔眼淚，替古人耽憂。這個都是虛。他若唱的我淚出來，我纔算他好戲子。」月娘道：「六姐，悄悄兒咱每聽罷。」玉樓因向大妗子道：「俺六姐不知怎的，只好快說嘴。」那戲子又做了一回，約有五更時分，眾人齊起身。西門慶拏大盃攔門遞酒，款留不住，俱送出門。看收了家火，留下戲廂，明日有劉公公、薛公公來祭奠，白日坐，還做一日。眾戲子答應，管待了酒飯，歸下處歇去了。李銘等四個亦歸家，不題。西門慶見天色已將曉，就歸後邊歇息去了。正是：待多少紅日映窗寒色淺，淡煙籠竹曙光微。

畢竟後來如何，且聽下回分解。

---

❺ 沒來頭：無端。

第六十四回　玉簫跪央潘金蓮　合衛官祭富室娘

著人情思覺初闌，試把鮫綃仔細看。
到老春蠶絲乃盡，成灰蠟燭淚初乾。
鸞交鳳友驚風散，軟玉嬌香異世間。
西子風流誇未了，雞鳴殘月五更寒。

話說眾人散了，已有雞唱時分。西門慶歇息去了。玳安拏了一大壺酒、幾碟下飯，在前邊鋪子裏，還和傅夥計、陳經濟同吃。傅夥計老頭子，熬到這咱，已是不樂。坐搭下鋪，倒在炕上就睡了。因向玳安道：「你自和平安兩個吃罷。陳姐夫想是也不來了。」這玳安櫃上點著夜燭，叫進平安來，兩個把那酒，你一鍾，我一盞，都吃了。把家火收過一邊，平安便去門房裏去睡了。玳安一面關上鋪子門，上炕和傅夥計兩個，通廝腳兒睡下。傅夥計閒中因話題話，問起玳安說道：「你六娘沒了，這等樣棺槨，祭祀念經發送，也夠他了。」玳安道：「一來他是福好，只是不長壽。俺爹饒使了這些錢，還使不著俺爹的哩。俺六娘嫁俺爹，瞞不過你老人家，是知道，該帶了多少帶頭來。別人不知道，我知道。把銀子休說，只光金珠玩好玉帶絛環狄髻值錢寶石，還不知有多少。為甚俺爹心裏疼？不是疼人，是疼錢。是便是說起俺這過世的六娘性格兒，這一家子都不如他。又有謙讓，又和氣，見了人只是一面兒笑。俺每下人，自來也不曾呵俺每一呵，並沒失口罵俺每一句奴才，要的誓也沒賭一個。使俺每買東西，只拈塊兒。俺每但說：『娘拏等子你稱稱，俺每好使。』他便笑道：『拏去罷，稱甚麼。你不圖落，圖甚麼來？只要替我買值著。』這一家子，都那個不借他銀使？只有借出來，沒有個還進去的。還也罷，不還也罷。俺大娘和俺三娘使錢也好，只是五娘和二娘慳吝些。他當家，俺每就遭瘟來，會把腿磨細了！會勝買東西，也不與你個足數。綁著鬼一錢銀子，拏出來只稱九分半；著緊只九分。俺每莫不賠出來！」傅夥計道：「就是你大娘還好些。」玳安道：「雖故俺大娘好，毛司火性兒。一回家好，娘兒每親親噠噠說話兒，你只休惱狠著他。不論誰，他也罵你幾句兒。總不如六娘，萬人無怨。又常在爹跟前替俺每說方便兒。隨問天來大事，受不的人央。俺每央他央兒對爹說，無有個不依。只是五娘快戳❶無路兒，行動就說：『你看我對你爹說。』把這『打』只題在口裏。如今春梅姐又是個合氣星，天生的都出在他一屋裏！」傅夥計道：「你五娘來這裏也好幾年了？」玳安道：「你老人家是知道他，想的起那咱來哩？他一個親娘也不認的，來一遭要便搶的哭了家去。如今六娘死了，這前邊又是他的世界。那個管打掃花園，又說地不乾淨，一清早晨吃他罵的狗血噴了頭。」兩個說了一回，那傅夥計在枕上齁齁就睡著了。玳安亦有酒了，全上眼不知天高地下，直至紅日三竿，都還未起來。

原來西門慶每常在前邊靈前睡，早晨玉簫出來收疊床鋪，西門慶便往後邊梳頭去。書童鬅著頭便和他兩個在前邊打牙犯嘴，互相嘲鬥，半日纔進後邊去。不想今日西門慶歸後邊上房歇去，這玉簫趕人沒

❶ 快戳：尖利。

起來，暗暗走出來與書童遞了眼色，兩個走在花園書房裏幹營生去了。不料潘金蓮起的早，驀地走到廳上，只見靈前燈兒也沒了，大棚裏丟的桌椅橫三豎四，沒一個人兒。只見畫童兒正在那裏掃地。金蓮道：「賊囚根，乾淨只你在這裏掃地，都往那裏去了？」畫童道：「他每都還沒起來哩。」金蓮道：「你且丟下苕菷，到前邊對你姐夫說，有白絹拏一疋來，你潘姥姥還少一條孝裙子。再拏一副頭鬚繫腰來與他，他今日家去。」畫童道：「怕不俺姐夫還睡哩，等我問他去。」良久回來道：「姐夫說不是他的首尾，書童哥與崔大哥管孝帳，娘問書童哥要就是了。」金蓮道：「知道那奴才往那去了？你去尋他來。」畫童向廂房裏瞧了瞧，說道：「纔在這裏來，敢往花園書房裏梳頭去了。」金蓮道：「你自在這裏掃完了地，等我自家問這囚根子要去。」于是輕移蓮步，款蹙湘裙，走到花園書房內。偶然聽見裏面有人笑聲，推開門，只見他和玉簫在床上正幹得好哩。便罵道：「好囚根子，你兩個在此幹得好事！」諕得兩個做手腳不迭，齊跪在地下哀告。金蓮道：「賊囚根子，你且拏一疋孝絹，一疋布來，打發你潘姥姥家去。」那書童連忙拏來遞上。金蓮逕歸房來。那玉簫跟到房中打旋磨兒，跪在地下央及：「五娘，千萬休對爹說。」金蓮便問：「賊狗囚，你和我說實說，這奴才從前已往偷了幾遭？一字兒休瞞，我便罷。」那玉簫便把和他偷的緣由說了一遍。金蓮道：「既要我饒恕你，你要依我三件事。」玉簫道：「娘饒了我，隨問幾件事我也依娘。」金蓮道：「一件，你娘房裏但凡大小事兒，就來告我說。你不說，我打聽出，定不饒你。第二件，我但問你要甚麼，你就捎出來與我。第三件，你娘向來沒有身孕，如今他怎生便有了？」玉簫道：「不瞞五娘說，俺娘如此這般，吃了薛姑子的衣胞符藥，便有了。」這潘金蓮一一聽記在心，纔不對西門慶說了。那書童見潘金蓮冷笑，領進玉簫去了。知此事有幾分不諧，向書房廚櫃內收拾了許多手帕汗巾、挑牙簪紐，並收的人情，他自己也儹夠十來兩銀子，又到前邊櫃上誆了傅夥計二十兩，只說要買孝絹，逕出城外，顧了長行頭口，到馬頭上，搭在鄉裏船上，往蘇州原籍家去了。正是：撞碎玉籠飛彩鳳，頓開金鎖走蛟龍。

不想那日李桂姐、吳銀兒、鄭愛月都家去了。薛內相、劉內相早晨差了人，抬三牲桌面來，祭奠燒紙又每人送了一兩銀子伴宿分資；叫了兩個唱道情的來，白日裏要和西門慶坐坐。緊等著要打發他孝絹，尋書童兒要鑰匙，一地裏尋不著。傅夥計道：「他早晨問我櫃上要了二十兩銀子買孝絹去了。口稱爹分付他孝絹不夠，敢是向門外買去哩。」西門慶道：「我並沒分付他。如何問你要銀子？」一面使人往門外絹鋪找尋他，那裏得來？月娘便向西門慶說：「我猜這奴才有些蹺蹊，不知弄下甚麼碜兒，拐了幾兩銀子走了。你那書房子裏開了門，還不瞧瞧，沒腳蟹的營生，只怕還拏甚麼去了。」西門慶走到兩個書房裏都瞧了，見庫房裏鑰匙掛在牆上，大廚櫃裏不見了許多汗巾手帕，並書禮銀子，挑牙紐扣之類。西門慶心中大怒，叫將該地方的管役來，分付：「各處三瓦兩巷，與我訪緝。」那裏得來！正是：不獨懷家歸興急，五湖煙水正茫茫。那時薛內相從晌午時就坐轎來了，西門慶請下吳大舅、應伯爵、溫秀才相陪，先到靈前上香打了個問訊，然後與西門慶敘禮，說道：「可傷，可傷！如夫人是甚麼病兒歿了？」西門慶道：「不幸患崩漏之疾，看治不好歿了。又多謝老公公費心。」薛內相道：「沒多兒，將就表意罷了。」因看見掛著影，說道：「好個標致娘子，正好青春享福，只是去世太早些！」溫秀才在旁道：「物之不齊，物之情也。窮通壽夭，自有個定數，雖聖人亦不能強。」薛內相扭回頭來，見溫秀才衣巾穿著素服，說道：「此位老先兒是那學裏的？」溫秀才躬身道：「學生不才，備名府庠。」薛內相道：

「我瞧瞧娘子的棺木兒。」西門慶即令左右把兩邊帳子撩起，薛內相進去觀看了一遍，極口稱贊道：「好付板兒！請問多少價買的？」西門慶道：「也是舍親的一付板，學生回了他的來了。」應伯爵道：「請老公公試估估，那裏地道？甚麼名色？」薛內相仔細看了此板：「不是建昌，是付鎮遠。」伯爵道：「就是鎮遠，也值不多。」薛內相道：「最高者必定是楊宣榆。」伯爵道：「楊宣榆單薄短小，怎麼看的過？此板還在楊宣榆之上，名喚做桃花洞，在于湖廣武陵川中。昔日唐漁父入此洞中，曾見秦時毛女在此避兵，是個人跡罕到之處。此板七尺多長，四寸厚，二尺五寬，還看一半親家分上，要了三百七十兩銀子哩。公公你不曾看見，解開噴鼻香的，裏外俱有花色。」薛內相道：「是娘子這等大福，纔享用了這板。俺每內官家到明日死了，還沒有這等發送哩。」吳大舅道：「老公公好說，與朝廷有分的人，享有爵祿。俺每外官，焉能趕的上？老公公日近清光，代萬歲傳宣金口，見今童老爺加封王爵，子孫皆服蟒腰玉，何所不至哉！」薛內相便道：「此位會說話的兒，請問上姓？」西門慶道：「此是妻兄吳大哥，見居本衛千戶之職。」薛內相道：「就是此位娘子的令兄麼？」西門慶道：「不是。乃賤荊之兄。」薛內相復向吳大舅聲喏，說道：「吳大人，失瞻。」看了一回，西門慶讓至捲棚內，正面安放一把交椅，薛內相坐下，打茶的拏上茶來吃了。薛內相道：「劉公公怎的這咱還不到？叫我答應的迎迎去。」青衣人跪下稟道：「公公起身時，差小的邀劉公公去。劉公公轎已伺候下了，便來也。」薛內相又問道：「那兩個唱道情的來了不曾？」西門慶道：「早上就來了。叫上來。」不一時走來面前磕頭。薛內相道：「你每吃了飯不曾？」那人道：「小的每吃了飯了。」薛內相道：「既吃了飯，你每今日用心答應，我重賞你。」西門慶道：「老公公，學生這裏還預備著一起戲子，唱與老公公聽。」薛內相問：「是那裏戲子？」西門慶道：「是一班海鹽戲子。」薛內相道：「那蠻聲哈剌❷，誰曉的他唱的是甚麼！那酸子每在寒窗之下，三年受苦，九載遨遊，背著個琴劍書箱，來京應舉。怎得了個官，又無妻小在身邊；便希罕他這樣人？你我一個光身漢老內相，要他做甚麼？」溫秀才在旁笑說道：「老公公說話太不近情了。居之齊則齊聲，居之楚則楚聲。老公公處于高堂廣廈，豈無一動其心哉？」這薛內相便拍手笑將起來道：「我就忘了溫先兒在這裏，你每外官原來只護外官。」溫秀才道：「雖是士大夫，也只是秀才做的。老公公砍一枝損百林❸，兔死狐悲，物傷其類。」薛內相道：「不然，一方之地，有賢有愚。」正說著，忽左右來報劉公公下轎了。吳大舅等出去迎接進來，向靈前作了揖。敘禮已畢，薛內相道：「劉公公你怎的這咱纔來？」劉內相道：「北邊徐同家來拜望，陪他坐了一回，打發去了。」一面分席坐下，左右遞上茶去。因問答應的：「祭奠桌面兒，都擺上了？」下邊人說：「都排停當了。」劉內相道：「咱每去燒了紙罷。」西門慶道：「老公公不消多禮，頭裏已是見過禮了。」劉內相道：「此來為何，還當親祭祭。」當下左右接過香來，兩個內相上了香，遞了三鍾酒，拜下去。西門慶道：「老公公請起。」于是拜了兩拜起來。西門慶還了禮，復至捲棚內坐下。然後收拾安席，遞酒上坐。兩位內相，分左右坐了。吳大舅、溫秀才、應伯爵從次，西門慶下邊相陪。子弟鼓板響動，遞上關目揭帖。兩位內相看了一回，揀了一段劉智遠白兔記。唱了還未幾摺，心下不耐煩。一面叫上唱道情去，唱個道情兒耍耍倒好。于是打起漁鼓，兩個並肩朝上，高聲唱了一套韓文公雪擁藍關故事下去。只見廚役上來磕頭，兩位內相都有賞賜。西門

❷ 蠻聲哈剌：譏誚南方人口音嘰哩咕嚕的。
❸ 砍一枝損百林：得罪了一人可以牽連到許多人。亦作「砍一枝損百枝」、「砍一枝損百株」。

慶預備酒肉，賞賜跟隨人等，不用細說。薛內相便與劉內相兩個席上說話兒，說道：「劉哥，你不知道，昨日這八月初十日，下大雨如注，雷電把內裏凝神殿上鴟尾毬碎了，諕死了許多宮人。朝廷大懼，命各官修省，逐日在上清宮宣精靈疏建醮，禁屠十日，法司停刑，百官不許奏事。昨日大金遣使臣進表，要割內地三鎮。依著蔡京老賊，就要許他，掣童掌事的兵馬，交都御史譚積、黃安十大使，節制三邊兵馬，又不肯還，交多官計議。昨日立冬，萬歲出來祭太廟。太常寺一員博士，名喚方軫，早晨直著打掃，看見太廟磚縫出血，殿東北上地陷了一角，寫表奏知萬歲。科道官上本，極言童掌事大了，宦官不可封王。如今馬上差官，拏金牌去取童掌事回京。」劉內相道：「你我如今出來在外做土官，那朝裏事也不干咱每。俗語道，咱過了一日是一日，便塌了天，還有四個大漢。到明日大宋江山，管情被這些酸子弄壞了。王十九，咱每只吃酒！」因叫唱道情的上來，分付：「你唱個李白好貪盃的故事。」那人立在席前，打動漁鼓，又唱了一回。直吃至日暮時分，分付下人，看轎起身。西門慶款留不住，送出大門，喝道而去。回來分付點起燭來，把桌席休動，教廚役上來攢整停當，留下吳大舅、應伯爵、溫秀才坐的。又使小廝請傳夥計、甘夥計、韓道國、賁地傳、崔本和陳經濟復坐，叫上子弟來，分付：「還找著昨日玉環記上來。」因向伯爵道：「內相家不曉的南戲滋味，早知他不聽，我今日不留他。」伯爵道：「哥，倒辜負你的意思。內臣斜局的營生，他只喜藍關記，搗喇小子山歌野調，那裏曉的大關目悲歡離合？」于是下邊打動鼓板，將昨日玉環記做不完的摺數，一一緊做慢唱，都搬演出來。西門慶令小廝席上頻斟美酒，伯爵與西門慶同桌而坐，便問：「他姐兒三個還沒家去，怎的不叫出來遞盃酒兒？」西門慶道：「你還想那一夢兒，他每去的不耐煩了。」伯爵道：「他每在這裏住了有兩三日。」西門慶道：「吳銀兒住的久了。」當日眾人坐到三更時分，搬戲已完，方起身各散。西門慶邀下吳大舅，明日早些來陪上祭官員。與了戲子四兩銀子，打發出門。

到次日周守備、荊都監、張團練、夏提刑合衛許多官員，都合了分資，辦了一副豬羊吃桌祭奠，有禮生讀祝。西門慶預備酒席，李銘等三個小優兒伺候答應。到向午，只聽鼓響，祭禮到了。吳大舅、應伯爵、溫秀才，在門首迎接。只見後擁前呼，眾官員下馬，在前廳換衣服。良久，把祭品擺下。眾官齊到靈前，西門慶與陳經濟伺候還禮。禮生喝禮，三獻畢，跪在旁邊讀祝：

維政和七年，歲次丁酉，九月庚申朔，越二十五日甲申，寅侍生周秀、荊忠、夏延齡、張關、文臣、范勳、吳鎧、徐鳳翔、潘磯等，謹以剛鬣柔毛庶羞之儀，致奠于故錦衣西門孺人李氏之靈曰：維靈秀毓閨閫，善淑女紅。金玉其德，蘭蕙其姿。相內政而有道，主中饋而無闕。重積學而和睦內眷，尊所天而舉案齊眉。人願耆艾，天晞絕奇。正宜同諧鸞琴，何乃啬後而促其期。噫，修短有數也，天厭善類！珠沈璧碎，雲慘風悲。扣玄扃而莫啓，歎薤露而易晞！秀等忝居僚儕，情重交誼。崇肴于俎，酌酒于卮。庶乎來享，鑒此哀辭。嗚呼尚饗！

祭畢，西門慶下來謝禮已畢。吳大舅等讓眾官至捲棚內，寬去素服待茶。小優彈唱起來，安席上坐。手下跟隨之人，自有管待齊整。廚役上來，三道五割，酒肴比前兩日更豐盛。照席還磕了頭。西門慶與吳大舅、應伯爵、溫秀才下席相陪。觥籌交錯，慇懃勸酒。李銘等三個小優兒銀箏象板，朝上彈唱。外邊自有夥計主管，將跟隨祭來各項人役盒擔錢，都照例打發銀子停當。眾官坐到後晌時分，就要起身。西門慶不肯，與吳大舅、伯爵等拏大盃款留。教李銘等彈樂器，唱小曲兒歡飲，直到日暮時分，方散。西門慶還要留吳大舅眾人坐。吳大舅道：「各人連日打攪，姐夫也辛苦了。各自歇息去罷。」當時告辭回家。正是：天上碧桃和露種，日邊紅杏倚雲栽。家中巨富人趨附，手內多時莫論財。

畢竟不知後來如何，且聽下回分解。

第六十五回　吳道官迎殯頒真容　宋御史結豪請六黃

齊眉相見喜柔和，誰料參商發浩歌。
殘月雲邊懸破鏡，流光機上柳飛梭。
愁隨草色春深謝，苦入蓮心夜幾何。
試問流乾多少淚，楓林秋色一般多。

話說到九月二十八日，李瓶兒死了二七光景，玉皇廟吳道官受齋，請了十六個道眾，在家中揚旛修建請去救苦二七齋壇。早修之時，有官安郎中來下書。西門慶待來人去了，吳道官廟中抬了三牲祭器，湯飯盤餅饊素食，金銀錠香紙之類，又是一疋尺頭，以為奠儀。道眾繞棺傳咒，吳道官靈前展拜。西門慶與經濟回禮，謝道：「師父多有破費，何以克當？」吳道官道：「小道甚是惶愧，本當該助一經，追薦夫人。曾奈力薄，粗茶飯奠，表意而已。望乞大人笑納。」西門慶祭畢，即收了，打發抬盒人回去。那日三朝轉經，演生神章，破九幽獄，對靈攝召，拜進救苦朱表，領告諸真符命，整做法事，俱不必細說。第二日先是門外韓姨夫家來上祭。那時孟玉樓兄弟孟銳外邊做買賣去了，五六年沒來家，至是來家見他姐姐嫂子。西門慶這邊有喪事，跟隨韓姨夫那邊來上祭；討了一分孝去，送了許多人事兒。西門慶敘禮，進入玉樓房中拜見。至是堂客約有十數位人。西門慶這邊亦設席管待，俱不在言表。那日午間，又是本縣知縣李拱極、縣丞錢斯成、主簿任良貴、典史夏恭基，又有陽谷縣知縣狄斯朽，共五員官，都門了分，穿孝服來上紙帛弔問。西門慶備席在捲棚內管待，請了吳大舅與溫秀才相陪，三個小優兒彈唱。馬上人俱有攢盤領下去，自有坐處吃。正飲酒到熱鬧處，當時沒巧不成話。忽報管磚廠工部黃老爹來弔孝。慌的西門慶連忙穿孝衣靈前伺候。溫秀才又早迎接至大門外，讓至前廳，換了衣裳，跟從進來。家下人手捧香燭紙疋金段到靈前，用紅漆丹盤捧過香來跪下。黃主事上了香，展拜畢。西門慶同經濟下來還禮。黃主事道：「學生不知尊閫沒了，弔遲。恕罪，恕罪！」西門慶道：「學生一向欠恭，今又承老先生枉弔，兼辱厚儀，不勝感激。」敘畢禮，禮至棚內上面坐下。西門慶與溫秀才下邊相陪，左右捧茶上來。吃了茶，黃主事道：「昨日宋松原多致意先生，他也聞知令夫人作過，也要來弔問。爭奈有許多事情羈絆，他如今在濟州住箚。先生還不知，朝廷如今營建艮嶽，勑旨令太尉朱勔，往江南湖湘採取花石綱，運船陸續打河道中來。頭一運將次到淮上，又欽差殿前六黃太尉，來迎取卿雲萬態奇峰，長二丈，闊數尺，都用黃氈蓋覆，張打黃旗，費數號船隻，由山東河道而來。況河中沒水，起八郡民夫牽挽。官吏倒懸，民不聊生。宋道長督率州縣，事事皆親身經歷，案牘如山，晝夜劵苦，通不得閒。況黃太尉不久自京而至。宋道長亦必須率三司官員，要接他一接。想此間無可相熟者，委托學生來敬煩尊府作一東，要請六黃太尉一飯。未審尊意可允否？」因喚左右：「叫你宋老爹承差上來。」有二青衣官吏跪下，氈內捧出一對金段、一根沈香、兩根白蠟、一分綿紙。「此乃宋公致賻之儀。那兩封是兩司八府官員辦酒分資。兩司官十二員，每員三兩；府官八員，每員五兩。計二十二分，共一百零六兩。」交與西門慶：「有勞盛使一備之，何如？」西門慶再三辭道：「學生有服在家，奈何，奈何！」因問：「迎接在于何時？」黃主事道：「還早哩。也得到出月半頭。黃太監京中還未起身。」西門慶道：「學生十月十二日纔發引，既是宋公祖老先生分付，敢不領命。」又兼謝：「盛儀賻禮，且領下；分資，決不敢收。該多少桌席，只顧分付，學生無不畢具。」黃主事道：「四泉此意差矣。松原委托學生來煩瀆，此乃山東一省各官公禮，又非松原之己出，何得見卻？如其不納，學生即回松原，再不敢煩瀆矣。」西門慶聽了此言，說道：「學生權且領下。」因令玳安、王經接下去。問：「備多少桌席？」黃主事道：「六黃備一張吃看大桌面，宋公與兩司都是平頭桌席。以下府官，散席而已。承應樂人，自有差撥伺候，府上不必再叫。」說畢，茶湯兩換，作辭起身。西門慶款留，黃主事道：「學生還到尚柳塘老先生那裏拜拜他。昔年曾在學生敝處作縣令，然後轉成都府推官。如今他令郎兩泉，又與學生鄉試同年。」西門慶道：「學生不知老先生與尚兩泉相厚，兩泉亦與學生相交。」黃主事起身。西門慶：「煩老先生多致意宋公祖，至期寒舍拱候矣。」黃主事道：「臨期松原還差人來通報，先生亦不可太奢。」西門慶道：「學生知道。」送出大門，上馬而去。那縣中官員，聽見黃主事帶領巡按上司人來，諕的都躲在山子下小捲棚內飲酒。分付手下，把轎馬藏過一邊。當時西門慶回到捲棚，與眾官相見，具說宋巡按率兩司八府來央煩出月迎請六黃太尉之事。眾官悉言：「正是州縣不勝憂苦，這件事欽差若來，凡一應祗迎廩餼，公宴器用人夫，無不出于州縣，必取之于民。公私困極，莫此為甚。我輩還望四泉，宋上司處美言提拔，足見厚愛之至。」言訖，都不久坐，告辭起身，上馬而去。

話休饒舌。到李瓶兒三七，有門外永福寺道堅長老，領十六眾上堂僧來念經。穿雲錦袈裟，戴毘盧帽，大鈸大鼓。早晨取水轉五方，請三寶浴佛；午間加持召亡破獄，禮拜梁皇懺，談孔雀，甚是齊整；晚夕喬大戶娘子，與眾夥計娘子，與月娘等伴宿，在靈前看偶戲。西門慶與應伯爵、吳大舅、溫秀才在棚內東首另設圍屏飲酒。十月初八日是四七，請西門外寶慶寺趙喇嘛，亦十六眾，來念番經，結壇跳沙，洒花米行香，口誦真言，齋供都用牛乳茶酪之類。懸掛都是九醜天魔變相，身披纓絡琉璃，項掛髑髏，口咬嬰兒，坐跨妖魅，腰纏蛇螭。或四頭八臂，或手執戈戟，朱髮藍面，醜惡莫比。午齋已後，就動葷酒。西門慶那日不在家，同陰陽徐先生往門外墳上破土開壙去了。後晌方回。晚夕打發喇嘛散了。次日推運山頭酒米桌面肴品，一應所用之物。又委付主管夥計，莊上前後搭棚四五處；酒房廚坊，墳內穴邊，又起三間罩棚。先請附近地鄰來坐席面，大酒大肉管待。臨散，皆肩背項負而歸，俱不必細說。十一日白日，先是歌郎並鑼鼓地弔，來靈前參靈，弔五鬼鬧判，張天師著鬼迷，鍾馗戲小鬼，老子過函關，六賊鬧彌勒，雪裏梅，莊周夢蝴蝶，天王降地水火風，洞賓飛劍斬黃龍，趙太祖千里送荊娘，各樣百戲。弔罷，堂客都在簾內觀看，參罷靈去了。內眷親戚，都來辭靈燒紙，大哭一場。到次日發引，先絕早抬出銘旌，各項旛亭紙劄。僧道鼓手，細樂人役，都來伺候。西門慶預先問帥府周守備討了五十名巡捕軍士，都帶弓馬，全裝結束，留十名在家看守，四十名跟殯，在材前擺馬道，分兩翼而行。衙門裏又是二十名排軍打路，照管冥器。墳頭又是二十名把門，管收祭祀。那日官員士夫，親鄰朋友，來送殯者，車馬喧呼，填街塞巷。本家並親眷堂客，轎子也有百十餘頂；三院鴇子粉頭，小轎也有數十。徐陰陽擇定辰時起棺。西門慶留下孫雪娥並二女僧看家。平安兒同兩名排軍把前門，那女婿陳經濟跪在柩前摔盆。六十四人上扛，有仵作一員官，立于增架上，敲響板，指撥抬材人上肩。先是請了報恩寺朗僧官來起棺，剛轉過大街口望南走，那兩邊觀看的，人山人海。那日正值晴明天氣，果然好殯！但見：和風開綺陌，細雨潤芳塵。東方曉日初升，北陸殘煙乍歛。鼕鼕嚨嚨，花喪鼓不住聲喧；叮叮噹噹，地吊鑼連宵振作。銘旌招颭，大書九尺紅羅；起火軒天，中散半空黃霧。猙猙獰獰，開路鬼斜擔金斧；忽忽洋洋，險道神端秉銀戈。逍逍遙遙，八洞仙龜鶴繞定；窈窈窕窕，四毛女虎鹿相隨。地弔鬼晃一片鑼鈽，煙火架迸千枝花炮。熱熱鬧鬧，採蓮船撒科打諢；長長大大，高橇漢貫甲頂盔。清清秀秀，小道童一十六眾，眾眾都是霞衣道髻，擊坤庭之金，奏八琅之璈，動一派之仙音；肥肥胖胖，大和尚二十四個，個個都是雲錦袈裟，排大鈸，敲大鼓，轉五方之法事。一十二座大絹亭，亭亭皆綠舞紅飛，二十四座小絹亭，座座盡珠圍翠繞。左勢下天倉與地庫相連，右勢下金山與銀山作隊。掌醢廚列八珍之罐，香燭亭供三獻之儀。六座百花亭，現千團錦繡；一乘引魂轎，扎百結黃絲。這邊綵花與雪柳爭輝，那邊寶蓋與銀幢作隊。金字旛銀字旛，緊護棺輿；白絹繖綠絹繖，桐圍增架。斧符雲氣，一邊三把，皆彩畫鮮明；執罐捧巾，兩下侍妾，盡梳妝如活。功布招颭，孝眷聲哀，簇捧定五出頭六歌郎仰覆運須彌座；六十四名，青衣白帽，穩穩抬定五老雲鶴華蓋頂，四垂頭流蘇帶，大紅銷金寶象花棺罩；裏面安著巍巍不動錦繡棺輿。只見那兩邊打路排軍，個個都頭戴孝巾，身穿青衲襖，腰繫孝帶，腳靸腿綳鞹鞋，手執欖杆，前呼後擁。兩邊走解的，頭戴芝蔴羅萬字頭巾，撲匾金環飛于腦後。穿的是兩三領紵絲衲襖。腰繫紫纏帶，足穿鷹爪四縫乾黃靴，襯著五彩翻身搶水獸納紗襪口。賣解猶如鷹鷂，走馬好似猿猴。執著一桿明鎗，顯硃紅桿令字藍旗。豎肩樁打筋斗，隔肚穿錢，金雞獨立，仙人打過橋，鐙裏藏身。人人喝采，個個爭誇。扶肩擠背，紛紛不辨賢愚；挨覩並觀，攘攘那分貴賤。張三蠢胖，只把氣吁；李四矮矬，頻將腳躧。白頭老叟，盡將拐捧狂髭鬚；綠鬢佳人，也帶兒童來看殯。正是：鑼鼓鼕鼕靄路塵，花攢錦簇萬人瞻。哀聲隱隱棺輿過，此殯誠然壓帝京。吳月娘坐大轎在頭裏，後面李嬌兒等，本家轎子十餘頂，一字兒緊跟材後走。西門慶總冠孝衣，同眾親朋在材後裏。陳經濟緊扶棺輿。走出東街口，西門慶具禮請玉皇廟吳道官來懸真。身穿大紅五彩雲霞二十四鶴鶴氅，頭戴九陽玉環雷巾，腳登丹舄，手執牙笏。坐在四人肩輿上，迎殯而來。將李瓶兒大影捧于手內，陳經濟跪在面前，那殯停住了。眾人聽他在上高聲宣念：

兔走烏飛西復東，百年光景佀風燈。

時人不悟無生理，到此方知色是空。

恭惟故錦衣西門恭人李氏之靈，存日陽年二十七歲，元命辛未相正月十五日午時受生，大限于政和七年九月十七日丑時分身故。伏以尊靈，名家秀質，綺閣嬌姝。稟花月之儀容，蘊蕙蘭之佳氣。鬱德柔婉，賦性溫和。配我西君，克諧伉儷。處閨門而賢淑，資琴瑟以好和。曾種藍田，尋嗟楚畹。正宜享福百年，可惜春光三九。嗚呼，明月易缺，好物難全。善類無常，修短有數。今則棺輿載道，丹旐迎風；良夫躃踊于柩前，孝眷哀矜于巷陌。離別情深而難已，音容日遠以日忘。某等謬忝冠簪，愧領玄教。愧無新垣平之神術，恪遵玄元始之遺風。徒展崔徽鏡裏之容，難返莊周夢中之蝶。漱甘露而沃瓊漿，超仙識登于紫府；披百寶而面七真，引淨魄出于冥途。一心無掛，四大皆空。苦苦苦，氣化清風形歸土。一靈真性去弗迴，改頭換面無遍數。眾聽末後一句咦，精爽不知歸何處，真容留與後人傳。

吳道官念畢，端坐轎上，那轎捲坐退下去了。這裏鼓樂喧天，哀聲動地，殯纔起身，迤邐出南門。眾親朋陪西門慶，走至門上，方乘馬。陳經濟扶柩，到于山頭五里原。原來坐營張團練帶領二百名軍，同劉、薛二內相，又早在墳前高阜處，搭帳房，吹響器，打銅鑼銅鼓，迎接殯到。看著裝燒冥器紙劄，煙焰漲天。墳內有十數家收頭祭祀，皆兩院妓女擺列。堂客內眷，自有幃幕。棺輿到，落下扛，徐先生率領仵作，依羅輕弔向。巳時，祭告后土。方隅後，纔下葬掩土。西門慶易服，備一對尺頭禮，請帥府周守備點主。衛中官員至眾親朋夥計，皆爭拉西門慶祭畢遞酒。鼓樂喧天，煙火匝地。收祭祀者，自有所管，人役再無淆亂。那日待人齋堂，也有四五處。堂客在後捲棚內坐，各有派定人數。熱鬧豐盛，不必細說。吃畢，各有邀占莊院，設席請西門慶收頭飲酒。賞賜亦費許多。後晌回靈，吳月娘坐魂轎，抱神主魂旛；陳經濟扶靈床。都是玄色紵絲靈衣，玉色銷金走水，四角垂流蘇，弔掛大影亭，大絹亭，小絹亭，香燭亭。鼓手細樂，十六眾小道童，兩邊吹打。吳大舅並喬大戶、吳二舅、花大舅、沈姨夫、孟二舅、應伯爵、謝希大、溫秀才、眾主管夥計，都陪著西門慶進城。堂客轎子壓後。到家門首，燎火而入。李瓶兒房中安靈已畢，徐先生前廳祭神灑掃，各門戶皆貼辟非黃符。管待徐先生，備一疋尺頭、五兩銀子，相謝出門。各項人役，打發散了。拏出二十五吊錢來，五吊賞巡捕軍人，五吊與衛中排軍，十吊賞營裏人馬。拏帖兒回謝周守備、張團練、夏提刑，俱不在話下。西門慶還令左右放桌，留喬大戶、吳大舅眾人坐。眾人都不肯，作辭起身。來保回說：「搭棚在外伺候，明日來拆棚。」西門慶道：「棚且不消拆，亦發過了你宋老爹擺酒日子來拆罷。」打發搭綵匠去了。後邊花大娘子與喬大戶娘子、眾堂客，還等著安畢靈，哭了一場，方纔去了。

西門慶不忍遽捨，晚夕還來李瓶兒房中，要伴靈宿歇。見靈床安在正面，大影掛在旁邊。靈床內安著半身，裏面小錦被褥床几衣服妝奩之類，無不畢具。下邊放著他的一對小小金蓮，桌上香花燈燭、金碟樽俎，般般供養。西門慶大哭不止，令迎春就在對面炕上搭鋪。到夜半對著孤燈，半窗斜月，翻復無寐，長吁短嘆，思想佳人。有詩為證：

短嘆長吁對彼窗，舞鸞孤影寸心傷。
蘭枯楚畹三秋雨，楓落吳江一夜霜。
夙世已逢連理願，此生難滅返魂香。
九泉果有精靈在，地下人間兩斷腸。

白日間養茶飯，西門慶在房中親看著丫鬟擺下，他便對面桌兒和他同吃。舉起筯兒來：「你請些飯兒？」行「如在」之禮。丫鬟、養娘都忍不住掩淚而哭。奶子如意兒，無人處，常在跟前遞茶遞水，挨挨搶搶❶，掐掐捏捏，插話兒應答。那消三夜兩夜，西門慶因陪人吃得醉了，進來，迎春打發歇下。到夜間要茶吃，叫迎春不應。如意兒起來遞茶，因見被拖下炕來，接過茶盞，用手扶起。被西門慶一時興動，摟過脖子就親了嘴，遞舌頭在他口內。老婆就咂起來，一聲兒不言語。西門慶令脫去衣服上炕，兩個摟接在被窩內，不勝歡娛，雲雨一處。老婆說：「既是爹抬舉，娘也沒了，小媳婦情願不出爹家門，隨爹收用便了。」西門慶便叫：「我兒，你只用心伏侍我，愁養活不過你來。」當下這老婆枕席之間，無不奉承。顛鸞倒

❶ 挨挨搶搶：身體相觸磨擦。搶，從方音應讀ㄘㄤˋ。

鳳，隨手而轉。把西門慶歡喜要不的。次日，老婆早晨起來，與西門慶拏鞋腳疊被褥，就不靠迎春，極盡慇懃，無所不至。西門慶開門，尋出李瓶兒四根簪兒來賞他。老婆磕頭謝了。迎春亦知收用了他，兩個打成一路。老婆自恃得寵，腳跟已牢，無復求告于人。自從西門慶請了許多官客堂客，並院中李桂姐、吳銀兒、鄭月兒三個唱的，李銘、吳惠、鄭奉、鄭春四名小優兒，墳上煖墓回家。這如意兒就不同往日，打扮喬眉喬樣，在丫鬟夥兒內，說也有，笑也有。早被潘金蓮看到眼裏。

早晨西門慶正陪應伯爵坐的，忽報宋御史老爹差人來送賀黃太尉一桌金銀酒器：兩把金壺，兩副金臺盞，十副小銀鍾，兩副銀折盂，四副銀賞鍾，兩疋大紅彩蟒，兩疋金段，十罈酒，兩牽羊。傳報：「太尉船隻，已到東昌地方。煩老爹這裏早先預備酒席，准在十八日迎請。」西門慶收入明白，與了來人一兩銀子，打柬，打發回去。隨即兌銀與賁四、來興兒，定桌面，粘果品，買辦整理，不必細說，因向應伯爵說：「自從他不好起，到而今，我再沒一日兒心閒。剛剛打發喪事兒出去了，又鑽出這等勾當來，教我手忙腳亂。」伯爵道：「這個哥不消抱怨。你又不曾掉攬他，他上門兒來央煩你。雖然你這席酒，替他賠幾兩銀子。到明日休說朝廷一位欽差，殿前大太尉來咱家坐一坐，自這山東一省官員，並巡撫巡按人馬散級，也與咱門戶添許多光輝，壓好些仗氣。」西門慶道：「不是此說。我承望他到二十已外也罷，不想十八日就迎接，忐促急促忙。這十六日又是他五七；我前日已與了吳道官寫法銀子去了，如何又改？不然雙頭火杖，都擠在一處，怎亂得過來？」應伯爵道：「這個不打緊。我算來嫂子是九月十七日沒了。此月二十一日正是五七。你十八日擺了酒，二十日與嫂子念經也不遲。」西門慶道：「你說的是了。我如今就使了小廝回吳道官改日子去。」伯爵道：「哥我又一件，如今趁著東京黃真人在廟裏住，朝廷差他來泰安州進金鈴弔掛御香，建七晝夜羅天大醮。趁他未起身，倒好教吳道官請他那日來做高功，領行法事。咱圖他這個名聲，也好看。」西門慶道：「自說這黃真人有利益，少不的那日全堂添二十四眾道士，做一晝夜齋事。爭奈吳道官齋日受他祭禮，出殯又起動他懸真，道童送殯。沒的酬謝他，教他念這個經兒表意而已。今又請黃真人主行，卻不難為他？」伯爵道：「齋一般還是他受。只教他請黃真人做高功就是了。哥只是多費幾兩銀子，為嫂子，沒曾為了別人。」西門慶一面教陳經濟寫帖子，又多封了五兩銀子寫法，教他早請黃真人，改在二十日念經。二十四眾道士，水火煉度一晝夜。即令玳安騎頭口回去了。

西門慶打發伯爵去訖，進入後邊。只見吳月娘說：「賁四嫂買了兩個盒兒，他女兒長姐定與人家，來磕頭。」西門慶便問：「誰家。」賁四娘子穿著藍紬襖兒、白絹裙子、青段披襖；他女兒穿著大紅段襖兒、黃紬裙子，戴著花翠，插燭向西門慶磕了四個頭。月娘在旁說：「咱也不知道。原來這孩子與了夏大人房裏擡舉，昨日纔相定下，這二十四日就娶過門，只得了他三十兩銀子。論起來這孩子倒也好身量，不像十五歲，倒有十六七歲的。多少時不見，就長的成成的！」西門慶道：「他前日在酒席上和我說，要擡舉兩個孩子學彈唱。不知你家孩子與了他。」于是教月娘讓在房內，擺茶留坐。落後李嬌兒、孟玉樓、潘金蓮、孫雪娥、大姐都來見禮陪坐。臨走，西門慶、月娘與了一套重絹衣服、一兩銀子。李嬌兒眾人都有與花翠汗巾脂粉之類。晚上玳安回話：「吳道官收了銀子，知道了。黃真人還在廟裏住，過二十頭纔回東京去。十九日早來鋪設壇場。」西門慶次日家中廚役落作，治辦酒席，務要齊整。大門上扎七級彩山，廳前五級彩山。十七日宋御史差委兩員縣官來觀看筵席。廳正面屏開孔雀，地匝氍毹。

都是錦繡桌幃、妝花椅墊。黃太尉便是附件大飯簇盤，定勝方糖，五老錦豐堆高頂吃看大插桌觀席。兩張小插桌，是巡撫巡按陪坐。兩邊布按三司，有桌席列坐。其餘八府官，都在廳外棚內兩邊，只是五果五菜平頭桌席。看畢，西門慶待茶，起身回話去了。到次日，撫按率領多官人馬，早迎到船上，張打黃旗「欽差」二字，捧著勅書，在頭裏走。地方統制守禦都監團練，各衛掌印武官，皆戎服甲冑，各領所部人馬圍隨。藍旗纓鎗，叉槊儀杖，擺數里之遠。黃太尉穿大紅五彩雙掛繡蟒，坐八抬八簇銀頂煖轎，張打茶褐傘。後邊名下執事人役，跟隨無數。皆駿騎咆哮，如萬花之燦錦，隨路鼓吹而行。黃土墊道，雞犬不聞，樵採遁跡。人馬過東平府，進清河縣，縣官黑壓壓跪于道旁迎接，左右喝叱起去。隨路傳報，直到西門慶家中大門首。教坊鼓樂，聲震雲霄。兩邊執事人役，皆青衣排伏，雁翅而列。西門慶青衣冠冕，望塵拱伺。良久，人馬過盡，太尉落下轎進來。後面撫按，率領大小官員，一擁而入，到于廳上。廳上又是箏纂方響，雲璈繼奏；龍笛鳳管，細樂響動。為首就是山東巡撫都御史侯蒙，巡按監察御史宋喬年參見。太尉還依禮答之。其次就是山東左布政龔共、左參政何其高、右布政陳四箴、右參政季侃、左參議馮延鵠、右參議汪伯彥、廉訪使趙訥、採訪使韓文光、提學副使陳正彙、兵備副使雷啓元等兩司官參見。太尉稍加優禮。及至東昌府徐崧、東平府胡師文、兗州府凌雲翼、徐州府韓邦奇、濟南府張叔夜、青州府王士奇、登州府黃甲、萊州府葉遷等八府官行廳參之禮，太尉答以長揖而已。至于統制制置守禦都監團練等官，太尉則端坐。各官聽其發放，各人外邊伺候。然後西門慶與夏提刑上來拜見獻茶，侯巡撫、宋巡按向前把盞。下邊動鼓樂來與太尉簪金花，捧玉斝，彼此酬飲。遞酒已畢，太尉正席坐下，撫按下邊主席，其餘官員並西門慶等，各依次第坐了。教坊伶官，遞上手本奏樂，一應承應彈唱隊舞四數，各有節次，極盡聲容之盛。當筵搬演的裴晉公還帶記一摺下去，廚役割獻燒鹿花豬，百寶攢湯大飯賣。又有四員伶官，箏纂琵琶空篌上來清彈小唱，唱了一套南呂一枝花：

官居八輔臣，祿享千鍾近。功存遺百世，名播萬年春。拯溺亨迍，惟治國安邦論。調和鼎鼐，持義節，率忠貞，都則待報主施恩；乘賢烈，秉正直，也則是清懲化民。

唱畢，湯未兩陳，樂已三奏。下邊跟從執事官身人等，宋御史委差兩員州官，在西門慶捲棚內，自有桌席管待。守禦都監等官，西門慶都安在前邊客位，自有坐處。黃太尉令左右拏十兩銀子來賞賜各項人役，隨即看轎，就要起身。眾官上來再三款留不住，都送出大門。鼓樂笙簧迭奏，兩街儀衛喧闐。清蹕傳道，人馬森列。多官俱上馬遠送，太尉悉令免之，舉手上轎而去。宋御史、侯巡撫分付都監以下軍衛有司，直護送至皇船上來回話。桌面器皿，答賀羊酒，具手本差東平府知府胡師文，與守禦周秀，親送到船所交割明白。回至廳上，拜謝西門慶說：「今日不當負累取擾華府，深感深感！分資有所不足，容當奉補。」西門慶慌躬身施禮道：「學生屢承教愛，累辱盛儀，日昨又蒙賻禮；些小微物，何足掛齒？蝸居卑陋，猶恐有不到處，萬望公祖諒宥，幸甚！」宋御史謝畢，即令左右看轎，與侯巡撫一同起身。兩司八府官員，皆拜辭而去。各項人役，一閧而散。西門慶回至廳上，將伶官樂人賞以酒食，俱令散了。只留下四名官身小優兒伺候。廳內外各官桌面，自有本官手下人領不題。

西門慶見天色尚早，收拾家火停當，攢下四張桌席，佳肴堆滿，使人請吳大舅、應伯爵、謝希大、溫秀才、傅自新、甘出身、韓道國、賁四、崔本，及女婿陳經濟，從五更起來，各項照管辛苦，坐飲三盃。不一時眾人來到，吳大舅與溫秀才、應伯爵、謝希大居上坐，西門慶關席，眾夥計兩邊列坐，左右擺上酒來飲酒。伯爵道：「哥今日落忙，黃太尉坐了多大一回，喜歡不喜歡？」韓道國道：「今日六黃老公公見咱家酒席齊整，無個不喜歡的。巡撫、巡按兩位，甚是知感不盡，謝了又謝。」伯爵道：「若是第二家擺這席酒，也成不的，也沒咱家恁大地方，也沒府上這些人手。今日少說也有上千人進來，都要管待出去。哥就賠了幾兩銀子，咱山東一省，也響出名去了。」溫秀才道：「學生宗主提學陳老先生，也在這裏預席。」西門慶問其名。溫秀才道：「名陳正彙者，乃諫垣陳了翁先生乃郎，本貫河南鄄城縣人，十八歲科舉中壬辰進士。今任本處提學副使，極有學問。」西門慶道：「他今年纔二十四歲。」正說著，湯飯上來，眾人吃畢。西門慶叫上四個小優兒，問道：「你四人叫甚名字？」答道：「小的叫周采、梁鐸、馬真、韓畢。」伯爵道：「你不是韓金釧兒一家？」韓畢跪下說：「金釧兒、玉釧兒都是小的妹子。」西門慶問：「你每吃了酒飯不曾？」周采道：「小的剛纔都吃過酒飯了。」西門慶因一回想起李瓶兒來，今日擺酒就不見他，分付小優兒：「你每拏樂器過來，會唱『洛陽花梁園月』不會？唱一個我聽。」韓畢跪下：「小的與周采記得。」一面搊箏撥阮，板排紅牙，唱普天樂道：

洛陽花，梁園月；好花須買，皓月須賖。花倚欄杆看爛熳開，月曾把酒問團圞夜。月有盈虧，花有開謝，想人生最苦離別。花謝了，三春近也；月缺了，中秋到也；人去了，何日來也！

唱畢，應伯爵見西門慶眼裏酸酸的，便道：「哥別人不知你心，自我略知一二。哥教唱此詞，關係心間之事，莫非想起過世嫂子來？就如同連理枝比目魚，今分為兩下，心中甚不想念！」西門慶看見後邊上來果碟兒，叫：「應二哥，你只嗔我說。有他在，就是他經手整定；從他沒了，隨著丫鬟掇弄。你看都像甚模樣？好應口菜也沒一根我吃。」溫秀才道：「這等盛設，老先生中饋也不謂無人，足可以夠了。」伯爵道：「哥休說此話，你心間疼不過，便是這等說。恐一時冷淡了別的嫂子每心。」這裏酒席上說話，不想潘金蓮在軟壁後聽唱，聽見西門慶說此話，走到後邊，一五一十告訴月娘。月娘道：「隨他說去就是了，你如今卻怎樣的！前日是不是他在時，即許下把綉春教伏侍他二娘，他倒睜著眼和我叫，說死了許多時兒，就分散他房裏丫頭。教我就一聲兒再沒言語。這兩日你看他那媳婦子和兩個丫頭，狂的有些樣兒！我但開口，就說咱每擠撮他。」金蓮道：「娘，我也見這老婆，這兩日有些別改模樣的。怕這賊沒廉恥貨，鎮日在那屋裏纏了這老婆也不止的。我聽見說前日與了他兩對簪子。老婆戴在頭上，拏與這個瞧，拏與那個瞧。」月娘道：「荳芽菜兒，有甚綑兒！」眾人背地裏都不做喜歡。正是：遺蹤堪入時人眼，不買胭脂畫牡丹。有詩為證：

襄王臺下水悠悠，一種相思兩地愁。
月色不知人事改，夜深還照粉牆頭。

畢竟不知後來如何，且聽下回分解。

第六十六回　翟管家寄書致賻　黃真人煉度薦亡

八面明窗次第開，佇看環珮下瑤臺。
閨門春色連新柳，山嶺寒梅帶早崖。
影動梅梢明月上，風敲竹徑故人來。
佳人留下鴛鴦錦，都付東君仔細裁。

話說西門慶那日陪吳大舅、應伯爵等飲酒中間，因問韓道國：「客夥中擇船幾時起身，咱好收拾打包？」韓道國道：「昨日有人來會，也只在二十四日開船。」西門慶道：「過了二十念經，打包便了。」伯爵問：「這遭起身，那兩位去？」西門慶道：「三個人都去。明年先打發崔大哥押一船杭州貨來，他與來保還往松江下五處，置買些布貨來發賣。家中段貨紬綿，都還有哩。」伯爵道：「哥主張極妙。常言道：要的般般有，纔是買賣。」說畢，已至起更時分。吳大舅起身說：「姐夫，你連日辛苦，俺每酒已夠了。告回，你可歇息歇息。」西門慶不肯，還要留住，令小優兒奉酒唱曲，每人吃三鍾，纔放出門。西門慶賞了小優四人六錢銀子。再三不敢接說：「宋爺出票，叫小的每來，官身如何敢受老爺重賞？」西門慶道：「雖然官差，此是我賞你，怕怎的。」四人方磕頭領去，不在話下。西門慶便歸後邊歇去了。

次日早起往衙門中去。早有玉皇廟吳道官差了一個徒弟兩名鋪排❶來，在大廳上鋪設壇場，上安三清四御，中安太乙救苦天尊，兩邊東嶽酆都，下列十王九幽，冥曹幽壤，監壇神虎二大元帥，桓、劉、吳、魯四大天君，太陰神后，七真玉女，倒真懸司，提魂攝魂，一十七員神將。內外壇場，鋪設的齊齊整整；香花燈燭，擺列的燦燦輝輝。爐中都焚百合名香，周圍高懸弔掛，經筵羅列，幕走銷金。法鼓高張架，彩雲鶴旋繞。西門慶來家看見，心中大喜。打發徒弟鋪排齋食吃了，回廟中去了。隨即令溫秀才寫帖兒請喬大戶、吳大舅、吳二舅、花大舅、沈姨夫、孟二舅、應伯爵、謝希大、常時節、吳舜臣許多親眷，並堂客，明日念經。家中廚役落作治辦齋供，不題。次日五更，道眾皆挨門進城，到于西門慶家，叫開門，進入經壇內，明起燈燭，沐手焚香，打動響樂，諷誦諸經，敷演生神玉章。鋪排大門首掛起長旛，懸吊榜文，兩邊黃紙門對一聯，大書：

東極垂慈，仙識乘晨而超登紫府；
南丹赦罪，淨魄受煉而徑上朱陵。

榜上寫著：

大宋國山東東平府清河縣某坊居住，奉道追修孝夫信官西門慶，合家孝眷人等，即日皈誠，上干慈造，意者伏為室人李氏之靈，存日陽年二十七歲，先命辛未相正月十五日午時受生，大限于政

❶ 鋪排：專管陳設道場的人。

和七年九月十七日丑時分身故。伏以伉儷情深，嘆鳳鸞之先別；閨門月冷，嗟琴瑟以斷鳴。徒追悼以何堪，憶音容而緬想。光陰易逝，五七俄臨。欲拔幽魂，敬陳丹悃。謹以今月二十日伏延官道，爰就孝居，建盟真煉度齋壇，庸須玉簡；演九轉生神寶範，奏啓琅函。迓獅馭以垂光，金燈破暗；降龍章而滅罪，鐵柱停酸。爰至深宵，度綵橋而鳴玉珮；頻餐沆瀣，登碧落而謁金真。伏願玉陛垂慈，青宮降鑒。廣覃惻隱之仁，大賜提撕之力。亡魂早超逍遙之境，滯爽咸登極樂之天。存歿眷屬，均沐休祥。願親人等，同登道岸。凡預薦修，悉希元化，故榜。政和年月日榜。上清大洞經籙，九天金闕大夫，神霄玉府上筆判雷霆諸司府院事，清微弘道，體玄養素，崇教高士，領太乙官提點皇壇知磬，兼管天下道教事，高功黃元白奉行。

大廳經壇，懸掛齋題二十字，大書：「青玄救苦，頒符告簡，五七轉經，水火煉度，薦揚齋壇。」即日黃真人穿大紅，坐牙轎，繫金帶，左右圍隨，儀從喧喝，次日高方到。吳道官率眾接至壇所，行畢禮，然後西門慶著素衣絰巾拜見。遞茶畢，洞案旁邊，安設經筵法席，大紅銷金桌幃，妝花椅褥。二道童倚立左右。其人儀偉容貌，戴王冠，韜以烏紗，穿大紅斗牛衣服，靸烏履。登文書之時，西門慶備金段一疋，金字登壇之時，換了九陽雷巾，大紅金雲白鶴法氅，與袖飛鬣，腳下白綾軟襪，朱紅登雲朝舄，朝外建天地亭，張兩把金傘蓋。金童揚煙，玉女散花，執幢捧節，監壇神將，三界符使，四直功曹，城隍社令，土地祇迎，無不畢陳。高功香案上列五式天皇，號令召雷皂纛天蓬，玉尺七星寶劍，淨水法盂。先是表白宣畢齋意，齋官沐手上香詞懺，二人飄手爐向外三信禮召請。然後高功繫令焚香，蕩穢淨壇，飛符召將，關發一應文書符命，啓奏三天，告盟十地。三獻禮畢，打動音樂，化財行香。西門慶與陳經濟執手爐跟隨，排軍喝路，前後四把銷金傘，三對纓絡挑搭。孝眷列于大門首，孤魂棚建于街上。場飯淨供，委付四名排軍看守。行香回來，安請監齋壇已畢，在捲棚擺齋。那日各親友街鄰夥計，送茶者絡繹不絕。西門慶悉令玳安、王經收記，打發回盒人銀錢。早晨開啓，請三寶證盟，頒告符簡，破獄召亡。又動音樂往李瓶兒靈前攝召引魂，朝參玉陛，旁設几筵，聞經悟道。高功搭高座，演九天生神經，焚燒太乙東嶽酆都十王，冠帔雲馭。午朝高功冠裳步罡踏斗，拜進朱表，逕達東極青宮，遣差神將，飛下羅酆。原來黃真人年約三旬，儀表非常。妝束起來，午朝拜表，儼然就是個活神仙。端的怎生模樣？但見：

星冠攢玉葉，鶴氅縷金霞。神清似長江皓月，貌古如太華喬松。踏罡朱履步丹霄，步虛琅函浮瑞氣。長髯廣頰，修行到無漏之天；皓齒明眸，佩籙掌五雷之令。三島十洲，存性到洞天福地；出神游高，餐沆瀣靜裏朝元。三更步月鸞聲遠，萬里乘雲鶴背高。就是都仙太史臨凡世，廣惠真人降下方。拜了表文，

吳道官當壇頒生天寶籙神虎玉劄。行畢午香，回來捲棚內擺齋。黃真人前，大桌面定勝。吳道官等稍加差小。其餘散眾，俱平頭桌席。黃真人、吳道官，皆襯段尺頭。四位披花，四足絲紬。散眾各布一疋。桌面俱令人抬送廟中，散眾各有手下徒弟收入箱中，不必細說。吃畢午齋，謝了西門慶都往花園各亭臺洞內遊玩散食去了。一面收下家火，從新擺上下桌齋饌，上來請吳大舅等眾親朋夥計來吃。

正吃之間，忽報東京翟爺那裏差人來下書。西門慶即出到廳上，請來人進入。只見是府前承差幹辦，青衣窄袴，萬字頭巾，乾黃靴，全付弓箭，向前施禮。西門慶答還下禮，那人向身邊取出書來，遞上書，內封折賻儀銀十兩。問來人上姓，那人道：「小人姓王名玉，蒙翟爺差遣送此書來。不知老爹這邊有喪

事，安老爹書到京纔知道。」西門慶問道：「你安老爹書幾時到來？」那人說：「安老爹書十月纔到京。因催皇木一年已滿，陞都水司郎中。如今又奉勅條理河道，直到工完回京。」西門慶問了一遍，即令來保廂房中管待齋飯，分付明日來討回書。那人問：「韓老爹在那裏住？宅內捎信在此。小的見了還要趕往東平府下書去。」西門慶即喚出韓道國來見那人。陪吃齋食畢，同往家中去了。西門慶拆看書中之意，于是乘著喜歡，將書拏到捲棚內教溫秀才看，說：「你照此修一封回書答他，就捎寄十方綢紗汗巾，十方綾汗巾，十副揀金挑牙，十個烏金酒盃，作回奉之禮。他明日就來取回書。」溫秀才接過書來觀看，其書曰：

寓京都眷生翟謙頓首，書奉即擢大錦堂西門四泉親家大人門下：自京邸執手話別之後，未得從容相敘，心甚歉然。其領教之意，生已與家老爺前悉陳之矣。邇者因安鳳山書到，方知老親家有鼓盆之嘆，但不能一弔為悵，奈何奈何！伏望以禮節哀可也。外具賻儀，少表微忱，希莞納。又久仰貴任榮修德政，舉民有五袴之歌，境有三留之譽。今歲考績，必有甄陞。昨日神運都功兩次工上，生已對老爺說了，安上親家名字。工完題奏，必有恩典，親家必有掌刑之喜。夏大人年終題本❷，必轉京堂，指揮列銜矣。謹此預報，伏惟高照不宣。

附云：

---

❷ 題本：上奏章。

此書可自省覽，不可使聞之于渠。謹密謹密！

又云：

楊老爺前月二十九日卒于獄。

下書：

冬上澣具。

卻說溫秀才看畢，纔待入袖，早被應伯爵取過來觀看了一遍，還付與溫秀才收了，說道：「老先生把回書千萬加意做好些，翟公府中人才極多，休要教他笑話。」溫秀才道：「貂不足，狗尾續。學生匪才，焉能在班門中弄大斧？不過乎塞責而已。」西門慶道：「老先生他自有個主意，你這狗才曉的甚麼？」

須臾，吃罷午齋，西門慶分付來興兒打發齋饌，送各親眷街鄰家不題。玳安回院中李桂姐、吳銀兒、鄭愛月兒、韓金釧兒、洪四兒、齊香兒六家香儀人情禮去，每家還答一疋大布、一兩銀子。後晌就叫李銘、吳惠、鄭奉三個小優兒來伺候。良久，道眾陞壇發擂，上朝拜懺觀燈，解壇送聖，天色漸晚。及比設了醮，就有起更天氣。門外花大舅被西門慶留下，已不去了。喬大戶、沈姨夫、孟二舅，告辭兒回家。只有吳大舅、二舅、應伯爵、謝希大、溫秀才、常時節，並眾夥計，在此晚夕觀看水火煉度。就在大廳棚內搭高座，扎綵橋，安設水池火沼，放擺斛食。李瓶兒靈位，另有几筵幃幕，供獻齊整。旁邊一首魂旛，一首紅旛，一首黃旛，上書「制魔保舉受煉南宮」。先是道眾音樂兩邊列坐，持節捧盂劍，四個道童侍立法座兩邊。黃真人頭戴黃金降魔冠，身披絳綃雲霞衣，登高座，口中念念有詞。音樂止，二人執手爐宣偈云：

太乙慈尊降駕臨，夜壑幽關次第開。
童子雙雙前引導，死魂受煉步雲階。

黃真人薰沐焚香，念曰：

伏以玄皇闡教，廣開度于冥途；正一垂科，俾煉形而昇舉。恩沾幽爽，澤被飢噓。謹運真香，志誠上請：東極宮中大慈仁者，尋聲赴感太乙救苦天尊，青玄九陽上帝，十方救苦諸大真人，天仙地仙，三界官屬，五岳十王，水府羅酆聖眾，伏此真香，來臨法會。伏望獅座浮空，龍旂耀日。空青枝酒，頻除熱惱；甘露食味，廣濟孤噓。今則暫供几告須符命，九幽滅罪，罷對停毆。竊以人處塵凡，日縈俗務。不知有死，惟欲貪生。鮮能種乎善根，多墮入于惡趣。昏迷弗省，恣慾貪嗔。將謂自己長存，豈信無常易到。一朝傾逝，萬事皆空。業障纏身，冥司受苦。今奉道伏為亡過室人李氏靈魂，一棄塵緣，久淪長夜。若非薦拔于愆辜，必致難逃于苦報。恭惟天尊，號隆億劫，氣應九陽。秉好生之仁，救尋聲之苦。灑甘露而普滋群類，放瑞光而遍燭昏衢。命三官寬考較之條，詔十殿閻推研之筆。開囚釋禁，宥過解冤。各隨符使，盡出幽關。咸令登火池之沼，悉蕩滌黃華之形。凡得更生，俱歸道岸。

高功念五廚經、變食神咒，散法食：

聞天浮九炁，九炁出乎太空之先；地凝九幽，九幽鬱于重陰之壘。九炁列正，萬物並受生成，所以為天地之根，各受生于胞胎，賴三光而育養。人之有死壞者，皆所以不能受其形，保其神，貴其炁，固其根，離其本真耳。若得還生，須得濯形于太陰，煉質于太陽，復受九炁凝合，三元結成胞，乃可成形。匪伏太上之金科，玄元之秘旨，豈可開度幽魂，全形復體，駕景朝元，制魔保舉。靈寶煉形真符。謹當宣奏。

太微迴黃旗，無英命靈旛。

攝召長夜府，開度受生魂。

道眾先將魂旛，安于水池內，焚結靈符，換紅旛。次授火沼內，焚鬱儀符，換黃旛。高功念：「天一生水，地二生火；水火交煉，乃成真形。」煉度畢，請神主冠帔，步金橋，朝參玉陛，皈依三寶。朝玉清，眾舉五供養：

道中尊玉清，王溟滓無光。包梵炁萬象，森羅一黍珠。死魂受煉，受煉超仙界。

朝上清五供養：

經中尊上清，主赤明開圖。推運極元綱，流演洞渺溟。死魂受煉，受煉超仙界。

朝太清五供養：

師中尊太清，主道包天地。玄元始歷劫，度出迷魂。死魂受煉，受煉超仙界。

高功曰：「既受三皈，當宣九戒：

第一戒者，敬讓，孝養父母。第二戒者，克勤，忠于君王。

第三戒者，不殺，慈救眾生。第四戒者，不淫，正身處物。

第五戒者，不盜，推義損己。第六戒者，不嗔，兇怒淩人。

第七戒者，不詐，諂賊害善。第八戒者，不驕，傲忽至真。

第九戒者，不二，奉戒專一。汝當諦聽，戒之戒之！」

九戒畢，道眾舉音樂，宣念符命，並十類孤魂掛金索：

大慈仁者，救苦青玄帝。獅座浮空，妙化成神力。清淨斛食，示現焦面鬼。法界孤魂，來受甘露味！

北戰南征，貫甲披袍士。捨死忘生，報效于國家。砲響一聲，身臥沙場裏。陣亡孤魂，來受甘露味！

好兒好女，與人為奴俾。暮打朝喝，衣不遮身體。逐趕出門，纏臥長街內。飢死孤魂，來受甘露味！

坐賈行商，僧道雲遊士。動歲經年，在外尋衣食。病疾臨身，旅店無依倚。客死孤魂，來受甘露味！

鬥惡爭強，枷鎖囹圄閉。斬絞凌遲，身喪長街裏。律有明條，犯了王法罪。刑死孤魂，來受甘露味！

宿世冤仇，今世來相會。暗計陰謀，毒藥攙腸胃。九竅生煙，喪了身和體。藥死孤魂，來受甘露味！

乳哺三年，父母恩難極。十月懷胎，坐草臨盆際。性命懸絲，子母歸陰世。產死孤魂，來受甘露味！

急難顛危，受忍難迴避。私債官錢，逐日來催逼。自刎懸梁，斷了三寸氣。屈死孤魂，來受甘露味！

久病淹纏，氣蠱癱癆類。疥癬痍瘡，遍體膿腥氣。菽水無親，醫藥無調治。病死孤魂，來受甘露味！

巨浪風濤，洪水滔天至。纜斷舟沉，身喪長江裏。回首家鄉，無人捎書寄。溺死孤魂，來受甘露味！

回祿風煙，一時難迴避。猛火無情，燒燬身和體。爛額焦頭，死作煙薰鬼。焚死孤魂，來受甘露味！

附木精邪，無主魍魎輩。鱗介飛潛，莫不回生意。太上慈悲，廣垂方便澤。十類孤魂，來受甘露味！

煉度已畢，黃真人下高座。道眾音樂，送至門外。化財焚燒箱庫回來，齋功圓滿。道眾都換了冠服，鋪排收捲道像。西門慶又早大廳上畫燭齊明，酒筵羅列。三個小優彈唱，眾親友都在堂前。西門慶先與黃真人把盞，左右捧著一疋天青雲鶴金段，一疋色段，十兩白銀，叩首回拜道：「亡室今日已賴我師經功救拔，得遂超生，均感不淺！微禮聊表寸心。」黃真人道：「小道謬參冠裳，濫膺玄教，有何德以達人天？皆賴大人一誠感格，而尊夫人已駕景朝元矣。此禮若受，實為赧顏！」西門慶道：「此禮甚薄，有褻真人，伏乞笑納。」黃真人方令小童收了。西門慶遞了真人酒，又與吳道官把盞，乃一疋金段，伍兩白銀，又是十兩經資。吳道官只受了經資，餘者不肯受，說：「小道自恁效勞，誦經追拔夫人往生仙界，以盡其心。受此經資，尚為不可，又豈當此盛禮乎？」西門慶道：「師父差矣。真人掌壇，其一應文檢法事，皆乃師父費心。此禮當與師父酬勞，何為不可？」吳道官不得已，方領下，再三致謝。西門慶與道眾遞酒已畢，然後吳大舅、應伯爵等上來，與西門慶散福遞酒。吳大舅把盞，伯爵執壺，謝希大捧菜，一齊跪下，伯爵道：「兄為嫂子今日做此好事，請得真人在此，又是吳師父費心，方纔化財，見嫂子頭戴鳳冠，身穿素衣，手執羽扇，騎著白鶴，望空騰雲而去。此賴真人追薦之力，哥的虔心，嫂子的造化，連我好不快活！」于是滿斟一盃，送與西門慶。西門慶道：「多蒙列位，連日勞神。言謝不盡，何敢當此盛意？」說畢，一飲而盡。伯爵又斟一盞說：「哥吃酒，吃個雙盃，不要吃單盃。」希大慌忙遞一筯菜來吃了。西門慶回敬眾人畢，安席坐下。小優彈唱起來，廚役上來割道。當夜在席前，猜拳行令，品竹彈絲，直吃到二更時分，西門慶已帶半酣，眾人方作辭起身而去。西門慶進來，賞小優兒三錢銀子，往後邊去了。正是：人生有酒須當醉，一滴何曾到九泉。有詩為證：

百年方誓日，一夕竟為雲。
飛鳳金鈿落，翔鸞寶鏡分。
超生空自喜，長恨不勝情。
盃物頻頻飲，愁懷且暫清。

畢竟不知後項如何，且聽下回分解。

第六十七回　西門慶書房賞雪　李瓶兒夢訴幽情

終日思卿不見卿，數聲寒角未堪聞。
匣中破鏡收殘月，篋裏餘衣斂斷雲。
寒雀疏枝栖不定，征鴻斷字嘆離群。
玉釵敲斷心難碎，想豫傷心記未真。

話說西門慶歸後邊，辛苦的人，直睡至次日，日色高還未起來。有來興兒進來說：「搭綵匠外邊伺候，請問拆棚。」西門慶罵了來興兒幾句，說：「拆棚教他拆就是了，只顧問怎的？」搭綵匠一面外邊七手八腳，卸下蓆繩松條，拆了送到對門房子裏堆放不題。玉簫進房說：「天氣好不陰的重！」西門慶令他向煖炕上取衣裳穿，要起來。有吳月娘便說：「你昨日辛苦了一夜，天陰，大睡回兒起來，慌的老早就扒起去做甚麼？就是今日不往衙門裏去也罷了。」西門慶道：「我不往衙門裏去，只怕翟親家那人來討書，好打發回書與他。」月娘道：「既是恁說，你起去。我叫丫頭熬下粥等你來吃。」這西門慶也不梳頭洗臉，鬅頭披著絨衣，戴著氈巾，逕走到花園裏藏春閣書房中。原來自從書童去了，西門慶就委王經管花園兩邊書房門鑰匙，春鴻便收拾打掃大廳前書房。冬月間，西門慶只在藏春閣書房中坐。那裏燒下的地爐煖炕，地平上又安放著黃銅火盆，放下梅梢月油單絹煖簾來。明間內擺著夾枝桃，各色菊花，清清瘦竹，翠翠幽蘭。裏面筆硯瓶梅，琴書消灑。床炕上茜紅氈條，銀花錦褥，枕橫鸂鶒，帳掛鮫綃。西門慶歪在床上，王經連忙向桌上象牙盒內炷爇龍涎于流金小篆內。西門慶使王經：「你去叫來安兒請你應二爹去。」那王經出來，分付來安兒請去了。只見平安走來，對王經說：「小周兒在外邊伺候。」那王經走入書房，對西門慶說了。西門慶叫進小周兒來，磕了頭。說道：「你來得好，且與我篦篦頭，捏捏身上。」因說：「你怎一向不來？」小周兒道：「小的見六娘沒了，忙，沒曾來。」西門慶于是坐在一張醉翁椅上，打開頭髮，教他整理梳篦。只見來安兒請的應伯爵來了，頭戴氈帽，身穿綠絨襖子，腳穿一雙舊皂靴，棕套。掀簾子進來，唱喏。西門慶正篦頭，說道：「不消聲喏，請坐。」伯爵拉過一張椅子來，就著火盆坐下了。西門慶道：「你今日如何這般打扮？」伯爵道：「你不知外邊飄雪花兒哩，好不寒冷！昨日家去晚了，雞也叫了。你還使出大官兒來拉，俺每就走不的了。我見天陰上來，還付了個燈籠和他大舅一路家去了。今日白扒不起來。不是來安兒去叫，我還睡哩。哥，你好漢，還起的早。若著我，成不的。」西門慶道：「早是你看著我怎得個心閒。自從發送他出去了，又亂著接黃太尉，念經，直到如今，心上是那樣不遂。今早房下說，你辛苦了，大睡回起去。我又記掛著只怕翟親家人來討回書，又看著拆棚，二十四日又打發韓夥計和小价起身，打包寫書帳。喪事費勞了人家，親朋罷了，士夫官員，你不上門謝謝孝禮，也過不去。」伯爵道：「正是我愁著哥謝孝這一節，少不的也謝，只摘撥謝幾家要緊的，胡亂也罷了。其餘相厚，若會見，告過就是了。誰不知你府上事多，彼此心照罷。」正說著，只見王經掀簾子，畫童兒用彩漆方盒銀鑲雕漆茶鍾，拏了兩盞酥油白糖熬的牛奶子。伯爵取過一盞，拏在手內，見白潋潋鵝脂一般，酥油飄浮在盞內，說道：「好東西！滾熱。」呷在口裏，香甜美味。那消費力，幾口就呵沒了。西門慶直待篦了頭，又教小周兒替他取耳，把奶子放在桌上，只顧不吃。伯爵道：「哥且吃些不是？可惜放冷了。像你清吃慌一盞兒，倒也滋補身子。」西門慶道：「我且不吃，你吃了，停會我吃粥罷。」那伯爵得不的一聲，拏在手中，一吸而盡。畫童收下鍾去。西門慶取畢耳，又叫小周兒拏木滾子滾身上，行按摩導引之術。伯爵問道：「哥滾著身子也通泰自在些麼？」西門慶道：「不瞞你說，像我晚夕身上常時發酸起來，腰背疼痛。不著這般按捏，通了不得。」伯爵道：「你這胖大身子，日逐吃了這等厚味，豈無痰火？」西門慶道：「昨日任後溪常說，老先生雖故身體魁偉，而虛之太極，送了我一罐兒百補延齡丹，說是林真人合與聖上吃的。教我用人乳常清晨服。我這兩日心上亂的，也還不曾吃。你每只說我身邊人多，終日有此事。自從他死了，誰有甚麼心緒理論此事？」正說著，只見韓道國進來，作揖坐下，說：「剛纔各家多來會了，船已顧下，准在二十四日起身。」西門慶分付甘夥計，攢下帳目，兌了銀子，明日打包。因問：「兩邊鋪子裏賣下多少銀兩？」韓道國說：「共湊六千餘兩。」西門慶道：「兌二千兩一包，著崔本往湖州買紬子去。那四千兩，你與來保往松江販布，過年趕頭本船來。你每人先拏五兩銀子，家中收拾行李去。」韓道國：「又一件，小人身從鄆王府，要正身上直，不納官錢，如何處置？」西門慶道：「怎的不納官錢？像來保一般，也是鄆王差事。他每月只納三錢銀子。」韓道國道：「保官兒那個，虧了太師老爺那邊文書上註過去，便不敢纏擾。小人此是祖役，還要勾當餘丁。」西門慶道：「既是如此，你寫個揭帖，我央任後溪到府中替你和王奉承說，把你官字註銷，常遠納官錢罷。你每月只委付家下一個的當人打米就是了。」那韓夥計作揖謝了。伯爵道：

「哥，你這一替他處了這件事，他就去也放心。」少頃小周滾畢身上，西門慶往後邊梳頭去了。分付打發小周兒吃了點心。良久，西門慶出來，頭戴白絨忠靖冠，身披絨氅，賞了小周三錢銀子。又使王經：「請你溫師父來。」不一時溫秀才峨冠博帶而至。敘禮已畢，左右放桌兒，拏粥上來，四碟小菜，一碗頓爛蹄子，一碗黃芽韮炒驢肉，一碗鮓炒餫飩雞，一碗頓爛鴿子雛兒，四甌軟稻粳米粥兒，安放四雙牙筯。伯爵與溫秀才上坐，西門慶關席，韓道國打橫。西門慶分付來安兒，再取一盞粥一雙快兒，請你姐夫來吃粥。不一時，陳經濟來到，頭戴孝巾，身穿白紬道袍，蔥白段氅衣，蒲鞋絨襪，與伯爵等作揖，打橫坐下。須臾吃了粥，收下家火去。韓道國起身去了。只有伯爵、溫秀才在書房坐的。西門慶因問溫秀才：「書可寫了不曾？」溫秀才道：「學生已寫稿在此，與老生看過，方可謄真。」一面袖中取出，遞與西門慶觀看。其書曰：

寓清河眷生西門慶，端肅書復大碩德柱國雲峰老親丈大人先生台下：自從京邸邂逅，數語之後，不覺違越光儀，倏忽半載。生以不幸，閨人不祿，特蒙親家遠致賻儀，兼領誨教，足見為我之深且厚也。感刻無任，而終身不能忘矣。但恐一時官守責成，有所疏陋之處，企仰門牆，有負薦拔耳。又賴在老翁鈞前，當為錦覆，則生始終蒙恩之處，皆親家所賜也。今因便鴻，謹候起居，不勝馳戀。伏惟炤亮不宣。外具揚州縐紗汗巾十方，色綾汗巾十方，揀金挑牙二十付，烏金酒鍾十個，少將遠意，希笑納。

西門慶看畢，即令陳經濟書房內取出人事來，同溫秀才封了，將書謄付錦箋，彌封停當，御了圖書。另外又封五兩白銀與下書人王玉，不在話下。一回見雪下的大了，西門慶留下溫秀才在書房中賞雪。搽抹桌兒，拏上案酒來。只見有人在煖簾外探頭兒。西門慶問：「誰？」王經說：「鄭春在這裏。」西門慶叫他進來，那鄭春手內拏著兩個盒兒，舉的高高的，跪在當面。上頭又閣著個小描金方盒兒。西門慶問：「是甚麼？」鄭春道：「小的姐姐月姐知道昨日爹與六娘念經辛苦了，沒甚麼，送這兩盒兒茶食兒來，與爹賞人。」揭開，一盒果餡頂皮酥，一盒酥油泡螺兒。鄭春道：「此是月姐親手自家揀的，知道爹好吃此物，敬來孝順爹。」西門慶道：「昨日又多謝你家送茶，今日你月姐費心，又送這個來。」伯爵道：「好呀，拏過來，我正要嚐嚐。死了我一個女兒會揀泡螺兒，如今又是一個女兒會揀了。」先捏了一個放在口內，又拈了一個遞與溫秀才，說道：「老先兒，你也嚐嚐。吃了牙老重生，抽胎換骨。眼見稀奇物，勝活十年人。」溫秀才呷在口內，入口而化，說道：「此物出于西域，非人間可有。沃肺融心，實上方之佳味。」西門慶又問：「那小盒兒內是甚麼？」鄭春悄悄跪在西門慶跟前，揭開盒兒說：「此是月姐捎與爹的物事。」西門慶把盒子放在膝蓋兒上，揭開纔待觀看，一邊伯爵一手撾過去，打開，是一方迴紋錦雙攔子細撮古碌錢同心方勝結穗挑紅綾汗巾兒，裹面裹著一包親口磕的瓜仁兒。這伯爵把汗巾兒掠與西門慶，將瓜仁兩把喃❶在口裏都吃了。比及西門慶用手奪時，只剩下沒多些兒。便罵道：「怪狗材，你害饞癆饞痞，留些兒與我見見兒，也是人心！」伯爵道：「我女兒送來，不孝順我，再孝順誰？我兒，你尋常吃的夠了。」西門慶道：「溫先兒在此，我不好罵出來。你這狗材，忒不像模樣！」一面把汗巾收入袖中，分付王經把盒兒掇在後邊去。不一時，盃盤羅列，篩上酒來。纔吃了一巡酒，玳安兒

❶ 喃：吃。

來說：「李智、黃四關了銀子，送銀子來了。」西門慶問：「多少？」玳安道：「他說一千兩，餘者再一限送來。」伯爵道：「你看這兩個天殺的，他連我也瞞了，不對我說。嗔道他昨日你這裏念經，他也不來。原來往東平府關銀子去了。你今收了，也少要發銀子出去了。這兩個光棍，他攬的人家債也多了，只怕往後，後手不接。昨日北邊徐內相，發恨要親往東平府自家抬銀子去。只怕他老牛箝嘴箝了去，卻不難為哥的本錢了。」西門慶道：「我不怕他。我不管甚麼徐內相、李內相，好不好我把他小廝提留在監裏坐著，不怕他不與我銀子。」一面教陳經濟：「你拏天平出去，收兌了他的，上了合同就是了，我不出去罷。」良久，陳經濟走來回話，說：「銀子已兌足一千兩，交入後邊大娘收了。黃四說還要請爹出去說句話兒。」西門慶道：「你只說我陪著人坐著哩。左右他只要搗合同的話，教他過了二十四日來罷。」經濟道：「不是，他有樁事兒要央煩爹，請爹出去親自對爹說。」西門慶道：「甚麼事？等我出去。」一面走到廳上。那黃四磕頭起來，說：「銀子一千兩，姐夫收了。餘者下單我還與老爹。有小人一樁事兒，今央煩老爹。」說著，磕在地下哭了。西門慶拉起來：「端的有甚麼事，你說來？」黃四道：「小的外父孫清，搭了個夥計馮二，在東昌府販綿花。不想馮二有個兒子馮淮，不守本分，要便鎖了門，出去宿娼。那日把綿花不見了兩大包，被小人丈人說了兩句，馮二將他兒子打了兩下，他兒子就和俺小舅子孫文相廝打攘起來，把孫文相牙打落了一個，他亦把頭磕傷，被客夥中解勸開了。不想他兒子到家遲了半月，破傷風身死。他丈人是河西有名土豪白五，綽號白千金，專一與強盜作窩主，教唆馮二，具狀在巡按衙門朦朧告下來，批雷兵備老爹問。雷老爹又伺候皇船，不得閒，轉委本府童推官問。白家在童推官處使了錢，教鄰勸人供狀，說小人丈人在旁喝聲來。如今童推官行牌來提俺丈人。望乞老爹千萬垂憐，討封書，對雷老爹說。寧可監幾日，抽上文書去，還見雷老爹問，就有生路了。他兩人廝打，委的不管小人丈人事；又係歇後身死，出于保辜限外。先是他父馮二打來何必獨賴在孫文相一人身上。」西門慶看了說帖寫著：「東昌府見監犯人孫清、孫文相乞青目。」因說：「雷兵備前日在我這裏吃酒，我只會了一面，又不甚相熟，我怎好寫書與他？」那黃四就跪下，哭哭啼啼哀告說：「老爹若不可憐見，小的丈人子父兩個就多是死數了。如今隨孫文相頭去罷了，只是分豁小人外父出來，就是老爹莫大之恩。小人外父今年六十歲，家下無人。冬寒時月，再放在監裏，就死罷了！」西門慶沈吟良久，說：「罷，我轉央鈔關錢老爹和他說說去；與他是同年，多是壬辰進士。」那黃四又磕下頭去，向袖中又取出一百石白米帖兒，遞與西門慶，腰裏就解兩封銀子來。西門慶不接，說：「我那裏要你這行錢？」黃四道：「老爹不稀罕，謝錢老爹也是一般。」西門慶道：「不打緊，事成我買禮謝他。」正說著，只見應伯爵從角門首出來，說：「哥，休替黃四哥說人情。他閒時不燒香，忙時走來抱佛腿。昨日哥這裏念經，連茶兒也不送，也不來走走兒。今日還來說人情？」那黃四便與伯爵唱喏，說道：「好二叔，你老人家殺人哩！我因這件事整走了這半月，誰得閒來？昨日又去府裏與老爹領這銀子。今日李三哥起早打卯去了，我竟來老爹這裏交銀子，就央說此事，救俺丈人。老爹再三不肯收這禮物，還是不下顧小人。」伯爵看見是一百兩雪花官銀放在面前，因問：「哥，你替他去說不說？」西門慶道：「我與雷兵備不熟，如今又轉央鈔關錢主事替他說去。到明日我買分禮謝老錢就是了。又收他禮做甚麼？」伯爵道：「哥你這等就不是了。難道他來說人情，哥你賠出禮去謝人，也無此道理。你不收，恰是你嫌少的一般，倒難為他了。你依我收下他這個禮，雖你不稀罕，明日謝錢公也是一個樣兒。黃四哥在這裏聽著：看你外父和你小舅子造化，這一回求了書去，難得兩個多沒事出來。你老爹他恒是不稀罕你錢，你在院裏老實大大擺一席酒，請俺每耍一日就是了。」黃四道：「二叔，你老人家費心，小人擺酒不消說，還教俺丈人買禮來磕頭，酬謝你老人家。不瞞你，我為他爺兒兩個這一場事，晝夜上下替他走跳，還尋不出個門路來。老爺再不可憐怎了？」伯爵道：「傻瓜，你摟著他女兒，你不替他上緊誰上緊？」黃四道：「房下在家只是哭。俺丈人便躲了，家中連送飯人也沒一個兒。」當下西門慶被伯爵說著，把禮帖收了，禮物還令他拏回去。黃四道：「你老人家沒見好大事，這般多計較！」就往外走。伯爵道：「你過來，我和你說，你書幾時要？」黃四道：「如今緊等著救命。老爹今日下顧有了書，差下人，明早我使小兒同去走遭。」于是央了又央：「差那位大官兒去？我會他會。」西門慶道：「我就替你寫書。」因叫過玳安來，分付：「你明日就同黃大官一路去。」那黃四見了玳安，辭西門慶出門。走到門首，問玳安要盛銀子搭連。玳安進入後邊，月娘房裏正與玉簫、小玉裁衣裳。見玳安站著等要搭連。玉簫道：「使著手不得閒謄，教他明日來與他就是了。」玳安道：「黃四緊等著明日早起身東昌府去，不得來了。你謄謄與他罷。」月娘便說：「你拏與他就是了，只教人家等著。」玉簫道：「銀子還在床地平上掠著不是？」走到裏間，把銀子往床上只一倒，掠出搭連來，說：「拏去了，怪囚根子！那個吃了他這條搭連，只顧立虰螞蝗的要！」玳安道：「人家不要，那好來後邊取來？」于是拏出，走到儀門首，還抖出三兩一塊廂姑頭銀子來。原來紙包破了，怎禁玉簫使性那一倒，漏下一塊在搭連底內。玳安道：「且喜得我拾個白財！」于是褪入袖中，到前邊遞與黃四搭連，約會下明早起身。

且說西門慶回到書房中，即時教溫秀才修了書，付與玳安不題。一面覷那門外雪紛紛揚揚，猶如風飄柳絮，亂舞梨花相似。西門慶另打開一罈雙料麻姑酒，教春鴻用布甑篩上來。鄭春在旁彈箏低唱。西門慶令他唱一套柳底風微。正唱著，只見琴童進來說：「韓大叔教小的拏了這個帖兒與爹瞧。」西門慶看了，分付：「你就拏往門外任醫官家，替他說說去。教他明日到府中承奉處替他說說，註銷差事。」琴童道：「今日晚了，小的明早去罷。」西門慶道：「是了。」不一時，來安兒用方盒拏了八碗下飯：一碗黃熬山藥雞，一碗臊子韮，一碗山藥肉圓子，一碗頓爛羊頭，一碗燒豬肉，一碗肚肺羹，一碗血臟湯，一碗牛肚兒，一碗爆炒豬腰子，又是兩大盤玫瑰鵝油盪麵蒸餅兒。連陳經濟共四人吃了。西門慶教王經拏盤兒，拏兩碗下飯，一盤點心，與鄭春吃。又賞了他兩大鍾酒。鄭春跪稟：「小的吃不的。」伯爵道：「傻孩兒！冷呵呵的，你爹賞你不吃，你哥他怎的吃來？」鄭春道：「小的哥吃的，小的本吃不的。」伯爵道：「你吃一鍾罷，那一鍾教王經替你吃。」王經道：「二爹，小的也吃不的。」伯爵道：「你這孩兒，你就替他吃些兒也罷。休說一個大分上，自古長者賜，少者不敢辭。」一面站起來，說：「我好歹教你吃這一盃。」那王經捏著鼻子，一吸而飲。西門慶道：「怪狗材，小行貨子，他吃不的，只恁奈何他吃！」還剩下半盞，教春鴻替他吃了，令他上來排手唱南曲。西門慶道：「咱每和溫老先兒行個令，飲酒之時教他唱，便有趣。」于是教王經取過骰盆兒，就是溫老先兒先起。溫秀才道：「學生豈敢僭？還從應老翁來。」因問：「老翁尊號？」伯爵道：「在下號南坡。」西門慶戲道：「老先生你不知，他家孤老多，到晚夕桶子掇出屎來，不敢在左近倒，恐怕街坊人罵，教丫頭直掇到大南首縣倉牆底下那裏潑去，因起號叫做『南潑』。」溫秀才笑道：「此坡字不同。那潑字乃是點水之發，這坡字卻是土字旁邊著個皮字。」西門慶道：「老先兒倒猜的著。他娘子鎮日著皮子纏著哩！」溫秀才笑道：「豈有此說？」伯爵道：「葵軒，你不知道，他自來有些快口傷人家。」溫秀才道：「自古言不褻不笑。」伯爵道：「老先兒誤了咱每行令，只顧和他說甚麼？他快屎口傷人，你就在手，不勞謙遜。」溫秀才道：「擲出幾點，不拘詩詞歌賦，要個雪字上，就照依點數兒上說過來，飲一小盃；說不過來，吃一大盞。」當下溫秀才擲了個么點，說道：「學生有了：雪殘鸂鶒亦多時。」推過去，該應伯爵行，擲出個五點來。伯爵想了半日，想不起來，說：「逼我老人家命也！」良久說道：「可怎的也有了！」說道：「雪裏梅花雪裏開。好不好？」溫秀才道：「老翁說差了，犯了兩個雪字。頭上多了一個雪字。」伯爵道：「頭上只小雪，後來下大雪來了。」西門慶道：「這狗材，單管胡說！」教王經斟上大鍾，春鴻拍手唱南曲駐馬聽：

寒夜無茶，走向前村覓店家。這雪輕飄，僧舍密灑，歌樓遙阻歸槎。江邊乘興探梅花，庭中歡賞燒銀蠟。一望無涯，一望無涯，有似灞橋柳絮，滿天飛下。

伯爵纔待拏起酒來吃，只見來安兒後邊拏了幾碟果食：一碟果餡餅，一碟頂皮酥，一碟炒栗子，一碟晒乾棗，一碟榛仁，一碟瓜仁，一碟雪梨，一碟蘋婆，一碟風菱，一碟荸薺，一碟酥油泡螺，一碟黑黑的團兒，用橘葉裹著。伯爵拈將起來，聞著噴鼻香，吃之到口，猶如飴蜜，細甜美味，不知甚物。西門慶道：「你猜？」伯爵道：「莫非是糖肥皂？」西門慶笑道：「糖肥皂那有這等好吃？」伯爵道：「待要說是梅梭丸，裏面又有胡兒。」西門慶道：「狗材，過來！我說與你罷。你做夢也夢不著。是昨日小价杭州船上捎來，名喚做『衣梅』，都是各樣藥料，用蜜煉製過，滾在楊梅上，外用薄荷橘葉包裹，纔有這般美味。每日清晨呷一枚在口內，生津補肺，去惡味，煞痰火，解酒剋食，比梅蘇丸甚妙。」伯爵道：「你不說，我怎的曉得？」因說：「溫老先兒，咱再吃個兒。」教王經：「拏張紙兒來，我包兩丸兒，到家捎與你二娘吃。」又拏起泡螺兒來，問鄭春：「這泡螺果然是你家月姐親手揀的？」那鄭春跪下說：「二爹，莫不小的敢說謊？不知月姐費了多少心，揀了這幾個兒供孝順爹。」伯爵道：「可也虧他！上頭紋溜就相螺螄兒一般，粉紅純白兩樣兒。」西門慶道：「我見此物，不免又使傷我心。惟有死了的六娘，他會揀。他沒了，如今家中誰會弄他？」伯爵道：「我頭裏不說的，我愁甚麼，死了一個女兒會揀泡螺兒孝順我，如今又鑽出個女兒會揀了。偏你也會尋，尋的多是妙人兒！」西門慶笑的兩眼沒縫兒，趕著伯爵打，說：「你這狗材，單管只胡說！」溫秀才道：「二位老先生，可謂厚之至極！」伯爵道：「老先兒，你不知，他是我小姪人家。」西門慶道：「我是他家二十年舊孤老兒了。」陳經濟見二人犯言，就起身走了。那溫秀才只是掩口而笑。須臾，伯爵飲過大鍾。次該西門慶擲骰兒。于是擲出個七點來，想了半日，說：「我打香羅帶一句唱：『東君去意切，梨花似雪。』」伯爵道：「你說差了。此在第九個字上了。且吃一大鍾。」于是流沿兒斟了一銀衢花鍾，放在西門慶面前，教春鴻唱，說道：「我的兒，你肚子裏棗胡解板兒，能有幾句兒？」春鴻又排手唱前腔：

四野彤霞，回首江山自占涯。這雪輕如柳絮，細似鵝毛，白勝梅花。山前曲徑更添滑，村中魯酒偏增價。疊墜天花，疊墜天花，濠平溝滿，令人驚訝。

看看飲酒至昏，掌燭上來。西門慶飲過。伯爵道：「姐夫不在，溫老先生，你還該完令。」這溫秀才拏起骰兒，擲出個么點，想了想，見書房牆掛著一幅吊屏，泥金書一聯：「風飄弱柳平橋晚，雪點寒梅小院春。」說了末後一句。伯爵道：「不算，不算。不是你心上發出來的，該吃一大鍾。」春鴻斟上，那溫秀才不勝酒力，坐在椅上，只顧打盹起來，告辭。伯爵只顧留他不住。西門慶道：「罷罷，老先兒他斯文人，吃不的。」令畫童兒：「你好好送你溫師父那邊歇去。」溫秀才得不的一聲，作別去了。伯爵道：「今日葵軒不濟，吃了多少酒兒，就醉了！」于是又飲夠多時。伯爵起身說：「地下黑，我也酒夠了。」因說：「哥，明日你早教玳安替他下書去。」西門慶道：「你不見我交與他書，明日早去了。」伯爵掀開簾兒，見天陰地下滑，旋要了個燈籠，和鄭春一路去。西門慶又與了鄭春五錢銀子，盒內回了一罐衣梅，捎與他姐姐鄭月兒吃。臨出門，西門慶因戲伯爵：「你哥兒兩個好好去。」伯爵道：「你多說話，父子上山，各人努力。好不好，我如今就和鄭月兒那小淫婦兒答話去。」說著，琴童送出門去了。

西門慶看收了家火，扶著來安兒，打燈籠入角門，從潘金蓮門首所過。見角門關著，悄悄就往李瓶兒房門首，彈了彈門，有綉春開了門，來安就出去了。西門慶進入明間，見李瓶兒影，問：「供養了羹飯不曾？」如意兒就出來應道：「剛纔我和姐供養了。」西門慶入房中，椅上坐了，迎春茶來吃了。西門慶令他解衣帶。如意兒就知他在這房裏歇，連忙收拾伸鋪，用湯婆熨的被窩暖洞洞的，打發他歇下。綉春把角門關了，都在明間地平上，支著板凳打鋪睡下。西門慶要茶吃，兩個已知科範，連忙攛掇奶子進去和他睡。老婆脫了衣服，鑽入被窩內。西門慶乘酒興服了藥，見老婆身上，如綿瓜子相似，用一雙胳膊摟著他。說：「我兒，你原來身體皮肉也和你娘一般白淨，我摟著你，就如同和他睡一般。你須用心伏侍我，我看顧你。」老婆道：「爹沒的說，將天比地，折殺奴婢，拏甚麼比娘？奴婢男子漢已沒了，早晚爹不嫌醜陋，只看奴婢一眼兒就夠了。」西門慶便問：「你年紀多少？」老婆道：「我今年屬兔的，三十一歲了。」西門慶道：「你原來小我一歲。」見他會說話兒，枕上又好風月。早晨起來，老婆先起來伏侍，拏鞋襪，打發梳洗，極盡慇懃。把迎春、綉春打靠後。又問西門慶討蔥白紬子做披襖兒，與娘穿孝。西門慶一一許他。教小廝鋪子裏拏三疋蔥白紬來：「你每一家裁一件。」以此見他兩三次打動了心，瞞著月娘，背地銀錢衣服首飾甚麼不與他。次日，潘金蓮就打聽得知西門慶在李瓶兒房內，和奶子老婆睡了一夜。走到後邊對月娘說：「大姐姐，你不說他幾句？賊沒廉恥貨，昨日悄悄鑽到那邊房裏，與老婆歇了一夜。餓眼見瓜皮，甚麼行貨子，好的歹的攬搭下！不明不暗，到明日弄出個孩子來，算誰的！又像來旺兒媳婦子，往後教他上頭上臉，甚麼張致！」月娘道：「你每只要栽派教我說他，要了死了的媳婦子。你每背地多做好人兒，只把我合在缸底下一般。我如今又做傻子哩！你每說，只顧和他說，我是不管你這閒帳！」金蓮見月娘這般說，一聲兒不言語走回房去了。西門慶起早，見天晴了，打發玳安往錢主事處下書去了。往衙門回來，平安兒來稟：「翟爹人來討回書。」西門慶打發去訖，因問那人：「你怎的昨日不來取？」那人說：「小的又往巡撫侯爺那裏下書來，擔閣了兩日。」說畢，領書出門。西門慶吃了飯，就過對門房子裏，看著兌銀，打包寫書帳。二十四日燒紙，打發韓夥計、崔本、來保，並後生榮海、胡秀五人，起身往南邊去。寫了一封書，捎與苗小湖，就謝他重禮。

看看過了二十五六，西門慶謝畢孝，一日早晨，在上房吃了飯坐的。月娘便說：「這出月初一日，是喬親家長姐生日，咱也還買分禮兒送了去。常言：『先親後不改。』莫非咱家孩兒沒了，斷了禮不送了！」西門慶道：「怎的不送？」于是分付來興，買兩隻燒鵝，一副豕蹄，四隻鮮雞，兩隻熏鴨，一盤壽麵，一套妝花段子衣服，兩方綃金汗巾，一盒花翠，寫帖兒教王經送去。

這西門慶分付畢，就往前邊花園藏春閣書房中坐的。只見玳安下了書回來回話，說：「錢老爹見了爹帖子，隨即寫書，差了一吏，同小的和黃四兒子到東昌府兵備道下與雷老爹；老爹旋行牌問童推官催文書，連犯人提上去，從新問理。連他家兒子孫文相都開出來，只追了十兩燒埋錢，問了個不應罪名，杖七十，罰贖。復又到鈔關上回了錢老爹話，討了回帖纔來了。」西門慶見玳安中用，心中大喜。拆開回帖觀看，原來雷兵備回錢主事帖子，多在裏面。上寫道：

來諭悉已處分。但馮二已曾責子在先，何況與孫文相忿毆，彼此俱傷，歇後身死，又在保辜限外，問之抵命，難以平允。量追燒埋錢十兩，給與馮二。相應發落，謹此回覆。年侍生雷起元再拜。

西門慶看了歡喜，因問：「黃四舅子在那裏？」玳安道：「他出來，都往家去了。明日同黃四來與爹磕頭。黃四丈人與了小的一兩銀子。」西門慶分付置鞋腳穿。玳安磕頭而出。西門慶就歪在床炕上眠著了。王經在桌上小篆內炷了香，悄悄出來了。良久，忽聽有人掀的簾兒響，只見李瓶兒驀地進來，身穿糝紫衫，白絹裙，亂挽烏雲，黃懨懨面容，向床前叫道：「我的哥哥，你在這裏睡哩！奴來見你一面。我被那廝告了我一狀，把我監在獄中，血水淋漓，與穢污在一處，整受了這些時苦。昨日蒙你堂上說了人情，減了我三等之罪。那廝再三不肯，發恨還要告了來拏你。我待要不來對你說，誠恐你早晚暗遭他毒手。我今尋安身之處去也，你須防範來！沒事，少要在外吃夜酒。往那去，早早來家。千萬牢記，奴言休要忘了！」說畢，二人抱頭放聲而哭。西門慶便問：「姐姐，你往那去？對我說。」李瓶兒頓脫撒手，卻是南柯一夢。西門慶從睡夢中直哭醒來。看見簾影射入書齋，正當卓午。追思起，由不得心中痛切。正是：花落土埋香不見，鏡空鸞影夢初醒。有詩為證：

殘雪初晴照紙窗，地爐灰燼冷侵床。
個中邂逅相思夢，風撲梅花斗帳香。

不想早晨送了喬親家禮，喬大戶娘子使了喬通來送請帖兒，請月娘眾姊妹。小廝說爹在書房中睡哩，都不敢來問。月娘在後邊管待喬通。潘金蓮說：「拏帖兒，等我問他去。」于是驀地進書房。上穿黑青迴紋錦對衿衫兒，泥金眉子，一溜攥五道金，三川鈕扣兒。下著紗裙，內襯潞紬裙，羊皮金滾邊。面前垂一雙合歡鮫綃鸂鶒帶，下邊尖尖趫趫錦紅膝褲，下顯一對金蓮。頭上寶髻雲鬟，打扮如粉妝玉琢。耳邊帶著青寶石墜子。推開書房門，見西門慶歪著，他一屁股坐在椅子上，說：「我的兒，獨自個自言自語，在這裏做甚麼？嗔道不見你，原在這裏好睡也！」一面說話，口中磕瓜子兒。因問西門慶：「眼怎生揉的恁紅紅的？」西門慶道：「我控著頭睡來。」婦人道：「倒只像哭的一般。」西門慶道：「怪奴才，我平白怎的哭。」金蓮道：「只怕你一時想起甚心上人兒來是的。」西門慶道：「沒的胡說，有甚心上人心下人！」金蓮道：「李瓶兒是心上的，奶子是心下的，俺每是心外的人，入不上數。」西門慶道：「怪小淫婦兒，又六說白道起來！」因問：「我和你說正話，前日李大姐裝槨，你每替他穿了甚麼衣服在身底下來？」金蓮道：「你問怎的？」西門慶道：「不怎的。我問聲兒。」金蓮道：「你問必有個緣故。上面他穿兩套遍地金段子衣服，底下是白綾襖，黃紬裙，貼身是紫綾小襖，白絹裙，大紅段小衣。」西門慶點了點頭兒。金蓮道：「我做獸醫二十年，猜不著驢肚裏病？你不想他，問他怎的？」西門慶道：「我方纔夢見他來。」金蓮道：「夢是心頭想，噴嚏鼻子癢。饒他死了，你還這等念他。像俺多是可不著你心的人，到明日死了苦惱，也沒那人題念。此是想的你這心裏胡油油的！」西門慶向前一手摟過他脖子來，就親了個嘴，說：「怪小油嘴，你有這些賊嘴賊舌的。」金蓮道：「我的兒，老娘猜不著你那黃貓黑尾的心兒！」一面把磕了的瓜子仁兒，滿口哺與西門慶吃。兩個又咂了一回舌頭，自覺甜唾溶心，脂滿香唇，身邊蘭麝襲人。西門慶于是淫心輒起，摟他在床上坐。西門慶見他頭上戴金赤虎，分心香雲，上圍著翠梅花鈿兒，後鬢上珠翹錯落，興不可遏。正做到美處，忽聽來安兒隔簾說：「應二爹來了。」西門慶道：「請進來。」慌的婦人沒口子叫來安兒：「賊，且不要叫他進來，等我出去著。」來安兒道：「進來了，在小院內。」婦人道：「還不去教他躲躲兒？」那來安兒走去說：「二爹且閃閃兒，有人在屋裏。」這伯爵便走松牆旁邊看雪培竹子。王經掀著軟簾，只聽裙子響，金蓮一溜煙後邊走了。正是：雪隱鷺鷥飛始見，柳藏鸚鵡語方知。

伯爵進來，見西門慶唱喏坐下。西門慶道：「你連日怎的不來？」伯爵道：「哥，惱的我要不的在這裏！」西門慶問道：「又怎的惱？你告我說。」伯爵道：「不告你說，緊自家中沒錢，昨日俺房下那個，平白又桶出個孩兒來！但是人家白日裏還好撾撓❷，半夜三更，房下又七痛八病，少不得扒起來收拾草紙被褥，陸續看他叫老娘去。打緊應寶又不在家，俺家兄使了他往莊子上馱草去了。百忙撾不著個人，我自家打著燈籠，叫了巷口兒上鄧老娘來。及至進門，養下來了。」西門慶問：「養個甚麼？」伯

❷ 撾撓：收拾；安排。

爵道：「養了個小廝。」西門慶罵道：「傻狗材，生了兒子倒不好，如何反惱？是春花兒那奴才生的？」伯爵笑道：「是你春姨人家。」西門慶道：「那賊狗㩭腿的奴才，誰教你要他來，叫叫老娘還抱怨。」伯爵道：「哥，你不知，冬寒時月，比不的你每有錢的人家；家道又有錢，又有偌大前程官職，生個兒子上來，錦上添花，便喜歡。俺如今自家還多著個影兒哩，家中一窩子人口要吃穿盤攪。自這兩日，媒巴劫的魂也沒了！應寶逐日該操，當他的差事去了。家兄那裏是不管的。大小姐便打發出去了。天理在頭上，多虧了哥！你眼見的這第二個孩子又大了，交年便是十三歲。昨日媒人來討帖兒，我說早哩，你且去著。緊自焦的魂也沒了，猛可半夜又鑽出這個業障來！那黑天摸地，那裏活變錢去？房下見我抱怨，沒計奈何，把他一根銀插兒與了老娘，發落去了。明日洗三，嚷的人家知道了，到滿月拏甚麼使？到那日我也不在家，信信拖拖，往那寺院裏且住幾日去罷！」西門慶笑道：「你去了好了，和尚卻打發來好趕熱被窩兒。你這狗才，到底占小便益兒！」又笑了一回。那應伯爵故意把嘴谷都著，不做聲。西門慶道：「我的兒，不要惱。你用多少銀子，對我說，等我與你處。」伯爵道：「有甚多少？」西門慶道：「也夠你攪纏是的。到其間不夠了，又拏衣服當去。」伯爵道：「哥若肯下顧，二十兩銀子就夠了。我寫個符兒在此。費煩的哥多了，不好開口的，也不敢填數兒，隨哥尊意便了。」那西門慶也不接他文約，說：「沒的扯淡，朋友家甚麼符兒！」正說著，只見來安兒拏茶進來。西門慶叫小廝：「你放下盞兒，喚王經來。」不一時，王經來到。西門慶分付：「你往後邊對你大娘說，我裏間床背閣上，有前日巡按宋老爹擺酒兩封銀子，拏一封來。」王經應諾，去不多時，拏銀子來。西門慶就遞與應伯爵說：「這封五十兩，你多拏了使去，省的我又拆開他。原封未動，你打開看看。」伯爵道：「忒多了。」西門慶道：

「多的你收著，眼下你二令愛不大了，你可也替他做些鞋腳衣裳，到滿月也好看。」伯爵道：「哥說的是。」將銀子拆開，都是兩司各府傾就分資，三兩一錠，松紋足色。滿心歡喜，連忙打恭致謝，說道：「哥的盛情，誰肯真個不收符兒？」西門慶道：「傻孩兒，誰和你一般計較？左右我是你老爺老娘家。不然，你但有事來，就來纏我？這孩子也不是你的孩子，自是咱兩個分養的。實和你說過了，滿月把春花兒那奴才叫了來，且答應我些時兒，只當利錢不算發了眼。」伯爵道：「你春姨這兩日瘦的像你娘那樣哩。」不說兩個在書房中說話。伯爵因問：「黃四丈人那事怎樣了？」西門慶把玳安往返的事告說了一遍：「錢龍野書到，雷兵備旋行牌提了犯人上去，從新問理，把孫文相父子兩個都開出來了。只認十兩燒埋錢，打了杖罪沒事了。」伯爵道：「造化他了。他就點著燈兒，那裏尋這人情去。你不受他的，乾不受他的。雖然你不希罕，留送錢大人也好。別要饒了他，教他好歹擺一席大酒，裏邊請俺每坐一坐。你不說，等我和他說。饒了他小舅一個死罪，當別的小可事兒！」這裏說話不題。

且說月娘在上房拏銀子與王經出來，只見孟玉樓走入房來說：他兄弟孟銳在韓姨夫那裏，「如今不久又起身，往川廣販雜貨去。今來辭辭他爹，在我屋裏坐著哩。爹在那裏？姐姐使個小廝對他爹說聲兒。」月娘道：「他在花園書房，和應二坐著哩。又說請他爹哩，頭裏潘六姐倒請的他爹好！喬通送帖兒來，等著問他爹去，就討他個話兒，到明日咱每好收拾了去。我便把喬通留下，打發吃茶。長等短等，不見來，熬的喬通也去了。半日，只見他從前邊走將來。教我問他：『你對他說了不曾？』他沒的話說，『噦，我就忘了和他說。一回應二來了，我就出來了。誰得久停久住和他說話來？』帖子還袖在袖子裏，教我說脆幫根兒咬！早是沒甚緊勾當，教人只顧等著。你原來恁個沒尾巴行貨子，不知在前頭幹甚麼營生，那半日纔進來！恰好還不曾說，吃我訌了兩句，往前去了。」少頃，來安進來，月娘使他請西門慶說：「孟二舅來了。」西門慶便起身，留伯爵：「你休去了，我就來。」走到後邊，月娘先把喬家送帖來請說了。西門慶說：「那日只你一人去罷。熱孝在身，莫不一家子都出來？」月娘說：「他孟二舅來辭辭你，一兩日起身往川廣去，也在那邊屋裏坐著哩。」又問：「頭裏你要那封銀子與誰？」西門慶道：「應二哥房裏春花兒，昨晚生了個兒子，問我借幾兩銀子使。告我說，他第二個女兒又大，愁的要不的，借助幾兩銀子使罷了。」月娘道：「好好！他恁大年紀，也纔見這個兒子，應二嫂不知怎的喜歡哩！到明日，咱也少不的送些粥米兒與他。」西門慶道：「這個不消說。到滿月，不要饒花子，奈何他好歹發帖兒，請你每往他家走走去，就瞧瞧春花兒怎麼模樣。」月娘笑道：「左右和你家一般樣兒，也有鼻兒有眼兒，莫非差別些兒？」一面使來安下邊請孟二舅來。不一時，玉樓同他兄弟來拜見。敘禮已畢，西門慶陪他敘了回話，讓至前邊書房內，與伯爵相見。分付小廝後邊看菜兒。于是放桌兒，篩酒上來，三人飲酒。西門慶教再取雙鍾筯：「對門請溫師父，陪你二舅坐。」來安不一時回說：「溫師父不在，望倪師父去了。」西門慶說：「請你姐夫來坐坐。」良久，陳經濟來，與二舅見了禮，打橫坐下。西門慶問：「二舅幾時起身？去多少時？」孟銳道：「出月初二日准起身，定不的年歲。還到荊州買紙，川廣販香蠟，著緊一二年也不止。販畢貨，就來家了。此去從河南、陝西、漢川去，回來打水路，從峽江、荊州那條路來。往回七八千里地。」伯爵問：「二舅貴庚多少？」孟銳道：「在下虛度二十六歲。」伯爵道：「虧你年小小的，曉得這許多江湖道路。似俺每虛老了，只在家裏坐著。」須臾，添換上來，盃盤羅列。孟二舅吃至日西時分，告辭去了。西門慶送了回來，還和伯爵吃了一回。只見買了兩座箱庫來，西門慶委付陳經濟裝庫。問月娘尋出李瓶兒兩套錦衣，攪金銀錢紙，裝在庫內。因向伯爵說：「今日是他六七，不念經，替他燒座庫兒。」伯爵道：「好快光陰，嫂子又早沒了個半月了。」西門慶道：「這出月初五日是他斷七，少不的替他念個經兒。」伯爵道：「這遭哥念佛經罷了。」西門慶道：「大房下說，他在時，因生小兒，許了些血盆經懺；許下家中走的兩個女僧做首座。請幾眾尼僧，替他禮拜幾卷懺兒。」說畢，伯爵見天晚，說道：「我去罷，只怕你與嫂子燒紙。」又深深打恭說：「蒙哥厚情，死生難忘！」西門慶道：「難忘不難忘，我兒你休推夢裏睡哩。你眾娘到滿月那日，買禮多要去哩。」伯爵道：「又買禮做甚？我就頭著地，好歹請眾嫂子到寒家光降光降。」西門慶道：「到那日，好歹把春花兒那奴才收拾起來，牽了來我瞧瞧。」伯爵道：「你春姨他說來，有了兒子不用著你了。」西門慶道：「別要慌，我見了那奴才和他答話。」伯爵揚長笑的去了。西門慶令小廝收了家火，走到李瓶兒房裏。陳經濟和玳安已把庫裝封停當。那日玉皇廟、永福寺、報恩寺，多送疏。道家是寶肅昭成真君像，佛家是冥府第六殿變成大王。門外花大舅家，送了一盒擔食，十分冥紙。吳大舅子家也是如此。西門慶看著迎春擺設羹飯完備，下出匾食來，點上香燭，使綉春請了後邊吳月娘眾人來。西門慶與李瓶兒燒了紙，抬出庫去，教經濟看著大門首焚化，不在話下。正是：芳魂料不隨灰死，再結來生未了緣。

畢竟未知後來如何，且聽下回分解。

第六十八回　鄭月兒賣俏透密意　玳安殷懃尋文嫂

雪壓殘紅一夜凋，曉來簾外正飄飄。
數枝翠葉空相對，萬片香魂不可招。
長樂夢回春寂寂，武陵人去水迢迢。
欲將玉笛傳遺恨，苦被東風透綺寮。

話說西門慶與李瓶兒燒紙畢，歸潘金蓮房中歇了一夜。到次日，先是應伯爵家送喜麵來，落後黃四領他小舅子孫文相宰了一口豬，一罎酒，兩隻燒鵝，四隻燒雞，兩盒果子，來與西門慶磕頭。西門慶再三不受。黃四打旋磨兒跪著說：「蒙老爹活命之恩，救出孫文相來，舉家感激不淺。今無甚孝順，些微薄禮，與老爹賞人罷了，如何不受？」推阻了半日，西門慶只受豬酒：「留下送你錢老爹，也是一樣。」黃四道：「既是如此，難為小人一點窮心，無處所盡。只得把羹果抬回去。又請問老爹，幾時閒暇？小人問了應二叔，裏邊請老爹坐坐。」西門慶道：「你休聽他哄你哩，又費煩你，不如不年下了。」那黃四和他小舅子，千恩萬謝出門。這裏西門慶賞拾盒錢，打發去訖。

到十一月初一日，西門慶往衙門中回來，又往李知縣衙內吃酒去。月娘獨自一人，素妝打扮，坐轎子往喬大戶家，與長姐做生日，都不在家。到後晌，有庵裏薛姑子聽見月娘許下他到初五日李瓶兒斷七，教他請八眾尼僧來家念經，拜血盆懺。于是悄悄瞞著王姑子，買了兩盒禮物來見月娘。月娘不在家，李嬌兒、孟玉樓留下他，陪他吃茶，說：「大姐姐不在家，往喬親家與長姐做生日去了。你須等他來見他，他還和你說話，好與你寫法銀子。」那薛姑子就坐住了。潘金蓮因想著玉簫告他說，月娘吃了他的符水藥，纔坐了胎氣。自從李瓶兒死了，又見西門慶在他屋裏，把奶子也要了。恐怕一時奶子養出孩子來，攙奪了他寵愛。于是把薛姑子讓到前邊他房裏無人處，悄悄央薛姑子，與他一兩銀子，替他配坐胎氣符藥吃，尋頭男衣胞，不在話下。到晚夕，等的月娘來家，留他住了一夜。次日，問西門慶討了五兩銀子經錢寫法與他。這薛姑子就瞞著王姑子大師父，不和他說。到初五日，早請了八眾女僧，在花園捲棚內建立道場，各門上貼歡門吊子，諷誦華嚴金剛經咒，禮拜血盆寶懺，酒花米，轉念三十五佛明經。晚夕設放焰口施食。那日請了吳大妗子、花大嫂、官客吳大舅、應伯爵、溫秀才吃齋。尼僧也不打動法事，只是敲木魚擊手磬念經而已。那日伯爵領了黃四家人，具帖，初七日在院中鄭愛月兒家置酒，請西門慶。西門慶見帖兒笑了說：「我初七日不得閒，張西村家吃生日酒，倒是明日空閒。」問：「還有誰？」伯爵道：「再沒人，只請了我、李三哥相陪。又費事叫了四個女兒唱西廂記。」西門慶分付與黃四家人齋吃了，打發回去。伯爵便問：「黃四那日，買了分甚麼禮來謝你？」西門慶如此這般：「我不受他的，再三磕頭禮拜，我只受了豬酒，添了兩疋白鷴紵絲，兩疋京段，五十兩銀子，謝了龍野錢先生。」伯爵道：「哥你不接錢儘夠了，這個是他落得的。少說四疋尺頭值三十兩銀子，那二十兩那裏尋這分上去？便益了他，救了他父子二人性命！」當日坐至晚夕方散。西門慶向伯爵說：「你明日還到這邊。」伯爵說：「我知道。」作別去了。八眾尼僧，直亂到一更一時分，方纔道場圓滿，焚燒箱庫散了。至次日，西門慶早往衙門中去了。且說王姑子打聽得知，大清早晨，走來西門慶家，說薛姑子攬了經去，要經錢。月娘怪他：「你怎的昨日不來？他說你往王皇親家做生日去了。」王姑子道：「這個就是薛家老淫婦的鬼。他對著我說，咱家挪了日子，到初六念經。經錢他多拏的去了，一些兒不留下。」月娘道：「這咱裏未曾念經，經錢寫法，都找完了與他了。早是我還與你留下一疋襯錢布在此。」教小玉連忙擺了些昨日剩下的齋食，與他吃了。把與他一疋藍布。這王姑子口裏喃喃吶吶罵道：「我教這老淫婦獨吃！他印造經，轉了六娘許多銀子。原說這個經兒咱兩個使，你又獨自掉攬的去了！」月娘道：「老薛說你接了六娘血盆經五兩銀子，你怎的不替他念？」王姑子道：「他老人家五七時，我在家請了四位師父，念了半個月哩。」月娘道：「你念了，怎的掛口兒不對我題？你就對我說，我還送些襯施兒與你。」那王姑子便一聲兒不言語，訕訕的坐了一回，往薛姑子家攘去了。看官聽說：似這樣緇流之輩，最不該招惹他。臉雖是尼姑臉，心同淫婦心。只是他六根未淨，本性欠明，戒行全無，廉恥已喪。假以慈悲為主，一味到慾是貪。不管墮業輪迴，一味眼下快樂。哄了些小門閨怨女，念了些大戶動情妻。前門接施主壇那，後門丟胎卵濕化。姻緣成好事，到此會佳期。有詩為證：

佛會僧尼是一家，法輪常轉度龍華。
此物只好圖生育，枉使金刀剪落花。

卻說西門慶從衙門中回來，吃了飯，應伯爵又早到了，盔的新段帽，沈香色褦褶，粉底皂靴，向西門慶聲喏說：「這天也有晌午，咱也好去了。他那裏使人邀了好幾遍了，休要難為人家。」西門慶道：「咱今邀葵軒走走。」使王經：「往對過請你溫師父來。」王經去不多時，回說：「溫師父不在家，望朋友去了。畫童兒請去了。」伯爵便說：「咱等不的，他秀才家，赤道有要沒緊❶望朋友，多咱來？倒沒的誤了勾當。」西門慶分付琴童：「備黃馬與應二爹騎。」伯爵道：「我不騎。你依我，省的搖鈴打鼓。我先走一步兒，你坐轎子慢慢來就是了。」西門慶道：「你說的是，你先行罷。」那伯爵舉手先走了。西門慶分付玳安、琴童、四個排軍，收拾下煖轎跟隨。纔待出門，忽平安兒慌慌張張，從外拏著雙帖兒來報說：「工部安老爹來拜。先差了個吏送帖兒，後邊走著便來也。」慌的西門慶分付家中廚下備飯，使來興兒買攢盤點心伺候。良久，安郎中來，跟從許多人。西門慶冠冕出來迎接。安郎中穿著妝花雲鷺補子員領，起花萠金帶。進門拜畢，分賓主坐定，左右拏茶上來。茶罷，敘其間闊之情。西門慶道：「老先生榮擢，失賀，心甚缺然。前日蒙賜華札厚儀，生正值喪事匆匆，未及奉候起居為歉。」安郎中道：「學生有失吊問，罪罪！生到京也曾道達雲峰，未知可有禮到否？」西門慶道：「正是，又承翟親家遠勞致賻。」安郎中道：「四泉已定今歲，恭喜在即。」西門慶道：「在下才微任小，豈敢過于非望？」又說：「老先生此今榮擢美差，足展雄才大略。河治之功，天下所仰。」安郎中道：「蒙四泉過譽。一介寒儒，叨承科甲，處在下僚。辱承蔡老先生抬舉，備員冬曹，謬典水利，奔來湖湘之間，一年以來，王事匆匆，不暇安跡。今又承命修理河道，況此民窮財盡之時，前者皇船載運花石，毀閘折壩，所過倒懸，公私困弊之極。而今瓜州、南旺、沽頭、魚臺、徐、沛、呂梁、安陵、濟寧、宿遷、臨清、新河一

❶ 有要沒緊：同第三十回註❻。

帶，皆毀壞廢，比南河南徙，淤沙無水。八府之民，皆疲弊之甚。又兼賊盜梗阻，財用匱乏，大殫神輸鬼役之才，亦無如之何矣！」西門慶道：「老先生自有才猷展布，不日就緒，必大陞擢矣。」因問：「老先生勅書上有期限否？」安郎中道：「三年欽限。河工完畢，聖上還要差官來祭謝河神。」說話中間，西門慶令放桌兒。安郎中道：「學生實告，還要往黃泰宇那裏拜拜去。」西門慶道：「既如此，少坐片時，教跟從者吃些點心。」不一時，放了桌，就是春盛案酒，一色十六碗，多是頓爛下飯，雞蹄鵝鴨，鮮魚羊頭，肚肺血臟，鮓湯之類。純白上新軟稻粳飯，用銀鑲甌兒盛著，裏面沙糖榛松瓜仁拌著飯。又小金鍾煖斟羹釀，下人俱有攢盤點心酒肉。安郎中席間，只吃了三鍾，就告辭起身，說：「學生容日再來請教。」西門慶款留不住，送至大門首，上轎而去。回到聽上，解去了冠帶，換了巾幘，只穿紫絨獅補直身，使人問：「溫師父來了不曾？」玳安回說：「溫師父未回家哩。有鄭春和黃四叔家來定兒來邀，在這裏半日了。」西門慶即出門上轎，左右跟隨，逕往院中鄭愛月兒家來。比及進院門，架兒門頭都躲過一邊，只該日俳長兩邊站立，不敢跪接。鄭春與來定兒先通報去了。應伯爵正和李三打雙陸，聽見西門慶來，連忙收拾不及。鄭愛月兒、愛香兒戴著海獺臥兔兒，一窩絲杭州攢，翠重梅鈿兒，油頭粉面，打扮的花仙也似的，都出來門首迎接。西門慶下了轎，進入客位內。西門慶分付不消吹打，止住鼓樂。先是李三、黃四見畢禮數，然後鄭家鴇子出來拜見了，纔是愛月兒姊妹兩個，插燭也似磕了頭。正面安設兩張交椅，西門慶與應伯爵坐下。李智、黃四與鄭家姊妹兩個打橫，玳安在旁稟問：「轎子在這裏？回了家去？」西門慶令排軍和轎子多回去。分付琴童：「到家看你溫師父家裏來了，拏黃馬接了來。」琴童應諾去了。伯爵因問：「哥，怎的這半日纔來？」西門慶悉把工部安郎中來拜留飯之事，說了一遍。

須臾，鄭春拏茶上來，愛香兒拏了一盞遞與伯爵，愛月兒便遞西門慶。那伯爵連忙用手去接，說：「我錯接，只說你遞與我來。」愛月兒道：「我遞與你？沒修這樣福來。」伯爵道：「你看這小淫婦兒，原來只認的他家漢子，倒把客人不著在意裏。」愛月兒笑道：「今日輪不著你做客人，還有客人來。」吃畢茶，收下盞托去。須臾，四個唱西廂妓女，多花枝招展，繡帶飄飄，出來與西門慶磕頭，一一多問了名姓。西門慶對黃四說：「等住回上來唱，只打鼓兒，不吹打罷。」黃四道：「小人知道。」只見鴇子上來說：「只怕老爹害冷，教鄭春放下煖簾來。」火盆獸炭頻加，蘭麝香靄。只見幾個青衣圓社，聽見西門慶老爹進來在鄭家吃酒，走來門首伺候，探頭舒腦，不敢進去。有認的玳安的，向玳安打恭，央及作成作成。玳安悄悄進來，替他稟問，被西門慶喝了一聲，諕的眾人一溜煙走了。不一時收拾果品案酒上來，正面放兩張桌席。西門慶獨自一席，伯爵與溫秀才一席，留空著溫秀才坐位在左首。旁邊一席李三和黃四，右邊是他姊妹二人。端的盤堆異品，花插金瓶。鄭奉、鄭春在旁彈唱。纔遞酒安席坐下，只見溫秀才到了，頭戴過橋巾，身穿綠雲襖，腳穿雲履絨襪，進門作揖。伯爵道：「老先生何來遲也？留席久矣！」溫秀才道：「學生有罪，不知老先生呼喚。適往敝同窗處會書，來遲了一步。」慌的黃四一面安放鍾筯，與伯爵一處坐下。不一時，湯飯上來，黃芽韮燒賣，八寶攢湯，薑醋碟兒。兩個小優兒彈唱一回下去。端的酒斟綠蟻，詞歌金縷。四個妓女，纔上來唱了二摺游藝中原。只見玳安來說：「後邊銀姨那裏，使了吳惠和臘梅送茶來了。」原來吳銀兒就在鄭家後邊住，只隔一條巷。聽見西門慶在這裏吃酒，故使送茶。西門慶喚入裏面，吳惠、臘梅先磕了頭，說：「銀姐使我送茶來與爹吃。」揭開盒兒，斟茶上去。每人一盞瓜仁栗絲鹽笋芝玻瑰香茶。西門慶問：「銀兒在家做甚麼哩？」臘梅道：「姐兒今日在家沒出門。」西門慶吃了茶，賞了他兩個三錢銀子。即令玳安同吳惠：「你快請銀姨去。」鄭愛月兒急俐，便就教鄭春：「你也跟了去，好歹纏了銀姨來。他若不來，你就說我到明日就不和他做夥計了。」應伯爵道：「我倒好笑，你兩個原來是販毴的夥計！」溫秀才道：「南老好不近人情。自古同聲相應，同氣相求；本乎天者親上，本乎地者親下。同他做夥計一般了。」愛月兒道：「應花子，你與鄭春他們多是夥計，當差供唱，都在一處。」伯爵道：「傻孩子，我是老王八，那咱和你媽相交，你還在肚子裏。」說笑中間，廚下割獻豕蹄一領，又是四碗下飯，羊蹄黃芽臊子韮，肚肺羹，血臟之類。妓女上來唱了一套半萬賊兵。西門慶叫上唱鶯鶯的韓家女兒近前，問：「你是韓家的？」愛香兒說：「爹，你不認的，他是韓金釧姪女兒，小名消愁兒，今年纔十三歲。」西門慶道：「這孩子到明日成個好婦人兒！舉止伶俐，又唱的好。」因令他上席遞酒。黃四下湯下飯，極盡慇懃。不一時，吳銀兒來到。頭上戴著白縐紗𩮀髻，珠子箍兒，翠雲鈿兒，周圍撇一溜小簪兒，耳邊戴著金丁香兒。上穿白綾對衿襖兒，妝花眉子。下著紗綠潞紬裙，羊皮金滾邊。腳上墨青素段雲頭鞋兒。笑嘻嘻進門，向西門慶磕了頭後，與溫秀才等各位多道了萬福。伯爵道：「我倒好笑了，來到就教我惹氣。俺每是後娘養的，只認的你爹，與他磕頭，望著俺每撋一拜。原來你這麗春院小娘兒，這等欺客。我若有五棍兒衙門，定不饒你！」愛月兒叫：「應花子，好沒羞的孩兒！那裏哥兒，你行頭❷不怎麼，光一味好撇。」一面安座兒，讓銀姐坐。就在西門慶桌邊坐下，連忙放鍾筯。西門慶見戴著白𩮀髻，問：「你戴的誰人孝？」吳銀兒道：「爹故意又問個兒，與娘戴孝一向了。」西門慶一聞與李瓶兒戴孝，不覺滿心歡喜，與他側席而坐，兩個說話。須臾，

❷ 行頭：演劇所用之衣服及道具等。

湯飯上來，愛月兒下來與他遞酒。吳銀兒下席說：「我還沒見鄭媽哩。」一面走到鴇子房內，見了禮出來。鴇子叫：「月娘讓銀姐坐，只怕冷，教丫頭燒個火籠兒與銀姐烤手兒。」隨即添換熱菜，打發上來。吳銀兒在旁，只吃了半個點心，呵了兩口湯，放下箸兒，和西門慶攀話。因拏起鍾兒來說：「爹，這酒寒些，從新折了，另換上煖酒。」鄭春上來把伯爵眾人等酒都斟上，行過一巡。吳銀兒便問：「娘前日斷七念經來？」西門慶道：「五七多謝你每茶。」吳銀姐道：「好說，俺每送了些粗茶，倒教爹又把人情回了，又多謝重禮，教媽惶恐要不的。昨日娘斷七，我會下月姐和桂姐，也要送茶來，又不知宅內念經不念。」西門慶道：「斷七那日，胡亂請了幾眾女僧，在家拜了拜懺，親眷一個都沒請，恐怕費煩。」飲酒說話之間，吳銀兒又問：「家中大娘眾娘每多好？」西門慶道：「都好。」吳銀兒道：「爹乍沒了娘，到房裏孤孤兒的，心中也想？」西門慶道：「想是不消說。前日在書房中，白日夢見他，哭的我要不的。」吳銀兒道：「熱突突沒了，可知想哩！」伯爵道：「你每說的知情話，把俺每這裏顧早著。不說來遞鍾酒，也唱個兒與俺聽。俺每起身去罷。」慌的李三、黃四連忙攛掇他姐兒兩個上來遞酒，安下樂器，吳銀兒也上來。三個粉頭，一般兒坐在席旁，躧著火盆，合著聲音，啓朱唇，露皓齒，詞出佳人口，唱了套中呂粉蝶兒三弄梅花，端的有裂石流雲之響。唱畢，西門慶向伯爵說：「你索落他姐兒三個唱，你也下來酬他一盃兒。」伯爵道：「不打緊，死不了人。等我打發他仰靠著，直舒著，側臥著，金雞獨立，隨我受用。又一件，野馬蹀場，野狐抽絲，猿猴獻果，黃狗溺尿，仙人指路，靠背將軍，杜夜對木，伴哥隨他揀著要。」愛香道：「我不好罵出來的，汗邪了你這賊花子，胡說亂道的！」這應伯爵用酒碟安三個鍾兒，說：「我兒，你每在我手裏吃兩鍾；不吃，望身上只一潑。」愛香道：「我今日忌酒。」愛月兒道：「你跪著月姨兒，教我打個嘴巴兒，我纔吃。」伯爵道：「銀姐，你怎的說？」吳銀兒道：「二爹，我今日心內不自在，吃半盞兒罷。」那愛月兒道：「花子，你不跪，我一百年也不吃。」黃四道：「二爺，你不跪，顯得不是趣人；也罷，跪著不打罷。」愛月兒道：「不，他只教我打兩個嘴巴兒，我方吃這鍾酒兒。」伯爵道：「溫老先兒在這裏看著，怪小淫婦兒，只顧趕盡殺絕！」于是奈何不過，真個直撅兒跪在地下。那愛月兒輕揎彩袖，款露春纖，罵道：「賊花子，再敢無禮傷犯月姨兒？再不敢；高聲兒答應，你不答應我也不吃。」那伯爵無法可處，只得應聲道：「再不敢傷犯月姨了。」這愛月兒一連打了兩個嘴巴，方纔吃那盃酒。伯爵起來道：「好個沒仁義的小淫婦兒，你也剩一口兒我吃。把一鍾酒都吃的淨淨兒的！」愛月兒道：「你跪下，等我賞你一鍾酒。」于是滿滿斟上一盃，笑望伯爵口裏一灌，伯爵道：「怪小淫婦兒，使促挾❸灌撒了我一身酒。我老道只這件衣服，新穿了纔頭一日兒，就污濁了我的。我問你家漢子要！」亂了一回，各歸席上坐定。看看天晚，掌燭上來，下飯添換，都已上完。下邊玳安、琴童、畫童、應寶，都在鴾子房裏放桌兒，有湯飯點心酒肴管待。須臾，拏上各樣果碟兒來，那伯爵推讓溫秀才，只顧不住手拈放在口裏，一壁又往袖中褪。西門慶分付取個骰盆兒來，先讓溫秀才。秀才道：「豈有此理？還從老先兒那邊來。」于是西門慶與吳銀兒，用十二個骰兒搶紅。下邊四個妓女，拏樂器彈唱叫呀酒，飲過一巡。吳銀兒卻轉過來與溫秀才、伯爵搶紅。愛香兒卻來西門慶席上遞酒猜枚，須臾過去。愛月兒近前與西門慶搶紅。吳銀兒卻往下席遞李三、黃四酒。原來愛月兒旋往房中新妝打扮出來，上著煙裏火迴紋錦對衿襖兒，鵝黃杭絹點翠縷金裙，妝花膝褲，大紅鳳嘴鞋兒。

❸使促挾：用陰險手段捉弄人。

燈下海獺臥兔兒，越顯的粉濃濃雪白的臉兒，猶賽美人兒一般。但見：芳姿麗質更妖嬈，秋水精神瑞雪標。鳳日半彎藏琥珀，朱唇一顆點櫻桃。露來玉笋纖纖細，行步金蓮步步嬌。白玉生香花解語，千金良夜實難消。這西門慶一見，如何不愛。吃了幾鍾酒，半酣上來，因想著李瓶兒夢中之言：「少貪在外夜飲。」一面起身，後邊淨手。慌的鴇子連忙叫丫鬟點燈，引到後邊解手出來。愛月隨即也跟來伺候，盆中淨手畢，拉著他手兒同到房中。房中又早月窗半啓，銀燭高燒；氣煖如春，蘭麝馥郁。床畔則斗帳雲橫，鮫綃霧設。于是脫了上蓋，底下白綾道袍，兩個在床上，腿壓腿兒做一處。先是愛月兒問：「爹，今日不家去罷了。」西門慶道：「我還去。今日一者銀兒在這裏，不好意思；二者我居著官，今年考察在邇，恐惹是非，只是白日來和你坐坐罷了。」又說：「前日多謝你泡螺兒。你送了去，倒惹的我心酸了半日。當初有過世六娘他會揀；他死了，家中再有誰會揀他！」愛月道：「揀他不難，只是要拏的著禁節兒便好。那日我胡亂整治了不多兒，知道爹好吃，教鄭春送來。那瓜仁都是我口裏一個個兒磕的，汗巾兒是我閒著用工夫撮的穗子。瓜仁子，說應花子倒搗了好些吃了。」西門慶道：「你問那訕臉❹花子頭，我見他早時兩把搗去，喃了好些，只剩下沒多，我吃了。」愛月兒道：「倒便益了賊花子，恰好只孝順了他。」又說：「多謝爹的衣梅。媽看見，吃了一個兒，喜歡的要不的。他要便痰火發了，晚夕咳嗽，半夜把人聒死了。常時口乾，得恁一個在口內噙著他，倒生好些津液。我和俺姐姐吃了沒多幾個兒，連罐兒他老人家都收了在房內，早晚吃，誰敢動他？」西門慶道：「不打緊，我明日使小廝再送一罐來你吃。」又問：「爹連日會桂姐來沒有？」西門慶道：「自從孝堂裏到如今，誰見他來？」愛月兒

❹ 訕臉：老面皮。

道：「六娘五七，他也送茶去來？」西門慶道：「他家使李銘送去來。」愛月道：「我有句話兒，只放在爹心裏。」西門慶問：「甚麼話？」那愛月又想了想說：「我不說罷。若說了，顯得姊妹每，恰似我背地說他一般，不好意思的。」西門慶一面摟著他脖子說：「怪小油嘴兒，甚麼話？說與我，不顯出你來就是了。」兩個正說得入港，猛然應伯爵走入來，大叫一聲：「你兩個好人兒，撇了俺每，走在這裏說梯己話兒。」愛月兒道：「曦，好個不得人意，怪訕臉花子，猛可走來，諕了人恁一跳！」西門慶罵：「怪狗材，前邊去罷，丟的葵軒和銀姐在那裏，都往後頭來了。」這伯爵一屁股坐在床上說：「你拏胳膊來，我且咬口兒，我纔去。你兩個在這裏管肏搗。」于是不由分說，向愛月兒袖口邊，勒出那賽鵝脂雪白的手腕兒來，帶著銀鐲子，猶若美玉，尖溜溜十指春蔥手上，籠著金戒指兒，誇道：「我兒，你這兩隻手兒，天生下就是發髱髱的肥一般。」愛月兒道：「怪刀攮的，我不好罵出來的！」被伯爵拉過來，咬了一口走了。咬的老婆怪叫，罵：「怪花子，平白進來鬼混人死了！」便叫：「桃花兒，你看他出去了，把籠道子門關上。」一面關上門，愛月便把李桂姐如今又和王三官兒子女一節，說與西門慶：「怎的有孫寡嘴、祝麻子、小張閒、架兒于寬、孫錫鉞，踢行頭白回子、何三，日逐嫖著在他家行走。如今丟開齊香兒，又和王家玉芝兒打熱。兩下裏使錢使沒了，包了皮襖，當了三十兩銀子，拏著他娘子兒一副金鐲子，放在李桂姐家，算了一個月歇錢。」西門慶聽了，口中罵道：「恁小淫婦兒，我分付休和這小廝纏，他不聽，還對著我賭身發咒，恰好只哄我。」愛月兒道：「爹也別要惱。我說與爹個門路兒，管情教王三官打了嘴，替爹出氣。」西門慶把他摟在懷裏，用白綾袖子兜著他粉項，搵著他香腮，他便一手拏著銅絲火籠兒，內燒著沈速香餅兒，將袖口籠著熏爇身上，便道：「我說與爹，休教一人知道。」

就是應花子，也休望他題，只怕走了風。」西門慶問：「我的兒，你告我說，我傻了，肯教人知道。端的甚門路兒？」鄭愛月道：「王三官娘林太太，今年不上四十歲，生的好不喬樣，描眉畫眼，打扮狐狸也似。他兒子鎮日在院裏，他專在家只送外賣，假托在個姑姑庵兒打齋。但去就在說媒的文嫂兒家落腳。文嫂兒單管與他做牽兒，只說好風月。我說與爹，到明日遇他遇兒也不難。又一個巧宗兒，王三官兒娘子兒，今纔十九歲，是東京六黃太尉姪女兒，上畫般標致，雙陸棋子都會。三官常不在家，他如同守寡一般，好不氣生氣死。為他也上了兩三遭吊，救下來了。爹難得先刮剌上了他娘，不愁媳婦兒不是你的。」

當下被他一席話，說的西門慶心邪意亂，摟著粉頭說：「我的親親，我又問你怎的曉得就裏？」這愛月兒就不說常在他家唱，只說我一個熟人兒，如此這般和他娘在某處會過一遍，也是文嫂兒說合。西門慶問：「那人是誰？莫不是大街坊張大戶姪兒張二官兒？」愛月兒道：「那張懋德兒好肏的貨！麻著七八個臉彈子，密縫兩個眼，可不砢磣殺我罷了！只好樊家百家奴兒接他，一向董金兒也與他丁八了。」西門慶道：「我猜不著，端的是誰？」愛月兒道：「教爹得知了罷。是原梳籠我的那個南人。他一年來此做買賣兩遭。正經他在裏邊歇不的一兩夜，倒只在外邊常和人家偷貓遞狗，幹此勾當。」這西門慶聽了，見粉頭所事，合著他的板眼，亦發歡喜，說：「我兒，你既貼戀我心，每月我送三十兩銀子與你媽盤纏，也不消接人了。我遇閒就來。」愛月兒道：「爹你有我心，甚麼三十兩二十兩，兩日間掠幾兩銀子與媽，我自恁懶待留人，只是伺候爹罷了。」西門慶道：「甚麼話！我決然送三十兩銀子來。」說畢，兩個上床交歡。床上鋪的被褥，約一尺高。愛月道：「爹脫衣裳不脫？」西門慶道：「咱連衣耍耍罷，只怕他每前邊等咱。」一面扯過夏枕來，粉頭解去下衣，仰臥枕畔，裏面穿著紅潞紬底衣，褪下一隻膝褲腿來。

但見花心輕折，柳腰款擺。正是：花嫩不禁揉，春風卒未休。花心猶未足，脈脈情無那。低低喚粉郎，春宵樂未央。那當下兩個雲收雨散，各整衣裙，于燈下照鏡理容。西門慶在床前盆中淨手，著上衣服，兩個攜手來到席上。吳銀兒和愛香兒挨近葵軒、伯爵，正擲色猜枚，觥籌交錯，耍在熱鬧處。眾人見西門慶進入，多立起身來讓坐。伯爵道：「你也下般的，把俺每丟在這裏，你纔出來。拏酒兒，且扶扶頭著。」西門慶道：「俺每說句話兒，有甚這閒勾當？」伯爵道：「好話，你兩個原來說梯己話兒！」當下伯爵拏大鍾斟上煖酒，眾人陪西門慶吃。四個妓女，拏樂器彈唱。玳安在旁掩口說道：「轎子來了。」西門慶掇了個嘴兒與他，那玳安連忙分付排軍，打起燈籠，外邊伺候。這西門慶也不坐陪，眾人執盃立飲。分付四個妓女：「你再唱個一見嬌羞我聽。」那韓消愁兒說：「俺每會唱。」于是拏起琵琶來，款放嬌聲，拏腔唱道：

一見嬌羞，雨意雲情兩意投。我見他千嬌百媚，萬種妖嬈，一捻溫柔。通書先把話兒勾，傳情暗裏秋波溜。記在心頭，心頭未審，何時成就。

唱了一個詞兒，吳銀兒遞西門慶酒。鄭香兒便遞伯爵。愛月兒奉溫秀才。李智、黃四都斟上。又唱道：

問爾丫鬟，欲鑄黃金拜將壇。莫通明曉寄與書生，雲雨巫山。重門今夜未曾拴，深閨特把情郎盼。夜靜更闌，更闌，偷花妙手，今番難按。

吃畢，西門慶令再斟上，鄭香兒上來遞西門慶，吳銀兒遞溫秀才，愛月兒遞伯爵。鄭春在旁捧著果菜兒。

又唱道：

夢入高堂，相會風流窈窕娘。我與他同攜素手，共入羅幃，永結鸞凰。靈犀一點透膏肓，鮫綃帳底翻紅浪。粉汗凝香，凝香，今宵一刻，人間天上。

唱畢，又叫呀酒。愛月兒卻轉過捧西門慶酒，吳銀兒遞伯爵，愛香兒遞溫秀才並李三、黃四，從新斟酒。又唱第四個：

春煖芙蓉，鬢亂釵橫寶髻鬆。我為他香嬌玉軟，燕侶鶯儔，意美情濃。腰肢無力眼朦朧，深情自把眉兒縱。兩意相同，相同，百年恩愛，和諧鸞凰。

唱畢，都飲過，西門慶起身。一面令玳安向書袋內取出大小十一包賞賜來。四個妓女，每人三錢。叫上廚役，賞了五錢。吳惠、鄭奉、鄭春，每人三錢。攛掇打茶的，每人二錢。丫頭桃花兒，也與了他三錢。俱磕頭謝了。黃四再三不肯放，說道：「應二叔，你老人家說聲，天還早哩。老爹大坐坐，也盡小人之情。如何就要起身？我的月姨兒，你也留留兒！」愛月兒道：「我留他，他白不肯坐。」西門慶道：「你每不知，我明日還有事。」一面向黃四、李三作揖道：「生受打攪！」黃四道：「惶恐，沒的請老爹來受餓，又不肯久坐，還是小人沒敬心。」說著，三個唱的都磕頭，說道：「爹到家，多頂上大娘和眾娘每，俺每閒了，會了銀姐，往宅內看看大娘去。」西門慶道：「你每閒了，去坐上一日來。」一面掌起燈籠，西門慶下臺基，鄭家鴇子迎著道萬福，說道：「老爹大坐回兒，慌的就起身，嫌俺家東西不美口？

還有一道米飯兒未曾上哩。」西門慶道：「夠了。我不是還坐回兒，許多事在身上。明日還要起早，衙門中有勾當。教應二哥，他沒事，教他大坐回兒罷。」那伯爵就要跟著起來，被黃四死力攔住，說道：「我的二爺，你若去了，就沒趣死了。」伯爵道：「不是，你休攔我。你把溫老先生有本事留下，我就算你好漢！」那溫秀才奪門就走，被黃家小廝來定兒攔腰抱住。西門慶到了大門首，因問琴童兒：「溫師父有頭口在這裏沒有？」琴童道：「備了驢子在此，畫童兒看著哩。」西門慶向溫秀才道：「既有頭口，也罷，老先兒你陪應二哥再坐坐，我先去罷。」于是多送出門來。那鄭月兒拉著西門慶手兒，悄悄捏了一把，臉上轉，一逕揚聲說道：「我頭裏說的話，爹你在心些，知道了，法不傳六耳。」西門慶道：「知道了。」又道：「鄭春，你送老爹到家，多上覆娘每。」那吳銀兒也說多上覆大娘。伯爵道：「我不好說的，賊小淫婦兒每，都攙行奪市的稍上覆；偏我就沒個人兒上覆。」愛月道：「你這花子，過一邊兒！」那吳銀兒就在門首作辭了眾人並鄭家姐兒兩個，吳惠打著燈回家去了。鄭月兒便叫：「銀姐，見了那個流人兒❺，好歹休要說。」吳銀兒道：「我知道。」眾人回至席上，重添獸炭，再泛流霞。歌舞吹彈，歡娛樂飲，直耍了三更方散。黃四擺了這席酒，也與了他十兩銀子。西門慶賞賜了三四兩，俱不在話下。當日西門慶坐轎子，兩個排軍打著燈，逕出院門，打發鄭春回家。

一宿晚景題過，到次日，夏提刑差答應的，來請西門慶早往衙門中審問賊情等事，直問到晌午。吃了飯，早是沈姨夫差大官沈定，拏帖兒送了個後生來，在段子鋪煮飯作火頭，名喚劉包。西門慶留下了。正在書房中拏帖兒與沈定回家去了。只見玳安在旁邊站立，西門慶便問道：「溫師父昨日多咱來了？」

❺ 流人兒：浪子。

玳安道：「小的鋪子裏睡了好一回，只聽見畫童兒打對過門，那咱有三更時分纔來了。我今早晨問溫師父，倒沒酒；應二爹醉了，吐了一地。月姨恐怕夜深了，使鄭春送了他家去了。」西門慶聽了，呵呵笑了，因叫過玳安近前，說道：「舊時與你姐夫說媒的文嫂兒在那裏住？你尋了他來，對門房子裏見我，我和他說話。」玳安道：「小的不認的文嫂兒家，等我問了姐夫去。」西門慶道：「你吃了飯，問了他，快去。」玳安到後邊吃了飯，走到鋪子裏問陳經濟。經濟道：「尋他做甚麼？」玳安道：「誰知他做甚麼？猛可教我找尋他去。」經濟道：「出了東大街，一直往南去。過了同仁橋牌坊，轉過往東，打王家巷進去，半中腰裏有個發放巡捕的廳兒，對門有個石橋兒。轉過石橋兒，緊靠著個姑姑庵兒，旁邊有個小衚衕兒。進小衚衕往西走，第三家豆腐鋪隔壁上坡兒，有雙扇紅封門兒的，就是他家。你只叫文媽，他就出來答應你。」這玳安聽了說道：「再沒了？小爐匠跟著行香的走，瑣碎一浪湯。你再說一遍我聽，只怕我忘了。」那陳經濟又說了一遍。玳安道：「好近路兒！等我騎了馬去。」一面牽出大白馬來，搭上替子，兜上嚼環，躧著馬臺，望上一騸，打了一鞭，那馬咆哮跳躍一直去了。出了東大街，逕往南過同仁橋牌坊，由王家巷進去。果然中間有個巡捕廳兒，對門就是座破石橋兒。裏首半截紅牆，是大悲庵兒，往西是小衚衕。北上坡，挑著個豆腐牌兒門首，只見一個媽媽晒馬糞。玳安在馬上便問：「老媽媽，這裏有個說媒的文嫂兒？」那媽媽道：「這隔壁對面兒就是。」玳安到他門首，果然是兩扇紅封門兒，連忙跳下馬來，拏鞭兒敲著門兒，叫道：「文媽在家不在？」只見他兒子文纏兒開了門，便問道：「是那裏來的？」玳安道：「我是縣門外提刑西門老爹來請，教文媽快去哩。」文纏聽見是提刑西門大官府家來的，便讓家裏坐。那玳安把馬拴住，進入裏面他明間內，見上面供養著利市紙，有幾個人在那會中倚記罷，進香算帳哩。半日，拏了鍾茶出來，說道：「俺媽不在了。來家說了，明日早去罷。」玳安道：「驢子見在家裏，如何推不在？」側身逕往後走。不料文嫂和他媳婦兒，陪著幾個道媽媽子正吃茶，躲不及，被他看見了。說道：「這個不是文媽，剛纔回我說不在家了，教我怎的回俺爹話，惹的不怪我？」文嫂笑哈哈與玳安道了個萬福，說道：「累哥哥，你到家回聲兒，我今日家裏會茶。不知老爹呼喚我做甚麼？我明日早往宅內去罷。」玳安道：「只分付我來尋你，誰知他做甚麼？原來不知你在這咭溜搭刺兒裏住，教我抓尋了個不發心❻！」文嫂兒道：「他老人家這幾年宅內買使女說媒用花兒，自有老馮和薛嫂兒、王媽媽子走跳，希罕俺每？今日忽剌八又冷鍋中荳兒爆❼，我猜見你六娘沒了，已定教我去替他打聽親事，要補你六娘的窩兒。」玳安道：「我不知道。你到那裏見了俺爹，他自有話和你說。」文嫂兒道：「哥哥你略坐坐兒，等我打發會茶人去了，同你去。」玳安道：「原來等你會茶？馬在外邊沒人看，俺爹在家緊等的火裏火發，分付了又分付，教你快去哩。和你說了話，如今還要往府裏羅同知老爹吃酒去哩。」文嫂道：「也罷，等我拏點心吃了同你去。」玳安道：「不吃罷。」因問：「你大姐生了孩兒沒有？」玳安道：「還不曾見哩。」這文嫂一面發玳安吃了點心，穿上衣裳，說道：「你騎馬先行一步兒，我慢慢走。」玳安道：「你老家放著驢子，怎不備上騎？」文嫂兒道：「我那討個驢子來？那驢子是隔壁荳腐鋪裏驢子，借俺院兒裏餵餵兒，你就當我的驢子？」玳安道：「我記得你老人家，騎著匹驢兒來，往那去了？」文嫂兒道：「這咱哩，那一年吊死人家丫頭，打官司，為了場事，把舊房兒

❻ 不發心：不耐煩。

❼ 冷鍋中荳兒爆：譬喻事情平靜後忽又發作起來。

也賣了，且說驢子哩！」玳安道：「房子倒不打緊處，且留著那驢子和你早晚做伴兒也罷了。別的罷了，我見他常時落下來，好個大鞭子！」那文嫂哈哈笑道：「怪猴兒，短壽命！老娘還只當好話兒，側著耳朵聽，你甚麼好物件兒。幾年不見，你也學的恁油嘴滑舌的，到明日還教我尋親事哩。」玳安道：「我的馬走得快，你步行，赤道挨磨到多咱晚，惹的爹說。你上馬，咱兩個疊騎著罷！」文嫂兒道：「怪小短命兒，我又不是你影射的。街上人看著，怪刺刺的！」玳安道：「再不，你備豆腐鋪子裏驢子騎了去。到那裏，等我打發他錢就是了。」文嫂兒道：「這等還許說。」一面教文縫將驢子備了，帶上眼紗，騎上。玳安與他同行，逕往西門慶宅中來。正是：欲向深閨求艷質，全憑紅葉是良媒。有詩為證：

誰信桃源有路通，桃花含露笑春風。
桃源只在山溪裏，今許漁郎去問津。

畢竟未知後來如何，且聽下回分解。

第六十九回　文嫂通情林太太　王三官中詐求奸

信手烹魚覓素音，神仙有路足登臨。
掃階偶得任卿葉，彈月輕移司馬琴。
桑下肯期秋有意，懷中可犯柳無心。
黃昏誤入銷金帳，且把羞兒獨自斟。

話說文嫂兒到家，平安說：「爹在對門房子裏，進去稟報。」西門慶正在書房中和溫秀才坐的，見玳安，隨即出來小客位內坐下。玳安道：「文嫂兒小的叫了來，在外邊伺候著。」西門慶即令叫他進來。那文嫂悄悄掀開煖簾，進入裏面，向西門慶磕頭。西門慶道：「文嫂兒，許久不見你？」文嫂道：「小媳婦有。」西門慶道：「你如今搬在那裏住了？」文嫂道：「小媳婦因不幸，為了場官司，把舊時那房兒棄了。如今搬在大南首王家巷住哩。」西門慶分付道：「起來說話。」那文嫂一面站立在旁邊，西門慶令左右多出去。那平安和畫童都躲在角門外伺候。只玳安兒影在簾兒外邊聽說話兒。西門慶因問：「你常在那幾家大人家走跳？」文嫂道：「就是大街皇親家、守備府周爺家、喬皇親、張二老爹、夏老爹家多相熟。」西門慶道：「你認的王招宣府裏不認的？」文嫂道：「小媳婦定門主顧，太太和三娘常照顧小的花翠。」西門慶道：「你既相熟，我有椿事兒央煩你，休要阻了我。」向袖中取出五兩一錠銀子與他，悄悄和他說：「如此這般，你卻怎的尋個路兒，把他太太吊在你那裏，我會他會兒？我還謝你。」那文嫂聽了，哈哈笑道：「是誰對爹說來？你老人家怎的曉得來？」西門慶道：「常言：『人的名兒，樹的影兒。』我怎不得知道！」文嫂道：「若說起我這太太來，今年屬豬，三十五歲，端的上等婦人，百伶百俐，只好像三十歲的。他雖是幹這營生，好不幹的最密！就是往那裏去，主大轉伴當跟著，喝著路走，逕路兒來，逕路兒去。三老爹在外為人做人，他怎在人家落腳？這個人說的訛了。倒只是他家裏深宅大院，一時三老爹不在，藏掖個兒去，人不知鬼不覺，倒還許說。若是小媳婦那裏，窄門窄戶，敢招惹這個，事就在頭上。就是爹賞的這銀子，小媳婦也不敢領去。寧可領了爹言語，對太太說就是了。」西門慶道：「你不收，還自推托，我就惱了。事成，我還另外賞幾個紬段你穿。你不收，阻了我。」文嫂道：「愁你老人家沒也怎的！上人著眼覷，就是福星臨。」磕了個頭，把銀子接了，說道：「待小媳婦悄悄對太太說，來回你老人家。」西門慶道：「你當件事幹，我這裏等著。你來時只在這裏來就是了。我不使小廝去了。」文嫂道：「我知道。不在明日，只在後日。隨早隨晚，討了示下就來了。」一面走出來，玳安道：「文嫂，隨你罷了。我只要一兩銀子，也是我叫你一場，你休要獨吃。」文嫂道：「猴孫兒，隔牆掠篩箕，還不知仰著合著哩！」于是出門。騎上驢子，他兒子籠著，一直去了。西門慶和溫秀才坐了一回。良久，夏提刑來，就到家待了茶，冠冕著，同往府裏羅同知名喚羅萬象那裏吃酒去了。直到掌燈已後纔來家。

且說文嫂兒拏著西門慶與他五兩銀子，到家歡喜無盡。打發會茶人散了。至後晌時分，走到王招宣府宅裏，見了林太太道了萬福。林氏便道：「你怎的這兩日不來走走看看我？」文嫂便把家中倚報會茶，趕臘月要往頂上進香一節，告訴林氏。林氏道：「你兒子去，你不去罷了。」文嫂兒道：「我如何得去？只教文繿兒帶進香去便了。」林氏道：「等臨期，我送些盤纏與你。」文嫂便道：「多謝太太布施。」說畢，林氏叫他近前烤火，丫鬟拏茶來吃了。這文嫂一面吃了茶，問道：「三爹不在家了？」林氏道：「他有兩夜沒回家，只在裏邊歇哩。逐日搭著這夥喬人❶，只眠花臥柳，把花枝般媳婦兒丟在房裏通不顧，如何如何！」又問：「三娘怎的不見？」林氏道：「他還在房裏未出來哩。」這文嫂見無人，便說道：「不打緊，太太寬心。小媳婦有個門路兒，管就打散了這干人，三爹收心，也再不進院去了。太太容，小媳婦便敢說；不容，定不敢說。」林氏道：「你說的話兒，那遭兒我不依你來？你有話，只顧說不妨。」這文嫂方說道：「縣門前西門大老爹，如今見在提刑院做掌刑千戶，家中放官吏債，開四五處鋪面：段子鋪、生藥鋪、紬絹鋪、絨線鋪；外邊江湖又走標船，揚州興販鹽引，東平府上納香蠟；夥計主管，約有數十。東京蔡太師，是他乾爺，朱太尉是他衛主，翟管家是他親家。巡撫巡按，多與他相交；知府知縣，是不消說。家中田連阡陌，米爛成倉；赤的是金，白的是銀；圓的是珠，光的是寶。身邊除了大娘子，乃是清河左衛吳千戶之女，填房與他為繼室；只成房頭，穿袍兒的，也有五六個。以下歌兒舞女，得寵侍妾，不下數十。端的朝朝寒食，夜夜元宵。今老爹不上三十四五年紀，正是當年漢子，大身材，一表人物，也曾吃藥養龜，慣調風情。雙陸象棋，無所不通；蹴踘打毬，無所不曉；諸子百家，拆白道字，眼見就會。端的擊玉敲金，百伶百俐。聞知咱家，乃世代簪纓人家，根基非淺；又三爹在武

---

❶ 喬人：壞人。

學肄業，也要來相交。只是不曾會過，不好來的。昨日聞知太太貴旦在邇，又四海納賢，也一心要來與太太拜壽。小媳婦使道，初會怎好驟然請見的？待小的達知老太太，討個示下，來請老爹相見。今老爹，不但結識他，來往相交，只央浼他把這干人斷開了，使那行人打攪，道須玷辱不了咱家門戶。」看官聽說：水性下流，最是女婦人。當日林氏，被文嫂這篇話說的心中迷留摸亂❷，情竇已開。便向文嫂兒較計道：「人生面不熟，怎生好遽然相見的？」文嫂道：「不打緊，等我對老爹說，只說太太先央浼老爹，要在提刑院遞狀，告那引誘三爹這起人。預先私請老爹來，私下先會一會。此計有何不可？」說得林氏心中大喜，約定後日晚夕等候。

這文嫂討了婦人示下歸家，到次日飯時前後，走來西門慶宅內。那日西門慶從衙門回來，家中無事，正在對門房子裏書院內坐的。忽有玳安來報：「文嫂來了。」西門慶聽了，即出小客位內坐，令左右放下簾兒。良久，文嫂進入裏面，磕了頭。玳安知局，就走出來了，教二人自在說話。這文嫂便把怎的說念林氏，誇獎老爹人品家道，怎樣行特結識官府，又怎的仗義疏財，風流博浪❸。說得他千肯萬肯，約定明日晚間三爹不在家，家中設席等候。假以說人情為由，暗中相會。西門慶聽了滿心歡喜，又令玳安拏了兩疋紬段賞他。文嫂道：「爹明日要去，休要早了。直到掌燈已後，街上人靜了時，打他後門首扁食巷中；他後門旁有個住房的段媽媽，我在他家等著爹。只使大官兒彈門，我就出來引爹入港。休令左近人知道。」西門慶道：「我知道。你明日先去，不可離寸地。我也依期而至。」說畢，文嫂拜辭而去，

❷ 迷留摸亂：昏迷糊塗。
❸ 風流博浪：風流放浪。

又回林氏話去了。西門慶那日歸李嬌兒房中宿歇，一宿無話。巴不到次日，培養著精神。午間，戴著白忠靖巾，便同應伯爵騎馬往謝希大家吃生日酒。席間兩個唱的。西門慶吃了幾盃酒，約掌燈上來，就逃席走出來了。騎上馬，玳安、琴童兩個小廝跟隨。那時約十九日，月色朦朧，帶著眼紗，由大街抹過，逕穿到扁食巷王招宣府後門來。那時纔燈以後，街上人初靜之後，西門慶離他後門半舍遠，把馬勒住，令玳安先彈段媽媽家門。原來這媽媽就住著王招宣府家後房，也是文嫂舉薦，早晚看守後門，開門閉戶。但有入港，在他家落腳做眼。文嫂在他屋裏聽見外邊彈門，連忙開了門。見西門慶來了，一面在後門裏等的西門慶下了馬，帶著眼紗兒，引進來。分付琴童牽了馬，往對門人家西首房簷下那裏等候。玳安便在段媽媽屋裏存身。這文嫂一面請西門慶入來，便把後門關了，上了拴。由夾道內進內。轉過一層群房，就是太太住的五間正房，旁邊一座便門閉著。這文嫂輕輕敲了門環兒，原來有個聽頭兒❹。少頃，見一丫鬟出來開了雙扉。文嫂導引西門慶到後堂，掀開簾攏而入。只見裏面燈燭熒煌，正面供養著他祖爺太原節度邠陽郡王王景崇的影身圖。穿著大紅團就蟒衣玉帶，虎皮交椅，坐著觀看兵書，有若關王之像，只是髯鬚短些。旁邊列著鎗刀弓矢。迎門朱紅匾上寫著「節義堂」三字。兩壁書畫丹青，琴書瀟灑。左右泥金隸書一聯：「傳家節操同松竹，報國勳功並斗山。」西門慶正觀看之間，只聽得門簾上鈴兒響，文嫂從裏拏出一盞茶來，與西門慶吃。西門慶便道：「請老太太出來拜見。」文嫂道：「請老爹且吃過茶著。剛纔稟過太太知道了。」不想林氏悄悄從房門簾裏望外觀看西門慶，身材凜凜，語話非俗，一表人物，軒昂出眾。頭戴白段忠靖冠，貂鼠煖耳，身穿紫羊絨鶴氅，腳下粉底皂靴，上面綠剪絨獅坐馬，

❹ 聽頭兒：暗號兒。

一溜五道金鈕子，就是個：富而多詐奸邪輩，壓善欺良酒色徒。一見滿心歡喜，因悄悄叫過文嫂來，問：「他戴的孝是誰的？」文嫂道：「是他第六個娘子的孝。新近九月間沒了，不多些時，饒少殺，家中如今還有一巴掌❺殺兒。他老人家你看不出來，出籠兒的鵪鶉，也是個快鬥的。」這婆娘聽了，越發歡喜無盡。文嫂催逼他出去見他一見兒。婦人道：「我羞答答，怎好出去，請他進來見罷。」文嫂一面走出來，向西門慶說：「太太請老爹房內拜見哩。」于是忙掀門簾，西門慶進入房中。但見簾幙垂紅，地平上粘氈毹匝地，麝蘭香靄，氣煖如春。繡榻則斗帳雲横，錦屏則軒轅月映。婦人頭上戴著金絲翠葉冠兒，身穿白綾寬紬襖兒，沈香色遍地金妝花段子鶴氅，大紅宮錦寬襴裙子，老鴉白綾高底扣花鞋兒。就是個：綺閣中好色的嬌娘，深閨內肏毴的菩薩。有詩為證：

面膩雲濃眉又彎，蓮步輕移實匪凡。
醉後情深歸帳內，始知太太不尋常。

這西門慶一見，躬身施禮，說道：「請太太轉上，學生拜見。」林氏道：「大人免禮罷。」西門慶不肯，就側身磕下頭去拜兩拜。婦人亦敘禮相還。拜畢，西門慶正面椅子上坐了，林氏就在下邊梳背炕沿斜簽相陪坐的。文嫂又早把前邊儀門閉上了，再無一個僕人在後邊。三公子那邊角門也關了。一個小丫鬟名喚芙蓉，紅漆丹盤，拏茶上來。林氏陪西門慶吃了茶，丫鬟接下盞托去。文嫂就在旁開言說道：「太太久聞老爹在衙門中執掌刑名，敢使小媳婦請老爹來，央煩椿事兒，未知老爹可依允不依？」西門慶道：

❺ 一巴掌：五個。一巴掌有五個指頭，所以五個叫做「一巴掌」。

「不知老太太有甚事分付？」林氏道：「不瞞大人說，寒家雖世代做了這招宣，夫主去世年久，家中無甚積蓄。小兒年幼，優養未曾考襲。如今雖入武學肄業，年幼失學，外邊有幾個奸詐不級❻的人，日逐引誘他在外飄酒❼，把家事都失了。幾次欲待要往公門訴狀，爭奈妾身未曾出閨門，誠恐拋頭露面，有失先夫名節。今日敢請大人至寒家，訴其衷曲，就如同遞狀一般。望乞大人千萬留情，把這干人怎生處斷開了，使小兒改過自新，專習功名，以承先業。實出大人再造之恩，妾身感激不淺，自當重謝。」西門慶道：「老太太怎生這般說，言『謝』之一字？尊家乃世代簪纓，先朝將相，何等人家，令郎兩入武學，正當努力功名，承其祖武。不意聽信遊食所哄，留連花酒，實出少年所為。太太既分付，學生到衙門裏，即時把這干人處分。懲治令郎分毫，亦可戒諭令郎，再不可蹈此故轍，庶可杜絕將來。」這婦人聽了，連忙起身向西門慶道了萬福，說道：「容日妾身致謝大人。」西門慶道：「你我一家，何出此言？」說話之間，彼此言來語去，眉目顧盼留情。不一時，文嫂放桌兒，擺上酒來。西門慶故意辭道：「學生初來進謁，倒不曾具禮來，如何反承老太太盛情留坐？」林氏道：「不知大人下降，沒作準備。寒天聊具一盃水酒，表意而已。」丫鬟篩上酒來，端的金壺斟美釀，玉盞泛羊羔。林氏起身捧酒。西門慶亦下席，說道：「我當先奉老太太一盃。」文嫂兒在旁插口說道：「老爹你且不消遞太太酒，這十一月十五日，是太太生日。那日送禮來，與太太祝壽就是了。」西門慶道：「阿呀，早時你說！今日初九，差六日，我在下已定來與太太登堂拜壽。」林氏笑道：「豈敢動勞大人厚意！」須臾，大盤大碗，就是十六

❻ 奸詐不級：奸詐無賴。

❼ 飄酒：浪蕩。

碗熱騰騰美味佳肴：熬爛下飯，煎燴雞魚，烹炮鵝鴨，細巧菜蔬，新奇果品。旁邊降燭高燒，下邊金爐添火。交盃換盞，行令猜枚。笑雨嘲雲，酒為色膽。看看飲至蓮漏已沈，窗月倒影之際。一雙竹葉穿心，兩個芳情已動。文嫂已過一邊，連次呼酒不至。西門慶見左右無人，漸漸促席而坐，言頗涉邪。把手捏腕之際，挨肩擦膀之間；初時戲摟粉項，婦人則笑而不言。次後款啓朱唇，西門慶則舌吐其口，嗚咂有聲，笑語密切。婦人于是自掩房門，解衣鬆珮，微開錦帳，繡衾鴛枕橫床，鳳香薰被，相挨玉體，抱摟酥胸。原來西門慶知婦人好風月，家中帶了淫器包在身邊，又服了胡僧藥。彼此歡愉，情興如火。婦人在床旁伺候鮫綃軟帕，西門慶被底預備麈柄猙獰。當下展猿臂，不覺蝶浪蜂狂；蹺玉腿，那個羞雲怯雨。正是：縱橫慣使風流陣，那管床頭墜玉釵。有詩為證：

蘭房幾曲深悄悄，香勝寶鴨晴煙裊。
夢回夜月淡溶溶，展轉牙床春色少。
無心今遇少年郎，但知敲打須富商。
殢情欲共嬌無力，須教宋玉賦高唐。
打開重門無鎖鑰，露浸一枝紅芍藥。

這西門慶當下竭平生本事，將婦人盡力盤桓了一場。纏至更半天氣，方纔精泄。婦人則髮亂釵橫，花憔柳困，鶯聲嚦喘，依稀耳中，比及個並頭交股，摟抱片時，起來穿衣之際，婦人下床，款剔銀燈，開了房門，照鏡整容，呼丫鬟捧水淨手。復飲香醪，再勸美酌。三盃之後，西門慶告辭起身，婦人挽留不已，叮嚀頻囑。西門慶躬身領諾，謝擾不盡。相別出門，婦人送到角門首回去了。文嫂先開後門，呼喚玳安、琴童，牽馬過來，騎上回家。街上已喝號提鈴，更深夜靜。但見一天霜氣，萬籟無聲。西門慶回家，一宿無話。

到次日，西門慶到衙門中發放已畢，在後廳叫過該地方節級緝捕，分付如此如此，這般這般：「王招宣府裏三公子，看有甚麼人勾引他？院中在何人家行走？便與我查訪出名字來，報我知道。」因向夏提刑說：「王三公子甚不學好。昨日他母親再三央人來對我說，倒不關他這兒子事，只被這干光棍勾引他。今若不痛加懲治，將來引誘壞了人家子弟。」夏提刑道：「長官所見不錯，必須該取他。」節級緝捕領了西門慶鈞語，當日果然查訪出各人名姓來，打了事件。到後晌時分，來西門慶宅內呈遞揭帖。西門慶見上面有孫寡嘴、祝日念、小張閒、聶鉞兒、何三、于寬、白回子，樂婦是李桂姐、秦玉芝兒。西門慶取過筆來，把李桂姐、秦玉芝兒，並老孫、祝日念名字多抹了。分付只動這小張閒等五個光棍。即與我拏了，明日早帶到衙門裏來。眾公人應諾下去。至晚，打聽王三官眾人，都在李桂姐家吃酒，踢行頭。多埋伏在後門首，深更時分，剛散出來，眾公人把小張閒、聶鉞、于寬、白回子、何三五人都拏了。孫寡嘴與祝日念，扒李桂姐後房去了。王三官兒藏在李桂姐床身下，不敢出來。桂姐一家唬的捏兩把汗，更不知是那裏動人，白央人打聽實信。王三官躲了一夜，不敢出來。李家鴇子，又恐怕東京做公的下來拏人。到五更時分，攛掇李銘換了衣服，送王三官來家。節級緝捕把小張閒等拏在聽事房，吊了一夜。到次日早晨西門慶進衙門與夏提刑陞廳，兩邊刑杖羅列，帶人上去。每人一夾，二十大棍，打得皮開肉綻，鮮血迸流，響聲震天，哀號動地。西門慶囑付道：「我把你這起光棍，專一引誘人家子弟在院飄風，不守本分。本當重處，今姑從輕責你這幾下兒。再若犯在我手裏，定然枷號在院門首示眾。」喝令左右：「扠下去！」眾人望外，金命水命，走投無命。

兩位官府發放事畢，正在退廳吃茶。夏提刑因說起：「昨日京中舍親崔中書那裏書來，衙中投考察本上去了，還未下來哩。今日會了長官，咱倒好差人往懷慶府同僚林蒼峰，他那裏臨風近，打聽打聽消息去。」西門慶道：「長官至見甚明。」即喚走差答應的上來跪下分付：「與你五錢銀子盤纏，拏俺兩個拜帖即去南河懷慶府提刑林千戶老爹那裏，打聽京中考察本示下，看經歷司行下照會來不曾？務要打聽的實來回報。」那人領了銀子拜帖，又到司房戴上范陽氈笠，結束行裝，討了匹馬，長行去了。兩位官府起身回家。

卻說小張閒等從提刑院打出來，走在路上，各人省恐，更不量今日受這場虧，那裏藥線？互相埋怨。小張閒道：「莫不還是東京六黃太尉那裏下來的消息？」白回子道：「不是。若是那裏消息，怎肯輕饒素放？」常言說得好：乖不過唱的，賊不過銀匠，能不過架兒；聶鉞兒一口就說道：「你每多不知道，只我猜得著。此已定是西門官府和三官兒上氣❽，嗔請他表子，故拏俺每煞氣❾。正是『龍鬥虎傷，苦了小獐』！」小張閒道：「列位倒罷了，只是苦了我在下了。孫寡嘴、祝麻子都跟著，只把俺每頂缸了。」于寬道：「你怎的說渾話？他兩個是他的朋友，若拏來跪在地下，他在上面坐著，怎生相處？」小張閒道：「怎的不拏老婆？」聶鉞道：「兩個老婆都是他心上人。李家桂姐，是他的表子，他肯拏來？也休

❽ 上氣：負氣。

❾ 煞氣：出氣。

怪人，是俺每的晦氣，偏撞在這網裏！剛纔夏老爹怎生不言語，只是他說話？這個就見出情弊顯然來了。如今往李桂姐兒家尋王三官去，白為他打了這一屁股瘡來的！腿爛爛的，便罷了？問他要幾兩銀子盤纏，也不吃家中老婆笑話。」于是來來去去，轉彎抹角，逕入构欄李桂姐家。見門關的鐵桶相似，就是樊噲也撞不開。叫了半日，丫頭隔門問：「是誰？」小張閒道：「是俺每，尋三官兒說話。」丫頭回說：「他從那日半夜就往家去了，不在這裏。無人在家中，不敢開門。」這眾人只得回來，到王招宣府宅內，逕入他客位裏坐下。王三官聽見眾人來尋他，諕的躲在房裏，不敢出來。半日使小廝永定來，說：「俺爹不在家了。」眾人道：「好自在性兒！不在家了，往那裏去了？叫不將來？」于寬道：「實和你說了罷，休推睡裏夢裏，剛纔提刑院打了俺每，押將出來，如今還要他正身見官去哩。」摟起腿來，與永定瞧，教他進裏面去說此事：「為你打的俺每有甚要緊！」一個個都躺在板凳上，聲疼叫喊。那王三官兒越發不敢出來。只叫：「娘，怎麼樣兒？卻如何救我則可？」林氏道：「我女婦人家，如何尋人情去救得？」求了半日，見外邊眾人等的急了，要請老太太說話。那林氏又不出去，只隔著屏風說道：「你每略等他等，委的在莊上，不在家了。我這裏使小廝叫他去。」小張閒道：「老太太，快使人請他來。不然，這個癤子，也要出膿。只顧膿著不是事。俺每為他連累，打了這一頓。剛纔老爹分付，押出俺每來要他。他若不出來，大家都不得清淨，就弄的不好了。」林氏聽言，連忙使小廝拏出茶來與眾人吃。王三官諕的鬼也似，逼他娘尋人情。到至急之處，林氏方纔說道：「文嫂他只認的提刑西門官府家，昔年曾與他女兒說媒來。在他宅中走的熟。」王三官道：「就認的提刑也罷，快使小廝請他來。」林氏道：「他自從你前番說了，他使性兒一向不來走動，怎好又請？他肯來？」王三官道：「好娘，如今事在至急，請他來，等我與他陪個禮兒便了。」林氏便使永定兒悄悄打後門出去，請了文嫂來。王三官再三央及他，一口聲只叫：「文媽，你認得提刑西門大官府，好歹說個人情救我。」這文嫂故意做出許多喬張致來，說道：「舊時雖故與他宅內大姑娘說媒，這幾年誰往他門上走？大人家，深宅大院，不去纏他。」王三官連忙跪下，說道：「文媽，你救我，自有重報，不敢有忘！那幾個人在前邊，只要出官，我怎去得？」那文嫂只把眼看他娘。他娘道：「也罷，你替他說說罷了。」文嫂道：「我獨自個去不得。三叔，你衣巾著，等我領你親自到西門老爹宅上，你自拜見他，央浼他。等我在旁再說，管情一天事就了了。」王三官道：「見今他眾人在前邊催逼甚急，只怕一時被他看見，怎了？」文嫂道：「有甚難處勾當？等我出去安撫他，再安排些酒肉點心茶水，哄他吃著。我悄悄領你從後門出去幹事回來，他令放也不知道。」

這文嫂一面走出前廳，向眾人拜了兩拜，說道：「太太教我出來，多上覆列位哥每。本等三叔往莊上去了，不在家。使人請去了，便來也。你每略坐坐兒。吃打受罵，連累了列位。誰人不吃鹽米？等三叔來，教他知遇你每。你每千差萬差，來人不差。恒屬大家只要圖了事，上司差派，不由自己。有了三叔出來，一天大事都了了。」當時眾人一齊道：「還是文媽見的多。你老人家早出來就說句話，恁有南北的話兒，俺每也不恁急的要不的。執殺法兒，只回不在家，莫不為俺每自做出來的事也罷。你倒帶累俺每吃官棒，上司要你，假推不在家。吃酒吃肉，教人替你不成？文媽，你自曉道理的。你出來，俺每還透個路兒與你，破些東西兒，尋個分上兒說說，大家了事；你不出來見俺每，這事情也要銷繳。一個緝捕問刑衙門，平不答的⑩就罷了？」文嫂兒道：「哥每說的是。你每略坐坐兒，我對太太說，安排些酒飯兒管待你每。

⑩ 平不答的：一聲不響。

你每來了這半日，也餓了。」眾人都道：「還是我的文媽知人甘苦。不瞞文媽說，俺每從衙門裏打出來，黃湯兒也還沒曾嘗著哩！」這文嫂走到後邊，一力攛掇打了二錢銀子酒，買了一錢銀子點心，豬羊牛肉，各切幾大盤，拏將出去。一壁哄他眾人，在前廳大酒大肉吃著。這王三官儒巾青衣，寫了揭帖，文嫂領著，帶上眼紗，悄悄從後門出來，步行逕往西門慶家來。到了大門首，平安兒認的文嫂，說道：「爹纔在廳上，進去了。文媽有甚說話？」文嫂遞與他拜帖，說道：「哥哥，累你替他稟稟去。」連忙問王三官要了二錢銀子遞與他。那平安兒方進去，替他稟知西門慶。西門慶見了手本拜帖上寫著：「眷晚生王寀頓首百拜。」一面先叫進文嫂，問了回話。然後纔開大廳槅子門，使小廝請王三官進去大廳上。左右忙掀煖簾，見西門慶頭戴忠靖冠，便衣出來迎接。見王三官衣巾進來，故意說道：「文嫂怎不早說，我褻衣在此。」便令左右：「取我衣服來。」慌的王三官向前攔住：「呀，尊伯尊便，小姪敢來拜瀆豈敢動勞！」至廳內，王三官務請西門慶轉上行禮。西門慶笑道：「此是舍下。」再三不肯。西門慶居先拜下去，王三官說道：「小姪有罪在身，久仰欠拜。」西門慶道：「彼此少禮。」王三官因請西門慶受禮，說道：「小姪人家，老伯當得受禮，以恕拜遲之罪。」務讓起來，讓了兩禮，然後挪座兒斜僉坐的。少頃，吃了茶，王三官見西門慶廳上，錦屏羅列，四壁掛四軸金碧山水，座上銷著綠錦段鑲嵌貂鼠椅座，地下氍毹匝地。正中間黃銅四方水磨的耀目爭輝，上面牌扁，下書「承恩」二字，係米元章妙筆。觀覽之餘，似有邵清而寧之貌。向西門慶說道：「小姪前有一事，不敢奉瀆尊嚴。」因向袖中取出揭帖遞上，隨即離席跪下。被西門慶一手拉住，說道：「賢契有甚話，但說何害。」這王三官就說：「小姪不才，誠為得罪。望乞老伯念先父武弁一殿之臣，寬恕小姪無知之罪，完其廉恥，免令出官。則小姪垂死之日，實有再生之幸也！啣結圖報，惶恐惶恐！」西門慶展開揭帖，上面有小張閒等五人名字，說道：「這起光棍，我今日衙門裏已各重責發落，饒恕了他。怎的又央你去？」王三官道：「還是要小姪如此這般。他說老伯衙門中責罰，押出他來，還要小姪見官。在家百般稱罵喧嚷，索要銀兩，不得安生。無處控訴，前來老伯這裏請罪。」又把禮帖遞上。西門慶一見，便道：「豈有是理！」因說道：「這起光棍可惡！我倒饒了他，如何倒往那裏去攪擾！」把禮帖與王三官收了：「賢契請回，我也且不留你坐。如今即時就差人拏這起光棍去，容日奉招。」王三官道：「豈敢，蒙老伯不棄，小姪容當踵門叩謝！」千恩萬謝出門。西門慶送至二門首，說：「我褻服不好送的。」那王三官自出門，還帶上眼紗，小廝跟隨去了。文嫂還討了西門慶話。西門慶分付：「休要驚動他，我這裏差人拏去。」這文嫂同王三官暗暗到家，不想西門慶隨即差了一名節級、四個排軍，走到王招宣宅內，那起人正在那裏飲酒喧鬧，被公人進去，不由分說，都拏了帶上鐲子。諕的眾人面如土色，說道：「王三官幹得好事，把俺每穩在你家，倒把鋤頭反弄俺每來了！」那個排軍節級罵道：「你這廝還胡說，當的甚麼？各人到老爹跟前哀告，討你那命正經！」小張閒道：「大爺教導的是。」不一時，都拏到西門慶宅門首。門上排軍並平安，都張著手兒要錢，纔去替他稟。眾人不免脫下褶，並拏頭上簪圈下來，打發停當，方纔說進去。半日西門慶出來坐廳。節級帶進去，跪在廳下。西門慶罵道：「我把你這起光棍，我倒將就了，如何指稱我這衙門，往他家諕詐去！實說，詐了多少錢？不說，令左右拏拶子與我著實拶起來！」當下只說了聲，那左右排軍，登時取了五六把新拶子來伺候。小張閒等只顧在下叩頭哀告道：「小的並沒諕詐分文財物。只說衙門中打出小的每來對他說聲，他家拏出些酒食來管待小的。小的並沒需索他的。」西門慶道：「你也不該往他家去。你這起光棍，設騙良家子弟，白手要錢，深為可惡！既不肯實供，都與我帶了衙門裏收監，明日嚴審取供，枷號示眾。」眾人一齊哀告，哭道：「天官爺，超生小的每罷！小的再不敢上他門纏擾了。休說枷號，這一送到監裏去，冬寒時月小的每都是死數！」西門慶道：「我把你這光棍，我道饒出你去，都要洗心改過，務要生理。不許你挨坊靠院⓫，引誘人家子弟，詐騙財物。再拏到我衙門裏來，都活打死了！」喝令：「出去罷！」眾人得了個性命，往外飛跑走了。正是：敲碎玉籠飛彩鳳，頓開金鎖走蛟龍。西門慶發了眾人去，回至後房，月娘問道：「這個是王三官兒？」西門慶道：「此是王招宣府中三公子。前日李桂兒為他那場事，就是他。今日賊小淫婦兒不改，又和他纏，每月三十兩銀子，教他包著。嗔道一向只哄著我。不想有個底腳裏人兒，又告我說，教我昨日差幹事的，拏了這干人到衙門裏去，都夾打了。不想這干人又到他家裏嚷賴，指望要詐他幾兩銀子的情，只恐謊衙門中要他。他從來沒曾見官，慌了，央文嫂兒拏五十兩禮帖來，求我說人情。我剛纔把那起人又拏了來，打發了一頓，替他杜絕了，再不纏他去了。人家倒運，偏生出這樣不肖子弟出來。你家父祖何等根基，又做招宣，你又見入武學，放著那名兒不幹，家中丟著花枝般媳婦兒，自東京六黃太尉姪女兒不去理論，白日黑夜，只跟著這夥光棍在院裏嫖弄，把他娘子頭面都拏出來使了。今年不上二十歲，年小小兒的，通不成器！」月娘道：「你不曾溺胞尿，看看自家。乳兒老鴉笑話豬兒足，原來燈臺不照自。你自道成器的，你也吃這井裏水，無所不為，清潔了些甚麼兒？還要禁的人！」幾句說的西門慶不言語了。正擺上飯來吃，小廝來安來報：「應二爹來了。」西門慶分付：「請書房裏坐，我就來。」王經連忙開了廳上書房門，伯爵進裏面煖爐

⓫ 挨坊靠院：和妓院中人接近。

炕旁椅上坐了。良久，西門慶出來。聲喏畢，就坐在炕上兩個說話。伯爵道：「哥你前日在謝二哥那裏，怎的老早就起身？」西門慶道：「第二日我還要早起，衙門中連日有勾當，又考察在邇，差人東京打聽消息。我比你每閒人兒？」伯爵又問：「哥，連日衙門中有事沒有？」西門慶道：「事那日沒有？」又道：「王三官兒說，哥衙門中動了，把小張閒他每五個，初八日晚夕，在李桂姐屋裏都拏的去了。只走了老孫、祝麻子兩個。今早解到衙門裏，都打出來了。眾人都往招宣府纏王三官去了。怎的還瞞著我不說？」西門慶道：「傻狗材，誰對你說來？你敢錯聽了？敢不是我衙門裏，敢是周守備府裏？」伯爵道：「守備府中那裏管這閒事。」西門慶道：「只怕是東京提人。」伯爵道：「也不是。今早李銘對我說，那日把他一家子諕的魂也沒了。李桂兒至今諕的這兩日睡倒了，還沒曾起炕兒，怕又是東京下來拏人。今早打聽，方知是提刑院動人。」西門慶道：「我連日不進衙門，並沒知道。李桂兒既賭個誓不接他，隨他拏亂去，又害怕睡倒怎的！」伯爵見西門慶迸著臉兒待笑，說道：「哥你是個人，連我也瞞著起來，不告我說。今日他告我說，我就知道哥的情。怎的祝麻子、老孫走了？一個緝捕衙門，有個走脫了人的？此是哥打著綿羊駒驢戰，使李桂兒家中害怕，知道哥的手段。若多拏到衙門去，彼此絕了情意，多沒趣了。事情許一不許二。如今就是老孫、祝麻子，見哥也有幾分慚愧。此是哥明修棧道，暗度陳倉的計策。休怪我說，哥這一著，做的絕了。這一個叫做真人不露相，露相不是真人。若明使函了，逞了臉，就不是乖人兒了。還是哥智謀大，見的多！」幾句說的西門慶撲吃的笑了，說道：「我有甚麼大智謀？」伯爵道：「我猜已定還有底腳裏人兒對哥說；怎得知道這等端切⑫的？有鬼神不測之機！」西門慶道：「傻

⑫ 端切：詳細切實。

狗材，若要人不知，除非己莫為。」伯爵道：「哥衙門中如今不要王三官兒罷了。」西門慶道：「誰要他做甚麼？當初幹事的打上事件，我就把王三官、祝麻子、老孫並李桂兒、秦玉芝名字多抹了。只來打拏幾個光棍。」伯爵道：「他如今怎的還纏？」西門慶道：「我實和你說罷。他指稱誆詐他幾兩銀子，不想剛纔親上門來拜見，與我磕了頭，陪了不是。我還差人把那幾個光棍拏了要枷號，他眾人再三哀告，說再不敢上門纏他了。王三官一口一聲，稱呼我是老伯，拏了五十兩禮帖兒，我不受他的。他到明日，還要請我家中知謝我去。」伯爵失驚道：「真個他來向哥陪不是來了？」西門慶道：「我莫不哄你？」因喚王經：「拏王三官拜帖兒，與應二爹瞧。」那王經向房子裏取出拜帖，上面寫著晚生王寀頓首百拜。伯爵見了，口中只是極口稱贊：「哥的所算，神妙不測！」西門慶分付伯爵：「你若看見他每，只說我不知道。」伯爵道：「我曉得。機不可洩，我怎肯和他說。」坐了一回吃了茶，伯爵道：「哥，我去罷。只怕一時老孫和祝麻子摸將來，只說我沒到這裏。」西門慶道：「他就來，我也不出來見他，只答應不在家。」一面叫將門上人來都分付了：「但是他二人，只答應不在。」西門慶從此不與李桂姐上門走動，家中擺酒，也不叫李銘唱曲，就疏淡了。正是：昨夜浣花溪上雨，綠楊芳草為何人？有詩為證：

誰道天臺訪玉真，三山不見海沈沈。
侯門一入深如海，從此蕭郎是路人。

畢竟未知後來如何，且聽下回分解。

第七十回　西門慶工完陞級　群僚庭參朱太尉

昨夜西風鼓角喧，曉來隆凍怯寒氈。
茫茫一片渾無地，浩浩四方俱是天。
綺壁淒涼宜未守，霸陵豪傑且停鞭。
陽春有腳恩如海，願借餘溫到客邊。

話說西門慶自此與李桂姐斷絕不題。卻走差人到懷慶府林千戶處打聽消息。林千戶將陞官邸報，封付與來人，又賞了五錢銀子，連夜來遞與提刑兩位官府。當廳，夏提刑拆開，同西門慶先觀本衛行來考察官員照會。其略曰：

兵部一本，尊明旨，嚴考覈，以昭勸懲，以光聖治事。先該金吾衛提督官校太尉太保兼太子太保朱題前事考察禁衛官員，除堂上官自陳外，其餘兩廂，詔獄緝捕，提察、譏察、觀察，典牧皇畿，內外提刑所指揮千百户，鎮撫等官，各按冊籍祖職世襲轉陞功陞蔭陞納級等項，各挨次格，從公舉劾。甄別賢否，具題上請。當下該部詳議，黜陟陞調降革等因。奉聖旨兵部知道，欽此欽遵，抄出到科，按行到部，看得太尉朱題前事，遵奉舊例，委的本官，殫力致忠，公于考覈。委所同弁，內外屬官，各據冊籍，博協輿論，甄別賢否。皆出聞見之實，而無偏執之私。足見本官，仰扳天顏之咫尺，而存體國之忠謀也。分別等第獎勵，淑慝井井有條，足以勵人心，而孚公議，無容臣等再喙。但恩威賞罰，出自朝廷。合候命下之日，一體照例施行等因。庶考覈明而人心服，冒濫革而官箴肅矣。奉欽此欽依擬行。內開：山東提刑所正千戶夏延齡，資望既久，才練老成。昔視典牧，而坊隅安靜；今理齊刑，而綽有政聲。宜加獎勵，以冀甄陞，可備鹵簿之選者也。貼刑副千戶西門慶，才幹有為，英偉素著。家稱殷實，而在任不貪；國事克勤，而臺工有績。翌神運而分毫不索，司法令而齊民共仰。宜加轉正，以掌刑名者也。懷慶提刑千戶所正千戶林承勳，年青優學，占籍武科。繼祖等，抱負不凡；提刑獄，詳明有法。幹濟有法，泰嚴有度。可加薦獎勵簡任者也。副千戶謝恩，年齒既殘，昔在行伍，猶有可觀；今任理刑，罷軟尤甚。可宜罷黜革任者也。

西門慶看了他轉正千戶掌刑，心中大悅。夏提刑見他陞指揮管鹵簿，大半日無言，面容失色。于是又展開工部工完的本觀看，上面寫道：

工部一本，神運屆京，天人胥慶。懇乞天恩，俯加渥典，以蘇民困，以廣聖澤事。奉聖旨，這神運奉迎大內，奠安艮嶽。以承天眷，朕心加悅。你每既效有勤勞，副朕事道至意，所經過地方，委的小民困苦。著行撫按衙門，查勘明白，著行蠲免今歲田租之半。所毀壩閘，你部裏差官，會同巡按後史，即行修理。完日，還差內侍孟昌齡，前去致祭。蔡京、李邦彥、王煒、鄭居中、高俅，輔弼朕躬，直贊內庭，勳勞茂著；京加太師，邦彥加柱國太子太師，王煒太傅，鄭居中、高俅太保，各賞銀五十兩，四表裏。蔡京還蔭一子為殿中監。國師林靈素，佐國宣化，遠致神運。北伐虜謀，實與天通。加封忠孝伯，食祿一千石，賜坐龍衣一襲，肩輿入內，賜號玉真教主，加淵澄玄妙廣德真人，金門羽客，真達靈玄妙先生。朱勔、黃經臣，督理神運，忠勤可嘉。勔加太傅兼太子太傅，經臣加殿前都太尉，提督御前人船，各蔭一子為金吾衛正千戶。內侍李彥、孟昌齡、賈祥、何沂、藍從熙，著直延福五位宮近侍，各賜蟒衣玉帶，仍蔭弟姪一人為副千戶，俱見任管事。禮部尚書張邦昌、左侍郎兼學士蔡攸、右侍郎白時中、兵部尚書余深、工部尚書林攄，俱加太子太保，各賞銀四十兩，彩段二表裏。巡撫兩浙僉都御史張閣，陞工部右侍郎。巡撫山東都御史侯蒙，陞太常正卿。巡撫兩浙山東監察御史尹太諒宋喬年，都水司郎中安忱伍訓，各陞俸一級，賞銀二十兩。祇迎神運千戶魏承勳、徐相、楊廷珮、司鳳儀、趙友蘭、扶天澤、西門慶、田九皋等，各陞一級。內侍宋推等，營將王佑等，具各賞銀十兩。所官薛顯忠等，各賞五兩。校尉昌玉等，絹二疋。該衙門知道。

夏提刑與西門慶看畢，各散衙回家。後晌時分，有王三官差永定同文嫂著請書盒兒來，內安泥金摺，十一日請西門慶往他府中赴席，少罄謝私之意。西門慶收下，不勝歡喜，以為其妻指日在于掌握。不期到初十日晚夕，東京本衛經歷司，差人行照會到，曉諭各省提刑官員知悉，火速赴京，趕冬至令節見朝引奏謝恩，毋得違誤，取罪不便。西門慶看了，到次日衙門中會了夏提刑；回手本打發來人回去，不在話下。各人到家，收拾行裝，備辦贄見禮物，不日約會起程。西門慶使玳安叫了文嫂兒，教他回王三官，十一日不得來赴席，如此這般，上京見朝謝恩去也。王三官道：「既是老伯有事，待容回來，潔誠具請。」西門慶一面叫將賁四，分付教他跟了去。與他五兩銀子，家中盤纏。留下春鴻看家，帶了玳安、王經跟隨答應。又問周守備討了四名巡捕軍人，四匹小馬，打點馱裝煖轎，馬排軍抬扛。夏提刑那邊，夏壽跟隨。兩家有二十餘人跟從。十二日起身，離了清河縣，冬天易晚，晝夜攢行。到了懷西懷慶府，會林千戶。千戶已上東京去了。一路天寒坐轎，天煖乘馬。朝登紫陌紅塵，夜宿郵亭旅邸。正是：意急款搖青氈幙，心忙牽碎紫絲鞭。

評話捷說，到了東京，進得萬壽門來。依著西門慶分別，他主意要往相國寺下。夏提刑不肯，堅執要請往他令親崔中書家投下。西門慶不免先具拜帖拜見。正值崔中書在家，即出迎接。至廳敘禮相見，道及寒喧契闊之情，拂去塵土，坐下，茶湯已畢，拱手問西門慶尊號。西門慶道：「賤號四泉。」因問：「老先生尊號？」崔中書道：「學生性最愚朴，坐閒林下，賤名守愚，拙號遜齋。」因說道：「舍親龍溪，久稱盛德。全仗扶持，同心協恭，莫此為厚！」西門慶道：「不敢。在下常領教誨，今又為堂尊，受益恒多，可幸可幸！」夏提刑道：「長官如何這等稱呼？雖有鎡基，不如待時。」崔中書道：「四泉說的也是名分使然，不得不早。」言畢，彼此笑了。不一時收拾了行李，天晚了。崔中書分付童僕，放桌擺飯。無非的果酌肴饌之類，不必細說。當日二人在崔中書宿歇不題。

到次日各備禮物拜帖，家人跟隨，早往蔡太師府中叩見。那日太師在內閣還未出來，府前官吏人等，如蜂屯蟻聚，通擠匝不開。西門慶與夏提刑與了門上官吏兩包銀子，拏揭帖稟進去。翟管家見了，即出來相見，讓他到外邊私宅。先是夏提刑相見畢，然後西門慶敘禮，彼此道及往還酬答之意，各分賓主坐下。夏提刑先遞上禮帖，兩疋雲鶴金段，兩疋色段，翟管家的是十兩銀子。西門慶禮帖上是一疋大紅絨綵蟒，一疋玄色妝花斗牛補子員領，兩疋京段；另外梯己送翟管家一疋黑綠雲絨，三十兩銀子。翟謙分付左右，把老爺禮都交收進府中去上簿籍。他只受了西門慶那疋雲絨，將三十兩銀子，連那夏提刑的十兩銀子，都不受，說道：「豈有此理？若如此，不見至交親情！」一面令左右放桌兒擺飯，說道：「今日聖上奉艮嶽，新蓋上清寶籙宮，奉安牌匾，該老爺主祭，直到午後纔散。到家同李爺又往鄭皇親家吃酒，只怕親家和龍溪等不的，誤了你每勾當。遇老爺閒，等我替二位稟，就是一般。」西門慶道：「蒙親家費心，若是這等又好了。」翟謙因問：「親家那裏住？」西門慶就把夏龍溪令親家下歇說了。不一時，安放桌席端正，就是大盤大碗，湯飯點心，一齊拏上來，都是光祿烹炮美味，極品無加。每人金爵飲酒三盃，就要告辭起身。翟謙于是款留，令左右再篩上一盃。西門慶因問：「親家，俺每幾時見朝？」翟謙道：「親家，你同不得夏大人。夏大人如今京堂官，不在此例。你與本衛新陞的副千戶何太監姪兒何永壽，他便貼刑，你便掌刑，與他作同僚了。他先謝了恩，只等著你見朝引奏畢，一同好領劄付。你凡事只會他去。」夏提刑聽了，一聲兒不言語。西門慶道：「請問親家，你曉得我還等冬至郊天畢回來，見朝如何？」翟謙道：「親家你等不的。冬至聖上郊天回來，那日天下官員上表朝賀畢，還要排慶成宴，你每原等的？不如你今日先鴻臚寺報了名，明日早朝謝了恩，直到那日堂上官引奏畢，領劄付起身就是了。」西門慶謝道：「蒙親家指教，何以克當！」臨起身，翟謙又拉西門慶到側淨處說話，甚是埋怨西門慶說：「親家，前日我的書去，那等說，大凡事要謹密，不可使同僚每知道。親家如何對夏大人說了，教他央了林真人帖子來，立逼著朱太尉，太尉來對老爺說，要將他情願不官鹵簿，仍以指揮職銜，在任所掌刑三年。何太監又在內廷，轉央朝廷所寵安妃劉娘娘的分上，便也傳旨出來，親對太爺和朱太尉說了，要安他姪兒何永壽在山東理刑。兩下人情阻住了，教老爺好不作難！不是我再三在老爺跟前維持，回倒了林真人，把親家不撐下去了？」慌的西門慶連忙打躬說道：「多承親家盛情！我並不曾對一人說，此公何以知之？」翟謙道：「自古機事不密則害成。今後親家凡事謹慎些便了。」這西門慶千恩萬謝，與夏提刑作辭出門，來到崔中書家。一面差賁四鴻臚寺報了名。

次日見朝，青衣冠帶，同夏提刑進內。不想只在午門前謝了恩出來。剛轉過西闕門來，只見一個青衣人走向前問道：「那位是山東提刑西門慶老爹？」賁四問道：「你是那裏的？」那人道：「我是內府匠作監何公公來請老爹說話。」言未畢，只見一個太監，身穿大紅蟒衣，頭戴三山帽，腳下粉底皂靴，從御街高聲叫道：「西門大人請了？」西門慶遂與夏大人分別，被這太監用手一把拉在旁邊一所直房內，都是明窗亮槅，裏面籠的火煖烘烘的，桌上陳設的許多卓盒，一面相見，作了揖。慌的西門慶倒身還禮不迭。說道：「大人你不認的我，在下是內府匠作太監何沂，見在延寧第四宮端妃馬娘娘位下近侍。昨日內工完了，蒙萬歲爺爺恩典，將姪男何永壽陞授金吾衛左所副千戶，見在貴處提刑所理刑管事，與老大人作同僚。」西門慶道：「原來是何老太監，學生不知，恕罪恕罪！」一面又作揖說道：「此禁地不敢行禮，容日到老太監外宅進拜。」于是敘禮畢，讓坐，家人捧茶，金漆朱紅盤托盞遞上茶去吃了。茶畢，就揭卓盒蓋兒。桌上許多湯飯肴品，拏盞筯兒來安下。何太監道：「不消小盃了，我曉的大人朝下來，天氣寒冷，拏個小盞來。沒甚麼肴，褻瀆大人，且吃個頭腦兒❶罷。」西門慶道：「不當厚擾。」何太監于是滿斟上一大盃，遞與西門慶。西門慶道：「老太監承賜學生領下只是出去還要見官拜部，若吃得面紅，不成道理。」何太監道：「吃兩盞兒盪寒，何害？」因說道：「舍姪兒年幼，不知刑名。望乞大人看我面上，同僚之間，凡事教導他教導。」西門慶道：「豈敢，老太監勿得太謙。令姪長官雖是年幼，居氣養體，自然福至心靈。」何太監道：「大人好說。常言：『學到老，不會到老。』天下事如牛毛，孔夫子也只識得一腿。恐有不知到處，大人好歹說與他。」西門慶道：「學生謹領。」因問：「老太監外宅在何處？學生好去奉拜長官。」何太監道：「舍下在天漢橋東文華坊，雙獅馬臺就是。」亦問：「大人下處在那裏？我教做官的先去叩拜。」西門慶道：「學生暫借崔中書家下。」彼此問了住處，西門慶吃了一大盃就起身。何太監送出門，拱著手說道：「適間所言，大人凡事看顧看顧。他還等著你會同一答兒引奏，當堂上作主進了禮，好領劄付。」西門慶道：「老太監不消分付，學生知道。」于是出朝門，又到兵部。又遇見了夏提刑，同拜了部官來。比及到本衛，參見朱太尉，遞履歷手本，繳劄付，又拜經歷司，並本所官員，已是申刻時分。夏提刑改換指揮服色，另具手本，參見了朱太尉，免行跪禮，擇日南衙到任。剛出衙門，西門慶還等著，遂不敢與他同行，讓他先上馬。夏延齡那裏肯，定要同行。西門慶趕著他呼堂尊。夏指揮道：「四泉，你我同僚在先，為何如此稱呼？」西門慶道：「名分已定，自然之道，何故太謙？」因問：「堂尊高陞美任，不還山東去了。寶眷幾時搬取？」夏延齡道：「欲待搬來，那邊房舍無人看守。如今且在舍親這邊權住，直待過年差人取家小罷了。日逐望長官早晚家中看

❶ 頭腦兒：一種用肉與雜味配合的酒。

顧一二。房子若有人要，就央長官替我打發，自當感謝。」西門慶道：「學生謹領。請問府上那房價值若干？」夏延齡道：「舍下此房，原是一千三百兩買的徐內相房子，後邊又蓋了一層，收拾使了二百兩。如今賣原價也罷了。」西門慶道：「堂尊說與我，有人問，我好回答，庶不誤了。」夏延齡道：「只是有累長官費心。」

二人歸到崔宅，王經向前稟說：「新陞何老爹來拜，下馬到廳，小的回部中還未來家，何老爹說多拜上，還與夏老爹、崔老爹都投下帖。午間差人送了兩疋金段來。」宛紅帖兒，拏與西門慶看。上寫著：「謹具段帕二端，奉引贄敬。寅侍教生何永壽頓首拜。」西門慶看了，連忙差王經封了兩疋南京五彩獅補員領，寫了禮帖，吃了飯，連忙往何家回拜去。到于廳上，何千戶忙整衣迎接出來，穿著五彩妝花玄色雲絨獅補員領，烏紗皂履，腰繫玳瑁蒙金帶，年紀不上二十歲。生的面如傅粉，眉目清秀，唇若塗朱，趨下階來，揖讓退遜，謙恭特甚。西門慶陞階，左右忙去掀簾。呼喚一聲，奔走後先應諾。二人到廳上敘禮。西門慶令玳安揭開段盒，捧上贄見之禮，拜下去。說道：「適承光顧，兼領厚儀，有失迎迓。今早又蒙老公公直房賜饌，感德不盡！」何千戶忙頂頭還禮，說：「小弟叨受微職，忝與長官同列，早晚得領教益，為三生有幸！適間進拜不遇，又承垂愛，蓬蓽生光！」令左右收下去。一面扯公座椅兒，都是麈皮坐褥，分賓主坐下。左右捧上茶來，何千戶躬身捧茶，遞與西門慶。西門慶亦離席交換。吃茶之間，彼此問號。西門慶道：「學生賤號四泉。」何千戶道：「學生賤號天泉。」又問：「長官今日拜畢部堂了？」西門慶道：「從內裏蒙公公賜酒出來，拜畢部，又到本衙門見堂，繳了劄付，拜了所司，出來見長官尊帖下顧，失迎，不勝惶恐！」何千戶道：「不知長官到，學生拜遲。」因問：「長官今日與夏公都見朝來？」西門慶道：「龍溪今已陞了指揮直駕，今日都見朝謝恩在一處。只到衙門見堂之時，他另具手本參見。」問畢，何千戶道：「今日與長官計議了，咱每幾時與本主老爹見禮領劄付？」西門慶道：「依著舍親說，咱每先在衛主宅中進了禮，然後大朝引奏，還在本衙門到堂，同眾領劄付。」何千戶道：「既是長官如此說，咱每明日早備禮進了罷。」于是都會下各人禮數，何千戶是兩疋蟒衣，一束玉帶。西門慶是一疋大紅麒麟金段，一疋青絨蟒衣，一柄金鑲玉絛環；各金華酒四罈，明早在朱太尉宅前取齊。約會已定，茶湯兩換，西門慶告辭而回，並不與夏延齡題此事。

一宿晚景題過。到次日早，到何千戶家。何千戶又是預備飯食頭腦小席，大盤大碗，齊齊整整。連手下人飽餐一頓，然後同往太尉宅門前來。賁四同何家人，又早押著禮物伺候已久。那時正值朱太尉新加太保，徽宗天子又差遣往南壇視牲未回。各家餽送賀禮，伺候參見官吏人等，黑壓壓在門首，等的鐵桶相似。何千戶下了馬，在左近一相識家坐的，差人打聽老爺道子響，就來通報。一等等到午後時分，忽見一人飛馬而來，傳報道：「老爺視牲回來，進南薰門了。」分付閒雜人打開。不一時，騎報回來傳：「老爺過天漢橋了。」頭一廚役跟隨，茶盒攢盒到了。半日纔遠遠牌兒馬到了。眾官都頭帶勇字鎖鐵盔，身穿摟漆紫花甲，青紵絲團花窄袖衲襖，紅綃裹肚，綠麿皮挑線海獸戰裙。腳下四縫著腿黑靴，弓彎雀畫，箭插雕翎金袋。肩上橫擔銷金令字藍旗。端的人如猛虎，馬賽飛龍。須臾，一對藍旗過來，夾著一對青衣節級上，一個個長長大大，搊搊搜搜❷。頭帶黑青巾，身穿皂直裰，腳上乾黃皮底靴，腰間懸繫虎頭牌，騎在馬上，端的威風凜凜，相貌堂堂。須臾，三隊牌兒馬過畢，只聞一片喝聲傳來。那傳道者

❷ 搊搊搜搜：同第一回註㉛。

都是金吾衛士，直場排軍，身長七尺，腰闊三停。人人青巾桶帽，個個腿纏黑靴。左手執著藤棍，右手撥步撩衣。長聲道子一聲喝道而來，下路端的嚇魄消魂，陡然市衢澄靜。頭道過畢，又是二道摔手。摔手過後，兩邊雁翎排列。二十名青衣緝捕，皆身腰長大。都是寬腰大肚之輩，金眼黃鬚之徒。個個貪殘類虎，人人那有慈悲。十對青衣後面，轎是八抬八簇肩輿明轎，轎上坐著朱太尉。頭戴烏紗，身穿猩紅斗牛絨袍，腰橫四指荊山白玉玲瓏帶，腳靸皂靴，腰懸太保牙牌，黃金魚鑰，頭帶貂蟬，腳登虎皮，踏抬的那轎離地約有三尺高。前面一邊一個相抱角帶，身穿青紵絲家人跟著。轎後又是一班兒六面牌兒馬，六面令字旗，緊緊圍護，以聽號令。後約有數十人，都騎著寶鞍駿馬，玉勒金鐙，都是官家親隨掌案書辦書吏人等，都出于袴養時話，驕自己好色貪財，那曉王章國法。登時一隊隊都到宅門首，一字兒擺下。喝的人靜迴避，無一人聲嗽。那來見的官吏人等，黑壓壓一群，跪在街前。良久太尉轎到跟前，左右喝聲：「起來伺候！」那眾人一齊應諾，誠然聲震雲霄。只聽東邊鼕鼕鼓來響動，原來本尉八員太尉堂官見太尉新加光祿大夫太保，又蔭一子為千戶，都各備大禮在此，治具酒筵來此慶賀。故此有許多教坊伶官，在此動樂。太尉纔下轎，樂就止了。各項官吏人等，預備進見。忽然一聲道子響，一青衣承差，手拏兩個紅拜帖，飛走而來，遞與門上人說：「禮部張爺與學士蔡大爺來拜。」連忙稟報進去。須臾，轎在門首，尚書張邦昌與侍郎蔡攸，都是紅吉服孔雀補子，一個犀帶，一個金帶。進去拜畢，待茶畢，送出來。又是吏部尚書王祖道與左侍郎韓侶、右侍郎尹京，也來拜，朱太尉都待茶送了。又是皇親喜國公，樞密使鄭居中，駙馬掌宗人府王晉卿，都是紫花玉帶來拜。惟鄭居中坐轎，這兩個都騎馬。送出去，方是本衙堂上六員太尉到了，呵殿宣儀，行仗羅列。頭一位是提督管兩廂捉察使孫榮，第二位管識察梁應龍，第三管內外觀察典牧皇畿童太尉姪兒童天胤，第四提督京城十三門巡察使黃經世，第五管京營衛緝察皇城使竇監，第六督管京城內外巡捕使陳宗善，都穿大紅，頭帶貂蟬。惟孫榮是太子太保，玉帶，餘者都是金帶。下馬進去，各家都有金幣尺頭禮物。少頃，裏面樂聲響動，眾太尉插金花挐玉帶，與朱太尉把盞遞酒。階下一派簫韶盈耳，兩行絲竹和鳴。端的食前方丈，花簇錦筵。怎見得太尉的富貴？但見：

官居一品，位列三台。赫赫公堂，晝長鈴索靜；潭潭相府，漏定戟援齊。林花散彩賽長春，簾影垂虹光不夜。芬芬馥馥，獺髓新調百和香；隱隱層層，龍紋大篆千金鼎。貪擁半床翡翠，枕歌八寶珊瑚。時聞琅珮玉叮咚，特看傳燈金錯落。虎符玉節，門庭中仗生寒；象板銀箏，磈礧排場熱鬧。終朝謁見，無非公子王孫；逐歲追遊，盡是侯門戚里。雪兒歌發，驚聞麗曲三千；雲母屏開，忽見金釵十二。鋪荷芰，遊魚沼內不驚人；高挂籠，嬌鳥簾前能對語。那裏解調和燮理，一味能趨諂逢迎。端的笑談起干戈，吹噓驚海岳。假旨令，八位大臣拱手；巧辭使，九重天子點頭。督擇花石，江南淮北盡災殃；進獻黃楊，國庫民財皆匱竭。當朝無不心寒，列士為之屏息。正是：輦下權豪第一，人間富貴無雙。須臾遞畢，安席坐下。一班兒五個俳優，朝上箏纂琵琶，方響箜篌，紅牙象板，唱了一套正宮端正好。端的餘音繞梁，聲清韻美。唱道：

享富貴，受皇恩，起寒賤，居高位，秉權衡威振京畿。惟君恃寵，把君王媚，全不想存仁義。

〔滾繡毬〕起官夫，造水池。與兒孫，買田基。圖求謀，多只為一身之計。縱奸貪，那裏管越瘦吳肥。趨附的，身即榮；觸忤的，命必危。妒良才喜親小輩，只想著復私仇，公道全虧。你將九重天子深瞞昧，致四海生民總亂離，更不道天網恢恢！

〔倘秀才〕巧言詞，取君王一時笑喜。那裏肯效忠良，使萬國雍熙。你只待顛倒豪傑把世迷，隔靴空痒揉，久症卻行醫，滅絕了天理！

〔滾繡毬〕你有秦趙高，指鹿心；屠岸賈，縱犬機；待學漢王莽，不臣之意；欺君的董卓燃臍。但行動絃管隨，出門時兵仗圍，入朝中百官悚畏。仗一人假虎張威，望塵有客趨奸黨，借劍無人斬腰賊，一任的忒狂為！

〔尾聲〕金甌底下無名姓，青史編中有是非。你那知燮理陰陽調元氣；只知盜賣江山結外夷。枉辱了玉帶金魚掛蟒衣，受祿無功愧寢食。權方在手人皆懼，禍到臨頭悔後遲。南山竹罄難書罪，東海波乾臭未遺，萬古流傳，教人唾罵你！

當時酒進三巡，歌吟一套，六員太尉起身，朱太尉親送出來。回到廳，樂聲暫止。管家稟事，各處官員進見。朱太尉令左右抬公案，就在當廳一張虎皮交椅上坐下。分付出來，先令各勳戚中貴仕宦家人吏書人等送禮的進去。須臾，打發出來，纔是本衛紀事，南北衙兩廂五所七司，捉察譏察，觀察巡察，典牧直駕，提牢指揮，千百戶等官，各有首領，具手本呈遞。然後纔傳出來，叫兩淮、兩浙、山東、山西、關東、關西、河東、河北、福建、廣南、四川十三省提刑官挨次進見。西門慶與何千戶在第五起上，抬進禮物去。管家又早將何太監拜帖，鋪在書案上，二人立在階下，等上邊叫名字。這西門慶抬頭，見正面五間皆廠廳，歇山轉角，滴水重簷，珠簾高捲上，週圍都是綠欄杆。上面朱紅牌匾，懸著徽宗皇帝御筆，欽賜「執金吾堂」斗大小四個金字，乃是官家耳目牙爪所家緝訪密之所，常人到此者處斬。兩邊六間廂房，階墀寬廣，院宇深沈。朱太尉身著太紅，在上面坐著。須臾，叫到跟前，二人應諾陞階，到滴水簷前，躬身參謁，四拜一跪，聽發放。朱太尉道：「那兩員千戶，怎的又叫你家太監送禮來？」令左右收了，分付：「在地方謹慎做官，我這裏自有公道。伺候大朝引奏畢，來衙門中領箚赴任。」二人齊聲應諾。左右喝起去，由左角門出來。剛出大門來，尋見賁四等抬擔出來。正要走，忽聽一人飛馬報來，挐宛紅拜帖來報，說道：「王爺、高爺來了。」西門慶與何千戶閃在人家門裏觀看。須臾，軍牢喝道，人馬圍隨，填街塞巷。只見總督京營八十萬禁軍隴西公王燁，同提督神策御林軍總兵官太尉高俅，俱大紅玉帶，坐轎而至。那各省參見官員，都一湧出來，又不得見了。西門慶與何千戶，良久等了賁四盒擔出來，到于僻處，呼跟隨人拉過馬來，二人方纔騎上馬回寓。正是：不因奸佞居台鼎，那得中原血染衣！看官聽說：妾婦索家，小人亂國，自然之道。識者以為將來，數賊必覆天下。果到宣和三年，徽、欽北狩，高宗南遷，而天下為虜，有可深痛哉！史官意不盡，有詩為證：

權姦誤國禍機深，開國承家戒小人。
六賊深誅何足道，奈何二聖遠蒙塵！

畢竟未知後來如何，且聽下回分解。

第七十一回　李瓶兒何千戶家托夢　提刑官引奏朝儀

整時罷鼓膝間琴，閒把篷篇閒古今。
常嘆賢君務勤儉，深悲庸主事荒臣。
治平端自親賢恪，稔亂無龍近佞臣。
說破興亡多少事，高山流水有知音。

話說西門慶同何千戶回來，走到大街，何千戶先差人去回何太監話去了。一面邀請西門慶到家一飯。西門慶再三固辭。何千戶手下把馬嚼拉住，說道：「學生還有一事與長官商議。」于是並馬相行，到宅前下馬。賁四同抬盒逕往崔中書家去了。原來何千戶盛陳酒筵，在家等候。進入廳上，但見屏開孔雀，褥隱芙蓉。獸炭焚燒，金爐香靄。正中獨獨設一席，下邊一席相陪。旁邊東首，又設一席。皆盤堆異果，花插金瓶。桌椅鮮明，幃屏齊整。西門慶問道：「長官今日筵何客！」何千戶道：「家公公今日下班，敢與長官敘一中飯。」西門慶道：「長官這等費心，盛設待學生，就不是同僚之情！」何千戶笑道：「倒是家公公主意，治此粗酌，屈尊請教。」一面看茶吃了。西門慶請老公公拜見。何千戶道：「家公公便出來。」不一時何太監從後邊出來，穿著綠絨蟒衣，冠帽皂靴，寶石絲環。西門慶展拜四拜，請公公受禮。何太監不肯，說道：「使不的。」西門慶道：「學生與天泉同寅晚輩，老公公齒德俱尊，又係中貴，自然該受禮。」講了半日，何太監受了半禮。讓西門慶上面，他主席相陪，何千戶旁坐。西門慶道：「老公公，這個斷然使不的，同僚之間，豈可旁坐？老公公叔姪便罷了，學生使不的。」何太監大喜道：「大人甚是知禮。罷罷，我閣老位兒旁坐罷，教做官的陪大人主席就是了。」西門慶道：「這等學生坐的也安。」于是各敘禮坐下。何太監道：「小的兒每，再燒好炭來，今日天氣寒冷些。」須臾，左右火池火叉，拏上一包煖閣水磨細炭，向中間四方黃銅火盆內只一倒，廳前放下油紙煖簾來，日光掩映，十分明亮。何老太監道：「大人請寬了盛服罷。」西門慶道：「學生裏邊沒穿甚麼衣服，使小价下處取來。」何太監道：「不消取去。」令左右接了衣服：「拏我穿的飛魚綠絨氅衣來與大人披上。」西門慶笑道：「老公公職事之服，學生何以穿得？」何太監道：「大人只顧穿，怕怎的？昨日萬歲賜了我蟒衣，我也不穿他了，就送了大人遮衣服兒罷。」不一時，左右取上來。西門慶揑了帶，令玳安接去員領，披上氅衣，作揖謝了。又請何千戶也寬去上蓋陪坐。又拏上一道茶來吃了。何太監道：「叫小廝每來。」原來家中教了十二名吹打的小廝，兩個師範❶領著上來磕頭。何太監分付抬出銅鑼銅鼓，放在廳前，一面吹打動起樂來。端的聲震雲霄，韻驚魚鳥。然後左右伺候酒筵上坐。何太監親自把盞。西門慶慌道：「老公公請尊便，有長官代勞。只安放鍾筯兒，就是一般。」何太監道：「我與大人遞一鍾兒。我家做官的，初入蘆葦，不知深淺。望乞大人凡事扶持一二，就是情了。」西門慶道：「老公公說那裏話！常言：同僚三世親。學生亦托賴老公公餘光，豈不同力相助。」何太監道：「好說，好說！共同王事，彼此扶持。」

❶ 師範：教師。

西門慶也沒等他遞酒，只接了盃兒，領到席上，隨即回奉一盃，安在何千戶並何太監席上，彼此告揖過，坐下。吹打畢，三個小廝連師範在筵前，銀箏象板，三絃琵琶，唱了一套正宮端正好：

水晶宮，鮫綃帳；光射水晶宮，冷透鮫綃帳。夜深沈，睡不穩龍床；離金門，私出天街上，正風雪空中降。

〔滾繡毬〕似紛紛蝶翅飛，如漫漫柳絮狂。舞水花，旋風兒飄蕩，踐玉氈，腳步兒匆忙。將白襴兩袖遮，把烏紗小帽蕩。猛回頭鳳樓凝望，全不見碧琉璃瓦甃鴛鴦。一霎時，九重殿如銀砌；半合兒，萬里乾坤似玉妝。恰便是粉甸滿封疆。

〔倘秀才〕我只見鐵桶般重門閉，我將這銅獸面雙環扣響。敲門的我是萬歲山前趙大郎。堂中無客伴，燈下看文章，特來聽講。

〔呆骨朵〕衝寒風，冒凍雪，來相望。有些個機密事，緊要商量。忙怎麼，了事公人免禮，咱招賢宰相。這的鼎鼐三公府，那裏也剃頭髮唐三藏。這坐席間聽講書，你休來耳邊廂叫點湯。

〔倘秀才〕朕不學漢高皇，身居未央；朕不學唐天子，停眠在晉陽。常則是翠被生寒金鳳凰，有心傳說，無夢到高唐。這的是為君的勾當！

〔滾繡毬〕雖然與四海為一人，必索要正三綱謹五常。朕的年廣學鎗棒，恨則恨未曾到孔子門牆。尚書是幾篇？毛詩共幾章？講禮記始知謙讓，論春秋可鑑興亡。朕待學禹、湯、文、武宗堯舜，卿可及房、杜、蕭、曹立漢唐？則要你燮理陰陽。

〔倘秀才〕卿道是用論語，治朝廷有方。卻原來這半部運山河在掌。聖道如天不可量，談經臨絳帳。索強如開宴出紅妝，聽說罷神清氣爽。

〔滾繡毬〕銀臺上華燭明，金爐內寶篆香。不當煩教老兄自斟佳釀，又何須嫂嫂親捧著霞觴。卿道是糟糠妻不下堂，朕須想貧賤交不可忘。常言道，表壯不如裏壯。妻若賢，夫免災殃。朕將卿如太甲逢伊尹，卿得嫂壯呵，恰便是梁鴻配孟光。則願你福壽綿長。

〔倘秀才〕但歇息呵，論前王後王；恰合眼，慮興邦喪邦。因此上曉夜無眠想萬方。雖不是歡娛嫌夜短，遭難道寂寞恨更長。憂愁事幾樁？

〔滾繡毬〕憂則憂，當站的身無掛體；憂則憂，家無隔宿糧。憂則憂，甘貧的晝眠深巷；憂則憂，讀書的夜寐寒窗。憂則憂，噥寒妻怨夫啼；憂則憂，駕車的恁時分萬里行商。憂則憂，行船的一江風浪；憂則憂，餓子呼娘。憂則憂，是布衣賢士無活計；憂則憂，鐵甲忙披守戰場。題將來，感嘆悲傷！

〔倘秀才〕憂的是百姓苦，向御榻心勞意攘。害的是不小可，教寡人眠思夢想，太原府劉素拒北方。我只待暫離丹鳳闕，親擁碧油幢，先取那河東的上黨。

〔滾繡毬〕卿道是錢王共李王，劉鋹與孟昶。他每多無仁政，著萬民失翼，行霸道，百姓遭殃。差何人鎮守西，命何人定兩廣。取吳越必須名將，下江南直用忠良。要定奪展江山，白玉擎天柱，索用恁極宇宙，黃金駕海梁。仔細端詳。

〔脫布衫〕取金陵飛渡長江，到錢塘平定他鄉。西川休辭棧惡，南蠻地莫愁煙瘴。

〔醉太平〕陣衝開虎狼，身冒著風霜，用六韜三略定邊疆，把元戎印掌。則要你人披鐵甲添雄壯，馬搖玉勒難遮當，鞭敲金鐙響叮噹，早班師汴梁。

〔一煞〕有那等順天心，達天理，去邪歸正有疎放；有那等霸王業，抗王師，揚威盡滅亡。休擄掠民財，休傷殘民命，休淫污民妻，休燒毀民房。恤軍馬施仁立法，實錢糧。定賞罰，保城池，討逆招安，沿路上安民挂榜。從賑濟任開倉。

〔尾聲〕朕專待正衣冠，尊相貌，就凌煙圖畫你那功臣像。卿幕賓，立金石銘鍾鼎，向青史標題姓字香。能用兵善為將，有心機有膽量。仰瞻天文籌星象，俯察山川變形狀。決戰方將九地量，畫戟須將旗幟張。夜戰須將火鼓揚；步戰屯雲護軍帳，水戰隨風使帆槳。奇正相生兵最強，仁勇之行勇怎當。耳聽將軍定這廂，坐擬元戎取那廂。飛奏邊庭進表章，齊賀昇平回帝鄉。比及你列土分茅拜卿相，先將你各部下的軍卒，重重的賞！

唱了一套下去。酒過數巡，食割兩道，看看天晚，秉上燈來。西門慶喚玳安拏賞賜與廚役並吹打各色人役，就要起身，回說：「學生不當厚擾，一日了，就此告回。」那公公那裏肯放，說道：「我今日正是下班要與大人請教，有甚大酒席，只是清坐而已。教大人受饑。」西門慶道：「承老公公賜這等太美饌，如何反言受饑！學生回去歇息歇息，明早還與天泉參謁參謁兵科，好領箚付掛號。」何太監道：「既是如此，大人何必又回下處，就在我這裏歇了罷，明日好與我家做官的幹事。敢問如今下處在那裏？」西門慶道：「學生就暫借敝同僚夏龍溪令親崔中書宅中權寓，行李都在那邊。」何太監道：「這等也不難。

大人何不令人把行李搬過來，我家住兩日何如？我這後園兒裏有幾間小房兒，甚是僻淨。就早晚和做官的理會些公事兒，也方便些兒，強如在人家。這個就是一家。」西門慶道：「在這裏也罷了。只是使夏公見怪的，學生疏他一般。」何太監道：「沒的說。如今時年，早晨不做官，晚夕不唱喏。衙門是恁偶戲衙門。雖故當初與他同僚，今日前官已去，後官接管承行，與他就無干。他若這等說，他就是個不知道理的人了。今日我定然要和大人坐一夜，不放大人去。」喚左右，下邊房裏快放桌兒，管待你西門老爹大官兒飯酒。我家差幾個人跟他，即時把行李都搬了來。」分付：「打發後花園西院乾淨，預備鋪陳，炕中籠下炭火。」堂上一呼，階下百諾，答應下去了。西門慶道：「老公公盛情，只是學生得罪了。」

何太監道：「沒的扯淡哩！他既出了衙門，不在其位，不謀其政。他管他那裏鑾駕庫的事，管不的咱提刑所的事了，難怪于你。」不由分說，就打發玳安並馬上人吃了酒飯，差了幾名軍牢，各拏繩扛，逕往崔中書家搬取行李去了。何太監道：「又一件相煩大人，我家做官的若是到任所，還望大人那裏替他看所宅舍兒，然後好搬取家小。今先教他同大人去，待尋下宅子，然後打發家小起身。也不多，連幾房家人，也有二三十口。」西門慶道：「天泉去了，老公公這宅子誰人看守？」何太監道：「我兩個名下官兒，第二個姪兒何永福，見在莊子上，叫他來住了罷。」西門慶道：「老公公分付，要看多少銀子宅舍？」何太監道：「也得千金出外銀子的房兒纔夠住。」西門慶道：「敝同僚夏龍溪，他京任不去了。他一所房子，倒要打發。老公公何不要了與天泉住？一舉兩得其便，甚好。門面七間，到底五層。儀門進去大廳，兩邊廂房鹿角頂，後邊住房、花亭。周圍群房，也有許多，街道又寬闊，只好天泉住。」何太監道：「他要許多價值兒？」西門慶道：「他對我說來，原是一千三百兩，又後邊添蓋了一層平房，收拾了一處花亭。老公公若要，隨公公與他多少罷了。」何太監道：「我乃托大人，隨大人主張就是了。趁今日我在家，差個人和他說去，討他那原文書我瞧瞧。難得尋下這房舍兒，我家做官的去到那裏，就有個歸著了。」不一時，只見玳安同眾人搬了行李來回話。西門慶問：「賁四、王經來了不曾？」玳安道：「王經同押了衣箱行李先來了，還有轎子，又叫賁四在那裏看守著。」西門慶因附耳低言，如此如此，這般這般，分付：「拏我帖兒上覆夏老爹，借過那裏房子的原契來，何公公要瞧瞧，就同賁四一答兒來。」這玳安應的去了。不一時，賁四青衣小帽，同玳安前來，拏文書回西門慶說：「夏老爹多上覆，既是何公公要，怎好說價錢？原文書都拏的來了。又收拾添蓋，使費了許多。隨爹主張了罷。」西門慶把原契遞與何太監親看了一遍，見上面寫著一千二百兩，說道：「這房兒想必也住了幾年，裏面未免有些糟爛。也別要說收拾，大人面上，我家做官的既治產業，還與他原價。」那賁四連忙跪下說：「何爺說的是，自古使的憨錢，治的莊田；千年房舍換百主，一番拆洗一番新。」把這何太監聽了，喜歡的要不的。便道：「你是那裏的？此人倒會說話兒！常言成大事者，不惜小費。其實說的是。他叫甚麼名字？」西門慶道：「此是舍下夥計，名喚賁四。」何太監道：「也罷，沒個中人，你就做個中人兒，替我討了文契來。今日是個上官好日期。就把銀子兌與他罷。」西門慶道：「如今晚了，待的明日也罷了。」何太監道：「到五更，我早進去，明日大朝。今日不如先交與他銀子，就了事而已。」西門慶問道：「明日甚時駕出？」何太監道：「午時駕出到壇，三更鼓祭了，寅正一刻就回到宮裏，擺了膳，就出來設朝陞大殿朝賀，天下諸司都上表拜冬。次日文武百官吃慶成宴。你每是外任官，大朝引奏過，就沒你每事了。」說畢，何太監分付何千戶進後邊，連忙打點出二十四錠大元寶來，用食盒抬著，差了兩個家人，同賁四、玳安押送到崔中書家交割。夏公見抬了銀子來，滿心歡喜。隨即親手寫了文契，付與賁四等，拏來遞上。何太監不勝歡喜，賞了賁四十兩銀子，玳安、王經，每人三兩。西門慶道：「小孩子家，不當與他。」何太監道：「胡亂與他買嘴兒吃。」三人磕了頭謝了。何太監分付管待酒飯。又向西門慶唱了兩個喏：「全仗大人餘光！」西門慶道：「豈有此理？還是看老公公金面。」何太監道：「還望大人對他說說，早把房兒騰出來，這裏好打發家小起身。」西門慶道：「學生已定與他說，教他早騰。何長官這一去，且在衙門公廨中權住幾日。待他家小搬取到京，收拾了，這裏長官家小起身不遲。」何太監道：「收拾直待過年罷了。先打發家小去纔好。十分在衙門中，也不方便。」說話之間，已有二更天氣，說道：「老公公請安置罷，學生亦不勝酒力了。」何太監方作辭，歸後邊煖房內歇息去了。何千戶教家樂彈唱，還與西門慶投壺，吃了一回，方纔起身。歸至後園，正北三間書院，四面都是粉牆，臺柳湖山，盆景花木。房內絳燭高燒，疊席床帳，錦幔倭金屏護，琴書几席清幽，翠簾低掛，鋪陳整齊。爐上茶煮寶瓶，篆內香焚麝餅。何千戶又陪西門慶敘話良久，小童看茶吃了，方道安置，起身歸後邊去了。西門慶向了回火，方纔摘去冠帽，解衣就寢。王經、玳安打發脫了靴襪，合了燈燭，自往下邊煖炕被褥歇去了。

這西門慶有酒的人，睡在枕畔，見都是綾錦被褥，貂鼠繡帳，火箱泥金煖閣床。在被窩裏，見滿窗月色，翻來覆去睡不著。良久，只聞夜漏沈沈，花陰寂寂，寒風吹得那窗紙有聲。況離家已久，欲待要呼王經進來陪他睡，忽然聽得窗外有婦人語聲甚低。即披衣下床，靸著鞋襪，悄悄啓戶視之。只見李瓶兒霧鬢雲鬟，淡妝麗雅。素白舊衫籠雪體，淡黃軟襪襯弓鞋。輕移蓮步，立于月下。西門慶一見，挽之入室，相抱而哭，說道：「冤家，你如何在這裏？」李瓶兒道：「奴尋訪至此，對你說，我已尋了房兒了。今特來見你一面，早晚便搬取也。」西門慶忙問道：「你房兒在于何處？」李瓶兒道：「咫尺不遠，出此大街，迤東造釜巷中間便是。」言訖，西門慶共他相偎相抱，上床雲雨，不勝美快之極。已而整衣扶髻，徘徊不捨。李瓶兒叮嚀囑付西門慶：「我的哥哥，切記休貪夜飲，早早回家。那廝不時伺害于你，千萬勿忘言，是必記于心者！」言訖，撒手而別，挽西門慶相送到家，走出大街，見月色如畫，果然往東轉過牌坊，到一小巷，旋踵見一座雙扇白板門，道：「此奴之家也。」言畢，頓袖而入。西門慶急向前拉之，恍然驚覺，乃是南柯一夢。但見月影橫窗，花枝倒影矣。西門慶向褥底摸了摸，見精流滿席，餘香在被，殘唾猶甜。追悼莫及，悲不自勝。正是：世間好物不堅牢，彩雲易散琉璃脆。有詩為證：

玉宇微茫霜滿襟，疎窗淡月夢魂驚。
淒涼睡到無聊處，恨殺寒雞不肯鳴。

西門慶翻來覆去盼雞叫，巴不得天亮。比及天亮，又睡著了，次日清晨，何千戶家童僕起來伺候拏洗面湯手巾。王經、玳安打發西門慶梳洗畢，何千戶又早出來陪侍吃了薑茶，放桌兒請吃粥。西門慶問：「老公怎的不見？」何千戶道：「家公公從五更鼓進內去了。」須臾，拏上粥，圍著火盆，四碟齊整小菜，四大碗熬爛下飯。吃了粥，又拏上一盞肉員子餛飩雞蛋頭腦湯❷，金匙銀鑲雕漆茶鍾。一面吃著，分付出來伺候備馬。何千戶與西門慶冠冕，僕從跟隨，早進內參見兵科出來，何千戶便分路來家。西門慶又到相國寺拜智雲長老。長老又留擺齋，西門慶只吃了一個點心，餘者收下來，與手下人吃了。玳安

❷ 頭腦湯：同第七十回註❶。

氈包內拏著金段，從東街穿過來，要往崔中書家拜夏龍溪去。因從造釜巷所過，中間果見有雙扇白板門，與夢中所見一般。悄悄使玳安問隔壁賣豆腐老嫗：「此家姓甚名誰？」老嫗答道：「乃袁指揮家也。」西門慶于是不勝嘆異。到了崔中書家，夏公纔出馬拜人去。見西門慶到，令左右把馬牽過，迎西門慶至廳上，拜揖敘禮。西門慶令玳安拏上賀禮，青織金綾紵一端，色段一端。夏公道：「學生還不曾拜賀長官，倒承長官先事！昨者小房又煩費心，感謝不盡。」西門慶道：「何太監央學生看房一節，我因堂尊分付，就說此房來。何公到好就估著要，學生無不作成。討了房契去看了，一口就還了原價。果是內臣性兒，立馬蓋橋❸，就成了。還是堂尊大福。」說畢，呵呵笑了。夏公道：「何天泉，我也還未回拜他。」因問：「他此去，與長官同行罷了。」西門慶道：「他已會定同學生一路去，家小還且待後。昨日他老公公多致意，煩堂尊早些把房兒騰出來，搬取家眷。他如今且權在衙門裏住幾日罷了。」夏公道：「學生也不肯久稽，待這裏尋了房兒，就使人搬取家小，也只待出月罷了。」說畢，西門慶起身，又留了個拜帖與崔中書。夏公便道：「要留長官坐坐，爭奈在于客中，彼此情諒。」送出上馬，歸至何千戶家。何千戶又早伺候午飯等候。西門慶悉把拜夏公之事，說了一遍：「騰房已在出月，搬取家小。」何千戶大喜，謝道：「足見長官盛情。」吃畢飯，二人正在廳上著棋，忽左右來報：「府裏翟爹那裏，差人送下程來了。抓尋到崔老爹那裏，崔老爹使他來這裏來了。」于是拏帖來，宛紅帖兒上寫道：「謹具金段一端，雲紵一端，鮮豬一口，北羊一腔，內酒二罈，點心二盒，眷生翟謙頓首拜。」西門慶見來人，說道：「又蒙翟大爹費心！」一面收了禮物，寫回帖，賞來人二兩銀子，抬盒人五錢，說道：「客中不便，

❸ 立馬蓋橋：形容十分迅速。

有褻管家。」那人連忙接了，說道：「小的不敢領。」西門慶道：「將就買盃酒吃便了。」那人方纔磕頭收了。王經在旁插口悄悄說：「小的姐姐說，教我府裏去看看愛姐，有物事捎與他。」西門慶問：「甚物事？」王經道：「是家中做的兩雙鞋腳手。」西門慶道：「單單兒怎好拏去。」分付玳安：「我皮箱內有捎帶的玫瑰花餅，取兩罐兒，用小描金盒兒盛著。」就把回帖付與王經，穿上青衣，教他同跟了往府裏看愛姐不題。這西門慶寫了帖兒，送了一腔羊，一罎酒，謝了崔中書。把那一口豬，一罎酒，兩盒點心，抬到後邊：「孝順老公公，在此多有打擾！」慌的何千戶就來拜謝，說道：「長官，你我一家，如何這等計較！」

且說王經到府內，請出韓愛姐，外廳拜見了。打扮如瓊林玉樹一般，比在家出落，自是不同，長大了好些。管待了酒飯。因見王經身上穿的單薄，與了一件天青紵絲貂鼠鼈衣兒，又與了五兩銀子，拏來回覆西門慶話。西門慶大喜。正與何千戶下棋，忽聞綽道之聲，門上人來報：「夏老爹來拜，拏了兩個拜帖兒。」忙的兩個整衣冠，迎接到廳敘禮。何千戶又謝昨日房子之事。夏提刑具了兩分段帕酒禮，奉賀二公。西門慶與何千戶再三致謝，令左右收了。又賞了賁四、玳安、王經十兩銀子，一面分賓主坐下。茶罷，共敘寒溫。夏公道：「請老公公拜見。」何千戶道：「家公公進內去了。」夏公又留下了一個雙紅拜帖兒，說道：「多頂上老公公，拜遲恕罪！」言畢，作辭起身去了。何千戶隨即也具一分賀禮，一疋金段，差人送去，不在言表。到晚夕，何千戶又在花園煖閣中擺酒，與西門慶共酌夜飲，家樂歌唱，到二更方寢。西門慶因其夜裏夢遺之事，晚夕令王經拏鋪蓋來，書房地平上睡。半夜叫上床，脫的精赤條，摟在被窩內，兩個口吐丁香，舌融甜唾。正是：不能得與鶯鶯會，且把紅娘去解饞。一晚題過。

到次日起五更，與何千戶一行人跟隨進朝。先到待漏院候時，等的開了東華門進入。但見：星斗依稀禁漏殘，禁中環珮響珊珊。花迎劍戟星初落，柳拂旌旗露未乾。瑞靄光中瞻萬歲，祥煙影裏擁千官。欲知今日天顏喜，遙覩蓬萊紫氣蟠。少頃，只聽九重門啓，鳴噦噦之鸞聲；閶闔天開，覩巍巍之袞裳。重熙累洽之日，致履端嘉慶之時。當時天子祀畢南郊回來，文武百官，聚集于宮省等候設朝。須臾鐘響罷，天子駕出宮，陞崇政大殿，受百官朝賀。須臾，香毬撥轉，簾捲扇開。怎見的當日朝儀整肅？但見：皇風清穆，溫溫靄靄氣氤氳；麗日當空，郁郁蒸蒸雲靉靆。微微隱隱，龍樓鳳閣散滿天香靄；霏霏拂拂，珠宮寶殿映萬縷朝霞。大慶殿、崇慶殿、文德殿、集賢殿，燦燦爛爛，金碧交輝；乾明宮、神寧宮、昭陽宮、合壁宮，光光彩彩，丹青炳煥。蒼蒼涼涼，日影著玉砌雕欄；裊裊嬰嬰，霧鎖著金椽畫棟。紫扉黃閣，寶鼎內，縹縹緲緲，沈檀香爇；丹階墀，玉砌臺，明明朗朗，畫燭高焚。龍龍鼕鼕，報天鼓擂疊三通；鑑鑑鍧鍧，長樂鐘撞一百八下。枝枝楂楂，叉刀手互相磕撞；挨挨曳曳，龍虎旂來往盤旋。錦衣花帽，擎著的是圓蓋傘，方蓋傘，上上下下，開展即龍蟠；駕著的是金輅輦，玉輅輦，左左右右相陣。又見那立金瓜臥金瓜，三三兩兩；雙龍扇平龍扇，疊疊重重。群群隊隊，金鞍馬玉轡馬，性貌馴習；雙雙對對，寶匣象駕轅象，猛力猙獰。鎮殿將軍，一個個長長大大賽天神，甲披金葉侍朝；勳衛一人，齊齊整整如地煞，刀繫繡春。嚴嚴肅肅，殿門內擺列著糾儀御史，人人豸冠森聳，秉簡當胸；端端正正，姜擦邊立站定眾官員，個個錦衣炳煥，宣聽旨。金殿內參參差差齊開寶扇，畫棟前輕輕款款高捲珠簾。文樓上，嘐嘐噦噦報時雞，人三唱；玉階前，剌剌刮刮肅靜鞭，響三聲。齊齊整整列簪纓，有五等之爵；巍巍蕩蕩坐龍床倚繡褥，瞳萬乘之尊。遠遠望見頭戴十二旒平頂冠，穿赭黃袞龍袍，腰繫藍田玉帶，腳靸烏油舃履，手執金鑲白玉圭，背靠九雷龍鳳扆。正是：晴日明開青鎖闥，天風吹下御爐香。千條瑞靄浮金闕，一朵紅雲捧玉皇。這帝皇果生得堯眉舜目，禹背湯肩。若說這個官家，才俊過人，口工詩韻，目類群羊。善寫墨君竹，能揮薛稷書。通三教之書，曉九流之典。朝歡暮樂，依稀似劍閣孟商王；愛色貪盃，彷彿如金陵陳後主。從十八歲登基即位，二十五年倒改了五遭年號。先改建中靖國，後改崇建，改大觀，改正和。當下駕坐寶位，靜鞭響罷，文武百官，九卿四相，秉簡當胸，向丹墀五拜三叩頭禮，進上表章。已有殿頭官，身穿紫窄衫，腰繫金鑲帶，步著金階，口傳聖勑道：「朕今即位二十禩于茲矣，艮嶽告成，上天降瑞。今值履端之慶，與卿共之！」言未畢，班首中閃過一員大臣來，朝靴踏地響，袍袖列風生。官不知多大，玉帶顯功名。視之，乃左丞相崇政殿大學士兼吏部尚書太師魯國公蔡京也。幞頭象簡，俯伏金階叩首，口稱：「萬歲，萬歲，萬萬歲！臣等誠惶誠恐，稽首頓首，恭惟皇上御極二十禩以來，海宇清寧，天下豐稔。上天降鑒，禎祥疊見。日重輪，星重輝，海重闊，聖上握乾符，永享萬年之正統；天保定，地保寧，人保安，皇圖膺寶曆，益增永壽之無疆。三邊永息于兵戈，萬國來朝于天闕。艮岳排空，玉京挺秀。寶籙膺頒于昊闕，絳霄深聳于乾宮。臣等何幸，欣逢盛世，交際明良。永效華封之祝，常沾日月之光，不勝瞻天仰聖，激切屏營之至。謹獻頌以聞。」良久，聖旨下來：「賢卿獻頌，蓋見忠誠，朕心加悅。」詔改明年為宣和元年，正月元旦，受定命寶，肆赦覃賞有差。蔡太師承旨下來，殿頭官口傳聖旨：「有事出班早奏，無事捲簾退朝。」言未畢，見一人出離班部，倒笏躬身，緋袍象簡，玉帶金魚，跪在金階，口稱：「光祿大夫掌金吾衛事太尉太保兼太子太保臣朱，引天下提刑官員事，後面跪的兩淮、兩浙、山東、山西、河南、河北、關東、關西、福建、廣南、四川等處刑獄千戶章隆等二十六員，例該考察，已更陞補，繳換劄付，合當引奏，未敢擅便。請旨定奪。」聖旨傳下來：「照例給領。」朱太尉承旨下來，天子袍一展，群臣皆散，駕即回宮。百官皆從端禮門兩分而出。那十二象，不待牽而先走，鎮將長隨，紛紛而散，只聽甲響；叉刀力士，團子紅軍，盡盡而出，惟見戈明。朝門外，車馬縱橫，侍仗羅列。人喧呼，海沸波翻；馬嘶喊，山崩地裂。眾提刑官，皆出朝上馬，都來本衙門伺候，鐵桶相似。良久，只見知印駒來，拏了印牌來傳道：「老爺不進衙門了，轎兒已在西華門裏安放。如今要往蔡爺、李爺宅內拜冬去了。」以此眾官都散了。

西門慶與何千戶回到家中，又過了一夕。到次日，衙門中領了劄付，同眾科中掛了號，打點殘裝，收拾行李，與何千戶一同起身。何太監晚夕置酒餞行，囑付何千戶：「凡事請教西門大人，休要自專，差了禮數。」從十一月二十日東京起身，兩家也有二十人跟隨，竟往山東大道而來，已是數九嚴寒之際，點水滴凍之時。一路上見了些荒郊野路，枯木寒鴉。疎林淡日影斜暉，暮雪凍雲迷晚渡。一山未盡一山來，後村已過前村望。比及剛過黃河，到水關八角鎮，驟然撞遇天起一陣大風，但見：非干虎嘯，豈是龍吟。卒律律寒飈撲面，急颼颼冷氣侵人。既不能卸柳，暗藏著水妖山怪。初時節無蹤無影，次後來捲霧收雲。驚得那綠楊堤鷗鳥雙飛，紅蓼岸鴛鴦並起。則見那入紗窗，撲銀燈，穿畫閣，透羅裳，亂舞飄。吹花擺柳昏慘慘，走石揚砂白茫茫。刮得那大樹連聲吼，驚得那孤雁落深濠。須臾，砂石打地，塵土遮天。砂石打地，猶如滿天驟雨即時來；塵土遮天，好似百萬貔貅捲土至。趕趨得村落漁翁罷鈎，疾走回家；山中樵子魂驚，掖奔栖忙。諕得那山中虎豹縮著頭，隱著足，潛藏深壑。刮得那海底蛟拳著爪，蟠著尾，難顯猙獰。刮多時，只見那房上瓦飛似燕；吹良久，山中走石如飛。瓦飛似燕，打得客旅迷蹤失道；石走如飛，諕得商船緊纜收帆。大樹連根拔起，小樹有條無稍。這風大不大，真個是吹折地獄門前樹，刮起酆都頂上塵。嫦娥急把蟾宮閉，列子空中叫救人，險些兒玉皇住不的崑崙頂，只刮的大地乾坤上下搖。西門慶與何千戶坐著兩頂氈幃煖轎，被風刮得寸步難行。又見天色漸晚，恐深林中撞出小人來，西門慶說：「投奔前村安歇一夜，明日風住再行。」抓尋了半日，遠遠望見路旁一座古剎，數株疏柳，半堵橫牆，但見：石砌碑橫蔓草遮，迴廊古殿半欹斜。夜深宿客無燈火，月落安禪更可嗟。西門慶與何千戶入寺中投宿。見題著黃龍寺，見方丈內幾個僧人在那裏坐禪，又無燈火，房舍都毀壞，半用籬遮。長老出來問訊，旋炊火煮茶，伐草根餵馬。煮出來，西門慶行囊中帶得乾雞臘肉，果餅棋子之類，晚夕與何千戶胡亂食得一頓。長老爨一鍋豆粥吃了，過得一宿。次日風止，天氣始晴，與了老和尚一兩銀子相謝，作辭起身，往山東來。正是：王事驅馳豈憚勞，關山迢遞赴京朝。夜投古寺無煙火，解使行人心內焦。

畢竟未知後來如何，且聽下回分解。

第七十二回　王三官拜西門為義父　應伯爵替李銘釋冤

寒暑相推春復秋，他鄉故國兩悠悠。
清清行李風霜苦，蹇蹇王臣涕淚流。
風波浪裏任浮沈，逢花遇酒且寬愁。
蝸名蠅利何時盡，幾向青童笑白頭。

話說西門慶與何千戶在路不題。單表吳月娘在家，因前者西門慶上東京，陳經濟在金蓮房飲酒，被奶子如意兒看見。西門慶來家，反受其殃，架了月娘一篇是非，合了那氣。以此這遭西門慶不在，月娘通不招應。就是他哥嫂來看也不留，即就打發。分付平安：「無事關好大門，後邊儀門夜夜上鎖。」姐妹每都不出了，各自在房做針指。若經濟要往後樓上尋衣裳，月娘必使春鴻或來安兒跟出跟入，常時查門戶，凡事多嚴緊了。這潘金蓮因此不得和經濟勾搭，只賴奶子如意兒備了舌，在月娘處，逐日只和如意兒合氣。

一日月娘打點出西門慶許多衣服汗衫小衣，教如意兒做，又教他同韓嫂兒漿洗，就在李瓶兒那邊晒晾。不想金蓮這邊春梅也洗衣裳搥裙子，使秋菊問他借棒槌。這如意兒正與迎春搥衣，不與他，說道：

「前日你拏了個棒槌使著罷了，又來要。趁韓嫂在這裏，替爹搥褲子和汗衫兒哩。」那秋菊使性子決烈的走來對春梅說：「平白教我借，他又不與。迎春倒說拏去，如意兒攔住了不肯。」春梅便道：「耶嚛，耶嚛！這怎的這等生分，大白日裏借不出個乾燈盞來。娘不肯，還要教我洗裏腳。我漿了這黃絹裙子，問人家借棒槌使使兒，還不肯與，將來替娘洗了拏甚麼槌？」教秋菊：「你往後邊問他每借來使使罷。」這潘金蓮正在房中炕上裹腳，忽然聽見，便問：「怎麼的？」這春梅便把借棒槌，如意兒不與來一節說了。只這婦人因懷著舊時仇恨，尋不著這個由頭兒，便罵道：「賊淫婦，怎的不與？他是丫頭，你自家問他要去。不與，罵那淫婦，不妨事！」這春梅還是年壯，一沖性子，不由的激犯，一陣風走來李瓶兒那邊，說道：「那個是世人也怎的！要棒槌兒使使不與他。如今這屋裏，又鑽出個當家人來了！」如意兒道：「耶嚛，耶嚛！這裏放著棒槌，拏去使不是，誰在這裏把住，就怒說起來。大娘分付，趁韓媽在這裏，替爹漿出這汗衫子和綿紬褲子來等著，又掇出來要槌。秋菊來要，我說待我把你爹這衣服搥兩下兒，你拏上使去。就架上許多誑，說不與來。早是迎春姐這裏聽著！」不想潘金蓮隨即就跟了來，便罵道：「你這個老婆，不要說嘴。死了你家主子，如今這屋裏就是你。你爹身上衣服，不著你恁個人兒拴束，誰應的上他那心？俺這些老婆死絕了，教你替他漿洗衣服。你死拏這個法兒降伏俺每，我好耐驚耐怕兒！」如意兒道：「五娘怎的這說話！大娘不分付，俺每好意掉攬替爹整理也怎的！」金蓮道：「賊歪刺骨雌❶漢的淫婦，還強說甚麼嘴！半夜替爹遞茶兒扶被兒是誰來？討披襖兒穿是誰來？你背地幹的那繭兒，你說我不知道！偷就偷出肚子來，我也不怕！」如意道：「正景有孩子還死了哩，俺每到的那

❶ 雌：偷。

些兒！」這金蓮不聽便罷，聽了心頭火起，粉面通紅，走向前一把手，把老婆頭髮扯住，只用手摳他腹。這金蓮就被韓嫂兒向前勸開了。罵道：「沒廉恥的淫婦，嘲漢的淫婦！俺每這裏還閒的聲喚，你來雌漢子。合你在這屋裏是甚麼人兒？你就是來旺兒媳婦子從新又出世來了，我也不怕你！」那如意兒一壁哭著，一壁挽頭髮，說道：「俺每後來，也不知甚麼來旺兒媳婦子，只知在爹家做奶子。」金蓮道：「你做奶子，行你那奶子的事。怎的在屋裏狐假虎威成起精兒來！老娘成年拏雁，教你弄鬼兒去了！」正罵著，只見孟玉樓從後慢慢的走將來，說道：「六姐，我請你後邊下棋，你怎的不去，卻在這裏亂些甚麼？」一把手拉進到他房中坐下，說道：「你告我說，因為甚麼起來？」這金蓮消了回氣，春梅遞上茶來，喝了些茶，便道：「你看教這賊淫婦氣的我手也冷了，茶也拏不起來！」說道：「我在屋裏正描鞋，你使小鸞來請我。我說且躺躺兒去。歪在床上還未睡去著，也見這小肉兒，百忙且搥裙子。我說你就帶著把我的裹腳搥搥出來。半日只聽的亂起來，卻是教秋菊問他要棒槌使使，他不與。把棒槌劈手奪下了，說道：『前日拏了個去不見了，又來要。如今緊等著與爹搥衣服。』教我心裏就惱起來。後又使了春梅：『你去罵那賊淫婦。從幾時就這等大膽降伏人，俺每手裏教你降伏。你是這屋裏甚麼兒？押折轎竿兒娶你來？你比來旺兒媳婦子差些兒！』我就隨跟了去，他還嘴裏砒裏剝刺的。教我一頓捲罵，不是韓嫂兒死氣力賴在中間拉著我，我把賊沒廉恥雌漢的淫婦口裏肉也掏出他的來！要俺每在這屋裏點韮買蔥，教這淫婦在俺每手裏弄鬼兒！也沒鬼，大姐姐也有些兒不是；想著他把死的來旺兒賊奴才淫婦，慣的有些摺兒！教我和他為冤結仇。落後一染膿帶，還垛在我身上，說是我弄出那奴才去了。如今這個老婆，又是這般慣他，慣的恁沒張倒置的！你做奶子，行奶子的事。許你在跟前花黎胡哨！俺每眼裏是放的下砂子底人！有那沒廉恥的貨，人也不知死的那裏去了，還在那屋裏纏。但往那裏回來，就望著他那影作個揖，口裏一似嚼蛆❷的，不知說的甚麼。到晚夕要吃茶，淫婦就起來連忙替他送茶。又忔忽兒替他蓋被兒，兩個就弄將起來。就是個久慣的淫婦！只該丫頭遞茶，許你去撐頭獲腦去雌漢子！為甚麼問他要披襖兒？沒廉恥他便連忙鋪子拏了細段來，替他裁披襖兒。你還沒見哩，斷七那日，他爹進屋裏燒紙去，見丫頭老婆正在炕上坐著撾子兒。他進來，收不及，反說道：『姐兒，你每耍耍。供養的匾食和酒，也不要收到後邊去，你每吃了罷。』這等縱容，看他謝的甚麼？這淫婦請說：『爹來不來，俺每不等你了。』不想我兩步三步就扠進去，說的他眼張失道，于是就不言語了。行貨子甚麼好老婆，一個賊活人妻淫婦，這等你餓眼見瓜皮，不管個好歹的你收攬答下，原來是一個眼裏火，爛桃行貨子！想有些甚麼好正條兒。那淫婦的漢子，說死了。前日漢子抱著孩子，沒在門首打探兒？還是瞞著人搗鬼，張眼兒溜睛的！你看一向在人眼前，花哨星那樣花哨，就別模兒改樣的！你看又是個李瓶兒出世了。那大姐姐成日在後邊，只推聾兒裝啞的，人但開口，就說不是了。」那玉樓聽了只是笑，說：「你怎知道的這等詳細？」金蓮道：「南京沈萬三，北京枯柳樹，人的名兒，樹的影兒，怎麼不曉的？雪裏埋死屍，自然消他出來！」玉樓道：「原說這老婆沒漢子，如何又鑽出漢子來了？」金蓮道：「天不著風兒晴不的，人不著謊兒成不的。他不整擺瞞著，你家肯要他？想著一來時，餓答的個臉，黃皮兒寡瘦的，乞乞縮縮❸那等腔兒。看你賊淫婦吃了這二年飽飯，就生事兒雌起漢子來了！你如今不禁下他來，到明日又教他上頭上臉的。

❷ 嚼蛆：罵人胡言亂語。

❸ 乞乞縮縮：凍得發抖的樣子。

一時桶出個孩子，當誰的？」玉樓笑道：「你這六丫頭，倒且是有權屬。」說畢，坐了一回，兩個往後邊下棋去了。正是：三光有影遣誰繫，萬事無根只自生。有詩為證：

一掬陽和動物華，深紅淺綠總萌芽。
野梅亦足供清玩，何必辛夷樹上花。

話休饒舌，有日後晌時分，西門慶來到清河縣，分付賁四、王經，跟行李先往家去。他便送何千戶到衙門中看著收拾打掃公廨乾淨住下，他便騎馬來家。進入後廳，吳月娘接著拂去塵土。舀水淨面畢，就令丫鬟院子內放桌兒，滿爐焚香，對天地位下告許願心。月娘便問：「你為甚麼許願心？」西門慶道：「且休說，我性命來家！」往回路上之事，告說一遍：「昨日十一月二十三日，剛過黃河，行到沂水縣八角鎮上，遭遇大風。那風那等兇惡，沙石迷目，通不放前進。天色又晚，百里不見人。眾人多慌了。況行裝馱垛又多，誠恐鑽出個賊怎了。前行投到❹古寺中，和尚又窮，夜晚連燈火沒個兒。各人隨身帶著些乾糧麵食，借了燈火來，熬了些豆粥，人各吃一頓。砍了些柴薪草根，餵了馬，我便與何千戶在一個禪炕上抵足一宿。次日風住了，方纔起身。這場苦，比前日還更苦十分！前日雖是熱天，還好些。這遭又是寒冷天氣，又耽許多懼怕，幸得平地還罷了，若在黃河，遭此風浪怎了！我頭行路上許了此願心，到臘月初一日，宰豬羊祭賽天地。」月娘又問：「你頭裏怎不來家，卻往衙門裏做甚麼？」西門慶道：「夏龍溪已陞做指揮直駕，不得來了。新陞將作監何太監姪兒何千戶，名永壽，貼刑，不上二十歲，捏

❹ 投到：等到。

出水兒來的一個小後生，任事兒不知道。他太監再三央及我，凡事看顧教道他。我不送到衙門裏安頓他個住處，他知道甚麼？他如今一千二百兩銀子，也是我作成他要了夏龍溪那房子。如今且教他在衙門裏住著，待夏大人搬取了家小，他的家眷纔搬來。昨日夏大人甚是不願意，在京不知甚麼人走了風，投到俺每去京中，他又早使了錢，不知多少銀子，尋了當朝林真人分上，對堂上朱大尉說，情願以指揮職銜，再要提刑三年。朱大尉來對老爺說，把老爺難的要不的。若不是翟親家在中間竭力維持，把我撐在空地裏去了。去時親家好不怪我，說我幹事不謹密。不知他甚麼人對他說來？」月娘道：「不信我說，你做事有些三慌子，火燎腿樣，有不的些事兒，詐不實的告這個說一湯，那個說一湯，恰似逞強賣富的！正是有心算無心，不備怎隄備？頭見你幹，人家曉的不耐煩了。人家悄悄幹的事兒停停脫脫，你還不知道哩！」西門慶又說：「夏大人臨來，再三央我早晚看顧看顧他家裏。容日你買分禮兒走走去。」月娘道：「他娘子出月初二日生日，就一事兒去罷。你今後把這狂樣來改了。常言道：『逢人且說三分話，未可全拋一片心。』老婆還有個裏外心兒，休說世人！」

正說著，只見玳安來說：「賁四問爹要往夏大人家，說看去不去？」西門慶道：「你教他吃了飯去。」玳安道：「他說不吃罷。」李嬌兒、孟玉樓、潘金蓮、孫雪娥、大姐多來參見，道萬福，問話兒陪坐的。西門慶又想起前番往東京回家，還有李瓶兒在，今日卻沒他了。一面走到他前邊房內，與他靈床作揖，因落了幾點眼淚。如意兒、迎春、綉春多來向前磕頭。月娘隨即使小玉請在後邊擺飯吃了。一面分付討出四兩銀子，賞跟隨小馬兒上的人，拏帖兒回謝周守備去了。又教來興兒宰了半口豬，半腔羊，四十斤白麵，一包白米，一罎酒，兩腿火燻，兩隻鵝，十隻雞，柴炭兒，又並許多油鹽醋之類，與何千戶送下程。又叫了一名廚役，在那裏答應。正在廳上打點，差玳安送去。忽琴童兒進來說道：「溫師父和應二爹來望。」西門慶連忙道：「有請。」溫秀才穿著綠段道袍，伯爵是紫絨襖子，從前進來參見西門慶，連連作揖，道其風霜辛苦。西門慶亦道：「蒙二公早晚看家。」伯爵道：「我又看家裏！我早起來時，忽聽房上喜鵲喳喳的叫。俺房下就先說：『只怕大官人來家了，你還不走的瞧瞧去？』我便說：『哥從十二日起身，到今還未上半月期，怎的來得快？我三日一遍在那裏問，還沒見來的信息。』房下說：『來不來，你看看去。』教我穿衣裳，到宅裏，不想說哥來家了。走到對過會溫老先兒，不想溫老師也纔穿衣裳，說我就同老翁一答兒過去罷。」因問了今東京路上的人，又見許多下飯酒米裝在廳抬上，出來擺放，便問道：「誰家的？」西門慶道：「新同僚何大人，如此同來，家小還未到，且在衙門中權住，送分下程與他。又發東明日請他來家坐了吃接風酒，再沒人。請二位與大哥奉陪。」伯爵道：「又一件，吳大舅與哥是官，溫老先戴著方巾，我一個小帽兒，怎陪得他坐？不知把我當甚麼人兒看；我惹他不笑話？」西門慶笑道：「這等把我買的段子忠靖巾，借與你戴著。等他問你，只說是我的大兒子，好不好？」說畢，眾人笑了。伯爵道：「說正景話，我頭八寸三，又戴不的你的。」溫秀才道：「學生也是八寸三分。倒將學生方巾與老翁戴戴何如？」西門慶道：「老先生不要借與他。他到明日借慣了，往禮部當官身去，又來纏你。」溫秀才笑道：「好說！老先生兒好說，連我扯下水去了。」家聳上茶來吃了。溫秀才問：「夏公已是京任，不來了。」西門慶道：「他已做了堂尊了。直掌鹵簿大鳴，穿麟服，使藤棍。如此華任，又來做甚麼？」須臾，看寫了帖子兒，抬下程出門，教玳安送去了。西門慶拉溫秀才、伯爵廂房內煖炕上籠了火，那裏坐。又使琴童先往院裏叫吳惠、鄭春、鄭奉、左順四名小優兒，明日早來伺候。不一時放桌兒，陪二人吃酒。來安兒拏上案來擺下。西門慶分付：「再取雙鍾筯兒，請你姐夫來坐坐。」良久，陳經濟走來作揖，打橫坐下。四人圍爐共坐，把酒來斟。因說回東京一路上的話。伯爵道：「哥你的心一福能壓百禍。就有小人，一時自然多消散了。」溫秀才道：「善人為邦百年，亦可以勝殘去殺。休道老先生為王事驅馳，上天也不肯有傷善類。」西門慶因問：「家中沒甚事？」經濟道：「家中爹去後，倒也無事。只是工部安老爹那裏，差人來問了兩遭。昨日還來問，我回說還沒來家哩。」正說著，只見來安兒拏了大盤子黃芽韮豬肉盒兒上來。西門慶陪著纔吃了一個兒，忽有平安走來報：「衙門裏房令史和眾節級來稟事。」西門慶即到廳上站立，令他進見。二人跪下：「請問老爹幾時上任？官司公用銀兩，動支多少？」西門慶道：「你每只照舊時整理就是了。」令史道：「去年只老爹一位到任。如今老爹轉正，何老爹新到任，兩事並舉，比尋常不同。」西門慶道：「既是如此，添十兩銀子，三十兩買辦就是了。」二人應諾下去。西門慶又叫回來，分付：「上任的日期，你還問何老爹擇幾時？」二人道：「何老爹纔定准在二十八日上任。」西門慶道：「既如此，你每伺候就是了。」二人到衙門領了銀子出來，定桌席買辦去了。落後喬大戶又來拜望道喜。西門慶留坐，不坐，吃茶起身去了。當下西門慶陪二人至掌燈時方散。西門慶往月娘房裏歇了。一宿題過。

到次日，家中置酒與何千戶接風。文嫂又早打聽得西門慶來家，對王三官說了，具個柬帖兒來看請。西門慶這裏買了二付豕蹄，兩尾鮮魚，兩隻燒鴨，一罈南酒，差玳安送去，與太太補生日之禮。他那裏賞了玳安三錢銀子，這不在話下。正廳上設下酒，錦屏耀目，桌椅鮮明，地鋪錦氈，壁掛名人山水。吳大舅、應伯爵、溫秀才多來的早。西門慶陪坐吃茶。使人邀請何千戶，不一時小優兒上來磕頭。應伯爵便問：「哥今日怎的不叫李銘？」西門慶道：「他不來我家來，我沒的請他去。」這伯爵便道：「你惱他每？」不言語了。正說話中間，只見平安慌忙拏帖兒稟說：「帥府周爺來拜，下馬了。」吳大舅、溫秀才、應伯爵都躲在西廂房內。西門慶冠帶出來，迎至廳上敘禮，道及轉陞恭喜之事。西門慶又謝他人馬，于是分賓主坐著。周守備問京中見朝之事。西門慶一一說了。周守備道：「龍溪不來，已定差人來取家小上京去。」西門慶道：「就取也待出月。如今何長官且在衙門權住著哩。夏公的房子，與了他住，也是我替他主張的。」守備道：「這等更妙！」因見堂中擺設桌席，問道：「今日所延甚客？」西門慶道：「聊具一酌，與何大人接風。同僚之間，不好意思。」二人吃了茶，周守備起身說道：「容日合衙列位，與二公奉賀。」西門慶道：「豈敢動勞，多承先施！」作揖出門，上馬而去。西門慶回來脫了衣服，又陪三人坐的，在書房中擺飯。何千戶到午後方來。吳大舅等各相見敘禮畢，各敘寒溫。茶湯換罷，各寬衣服。何千戶見西門慶家道相稱，酒筵齊整，四個小優，銀箏象板，玉阮琵琶，遞酒上坐，堂中金爐焚獸炭，玉盞泛羊羔。放下簾子，合席春風，滿堂和氣。正是：得多少金樽浮醁醑，玉燭剪春聲。飲酒至起更時分，何千戶方起身往衙門中去了。吳大舅、應伯爵、溫秀才各辭回去了。

西門慶打發小優兒出門，分付收了家火，往前邊金蓮房中來。婦人在房內濃施朱粉，復整新妝，薰香澡牝，正盼西門慶進他房來。滿面笑容，向前替他脫衣解帶。連忙教春梅點茶與他吃，吃了打發上床歇宿。端的煖衾煖被，錦帳生春，麝香藹藹。被窩中相挨素體，枕席上緊貼酥胸。口吐丁香，蚌含珍珠。婦人雲雨之際，百媚俱生。這婦人的話無非只是要拴西門慶之心，又況拋離了半月，在家久曠幽懷，淫情似火。得到身，恨不得鑽入他腹中。西門慶要下床溺尿，婦人還不放，說道：「我的親親，冷呵呵的，熱身子，你又下去凍著，倒值了多的。」這西門慶聽了，越發歡喜無已。叫道：「乖乖兒，誰似你這般疼我？」金蓮道：「你有香茶，與我些壓壓？」西門慶道：「香茶在我白綾襖內，你自家拏。」這婦人向床頭拉過他袖子來掏，掏了幾個，放在口內纔罷。正是：侍臣不及相如渴，特賜金莖露一盃。看官聽說：大抵妾婦之道，蠱惑其夫，無所不至。雖屈身忍辱，殆不為恥。若夫正室之妻，光明正大，豈肯為此？是夜西門慶與婦人儘盤桓無度。

次日早往衙門中，何千戶上任吃公宴酒，兩院樂工動樂承應，午後纔回家，排軍隨即抬來桌席來。王三官那裏又差人早來邀請。西門慶使玳安段鋪中要了一套衣服，包在氈包內，纔收拾出來，左右來報：「工部安老爺來拜。」慌的西門慶整衣不迭，出來迎接。安郎中食經正寺丞的俸，繫金鑲帶，穿白鷴補子，跟著許多官吏，滿面笑容，相攜到廳敘禮。彼此道及恭賀之意，分賓主坐下。安郎中道：「學生差人來問幾次，說四泉還未回。」西門慶道：「正是，京中要等見朝引奏，纔起身回。」須臾，茶湯吃罷，安郎中方說：「學生敬來有一事，不當奉瀆。今有九江大戶蔡少塘，乃是蔡老先生第九公子，來上京朝覲。前日有書來，早晚便到。學生與宋松原、錢龍野、黃泰宇四人作東，借府上設席請他，未知允否？」西門慶道：「老先生尊命，豈敢有違約定幾時？」安郎中道：「在二十七日。明日學生送分子過來，煩盛使一辦，足見厚愛矣。」說畢，又上了一道茶，作辭起身，上馬喝道而去。西門慶即出門，前往王招宣府中來赴席。到門首先投了拜帖。王三官聽的西門慶到了，連忙出來迎接，至廳上敘禮。原來五間大廳，毬門蓋造五脊五獸，重簷滴水，多是菱花槅廂。正面欽賜牌額，金字題曰「世忠堂」。兩邊門對寫著：「啓業元勳第，山河帶礪家。」廳內設著虎皮公座，地下鋪著裁毛絨毯。王三官與西門慶行畢禮，尊西門慶上坐，他便旁設一椅相陪。須臾，紅漆丹盤，拏上茶來。交手遞了茶，左右收了去。彼此攀了些說話，然後安排酒筵，遞酒。原來王三官叫了兩名小優兒彈唱。西門慶道：「請出老太太拜見拜見。」慌的王三官令左右後邊說。少頃，出來說道：「請老爹後邊見罷。」王三官讓西門慶進內。西門慶道：「賢契你先導引。」于是逕入中堂。林氏又早戴著滿頭珠翠，身穿大紅通袖袍兒，腰繫金鑲碧玉帶，下著玄錦百花裙，搽抹的如銀人也一般。梳著縱鬢，點著朱唇，耳帶一雙胡珠環子，裙拖垂兩掛玉佩叮噹。西門慶一面將身施禮，請太太轉上。林氏道：「大人是客，請轉上了。」半日，兩個人平磕頭。林氏道：「小兒不識好歹，前日沖瀆大人。蒙大人寬宥，又處斷了那些人，知感不盡！今日備了一盃水酒，請大人過來，老身磕個頭兒謝謝，如何又蒙大人見賜將禮來？使我老身卻之不恭，受之有愧！」西門慶道：「豈敢。學生因為公事往東京去了，誤了與老太太拜壽。些須薄禮，胡亂送與老太太賞人便了。」因見文嫂兒在旁，便道：「老文，你取付臺兒來，等我與太太遞盃壽酒。」連忙呼玳安上來。原來西門慶氈包內預備著一套遍地金時樣衣服，紫丁香色通袖段襖，翠藍拖泥裙，放在盤內獻上。林氏一見，金彩奪目，先是有五七分歡喜。文嫂隨即捧上金盞銀臺。王三官便叫兩個小優，拏樂器進來彈唱。林氏道：「你看叫出來做甚麼？在外答應罷了。」一面攆出來。當下西門慶把盞畢，林氏也回奉了一盞，與西門慶謝了。然後王三官與西門慶遞酒。西門慶纔待還下禮去，林氏便道：「大人請起，受他一禮兒。」西門慶道：「不敢，豈有此禮？」林氏道：「好大人，怎生這般說？你恁大職級，做不起他個父親？小兒自幼失學，不曾跟著那好人。若不是大人垂愛，凡事也指教為個好人。今日我跟前，教他拜大人做了義父。但看不是處，一任大人教訓，老身並不護短。」西門慶道：「老太太雖故說得是，但令郎賢契，賦性也聰明。如今年少，為小試行道之端。往後自然心地開闊，改過遷善，老太太倒不必介意。」當下教西門慶轉上，王三官把盞遞了三鍾酒，受其四拜之禮。遞畢，西門慶亦轉下，與林氏作揖謝禮。林氏笑吟吟深深還了萬福。自此以後，王三官見著西門慶以父稱之，有這等事。正是：常將壓善欺良意，權作尤雲殢雨心。詩人看到此，必甚不平，故作詩以嘆之。詩曰：

從來男女不通酬，賣俏營奸真可羞。
三官不解其中意，饒貼親娘還磕頭。

又詩：

大家閨閣要嚴防，牝雞司晨最不良。
不但孛得家聲喪，有愧當時節義堂。

遞畢酒，林氏分付王三官：「請大人前邊坐，寬衣服。」玳安拏忠靖巾來換了。不一時，安席坐下，小優彈唱起來，廚役上來割道。玳安拏賞賜伺候。當時席前唱了一套新水令：

翠簾深，小房櫳。滴玉鈎抵控馳茸，斗蜆龜背錦屏風。春意溶溶，梅梢上暗香動。
〔喬牌兒〕瑣窗橫，倒掛綠毛鳳。梨雲一片羅浮夢，夜深沈漏水。
〔甜水令〕瓊樹生花，玉龍晚凍，瑞雪舞迴鳳。碧落塵淡，自窺丹雲接□□，臭門珠宮。

〔折桂令〕錦排場賞玩，春正二八仙鬟。十六歌童花底藏門，尊前暗令，席上投隻嬌滴滴爭姸競寵，幸孜孜倚翠偎紅。走斝飛觥，換的移玄妙，倩誰慢撥輕籠。

〔水仙子〕麝媒香靄，綉美帶葉鳳。臘光搖金蝶，象床春煖花。胡的脂粉香，珠翠叢。彩雲深，羅騾龍涎細，金爐獸，相煖溶溶，和氣春風。

〔雁兒落得勝令〕銀箏秋雁橫，玉管鶯弄。花明翡翠翅，酒滿玻璃寺。衫袖捧金尊，羅帕春蔥。橙嫩霜剖，茶香帶雪烹。歡濃，醉後情從重。筵終，更深樂未窮。

〔沽美酒〕轉秋波，一笑中，透犀兩情。道燈下端祥可重種，似嫦娥出月宮，神女下巫峰。

〔太平令〕欹鬢嚲金釵飛鳳，舞裙愡翠縷蟠龍。粉汗溫，鉛華嬌容。舌尖吐丁香微送。臂釧封守，原是一對兒雛鸞嬌鳳。

〔川撥棹〕喜相逢，相逢可意，種柳因花慵。玉煖酥融，那一回風流受用。巍巍寶髻鬆，困藤秋水橫，曲彎彎眉黛濃。七弟兄醉烘玉窮暈微紅，龍花蝶玉歡情，縱有身在醉魂中。蕊珠宮裏遊仙夢，梅花酒恰便似雲雨蹤。沒亂殺，見慣司空。禁故簾籠，馬棟鄰雞唱終。玉漏滴咽，雖龍銀倚燼落螢，沙寶到曉光籠。碧天邊日那融融。

〔收江南〕呀，倒聽的轆轤聲，在粉牆東。早鴉啼金井下梧桐。春嬌滿眼未惺越，將一段幽歡密寵，等閒驚覺忽忽。

當下食割五道，歌吟二套，秉燭上來。西門慶起身更衣告辭。王三官再三款留，又邀到他那邊書院中；

獨獨的一所書院，三間小軒，裏面花木掩映，文物瀟灑，金粉箋扁曰「三泉詩舫」。四壁掛四軸古畫：軒轅問道，伏生墳典，丙吉問牛，宋京觀史。西門慶便問：「三泉是何人？」王三官只顧隱避，不敢回答，半日纔說：「是兒子的賤號。」西門慶便一聲兒沒言語。抬過高壺來，只顧投壺飲酒，四個小優兒在旁彈唱。林氏後邊和丫鬟養娘，只顧打發添換菜蔬果碟兒上來飲酒。吃到二更時分，西門慶已帶半酣，作辭起身，賞小優兒三錢銀子。親送到大門，看他上轎。兩個排軍打著燈火，西門慶頭戴煖耳，身披貂裘，作辭回家。

到家想著金蓮白日裏話，逕往他房中。原來婦人還沒睡哩，纔摘去冠兒，挽著雲髻，淡妝濃抹，正在房內倚靠著梳抬腳，登著爐臺兒，口中磕瓜子兒等待。火邊茶烹玉蕊，桌上香裊金猊。見西門慶進來，慌的輕移蓮步，款蹙湘裙，向前接衣裳安放。西門慶坐在床上，春梅拏淨甌兒，婦人從新用纖手抹盞邊水漬，點了一盞濃濃艷艷芝蔴鹽筍栗系瓜仁核桃仁夾春不老海青拏天鵝木樨玫瑰潑滷六安雀舌芽茶。西門慶剛呷了一口，美味香甜，滿心欣喜。然後令春梅脫靴解帶，打發上床。婦人在燈下摘去首飾，換了睡鞋，兩個被翻紅浪，枕欹彩鴛，並頭交股而寢。春梅向桌上罩合銀荷，雙掩鳳楄，歸那邊房中去了。西門慶將一隻胳膊支婦人枕著，精赤條摟在懷中，猶如軟玉溫香一般。兩個酥胸相貼，玉股交梔，臉兒廝搵，嗚咂其舌。婦人一把扣了瓜子穰兒，用碟兒盛著，安在枕頭邊，將口兒噙著，舌支密哺送下口中。不一時甜唾融心，靈犀春透。婦人不住手下邊捏弄他那話。打開淫器包兒，把銀托子。西門慶因問道：「我的兒，我不在家，你想我不曾？」婦人道：「你去了這半個來月，奴那刻兒放下心來！晚間夜又長，獨自一個又睡不著。隨問怎的煖床煖鋪，只是害冷。伸著腿兒觸冷伸不開。手中掐的酸了，數著日子兒白盼不到。枕邊眼淚，不知流夠多少！落後春梅小肉兒，他見我短嘆長吁，晚間鬥著我下棋。坐到起更時分，俺娘兒兩個一炕兒通廝腳兒睡。我的哥哥，奴心便是如此，不知你的心兒如何？」西門慶道：「怪油嘴，這一家雖是有他每，誰不知我在你身上偏多。」婦人道：「罷麼，你還哄我哩！你那吃著碗裏看著鍋裏的心兒，你說我不知道！想著你和來旺兒媳婦子密調油也似的，把我來就不理了。落後李瓶兒生了孩子，見我如同烏眼雞一般。今日多往那去了？只是奴老實的還在。你就是那風裏楊花，滾上滾下。如今又興起那如意兒賊歪剌骨來了！他隨問怎的，只是奶子。見放著他漢子，是個活人妻。不爭你要了他，到明日又教漢子好在門首放羊兒剌剌。你為官為宦，傳出去甚麼好聽？你看這賊淫婦，前日你去了，同春梅兩個為一個棒槌，和我兩個大嚷大鬧，通不讓我一句兒哩！」西門慶道：「罷麼，我的兒，他隨問怎的，只是個手下人。他那裏有七個頭八個膽，敢頂撞你？你高高手兒他過去了，低低手兒他過不去。」婦人道：「耶嚛，說高高手兒他過不去了的話！沒了李瓶兒，他就頂了窩兒。學你對他說，你若伏侍的好，我把娘這分家當就與你罷。你真個有這個話來？」西門慶道：「你休胡猜疑我那裏有此話？你寬恕他，我教他明日與你磕頭陪不是罷。」婦人道：「我也不要他陪不是，我也不教你到那屋裏睡。」西門慶道：「我在那邊睡，也非為別的。因越不過李大姐情，一兩夜不在那邊歇了。他守靈兒，誰和他有私鹽私醋❺！」婦人道：「我不信你這摭溜子，人也死了一百日來，還守甚麼靈？在那屋裏，也不是守靈。屬米倉的，上半夜搖鈴，下半夜丫頭似的，聽好柳聲！」幾句說的西門慶急了，摟過脖子來，親了個嘴說道：「怪小淫婦兒，有這些張致的！」于是令他吊過身子去，隔山拘火。一面令婦人呼叫大東大西，

❺ 私鹽私醋：不能公開的事。

問道：「你怕我不怕？再敢管著？」婦人道：「怪奴才，不管著你，待好上天也！我曉的也丟不開這淫婦，到明日問了我，方許你那邊去。他若問你要東西，對我說，也不許你悄悄偷與他。若不依，我打聽出來，看我嚷的塵鄧鄧的！不讓我，就擯兒了這淫婦，也不差甚麼兒！又想李瓶兒來頭，教你哄了，險些不把打到踹字號去了！你這波答子爛桃行貨子，豆芽菜，有甚正條綑兒也怎的！老娘如今也賊了些兒了！」西門慶笑道：「你這小淫婦兒，原來就是六禮約！」當下兩個殢雨尤雲，纏到三更方歇。正是：有窗有鳥賣有機，唧得春來枝上說。有詩可證：

帶雨籠煙世所稀，妖嬈身勢似難支。
終宵故把芳心訴，留住東風不放歸。

兩個並頭交股，睡到天明。婦人淫情未足，一面扒伏在西門慶身上，便道：「我的達達，等我白日裏替你縫一條白綾帶子，你把和尚與你那末子藥，裝些在裏面。我再墜上兩根長帶兒，等睡覺時，你扎他在根子上，卻拏這兩根帶扎拴後邊，腰裏拴的緊緊的，又溫火又得全放進，強如這根托子，楂澆著格的人疼，又不得盡美。」西門慶道：「我的兒，你做下，藥在桌上磁盒兒內，你自家裝上就是了。」婦人道：「你黑夜好歹來，咱晚夕拏與他試試看，好不好？」于是兩個玩耍一番。

只見玳安拏帖兒進來，問春梅：「爹起身不曾？安老爹差人送分資來了，又抬了兩罎金華酒，四盆花樹進來。」春梅道：「爹還沒起身，教他等等兒。」玳安道：「他好小近路兒，還要趕新河口閘上回說話哩。」不想西門慶在房中聽見，隔窗叫玳安問了話，拏帖兒進去，拆開看著，上寫道：

奉去分資四封，共八兩。惟少塘桌席，餘者，散酌而已。仰冀從者留神，足見厚愛之至！外具苛花四盆，以供清玩；浙酒二樽，少助待客之需。希莞納，幸甚！

西門慶看了，一面起身，且不梳頭，戴著氈巾，穿著絨氅衣，走出到廳上，令安老爹人進見，遞上分資。西門慶見四盆花草，一盆紅梅，一盆白梅，一盆茉莉，一盆辛夷；兩罈南酒，滿心歡喜。連忙收了，發了回帖，賞了來人五錢銀子。因問：「老爹每明日多咱時分來？用戲子不用？」來人道：「多得早來。戲子用海鹽的，不要這裏的。」一面打發了。西門慶分付左右，把花草抬放藏春塢書房中擺放。旋叫泥水匠隔山拘火打了兩座煖炕。恐怕煤煙薰觸，寄委春鴻、來安澆灌擦抹，不得有誤。西門慶使玳安叫戲子去。一面兌銀子與來安兒買辦。那日又是孟玉樓上壽，院中叫小優兒，晚夕彈唱。

按下一頭。卻說應伯爵在家，拏了五個箋帖，教應寶揣著盒兒，往西門慶對過房子內，央溫秀才寫請書，要請西門慶五位夫人，二十八日家中做滿月。剛出門，轉了街口，只見後邊一人高叫道：「二爺，請回來。」伯爵扭頭回看，是李銘，立住了腳。李銘走到跟前問道：「二爺往那裏去？」伯爵道：「我到溫師父那裏有些事兒去。」李銘道：「到家中，小的還有句話兒說。」只見後邊一個閒漢掇著盒兒。這伯爵不免又到家堂屋內。李銘連忙磕了個頭，起來把盒兒掇進來放下。揭開，卻是燒鴨二隻，老酒二瓶，說道：「小人沒甚，這些微物兒孝順二爹賞人。小的有句話，逕來央及二爹。」一面跪在地下不起來。伯爵一把手拉起說道：「傻孩兒，你有話只管和我說，怎的買禮來與我？」李銘道：「小的從小兒在爹宅內答應這幾年，如今爹倒看顧別人，不用小的了。就是桂姐那邊的事，各門各戶，小的一家兒是不知道。不爭爹因著那邊怪我，難為小的了！這負屈啣冤，沒處聲訴，逕來告二爹。二爹倘到宅內，見了爹，替小的加句美語兒說說。就是桂姐有些一差半錯，不干小的事。爹動意惱小的不打緊，同行中人越發欺負小的了。」伯爵道：「你原來這些時也沒往宅內答應去。」李銘道：「小的沒曾去。」伯爵道：「嗔道昨日你爹從東京來，在家擺酒與何老爹接風，請了我和大舅、溫師父同坐，叫了吳惠、鄭春、鄭奉、左順在那裏答應。我說怎的不見你？我問你爹，你爹說：『他沒來，我沒的請他去。』傻孩兒，你還不走跳著些兒還好，你與誰賭鱉氣❻哩！」李銘道：「爹宅內不呼喚，小的怎的好去？前日他每四個在那裏答應，今日三娘上壽，安官兒早晨在裏邊又叫了兩名小的兒去了。明日老爹擺酒，又是他每四個，倒沒小的。小的心裏怎麼有個不急的！只望二爹替小的一說，明日小的還來與二爹磕頭。」伯爵道：「我沒有個不替你說的。我從前已往，不知替人完美了多少勾當。你央及我這些事兒，我不替你說？你依著我把這禮兒你還拏回去。你自那裏錢兒，我受你的！你如今親跟了我去，等我慢慢和你爹說。」李銘道：「二爹不收此禮，小的也不敢去了。雖然二爹不稀罕，也盡小的一點窮心罷了。」千恩萬謝，再三央告，伯爵把禮收了。討出三十文錢，打發拏盒人回去。說道：「盒子且放在二爹這裏，等小的到宅內回來取罷。」于是與伯爵同出門，轉彎抹角，來到西門慶對門房子裏。到書院門首，搖的門環兒響，說道：「葵軒老先生在家麼？」這溫秀才正在書窗下寫帖兒，忙應道：「請裏面坐。」畫童開門。伯爵在明間內坐的，正面列四張東坡椅兒，掛著一軸莊子借寸陰圖。兩邊貼著墨刻，左右一聯書著：「瓶梅香筆硯，窗雪冷琴書。」一間掛著布門簾。溫秀才聽見他來，一面即出來相見，敘禮讓坐。說道：「老翁起來的早？

❻ 賭鱉氣：負氣。鱉，借作「彆」。

往那裏去來?」伯爵道:「敢來煩瀆大筆,寫幾個請書兒。如此這般,二十八日小兒滿月,請宅內他娘每坐坐。」溫秀才道:「帖在那裏?將來學生寫。」伯爵即令應寶取出五個帖兒遞過去。這溫秀才拏到房內,研起墨來,纔寫得兩個。只見棋童慌慌張張走來說道:「溫師父再寫兩個帖兒,大娘的名字,如今請東頭喬親家娘和大妗子去。頭裏琴童來取門外韓大姨和孟二妗子那兩個帖兒,打發去了不曾?」溫秀才道:「你姐夫看著打發去這半日了。」棋童道:「溫師父寫了這兩個,還再寫上四個,請黃四嬸、傅大娘、韓大嬸和甘夥計娘子的,我使來安兒來取。」不一時打發去了,只見來安來取這四個帖兒。伯爵問:「你爹在家裏?衙門中去了?」來安道:「爹今日沒往衙門裏去,在廳上看著收禮。喬親家那邊送禮來了。二爹請過那邊坐的。」伯爵道:「我寫了這帖兒就去。」溫秀才道:「老先生昨日王宅赴席來晚了。」伯爵問起那王宅,溫秀才道:「是招宣府中。」伯爵就知其故。良久,來安等了帖兒去,方纔與伯爵寫得完備。李銘過這邊來,西門慶鬅著頭,只在廳上收禮,打發回帖。旁邊排擺桌面。見伯爵來,唱喏畢,讓坐。廳上生著一盆炭火。伯爵謝前日厚情。因問:「哥定這桌席做甚麼?」西門慶把安郎中來央浼作東,請蔡九府之事,告與他說了一遍。伯爵問道:「明日是戲子?小優?」西門慶道:「叫了一起海鹽子弟,我這裏又預備下四名小優兒答應。」伯爵道:「哥,那四個?」西門慶道:「吳惠、鄭奉、鄭春、左順。」伯爵道:「哥怎的不用李銘?」西門慶道:「他已有了高枝兒,又稀罕我這裏做甚麼!」伯爵道:「哥怎的說這個話?你喚他,他纔來。也不知道你一向惱他。但是各人勾當,不干他事。三嬸那邊幹事,他怎得曉的?你倒休要屈了他。他今早到我那裏,哭哭啼啼,告訴我:『休說小的姐姐在爹宅內,只小的答應這幾年,今日有了別人,倒沒小的。』他再三賭神發咒,並不知他三嬸在那邊一字兒。你若惱他，卻不難為他了。他小人，有甚麼大湯水兒。你若動動意兒，他怎的禁得❼？」便教李銘：「你過來，親自告訴你爹。你只顧躲著怎的？自古醜媳婦怕見公婆。」那李銘站在槅子邊，低頭斂足，只似僻廳鬼兒一般，看著二人說話，再不敢言語。聽得伯爵叫他，一面走進去，直著腿兒跪著地下，只顧磕頭，說道：「爹再訪，那邊事小的但有一字知道，小的車碾馬踏，遭官刑摔死！爹從前已往，天高地厚之恩，小的一家粉身碎骨也報不過來。不爭今日惱小的，惹的同行人恥笑，他也欺負小的。小的再向那裏是個主兒！」說畢，號啕痛哭，跪在地下，只顧不起身。伯爵在旁道：「罷罷，哥是看他一場。大人不見小人之過。休說沒他不是，就是他有不是處，他既如此，你也將就可恕他罷。你過來，自古穿黑衣抱黑柱，你爹既說開，就不惱你了。」李銘道：「二爹說的是，知過必改。往後知道了。」伯爵道：「打麵面口袋，你這回纔倒過醮來了！」西門慶沈吟半晌，便道：「既你二爹再三說，我不惱你了。起來答應罷。」伯爵道：「你還不快磕頭哩！」那李銘連忙磕個頭，立在旁邊。伯爵方纔令應寶取出五個請帖兒來，遞與西門慶，說道：「二十八日小兒彌月，請列位嫂子過舍光降光降。」西門慶展開觀看，上面寫著：

二十八日小兒彌月之辰，寒舍薄具豆觴，奉酬厚貺。千希魚軒賁臨，不勝幸荷！

應門杜氏斂衽拜。

西門慶看畢，令來安兒：「連盒兒送與大娘瞧去。管情後日去不成。實和你說，明日是你三娘生日，家

---

❼ 禁得：受得。

中又是安郎中擺酒。二十八日他又要往看夏大人娘子去。如何去的成？」伯爵道：「哥殺人！嫂子不去，滿園中果子兒再靠著誰哩？我就親自進屋裏請去。」少頃，只見來安拏出空盒子來了；「大娘說，多上覆，知道了。」伯爵把盒兒遞與應寶接了，笑了道：「哥，剛纔你就哄我起來。若是嫂子不去，我就把頭磕爛了，也好歹請嫂子走走去。」于是西門慶教伯爵：「你且休去，在書房中坐坐。等我梳了頭兒，咱每吃飯。」說畢，入後邊去了。這伯爵便向李銘道：「如何？剛纔不是我這般說著，他甚是惱你。他有錢的性兒，隨他說幾句罷了。常言嗔拳不打笑面。如今時年，尚個奉承的，拏著大本錢做買賣，還放三分和氣。你若撑硬船兒❽，誰理你？休說你每隨機應變，全要似水兒活❾，纔得轉出錢來。你若撞東牆，別人吃飯飽了，你還忍餓。你答應他幾年，還不知他性兒？明日教你桂姐趕熱腳兒來，兩當一兒，就與三娘做生日，就與他陪了禮來兒，一天事多了了。」李銘道：「二爹說得是。小的到家，過去就對三媽說。」說著，只見來安兒放桌兒，說道：「應二爹請坐。爹就出來。」不一時，西門慶梳洗出來，陪伯爵坐的。問他：「你連日不見老孫、祝麻子？」伯爵道：「我令他來，他知道哥惱他。我便說，還是哥十分情分，看上顧下。那日蚊蟲螞蚱一例撲了去，你敢怎樣的？他每發下誓，再不和王家小廝走。說哥昨日在他家吃酒來，他每也不知道。」西門慶道：「昨日他如此這般，置了一席大酒請了我，拜認我做乾老子。吃到二更來了。他每怎樣的再不和他來往？只不干礙著我的事，隨他去，我管他怎的？我不真個是他老子，我管他不成？」伯爵道：「哥這話說絕了。他兩個一二日也要來與你服個禮兒，解釋

---

❽ 撑硬船兒：態度生硬，不肯牽就人。

❾ 似水兒活：面面俱到。

解釋。」西門慶道：「你教他只顧來，平白服甚禮？」一面來安兒拏上飯來，無非是炮烹美口肴饌。西門慶吃粥，伯爵用飯。吃畢，西門慶問：「那兩個小優兒來了不曾？」來安道：「來了這一日了。」西門慶叫他和李銘一答兒吃飯。一個韓佐，一個邵謙，向前來磕了頭，下邊吃飯去了。良久，伯爵起身說道：「我去罷，家裏不知怎樣等著我哩。小人家兒幹事最苦。先從爐臺底下，直買起到堂屋門首，那些兒不要買？」西門慶道：「你去幹了事，晚間來坐坐。與你三娘上壽磕個頭兒，也是你的孝順！」伯爵道：「這個已定來，還教房下送人情來。」說畢，一直去了。正是：得意友來情不厭，知心人至話相投。

有詩為證：

　　順情說好話，幹直惹人嫌。
　　世事淡方好，人情耐久看。

畢竟未知後來何如，且聽下回分解。

第七十三回　潘金蓮不憤憶吹簫　郁大姐夜唱鬧五更

巧厭多乖拙厭閒，善言懦弱惡嫌頑。
富遭嫉妬貧遭辱，勤又貪圖儉又慳。
觸目不分皆笑拙，見機而作又疑奸。
思量那件合人意，為人難做做人難。

話說應伯爵回家去了。西門慶正在花園藏春塢坐著，看泥水匠打地爐炕。牆外燒火，裏邊地煖如春。安放花草，庶不至煤煙薰觸。忽見平安拏進帖來，稟說：「帥府周爺那裏差人送分資來了。盒內封著五封分資：周守備、荊都監、張團練、劉薛二內相，每人五十星，粗帕二方奉引賀敬。」西門慶令左右收入後邊，拏回帖打發來人去了。且說那日楊姑娘與吳大妗子、潘姥姥坐轎子先來了。然後薛姑子、大師父、王姑子，並兩個小姑子妙趣、妙鳳，並郁大姐，多買了盒兒來，與玉樓做生日。吳月娘在上房擺茶，眾姊妹都在一處陪侍。須臾，吃了茶，各人都取便❶坐了。潘金蓮想著要與西門慶做白綾帶兒，不知走到房裏，拏過針線匣，揀一條白綾兒，用扣針兒親手緗龍帶兒，用纖手向減妝磁盒兒內傾了些顫聲嬌藥

❶ 取便：隨便。

末兒，裝在裏面周圍。又進房來，用倒口針兒撩縫兒，甚是細法，預備晚夕要與西門慶雲雨之歡。不想薛姑子驀地進房來，送那安胎氣的衣胞符藥。這婦人連忙收過一邊，陪他坐的。這薛姑子見左右無人，悄悄遞與他，向他說：「多整理完備了。你揀了壬子日空心服，到晚夕與官人在一處，管情一度就成胎氣。你看後邊大菩薩，也是貧僧替他安的胎，今也有了半肚子了。我還說個法兒與你，縫做了錦香囊，我贖道朱砂雄黃符兒，安放在裏面，帶在身邊，管情就是男胎，好不准驗！」這婦人聽了，滿心歡喜。一面接了符藥，藏放在箱中。拏過曆日來看，二十九日是壬子日。于是就稱了三錢銀子送與他說：「這個不當甚麼，拏到家買根菜兒吃。等坐胎之時，你明日捎了朱砂符兒來著，我尋疋絹與你做鍾袖。」薛姑子道：「菩薩，快休計較。我不像王和尚那樣利心重。前者因過世那位菩薩念經，他說我攙了他的主顧，好不和我兩個嚷鬧，到處拏言語喪我。我的爺，隨他墮業，我不與他爭執。我只替人家行好，救人苦難。」婦人道：「薛爺你只行你的事，各人心地不同。我這裏勾當，你也休和他說。」薛姑子道：「法不傳六耳。我肯和他說？去年為後邊大菩薩喜事，他還說我背地得了多少錢，擗了一半與他纔罷了。一個僧家，戒行也不知，利心又重，得了十方施主錢糧，不修功果。到明日死沒，披毛戴角還不起！」說了回話，婦人教春梅：「看茶與薛爺吃。」那姑子吃了茶，又同他到李瓶兒那邊參了參靈，方歸後邊來。

約後晌時分，月娘兩個放桌兒，炕屋裏請坐。諸堂客明間內，坐的齊整。錦帳圍屏，放八仙桌，鋪著火盆，擺下案酒。晚夕孟玉樓與西門慶遞酒，穿著何太監與他那五彩飛魚蟒衣，白綾襖子，同月娘居上。其餘四位，都兩邊列坐。不一時，堂中畫燭高燒，壺內羊羔滿泛。邵謙、韓佐兩個優兒，銀箏象板，月面琵琶，席前彈唱：「紛紛瑞靄飄，朵朵祥雲墜。」玉樓打粉妝玉琢，蓮臉生春，與西門慶遞酒。花枝招展，繡帶飄飄，磕了四個頭，然後方與月娘眾姊妹俱見了禮，安席坐下。只見陳經濟向前，大姐執壺，先遞了西門慶、月娘，後與玉樓上壽。行畢禮，旁邊坐下。廚下壽麵點心添換，一齊拏上來。只見來安拏進盒兒來說：「應寶送人情來了。」西門慶教月娘收了，教來安：「送應二娘帖兒去，請你應二爹和大舅來坐坐。我曉的他娘子兒，明日也是不來，請二哥來坐坐罷。改日回人情與他就是了。」來安拏帖兒同應寶去了。西門慶坐在上面，不覺想起去年玉樓上壽，還有李大姐。今日姊妹五個，只少了他，由不得心中痛，眼中落淚。不一時，李銘斟上酒，下邊吃。湯飯上來了，兩個小優兒也來了，月娘分付：「你會唱『比翼成連理』不會?」韓佐道：「小的有。」纔待拏起樂器來彈唱，被西門慶叫近前來分付：「你唱一套『憶吹簫』我聽罷。」兩個小優連忙改調唱集賢賓：

憶吹簫，玉人何處也！今夜病較添些。白露冷秋蓮香，粉牆低皓月偏斜。只不過暫時間鏡破釵分，倒勝似數十年信絕音絕。對西風，倚樓空自嗟。望不斷巖樹重疊，悄的是流光去馬，雁陣擺蛇。

〔逍遙樂〕歡娛前夜，喜銀燈能，香玉帶結。剛得了和協，誰承望又早離別?常記得相靠相偎笑語喋。畫堂中那日驕奢，受用些。樽中線釵，扇底紅牙，枕上蝴蝶。

〔醋葫蘆〕我和他，那日相逢臉帶羞，乍交歡心尚怯。半裝醉，半裝醒，半裝呆。兩情濃，到今難棄。錦帳裏鴛鴦衾，方纔溫熱。把一枝鳳凰簪兒，做了三兩截。

又：

我和他，挑著燈將好句兒截，背著人惱心說。直等到，碧梧窗外影兒斜。惜花心怕將春漏，步蒼苔腳尖輕立，露珠兒常污了踏青靴。

又：

我為他，朋情上將說話兒丟，他與我母親個，將喬樂兒摭。我為他在家中費盡了巧喉舌。他為我褪湘裙鵑花上血。

原來潘金蓮見唱此詞，盡知西門慶念思李瓶兒之意，唱到此句，在席上故意把手放在臉兒上，這點兒那點兒羞他，說道：「孩兒，那裏豬八戒走在冷鋪中坐著，你怎的醜的沒對兒，一個後婚老婆，又不是女兒！那裏討杜鵑花上血來？好個沒羞的行貨子！」西門慶道：「怪奴才，我只知道，那裏曉的甚麼？」兩個小優唱道：

我為他，耳輪兒常熱。他為我面皮紅羞，把扇兒遮蝴蝶兒。一個相府內懷春女，一個是君前門彈劍客，半路裏忽逢者。剛幾個千金夜，忽剌八抛去也！我怎肯恁隨邪，又去把牆花亂折。

又：

〔後庭花〕夢了些，虛飄飄枕上蝴蝶。聽了些，咭叮噹簷前鐵。剛合上溫郎鏡，又早攔回卓氏車。我這裏痛傷嗟，鴛帳冷，香消蘭麝。困將來，剛困些望陽臺道路賒，那愁怎打疊？這相思索害他看銀河直又斜，對孤燈又滅。

〔青歌兒〕呀風亂灑階前，階前黃葉一半遮。柳梢，柳梢殘月。這離情，比前春較陡些。害也斜瘦的呻嗻。待桑田重變，海枯渴，還不了風流業。浪裏來煞這愁，剛還在眼角哲，一又來到眉上惹。恨不的倩三尸□腑細鑑碣。有一日繡幃中，肌玉重廝貼。我將他指尖兒輕捏，直說到樓頭北斗柄兒斜。

唱畢，那潘金蓮不憤他唱這套，兩個在席上只顧拌嘴起來。月娘就有些看不上，便道：「六姐你也耐煩，兩個只顧且強甚麼？楊姑奶奶和他大妗子，丟的在屋裏冷清清的，沒個人兒陪他。你每著兩個進去陪他坐坐兒，我就來。」當下金蓮和李嬌兒往房裏陪楊姑娘、潘姥姥、大妗子坐去了。不一時，只見來安向前說：「應二娘帖兒送到了。二爹來了，大舅便來。」西門慶道：「你對過請溫師父來坐坐。」因對月娘說：「你分付廚下拏菜出來，我前邊陪他坐去。」又叫李銘：「你往前邊唱來罷。」李銘即跟著西門慶出來，西廂房內陪伯爵坐的，又謝他人情：「明日請令正好歹來看看。」伯爵道：「他怕不得來，家下沒人。」良久，溫秀才到，作揖坐下。伯爵舉手道：「早晨多有累老先生兒。」溫秀才道：「豈敢。」吳大舅也到了。相見讓位畢，一面琴童兒秉燭來。四人圍煖爐坐定，來安拏著春盛案酒，擺在桌上。伯爵燈下看見西門慶白綾襖子上，罩著青段五彩飛魚蟒衣，張爪舞牙，頭角崢嶸，揚鬚鼓鬣，金碧掩映，蟠在身上，諕了一跳。問：「哥，這衣服是那裏的？」西門慶便立身起來笑道：「你每瞧瞧，猜是那裏的？」伯爵道：「俺每如何猜得著？」西門慶道：「此是東京何太監送我的。我在他家吃酒，因害冷，他拏出這件衣服與我披。這是飛魚，朝廷另賜了他蟒龍玉帶，他不穿這件，就相送了。此是一個大分上。」

伯爵方極口誇獎：「這花衣服，少說也值幾個錢兒。此是哥的先兆，到明日高轉，做到都督上，愁玉帶蟒衣？何況飛魚，穿過界兒去了！」說著，琴童安放鍾筯，湯點心酒上來了。李銘在面前彈唱。伯爵道：「也該進去與三嫂遞盃酒兒纔好，如何就吃酒。」西門慶道：「我兒，你有孝順之心，往後邊與三嫂磕個頭兒就是了，說他怎的！」伯爵道：「不打緊，等我磕頭去。著緊磕不成頭，炕沿兒上見個意思兒出來就是了。」被西門慶向他頭上儘力打了一下，罵道：「你這狗材，單管恁沒大小！」伯爵道：「孩兒每若肯了，那個好意做大？」兩個又犯了回嘴❷，不一時拏將壽麵來。西門慶讓吳大舅、溫秀才、伯爵吃。西門慶因在後邊吃了，遞與李銘吃了。那李銘吃了，又上來彈唱。伯爵教吳大舅分付曲兒教他唱。大舅道：「不要索落他，隨他揀熟的唱去。」西門慶道：「大舅好聽瓦盆這一套兒。」一面令琴童斟上酒，李銘于是箏排雁柱，款定冰弦，唱了這一套「教人對景無言，終日減芳容」，下邊去了。只見來安上來稟說：「廚子家去，請問爹明日叫幾名答應？」西門慶分付六名廚役，二名茶酒。明日具酒筵，共五桌，俱要齊備。來安應諾去了。吳大舅便問：「姐夫明日請甚麼人？」西門慶悉把安郎中作東，請蔡九知府說了。吳大舅道：「明日大巡在姐夫這裏吃酒，又好了。」西門慶道：「怎的說？」吳大舅道：「還是我修倉的事，就在大巡手裏題本。望姐夫明日說說，教他青目青目。到年終他考滿之時，圖他保舉一二，就是姐夫情分。」西門慶道：「這不打緊，大舅明日寫個履歷揭帖來，等我會便和他說。」這大舅連忙下來打恭。伯爵道：「老舅，你大人家放心。你是個都根主子，不替你老人家說，再替誰說？管情消不得吹噓之力，一箭就上垛。」前邊吃酒到二更時分散了。西門慶打發了李銘等出門，就分付明日俱

❷犯嘴：同第四十六回註❼。

早來伺候。李銘等去了，小廝收進家火。上房內擠著一屋裏人。聽見前邊散了，多往那房裏去了。

卻說金蓮只說往他屋裏去，慌的往外走不迭。不想西門慶進儀門來了，他便藏在影壁邊黑影兒裏，看著西門慶進入上房，悄悄走來窗下聽覷。只見玉簫站在堂屋門首，說道：「五娘怎的不進去？爹進來屋裏來，和三娘多坐著不是？」又問：「姥姥怎的不見？」金蓮道：「老行貨子，他害身上疼，往房裏睡去了。」良久，只聽月娘便問：「你今日怎的叫恁兩個新小王八子唱？又不會唱，只一味會三弄梅花！」玉樓道：「只你臨了教他唱鴛鴦浦蓮開，他纔依了你唱這套。好個猾小王八子，又不知叫甚麼名字？一日在這裏，只是玩！」西門慶道：「他兩個一個叫韓佐，一個叫邵謙。」月娘道：「誰曉的他叫甚麼謙兒、李兒！」不防金蓮慢慢躡足潛蹤，掀開簾兒進去，教他煖炕兒背後便道：「你問他，正景姐姐分付的曲兒不教他唱，平白胡枝扯葉的教他唱甚麼憶吹簫李吹簫，支使的一飄個小王八子，亂騰騰的不知依那個的是！」這玉樓扭回頭看見是金蓮，便道：「是這一個六丫頭，你在那裏來？猛可說出句話，倒諕我一跳。單愛行鬼路兒！你從多咱走在我背後，怎的沒看見你進來腳步兒響？」小玉道：「五娘在三娘背後好小一回兒。」金蓮點著頭兒，向西門慶道：「哥兒，你濃著些兒罷了！你的小見識兒，只說人不知道。他是甚『相府中懷春女』？他和我多是一般後婚老婆，甚麼『他為你褪湘裙杜鵑花上血』！三個官唱兩個喏，誰見來？孫小官兒問朱吉，別的多罷了，這個我不敢許！可是你對人說的，自從他死了，好應心的菜也沒一碟子兒！沒了王屠，連毛吃豬。空有這些老婆睜著，你日逐只咪屎哩！見有大姐在上，俺每便不是上數的，可不著你那心的了！一個大姐，怎當家理紀？也扶持不過你來，可可兒只是他好來？他死你怎的不拉掣住他？當初沒他來時，你也過來。如今就是諸般兒稱不上你的心了！題起他來，就疼的你這心裏格地地❸的，挐別人當他醋汁兒下麵❹，也喜歡的你要不的！只他那屋裏水好吃麼？」月娘道：「好六姐，常言不說的：『好人不長壽，禍害一千年。』自古『鏇的不圓，砍的圓』❺。你我本等是瞞貨❻，應不上他的心，隨他說去罷了！」金蓮道：「不是咱不說他，他說出來的話，灰人的心，只說人憤不過他。」那西門慶只是笑罵道：「怪小淫婦兒，胡說了！聽我在那裏說這個話來？」金蓮道：「還是請黃內官那日，你沒對著應二和溫蠻子說：『從他死了，好菜也沒挐出一碟子來。』怪不的你老婆多死絕了！就是當初有他在，也不甚麼的！到明日再扶一個起來，和他做對兒麼，賊沒廉恥撒根基的貨！」說的西門慶急了，跳起來，趕著挐靴腳踢他，那婦人奪門一溜煙跑了。這西門慶趕出去不見他，只見春梅站在上房門首。就一手搭伏著春梅肩背，往前邊來。月娘見他醉了，巴不的打發他前邊去睡，要聽三個姑子晚夕宣卷。于是教小玉打個燈籠，送他前邊去。金蓮和玉簫站在穿廊下黑影中，西門慶沒看見他。玉簫向金蓮道：「我猜爹管情向娘屋裏去了。」金蓮道：「他醉了快發訕，由他先睡。等我慢慢進去。」這玉簫便道：「娘你等等，我取些果子兒捎與姥姥吃去。」于是走到床房內，袖出兩個柑子，兩個蘋婆，一包蜜餞，三個石榴與婦人。婦人接的袖了，一直走到他前邊。只見小玉送了西門慶回來，說道：「五娘端的在那邊？爹好不尋五娘。」這金蓮到房門首不進去，悄悄向窗眼裏，望裏張覷。看見

---

❸ 格地地：十分緊張的形容詞。

❹ 醋汁兒下麵：借這個代替那個。

❺ 鏇的不圓二句：鏇即車床，是做圓物的器具。鏇的不圓，砍的反而圓了，是顛倒反常的意思。

❻ 瞞貨：見不得人的貨色。

西門慶坐在床上，正摟著春梅做一處玩耍。恐怕攪擾他，連忙走到那邊屋裏，把秋菊將果子交付與了他。因問：「姥姥睡沒有？」秋菊道：「睡了一大回了。」囑付他：「果子好生收在揀妝內。」原復往後邊來。只見月娘、李嬌兒、孟玉樓、西門大姐、大妗子、楊姑娘並三個姑子，帶兩個小姑子妙趣、妙鳳，坐了一屋裏人。薛姑子便盤膝坐在月娘炕上，當中放著一張炕桌兒，炷了香，眾人多圍著他，聽他說佛法。只見金蓮笑掀簾子進來。月娘道：「你惹下禍來，他往屋裏尋你去了。你不打發他睡，如何又來了？他到屋裏沒打你？」金蓮笑道：「你問他敢打我不敢？」月娘道：「他不打你，我見你頭裏話出來的忒緊了。常言：『漢子臉上有狗毛，老婆臉上有鳳毛。』他有酒的人，我怕一時激犯他起來，激的惱了，不打你打狗不成！俺每倒替你捏兩把汗，原來你倒這等潑皮！」金蓮道：「他就惱我，也不怕他。看不上那三等兒九格的！正景姐姐分付的曲兒不教唱，且東溝犁西溝耙，支使的個小王八子亂烘烘的，不知依那個的是。就是今日孟三姐好的日子，不該唱憶吹簫這套離別之詞。人也不知死那裏去了，偏有那些佯慈悲假孝順，我和刺❼不上！」大妗子道：「你姐兒每亂了這一回，我還不知因為甚麼來？姑夫好好的進來坐著，怎的他又出去了？」月娘道：「大妗子，你還不知道。那一個因想起李大姐來，說年時孟三姐生日，還有他，今年就沒他了。落了幾點眼淚，教小優兒唱了一套『憶吹簫，玉人兒何處也！』這一個就不憤他唱這詞，剛纔搶白了爹幾句。搶白的那個急了，趕著踢打，這賊就走了。」楊姑娘道：「我的姐姐，你隨官人分付教他唱罷了，又搶白他怎的？想必每常見姐姐每多全全兒的，今日只不見了李家姐姐，漢子的心，怎麼不慘切個兒？」玉樓道：「好奶奶，這半日你還說唱。誰嗔他唱！俺這六姐姐，

❼ 和刺：和調。

平昔曉的曲子裏滋味。那個誇死了的李大姐，比古人那個不如他。又怎的兩個交的情厚，又怎麼設山盟海誓，你為我，我為你，無比的好！這個牢成的又不順慣，只顧拏言語白他，和他整廝亂了這半日。」楊姑娘道：「我的姐姐，原來這等聰明！」月娘道：「他甚麼曲兒不知道！但題起頭兒，就知尾兒。相我若叫唱老婆和小優兒來，俺每只曉的唱出來就罷了。偏他又說那一段兒唱的不是了，那一句兒唱的差了。又那一節兒少了。但是他爹說出來個曲兒，就和爹熱亂，兩個白搽白的，必須搽惱了纔罷。俺每便不去管他。」孟玉樓在旁戲道：「姑奶奶，你不知，我三四胎兒，只存了這個丫頭子。這丫頭子這般精靈兒古怪的！如今他大了成了人兒，就不依我管教了。」金蓮便向他打了一下笑道：「你又做我的娘起來了！」玉樓道：「你看恁慣的少條兒失教的，又來打上輩！」楊姑娘道：「姐姐，你今後讓他官人一句兒罷。常言：『一夜夫妻百夜恩。』相隨百步，也有個徘徊之意。一個熱突突人兒，指頭兒似的少了一個，如何不想不疼不題念的！」金蓮道：「想怎的不想，也有個常時兒！一般都是你的老婆，做甚麼抬一個滅一個？俺每多是劉湛兒鬼兒，不出材的！大姐在後邊，他也不知道。你還沒見哩，每日他從那裏吃了酒來，就先到他房裏，望著他影深深唱喏，口裏恰似嚼蛆一般，供著個羹飯兒，舉著筯兒，只像活的一般兒讓他，不知甚麼張致！又嗔俺每不替他戴孝，俺每便不說。他又不是婆婆，胡亂帶過斷七罷了，只顧帶幾時？又與俺每亂了幾場。」楊姑娘道：「姐姐每見一半不見一半兒罷！」大妗子道：「好快，斷七過了這一向，又早百日來！」楊姑娘問：「幾時是百日？」月娘道：「早哩，到臘月二十六日。」薛姑子道：「少不的念個經兒？」月娘道：「挨年近節，忙忙的，且念甚麼經！他爹只怕過年念罷了。」說著，只見小玉拏上一道土荳泡茶來，每人一盞。須臾吃畢，月娘洗手向爐中炷了香，聽薛姑子講說佛法。先念偈曰：

禪家法教豈非凡，佛祖家傳在世間。
落葉風飄著地易，等閒復上故枝難。

「此四句詩，單說著這為僧的，戒行最難。言人生就如同鐵樹一般，落得容易，全枝復節甚難；墮業容易，成佛作祖難。卻說當初治平年間，浙江，寧海軍，錢塘門，南山，淨慈古孝剎，有兩個得道的真僧，一個喚作五戒禪師，一個喚作明悟禪師。如何謂之五戒？第一不殺生命，第二不偷財物，第三不染淫聲美色，第四不飲酒茹葷，第五不妄言綺語。如何謂之明悟？言其明心見性，覺悟我真。這五戒禪師在家年方三十一歲，身不滿五尺，形容古怪。他與明悟是師兄師弟，一日同來寺中，訪大行禪師。禪師觀五戒佛法曉得，留在寺中做個首座。不數年大行圓覺，眾僧選他做了長老，每日到坐。那第二個明悟，年二十九歲，生得頭圓耳大，面闊口方，身體長大兒數羅汗，俗姓王，兩個如同一母所生。但遇說法，同外法應。忽一日冬盡春初時節，天道嚴寒作雪。下了兩日，雪霽天晴。這五戒禪師早晨坐在禪椅上，耳邊連連只聞得小兒啼哭，便叫一個身邊知心腹的清一道人：『你往山門前看有甚事，來報我知道。』這道人開了山門，見松樹下雪地上一塊破蓆，放著一個小孩兒。這是甚麼人家丟在此處？向前看，是五六個月的女孩兒，破衣包裹。懷內片紙，寫著他生時八字。清一道：『救人一命，勝造七級浮屠。』連忙到方丈稟知長老。長老道：『善哉，難得你善心！』即抱回房中，好生餵養，救他性命，這是好事。到了周歲，長老起了個名字，喚做紅蓮。日往月來，養在寺中，無人知覺。一向長老也忘了。不覺紅蓮長成十六歲。清一道人每日出鎖入鎖，如親生女一般。女子衣服鞋襪，如沙彌打扮，且是生得清俊。無事在房做針線，只指望招尋個女婿，養老送終。一日六月熱天，這五戒禪師忽想起十數年前之事，逕來千佛閣後，清一道人房中來。清一道：『長老希行，來此何幹？』五戒因問：『紅蓮女子在于何處？』清一不敢隱諱，請長老進房。一見就差了念頭，邪心輒起。分付清一：『你今早送他到我房中，不可有誤。你若依我，後日抬舉你，切不可洩漏與人。』清一不敢不依，暗思今夜必壞了這女身。長老見他應得不爽利，喚入方丈，與了他十兩白金及度牒。清一只得收了銀子，至晚送紅蓮到方丈。長老遂破了他身，每日藏鎖他在床後紙帳房內，把些飯食與他吃。卻說他師弟明悟禪師在禪床上入定回來，已知五戒差了念頭，犯了色戒，淫垢了紅蓮女子，把多年德行一旦拋棄了。我去勸醒，再不可如此。次日寺門前荷蓮花開，明悟令行者採一朵白蓮花來，插在膽瓶內，令請五戒來賞蓮花，吟詩談笑。不一時五戒至，兩個禪師坐下。明悟道：『師兄我今日見此花甚盛，竟請吾兄賞玩，吟詩一首。』行者拏茶吃了，預備文房四寶。五戒道：『將那荷根為題？』明悟道：『便將蓮花為題。』五戒控起筆來，寫詩四句：

一枝菡萏瓣兒張，相伴蜀葵花正芳。
紅榴似火開如錦，不如翠蓋芰荷香。

明悟道：『師兄有詩，小弟豈得無詩？』于是拈筆寫四句：

春來桃杏柳舒張，千花萬蕊鬥芬芳。

夏賞芰荷如燦錦，紅蓮爭似白蓮香？

寫畢，呵呵大笑。五戒聽了此言，心中一悟，面有愧色。轉身辭回方丈，命行者快燒湯洗浴罷，換了一身新衣，取紙筆忙寫八句頌曰：

吾年四十七，萬法本歸一。
只為念頭差，今朝去得急。
傳話悟和尚，何勞苦相逼。
幻身如閃電，依舊蒼天碧。

寫畢，放在佛前，歸到禪床上就坐化了。行者忙去報與明悟。明悟聽得大驚，走來佛前，看見辭世頌，遂說：『你好卻好了，只可惜差了這一著！你如今雖得個男身去，你不信佛法三寶，必然滅佛謗僧，後世落苦輪，不得歸依正道，深可痛哉！你道你去得，我趕你不著？』當下歸房，令行者燒湯洗浴，坐在禪床上：『吾今趕五戒和尚去也！汝可將兩個人神子盛了，放三日一時焚化。』說畢，亦圓寂坐化。眾僧皆驚，有如此異事！傳得四方知道本寺連日坐化了兩僧，燒香禮拜，施者人山人海。抬去寺前焚化。這清一道人，遂收紅蓮改嫁平人養老。不日後，五戒托生在西川眉州，與蘇老泉居士做兒子，名喚蘇軾，字子瞻，號東坡；明悟托生與本州姓謝道法為子為端卿，後出家為僧，取名佛印，他兩個還在一處作對，相交契厚。正是：自到川中數十年，曾在毗盧頂上眠。參透趙洲關捩子，好姻緣做惡姻緣。桃紅柳綠還依舊，石邊流水響潺潺。今影指引菩提路，再休錯意戀紅蓮。」

薛姑子說罷，只見玉樓房中蘭香，拏了兩方盒細巧素菜果碟，茶食點心，收了香爐，擺在桌上，又是一壺茶與眾人陪三個師父吃了。然後又拏葷下飯來，打開一罈麻姑酒，眾人圍爐吃酒。月娘便與大妗子擲色兒搶紅。金蓮便與李嬌兒猜枚。玉簫便旁邊斟酒，又替金蓮打桌底下轉子兒。須臾，把李嬌兒贏了數盃。玉樓道：「等我和你猜，你只顧贏他罷。」這玉樓要金蓮露出手來，不許他褪在袖口邊。玉簫不許他近前。當夜一連反贏了金蓮幾鍾酒，又教郁大姐彈唱。月娘道：「你唱個鬧五更俺每聽。」郁大姐便調絃高聲唱玉交枝道：

彤雲密布，剪鵝雪花亂舞，朔風凜冽穿窗戶。你心毒，奴更受苦。爹娘罵得奴心忒狠毒，你說來的話全不顧。把更兒從頭細數。

〔金字經〕夜迢迢，孤另另，冷清清，更靜初，不寄平安一紙書。腮邊流淚珠，不把佳期顧。一更裏無限的苦。

〔玉交枝〕一更纔至冷清，撇奴在帳裏，翻來復去如何睡？二更裏淚珠垂。

〔又〕二更難過，討一覺頻頻的睡著。今宵今宵，夢兒裏來托。我思他，他思我，去時節海棠花兒開了半朵。到如今樹葉兒皆零落，枉教奴癡心兒等著。

〔金字經〕我癡心終日家等待你，何日是可，合少離多咱命薄；命薄，孤另孤另，怎生奈何！好著教難存坐，三更裏睡夢兒多。

〔玉交枝〕三更月上好難挨，今宵夜長。燒殘蠟燭，銀臺上淚珠流三兩行。紅綾的被兒，閒了半床。新挑的手帕兒在誰行放，瘦損了腰肢，腰肢沈郎。

〔金字經〕沈郎的腰肢瘦，每日家愁斷了腸。盼望情人淚兩行；兩行，對菱花懶去妝。瘦損了嬌模樣，四更裏偏夜長！

〔玉交枝〕四更如畫枕邊想，不覺的淚流。靈神廟裏曾發咒，剪青絲兩下裏收。說來的話兒不應口，到如今閃的我，似章臺柳；柳，教奴癡心等守。

〔金字經〕我癡心終日家等待你，何日是休？望盼情人空倚樓，倚樓，想情人一筆勾，不由把眉雙皺，五更裏淚珠流。

〔玉交枝〕五更雞唱，看看兒天色漸曉。放聲，欲待放聲，又恐怕旁人笑，一全家心內焦。燒香告禱神前筊，負心的自有天知道，枉教奴癡心等著。

〔金字經〕我癡心終日家等待你，何日是了？簷外叮噹鐵馬兒敲兒，敲攪的奴睡不著。一壁廂寒鴉叫，淒淒涼涼直到曉。

〔玉交枝〕曉來梳洗傍妝臺，懶上畫眉。房簷上喜鵲兒喳喳的，小梅香來報喜。報道是有情郎，真個歸奴，奴向入羅幃裏，向前來奴家問你。

〔後庭花〕我問你個負心賊，你盡知一去了，半年來怎生無個信息？我道你應舉求官去，誰想你戀煙花家貪酒盃。我為你受孤恓，在那裏偎紅倚翠！我為你病懨懨減了飲食，瘦伶仃消了玉體，挨清晨怕晚夕。一更裏聽天邊孤雁飛，二更裏想情人魂夢裏，五更裏醒來時不見你。

〔柳葉兒〕呀，空閒了鴛鴦錦被，寂寞了蒸約蒸約鶯嘶。海神廟見放著傍州例，不由我心中氣。你盡知負心的，自有個天知道你！

〔尾聲〕流蘇錦帳同歡會，錦被裏鴛鴦成對，永遠團圓直到底。

當下金蓮與玉樓猜枚，被玉樓贏了一二十鍾酒，坐不住，往前邊去了。到前邊叫了半日，角門纔開。只見秋菊揉眼，婦人罵道：「賊奴才，你睡來！」秋菊道：「我沒睡。」婦人道：「見睡起來，你哄我。你倒自在，就不說往後來接我接兒去。」因問：「你爹睡了？」秋菊道：「爹睡了這一日了。」婦人走到炕房裏，摟起裙子來就坐在炕上烤火。婦人要茶吃，秋菊連忙傾了一盞茶來。婦人道：「賊奴才，好乾淨手兒，你倒茶我吃！我不吃這陳茶，熬的怪泛湯氣！你叫春梅來，教他另拏小銚兒頓些好甜水茶兒，多著些茶葉，頓的苦艷艷❽我吃。」秋菊道：「他在那邊床屋裏睡哩，等我叫他送來。」婦人道：「你休叫他，且教他睡罷。」這秋菊不依，走在那邊屋裏，見春梅歪在西門慶腳頭，睡得正好。被他搖推醒了，道：「娘來了，要吃茶。你還不起來哩！」這春梅噦他一口，罵道：「見鬼的奴才，娘來了罷了，平白諕人剌剌的！」一面起來，慢條斯禮，撒腰拉衿，走來見婦人。只顧倚著炕兒揉眼。婦人反罵秋菊：「恁奴才，你睡的甜甜兒的，把你叫醒了。」因教他：「你頭上汗巾子跳上去了，還不往下扯扯哩。」又問：「你耳朵上墜子怎的只帶著一隻，往那裏去了？」這春梅摸了摸，果然只有一隻金玲瓏墜子。便點燈往那邊床上尋去，尋不見。良久，不想落在床腳踏板上，拾起來。婦人問：「在那裏來？」春梅道：

---

❽ 苦艷艷：形容苦味。

「都是他失驚打怪叫我起來，乞帳鈎子抓下來了，纔在踏板上拾起來。」婦人道：「我那等說著，他還只當叫起你來。」春梅道：「他說娘要吃茶來。」婦人道：「我要吃口茶兒，嫌他那手不乾淨。」這春梅連忙舀了一小銚子水，坐在火上，使他撾了些炭在火內。須臾，就是茶湯，滌盞兒乾淨，濃濃的點上去遞與婦人。婦人問春梅：「你爹睡下多大回了？」春梅道：「我打發睡了這一日了。問娘來，我說娘在後邊還未來哩。」這婦人吃了茶，因問春梅：「我頭裏袖了幾個果子和蜜餞，是玉簫與你姥姥吃的，交付這奴才接進來，你收了？」春梅道：「我沒見他，赤道放在那裏！」這婦人一面叫秋菊問他：「果子在那裏？」秋菊道：「有。我放在揀妝內哩。」走去取來。婦人數了一數，只是少了一個柑子。問他：「那裏去了？」秋菊道：「娘遞與孥進來，就放在揀妝內。那個害饞癆爛了口吃他不成！」婦人道：「賊奴才，還漲漒嘴！你不偷，往那去了？我親手數了交與你的。賊奴才，你看省手拈搭的零零落落只剩下這些兒。乾淨吃了一半，原來只孝順了你！」教春梅：「你與我把那奴才一邊臉上打與他十個嘴巴。」春梅道：「那臢臉彈子，倒沒的齷齪了我這手！」婦人道：「你與我拉他。」雙手推顙到婦人跟前。婦人用手撙著他腮頰罵道：「賊奴才，這個柑子是你偷吃了不是？你即實實說了，我就不打你。不然，取馬鞭子來，我這一旋剝，就打個不數！我難道醉了，你偷吃了，一逕裏鬼混我！」因問春梅：「我醉不醉？」那春梅道：「娘清省白淨❾，那討酒來？娘信他，不是他吃了；娘不信，掏他袖子，怕不的還有柑子皮兒在袖子裏不止的。」婦人于是扯過他袖子來，用手掏他袖子。秋菊用手撇著，不教掏。春梅一面拉起手來，果然掏出些柑子皮兒來。被婦人儘力臉上擰了兩把，打了兩個嘴巴，便罵道：「賊奴才，

---

❾ 清省白淨：毫無醉意或睡意。

痞不長俊奴才！你諸般兒不會，像這說舌偷嘴吃偏會！剛纔掏出皮來，吃了真賍實犯拏住，你還賴那個？我如今要打你，你爹睡在這裏。我茶前酒後，我且不打你。到明日清淨白省，和你算帳！」春梅道：「娘到明日，休要與他行行怱怱的。好生旋剝了，教一個人，把他實辣辣打與他幾十板子。教他忍疼，他也懼怕些。甚麼鬥猴兒似湯那幾棍兒，他纔不放心上！」那秋菊被婦人擰的臉脹腫的，谷都著嘴往廚下去了。婦人把那一個柑子平掰兩半，又拏了個蘋婆石榴，遞與春梅，說道：「這個與你吃。把那個留與姥姥吃。」這春梅也不瞧，接過來似有如無掠在抽屜內。婦人把蜜蒸也要分開，春梅道：「娘不要分，我懶待吃這甜行貨子，留與姥姥吃罷。」以此婦人不分，都留下了不題。婦人走到桶子上小解了，教春梅掇進坐桶來，澡了牝。又問春梅：「這咱天有多少時分？」春梅道：「月兒大倒西，也有三更天氣。」婦人摘了頭面，走來那邊床房裏，見桌上銀燈已殘，從新剔了剔，向床上看西門慶，正打鼾睡。于是解鬆羅帶，卸褪湘裙，坐換睡鞋，脫了裩褲，上床鑽在被窩裏與西門慶並枕而臥。睡下不多時，這婦人酒在腹中，慾情如火。西門慶猛然醒了，見他在被窩裏，便道：「怪小淫婦兒，如何這咱纔來？」婦人道：「俺每在後邊吃酒，孟三兒又安排了兩大方盒酒菜兒。郁大姐唱著，俺每陪大妗子、楊姑娘猜枚擲骰兒，又玩了這一日，被我把李嬌兒先贏醉了。落後孟三兒和我兩個五子三猜，俺兩個倒輸了好幾鍾酒。你倒是便益，睡起一覺兒來好熬我。你看我依你不依？」西門慶道：「你整治那帶子了？」婦人道：「在褥子底下不是？」一面探手取出來與西門慶看了，繫在腰間，拴的緊緊的。又問：「你吃了不曾？」西門慶道：「我吃了。」婦人道：「只是觸冷，趕不上夏天好。這冬月間，只是冷的慌。」因問西門慶說道：「這帶子比那銀托子識好不好？」又道：「你摟著我，等我今日一發在你身上睡一覺。」西門慶道：「我的兒你睡，達達摟著。」那婦人把舌頭放在他口裏含著，一面朦朧星眼，款抱香肩。睡不多時，怎禁那慾火燒身，芳心撩亂。停不多回，兩個抱摟在一處，婦人心頭小鹿實實的跳。登時四肢困軟，香雲撩亂。當下雲收雨散，兩個並肩交股，枕籍于床上寐，不覺東方之既白。正是：等閒試把銀缸照，一對天生連理人。

畢竟未知後來何如，且聽下回分解。

第七十四回　宋御史索求八仙鼎　吳月娘聽宣黃氏卷

昔年南去得娱賓，頗遜階前共好春。
螘泛羽觴蠻酒膩，鳳啣瑤句蜀箋新。
花憐遊騎紅隨後，草戀征車碧繞輪。
別後清清鄭南路，不知風月屬何人。

話說西門慶摟抱潘金蓮，一覺睡到次日天明。婦人一面問西門慶：「二十八日應二爹送了請帖來，請俺每，去不去？」西門慶道：「怎的不去？都收拾了去。」婦人道：「我有樁事兒央你，依不依？」西門慶道：「怪小淫婦兒，你有甚事？說不是。」婦人道：「把李大姐那皮襖拏出來與我穿了罷。明日吃了酒回來，他每都穿著皮襖，只奴沒件兒穿。」西門慶道：「有年時王招宣府中當的皮襖，你穿就是了。」婦人道：「當的我不穿他。你與了李嬌兒去，把李嬌兒那皮襖卻與雪娥穿，我穿李大姐這皮襖。你今日拏出來與了我，我攮上兩個大紅遍地金鶴袖，襯著白綾襖兒穿，也是我與你做老婆一場，沒曾與了別人。」西門慶道：「賊小淫婦兒，單管愛小便益兒！他那件皮襖，值六十兩銀子哩！油般大黑蜂毛兒，你穿在身上，是會搖擺！」婦人道：「怪奴才，你是與了張三、李四的老婆穿了！左右是你的老婆，替你裝門面的，沒的有這些聲兒氣兒的！好不好，我就不依了。」西門慶道：「你又求人，又做硬兒。」婦人道：「怪砢貨❶，我是你房裏丫頭，在你跟前服軟？」一面說著，把那話放在粉臉上。正是：自有內事迎郎意，慇懃愛把紫簫吹。

當日卻是安郎中擺酒，西門慶起來梳頭淨面出門。婦人還睡在被裏，便說道：「你趁閒尋尋兒出來罷。等一回你又不得閒了。」這西門慶于是走到李瓶兒房中。奶子、丫頭又早起來收拾乾淨，安頓下茶水伺候。見西門慶進來坐下，問養娘如意兒，這咱供養多時了。西門慶見如意兒穿著玉色對衿襖兒，白布裙子，蔥白段子紗綠高底鞋兒。薄施朱粉，長畫蛾眉，油胭脂搽的嘴唇鮮紅的。耳邊帶著兩個金丁香兒，手上帶著李瓶兒與他四個烏金戒指兒，笑嘻嘻遞了茶，在旁邊說話兒。西門慶一面使迎春往後邊討床房裏鑰匙去。那如意兒便問：「爹討來做甚麼？」西門慶道：「我要尋皮襖與你五娘穿。」如意道：「是娘的那貂鼠皮襖？」西門慶道：「就是。他要穿穿，拏與他罷。」迎春去了，把老婆就摟在懷裏，兩手就舒在胸前，摸他奶頭，說道：「我兒，你雖然生養了孩子，奶頭兒倒還恁緊。」就兩個臉對臉兒親嘴，且咂舌頭做一處。如意兒道：「我見爹常在五娘身邊，沒見爹往別的房裏去。他老人家別的罷了，只是心多容不的人。前日爹不在，為了棒槌，好不和我大嚷了一場。多虧韓嫂兒和三娘來勸開了。落後爹來家，也沒敢和爹說。不知甚麼多嘴的人對爹說，又說爹要了我。他也告爹來不曾？」西門慶道：「他也告我來。你到明日替他陪個禮兒便了。他是恁行貨子，受不的人個甜棗兒就喜歡的。嘴頭子雖利害，倒也沒甚麼心。」如意兒道：「前日我和他嚷了，第二日爹到家，就和我說好話。說爹在他身邊偏的多，

❶ 砢貨：醜貨。

就是別的娘多讓我幾分。你凡事只有個不瞞我，我放著河水不洗船，好做惡人？」西門慶道：「既是如此，大家取和些。」又許下老婆：「你每晚夕等我來這房裏睡。」如意道：「爹真個來，休哄俺每著。」西門慶道：「誰哄你來。」正說著，只見迎春取鑰匙來了。西門慶教開了床房門，又開櫥櫃，拏出那皮襖來抖了抖，還用包袱包了，教迎春拏到那邊房裏去。如意兒悄悄向西門慶說：「我沒件好皮襖兒，你趁著手兒，再尋出來與了我罷。有娘小衣裳兒，再與我一件兒。」西門慶連忙就教他開箱子，尋出一套翠藍段子襖兒，黃綿紬裙子，又是一件藍潞紬綿褲兒，又是一雙妝花膝褲腿兒，與了他。老婆磕頭謝了。西門慶鎖上門去了，就使送皮襖與金蓮房裏來。金蓮纔起來，在床上裹腳。只見春梅說：「如意兒送皮襖來了。」婦人便知其意，說道：「你教他進來。」問道：「爹使你來？」如意道：「是爹教我送來與娘穿。」金蓮道：「也與了你些甚麼兒沒有？」如意道：「爹賞了我兩件紬絹衣裳年下穿，教我來與娘磕頭。」于是向前磕了四個頭。婦人道：「姐姐每，這般卻不好！你主子既愛你，常言：『船多不礙港，車多不礙路。』那好做惡人？你只不犯著我，我管你怎的！我這裏還多著個影兒哩。」如意兒道：「俺娘已是沒了，雖是後邊大娘承攬，娘在前邊，還是主兒。早晚望娘抬舉。小媳婦敢欺心，那裏是葉落歸根之處？」婦人道：「你這衣服，少不得還對你大娘說聲是的。」如意道：「小的前者也問大娘討來，大娘說，等爹開時，拏兩件與你。」婦人道：「既說知罷了。」這如意就出來，還到那邊房裏。西門慶是往前廳去了。如意便問迎春：「你頭裏取鑰匙去，大娘怎的說？」迎春說：「大娘問：『你爹要鑰匙做甚麼？』我也沒說拏皮襖與五娘，只說我不知道。大娘沒言語。」

卻說西門慶走到廳上看著設席，擺列海鹽子弟、張美、徐順、苟子孝、生旦都挑戲箱到了。李銘等四名小優兒，又早來伺候，都磕頭見了。西門慶分付打發飯與眾人吃。分付李銘三個在前邊唱，左順後邊答應堂客。那日韓道國娘子王六兒沒來，打發申二姐，買了兩盒禮物，坐轎子，他家進財兒跟著，也來與玉樓做生日。王經送到後邊，打發轎子出去了。那日門前孟大妗、孟二妗子都到了。又是傅夥計、甘夥計娘子，崔本媳婦兒段大姐並賁四娘子。西門慶正在廳上，看見夾道內玳安領著那個五短身子，穿綠段襖兒紅裙子，勒著藍金綃箍兒，不搽胭粉，兩個密縫眼兒，一似鄭愛香模樣，便問：「是誰？」玳安道：「是賁四嫂。」西門慶就沒言語。往後見了月娘，月娘擺茶。西門慶進來吃粥，遞與月娘鑰匙。月娘道：「你開門做甚麼？」西門慶道：「六兒他說明日往應二哥家吃酒沒皮襖，要李大姐那皮襖穿。」被月娘瞅了一眼，說道：「你自家把不住自家嘴頭了。他死了，嗔人分散房裏丫頭。像你這等，就沒的話兒說了。他見放皮襖不穿，巴巴兒只要這皮襖穿。早時他死了，你只望這皮襖。他不死，你只好看一眼兒罷了！」幾句說得西門慶閉口無言。忽報李學官來還銀子。西門慶出去，陪坐在廳上說話。只見玳安拏進帖兒說：「王招宣府送禮來了。」西門慶問：「是甚麼禮？」玳安道：「是賀禮。一疋尺頭，一罈南酒，四樣下飯。」西門慶看帖兒上寫著：「眷晚生王寀頓首拜。」西門慶即便叫王經拏眷生回帖兒謝了。賞了來人五錢銀子，打發出了門。只見李桂姐門首下轎，保兒挑四方盒禮物，慌的玳安替他抱氈包，說道：「桂姨，打夾道內進去罷，廳上有劉學官坐著哩。」那桂姐即向夾道內進裏邊去。來安兒把盒子挑進月娘房裏去。月娘道：「爹看見來不曾？」玳安道：「爹陪著客，還不見哩。」月娘便說道：「連盒放在明間內。」一回客去了，西門慶進來吃飯。月娘道：「李桂姐送禮在這裏。」西門慶道：「我不知道。」月娘令小玉揭開盒兒，見一盒果餡壽糕，一盒玫瑰八仙糕，兩隻燒鴨，一副豕蹄。只見桂姐從房內出來，滿頭珠翠，勒著白挑線汗巾，大紅對衿襖兒，藍段裙子，望著西門慶磕了四個頭。西門慶道：「罷了，又買這禮來做甚麼？」月娘道：「剛纔桂姐對我說，怕你惱他。不干他事，說起來都是他媽的不是。那日桂姐害頭疼來，只見這王三官領著一行人，往秦玉芝兒家請秦玉芝兒。打門首過，進來吃茶，就被人進來驚散了。桂姐也沒出來見他。」西門慶道：「那一遭是沒出來見他，這一遭又是沒出來見他，自家也說不過。論起來我也難管。你這麗春院拏燒餅砌著門不成，到處幾錢兒，都是一樣。我也不惱。」那桂姐跪在地下，只顧不起來，說道：「爹惱的是。我若和他沾沾，身子就爛化了，一個毛孔兒裏生個天疱瘡！都是俺媽空老了一片皮，幹的營生，沒個主意，好的也招惹，歹的也招惹來家，平白教爹惹惱。」月娘道：「你既來了，說開就是了，又惱怎的。」西門慶道：「你起來，我不惱你便了。」那桂姐故作嬌張致，說道：「爹笑一笑兒，我纔起來。你不笑，我就跪一年，也不起來。」不妨潘金蓮在旁插口道：「桂姐你起來。只顧跪著他，求告他黃米頭兒，教他張致！如今在這裏你便跪著他，明日到你家他卻跪著你。你那時別要理他。」把西門慶、月娘多笑了，桂姐纔起了來。只見玳安慌慌張張來報：「宋老爹和安老爹來了！」這西門慶便教拏衣服穿了，出去迎接去了。桂姐向月娘說道：「耶嚛嚛，從今後我也不要爹了，只與娘做女兒罷。」月娘道：「你虛頭願心，說過道過罷了。前日兩遭往裏頭去，沒在那裏？」桂姐道：「天麼，天麼！可是殺人！爹沒往我家裏。若是到我家見爹一面，沾沾身子兒，就促死了我，渾身生天疱瘡！娘你錯打聽了。敢不是我那裏，多往鄭月兒家走了兩遭，請了他家小粉頭子了。我這篇是非，就是他氣不憤架❷的。不然爹如何惱我？」金蓮道：「各人衣飯，他平白怎麼架你

❷ 架：捏造。

是非？」桂姐道：「五娘你不知，俺每這裏邊人，一個氣不憤一個，好不生分！」月娘接過來道：「你每裏邊與外邊，怎的打偏別？也是一般，一個不憤一個。那一個有些時道兒，就要躧下去。」月娘擺茶與他吃，不在話下。

却說西門慶迎接宋御史、安郎中到廳上敘禮，每人一疋段子、一部書，奉賀西門慶。見了桌席齊整，甚是稱謝不盡。一面分賓主坐下，叫上戲子來參見。分付：「等蔡老爹到，用心扮演。」不一時吃了茶，宋御史道：「學生有一事奉瀆四泉。今有巡撫侯石泉老先生，新陞太常卿，學生同兩司作東，二十九日借尊府置盃酒奉餞，初二日就起行上京去了。未審四泉允諾否？」西門慶道：「老先生分付，敢不從命。但未知多少桌席？」宋御史道：「學生有分資在此。」即喚吏上來，氈包內取出布按兩司連他共十二封分資來。每人一兩，共十二兩銀子。要一張大插桌。餘者六桌，都是散桌。叫一起戲子。西門慶答應收了。宋御史又下席作揖致謝。少頃，請去捲棚聚景堂那裏坐的。不一時，鈔關錢主事也到了。三員官會在一處，換了茶，擺棋子下棋。宋御史見西門慶堂廡寬廣，院中幽深，書畫文物極一時之盛。又見掛著一幅陽捧日橫批古畫，正面螺鈿屏風，屏風前安著一座八仙捧壽的流金鼎，約數尺高，甚是做得奇巧。見爐內焚著沈檀香，煙從龜鶴鹿口中吐出，只顧近前觀看，誇獎不已。問西門慶：「這付爐鼎造得好！」因向二官說：「我學生寫書與淮安劉年兄那裏，替我捎帶這一付來送蔡老先生，還不見到。四泉不知是那裏得來的？」西門慶道：「也是淮上一個人送學生的。」說畢下棋。西門慶分付下邊，看了兩個桌盒，細巧菜蔬，果餡點心上來。一面叫生旦在上唱南曲。宋御史道：「客尚未到，主人先吃得面紅，說不通。」安郎中道：「天寒，飲一盃無礙。」原來宋御史已差公人船上邀蔡知府去了。近午時分，來人回報：「邀請了，在磚廠黃老爹那裏下棋，便來也。」宋御史令起去伺候。一面下棋飲酒。安郎中喚戲子：「你每唱個宜春令奉酒。」于是貼旦唱道：

第一來為壓驚，第二來因謝誠。殺羊茶飯，來時早已安排定。斷行人，不會親鄰；請先生，和俺鶯娘匹娉。我只見他，歡天喜地，道謹依來命。

〔五供養〕來回顧影，文魔秀士欠酸丁。下工夫將頭顱來整，遲和疾擦倒蒼蠅。光油油輝花人眼睛，酸溜溜螫得牙根冷。天生這個後生，天生這個俊英！

〔玉降鶯〕今宵歡慶，我鶯娘何曾慣經。你須索要款款輕輕，燈兒下共交鴛頸。端祥可憎，誰無志誠。恁兩人今夜親折證，謝芳卿。感紅娘錯愛，成就了這姻親。

〔解三醒〕玳筵開，香焚寶鼎；繡簾外，風掃閒庭。落紅滿地胭脂冷，碧玉欄杆花弄影。準備鴛鴦夜月銷金帳，孔雀春風軟玉屏。合歡令，更有那鳳簫象板錦瑟鸞笙。(生唱)可憐我書劍飄零無厚聘，感不盡姻親事有成。新婚燕爾安排定，除非是折桂手報答前程。我如今博得個跨鳳乘鸞客，到晚來臥看牽牛織女星。非僥倖，受用的珠圍翠繞，結果了黃卷青燈。

〔尾聲〕老夫人專意等。(生唱)常言道恭敬不如從命。(紅唱)休使紅娘再來請。

唱畢，忽吏進報：「蔡老爹和黃老爹來了。」宋御史忙令收了桌席，各整衣冠，出來迎接。蔡九知府穿素服金帶，跟著許多吏。先令人投一侍生蔡修拜帖，與西門慶進廳上。安郎中道：「此是主人西門大人，見在本處作千兵，也是京中老先生門下。」那蔡知府又作揖稱道：「久仰，久仰！」西門慶亦道：「容當奉拜！」敘禮畢，各寬衣服坐下。左右上了茶。各人敘話良久，就上坐。西門慶令小優兒在旁彈唱。蔡九知府居上，主位四坐。廚役割道湯飯，戲子呈遞手本。蔡九知府揀了雙忠記。演了兩摺，酒過數巡，宋御史令生旦上來遞酒。小優兒席前唱一套新水令：「玉驄轎馬出皇都。」蔡知府笑道：「松原直得多少，可謂御史青驄馬三公，劉郎仍舊紫髯翁。」安郎中道：「今日更不道江州司馬青衫濕。」言罷，眾人都笑了。西門慶又令春鴻唱了一套「金門獻罷平胡表」，把宋御史喜歡的要不的。因向西門慶道：「此子可愛！」西門慶道：「此是小价，原是揚州人。」宋御史攜著他手兒，教他遞酒，賞了他三錢銀子。磕頭謝了。正是：窗外日光彈指過，席前花影坐間移，一盃未盡笙歌送，階下申牌又報時。不覺日色沈西，蔡九知府見天色晚了，即令左右穿衣告辭。眾位款留不住，俱送出大門而去。隨即差了兩名吏典，把桌席羊酒尺頭抬送到新河口下處去訖不題。宋御史于是亦作辭西門慶，因說道：「今日且不謝，後日還要取擾。」各上轎而去。西門慶送了回來，打發了戲了，分付：「後日原是你每來再唱一日，叫幾個會唱的來。宋老爹請巡撫侯爺哩。」戲子道：「小的知道了。」西門慶令攢上酒桌，使玳安去請溫相公來坐坐。再教來安兒去請應二爹去。不一時次第而至，各行禮坐下。三個小優兒在旁彈唱，把酒來斟，說：「鄭春、左順在後邊堂客席前。」西門慶又問伯爵：「你娘每明日都去，你叫唱的是雜耍的？」伯爵道：「哥倒說得好，小人家那裏抬放。將就叫了兩個唱女兒唱罷了。明日早些請眾位嫂子下降。」

這裏前廳吃酒，唱了一日，孟大姨與孟二妗子先起身去了。落後楊姑娘也要去。月娘道：「姑奶奶，你再住一日兒家去不是？薛姑子使他徒弟取了卷來，咱晚夕教他宣卷咱每聽。」楊姑娘道：「老身實和姐姐說，要不是我也住。明日俺門外第二個姪兒定親事，使孩子來請我，我要瞧瞧去。」于是作辭而去。

只有傅夥計、甘夥計娘子，與賁四娘子、段大姐、月娘還留在上房陪大妗子、潘姥姥。李桂姐、申二姐、郁大姐在旁，一遞一套彈唱。兩個小優兒都打發在前邊來了。又吃至掌燈已後，三位夥計娘子都作辭去了。只段大姐沒去，在後邊雪娥房中歇了。潘姥姥往金蓮房內去了。只有大妗子、李桂姐、申二姐，和三個姑子、郁大姐，和李嬌兒、孟玉樓、潘金蓮，在月娘房內坐的。忽聽前邊西門慶散了，小廝收進家火來。這金蓮慌忙抽身，就往前走了。到前邊黑影兒裏，悄悄立在角門首。只見西門慶扶著來安兒，打著燈，趔趄著腳兒，就往李瓶兒那邊走。看見金蓮在門首立著，拉了手進入房來。那來安兒便往上房交鍾筯。月娘只說西門慶進來，把申二姐、李桂姐、郁大姐都打發往李嬌兒房內去了。問來安道：「你爹來沒有？在前邊做甚麼？」來安道：「爹在五娘房裏去了的不耐煩了。」月娘聽了，心內就有些惱。因向玉樓道：「你看恁沒來頭的行貨子！我說他今日進來往你房裏去，如何三不知又摸到他那屋裏去了？這兩日又浪風發起來，只在他前邊纏！」玉樓道：「姐姐，隨他纏去。恰似咱每把這件事放在頭裏爭他的一般。可是大師父說笑話兒的來頭，左右這六房裏由他串到。他爹心中所欲，你我管的他？」月娘道：「乾淨他有了話？剛纔聽見前頭散了，就慌的奔命的往前走了。」因問小玉：「竈上沒人了，與我把儀門拴上了罷。後邊請三位師父來，咱每且聽他宣一回卷著。」又把李桂姐、申二姐、段大姐、郁大姐都請了來。月娘問大妗子道：「我頭裏旋叫他使小沙彌請了黃氏女卷來宣，今日可可兒楊姑娘已去了。」分付玉簫：「頓下好茶。」玉樓對李嬌兒說：「咱兩家子輪替管茶休要只顧累了大姐姐這屋裏。」于是各往房裏分付預備茶去。

不一時，放下炕桌兒，三個姑子來到，盤膝坐在炕上。眾人俱各坐了，擠了一屋裏人，聽他宣卷。

月娘洗手炷了香。這薛姑子展開黃氏女卷高聲演說道：

蓋聞法初不滅，故歸空道本無生，每因生而不用。由法身以垂入相，由入相以顯法身。朗朗惠燈，通開世戶；明明佛鏡，照破昏衢。百年景賴剎那間，四大幻身如泡影。每日塵勞碌碌，終朝業試忙忙。豈知一性圓明，徒逞六根貪慾。功名蓋世，無非大夢一場，富貴驚人，難免無常二字。風火散時無老少，溪山磨盡幾英雄。我好十方傳句偈，八部會壇場。救大宅之烝熬，發空門之鑰綸。（偈曰）「富貴貧窮各有由，只緣分定不須求。未曾下的春時種，空手荒田望有秋。」眾菩薩每，聽我貧僧演說佛法，這四句偈子，乃是老祖留下。如何說「富貴貧窮各有由」？像如今你這眾菩薩嫁得官人，高官厚祿，在這深宅大院，呼奴使俾，插金帶銀，在綾錦窩中長大，綺羅堆裏生成，思衣而綾錦千箱，思食而珍羞百味，享榮華，受富貴，盡皆是你前世因由，根基上有你的一般大緣分，不待求而自得。就是貧僧在此宣經念佛，也是吃著這美口茶飯，受著發心布施老大緣分，非同小可。都是龍華一會上的人，皆是前生修下的功果。你不修下時，就如春天不種下場，到了秋成時候，一片荒田，那成熟結子從那裏來？正是：淨埽靈臺好下工，得意歡喜不放鬆。五濁六根爭洗淨，參透玄門見家風。（又）百歲光陰瞬息回，此身必定化飛灰。誰人肯向生前悟，悟卻無生歸去來。（又）人命無常呼吸間，眼觀紅日墜西山。寶山歷盡空回首，一失人身萬劫難。想這富貴榮華，如湯潑雪。仔細算來，一件無，多做了虛花驚夢。我今得個人身，心中煩惱悲切。死後四大化作塵土，又不知這點靈魂往何處受苦去也。懼怕生死輪迴，往前再參一步。（唱）

〔一封書〕「生和死兩下相，嘆浮生終日忙。男和女滿堂，到無常只自當。人如春夢終須短，命若風燈不久常。自思量，可悲傷，題起教人欲斷腸。」開卷曰：應身長救苦，並本無去亦無來。彌陀教主大願弘深，四十八願度眾生。使人人悟本性。彌陀今惟心淨主渡苦海，苦海洪波，證菩提之妙果。持念者罪滅河沙，稱揚者福增無量。書寫讀誦者，當生華藏之天。見聞受持，臨命纔時定往西方淨土。凡念佛者斷有功，無量慈愍故慈愍大慈愍故皈命一切佛法僧信，禮常住三寶法輪，常輪度眾生。（偈曰）「無上甚深做妙法，百千萬劫難遭遇。我今見聞得受持，願解如來真實意。黃氏寶卷纔展開，諸佛菩薩降臨來。爐香遍滿虛空界，佛號聲名動九垓。」昔日漢王治世，雨順風調，國泰民安。感得一位善心娘子出世。家住曹州南華縣黃員外所生一女，端嚴美色，年方七歲，吃齋把素，念金剛經報答父母深恩，每日不缺。感得觀世音菩薩半空中化魂。父母見他終日念經，苦切不從。一日尋媒，吉日良時，把他嫁與一婿，姓趙名令方，屠宰為生。為夫婦一十二載，生下一男二女。一日黃氏告其夫曰：「我與你為夫妻一十二載，生下嬌兒嬌女，但貪戀恩愛，永墮沈淪。妾有小詞，勸喻丈夫聽取。詞曰：『宿緣夫婦得成雙，雖有男和女，誰會抵無常？伏望我夫主，定念與雙同，共修行終年富貴也。須草草貪名與利，隨分度時光。』」這趙郎見詞，不能依隨。一日作別起身，往山東買豬去。黃氏女見丈夫去了，每日淨房寢歇，沐浴身體，燒香禮誦金剛經：令方當下山東去，四個兒女在中堂。黃氏女在西房，香湯沐浴換衣裳。卸簪珥淺淡梳妝，每日家向西方，燒香禮拜，面念顏并寶卷，持念金剛。看經文猶未了，香煙沖散。念佛音聲琅琅，貫徹穹蒼。地獄門天堂界，豪光發現。閻羅王一見了，喜悅龍顏。莫不是陽世間，生下佛祖。急宣召二鬼判，審問端詳。有鬼判告吾王：「聆音察理，曹州府南華縣有一善良。看經文黃氏女，持齋把素。行善心功行大，驚動天堂。」唱金剛經：閻羅王聞言心內忙，急點無常鬼一雙。一雙急奔趙家莊。黃氏正看經卷，忽見仙童在面前。(念)善人便是童子請，惡人須遣夜叉郎。黃氏看經忙來問：「誰家童子到奴行？」仙童答告娘子道：「善心娘子你莫慌。不是凡間親眷屬，我是陰間童子郎。今因為你看經卷，閻王請你善心娘。」黃氏見說心煩惱，小心一一告無常：「同姓同名勾一個，如何勾我見閻王。千死萬死甘心死，怎捨嬌娃女一雙。大姐嬌姑方九歲，伴姐六歲怎抛娘。長壽嬌兒年三歲，常抱懷中心怎忘。苦放奴家魂一命，多將功德與你行。」仙童答告娘子道：「何人似你念金剛？」善惡二童子，被黃氏女哀告，再三不肯赴幽，留戀一二個孩兒，難抛難捨。仙童催促說道：「善心娘子，陰間取你三更死，定不容情到四更。不比你陽間好轉限，陰司取你，若違了限，我得罪，更不輕說短長。」黃氏此時心意想，便喚女使去燒湯。香湯沐浴方纔了，將身便乃入佛堂。盤膝坐定不言語，一靈真性見閻王。(唱)

〔楚江秋〕人生夢一場，光陰不久常。臨危個個是風燈樣，看看回步見閻王。急辦行妝，鄉臺上把家鄉望，兒啼女哭好悽惶。排鉸打鼓作道場，披麻帶孝安塋葬。(白)不說令方悽惶事，且言黃氏赴陰靈。看看來到奈何岸，一道金橋接路行。借問此橋作何用？單等看經念佛人。奈何兩邊血浪水，河中少罪淹魂。悲聲哭泣紛紛鬧，四面毒蛇咬露筋。前到破錢山一座，黃氏向前問原因。是你陽間人化紙，殘燒未了便抛焚。因此挑翻多破碎，積聚號作破錢山。又打枉死城下過，多少孤魂未托生。黃氏見說心慈愍，舉口便誦金剛經。河裏罪人多開眼，尸山爐剔樹簒林。鑊湯火池

蓮花現，無間地徹瑞雲籠。當下仙童忙不住，急忙便去奏閻君。(唱)

〔山坡羊〕黃氏到了那森羅寶殿，有童子先奏說，請了看經人來見。閻羅王便傳召請，黃氏拜在金階下，不由的跪在面前。有閻君問你，從幾年把金剛經念起？何年月日感得觀世音出現？這黃女叉手訴說前情來詗，自從七歲吃齋，供養聖賢。望上聖聽言，從嫁了兒夫，看經心不減。(白)

閻君當下忙傳旨，善心娘子你聽因。你念金剛多少字？幾多點化接陰陰。甚字起頭甚字落？是何兩字在中間？你若念經無差錯，放你還魂回世間。黃氏當時階下立，願王聽奴念金剛。字有五千四十九，八萬四千點畫行。如字起頭行字住，荷擔兩字在中央。黃氏說經猶未了，閻王殿前放毫光。舉手龍顏真喜悅，放你還魂看世間。黃氏聞知忙便告，願王俯就聽奴言。第一不往屠家去，第二不要染衣行。只願作個善門子，看經念佛過時光。閻王取筆忙判斷，曹州張家轉為男。他家積有家財廣，缺少墳前拜孝郎。員外夫妻俱修善，姓名四海廣傳揚。吃罷迷魂湯一盞，張家娘子腹懷耽。十月滿足生一子，左肋紅字有兩行：「此是看經黃氏女，曾嫁觀水趙令方。此是看經多因果，得為男子壽延長。」張家員外親看見，愛如珍寶喜開顏。(唱)

〔皂羅袍〕黃氏在張家，托化轉男身。相湊無差，員外見了喜添花。三年就養成人大。年方七歲，聰明秀發。攻書習字，取名俊達十八歲科舉登黃甲。

卻說張俊達十八歲登科應舉，陞授曹州南華縣知縣。忽然思憶是他本鄉，到縣中赴任之後先完王糧國稅，然後理論公廳。差兩個公差，即去請趙郎令方，我和他說話。兩個公差不敢怠慢，即到趙家來請令方。(白)趙令方在家中，看經念佛。兩公人忙喝喏聽說來因。即時間，忙打扮，來到縣裏。公廳上，忙施禮，且說家門。張知縣，起躬身，便令坐。敘寒溫，分賓主，捧出茶湯。你是我親夫主，令方姓趙。我是你，前妻子黄氏之身。你不信，到靜臺，脫衣親見。左肋下，朱砂記，字寫原因。我大女，嬌姑兒，嫁人去了。第二女，伴姐姐，嫁了曹真。長壽兒，我掛牽，守我墳塋。咱兩個，同騎馬，前到先塋。知縣同令方兒女五人，到黄氏墳前開棺，見屍容顏不動。回來做道場七日，令方看金剛經，瑞雪紛紛，男女五人，總駕祥雲昇天去了。臨江仙一首為證：

「黄氏看經成正果，同日登極樂。五口盡昇天，道善人傳觀音菩薩未度我。」

寶卷已終，佛聖已知。法界有情，同生勝會。南無一乘字無量，又真空諸佛海會。悉邃普使河沙同淨土。伏願經聲佛號，上徹天堂，下透地府。念佛者出離苦海，作惡者永墮沈淪。得悟者諸佛引路，放光明照徹十方。東西下，迴光返照。南北處，親到家鄉。登無生漂舟到岸，小孩兒得見親娘。入母胎三實不怕，八十部永返安康。（偈曰）

衆等所造諸惡業，自始無始至如今。

靈山失散迷真性，一點靈光串四生。

一報天地蓋載恩，二報日月照臨恩。

三報皇王水土恩，四報爹娘養育恩。

五報祖師親傳法，六報十類孤魂早超身。（摩訶般若波羅密）

薛姑子宣畢卷，已有二更天氣。先是李嬌兒房內元宵兒拏了一道茶來，衆人吃了。後孟玉樓房中蘭香拏了幾樣精製果菜，一坐壺酒來，又頓了一大壺好茶，與大妗子、段大姐、桂姐眾人吃。月娘又教玉簫拏出四盒兒細茶食餅糖之類，與三位師父點茶。李桂姐道：「三位師父宣了這一回卷，也該我唱個曲兒孝順。」月娘道：「桂姐，又起動你唱。」郁大姐道：「等我先唱。」月娘道：「也罷，郁大姐先唱。」申二姐道：「等姐姐唱了，等我也唱個兒與娘每聽。」桂姐不肯，道：「還是我先唱。」因問月娘：「要聽甚麼？」月娘道：「你唱『更深靜悄』罷。」當下桂姐送眾人酒，取過琵琶來，輕舒玉笋，款跨鮫綃，啓朱唇，露皓齒，唱道：

更深靜悄，把被兒熏了。看看等到月上花梢，全靜悄悄，全無消耗。敲殘了更鼓，你便纔來到。見我這臉兒不瞧，來跪在奴身邊告。我做意兒瞧，他偷眼兒瞧，甫能咬定牙，其實忍不住笑。

〔又〕勤兒推磨，好似飛蛾援火。他將我做啞謎兒包籠，我手裏登時猜破。近新來把不住船兒舵，特故裏搬弄心腸軟，一似酥蜜果。者麼是誰，休道是我。便做鐵打人，其實難不過。

〔又〕疏狂或薄情無柰，兩三夜不見你回來。問著他便撒頑不倸，不由人轉尋思權寧耐。他笑吟吟將被兒錦開，半掩過香羅待。我推繡鞋不去倸。你若是惱的人慌，只教氣得我害。

〔又〕花街柳市，你戀著蜂蝶採。使我這裏玉潔冰清，你那裏瓜甜蜜柿。恰回來無酒半裝醉，只顧裏打草驚蛇，到尋我些風流罪。我欲待揭了你面皮，又恐傷了就裏。待要隨順了他，其實受不的你氣。

桂姐唱畢，郁大姐就纔要接琵琶，被申二姐要過去了。掛在胳膊上，先說道：「我唱個十二月兒掛真兒與大妗子和娘每聽罷。」于是唱道：「正月十五鬧元宵，滿把焚香天地也燒。」一套唱畢，月娘笑道：「慢慢兒的說，左右夜長儘著你說。」那時大妗子害夜深困的慌，也沒等的郁大姐唱，吃了茶多散歸各房內睡去了。桂姐便歸李嬌兒房內，段大姐便往孟玉樓房中，三位師父便往孫雪娥後邊房裏睡。郁大姐、中二姐與玉簫、小玉在那邊炕屋裏睡。月娘同大妗子在上房內睡。俱不在話下。正是：參橫斗轉三更後，一鈎斜月到紗窗。

畢竟未知後來如何，且聽下回分解。

第七十五回　春梅毀罵申二姐　玉簫愬言潘金蓮

萬里新墳盡十年，修行莫待鬢毛斑。
死生事大宜須覺，地徹時常非等閒。
道業未成何所賴，人身一失幾時還。
前程暗黑路途險，十二時中自著研。

此八句單道這善有善報，惡有惡報，如影隨形，如谷應聲。你道打坐參禪，皆成正果。像這愚夫愚婦，在家修行的，豈無成道？禮佛者，取佛之德；念佛者，感佛之恩；看經者，明經之理；坐禪者，踏佛之境；得悟者，正佛之道。非同容易。有多少先作後修，先修後作，有如吳月娘者，雖有此報，平日好善看經，禮佛布施，不應今此身懷六甲，而聽此經法。人生貧富壽夭賢愚，雖蒙父母受氣成胎中來，還要懷姙之時，有所應召。古人姙娠懷孕，不倒坐，不偃臥，不聽淫聲，不視邪色。常玩弄詩書金玉異物，常令瞽者誦古詞。後日生子女，必端正俊美，長大聰慧。此文王胎教之法也。今吳月娘懷孕，不宜令僧尼宣卷，聽其生死輪迴之說。後來感得一尊古佛出世，投胎奪舍。日後被其顯化而去，不得承受家緣，蓋可惜哉！正是：前程黑暗路途險，十二時中自著研。此係後事，表過不題。

當下後邊聽宣畢黃氏寶卷，各房宿歇。單表潘金蓮在角門邊久站立，忽見西門慶過來，相攜到房中。見西門慶只顧坐在床上，便問：「你怎的不脫衣裳？」那西門慶摟定婦人笑嘻嘻說道：「我特來對你說聲，我要過那邊歇一夜兒去。你拏那淫器包兒來與我。」婦人罵道：「賊牢！你在老娘手裏使巧兒，拏些面子話兒來哄我。我剛纔不在角門首站著，你過去的不耐煩了！又肯來問我？這個是你早晨和那歪剌骨兩個商定了腔兒，好去和他個肏窩去，一逕拏我扎筏子。嗔道頭裏不使丫頭，使他來送皮襖兒，又與我磕了頭兒來。小賊歪剌骨把我當甚麼人兒，在我手內弄剌子。我還是李瓶兒時，教你活埋我？雀兒不在那窩裏，我不醋了。」西門慶笑道：「那裏有此勾當？他不來與你磕個頭兒，你又說他的那不是！」婦人沈吟良久說道：「我放你去便去，不許你拏了這包子去和那歪剌骨弄答的齷齷齪齪的，到明日還要來和我睡，好乾淨兒！」西門慶道：「你不與我，使慣了，卻怎樣的？」纏了半日，婦人把銀托子掠與他，說道：「你要拏了這個行貨子去。」西門慶道：「與我這個也罷。」一面接的袖了，趔趄著腳兒，就往外走。婦人道：「你過來，我問你，莫非你與他停眠整宿，在一鋪兒長遠睡，惹的那兩個丫頭也羞恥？無故只是睡那一回兒，還教他另睡去。」西門慶道：「誰和他長遠睡！」說畢就走。婦人又叫回來說道：「你過來，我分付你，慌走怎的？」西門慶道：「又說甚麼？」婦人道：「我許你和他睡便睡，不許你和他說甚閒話，教他在俺每跟前欺心大膽的。我到明日打聽出來，你就休要進我這屋裏來，我就把你下截咬下來！」西門慶道：「怪小淫婦兒，瑣碎死了！」一直走過那邊去了。春梅便向婦人道：「由他去，你管他怎的？婆婆口嘮，媳婦耳頑。倒沒的教人與你為冤結仇，誤了咱娘兒兩個下棋。」一面叫秋菊關上角門，放桌兒擺下棋子。婦人問：「你姥姥睡了？」春梅道：「這咱哩，後邊散了，來到屋裏就睡了。」這裏房中春梅與婦人下棋不題。

且說西門慶走過李瓶兒房內，掀開簾子，如意兒正與迎春、綉春炕上吃飯。見了西門慶，慌的跳起身來。西門慶道：「你每吃飯，吃飯。」于是走出明間李瓶兒影跟前一張交椅上坐下。不一時，只見如意兒笑嘻嘻走出來說道：「爹這裏冷，你往屋裏坐去罷。」這西門慶一把手摸到懷裏，摟過來就親了個嘴，一面走到房中床正面坐了。火爐上頓著茶。迎春連忙點茶來吃了。如意兒在炕邊烤著火兒，站立問道：「爹你今日沒酒，外邊散的早？」西門慶道：「我明日還要早船上拜拜蔡知府去，不是也還坐一回。」如意兒道：「爹你還吃酒，斟酒與爹吃？還有頭裏後邊送來與娘供養的一桌菜兒，一素兒金華酒。湯飯俺每吃了，酒菜還沒敢動。留著預備，只怕爹用。」西門慶道：「你每吃了罷了。」分付：「下飯不要別的，好細巧拏幾碟兒來。我不吃金華酒。」一面教綉春：「你打了燈籠，往花園藏春塢書房內，還有一罈葡萄酒，你問王經要了來，斟那個酒我吃。」那綉春應諾打著燈籠去了。迎春連忙放桌兒，拏菜兒。如意兒道：「姐，你揭開盒子，等我揀兩樣兒與爹下酒。」于是燈下揀了一碟鴨子肉，一碟鴿子雛兒，一碟銀絲鮓，一碟掐的銀苗豆芽菜，一碟黃芽韮和的海蜇，一碟燒臟肉釀腸兒，一碟黃炒的銀魚，一碟春不老炒冬笋，兩眼春槅，不一時擺在桌上。抹得鍾筯乾淨，放在西門慶面前。良久，綉春前邊取了酒來，打開篩熱了，如意兒斟在鍾內，遞與西門慶嚐了嚐，無比美酒，紅紅的顏色。當下如意兒就挨近在桌上邊站立，侍奉斟酒。又親剝炒栗子兒與他下酒。那迎春知局，往後邊廚房內與綉春坐去了。這西門慶見無人在跟前，教老婆坐在他膝蓋兒上摟著，與他一遞一口兒吃酒。老婆剝果仁兒放在他口裏。西門慶一面解開他穿的玉色紬子對衿襖兒鈕扣兒並抹胸兒，誇道：「我的兒，你達達不愛你別的，只愛你這好白淨皮肉兒，與你娘的一般樣兒。我摟著你就如同摟著他一般。」如意兒笑道：「爹沒的說，還是娘的身上白。我見五娘雖好，模樣兒也中中兒的，紅白肉色兒不如後邊大娘。三娘倒白淨肉色兒，三娘只是多幾個麻兒。倒是他雪姑娘生的清秀，又白淨，五短身子兒。」又道：「我有句說話兒對爹說。迎春姐有件正面戴的仙子兒，要與我。他要問爹討娘家常戴的金赤虎，正月裏戴。爹與他了罷。」西門慶道：「你沒正面戴的，等我叫銀匠拏金子另打一件與你。你娘的頭面箱兒，你大娘都拏的後邊去了，怎好問他要的？」老婆道：「也罷，你還另打一件赤虎與我罷。」一面走下來就磕頭謝了。兩個吃了半日酒，如意兒道：「爹，你叫姐來與他一盃酒吃，惹的他不惱麼？」這西門慶便叫迎春，不應。老婆親走到廚房內說道：「姐，爹叫你哩。」迎春一面到跟前。西門慶令如意兒斟了一甌酒兒與他，又揀了兩筋菜兒放在酒托兒上。那迎春站在旁邊，一面吃了。老婆道：「你叫綉春姐來吃些兒。」那迎春去了，回來說道：「他不吃哩。」走去良久，迎春向炕上抱他鋪蓋後邊睡去。迎春道：「我不往後邊，在明間板凳上賣良薑？我與綉春廚房炕上睡去。茶在火上，等爹吃，你自家倒倒罷。」如意兒道：「姐，你去帶上後邊門，等我插去。」那迎春抱了被褥，一直後邊去了。這老婆陪西門慶吃了一回酒，收拾家火，點茶與西門慶吃了，插上後門。原來另預備著一床兒鋪蓋，與西門慶睡，都是綾絹被褥，扣花枕頭。在枕上薰的煖烘烘的。老婆便問：「爹，你在炕上睡床上睡？」西門慶道：「我在床上睡罷。」如意兒便把鋪蓋抱在床上鋪下，打發西門慶上床解衣，替他脫了靴襪。他便掩上房門，將燈臺拏在床邊一張小桌兒上擱放。然後他方脫了衣褲，上床鑽入被窩裏，與西門慶相摟相抱，並枕而臥。兩個口吐丁香，交摟在一處。西門慶見他仰臥在被窩內，脫的精赤條條，恐怕凍著他，取過他的抹胸兒，替他蓋著胸膛上。老婆道：

「這衵腰子，還是娘在時與我的。」西門慶道：「我的心肝，不打緊處。到明日鋪子裏拏半個紅段子，與你做小衣兒穿。再做雙紅段子睡鞋兒，穿在腳上好伏侍我。」老婆道：「可知好哩！爹與了我，等我閒著做。」西門慶道：「我只要忘了，你今年多少年紀？你姓甚麼？排行幾姐？我只記你男子漢姓熊。」老婆道：「他便姓熊，叫熊旺兒。我娘家姓章，排行第四，今年三十二歲。」西門慶道：「我原來還大你一歲。」一面口中呼叫他：「章四兒，我的兒你用心伏侍我，等明日你大娘生了孩兒，你好生看奶著。你若有造化，也生長一男半女，我就扶你起來，與我做一房小，就頂你娘的窩兒。你心下如何？」老婆道：「奴男子漢已是沒了，娘家又沒人。奴情願一心只伏侍爹，再有甚麼二心？就死了不出爹這門！若爹可憐見，可知好哩！」這西門慶見他言語兒投著機會，心中越發喜歡。足玩了一個時辰，摟著睡到五更雞叫時分散。

次日老婆先起來開了門，預備火盆，打發西門慶穿衣梳洗出門。到前邊分付玳安：「早教兩名排軍，把捲棚正面放的流金八仙鼎，寫帖兒抬送到宋御史老爹察院內，交付明白，討回帖來。」又教陳經濟封了一疋金段，一疋色段，教琴童氈包內拏著，預備下馬，要早往清河口拜蔡知府去。正在月娘房內吃粥，月娘問他：「應二哥那裏俺每莫不都去？也留一個兒在家裏看家，留下他姐在家陪大妗子做伴兒罷。」西門慶道：「我已預備下五分人情，你的是一方兜肚，一個金墜兒，五錢銀子。他四個每人都是二錢銀子，一方手帕，都去走走罷。左右有大姐在家陪大妗子就是一般。我已許下應二，都往他家去來。」月娘聽了，一聲兒沒言語。李桂姐便拜辭說道：「娘，我今日家去罷。」月娘道：「慌去怎的？再住一日兒不是？」桂姐道：「不瞞娘說，俺媽心裏不自在。俺姐不在，家中沒人，改日正月間來住兩日兒罷。」

拜辭了西門慶。月娘裝了兩個茶食盒子，與桂姐一兩銀子，吃了茶，打發出門。西門慶纔穿上衣服往前邊去，忽有平安兒來報：「荊都監老爹來拜。」西門慶即出迎接，至廳上敘禮。荊都監穿著補服員領，戴著煖耳，腰繫金帶，叩拜堂上，道：「久違欠恭，高轉失賀」之意。西門慶道：「多承厚貺，尚未奉賀。」敘畢契闊之情，分賓主坐下。左右獻上茶湯，荊都監便道：「良騎俟候何往？」西門慶道：「京中太師老爺第九公子九江蔡知府，昨日巡按宋公祖與工部安鳳山、錢龍野、黃泰宇，都借學生這裏作東，請他一飯。蒙他昨日具拜帖與我，我豈可不回拜他拜去。誠恐他一時起身去了。」荊都監道：「正是小弟一事來奉瀆兒，巡按宋公過年正月間差滿，只怕年終舉劾地方官員，望乞四泉借重與他一說。聞知昨日在宅上吃酒，故此斗膽恃愛。倘得寸進，不敢有忘。」西門慶道：「此是好事，你我相厚，敢不領命。你寫個說帖來，幸得他後日還有一席酒在我這裏，等我抵面和他說，又好些。」這荊都監連忙下坐位來，又與西門慶打一躬：「多承盛情，啣結難忘！」便道：「小弟已具了履歷手本在此。」一面喚掾房寫字的取出，荊都監親手遞上與西門慶觀看。上面寫著：「山東等處兵馬都監，清河左衛指揮僉事荊忠，年三十二歲，係山後檀州人。由祖後軍功累陞本衛左所正千戶。從某年由武舉中式，歷陞今職，管理濟州兵馬。」歷年餘文一一開載明白。西門慶看畢，荊都監又向袖中取出禮物來遞上，說道：「薄儀望乞笑留。」西門慶見上面寫著白米二百石，說道：「豈有此理！這個學生斷不敢領。以此視人，相交何在？」荊都監道：「不然。總然四泉不受，轉送宋公也是一般，何見拒之深耶？倘不納，小弟亦不敢奉瀆。」推阻再三，西門慶只得收了，說道：「學生暫且收下。」一面接了，說道：「學生明日與他說了，就差人回報。」茶湯兩碗，荊都監拜謝起身去了。西門慶分付平安：「我不在，有甚人來拜望，帖兒接下。

休往那去了，派下四名排軍把門。」說畢就上馬，琴童跟隨拜蔡知府去了。

卻說玉簫早晨打發西門慶出門，走到金蓮房中說：「五娘昨日怎的不往後邊去坐？晚夕眾人聽薛姑子宣黃氏女卷，坐到那咱晚。落後二娘管茶，三娘房裏又拏將酒菜來，都聽桂姐、申二姐賽唱曲兒。到有三更時分，俺每纔睡。俺娘好不說五娘哩，五娘聽見爹前邊散了，往屋裏走不迭。昨日三娘生日，就不放往他屋裏走兒，把攔的爹恁緊。三娘道：『沒的羞人子剌剌的，誰耐煩爭他！左右是這幾房兒，隨他串去！』」金蓮道：「我待說就沒好口，肏瞎了他的眼來！昨日你道他在我屋裏睡來麼？」玉簫道：「前邊老到只娘這屋裏，六娘又死了，爹卻往誰屋裏去？」金蓮道：「雞兒不撒尿，各自有去處。死了一個，還有一個頂窩兒的。」這玉簫又說：「俺娘怎的惱五娘，問爹討皮襖不對他說。落後爹送鑰匙到房裏，娘說了爹幾句好的：『李大姐死了，嗔俺分散他的丫頭多少時兒，像你把他心愛的皮襖拏了與人穿，就沒話兒說了。』爹說：『他見沒皮襖穿。』娘說：『他怎的沒皮襖，放著皮襖他不穿，坐名兒只要他這件皮襖。早時死了，便指望他的；他不死，你敢指望他的！』」金蓮道：「沒的那扯毬淡！有了一個漢子做主兒罷了，你是我婆婆，你管著我？我把攔他，我拏繩子拴著他腿兒不成！把攔他一面兒罷了，偏有那些毬聲浪氣的！」玉簫道：「我來對娘說，娘只放在心裏，休要說出我來。今日桂姐也家去，俺娘收拾戴頭面哩。今日要留下雪娥在家與大妗子做伴兒，俺爹不肯，都封下人情，五個人都教去哩。娘也快些收拾了罷。」說畢，玉簫後邊去了。這金蓮向鏡臺前搽胭抹粉，插花戴翠，又使春梅後邊問玉樓：「今日穿甚顏色衣裳？」玉樓道：「你爹嗔換孝，都教穿淺淡色衣服。」這五個婦人會定了，都是白鬏髻，珠子箍兒，用翠藍銷金綾汗巾兒搭著，頭上珠翠堆滿。銀紅織金段子對衿襖兒，藍段子裙兒。惟吳月娘戴著白縐紗金梁冠兒，海獺臥兔兒，珠子箍兒，胡珠環子，上穿著沈香色遍地妝花補子襖兒，紗綠遍地金裙。一頂大轎，四頂小轎，排軍喝路，轎內安放銅火踏。王經、棋童、來安三個跟隨，拜辭了吳大妗子、三位師父、潘姥姥，逕往應伯爵家吃滿月酒去了不題。

卻說前邊如意兒和迎春，有西門慶晚夕吃酒的那一桌菜，安排停當，還有一壺金華酒，向罈內又打出一壺葡萄酒來，午間請了潘姥姥、春梅，郁大姐彈唱著，在房內四五個做一處。吃到中間，也是合當有事，春梅道：「只說申二姐會唱的好掛真兒，沒個人往後邊去，便叫他來到，好歹教他唱個掛真兒，咱每聽。」迎春纔待使綉春叫去，只見春鴻走來何著火。春梅道：「賊小蠻囚兒，你原來今日沒跟了轎子去？」春鴻道：「爹派下教王經去了，留我在家裏看家。」春梅道：「賊小蠻囚兒，你不是凍的，還不尋到這屋裏來烘火。」因叫迎春：「你篩半甌子酒與他吃。」分付：「你吃了，替我後邊叫將申二姐來。你就說我要他唱個兒與姥姥聽。」那春鴻連忙把酒吃了，一直走到後邊。不想申二姐伴著大妗子、大姐、三個姑子、玉簫，都在上房裏坐的，正吃芫荽芝蔴茶哩。忽見春鴻掀簾子進來，叫道：「申二姐你來，俺大姑娘前邊叫你唱個兒與他聽去哩。」這申二姐道：「你大姑在這裏，又有個大姑娘出來了？」春鴻道：「是俺前邊春梅姑娘這裏叫你。」申二姐道：「你春梅姑娘他稀罕怎的，也來叫的我？有郁大姐在那裏也是一般。這裏唱與大妗奶奶聽哩！」大妗子道：「也罷，申二姐你去走走再來。」那申二姐坐住了不動身。春鴻一直走到前邊對春梅說：「我叫他，他不來哩。都在上房坐著哩。」春梅道：「你說我叫他，他就來了。」春鴻道：「我說你叫他來：『前邊大姑娘叫你。』他意思不動，說道：『大姑娘在這裏，那裏又鑽出個大姑娘來了。』我說：『是春梅姑娘。』他說：『你春梅姑娘他從幾時來？也來叫我？我不得閒，在這裏唱與大妗奶奶聽哩。』大妗奶奶倒說：『你去走走再來。』他不肯來哩。」這春梅不聽便罷，聽了三尸神暴跳，五臟氣沖天，一點紅從耳畔起，須臾紫遍了雙腮。眾人攔阻不住，一陣風走到上房裏，指著申二姐一頓大罵道：「你怎麼對著小廝說我那裏又鑽出個大姑娘來了，稀罕他也敢來叫我！你是甚麼總兵官娘子，不敢叫你？俺每在那毛裏夾著來，是你抬舉起來，如今從新鑽出來了！你無非只是個走千家門、萬家戶賊狗攮的瞎淫婦！你來俺家纔走了多少時兒，就敢恁量視人家！你會曉得甚麼好成樣的套數唱？左右是那幾句東溝犁西溝耙，油嘴狗舌，不上紙筆的那胡歌野詞，就拏班做勢起來！真個就來了俺家本司三院唱的老婆，不知見過多少，稀罕你這個兒！韓道國那淫婦家與你，俺這裏不與你。你就學與那淫婦，我也不怕你。好不好趁早兒去！賈媽媽，與我離門離戶！」那大妗子攔阻說道：「快休要舒口。」把這申二姐罵的睜睜的，敢怒而不敢言，說道：「耶嚛嚛！這位大姐怎的恁般粗魯性兒？就是剛纔對著大官兒，我也沒曾說甚歹。這般潑口言語瀉出來，此處不留人，也有留人處。」春梅越發惱了，罵道：「賊肏遍街搗遍巷的瞎淫婦，你家有恁好大姐，比是你有恁性氣，不該出來往人家求衣食，唱與人家聽。趁早兒與我走，再也不要來了！」申二姐道：「我沒的賴在你家。」春梅道：「賴在我家，教小廝把鬢毛都撏光了你的！」大妗子道：「你這孩兒，今日怎的恁樣兒的？還不往前邊去罷！」那春梅只顧不動身。這申二姐一面哭哭啼啼下炕來，拜辭了大妗子，收拾衣裳包了，也等不的轎子來，央及大妗子使平安對過叫將畫童兒來，領他往韓道國家去了。春梅罵了一頓，往前邊去了。大妗子看著大姐和玉簫說道：「他敢前邊吃了酒進來，不然如何恁沖言沖語的，罵的我也不好看的了。你教他慢慢收拾了去就是了，立逼著攆他去了，又不叫小廝領他，十分水深人不過，卻怎樣兒的，卻不急了人！」玉簫道：「他每敢在前頭吃酒來？」卻說春梅走到前邊還氣狠狠的，向眾人說道：「吃我把賊瞎淫婦一頓罵，立攆了去了。若不是大妗子勸著我，臉上與這賊瞎淫婦兩個耳刮子纔好。他還不知道我是誰哩！叫著他張兒致兒，拏班做勢兒的！」迎春道：「你砍一枝損百株，忌口些。郁大姐在這裏，你卻罵瞎淫婦人！」春梅道：「不是這等說。像郁大姐在俺家這幾年，先前他還不知怎樣的大大小小，他惡訕了那個人兒來？教他唱個兒他就唱，那裏像這賊瞎淫婦大膽？ㄒ道的會那等腔兒！他再記得甚麼成樣的套數，還不知怎的拏班兒！左來右去，只是那幾句山坡羊、瑣南枝油裏滑言語，上個甚麼抬盤兒也怎的！我纔乍聽這個曲兒也怎的！我見他心裏就要把郁大姐掙下來一般。」郁大姐道：「可不怎的！昨日晚夕大娘多教我唱小曲兒，他就連忙把琵琶奪過去，他要唱。大娘說：『郁大姐，你教他先唱，你後唱罷。』大姑娘，你休怪他。他怎知道咱家深淺。他還不知把你當誰人看成好容易！」春梅道：「我剛纔不罵的？你上覆韓道國老婆那賊淫婦，你就學與他，我也不怕他！」潘姥姥道：「我的姐姐，你沒要緊氣的恁樣兒的！」如意兒道：「等我傾盃兒酒與大姐姐消消惱。」迎春道：「我這女兒有惱就是氣。」便道：「郁大姐，你揀套好曲兒唱個伏侍他。」這郁大姐拏過琵琶來說道：「等我唱個鶯鶯鬧臥房山坡羊兒，與姥姥和大姑娘聽罷。」如意兒道：「你用心唱，等我斟上酒。」那迎春拏起盃兒酒來，望著春梅道：「罷罷，我的姐姐，你著氣就是惱了，胡亂且吃你媽媽這鍾酒兒罷！」那春梅忍不住笑罵迎春，說道：「怪小淫婦兒，你又做起我媽來了！」說道：「郁大姐，休唱山坡羊，你唱個江兒水俺每聽罷。」這郁大姐在旁彈著琵琶唱：

花容月艷，減盡了花容月艷，重門常是掩。正東風料峭，細雨連纖，落紅千萬點。香串懶重添，針兒怕待拈。瘦損嫖嫖，鬼病懨懨，俺將這舊恩情重檢點。愁壓損，兩眉翠尖，空惹的張郎憎厭。

這些時，對鶯花不捲簾。

槐陰庭院，靜悄悄槐陰庭院，芭蕉新乍展。見鶯黃對對，蝶粉翩翩，情人天樣遠。高柳噪新蟬，清波戲彩鴛。行過闌前，坐近池邊，則聽得是誰家唱採蓮。急攘攘，愁懷萬千。拈起柄香羅紈扇，

上寫阮郎歸詞半篇。

炎蒸天氣，挨過了炎蒸天氣，祈涼人繡幃。怪燈花相照，月色相隨，影伶仃訴與誰。征雁向南飛，雁歸人未歸。想像腰圍，做就寒衣，又不知他在那裏貪戀著？並無個，真實信息。倩一行人捎寄，

只恐怕路迢遙衣到遲。

梅花相問，幾遍把梅花相問，新來瘦幾個。笑香消容貌，玉減精神，比花枝先瘦損。翠被懶重溫，爐香夜夜薰。著意溫存，斷夢勞魂，這些時睡不安眠不穩。枕兒冷，燈兒又昏。獨自個向誰評論？

百般的放不下心上的人。

這裏彈唱吃酒不題。西門慶從新河口拜了蔡九知府，回來下馬。平安就稟：「今日有衙門裏何老爹差答應的來請爹明日早進衙門中，拏了一起賊情審問。又本府胡老爹送了一百本新曆日，荊都監老爹差了家人送了一口鮮豬，一罎豆酒，又是四封銀子。姐夫收下了，沒敢與他回帖兒，等爹來打發。晚上他家人還來見爹說話哩。只胡老爹家與了回帖，賞了來人一錢銀子。又是喬親家爹送帖兒，明日請爹吃酒。」

玳安兒又拏宋御史回帖兒來回話：「小的送到察院內，宋老爹說明日還奉價過來。賞了小的並抬盒人五錢銀子，一百本曆日。」西門慶叫了陳經濟來，問了，四包銀子已久交到後邊去了。西門慶走到廳上，春鴻連忙報與春梅眾人，說道：「爹來家了，還吃酒哩！」春梅道：「怪小蠻囚兒，爹來家隨他來去，管俺每腿事！沒娘在家，他也不往俺這邊來。」眾人打夥兒吃酒玩笑，只顧不動身。西門慶到上房，大妗子、三個姑子，都往這邊屋裏坐的。玉簫向前與他接了衣裳坐下，放桌打發他吃飯。教來興兒定桌席，三十日與宋巡按擺酒，與巡撫侯爺送行。初一日宰豬羊，家中祭祀，還願心的。初三日請劉薛二內相，帥府周爺眾位吃慶官酒。分付已了，玉簫在旁：「請問爹你吃酒？篩甚麼酒你吃？」西門慶道：「有菜兒擺上來，有剛纔荊都監送來的那豆酒取來，打開我嚐嚐，看好不好吃。」只見來安兒來家回話。玉簫連忙便提酒來，打破泥頭，傾在鍾內，遞與西門慶呷了一呷，碧靛般清，其味深長。西門慶令：「斟來我吃。」須臾，擺上菜來，西門慶在房中吃酒。卻說來安同排軍拏了兩個燈籠，晚夕接了月娘來家。月娘便穿著銀鼠皮披藕金段襖兒，翠藍裙兒。李嬌兒等都是貂鼠皮白綾襖兒，紫丁香色織金裙子。原來月娘見金蓮穿著李瓶兒皮襖，把金蓮舊皮襖與了孫雪娥穿了，都到上房拜了西門慶。惟雪娥與西門慶磕頭，起來又與月娘磕頭。都過那邊屋裏去了，拜大妗子、三個姑子。月娘便坐著與西門慶說話，說：「應二嫂見俺每都去，好不喜歡。酒席上有隔壁馬家娘子，和應大嫂、杜二娘，也有十來位堂客，叫了兩個女兒彈唱。養了好個平頭大臉的小廝兒！原來他房裏春花兒，比時黑瘦了好些，只剩下個大驢臉一般的，也不自在哩！那時節亂的他家裏大小不安；本等沒人手。臨來時，應二哥與俺每磕頭，謝了又謝。多多上覆你：多謝重禮。」西門慶道：「春花兒那成精奴才，也打扮出來見人？」月娘道：「他比那個沒鼻子沒眼兒？是鬼兒，出來見不的？」西門慶道：「那奴才撒把黑豆，只好教豬拱罷！」月娘道：「我就聽不上你恁說嘴。自你家的好，拏掇的出來見的人？」那王經在旁，他立著說道：「俺應二爹見娘每去，先頭上不敢出來見，躲在下邊房裏，打窗戶眼兒望前瞧。被小的看見了，說道：『你老人家沒廉恥，平白瞧甚麼？』他趕著小的打。」西門慶笑的沒眼縫兒，說道：「你看這賊花子，等明日他來，看老實抹他一臉粉！」王經笑道：「小的知道了。」月娘喝道：「這小廝便要胡說，也幾時瞧來？平白枉口拔舌的！一日誰見他個影兒？只臨來時，纔與俺每磕頭。」王經站了一回出來了。月娘起身過這邊屋裏，拜大妗子並三個師父。西門大姐與玉簫眾丫頭媳婦，都來磕頭。月娘便問：「怎的不見申二姐？」眾人都不做聲。玉簫說：「申二姐家去了。」月娘道：「他怎的不等我來，先就家去？」大妗子隱瞞不住，把春梅罵他之事說了一遍。月娘就有幾分惱，說道：「他不唱便罷了，這丫頭慣的沒張倒置的，平白罵他怎麼的？怪不的，俺家主子也沒那正主子，奴才也沒個規矩，成甚麼道理！」望著金蓮道：「你也管他管兒，慣的通沒些摺兒！」金蓮在旁笑著說道：「也沒見這個瞎曳磨的，風不搖，樹不動❶；你走千家門、萬家戶，在人家無非只是唱。人叫你唱個兒，也不失了和氣。誰教他拏班兒做勢的？他不罵的他嫌腥！」月娘道：「你倒且是會說話兒的！合理都像這等，好人歹人都吃他罵了去，也休要管他一管兒了！」金蓮道：「莫不為瞎淫婦，打他幾棍兒？」月娘聽了他這句話，氣的把臉通紅了，說道：「慣著他，明日把六鄰親戚都教他罵遍了罷！」于是起身走過西門慶這邊來。西門慶便問：「怎麼的？」月娘道：「情知是誰！你家使的好規矩的大姐，如此這般把申二姐罵的去了！」對西門慶說。西門慶笑道：「誰教他

❶ 風不搖二句：事出有因。

不唱與他聽來?也不打緊處,到明日使小廝送一兩銀子補伏他,也是一般。」玉簫道:「申二姐盒子還在這裏,沒拏去哩。」月娘見西門慶笑,說道:「不說叫將他來,嗔喝他兩句。虧你還雌著嘴兒,不知笑的是甚麼!」玉樓、李嬌兒見月娘惱起來,都先歸去房裏。西門慶只顧吃酒。良久,月娘進裏間內脫衣裳、摘頭,便問玉簫:「這箱上四包銀子,是那裏的?」西門慶說:「是荊都監送來幹事的二百兩銀子。明日要央宋巡按圖幹陞轉。」玉簫道:「頭裏姐夫送進來,我放在箱子上,就忘了對娘說。」月娘道:「人家的,還不收進櫃裏去哩。」玉簫一面安放在廚櫃中不題。

金蓮在那邊屋裏,只顧坐的等著西門慶一答兒往前邊去,今日晚夕要吃薛姑子符藥,與他交姤,圖王子日好生子。見西門慶不動身,走來掀著簾兒叫他,說:「你不往前邊去,我等不的你,我先去也。」西門慶道:「我兒,你先走一步兒。我吃了這些酒就來。」那金蓮一直往前邊去了。月娘道:「我偏不要你去,我還和你說話哩。你兩人合穿著一條褲子也怎的!是強汙世界,巴巴走來我這屋裏硬來叫他,沒廉恥的貨!自你是他的老婆,別人不是他的老婆?」因說西門慶:「你這賊皮搭行貨子,怪不的人說你。一視同仁都是你的老婆,休要顯出來便好;就吃他在前邊把攔住了!從東京來,通影邊兒不進後邊歇一夜兒,教人怎麼不惱你?冷竈著一把兒,熱竈著一把兒纔好。通教他把攔住了!我便罷了,不和你一般見識。別人他肯讓的過?口兒內雖故不言語,好殺他,心兒裏有幾分惱!今日孟三姐在應二嫂那裏,通一日恁甚麼兒沒吃。不知掉了口冷氣,只害心淒惡心!來家,應二嫂遞了兩鍾酒,都吐了。你還不往他屋裏瞧他瞧去?」這西門慶聽了,說道:「真個他心裏不自在?」分付:「收了家火罷,我不吃酒了。」于是走到玉樓房中,只見婦人已脫了衣裳,摘去首飾,渾衣兒歪在炕上,正倒著身子嘔吐。蘭香便熱煤炭在地。西門慶見他呻吟不止，慌問道：「我的兒，你心裏怎麼的來？對我說，明日請人來看你。」婦人一聲不言，只顧嘔吐。被西門慶一面扶起他來，與他坐的。見他兩隻手只揉胸前，便問：「我的心肝，你心裏怎麼？你告訴我。」婦人道：「我害心淒的慌，你問他怎的？你幹你那營生去！」西門慶道：「我不知道。剛纔上房對我說，我纔曉得。」婦人道：「可知你不曉得，俺每不是你老婆，你疼心愛的去罷！」西門慶于是摟過粉項來，就親個嘴，說道：「怪油嘴，就傒落我起來。」便叫蘭香：「快頓好苦艷茶兒來與你娘吃。」蘭香道：「有茶伺候著哩。」一面捧茶上來。西門慶親手拏在他口兒邊吃。婦人道：「拏來等我自家吃。會那等喬劬勞，旋蒸勢賣兒的，誰這裏爭你哩！今日日頭打西出來，稀罕往俺這屋裏來走一走兒？也有這大娘，平白你說他，爭出來煳包氣！」西門慶道：「你不知我這兩日，七事八事，心不得個閒。」婦人道：「可知你心不得閒，可不了一個心愛的扯落著你哩！把俺每這僻時的貨兒，都打到踹字號聽題去了。後十年掛在你那心裏！」見西門慶嘴搵著他香腮，便道：「吃的那爛酒氣，還不與我過一邊去！人一日黃湯辣水兒誰嚐嚐著來？那裏有甚麼神思且和你兩個纏！」西門慶道：「你沒吃甚麼兒，叫丫頭拏飯來咱每吃，我也還沒吃飯哩。」婦人道：「你沒的說。人這裏淒疼的了不得，且吃飯？你要吃，你自家吃去！」西門慶道：「你不吃，我敢不吃了。咱兩個收拾睡去罷，明日早使小廝請任醫官來看你。」婦人道：「由他去，請甚麼任醫官、李醫官！教劉婆子來，吃他服藥也好了！」西門慶道：「你睡下，等我替你心口內撲撒❷撲撒，管情就好了。你不知道，我專一會揣骨捏病，手到病除。」婦人道：「我不好罵出來，你會揣甚麼病？」西門慶忽然想起昨日劉學官送了十圓廣東牛黃清心蠟丸，用

❷ 撲撒：按摩。

藥酒兒吃下極好。即使蘭香：「問你大娘要，在上房磁罐兒內盛著。就拏素兒帶些酒來。」玉樓道：「休要酒，俺這屋裏有酒。」不一時，蘭香到上房要了兩丸來。西門慶看見篩熱了酒，剝去蠟，裏面露出金丸來，看著玉樓吃下去。西門慶因令蘭香：「趁著酒，你篩一鍾兒來，我也吃了藥罷。」被玉樓瞅了一眼，說道：「就休那汗邪！你要吃藥，往別人房裏去吃。你這裏且做甚麼哩，卻這等胡作做！你見我不死來，攛掇上路兒來了，緊教人疼的鬼兒也沒了，還要那等掇弄人！虧你也下般的，誰耐煩和你兩個只顧涎纏！」西門慶笑道：「罷罷，我的兒，我不吃藥了。咱兩個睡罷。」那婦人一面吃畢藥，與西門慶兩個解衣上床同寢。西門慶在被窩內，替他手撲撒著酥胸，一手摟其粉項，問道：「我的親親，你心口這回吃下藥，覺好些？」婦人道：「疼便止了，還有些嘈雜。」西門慶道：「不打緊，消一回也好了。」因說道：「你不在家，我今日兌了五十兩銀子與來興兒，後日宋御史擺酒，初一日燒紙還願心，到初三日再破兩日工夫，把人都請了罷。受了人家多少人情禮物，只顧挨著，也又不是事。」婦人道：「你請也不在我，不請也不在我。明日三十日，我叫小廝來攢帳交與你，隨你交付與六姐，教他管去。也該教他管管兒。卻是他昨日說的，甚麼打緊處，雕佛眼兒便難等我管！」西門慶道：「你聽那小淫婦兒，他勉強著，緊處他就慌了。亦發擺過這幾席酒兒，你交與他就是了。」玉樓道：「我的哥哥，誰養的你恁乖？還說你不護他，這些事兒就見出你那心裏來了。擺過酒兒交與也，俺每是合死的！像這清早晨，得梳了頭，小廝你來我去，秤銀子換錢，把氣也掏乾了！饒費了心，那個道個是也怎的？」西門慶接著道：「我的兒，常言道，當家三年狗也嫌。」說著一面慢慢搊起這一隻腿兒，跨在胳膊上，摟抱在懷裏。揝著他白生生的小腿兒，穿著大紅綾子的繡鞋兒，說道：「我的兒，你達不愛你別的，只愛你這兩隻白腿兒。就是普天下婦人選遍了，也沒你這兩隻腿兒柔嫩可愛！」婦人道：「好個說嘴的貨，誰信那綿花嘴兒！可可兒的就是普天下婦人選遍了沒有來？愁好的沒有，也要千取萬。不說俺每皮肉兒粗糙，你拏左話兒來右說❸著哩！」西門慶道：「我的心肝，我有句謊，就死了我！」婦人道：「怪行貨子，沒要緊賭甚麼誓？」

不說兩個在床上歡娛玩耍。單表吳月娘在上房陪著大妗子、三位師父晚夕坐的說話，因說起春梅怎的罵申二姐，罵的哭涕，又不容他坐轎子去。旋央及大妗子對過叫畫童兒送他往韓道國家去。大妗子道：「本等春梅出來的言語粗魯，饒我那等說著，還鎗截的言語罵出來，他怎的不急了？他平昔不曉得恁口潑罵人。我只說他吃了酒。」小玉道：「他每五個在前頭吃酒兒來。」月娘道：「恁不合理的行貨子，生生把個丫頭慣的恁沒大沒小、上頭上臉的！還嗔人說哩，到明日不管好歹，人都吃他罵了去罷！要俺每在屋裏做甚麼？一個女兒，他走千家門、萬家戶，教他傳出去好聽！敢說西門慶家那大老婆，也不知怎麼的出來的？亂世不知那個是主子，那個是奴才？不說你每這等慣的沒些規矩，恰似俺每不長俊一般，成個甚麼道理！」大妗子道：「隨他去罷。他姑夫不言語，怎好惹氣？」當夜無語，歸到房中。

次日西門慶早起往衙門中去了。這潘金蓮見月娘攔了西門慶不放，又誤了壬子日期，心中甚是不悅。次日老早使來安叫了頂轎子，把潘姥姥打發往家去了。吳月娘早晨起來，三個姑子要告辭家去。月娘每個一盒茶食，與了五錢銀子。又許下薛姑子正月裏庵裏打齋，先與他一兩銀子請香燭紙馬。到臘月還送香油白麵細米素食，與他齋僧供佛。因擺下茶，在上房內管待，同大妗子一處吃。先請了李嬌兒、孟玉

❸ 左話右說：說反話。

樓、大姐都坐下，問玉樓：「你吃了那蠟丸，心口內不疼了？」玉樓道：「今早吐了兩口酸水纔好了。」叫小玉：「往前邊請潘姥姥和五娘來吃點心。」玉簫道：「小玉在後邊蒸點心哩，我去請罷。」于是一直走到前邊金蓮房中，便問：「姥姥怎的不見？後邊請姥姥和五娘吃茶哩。」金蓮道：「他今日早晨我打發他家去了。」玉簫說：「怎的不說聲，三不知就去了？」金蓮道：「住的人心淡，只顧住著怎的？也住了這幾日了。他家中丟著孩子，也沒人看。我教他家去了。」玉簫道：「我拏了塊臘肉兒，四個甜醬瓜茄子，與他老人家，誰知他就去了？五娘你替他老人家收著罷。」于是遞與秋菊，放在抽屜內。這玉簫便向金蓮說道：「昨日晚夕五娘來了，俺娘如此這般，對著爹，好不說五娘強汙世界，與爹兩個合穿著一條褲子，沒廉恥，怎的把攔著爹在前邊，不放後邊來。落後把爹打發三娘房裏歇了一夜。又對著大妗子、三位師父，怎的說五娘慣著春梅，沒規矩，毀罵申二姐。爹到明日，還要送一兩銀子與申姐姐遮羞。」一五一十，說了一遍。這金蓮聽記在心。玉簫先來回月娘說：「姥姥起早往家去了，五娘便來也。」月娘便望著大妗子說道：「你看昨日說了他兩句兒，今日使性子也不進來說聲兒，老早說打發他娘去了。我猜姐姐管情又不知心裏安排著，要起甚麼水頭兒❹哩！」當下月娘自知屋裏說話，不防金蓮暗走到明間簾下聽覷多時了。猛可開言說道：「大娘說的，我打發了他家去，我好把攔漢子！」月娘道：「是我說來你如今怎麼的？我本等一個漢子，從東京來了，成日只把攔在你那前頭，通不來後邊旁個影兒！原來只你是他的老婆，別人不是他的老婆！行動題起來，別人不知道，我知道。就是昨日李桂姐家去了，大妗子問了聲：『李桂姐住了一日兒，如何就家去了？他姑夫因為甚麼惱他？』教我還說：『誰

❹ 水頭兒：風波。

知為甚麼惱他？』你便就撐著頭兒說：『別人不知道，自我曉得。』你成日守著他，怎麼不曉得？」金蓮道：「他不來往我那屋裏去，我成日莫不拏豬毛繩子套他去不成？那個浪的慌了也怎的！」月娘道：「你不浪的慌，你昨日怎的他在屋裏坐好好兒的，你恰似強汙世界一般，掀著簾子，硬入來叫他前邊去，是怎麼說？漢子頂天立地，吃辛受苦，犯了甚麼罪來，你拏豬毛繩子套他？賤不識高低的貨！俺每倒不言語，只顧趕人不得趕上！一個皮襖兒，你悄悄就問漢子討了穿在身上，掛口兒也不來後邊題一聲兒！都是這等起來，俺每在這屋裏放小鴨兒！就是孤老院裏，也有個甲頭！一個使的丫頭，和他貓鼠同眠，慣的有些摺兒！不管好歹，就罵人。倒說著，你嘴頭子不伏個燒埋❺。」金蓮道：「是我的丫頭也怎的？你每打不是？我也在這裏，還多著個影兒哩！皮襖是我問他要來，莫不只為我要皮襖開門來？也拏了幾件衣裳與人，那個你怎的就不說來？丫頭便是我慣了他，我也浪了圖漢子喜歡；像這等的，卻是誰浪？」吳月娘吃他這兩句，觸在心上。便紫漒了雙腮，說道：「這個是我浪了！隨你怎的說，我當初是女兒填房嫁他，不是趁來的老婆！那沒廉恥趁漢精便浪，俺每真材實料不浪。」被吳大妗子在跟前攔說：「三姑娘，你怎的？快休舒口。」饒勸著，那月娘口裏話紛紛發出來，說道：「你害殺了一個，只少我了！」孟玉樓道：「耶嚛，耶嚛！大娘，你今日怎的這等惱的大發了？連累著俺每，一棒打著好幾個人！也沒見這六姐，你讓大姐一句兒也罷了。只顧拌起嘴來了！」大妗子道：「常言道，要打沒好手，廝罵沒好口。不爭你姊妹每攘鬧，俺每親戚在這裏住著也羞。姑娘你不依我，想是嗔我在這裏。叫轎子來，我家去罷！」被李嬌兒一面拉住大妗子。那潘金蓮見月娘罵他這等言語，坐在地下，就打滾打臉上，自家打

❺不伏燒埋：不受勸告。

幾個嘴巴，頭上鬏髻，都撞落一邊。放聲大哭叫起來，說道：「我死了罷，要這命做甚麼！你家漢子說條念款說將來，我趁將你家來了。彼時恁的，也不難的勾當。等他來家，與了我休書，我去就是了！你趕人不得趕上！」月娘道：「你看，就是了，潑腳子貨❻！別人一句兒還沒說出來，你看他嘴頭子就像淮洪一般，他還打滾兒賴人！莫不等的漢子來家，好老婆把我別變了就是了！你放恁個刁兒，那個怕你麼！」那金蓮道：「你是真材實料的，誰敢辨別你！」月娘越發大怒說道：「我不真材實料，我敢在這屋裏養下漢來？」金蓮道：「你不養下漢，誰養下漢來？你就拏主兒來與我！」玉樓見兩個拌的越發不好起來，一面拉起金蓮，往前邊去，卻說道：「你恁的怪刺刺的，大家都省口些罷了，只顧亂起來！左右是兩句話，教他三位師父笑話！你起來，我送你前邊去罷！」那金蓮只顧不肯起來。被玉樓和玉簫一齊扯起來，送他前邊去了。大妗子便勸住月娘說道：「姑娘，你身上又不方便，好惹氣？分明沒要緊，你姊妹每歡歡喜喜，俺每在這裏住著有光。似這等合氣起來，又不依個勸，卻怎樣兒的？」那三個姑子見嚷鬧起來，打發小姑兒吃了點心，包了盒子，告辭月娘眾人，起來道問訊。月娘道：「三位師父，休要笑話。」薛姑子道：「我的佛菩薩，沒的說。誰家竈內無煙？心頭一點無明火，些兒觸著便生煙。大家儘讓些就罷了。佛法上不說的好？冷心不動一孤舟，淨掃靈臺正好修。若還繩慢鎖頭鬆，就是萬個金剛也降不住。為人只把這心猿意馬牢拴住了，成佛作祖，都打這上頭起。貧僧去也，多有打攪菩薩！好好兒的，我回去也。」一面打了兩個問訊。月娘連忙還萬福，說道：「空過師父，多多有慢。另日著人送齋襯去。」即叫大姐：「你和二娘，送送三位師父出去，看狗。」于是打發三個姑子出門。月娘陪大

❻ 潑腳子貨：潑辣貨。

妗子眾人坐著，說道：「你看這回氣的我兩隻肐膊都軟了，手冰冷的。從早晨吃了口清茶，還汪在心裏！」大妗子道：「姑娘，我這等勸你，少攬氣，你不依我。你又是臨月的身子，有甚要緊！」月娘道：「嫂子，早是你在這裏住看著，又是我和他合氣？如今犯夜倒拏住巡更的；我倒容了人，人倒不肯容我。一個漢子你就通身把攔住了，和那丫頭通同作弊，在前頭幹的那無所不為的事。人幹不出來的，你幹出來！女婦人家，通把個廉恥也不顧！他燈臺不照自己，還張著嘴兒說人浪。想著有那一個在，成日和那一個合氣。對著俺每，千也說那一個的不是。他就是清淨姑姑兒了！單管兩頭和番，曲心矯肚❼，人面獸心，行說的話兒，就不承認了。賭的那誓詭人子。我洗著眼兒看著他，到明日還不知怎麼樣兒死哩！早時剛纔你每看著，擺著茶兒，還好意等他娘來吃。誰知他三不知的就打發的去了。就安排著要嚷的心兒，悄悄兒走來這裏聽，聽怎的？那個怕你不成？待等那漢子來，輕學重告，把我休了就是了！」小玉道：「俺每都在屋裏守著爐臺站著，不知五娘幾時走來，在明間內坐著，也不聽見他腳步兒響。」孫雪娥道：「他單為行鬼路兒，腳上只穿氈底鞋，你可知聽不見他腳步兒響。想著起頭兒一來時，該和我合了多少氣，背地打夥兒嚼說我，教爹打我那兩頓。娘還說我和他便生好鬥的。」月娘道：「他活埋慣了人，今日還要活埋我哩！你剛纔不見他那等撞頭打滾撒潑兒，一逕使你爹來家知道，管就把我翻倒底下。」李嬌兒笑道：「大娘沒的說，反了世界！」月娘道：「你不知道，他是那九條尾的狐狸精！把好的吃他弄死了，且稀罕我能有多少骨頭肉兒！你在俺家這幾年，雖是個院中人，不像他久慣牢頭。你看他昨日那等氣勢，硬來我屋裏叫漢子：『你不往前邊去，我等不的你，先去。』恰似只他一個人的漢子一般，就占住了。

❼ 曲心矯肚：心地陰險，一肚子假情假義。

不是我心中不惱，他從東京來了，就不放一夜兒進後邊來。一個人的生日，也不往他屋裏走走兒去。十個指頭都放在你口內，也卻罷了！」大妗子道：「姑娘你耐煩，你又常病兒痛兒的，不貪此事，隨他去罷！不爭你為眾好，與人為怨忌仇。」勸了一回，玉簫安排上飯來也不吃。說道：「我這回好頭疼，心口內有些惡泛泛的上來。」教玉簫：「那邊炕上放下枕頭，我且躺躺去。」分付李嬌兒：「你每陪大妗子吃飯。」那日郁大姐也要家去，月娘分付裝一盒子點心，與他五錢銀子，打發去了。

卻說西門慶衙門中審問賊情，到個午牌時分纔來家，正值荊都監家人討回帖。西門慶道：「多謝你老爹重禮，如何這等計較？你還把那禮扛將回去，等我明日說成了，取家來。」家人道：「家老爹沒分付，教小的怎敢將回去？放在老爹這裏，也是一般。」西門慶道：「既恁說，你多上覆，我知道了。」拏回帖，又賞家人一兩銀子。因進上房見月娘睡在炕上，叫了半日，白不答應。問丫鬟，都不敢說。走到前邊金蓮房裏，見婦人髯頭撓腦，拏著個枕頭睡，問著又不言語，更不知怎的。一面封銀子，打發荊都監家人去了。走到孟玉樓房中問，玉樓隱瞞不住，只得把月娘和金蓮早晨嚷鬧合氣之事，具說一遍。這西門慶慌了，走到上房，一把手把月娘拉起來，說道：「你甚要緊？自身上不方便，理那小淫婦兒做甚麼？平白和他合甚麼氣？」月娘道：「你看說話哩！我和他合氣？是我便生好鬥尋趁他來？他來尋趁將我來！你問眾人不是？早晨好意擺下茶兒，請他娘來吃。他便使性子把他娘打發去了。走來後邊撐著頭兒，和我兩個嚷。自家打滾撞頭，鬏髻跺扁了，皇帝上位的叫。自是沒打在我臉上罷了！若不是眾人拉勸著，是也打成一塊！他平白欺負慣了人，他心裏也要把我降伏下來！行動就說，你家漢子說條念款，念將我來了，打發了我罷，我不在你家了！一句話兒出來，他就是十句頂不下來。嘴一似淮洪一般，我拏甚麼骨禿肉兒拌的他過？專會那潑皮賴肉的，氣的我身子軟癱兒熱化！甚麼孩子李子，就是太子也成不的！如今倒弄的不死不活，心口內只是發脹，肚子往下鱉墜著疼，頭又疼，兩隻胳膊都麻了。剛纔桶子上坐了這一回，又不下來。若下來了，乾淨了我這身子！省的死了做帶累肚子鬼！到半夜尋一條繩子，等我吊死了，隨你和他過去！往後沒的又像李瓶兒，吃他害死了罷！我曉得你三年不死老婆，也大悔氣！」這西門慶不聽便罷，聽了越發慌了。一面把月娘摟抱在懷裏，說道：「我的好姐姐，你別要和那小淫婦兒一般見識。他識甚麼高低香臭？沒的氣了你，倒值了多的！我往前邊罵這賊小淫婦兒去！」月娘道：「你還敢罵，他還要拏豬毛繩子套你哩！」西門慶道：「你教他說惱了我，吃我一頓好腳！」因問月娘：「你如今心內怎麼的？吃了些甚麼兒沒有？」月娘道：「誰嚐著些甚麼兒？大清早晨，纔拏起茶等著他娘來吃，他就走來和我嚷起來。如今心內只發脹，肚子往下鱉墜著疼，腦袋又疼，兩隻胳膊都麻了。你不信摸我這手，恁半日還沒握過來！」西門慶聽了，只顧跌腳，說道：「可怎樣兒的！快著小廝去請了那任醫官來，看了討藥去。天晚了，他趕不進門來了。」月娘道：「平不答請甚麼任醫官？隨他去，有命活，沒命教他死，纔趁了人的心！甚麼好的老婆？是牆上泥坯，去了一層又一層。我就死了，把他扶了正就是了！恁個聰明的人兒，當不的家？」西門慶道：「你也耐煩？把那小淫婦兒只當臭屎一般丟著他哩，他怎的你？如今不請任后溪來看你看？一時氣裏住了這胎氣，弄的上不上下不下，怎麼了？」月娘道：「這等，叫劉婆子來瞧瞧，吃他服藥；再不，頭上剁兩針，由他自好了。」西門慶道：「你沒的說，那劉婆子老淫婦，他會看甚胎產？叫小廝騎馬快請任醫官來看。」月娘道：「你敢去請？你就請了來，我也不出去。」那西門慶不依他，走到前邊，即叫琴童：「快騎馬往門外請那任老爹，緊等著一答兒就來。」琴童應諾，騎上馬雲飛一般去了。西門慶只在屋裏廝守著月娘，分付丫頭，連忙熬粥兒拏上來，勸他吃粥兒，又不吃。等到後晌時分，琴童空回來了，說：「任老爹在府裏上班未回來。他家知道咱這裏請，明日也不消咱這裏人去，任老爹早就來了。」月娘見喬大戶一替兩替來請，便道：「太醫已是明日來了。你往喬親家那裏去罷。這日晚了你不去，惹的喬親家怪。」西門慶道：「我去了，誰看你？」月娘笑道：「你看諕的那腔兒，你去我不妨事。等我消一回兒，慢慢鬪著起來，與大妗子坐的吃飯。你慌的是些甚麼？」西門慶令玉簫：「快請你大妗子來和你娘坐的。」又問：「郁大姐在那裏？教他唱與娘聽。」玉簫道：「郁大姐往家去，不耐煩了這咱哩！」西門慶道：「誰教他去來？留他再住兩日兒也罷了。」趕著玉簫踢了兩腳。月娘道：「他見你家反宅亂，要去，你管他腿事？」玉簫道：「正經罵申二姐的倒不踢！」那西門慶只做不聽見，一面穿了衣裳，往喬大戶家吃酒去了。未到起更時分就來家，到了上房，月娘正和大妗子、玉樓、李嬌兒四人坐的。大妗子見西門慶進來，忙走後邊去了。西門慶便問月娘道：「你這咱好些了麼？」月娘道：「大妗子陪我吃了兩口粥兒，心口內不大十分脹了，還只有些頭疼腰酸。」西門慶道：「不打緊，明日任后溪來，看吃他兩服藥，散散氣、安安胎，就好了。」月娘道：「我那等樣教你休叫他，你又叫他！白眉赤眼，教人家漢子來做甚麼？你明日看我就出去不出去！」因問：「喬親家請你做甚麼？」西門慶道：「他說我從東京來了，要與我坐。今日他也費心，整治許多菜蔬，叫兩個唱的，請我那裏說甚麼話。落後邀過朱臺官來陪我。我熱著你心裏不自在，吃了幾鍾酒，老早就來了。」月娘道：「好個說嘴的貨，我聽不上你這巧語花言，可可兒就是熱著我來？我是那活佛出現，也不放在你那心上；像死了，終值了個破沙鍋片子！」又問：「喬親家再沒和你說甚麼話？」西門慶方告說：「喬親家如今要趁著新例，上三十兩銀子納個義官。銀子也封下了，教我對胡府尹說。我說不打緊，胡府尹昨日送了我二百本曆日，我還不曾回他禮。等我送禮時，捎了帖子與他，問他討一張義官箚付來與你就是了。他不肯。他說納些銀子是正理。如今央這裏分上討討兒，免上下使用，也省十來兩銀子。」月娘道：「既是他央及，你替他討討兒罷。你沒挐他銀子來？」西門慶道：「他銀子明日送過來，還要買分禮來，我止住他了。到明日咱備一口豬，一罎酒，送胡府尹就是了。」說畢，西門慶晚夕就在上房睡了一夜。

到次日，宋巡按擺酒，後廳筵席治酒，裝定果品。大清早晨，本府出票撥了兩院三十名官身樂人，兩員伶官，四名排長領著，來西門慶宅中答應。西門慶分付前廳儀門裏，東廂房那裏聽候，中廳西廂房與海鹽子弟做戲房。只見任醫官從早晨就騎馬來了。西門慶忙迎到廳上陪坐，道連日闊懷之事，任醫官道：「昨日盛使到，學生該班，至晚纔來家見尊刺，今日不俟駕而來。敢問何人欠安？」西門慶道：「大賤內偶然有些失調，請后溪一診。」須臾，茶至。吃了茶，任醫官道：「昨日聞得明川說老先生恭喜，容當奉賀！」西門慶道：「菲才備員而已，何賀之有？」吃畢茶，琴童收下盞托去。西門慶分付：「後邊對你大娘說，任老爹來了，明間內收拾。」這琴童應諾，到後邊。大妗子、李嬌兒、孟玉樓都在房內，見琴童來說：「任醫官進來，爹分付教收拾明間裏坐。」月娘坐著不動身，說道：「我說不要請他，平白教將人家漢子睁著活眼，把手揑腕的，不知做甚麼！教劉媽媽子來，吃兩服藥由他好了。好這等的搖鈴打鼓散著哩！好與人家漢子餵眼！」玉樓道：「大娘，這已是請人來了，你不出去，卻怎樣的？莫不回了人去不成？」大妗子又在旁邊勸著說：「姑娘，你教他看看你這脈息，還知道你這病源，不知你為甚起氣惱？傷犯了那一經？吃了他藥，替你理理氣血、安安胎氣。你不教他看，依著你就請了劉婆子來，他曉得甚麼病源脈理？一時耽擱怎了！」月娘方動身梳頭兒，戴上冠兒。玉簫拏了鏡子，孟玉樓跳上炕去，替他拏抿子掠後鬢。李嬌兒替他勒鈿兒，孫雪娥預備拏衣裳。月娘頭上只擺著六根金頭簪兒，戴上臥兔兒。也不搽臉，薄施胭粉，淡掃蛾眉。耳邊帶著兩個金丁香兒，正面關著一件金蟾蜍分心。上穿白綾對衿襖兒，插黃寬攔挑繡裙子，襯著綾波羅襪，尖尖趫趫一副金蓮，裙邊紫錦香囊，黃銅鑰匙，雙垂繡帶。正是：羅浮仙子臨凡世，月殿嬋娟出畫堂！

畢竟後來如何，且聽下回分解。

第七十六回 孟玉樓解慍吳月娘 西門慶斥逐溫葵軒

動靜謀為要三思，莫將煩惱自招之。
人生世上風波險，一日風波十二時。

話說西門慶見月娘半日不出去。又親自進來催促了一遍。見月娘穿衣裳，方纔請進任醫官，到上房明間內坐下。見正面灑金軟壁，兩邊安放春凳，曝夏亮地平上鋪著氈毯，安放火盆，少頃，月娘從房內出來，五短身材，團面皮兒，黃白淨兒。模樣兒不肥不瘦，身體兒不短不長。兩道春山，月鈎一雙鳳眼；纖長春筍，露甄妃之玉。朱唇點漢署之香，望上拜道了萬福。慌的任醫官躲在旁邊，屈身還禮。月娘就在對面一椅坐下。琴童安放桌兒綿裀。月娘向袖口邊伸玉腕，露春葱，教任醫官診脈。良久，月娘抽身回房去了。房中小廝拏出茶來，吃畢茶，任醫官說道：「老夫人原來稟的氣血弱，尺脈來的又浮澀，雖有胎氣，有些榮衛失調，易生嗔怒，又動了肝火。如今頭目不清，中膈有些阻滯，作其煩悶。四肢之內，血少而氣多。」月娘使出琴童來說：「娘如今只是有些頭疼心脹，肐膊發麻，肚腹往下墜著疼，腰酸，吃飲食無味。」任醫官道：「我已知道，說得明白了。」西門慶道：「不瞞后溪說，房下如今見懷臨月身孕。因著氣惱，不能運轉，滯在胸膈間。望乞老先生留神加減一二，足見厚情。」任醫官道：「豈勞分付，學生無不用心！此去就奉過清胎、理氣、和中、養榮、蠲痛之劑來。老夫人服過，要戒氣惱，就厚味也少吃。」西門慶道：「望乞老先生把他這胎氣好生安一安。」任醫官道：「已定安胎理氣，養其榮衛。不勞分付，學生自有斟酌。」西門慶復說：「學生第三房下有些肚冷，望乞有煖宮丸藥見賜來。」任醫官道：「學生謹領，就封過來。」說畢，起身走到前廳院內，見許多教坊樂工伺候，因問：「老翁今日府上有甚事？」西門慶悉言：「巡按宋公連兩司官，請巡撫侯石泉老先生，在舍擺酒。」這任醫官聽了，越發心中駭然尊敬西門慶，在門前揖讓上馬禮去，比尋日不同，倍加敬重。西門慶送他回來，隨即封了一兩銀子，兩方手帕，即使琴童拏盒兒騎馬討藥去。李嬌兒、孟玉樓眾人都在月娘屋裏裝定果盒，搽抹銀器，便說：「大娘你頭裏還要不出去，怎麼知道你心中如此這般病！」月娘道：「甚麼好成樣的老婆，由他死便死了罷！可是他說的：『行動管著俺每，你是我婆婆？無故只是大小之分罷了！我還大他八個月哩！漢子疼我，你只好看我一眼兒罷了！』他不討了他口裏話，他怎麼和我大嚷大鬧？若不是你每攛掇我出去，我後十年也不出去。隨他死教他死去！常言道：『一雞死，一雞鳴。』新來雞兒打鳴不好聽？我死了把他立起來，也不亂，也不嚷，纔拔了蘿蔔地皮寬！」玉樓道：「大娘，耶嚛，耶嚛！那裏有此話？俺每就代他賭個大誓，這六姐不是我說，他有些不知好歹，行事兒有些勉強，恰似咬群出尖兒的一般，一個大有口沒心的貨子。大娘你若惱他，可是錯惱了。」月娘道：「他是比你沒心？他一團兒心哩！他怎的會悄悄聽人兒，行動拏話兒說諷著人說話？」玉樓道：「娘，你是個當家人，惡水缸兒，不恁大量些，卻怎樣兒的？常言：『一個君子待了十個小人。』你手放高些，他敢過去了。你若與他一般見識起來，他敢過不去。」月娘道：「只有了漢子與他做主兒著，把那大老婆且打靠後！」玉樓道：「哄那個哩！如今像大娘心裏恁不好，他爹敢往那屋裏去麼？」月娘道：「他怎的不去？可是他說的，他屋裏拏豬毛繩子套他不去。一個漢子的心，如同沒籠頭的馬一般，他要喜歡那一個，只喜歡那個。誰敢攔他攔，他又說是浪了！」玉樓道：「罷麼，大娘，你已是說過，通把氣兒納納兒。等我教他來與娘磕頭，賠個不是，趁著他大妗子在這裏，你每兩個笑開了罷。你不然，教他爹兩下裏不作難？就行走也不方便。但要往他屋裏去，又不怕你惱？若不去，他又不敢出來。今日前邊恁擺酒，俺每都在這定果盒，忙的了不得，落得他在屋裏，是全躲猾兒❶悄靜兒，俺每也饒不過他。大妗子，我說的是不是？」大妗子道：「姑娘也罷，他三娘也說的是。不爭你兩個話差，只顧不見面，教他姑夫也難，兩下裏都不好行走的。」那月娘通一聲也不言語。這孟玉樓抽身就往前走。月娘道：「孟三姐不要叫他去，隨他來不來罷。」玉樓道：「他不敢不來。若不來，我可拏豬毛繩子套了他來。」一直走到金蓮房中，見他頭也不梳，把臉黃著，坐在炕上。玉樓說：「六姐，你怎的裝憨兒？把頭梳起來。今日前邊擺酒，後邊恁忙亂，你也進去走走兒，怎的只顧使性兒起來？剛纔如此這般，俺每對大娘說了，勸了他這一回。你去到後邊，把惡氣兒揣在懷裏，將出好氣兒來，看怎的與他下個禮賠了不是兒罷！你我既在簷底下，怎敢不低頭？常言：『甜言美語三冬煖，惡語傷人六月寒。』你兩個已是見過話，只顧使性兒到幾時？人受一口氣，佛受一爐香。你去與他陪過不是兒，天大事都了了。不然，你不教他爹兩下裏也難。待要往你這邊來，他又惱。」金蓮道：「耶嚛，耶嚛！我拏甚麼比他？可是他說的，他是真材實料，正經夫妻，你我都是趁來的露水兒❷，能有多大湯水兒？比他的腳指頭兒也比不的！」玉樓道：「你又說他不是？

❶ 躲猾兒：偷懶。

我昨日不說的，一棒打三四個人，那就好。嫁了你的漢子，也不是趁將來的。當初也有個三媒六證，白恁就跟了往你家來？來砍一枝損百株！『兔死狐悲，物傷其類。』就是六姐惱了你，還有沒惱你的！有勢休要使盡，有話休要說盡。凡事看上顧下，留些兒防後纔好！不管螺虫螞蚱，一例都說著，對著他三位師父郁大姐；人人有面，樹樹有皮，俺每臉上就沒些血兒！一切來往都罷了，你不去卻怎樣兒的？少不的逐日唇不離腮，還有一處兒！你快些把頭梳了，咱兩個一答兒後邊去。」那潘金蓮見他這般說，尋思了半日，忍氣吞聲，鏡臺前拏過抿鏡，只抿了頭，戴上鬏髻，穿上衣裳，同玉樓逕到後邊上房內。玉樓掀開簾兒先進去，說道：「大娘，我怎的走了去，就牽了他來，他不敢不來。」便道：「我兒，還不過來與你娘磕頭？」在旁邊便道：「親家，孩兒年幼，不識好歹，沖撞親家。高抬貴手，將就他罷，饒過這一遭兒。到明日再無禮，犯到親家手裏，隨親家打，我老身卻不敢說了！」那潘金蓮插燭也似與月娘磕了四個頭，跳起來趕著玉樓打，直道：「汗邪了你這麻淫婦！你又做我娘來了！」連眾人都笑了。那月娘忍不住也笑了。玉樓道：「賊奴才，你見你主子與了你好臉兒，就抖毛兒❸打起老娘來了！」大妗子道：「這個你姊妹每笑開，恁歡喜歡喜卻不好？就是俺這姑娘一時間一言半語聒聒的，你每人家廝抬廝敬，儘讓一句兒就罷了。常言牡丹花兒雖好，還要綠葉兒扶持！」月娘道：「他不言語，那個好說他？」金蓮道：「娘是個天，俺每是個地。娘容了俺每，俺每骨禿扠著心裏！」玉樓也打了他肩背一下說道：「我的兒，你這回兒打你一麵口袋了。」便道：「休要說嘴，俺每做了這一日活，也該你來助助

---

❷ 露水兒：即「露水夫妻」。指男女不正當的結合。

❸ 抖毛兒：發威。野獸發威時往往要抖毛。將人比獸，這是罵人或與人開玩笑的話。

忙兒！」這金蓮便洗手剔甲，在炕上與玉樓裝定果盒，不在話下。那孫雪娥單管率領家人媳婦，竈上整理菜蔬。廚役又在前邊大廚房內，烹炮蒸煮，燒錦纏羊，割獻花豬。琴童討將藥來，西門慶看了藥帖，把丸藥送到玉樓房中，煎藥與月娘。月娘便問玉樓：「你也討藥來？」玉樓道：「還是前日分付那根兒，下首裏只是有些怪疼。我教他爹對任醫官說，捎帶兩服丸子藥來我吃。」月娘道：「你還是前日空心掉了冷氣了，那裏管下寒的是？」

按下後邊，卻說前廳。宋御史先到了，看了桌席，西門慶陪他在捲棚內坐。宋御史又深謝其爐鼎之事：「學生還當奉價。」西門慶道：「早知我正要奉送公祖，猶恐見卻，豈敢云價？」宋御史道：「這等，何以克當？」一面又作揖致謝。茶罷，因說起地方民情風俗一節，西門慶大略可否而答之，次問其有司官員，西門慶道：「卑職自知其本府胡府尹，民望素著，李知縣吏事克勤。其餘不知其詳，不敢妄說。」宋御史問道：「守禦周秀，曾與執事相交，為人卻也好不好？」西門慶道：「周總兵雖歷練老成，還不如濟州荊都監，青年武舉出身，才勇兼備。公祖倒看他看？」宋御史道：「莫不是都監荊忠？執事何以相熟？」西門慶道：「他與我有一面之交，昨日遞了個手本與我，也要乞望公祖情盼一二。」宋御史道：「我也久聞他是個好將官。」又問其次者，西門慶道：「卑職還有妻兄吳鎧，見任本衙右所正千戶之職。昨日委管修義倉，例該陞擢指揮。亦望公祖提拔，實卑職之沾恩惠也！」宋御史道：「既是令親，到明日題本之時，不但他加陞本等職級，我還保舉他見任管事。」這西門慶連忙作揖謝了。因把荊都監並吳大舅履歷手本遞上。宋御史看了，即令書辦吏典收執。分付：「到明日題本之時，呈行我看。」那吏典收下去了。西門慶又令左右悄悄遞了三兩銀子與他。那書吏如同印板刻在心上，不在話下。

正說話間，前廳鼓樂響。左右來報，兩個老爹都到了。慌的西門慶即出迎接，到廳上敘禮。這宋御史慢慢纔走出花園角門，眾官見畢禮數。觀其正中，擺設大插桌一張，五老定勝，方糖高頂一簇盤，大飲五牲果品，甚是齊整。周圍桌席甚豐盛，心中大悅。都望西門慶謝道：「生受！容當奉補。」宋御史道：「分資誠為不足。四泉看我的分上，罷了；諸公也不消補奉。」西門慶道：「豈有此禮？」一面各分次序坐下。左右拏上茶來，眾官都說：「侯老先生那裏，已各人差官邀去了。還在都府衙未起身哩！」兩邊俳長樂工，鼓樂笙笛簫管方響，在二門裏伺候的鐵桶相似。看看等到午後時分，只見一匹報馬來到，說：「侯爺來了！」這裏兩邊鼓樂一齊響起，眾官都出大門前邊接。宋御史在二門裏相候。不一時，藍旗馬道過盡，侯巡撫穿大紅孔雀，戴貂鼠煖耳，渾金帶，坐四人大轎，直至門首下轎。眾官迎接進來，宋御史亦換了大紅金雲白貂員領，犀角帶，相讓而入。到于大廳上，敘畢禮數。各官廷參畢，然後與西門慶拜見。宋御史道：「此是主人西門千兵，見在此間理刑，亦是蔡老先生門下。」這侯巡撫即令左右官吏，拏雙紅友生侯蒙單拜帖，遞與西門慶。西門慶雙手接了，分付家人捧上去。一面參拜畢，寬衣上坐。眾官兩旁僉坐。宋御史居主位。捧畢茶，階下動起樂來。宋御史把盞遞酒，簪花，捧上尺頭，隨即抬下桌席來，裝在盒內，差官吏送到公廳去了。然後上坐獻湯飯，廚役上來割獻花豬，俱不必細說。先是教坊間弔上隊舞回數，都是官司新錦繡衣裝，撮弄百戲，十分齊整。然後纔是海鹽子弟上來磕頭，呈上關目揭帖。侯公分付搬演裴晉公還帶記。唱了一摺下來，又割錦纏羊。端的花簇錦攢，吹彈歌舞。簫韶盈耳，金貂滿座。有詩為證：

華堂非霧亦非煙，歌遏行雲酒滿筵。
不但紅蛾垂玉珮，果然綠鬢插金蟬。

侯巡撫只坐到日西時分，酒過數巡，歌唱兩摺下來，令左右拏下來五兩銀子，分賞廚役茶酒樂工腳下人等，就穿衣起身。眾官俱送出大門，看著上轎而去。回來，宋御史與眾官辭謝西門慶，亦告辭而歸。西門慶送了回來，打發樂工散了。因見天色尚早，分付把桌席休動，教廚役上來攢整菜蔬肴饌，一面使小廝請吳大舅來，並溫秀才、應伯爵、傅夥計、甘夥計、賁地傳、陳經濟來坐聽唱。拏下兩桌酒饌肴品，打發海鹽子弟吃了，等的人來，教他唱四節記、冬景、韓熙載夜宴陶學士。抬出梅花來放在兩邊桌上，賞梅飲酒。原來那日賁四、來興兒管廚，陳經濟管酒，傅夥計、甘夥計看管家火。聽見西門慶請，都來旁邊坐的。不一時溫秀才過來作揖坐下。吳大舅、吳二舅、應伯爵都來了。應伯爵與西門慶聲喏：「前日空過眾位嫂子，又多謝重禮！」西門慶笑罵道：「賊天殺的狗材！你打窗戶眼兒內偷瞧的你娘每好！」伯爵道：「你休聽人胡說，豈有此理？我想來也沒人。」指王經道：「就是你這賊狗骨禿兒，乾淨來家就學舌！我到明日，把你這小狗骨禿兒肉也咬了！」說畢，吃了茶。吳大舅要到後邊，西門慶陪下來，向吳大舅如此這般說：「我今對宋大巡替大舅說了。他看了揭帖，交付書辦收了。我又與了書辦三兩銀子，連荊大人的都放在一處。他親口說下，到明日題本之時，自有意思。」吳大舅聽見，滿心歡喜，連忙與西門慶唱喏：「多累姐夫費心！」西門慶道：「我就說是我妻兄。他說既是令親，我已定見過分上。」于是同到房中見了月娘。月娘與他哥道萬福。大舅向大妗子說道：「你往家去罷了！家沒人，如何只顧不出去了？」大妗子道：「三姑娘留下，教我過了初三日，初四日家去罷哩！」吳大舅道：「既是姑娘留你，到初四日去便了。」說畢，月娘留他坐，不坐。來到前邊，安排上酒來飲酒。當下吳大舅、二舅、應伯爵、溫秀才上坐，西門慶主位，傅夥計、甘夥計、賁地傳、陳經濟兩邊打橫，共五張桌兒。下邊戲子鑼鼓響動，搬演韓熙載夜宴郵亭佳遇。正在熱鬧處，忽見玳安來說：「喬親家爹那裏使了喬通在下邊請爹說話。」這西門慶隨即下席，到東角門首見喬通。喬通道：「爹說昨日空過親家爹，使我送那援納例銀子來，一封三十兩，另外又拏著五兩與吏房使用。」西門慶道：「我明日早封過與胡大尹，他就與了箚付來。又與吏房銀子做甚麼？你還拏回去。」一面分付玳安，教廚下拏了酒飯點心，在書房內管待喬通，打發去了。

語休饒舌。當日唱了郵亭兩摺，約有一更時分，西門慶前邊人散了，收了家火，進入月娘房來。月娘正與大妗子在炕上坐的，大妗子見西門慶進來，連忙往那邊屋裏去了。西門慶因向月娘說：「我今日替你哥如此這般對宋巡按說，他許下加他，除加陞一級，還教他見任管事，就是指揮僉事。我剛纔已對你哥說了，他好不喜歡。只在年終，就題本旨意下來。」月娘便道：「沒的說，他一個窮衛家官兒，那裏有二三百兩銀子使？」西門慶道：「誰問他要一百文錢兒？我就對宋御史說是我妻兄。他親口既許下，無有個不做分上的。」月娘道：「隨你與他幹，我不管你。」西門慶便問玉簫：「替你娘煎了藥？拏來我瞧著，打發你娘吃了罷。」月娘道：「你去，休管他。等我臨睡自家吃。」那西門慶纔待往外走，被月娘又叫回來問道：「你往那去？是往前頭去？趁早兒不要去。他頭裏與我陪了不是了，只少你與他陪不是去哩！」西門慶道：「我不往他屋裏去。」月娘道：「你不往那屋裏去，往誰屋裏去？那前頭媳婦子跟前，也省可去。惹的他昨日對著大妗子好不拏話兒砸我，說我縱容著你要他，圖你喜歡哩！你又恁沒廉恥的！」西門慶道：「你理那小淫婦兒怎的？」月娘道：「你只依我今日，偏不要往前邊去，也不要你在我這屋裏。你往下邊李嬌姐房裏睡去。隨你明日去不去，我就不管你了。」這西門慶見恁說，無法可處，只得往李嬌兒房裏歇了一夜。到次日，臘月初一日，早往衙門中去，同何千戶發牌、陞廳、畫卯、發放公文，一早晨纔來家。又打點禮物豬酒，並三十兩銀子，差玳安往東平府送胡府尹去。胡府尹收下禮物。即時討過箚付來。西門慶在家請了陰陽徐先生，廳上擺設豬羊酒果，燒紙還願心畢，打發徐先生去了。因見玳安到了，看了回帖，已封過箚付來，上面用著許多印信，填寫喬洪本府義官名目。一面使玳安送兩盒胙肉與喬大戶家，就請喬大戶來吃酒，與他箚付瞧。又分送與吳大舅、溫秀才、應伯爵、謝希大、傅夥計、甘夥計、韓道國、賁地傳、崔本，每人都是一盒，俱不在話下。一面又發帖兒，初三日請周守備、荊都監、張團練、劉、薛二內相、何千戶、范千戶、吳大舅、喬大戶、王三官兒共十位客，叫一起雜耍樂工，四個唱的。那日孟玉樓在月娘房內攢了帳，遞與西門慶，就交待與金蓮管理使用，銀錢他不管了。因問月娘道：「大娘，你昨日吃了藥兒，可好些？」月娘道：「怪不得人說怪浪肉，平白教人家漢子捏了捏手，今日好了，頭也不疼，心口也不發脹了。」玉樓笑道：「大娘，你原來只少他一捏兒！」連大妗子也笑了。西門慶來，又問月娘。月娘道：「該那個管，你交與那個就是了。來問我怎的？誰肯讓的誰？」這西門慶方纔兌了三十兩銀子，三十吊錢，交與金蓮管理，不在話下。

良久，喬大戶到了，西門慶陪他廳上坐的，如此這般拏胡府尹義官喬洪名字援例上納白米三十石，以濟邊儲。滿心歡喜，連忙向西門慶打恭致謝：「多累親家費心，容當叩謝！」因說：「明日喬通好生送到家去。若親家見招，在下有此冠帶，就敢來陪他也不妨。」西門慶道：「初三日親家好歹早些下降。」一面吃畢茶，分付琴童：「西廂房書房裏放桌兒，親家請那裏坐，還煖些。」到書房，地爐內籠著火。西門慶與喬大戶對面坐下。因告訴說：「昨日巡按兩司請侯老之事，侯老甚喜。明日起身，少不的俺同僚每都送郊外方回。」纔抹桌兒收拾放菜兒，只見應伯爵到了。斂了幾分人情，叫應寶用盒兒拏來，交與西門慶說：「此列位奉賀哥的分資。」西門慶打開觀看，裏面頭一位就是吳道官，其次應伯爵、謝希大、祝日念、孫寡嘴、常時節、白來創、李智、黃四、杜三哥共十分人情。西門慶道：「我的這邊，還有舍親吳二舅、沈姨夫，門外任醫官、花大哥並三個夥計、溫葵軒也有二十多人，就在初四日請罷。」一面令左右收進人情後邊去，使琴童兒：「拏馬請你吳大舅來陪你喬親家爹坐。」因問：「溫師父在家不在？」來安兒道：「溫師父不在家。從早晨望朋友去了。」不一時，吳大舅來到，連陳經濟，五人共坐，把酒來斟。桌上擺列許多熱下飯湯碗，無非是豬蹄羊頭，燒爛煎煿，雞魚鵝鴨，添案之類。飲酒中間，西門慶因向吳大舅說喬親家恭喜的事：「今日已領下義官劄付來了。容日我這裏備禮寫文軸，咱每從府中迎賀迎賀。」喬大戶道：「惶恐！甚大職役，敢起動列位親家費心？」忽有本縣衙差人送曆日來了，共二百五十本。西門慶拏回帖賞賜，打發來人去了。應伯爵道：「新曆日俺每不曾見哩。」西門慶把五十本拆開，與喬大戶、吳大舅、應伯爵三人分了。伯爵看了開年改了重和元年，該閏正月。

不說當日席間猜枚行令。飲酒至晚，喬大戶先告家去。西門慶陪吳大舅坐到起更時分方散。分付伴當：「早伺候備馬，邀你何老爹到我這裏，起身同往郊外送侯爺。」留下四名排軍，與來安、春鴻兩個跟大娘轎，往夏家去。」說畢，就歸金蓮房中來。那婦人未及他進房，就先摘了冠兒，亂挽烏雲，花容不整，朱粉懶施，渾衣兒歪在床上。房內燈兒也不點，靜悄悄的。西門慶進來，便叫春梅，不應。只見婦人睡在床內，叫著只不做聲。西門慶便在床上問道：「怪油嘴，你怎的恁個腔兒？」也不答應。被西門慶用手拉起來他，說道：「你如何悻悻的？」那婦人便做出許多喬張致來，把臉扭著，止不住紛紛的香腮上滾下淚來。那西門慶就是鐵石人，也把心來軟了。問他一聲兒，連忙一隻手摟著他脖子說：「怪油嘴，好好兒的，平白你兩個合甚麼氣？」那婦人半日方回言說道：「誰和他合氣來？他平白尋起個不是，對著人罵我是攔漢精、趁漢精，趁了你來了！他是真材實料，正經夫妻！誰教你又來我這屋裏做甚麼？你守著他去就是了，省的我把攔著你。說你來家，只在我這屋裏纏！早是肉身聽著，你這幾夜只在我這屋裏睡來？白眉赤眼兒，你嚼舌根，一件皮襖也說我不問他，擅自就問漢子討了。我是使的奴才丫頭，莫不往你屋裏與你磕頭去？為這小肉兒罵了那賊瞎淫婦，也說不管。偏有那些聲氣的！你是個男子漢，若是有張主的一拳拄定，那裏有這些閒言帳語？怪不的俺每自輕自賤，常言道：『賤裏買來賤裏賣，容易得來容易捨。』趁將你家來，與你家做小婆，不氣長！自古人善得人欺，馬善得人騎，便是如此。你看昨日生怕氣了他，在屋裏守著的是誰？請太醫的是誰？在跟前攛掇侍奉的是誰？苦惱俺每這陰山背後，就死在這屋裏，也沒個人兒來偢問！這個就見出那人的心來了！還教含著那眼淚兒，走到後邊與他賠個不是！」說著，那桃花臉上，止不住又滾下珍珠兒，倒在西門慶懷裏嗚嗚咽咽，哭的捽鼻涕，彈眼淚。西門慶一面摟抱著勸道：「罷麼，我的兒。我連日心中有事，你兩家各省這一句兒就罷了。你教我說誰的是？昨日要來看你，他說我來與你賠不是，不放我來。我往李嬌兒睡了一夜。雖然我和人睡，一片心只想著你。」婦人道：「罷麼，我也見出你那心來了，一味在我面上虛情假意，倒老還疼你那正經夫妻。

他如今見替你懷著孩子，俺每一根草兒，拏甚麼比他！」被西門慶摟過脖子來，親了個嘴道：「怪油嘴，休要胡說！」只見秋菊拏進茶來，西門慶便道：「賊奴才，好乾淨兒！如何教他拏茶？」因問：「春梅怎的不見？」婦人道：「你還問春梅哩，他餓的只有一口遊氣兒，那屋裏躺著不是？帶今日三四日，沒吃點湯水兒了，一心只要尋死在那裏。說他大娘對著人罵了他奴才，氣生氣死，整哭了三四日了。」這西門慶聽了說道：「真個？」婦人道：「莫不我哄你不成？你瞧去不是！」這西門慶慌過這邊屋裏，只見春梅容妝不整，雲髻斜歪，睡在炕上。西門慶叫道：「怪小油嘴，你怎的不起？」叫著他，只不做聲推睡。被西門慶雙關抱將起來。那春梅從酩子裏❹伸腰，一個鯉魚打挺，險些兒沒把西門慶掃了一交，早是抱的牢，有護炕倚住不倒。春梅道：「爹放開了手！你又來理論俺每這奴才做甚麼？也玷辱了你這兩隻手！」西門慶道：「小油嘴兒，你大娘說了你兩句兒罷了！只顧使起性兒來了。說你這兩日沒吃飯？」春梅道：「吃飯不吃飯，你管他怎的？左右是奴才貨兒，死便隨他死了罷！我做奴才，一來也沒幹壞了甚麼事，並沒教主子罵我一句兒，攛我一下兒。做甚麼為這肏遍街搗遍巷的賊瞎婦，教大娘這等罵我！嗔俺娘不管我，莫不為瞎婦扯倒打我五板兒！等到明日韓道國老婆不來便罷，若來，你看我指與他，一頓好的不罵！原來送了這瞎淫婦來，就是個禍根！」西門慶道：「就是送了他來，也是好意。誰曉得為他合起氣來了？」春梅道：「他若肯放和氣些，我好意罵他？他小量人家。」西門慶道：「我來這裏，你還不倒鍾茶兒我吃？那奴才手不乾淨，我不吃他倒的茶。」春梅道：「死了王屠，連毛吃豬！我如今走也走不動在這裏，還教我倒甚麼茶！」西門慶道：「怪小油嘴兒，誰教你不吃些甚麼兒？」因說道：

❹ 酩子裏：暗地裏。

「咱每往那邊屋裏去，我也還沒吃飯哩。教秋菊後邊取菜兒，篩酒烤果餡餅兒，炊鮓湯咱每吃。」于是不由分訴，拉著春梅手，到婦人房內，分付秋菊：「拏盒子後邊取吃飯的菜兒去。」不一時，拏了一方盒菜蔬，一碗燒豬頭，一碗頓爛羊肉，一碗熬雞，一碗煎焼鮮魚和白米飯，四碗吃酒的菜蔬：海蜇、豆芽菜、肉鮓、蝦米之類。西門慶分付春梅把肉鮓打上幾個雞豆，加上酸笋韮菜，和上一大碗香噴噴餛飩湯來，放下桌兒擺下。一面盛飯來，又烤了一盒果餡餅兒。西門慶和金蓮並肩而坐，春梅在旁邊隨著同吃。三個你一盃，我一盃，吃了一更方散就睡。

到次日，西門慶早起，約會何千戶來到，吃了頭腦酒❺起身，同往郊外送侯巡撫去了。吳月娘這裏先送了禮去，然後打扮坐大轎，排軍喝道，來安、春鴻跟隨，往夏指揮家來吃酒，看他娘子兒，不在話下。玳安、王經在家，只見午後時分，有縣前賣茶的王媽媽領著何九，來大門首尋問玳安：「老爹在家不在家？」玳安道：「王奶奶何老人家，稀罕！今日那陣風兒吹你老人家來這裏走走？」王婆子道：「沒勾當怎好來踅門踅戶？今日不因老九因為他兄弟的事，敢來央煩老爹，老身還不來哩。」玳安道：「老爹今日與侯爺送行去了。俺大娘也不在家。你老人家站站，等我進去對五娘說聲。」進入不多時，出來說道：「俺五娘請你老人家進去哩。」王婆道：「我敢進去？你引我兒，只怕有狗。」那玳安引他進入花園金蓮房門首，掀開簾子，王婆進去。見婦人家常戴著臥兔兒，穿著一身錦段衣裳，搽抹的如粉妝玉琢，正在房中炕上，腳登著爐臺兒，坐的磕瓜子兒。房中帳懸錦繡，床設縷金，玩器爭輝，箱奩耀日。進去不免下禮，慌的婦人答禮，說道：「老王免了罷。」那婆子見畢禮，坐在炕邊頭。婦人便問：「怎

❺ 頭腦酒：同第七十回註❶。

的一向不見你？」王婆子道：「老身有心中想著娘子，只是不敢來親近。」問：「添了哥哥不曾？」婦人道：「有倒好了。小產過兩遍，白不存！」又問：「你兒子有了親事？」王婆道：「還不曾與他尋。他跟客人淮上來家，這一年多，家中胡亂積賺了些小本經紀，買個驢兒，胡亂磨些麵兒，賣來度日。慢慢替他尋一個兒與他。」因問：「老爹不在家了？」婦人道：「他爹今日往門外與撫按官送行去了。他大娘也不在家。有甚話說？」王婆道：「老九有樁事，央及老身來對老爹說，他兄弟何十，吃賊攀著，見拏在提刑院老爹手裏問。攀他是窩主，本等與他無干，望乞老爹案下與他分豁分豁。等賊若指攀，只不准他就是了。何十出來，到日買禮來重謝老爹。有個說帖兒在此。」一面遞與婦人。婦人看了說道：「你留下，等你老爹來家，我與他瞧。」婆子道：「老九在前邊伺候著哩，明日教他來討話罷。」婦人一面叫秋菊看茶來。須臾，秋菊拏了一盞茶來，與王婆吃了。那婆子坐著說道：「娘子，你這般受福夠了！」婦人道：「甚麼夠了！不惹氣便好，成日歐氣不了在這裏！」那婆子道：「我的奶奶，你飯來張口，水來溫手。這等插金帶銀呼奴使婢，又惹甚麼氣？」婦人道：「常言說得好：『三窩兩塊❻，大婦小妻。』一個碗內兩張匙，不是湯著就抹著❼，如何沒些氣兒？」婆子道：「好奶奶，你比那個不聰明？趁著老爹這等好時月，你受用到那裏是那裏！」說道：「我明日使他來討話罷。」于是拜辭起身。婦人道：「老王，你多坐回去不是？」那婆子道：「難為老九只顧等我，不坐罷，改日再來看你。」那婦人也不留他留兒，就放出他來了。到了門首，又叮嚀玳安。玳安道：「你老人家去，我知道。等俺爹來我

---

❻ 三窩兩塊：一個人有兩個家庭或人口眾多。

❼ 一個碗內兩張匙二句：譬喻兩個人生活或在一起工作，很容易發生磨擦。

家，我就稟。」何九道：「安哥，我明日早來討話罷。」于是和王婆一路去了。至晚，西門慶來家，玳安便把此事稟知西門慶。西門慶到金蓮房看了帖子，交付與答應的收著：「明日到衙門中稟我。」一面又令陳經濟發初三日請人帖兒，瞞著春梅，又使琴童兒送了一兩子，並一盒點心，到韓道國家，對著他說：「是與申二姐的，教他休惱。」那王六兒笑嘻嘻接了，說：「他不敢惱，多上覆爹娘，沖撞他春梅姑娘。」俱不在言表。

至晚，月娘來家，穿著銀鼠皮遍地金襖兒，錦藍裙，坐大轎，打著兩個燈籠，到家先拜見大妗子，眾人然後相見。西門慶正在上房吃酒，道了萬福。當下告訴：「夏大人娘子見了我去，好不喜歡。多謝重禮。今日也有許多親鄰堂客。原來夏大人有書來了，也有與你的書，明日送來與你。也只在這初六七起身，雇車搬取家小上京去也。」說了又說，好歹教賁四送他家到京，就回來。賁四的那孩子長兒，今日與我磕頭，好不出跳了好個身段兒！嗔道他旁邊捧著茶，把眼只顧偷瞧我。我也忘了他。倒是夏大人娘子叫他改換了名字，叫做瑞雲：『過來與你西門奶奶磕頭。』他纔放下茶托兒，與我磕了四個頭，我與了他兩枝金花兒。如今夏大人娘子好不喜歡，抬舉他，也不把他當房裏人，只做親兒女一般看他。」西門慶道：「還是這孩子有福，若是別人家手裏，怎麼容得？不罵奴才，少椒末兒，又肯抬舉他？」被月娘瞅了一眼說道：「碜說嘴的貨，是我罵了你心愛的小姐兒！」那西門慶笑了，說道：「他借了賁四押家小去，我線鋪子教誰看？」月娘道：「關兩日也罷了。」西門慶道：「關兩日阻了買賣。近年節，紬絹絨線正快，如何關閉了鋪子？到明日等再處。」說畢，月娘進裏間脫衣裳摘頭，走到那邊房內，和大妗子坐的，家中大小都來參見磕頭。是日，西門慶在後邊雪娥房中歇了一夜，早往衙門中去了。只見何九走來問玳安討信，與了玳安一兩銀子。玳安如此這般：「昨日爹來家，就替你說了。今日到衙門中，就開出你兄弟來放了。你往衙門首伺候。」這何九聽言，滿心歡喜，一直走衙門前去了。西門慶到衙門裏坐廳，提出強盜來，每人又是一夾二十順腿。把何十開出來放了，另拏了弘化寺一名和尚頂缸，說強盜曾在他寺內宿了一夜。世上有如此不公事！正是：張公吃酒李公醉，桑樹上脫枝柳樹上報，有詩為證：

宋朝氣運已將終，執掌提刑忒不公。
畢竟難逃天地眼，那堪激濁與揚清！

那日，西門慶家中叫了四個唱的，吳銀兒、鄭愛月兒、洪四兒、齊香兒日頭向午就來了，都拏著衣裳包兒，齊到月娘房內，與月娘、大妗子眾人磕了頭。月娘在上房擺茶與他每吃了。正彈著樂器唱曲兒，與大妗子、月娘眾人聽。忽見西門慶從衙門中來家，進房來，四個唱的都放了樂器，笑嘻嘻向前一齊與西門慶插燭也磕了頭。坐下，月娘便問：「你怎的衙門中這咱纔來？」西門慶告訴：「今日問理好幾樁事情。」因望著金蓮說：「昨日王媽媽來說何九那兄弟，今日我已開除來放了。那兩名強盜還攀扯他，教我每人打了二十，夾了一夾，拏了門外寺裏一個和尚頂缸，明日做文書送過東平府去。又是一起奸情事，丈母養女婿的。那女婿年小不上三十多歲，名喚宋得，原與這家是養老不歸宗女婿。落後親丈母死了，娶了個後丈母周氏。不上一年，把丈人死了。這周氏年小，守不得。就與他這女婿，常時言笑自若，漸漸在家嚷的人知道，住不牢。一日，他這丈母往鄉裏娘家去，周氏便向宋得說：『你我本沒事，枉耽其名。今日在此山野空地，咱兩個成其夫妻罷。』這宋得就把周氏姦了。說一度以後，娘家回還，道通姦不絕。後因為責使女，被使女傳于兩鄰，纔首告官。今日取了供招，都一日送過去了。這一到東平府，姦妻之母，係緦麻之親，兩個都是絞罪！」潘金蓮道：「要著我，把學舌的奴才打的爛糟糟的！問他個死罪也不多！你穿著青衣抱黑柱，一句話就把主子弄了！」西門慶道：「他吃我把奴才拶了幾拶子好的，為你這奴才，一時小節不完，喪了兩個人性命！」月娘道：「大不正，則小不敬。母狗不掉尾，公狗不上身！大凡還是女婦人心邪，若是那正氣的，誰敢犯邊！」連四個唱的都笑道：「娘說的是。就是俺裏邊唱的，接了孤老的朋友，還使不的，休說外頭人家。」說畢，擺飯與西門慶吃了。

忽聽前廳鼓樂響，荊都監老爹來了。西門慶連忙冠帶出迎，接至廳上敘禮，謝其厚賜，分賓主坐下。茶罷，如此這般告說：「宋巡按收了說帖，已向慨許。執事恭喜必然在邇！」荊都監聽了，又轉身下坐作揖致謝：「老翁費心，提攜之力，銘刻難忘！」西門慶又說起：「周老總兵，生亦薦言一二，宋公必有主意。」談話間，忽報劉、薛二內相公公到，鼓樂迎接進來。西門慶降階相讓入廳，兩個敘禮。二位內相皆穿青螺絨蟒衣，寶石絛環，正中間坐下。次後周守禦到了，一處敘話。荊都監又問周守禦說：「四泉厚情，昨日宋公在此擺酒，與侯公送行。曾稱頌公之才猷，宋公已留神于中，高轉在即。」周守禦亦欠身致謝不盡。落後張團練、何千戶、王三官、范千戶、吳大舅、喬大戶陸續都到了。喬大戶冠帶青衣，四個伴當跟隨。進門見畢諸公，與西門慶大椅上四拜。眾人問其恭喜之事，西門慶道：「舍親家在本府援例，新受恩榮義官之職。」周守禦道：「四泉令親，吾輩亦當奉賀。」喬大戶道：「蒙列位老爹盛情，豈敢動勞！」說畢，各分次序坐下。遍裏遞上一道茶來，然後收拾上座。錦屏前玳筵羅列，畫堂內寶玩爭耀；階前動一派笙歌，席上堆滿盤異果。良久，遞酒安席畢，各家僮僕上來接去衣服，歸席坐下。王三官再三不肯下來坐。西門慶道：「尋常罷了，今日在舍，權借一日，陪諸公上座。」王三官必不得已，左邊垂首坐了。須臾，上罷湯飯，廚役上來割道燒鵝，獻小割。下邊教坊回數隊舞吊畢，撮弄雜耍百戲，院本之後，四個唱的慢慢纏上來，拜見過了。個個妝扮花貌，人人珠翠仙裳。銀箏玉板放嬌聲，倚翠偎紅頻笑語。正是：舞裙歌板逐時新，散盡黃金只此身。寄與富兒休暴殄，儉如良藥可醫貧。且說當日劉內相坐首席，也賞了許多銀子。飲酒作歡，至一更時分方散。西門慶打發樂工賞錢出門，四個唱的都在月娘房內彈唱。月娘留下吳銀兒過夜，打發三個唱的去。臨去，見西門慶在廳上，拜見拜見。西門慶分付鄭愛月兒：「你明日就拉了李桂姐兩個，還來唱一日。」那鄭愛月兒就知今日有王三官兒，不叫李桂姐來唱。笑道：「爹你兵馬司倒了牆，賊走了！」又問：「明日請誰吃酒？」西門慶道：「都是親朋。」鄭月兒道：「有應二那花子，我不來。我不要見那醜冤家怪物！」西門慶道：「明日沒有他。」愛月兒道：「沒有他纔好。若有那怪攮刀子的，俺每不來。」說畢，磕了頭，揚長去了。西門慶看著收了家火，回到李瓶兒那邊，和如意兒睡了。一宿晚景題過。

次日，早往衙門送問那兩起人犯法過東平府去。回來家中擺酒，請吳道官、吳二舅、花大舅、沈姨夫、韓姨夫、任醫官、溫秀才、應伯爵，並會中人，李智、黃四、杜三哥，並家中二個夥計，十二張桌兒。席間正是李桂姐、吳銀兒、鄭愛月兒三個粉頭遞酒。李銘、吳惠、鄭奉三個小優兒彈唱。正遞酒中間，忽平安來報：「雲二叔新襲了職，來拜爹，送禮來。」西門慶聽言，連忙道：「有請。」只見雲離守穿著青紵絲補服員領，冠冕著，腰繫金帶，後邊伴當抬著禮物，先遞上揭帖與西門慶觀看，上寫：「新襲職山東清河右衛指揮同知，門下生雲離守頓首百拜。謹具土儀貂鼠十個，海魚一尾，蝦米一包，臘鵝四隻，臘鴨十隻，油紙簾二架，少申芹敬。」西門慶即令左右收了，連忙致謝。雲離守道：「在下昨日纔來家，今日特來拜老爹。」于是磕頭，四雙八拜，說道：「蒙老爹莫大之恩，此少土儀，表意而已。」然後又與眾人敘禮拜見。西門慶見他居官，就待他不同，安他與吳二舅一桌坐了。連忙安下鍾筯，下了湯飯，腳下人俱打發攢盤酒肉。因問起發喪替職之事，這雲離守一一數言：「蒙兵部余爺憐其家兄在鎮病亡，祖職不動，還與了個本衛見任僉書。」西門慶歡喜道：「恭喜，恭喜！容日已定來賀。」當日眾人席上每位奉陪一盃，又令三個唱的奉酒。須臾，把雲離守灌的醉了。那應伯爵在席上，如線兒提的一般，起來坐下，又與李桂姐和鄭月兒，彼此互相戲罵不絕。這個罵他怪門神，白臉子撒根甚的貨；那個罵他是醜冤家，怪物勞，朱八戒，坐在冷鋪❽裏賊。伯爵罵道：「我把你這兩個女人，十撇鴉胡石影子布兒，朵朵雲兒了口惡心！」不說當日酒筵笑聲，花攢錦簇，觥籌交錯耍玩，至二更時分方纔席散。打發三個唱的去了，西門慶歸上房宿歇。到次日起來遲，只在上房擺粥吃了，穿衣要拜雲離守。只見玳安來說：「賁四在前邊請爹說話。」西門慶就知因為夏龍溪送家小之事，一面出來廳上。只見賁四向袖中取出夏指揮書來呈上，說道：「夏老爹要教小人送送家小往京裏去，不久就回。小人稟問道老爹，去不去？」西門慶看了書中言語，無非是敘其闊別，謝其早晚看顧家下，又借賁四攜送家小之事。因說道：「他既央你，你怎的不去？」因問：「幾時起身？」賁四道：「今早他大官府叫了小人去，分付初六日家小准上車起身。小人也得月半纔回來。」說畢，把獅子街鋪內鑰匙，交遞與西門慶。西門慶道：「你去，我教你吳二舅來替你開兩日鋪子罷。」那賁四方纔拜辭出門，往家中收拾行裝去了。這西門慶就冠

❽ 冷鋪：即郵亭。是驛卒往來遞文書時駐足休息的地方，大都築在郊外冷僻之處，所以叫「冷鋪」。

冕著出門，僕從跟隨馬，拜雲指揮去了。

那日是大妗子家去，叫下轎首伺候。也是合當有事，月娘裝了兩盒子茶食，點心下飯，上房管待大妗子，出門首上轎。只見畫童兒小廝，躲在門旁鞍子房兒，大哭不止。那平安兒只顧扯他。那小夥子越扯越哭起來，被月娘等聽見。送出大妗子上轎去了，便問平安兒：「賊囚，你平白拉他怎的？惹的他恁怪哭！」平安道：「溫師父那邊叫他，他白不去，只是罵小的。」月娘道：「你教他好好去罷。」因問道：「小廝，你師父那邊叫，去就是了，怎的哭起來？」那畫童道：「又不管你事，我不去罷了，你扯我怎的！」月娘道：「你因何不去？」那小廝又不言語。金蓮道：「這賊小囚兒就是個肉佞賊，你大娘問你，怎的不言語？」被平安向前打了一個嘴巴，那小廝越發大哭了。月娘道：「怪囚根子，你平白打他怎的！你好好教他說怎的不去？」正問著，只見玳安騎了馬進來，月娘問道：「你爹來了？」玳安道：「被雲叔留住吃酒哩。使我送衣裳來了，帶氈巾去。」看見畫童兒哭，便問：「小大官兒，怎的號啕痛，剜牆拱？」平安道：「對過溫師父叫著，他不去，反哭罵起我來了。」玳安道：「我的哥哥，溫師父叫你，仔細他名的溫屁股，一日沒屁股也成不的！你每常怎麼挨他的，今日如何又躲起來了？」月娘罵道：「怪囚根子，怎麼溫屁股？」玳安道：「娘自問他就是了。」那潘金蓮得不的風兒，就是雨兒。一面叫過畫童兒來，只顧問他：「小奴才，你實說，他呼你做甚麼？你不說著，我教你大娘打你。」逼問那小廝急了，說道：「他只要哄著小的，把他行貨子放在小的屁股裏，弄的脹脹的疼起來。我說你還不快拔出來，他又不肯拔，只顧來回動旦。教小的拏出來，跑過來。他又來叫小的。」月娘聽了，便喝道：「怪賊小奴才兒，還不與我過一邊去！也有這六姐，只管好審問他，說的磣死了！我不知道，還當好話兒，側著耳朵兒聽！他是個不上蘆葦的行貨子！人家小廝與你使，卻背地幹這個營生！」那金蓮道：「大娘，那個上蘆葦的肯幹這營生。冷鋪睡的花子，纔這般所為！」孟玉樓道：「這蠻子他有老婆，怎生這等沒廉恥？」金蓮道：「他來了這一向，俺每就沒見他老婆怎生模樣兒。」平安道：「怎麼樣兒？娘每勝會也看不見他。他但往那裏去，每日只鎖了門。住了這半年，我只見他坐轎子往娘家去了一遭，沒到晚就來家了。每常幾時出個門兒來？只好晚夕門首出來倒馬子，走走兒罷了。」金蓮道：「他那老婆，也是個不長俊的行貨子。嫁了他，怕不的也沒見個天日兒。敢每日只在屋裏坐天牢裏！」說了回，月娘同眾人回後邊去了。西門慶約莫日落時分來家，到上房坐下。月娘問道：「雲夥計留你坐來？」西門慶道：「他在家見我去，甚是無可不可，旋放桌兒留我坐，打開一罈酒陪我吃。如今衛中荊南崗陞了，他就挨著掌印。明日連他和他喬親家，就是兩分賀禮。眾同僚都說了，要與他掛軸子。少不的教溫葵軒做兩篇文章，早些買軸子寫下。」月娘道：「還纏甚麼溫葵軒、烏葵軒哩！平白安札恁樣行貨子，沒廉恥！傳出去教人家知道，把醜來出盡了！」西門慶聽言，諕了一跳，便問：「怎麼的？」月娘道：「你別要來問我，你問你家小廝去。」西門慶道：「是那個小廝？」金蓮道：「情知是誰；畫童賊小奴才，俺送大妗子去，他正在門首哭。如此這般，溫蠻子弄他來！」這西門慶聽了，還有些不信。便道：「你叫那小奴才來，等我問他。」一面使玳安兒前邊把畫童兒叫到上房跪下，西門慶要拏拶子拶他，便道：「賊奴才，你實說，他叫你做甚麼？」畫童兒道：「他叫小的，要灌醉了小的，要幹小營生兒。今日小的害疼，躲出來了，不敢去。他只顧使平安叫，又打小的。教娘出來看見了。他常時問爹家中各娘房裏的事，小的不敢說。昨日爹家中擺酒，他又教唆小的偷銀器兒家火與他。又某日他望俺倪師父去，拏爹的書稿兒與倪師父瞧。倪師父又與夏老爹瞧。」這西門慶不聽便罷，聽了便道：「『畫虎畫皮難畫骨，知人知面不知心！』我把他當個人看，誰知人皮包狗骨東西，要他何用！」一面喝令畫童兒起去，分付：「再不消過那邊去了。」那畫童磕了頭起來，往前邊去了。西門慶向月娘：「怪道前日翟親家，說我『機事不密則害成』。我想來沒人，原來是他把我的事透洩與人，我怎得曉得！這樣狗背石東西，平白養在家做甚麼！」月娘道：「你和誰說，你家又沒孩子上學，平白招攬個人在家養活，看寫禮帖兒。怪不的你我，我家有這些禮帖書柬寫，饒養活著他，還教他弄乾坤兒！家裏底事，往外打探。」西門慶道：「不消說了，明日教他走道兒就是了。」一面叫將平安來了，分付：「對過對他說，家老爹要房子堆貨，教溫師父轉尋房兒便了。等他來見我，你在門首只回我不在家。」那平安兒應諾去了。西門慶告月娘說：「今日賁四來辭我，初六日起身，與夏龍溪送家小東京去。我想來線鋪子沒人，倒好教他二舅來，替他開兩日兒。左右與來昭一遞三日上宿，飯倒都在一處吃，好不好？」月娘道：「好不好隨你叫他去，我不管你，省的人又說照顧了我的兄弟。」西門慶不聽，于是使棋童兒：「請你二舅來。」不一時，請吳二舅到，在前廳陪他坐的吃酒，把鑰匙交付與他，明日同來昭早往獅子街開鋪子去，不在話下。

卻說溫秀才見畫童兒一夜不過來睡，心中省恐。到次日，平安走來說：「家老爹多上覆溫師父，早晚要這房子堆貨，教師父別尋房兒罷。」這溫秀才聽了，大驚失色，就知畫童兒有甚話說。穿了衣巾，要見西門慶說話。平安兒道：「俺爹往衙門中去了，還未來哩。」比及來，這溫秀才又衣巾過來伺候，具了一篇長柬，遞與琴童兒，琴童又不敢接，說道：「俺爹纔從衙門中來家辛苦，後邊歇去了，俺每不敢稟。」這溫秀才就知疏遠他，一面走到倪秀才家商議，還搬移家小往舊處住去了。正是：誰人汲得西江水，難免今朝一面羞。

靡不有初鮮克終，交情似水淡長清。
自古人無千日好，果然花無摘下紅。

畢竟未知後來如何，且聽下回分解。

第七十七回　西門慶踏雪訪愛月　賁四嫂倚牖盼佳期

飛彈參差拂早梅，強欺寒色尚低回。
風憐落娼留香與，月令深情借艷開。
梁殿得非肖帝瑞，齊宮應是玉兒媒。
不知謝客離腸醒，臨水應添萬恨來。

話說溫秀才求見西門慶不得，自知慚愧，隨攜家小搬移原舊家去了。西門慶收拾書院，做了客座，不在話下。一日尚舉人來拜辭，起身上京會試，問西門慶借皮箱氈衫。西門慶陪他坐的待茶，又送賻禮與他。因說起：「喬大戶、雲離守兩位舍親，一授義官，一襲祖職，見任管事。欲求兩篇軸文奉賀，不知老翁可有相知否？借重一言，學生具幣禮拜求。」尚舉人笑道：「老翁何用禮為？學生敝同窗聶兩湖，見在武庫肄業，與小兒為師在舍，本領雜作極富。學生就與他說，老翁差盛使持軸，送到學生那邊。」西門慶連忙致謝，茶畢起身。西門慶這裏隨即封了兩方手帕，五錢白金，差琴童送軸子並氈衫皮箱，到尚舉人處收下。那消兩日光景，寫成軸文，差人送來。西門慶掛在壁上，但見青段錦軸，金字輝煌，文不加點，心中大喜。只見應伯爵來問：「喬大戶與雲二哥的事，幾時舉行？軸文做了不曾？溫老先兒怎的連日不見？」西門慶道：「又題甚麼溫老先生兒？通是個狗類之人！」如此這般，告訴伯爵一遍。伯爵道：「哥，我說此人言過其實，虛浮之甚！早時你有後眼，不然，教調壞了咱家小兒每了！」又問：「他二公賀軸，何人寫了？」西門慶道：「昨日尚小塘來拜我，說他朋友聶兩湖善于詞藻，央求聶兩湖作了。文章已寫了來，你瞧。」于是引伯爵到廳上，觀看一遍，喝采不已，說道：「人情都全了。哥你早送與人家預備。」西門慶道：「明日好日期，備羊酒花紅果盒，早差人送去。」

正說著，忽報：「夏老爹兒子來拜辭，明日初六日早起身去也。小的答應爹不在家，他說教對何老爹那裏，明早差人那邊看守去。」西門慶觀見六摺帖兒上寫著：「寅家晚生夏承恩頓首拜，謝辭。」西門慶道：「連尚舉人搭他家，就是兩分香絹賻儀。」分付琴童：「連忙買了，教你姐夫封了，寫帖子送去。」正在書房中留伯爵吃飯，忽見平安兒慌慌張張，拏進三個帖兒來報：「參議汪老爹、兵備雷老爹、郎中安老爹來拜。」西門慶看帖兒，「汪伯彥、雷啓元、安忱拜。」連忙穿衣裳繫帶，伯爵道：「哥，你有事，我吃了飯去罷。」西門慶道：「我明日會你哩。」一面整衣出迎，三員官皆相讓而入，一個白鷴，一個雲鷺，一個穿豸補子，手下跟從許多官吏。進入大廳敘禮，道及向日厚擾之事。少頓，茶罷，坐話間，安郎中便道：「雷東谷、汪少華並學生，又來干瀆，有浙江本府趙大尹，新陞大理寺正，學生三人借尊府奉請。已發柬，定初九日赴會。主家共五席，戲子學生那裏叫來。未知肯允諾否？」西門慶道：「老先生分付，學生掃門拱候。」安郎中令吏取分資三兩遞上。西門慶令左右收了，相送出門。雷東谷向西門慶道：「昨日錢龍野書到，說那孫文相乃是貴夥計，學生已并除他開了。曾來相告不曾？」西門慶道：「正是。多承老先生費心，容當叩拜！」雷兵備道：「你我相愛間，何為多較！」言畢，相揖上轎而去。

原來潘金蓮自從當家管理銀錢，另頂了一把新等子，每日小廝買進菜蔬來，教拏到跟前，與他瞧過方數錢與他；他又不數，只教春梅數錢提等子。小廝被春梅罵的狗血噴了頭背，出生入死，行動就數落教西門慶打。以此眾小廝皆互相抱怨，都說：「三娘手裏使錢好，五娘行動沒打不說話。」

卻說次日西門慶早往衙門中散了，對何千戶說：「夏龍溪家小已起身去了，長官沒曾委人那裏看守鎖門戶去？」何千戶道：「正是，昨日那邊著人來說，學生原差小价去了。」西門慶道：「今日同長官到那裏看看去。」于是出衙門，並馬兩個到了夏家宅內。家小已是去盡了，伴當在門首伺候。兩位官府下馬，進到廳上。西門慶引著何千戶前後觀看了。又到他前邊花亭，見一片空地無甚花草。西門慶道：「長官來到，明日還收拾了要子所在，栽些花翠，把這座亭子修理修理。」何千戶道：「這個已定。學生開春，從新修整修整，添些磚瓦木石，蓋三間捲棚，早晚請長官來消閒散悶。」西門慶因問：「府上寶眷有多少來住？」何千戶道：「學生這房頭不上數口，還有幾房家人並伴當，不只十數人而已。」西門慶道：「似此還住不了，這宅子前後五十餘間房。」看了一回，分付家人收拾打掃關閉門戶，不日寫書往東京回老公公話，趕年裏搬取家眷。當日西門慶作別回家，何千戶看了一回，還歸衙門裏去了。次日纔搬行李來住，不在言表。

西門慶剛到家下馬兒，見何九買了一疋尺頭，四樣下飯，雞鵝，一罎酒，來謝西門慶。又是劉內相差官送了一食盒大小純紅掛黃蠟燭，二十張桌圍，八十股官香，一盒沈速料香，一罎自造內酒，一口鮮豬。西門慶進門，劉公公家人就磕頭說道：「家公公多上覆，這些微禮與老爹賞人。」西門慶道：「前日空過老公公，送這厚禮來！」便令左右快收了，請管家等等兒。少頓，畫童兒拏出一鍾茶來，打發吃了。西門慶封了五錢銀子賞錢，拏回帖打發去了。一面請何九進去見。西門慶在廳上站立，換了冠帽，戴著白氈忠靖冠，見何九，一把手扯在廳上來。何九連忙倒身磕下頭：「向蒙老爹天心，超生小人兄弟，感恩不淺！」請西門慶受禮。西門慶不肯受，磕頭，拉起，還說：「老九，你我舊人，快休如此！」就讓他坐。何九說道：「老爹今非昔比，小人微末之人，豈敢僭坐？」只站立在旁邊。西門慶在上陪著吃了一盞茶，說道：「老九你如何又費心送禮來？我斷然不受。若有甚麼人欺負你，只顧來說，我親替你出氣。倘縣中派你甚差事，我拏帖兒與你李老爹說。」何九道：「蒙老爹恩點，小人知道。小人如今也老了，差事已告與小兒何欽頂替著哩。」西門慶道：「也罷，也罷，你清閒些了。」說道：「既你不肯，我把這酒禮收了。那尺頭你還拏去，我也不留你坐了。」那何九千恩萬謝，拜辭去了。

西門慶坐廳上，看著打點禮物：果盒、花紅羊酒、軸文等，各人分資，先差玳安送往喬大戶家去。後叫王經送雲離守家去。玳安回來，喬家與了五錢銀子。王經到雲離守家，管待了茶食，與了一疋真青大布，一雙琴鞋，回門下辱愛生雙帖兒：「多上覆老爹，改日奉請。」西門慶滿心歡喜。到後邊月娘房中擺飯吃，因向月娘說：「賁四去了，吳二舅在獅子街賣貨，我今日倒閒，往那裏看看去。」月娘道：「你去不是，若是要酒菜兒，早使小廝來家說。」西門慶道：「我知道。」一面分付備馬，就戴著氈忠靖巾，貂鼠煖耳，綠絨補子褂褶，粉底皂靴，琴童、玳安跟隨，逕往獅子街來。到房子內，吳二舅與來昭正掛著花拷栳❶兒，發賣紬絹絨線絲綿，擠一鋪子人做買賣，打發不開。西門慶下馬，看了看，走到

❶ 花拷栳：宋時絨線鋪掛在門前作幌子用的東西。

後邊煖房內坐下。吳二舅走來作揖，回說：「一日也攢銀錢二十兩。」西門慶又分付來昭妻一丈青：「二舅茶飯，每日這裏依舊打發，休要誤了。」來昭妻道：「逐日頓美酒飯，都是我自整理。」西門慶見天陰晦上來，但見彤雲密布，冷氣侵人，將有作雪的模樣。忽然想起要往院中鄭月兒家去。即令琴童：「騎馬家中取我的皮襖來。問你大娘，有酒菜兒，捎一盒與你二舅吃。」琴童應諾到家，不一時取了西門慶長身貂鼠皮襖，後面排軍拏了一盒酒菜，裏面四碟醃雞下飯，煎炒鵝鴿，四碟海味案酒，一盤韮盒兒，一錫瓶酒。西門慶陪二舅在房中吃了三盃，分付二舅：「你晚夕在此上宿，慢慢再用，我家去罷。」于是帶上眼紗，騎馬，玳安、琴童跟隨，逕進构欄往鄭愛月兒家來。轉過東街口，只見天上紛紛揚揚，飄下一天瑞雪來。正是：拳頭大塊空中舞，路上行人只叫苦。但見：漠漠嚴寒匝地，這雪兒下得正好；扯絮撏綿，裁織片片，大如拷栳。見林間竹筍茅茨，爭些被他壓倒。富豪俠，卻言消災障，猶嫌小，圍向那紅爐獸炭，穿的是貂裘繡襖。手撚梅花唱道：是國家祥瑞，不念貧民些小！商臥有幽人，吟詠多詩草。西門慶隨路踏著那亂瓊碎玉，貂襖沾濡粉蝶，馬蹄蕩滿銀花。進入构欄，到于鄭愛月兒家門首下馬。只見丫鬟看見，飛報進來說：「老爹來了。」鄭媽媽出來迎接，至于中堂見禮。說道：「前日多謝老爹重禮，姐兒又在宅內打攪；又教他大娘、三娘賞他花翠汗巾。」西門慶道：「那日空了他來。」一面坐下。西門慶令玳安把馬牽進來，自有院落安放。老媽道：「請爹後邊明間坐罷，月姐纔起來梳頭。只說老爹昨日來，倒伺候了一日。今日他心中有些不快，起來的遲些。」這西門慶一面進入他後邊住房明間內，但見綠窗半啓，氈幙低張。地平上黃銅火盆，生著炭火。西門慶坐在正面椅上。先是鄭愛香兒出來相見了，遞了茶，然後愛月兒纔出來。頭挽一窩絲，杭州攢，翠梅花鈿兒，金鈒釵梳，海獺臥兔兒。打扮的霧鬢雲鬟，粉妝玉琢。上穿白綾襖兒，綠遍地錦比甲，下著大幅湘紋裙子。高高顯一對小小金蓮，猶如新月，狀若蛾眉；好似羅浮仙子臨凡境，神女巫山降世間。粉頭出來，笑嘻嘻的向西門慶道了萬福，說道：「爹，我那一日來晚了。緊自前邊人散的遲；到後邊，大娘又只顧不放俺每，留著吃飯，來家有三更天了。」西門慶笑道：「小油嘴兒，你倒和李桂姐兩個，把應花子打的好響瓜兒❷！」鄭愛月兒道：「誰教他怪物勞，在酒席上屎口兒傷俺每來。那一日祝麻子也醉了，哄我要送俺每來。我便說沒爹這裏燈籠送俺每，蔣胖子弔在陰溝裏，缺臭了你了！」西門慶道：「我昨日聽見洪四兒說，祝麻子又會著王三官兒，大街上請了榮嬌兒。」鄭月兒道：「只在榮嬌兒家歇了一夜，燒了一炷香，不去了。如今還在秦玉芝兒走著哩。」說了一回話，道：「爹，只怕你冷，往房裏坐。」這西門慶到于房中，脫去貂裘，和粉頭圍爐共坐。房中香氣襲人。只見丫鬟來放桌兒，四碟細巧菜蔬，安下三個薑碟兒。須臾，拏了二甌兒黃芽韮菜肉包，一寸大的水角兒來。姊妹二人陪西門慶，每人吃了一甌兒。愛月兒又撥了上半甌兒，添與西門慶。西門慶道：「我夠了，纔在那邊房子線鋪，陪你吳二舅吃了兩個點心來了；心裏要來你這裏走走，不想天氣落雪，家中使小廝取了皮襖，穿上就來了。」愛月兒道：「爹前日不會下我？教昨日等了一日，不見爹。不想爹今日來了。」西門慶道：「昨日家中有兩位士夫來望，亂著，就不曾來得。」愛月兒道：「我要問爹，有貂鼠買個兒與我，我要做了圍脖兒戴。」西門慶道：「不打緊。昨日舍夥計打遼東來，送了我十個好貂鼠。你娘每都沒圍脖兒，到明日一總做了，送一個來與你。」愛香兒道：「爹只認的月姐，就不送與我一個兒？」西門慶道：「你姊妹兩個，一家一個。」于是愛香、愛月兒連忙起

❷ 打響瓜兒：用手掌打人頭顱作響聲。

身道了萬福。西門慶分付：「休見了桂姐、銀姐說。」鄭月兒道：「我知道。」因說道：「昨日李桂姐見吳銀兒在那裏過夜，問我他幾時來了？我沒瞞他，教我說昨日請周爺，俺每四個都在這裏唱了一日。爹說有王三官兒在這裏，不敢請你的。今日是親朋會中人吃酒，纔請你來唱。他一聲兒也沒言語。」西門慶道：「你這個回的他好。前日李銘我也不要他唱來，再三央及你應二爹來說；落後你三娘生日，桂姐買了一分禮來，再三與我陪不是，你娘每說著我不理他。昨日我竟留下銀姐，使他知道。」愛月兒道：「不知三娘生日，我失誤了人情。」西門慶道：「等明日你雲老爹擺酒，你再和銀姐那裏唱一日。」愛月兒道：「爹分付，我去。」不一時，丫鬟收拾飯桌去。粉頭取出個鸂鶒木匣兒，傾出三十二扇象牙牌來，和西門慶在炕氈條上抹牌玩耍。愛香兒也坐在旁邊看牌。院內雪如風舞梨花，紛紛只顧下。但見：恍惚漸迷鴛甃，頃刻拂滿蜂鬚。似玉龍鱗甲繞空飛，白鶴羽毛搖地落。好若數蟹行沙上，猶賽亂瓊堆砌間。正是：盡道豐年瑞，豐年瑞若何？長安有貧者，宜瑞不宜多！當下三人抹了回牌勝負，須臾，擺上酒來飲酒。桌上盤堆異果，肴列珍羞。茶煮龍團，酒斟琥珀。詞歌金縷，笑啓朱唇。愛香與愛月兒一邊一個捧酒，不免箏排雁柱，款跨鮫綃，姊妹兩個彈著，唱了一套青衲襖：

想多嬌，情性兒標；想多嬌，恩意兒好。想起攜手同行共歡笑，吟風咏月將詩句兒嘲。女溫柔，男俊俏，正青春年紀小。誰人望將比目魚分開，瓶墜簪折，今日早魚沈雁杳。

〔罵玉郎〕多嬌一去無消耗，想著俺情似漆，意如膠。常記的共枕同歡樂，想著他花樣嬌，柳樣柔，傾國傾城貌。

〔大迓鼓〕千般豐韻嬌，風流俊俏，體態妖嬈，所為諸般妙。搊箏撥阮，歌舞吹簫，總有丹青難盡描。

〔感皇恩〕呀，好教我無緒無聊！意攘心勞，懶將這杜詩溫，韓文敘，柳文學。我這裏愁懷越焦，這些時容貌添憔。不能夠同歡樂，成配偶，倒有分受煎熬。

〔東歐令〕潘郎貌，沈郎腰，可惜相逢無下梢！心腸懊惱傷懷抱，烈火燒佛廟，滔滔綠水渰藍橋，相思病怎生逃！

〔採茶歌〕相思病怎生逃，離愁人擺的堅牢，鐵石人見了也魂消！愁似南山堆積積，悶如東海水滔滔！

〔賺〕誰想今朝，自古書生多命薄；傷懷抱，癡心惹的旁人笑，對誰陳告？

〔烏夜啼〕想當初偎紅倚翠，踏青鬥草。相逢對景同歡樂。到春來，語呢喃，燕子尋巢；到夏來，荷蓮香，開滿池沼；到秋來，菊滿荒郊；到冬來，瑞雪飄飄。想當初畫堂歌舞，列著佳肴。今日個孤枕旅館無著落，鬼病侵難醫療。好教我情牽意惹，心痒難撓。

〔節節高〕悶懨懨睡不著，想多嬌，知音解呂明宮調。諸般好閉月羞花貌，言語嬌媚心聰俏，恰似仙子行來到，金蓮款步鳳頭翹，朱唇皓齒微微笑。

〔鵪鶉兒〕你看他體態輕盈，更那堪衣穿素縞，脂粉施蛾眉淡掃。看了他萬種妖嬈，難畫描。酒泛羊羔，寶鴨香飄，銀燭高燒，成就了美滿夫妻，穩取同心到老。

〔尾聲〕青雲有路終須到，生前無分也難消，把佳期叮嚀休忘了。

唱了一套，姐兒兩個拏上骰盆兒來，和西門慶搶紅玩笑。盃來盞去，各添春色。西門慶忽把眼看見鄭愛月兒房中床旁側首錦屏風上，掛著一軸愛月美人圖，題詩一首：

有美人兮迥出群，輕風斜拂石榴裙。
花開金谷春三月，月轉花陰夜十分。
玉雪精神聯仲琰，瓊林才貌過文君。
少年情思應須慕，莫使無心托白雲。

下書「三泉主人醉筆」。西門慶看了，便問：「三泉主人是王三官兒的號？」慌的鄭愛月兒連忙摭說道：「這還是他舊時寫下的。他如今不號三泉了，號小軒了。他告人說，學爹說：『我號四泉，他怎的號三泉？』他恐怕爹惱，因此改了號小軒。」一面走向前，取筆過來，把那「三」字就塗抹了。西門慶滿心歡喜，說道：「我並不知他改號一節。」粉頭道：「我聽見他對一個人說來，我纔曉得。他去世的父親號逸軒，他故此改號小軒。」說畢，鄭愛香兒往下邊去了，獨有愛月兒陪西門慶在房內，兩個並肩疊股，搶紅飲酒。因說起林太太來，怎的大量，好風月：「我在他家吃酒，那日王三官請我到後邊拜見。還是他主意，教三官拜認我做義父，教我受他禮，委託我指教他成人。」粉頭拍手大笑道：「還虧我指與這條路兒。到明日連三官兒娘子不怕屬了爹？」西門慶道：「我到明日，我先燒與他一炷香；到正月裏請他和三官娘子往我家看燈吃酒。看他去不去。」粉頭道：「爹你還不知三官娘子生的怎樣標致，就是個燈人兒沒他那一段兒風流妖艷！今年十九歲兒，只在家中守寡。王三官兒通不著家。爹你看用個工夫兒，不愁不是你的人。」兩個說話之間，相挨相湊。只見丫鬟拏上幾樣細果碟兒來，都是減碟果仁，風菱鮮柑，螳螂雪梨，蘋婆，蚫螺，冰糖橙丁之類。粉頭親手奉與西門慶下酒。又用舌尖噙鳳香餅蜜送入他口中，又用纖手掀起西門慶藕合段褂子，看見他白綾褲子。西門慶一面解開褲帶，欲求講歡。粉頭便往後邊去了。西門慶出房更衣，見雪越下得甚緊。回到房中，丫鬟向前掛起錦幔，款設鴛枕，展放鮫綃，薰熱香球，床上鋪得被褥甚厚，打發脫靴解帶，先上牙床。粉頭回來，掩上雙扉，共入鴛帳。正是：得多少春色嬌還媚，惹蝶芳心軟又濃。有詩為證：

聚散無憑在夢中，起來殘燭映紗紅。
鍾情自古多神念，誰道陽臺路不通。

兩個雲雨歡娛，到一更時分起來，丫鬟掌燈進房，整衣理鬢，復篩美酒，重整佳肴，又飲夠幾盃。問玳安：「有燈籠傘沒有？」玳安道：「琴童家去取燈籠傘來了。」這西門慶方纔作別了。鴇子粉頭，相送出門，看著上馬。鄭月兒揚聲叫道：「爹若叫我，早些來說。」西門慶道：「我知道。」一面上馬，打著傘出院門。一路踏雪到家中，對著吳月娘只說在獅子街和吳二舅飲酒，不在話下。

一宿晚景題過。到次日卻是初八日，打聽何千戶行李都搬過夏家房子內去了。西門慶這邊送了四盒細茶食，五錢折帕慶房賀儀過去。只見應伯爵驀地走來，西門慶見雪晴，天有風色甚冷，留他前邊書房中向火，叫小廝放桌兒，拏菜兒留他吃粥。因說起：「昨日喬親家、雲二哥禮並折帕，都送過去了。你的人情，我這邊已是替你每家封了二錢出上了，你那裏不消與他罷。只等發柬請吃酒。」那應伯爵舉手謝了。西門慶道：「何大人已搬過去了。今日我送茶並慶房人情，你不送些茶兒與他？」伯爵道：「他請人？」又問：「昨日安大人三位來做甚麼？那兩位是何人？」西門慶道：「那兩位一個雷兵備，一個是汪參議，都是浙江人。因在我這裏擺酒，明日要請杭州趙霆知府，新陞京堂大理寺丞，是他每本府父母官，如何不敬代一張桌面，餘者散席。戲子他那裏叫來。俺這裏少不的叫兩個小優兒答應便了。通身只三兩分資！」伯爵道：「大凡文職仔細，三兩銀子夠做甚麼。哥少不得賠些兒。」西門慶道：「這雷兵備就是問黃四小舅子孫文相的。昨日還曾對我題起，開除他罪名來了。」伯爵道：「你說他不仔細？如今還記著，折准擺這席酒纔罷了。」說話之間，伯爵叫應寶：「你叫那個人來見你大爹。」西門慶便問：「是何人？」伯爵道：「我那邊左近住一個小後生，倒也是舊人家出身，父母都沒了，自幼在王皇親家宅內答應好幾年了，也有了媳婦兒了。因在莊子上，和一般家人不和，出來了。如今閒著，做不的甚麼買賣兒。他與應寶是朋友，央及應寶要投尋個人家做房家人。今早應寶對我說：『爹倒好舉薦與大爹宅內答應，又怕大爹不少人使。』我便說，不知你大爹用不用。」因問應寶：「他叫甚麼名字？你叫他進來。」應寶道：「他姓來，叫來友兒。」只見那來友兒穿著青布四塊瓦布襪，靸鞋，扒在地上磕了個頭，起來簾外站立。伯爵道：「若論這狗拘的，膂力儘有，掇輕服重，都去的。」因問：「你多少年紀了？」那人道：「小的二十歲了。」又問：「你媳婦沒子女？」那人道：「只光兩口兒。」應寶道：「不瞞爹說，他媳婦纔十九歲兒。廚竈針線，大小衣裳，都會做。」西門慶見那人低頭並足，為人朴實，便道：「既是你應二爹來說，用心在我這裏答應。」分付：「揀個好日期，寫紙文書，兩口兒搬進來罷。」那個磕了個頭。西門慶教琴童兒領著，後邊見月娘眾人，磕頭去了。對月娘說：「就把來旺兒原住的那一間房，與他居住。」伯爵坐了回家去了。應寶同他寫了一紙投身文書，交與西門慶收了，改名來爵，不在話下。

卻說賁四娘子，自從他家長兒與了夏家，每日買東買西，只央及平安兒和來安、畫童兒，或是隔壁韓嫂兒的兒子小雨兒。西門慶家中這些大官兒，常在他屋裏坐的，打平和❸兒吃酒。賁四娘子兒和氣，就定出菜兒來。或要茶水，應手而至。就是賁四一時鋪中歸來撞見，亦不見怪。以此今日他不在家，使著，那個不替他動。且玳安兒與平安兒，常在他屋裏坐的多。初九日，西門慶與安郎中、汪參議、雷兵備擺酒，請趙知府。那日早晨，來爵兒兩口兒就搬進來。他媳婦兒後邊見月娘眾人磕頭。月娘見他穿著紫紬襖，青衣披襖，綠布裙子。生的五短身材，瓜子面皮兒，搽胭抹粉，施朱唇，纏的兩隻腳趫趫的。問起來，諸般針指都會做。起了他個名字，叫做惠元，與惠秀、惠祥一遞三日上竈不題。玳安與平安常在他屋裏坐的多。一日，門外楊姑娘沒了，安童兒來報喪。西門慶這邊整治了一張插桌，三牲湯飯，又封了五兩香儀。吳月娘、李嬌兒、孟玉樓、潘金蓮四頂轎子起身，都往北邊與他燒紙弔孝。琴童兒、棋童兒、來爵兒、來安兒四個，都跟轎子，不在家。西門慶在對過段鋪子書房內，看著毛襖匠與月娘做貂鼠圍脖，先攢出一個圍脖兒，使玳安送與院中鄭月兒去。封了十兩銀子與他過節，鄭家管待玳安酒饌，與了他三錢銀子買瓜子兒磕，走來回西門慶話，說：「月姨多上覆，多謝了。前日空過了爹來。與了小的三錢銀子。」西門慶道：「你收了罷。」因問他：「賁四不在家，你頭裏從他屋裏出來，做甚麼來？」玳安道：「賁四娘子，從他女孩兒嫁了，沒人使。常央及小的每替他買買甚麼兒。」西門慶道：「他既

❸ 打平和：大家平均出錢聚餐。

沒人使，你每替他勤勤兒也罷。」又悄悄向玳安道：「你慢慢和他說，如此這般：『爹要來你這屋裏來看你看兒，你心如何？』看他怎的說。他若肯了，你問他討個汗巾兒來與我。」玳安道：「小的知道了。」領了西門慶言語，應諾下去。西門慶使陳經濟看著裁貂鼠，就走到家中來。只見王經向顧銀鋪內，取了金赤虎，又是四對金頭銀簪兒，交與西門慶。西門慶留下兩對在書房內，餘者袖進李瓶兒房內坐下，與了如意兒那赤虎，又與他一對簪兒。把那一對簪兒，就與了迎春。二人接了，連忙插燭也似磕了頭。西門慶令迎春取飯去。須臾，拏了飯來。吃了飯，出來，在書房內坐下。只見玳安慢走到跟前，見王經在旁，不言語。西門慶使王經後邊取茶去。那玳安方說：「小的將爹言語對他說了，他笑了。約會晚上些，伺候等爹過去坐坐。叫小的拏了這汗巾兒來。」西門慶見紅綿紙兒包著一方紅綾織錦迴紋汗巾兒，聞了聞，噴鼻香，滿心歡喜，連忙袖了。只見王經拏茶來，吃了，又走過對門，看著匠人做生活去。忽報花大舅來了。西門慶道：「請過來這邊坐。」花子由走到書房煖閣兒裏，作揖坐下，致謝外日多有相擾。敘話間，畫童兒對門拏過茶來吃了。花子由道：「門外客人有五百包無錫米，凍了河，緊等要賣了回家去。我想著姐夫倒好買下等價錢。」西門慶道：「我平白要他做甚麼？凍河還沒人要，到開河船來了，越發價錢跌了。如今家中也沒銀子。」即分付玳安：「收拾放桌兒，家中說看菜兒來。」一面使畫童兒：「請你應二爹來陪你花爹。」坐了一時，伯爵來到。三人共坐在一處，圍爐飲酒。桌上擺設四盤四碟，都是煎炒雞魚，燒爛下飯。又叫孫雪娥烙了兩炷餅，又是四碗肚肺乳線湯。良久，只見吳道官徒弟應春，送節禮疏誥來。西門慶請來同坐吃酒，攬李瓶兒百日經，與他銀子去。吃至日落時分，花子由和應春二人先起身去了。次後甘夥計收了鋪子，又請來坐，與伯爵擲骰猜枚談話。不覺到掌燈已後，吳月娘眾人轎子到了，來安走來回話。伯爵道：「嫂子每今日都往那裏去了？」西門慶道：「北邊他楊姑娘沒了。今日三日念經，我這裏備了張插桌祭祀，又封了香儀兒，都去弔問弔兒。」伯爵道：「他老人家也高壽了。」西門慶道：「敢也有七十五六兒，男花女花都沒有，只靠他門外姪兒那裏養活。材兒也是我這裏替他備下的這幾年了。」伯爵道：「好好兒，老人家有了黃金入櫃❹，就是一場事了，哥的大陰騭！」說畢，酒過數巡，伯爵與甘夥計作辭去了。西門慶道：「十一日該姐夫這裏上宿。」玳安道：「那邊鋪子裏，傳二叔也家去了，只小的一個在鋪子裏睡。」西門慶就起身走過來，分付後生王顯，仔細火燭。王顯道：「小的知道。」看著把門關上了。這西門慶見沒人，兩三步就走入賁四家來。只見賁四娘子兒，在門首獨自站立已久。見對門關的門響，西門慶從黑影中走至跟前。這婦人連忙把封門一開，西門慶鑽入裏面。婦人還扯上封門，說道：「爹請裏邊紙門內坐罷。」原來裏間槅扇廂著後半間，紙門內又有個小炕兒，籠著旺旺的火，桌上點著燈，兩邊護炕，從新糊的雪白，掛著四扇吊屏兒。那婦人頭上勒著翠藍銷金箍兒鬏髻，插著四根金簪兒，耳朵上兩個丁香兒。上穿紫紬襖，青綃絲披襖，玉色綃裙子。向前與西門慶道了萬福，連忙遞了一盞茶與西門慶吃。因悄悄說：「只怕隔壁韓嫂兒知道。」西門慶道：「不妨事，黑影子，他那裏曉的。」于是不由分說，把婦人摟到懷中，就親嘴。良久，兩個整衣繫帶，復理殘妝。西門慶向袖中掏出五六兩一包碎銀子，又是兩對金頭簪兒，遞與婦人節間買花翠帶。婦人拜謝了，悄悄打發出來。那邊玳安在鋪子裏，專心只聽這邊門環兒響，便開大門，放西門慶進來，自知更無一人曉的。後次朝來暮往，也入港一二次。正是：若非人不知，除非己莫為。不想被韓嫂兒冷眼睃見，傳的

---

❹ 黃金入櫃：恭維人家死人安葬的話。

後邊金蓮知道了。這金蓮亦不識破他。一日，臘月十五日，喬大戶家請吃酒。西門慶這裏會同應伯爵、吳大舅一齊起身。那日有許多親朋撮戲飲酒，至二更方散。第二日每家一張桌面，俱不必細說。

單表崔本治了二千兩湖州紬絹貨物，臘月初旬起身，雇船裝載，趕至臨清馬頭，教後生榮海看守貨物，便雇頭口來家取車稅銀兩。到門首下頭口，琴童道：「崔大哥來了，請廳上坐。爹在對門房子裏，等我請去。」一面走到對門，不見西門慶。因問平安兒。平安兒道：「爹敢進後邊去了？」這琴童兒走到上房問月娘。月娘道：「賊見鬼的囚，你爹從早晨出去，再幾時進來！」又到各房裏並花園書房都瞧遍了，沒有。琴童在大門首揚聲道：「省恐殺人，不知爹往那裏去了？白尋不著！大白日裏把爹來不見了，崔大哥來了這一日，只顧教他坐著！」那玳安分明知道，不做聲言語。不想西門慶從前邊進來，把眾小廝吃了一驚。原來西門慶在賁四屋裏，入港纔出來。那平安打發西門慶進去了，望著琴童兒吐舌頭兒，都替他捏兩把汗，都道：「管情崔大哥去了，有幾下子打。」不想西門慶走到廳上，崔本見了，磕頭畢，交了書帳，說：「船到馬頭，少車稅銀兩。我從臘月初一日起身，在揚州與他兩個分路。他每往杭州去了，俺每都到苗青家住了兩日。」因說：「苗青替老爹使了十兩銀子，抬了揚州衛一個千戶家女子，十六歲了，名喚楚雲。說不盡生的花如臉，玉如肌，星如眼，月如眉，腰如柳，襪如鈎，兩隻腳兒恰剛三寸。端的有沈魚落雁之容，閉月羞花之貌。腹中有三千小曲，八百大曲。端的風流如水晶盤內走明珠，態度似紅杏枝頭推曉日。苗青如今還養在家，替他打箱奩，治衣服，待開春，韓夥計、保官兒船上帶來，伏侍老爹，消愁解悶。」西門慶聽了，滿心歡喜。說道：「你船上捎了來也罷，又費煩他治甚衣服，打甚妝奩？愁我家沒有？」于是恨不的騰雲展翅，飛上揚州搬取嬌姿，賞心樂事。正是：鹿分鄭相應難辨，蝶化莊周未可知。有詩為證：

聞道揚州一楚雲，偶憑出鳥語來真。
不知好物都離隔，試把梅花問主人。

西門慶陪崔本吃了飯，兌了五十兩銀子做車稅錢。又寫書與錢主事，令煩青目。言訖，當下作辭，往喬大戶家回話去了。平安見西門慶不尋琴童兒。都說：「我兒，你不知有多少造化。爹進來，若不是，綁著鬼有幾下打！」琴童笑道：「只你知爹性兒！」

比及起了貨來，獅子街卸下，就是下旬時分。西門慶正在家打發送節禮，忽見荊都監差人拏帖兒來問：「宋大巡題本已上京數日，未知旨意下來不曾？伏惟老翁差人，察院衙門一打聽為妙。」這西門慶即差答應節級，拏著五錢銀子，往巡按公衙書辦打聽。果然昨日東京邸報下來，寫抄得一紙全報來，與西門慶觀看。上面寫道：

山東巡按監察御史宋喬年一本，循例舉劾地方文武官員，以勵人心，以隆聖治事：竊惟吏以撫民，武以禦亂；所以保障地方，以司民命者也。茍非其人，則處置乖方，民受其害，國何賴焉？此國家莫急于文武兩途，而激勸之典不容不亟舉也。臣奉命按臨山東等處，親歷省察風俗。至于吏政民瘼，監司守禦，無不留心咨訪。復令安撫大臣，詳加鑒別各官賢否，頗得其實。茲當差滿之期，敢不一一陳之。山東左布政陳四箴，操履忠貞，撫民有方；廉使趙訥，綱紀肅清，士民服習；提學副使陳正彙，操砥勵之行，嚴督率之條。又訪得兵備副使雷啓元，軍民咸服其恩威，僚幕悉推其練達；濟南府知府張叔夜，經濟可觀，才堪司牧；東平府知府胡師文，居任清慎，視民如傷；徐州府知府韓邦奇，志務清修，才堪廊廟；蔡州府知府葉照，屏海寇而道不拾遺，惠民疇而墾田不滷。此數臣者，皆當薦獎而優擢者也。又訪得左參議馮廷鵠，傴僂之形，桑榆之景，形若木偶，尚肆貪婪；東昌府知府徐松，縱妾父而通賄，所至騰謗于公堂；慕羨餘而誅求，詈聲輙遍于閭里。此二臣者，所當亟賜罷斥者也。再訪得左軍院僉書守禦周秀，器宇恢弘，操持老練，得將帥之體，軍心允服，賊盜潛消；濟州兵馬都監荊忠，年力精強，才猷練達，寇武科而稱為儒將，勝算可以臨戎；號令一而極其嚴明，長策卒能禦侮；兗州兵馬都監溫璽，夙閒韜略，熟習弓馬，休養騎卒以備不虞，併力設險以防不測。此三臣者，所當亟賜遷擢者也。清河縣千戶吳鎧，以練達之才，得衛守之法。驅兵以擣中堅，靡攻不克；儲食以資糧餉，無人不飽。推心置腹，人思效命。實一方之保障，為國家之屏藩。宜特加超擢，鼓舞臣僚。陛下誠以臣言可採，舉而行之，庶幾官爵不濫，而人心思奮；守牧得人，而聖治有賴矣！等因。奉欽依，該部知道。續該吏兵二部題前事，看得御史宋喬年所奏，內劾舉地方文武官員，無非體國之忠，出于公論。詢訪得實，以裨聖治之事。伏乞聖明俯賜施行，天下幸甚，生民幸甚！奉欽依擬行。

西門慶一見，滿心歡喜，拏著邸報走到後邊對月娘說：「宋道長本下來了，已是保舉你哥陞指揮僉事，見任管屯。周守禦與荊大人都有獎勵，轉副參統制之任。如今快使小廝請他來，對他說聲。」月娘道：

「你使人請去，我教丫鬟看下酒菜兒。我愁他這一上任，也要銀子使。」西門慶道：「不打緊，我借與他幾兩銀子也罷了。」不一時，請得吳大舅到了。西門慶送那題奏旨意與他瞧。吳大舅連忙拜謝西門慶與月娘，說道：「多累姐夫、姐姐扶持，恩當重報，不敢有忘！」西門慶道：「大舅，你若上任擺酒沒銀子使，我這裏兌三十兩銀子你那裏使著。」那吳大舅又作揖謝了。于是就在月娘房中，安排上酒來吃酒。月娘也在旁邊陪坐。西門慶即令陳經濟把全抄寫了一本，與大舅拏著。即差玳安拏帖，送邸報往荊都監、周守禦兩家報喜去。正是：勸君不費鐫研石，路上行人口是碑。

畢竟未知後來如何，且聽下回分解。

第七十八回　西門慶兩戰林太太　吳月娘玩燈請藍氏

黃鐘應律好風催，陰伏陽生淑歲回。
葵影便移長至日，梅花先趁大寒開。
八神表日占和歲，六管吹葭動細灰。
已有岸旁迎臘柳，參差又欲領春來。

話說當日西門慶陪大舅飲酒，至晚回家。到次日，荊都監早晨騎馬來拜謝，說道：「昨日見旨意下來，下官不勝欣喜。足見老翁愛厚費心之至，實為啣結難忘！范大人便老了，張菊軒指望陞轉他一步兒，照舊也罷了。還虧他些。」說畢，茶湯兩換，荊都監起身，因問：「雲大人到幾時請俺每吃酒？」西門慶道：「近節這兩日也是請不成，直到月間罷了。」送至大門，上馬而去。西門慶這裏宰了一口鮮豬，兩罈浙江酒，一疋大紅絨金豸員領，一疋黑青妝花紵絲員領，一百果餡金餅，謝宋御史。就差春鴻拏帖兒，送到察院去。門吏入報進去。宋御史喚至後廳火房內，賞茶吃。等寫了回帖，裝于套內封了，又賞了春鴻三錢銀子。來見西門慶，拆開觀看，上寫著：

兩次造擾華府，悚愧殊甚！今又辱承厚貺，何以克當？外令親荊子事，已具本矣，想已知悉。連日渴仰豐標，容當面悉。使旋謹謝。

大錦衣西門先生大人門下。

侍生宋喬年拜。

宋御史隨即差人送了一百本曆日，四萬紙，一口豬來回禮。一日上司行下文書來，吳大舅本衛到任管事。西門慶拜去，就與吳大舅三十兩銀子，四疋京段，教他上下使用。到二十四日稍閒，封了印來家，又備羊酒花紅軸文，邀請親朋，等吳大舅從衛中上任回來，迎接到家，擺大酒席，與他作賀。又是何千戶東京家眷到了，西門慶寫月娘名字，送茶過去。到二十六日，玉皇廟吳道官十二個道眾，在家與李瓶兒念百日經，十回度人，整做法事，大吹大打，偈道行香。各親朋都來送茶，請吃齋供，至晚方散，俱不言表。至廿七日，西門慶打發各家送禮，應伯爵、謝希大、常時節、傅夥計、甘夥計、韓道國、賁地傳、崔本，每家半口豬，半腔羊，一罎酒，一包米，一兩銀子；院中李桂姐、吳銀兒、鄭愛月兒，每人一套杭州絹衣服，三兩銀子。吳月娘又與庵裏薛姑子打齋，令來安兒送香油米麵銀錢去，不在言表。

看看到年除之日，窗梅痕月，簾雪滾風，竹爆千門萬戶。家家帖春勝，處處掛桃符。西門慶燒了紙，又到于李瓶兒房靈前。祭奠已畢，置酒于後堂。合家大小月娘等，李嬌兒、孟玉樓、潘金蓮、孫雪娥、西門大姐並女婿陳經濟，都遞了酒，兩旁列坐。先是春梅、迎春、玉簫、蘭香、如意兒五個磕頭。然後小玉、綉春、小鸞兒、元宵兒、中秋兒、秋菊磕頭。其次者來昭妻一丈青惠慶、來保妻惠祥、來興妻惠秀、來爵妻惠元，一般兒四個家人媳婦磕頭。然後纔是王經、春鴻、玳安、平安、來安、棋童兒、琴童兒、畫童兒、來昭兒子鐵棍兒、來保兒子僧寶兒、來興女孩兒年兒來磕頭。西門慶與吳月娘，俱有手帕汗巾銀錢賞賜。到次日，重和元年新正月元旦，西門慶早起，冠冕穿大紅，天地上炷了香，燒了紙，吃了點心，備馬就出去拜巡按賀節去了。月娘與眾婦人，早起來施朱傅粉，插花插翠，錦裙繡襖，羅襪弓鞋，妝點妖嬈，打扮可喜，都來後邊月娘房內，廝見行禮。那平安兒與該日節級，在門首接拜帖，上門簿，答應往來官長士夫。玳安與王經穿著新衣裳新靴新帽，在門首踢毽子兒，放炮燀，又磕瓜子兒，袖香桶兒，戴鬧娥兒。眾夥計主管，門下底人，伺候見節者不計其數，都是陳經濟一人在前邊客位管待。後邊大廳擺設錦筵桌席，單管待親朋。花園捲棚，放下氈幃煖簾，鋪陳錦裀繡毯，獸炭火盆，放著十桌，都是銷金桌幃，妝花柳甸，寶妝果品，瓶插金花，筵開玳瑁，專一留待士大夫官長。約晌午間，西門慶往府縣拜了人回來，剛下馬，招宣府王三官兒衣巾，有四五個人跟隨，就來拜。到廳上拜了西門慶四雙八拜，然後請吳月娘出來見。西門慶請到後邊，與月娘見了，出來前廳留坐。纔拏起酒來吃了一盞，只見何千戶來拜。西門慶就教陳經濟管待陪王三官兒，他便往捲棚內陪何千戶坐去了。王三官吃了一回，告辭起身。陳經濟送出大門，上馬而去。落後又是荊都監、雲指揮、喬大戶，皆絡繹而至。西門慶待了一日人，已酒帶半酣。至晚打發人去了，歸到上房，歇了一夜。到次日早，又出去賀節。直至晚，歸家來。家中韓姨夫、應伯爵、謝希大、常時節、花子由來拜，陳經濟陪侍在廳上坐的。候至已久，西門慶到了，見畢禮，從新擺上酒菜點心來飲酒。韓姨夫與花子由隔門，先起身去了。只見伯爵、希大、常時節，坐有如定油兒一般，還不去。又撞見吳二舅來了，見了禮，又往後邊拜見月娘，出來一處坐的。直吃到掌燈已後方散。西門慶已吃的酩酊大醉，送出伯爵等到門首，眾人去了。西門慶見玳安在旁站立，捏了一把手。玳安就知意，說道：「他屋裏沒人。」這西門慶就撞入賁四房內。老婆早已在對門裏，迎接進去。兩個也無閒話，來到裏間內，就幹起來。那西門慶問他：「你小名叫甚麼？說與我。」老婆道：「奴娘家姓葉，排行五姐。」這西門慶口中喃喃吶吶，就叫：「葉五兒！」那老婆原來奶子出身，與賁四私通，被拐出來，占為妻子，五短身材，兩個鶻鶻胎眼兒，今年也是屬兔的，三十二歲了，甚麼事兒不知道；口裏如流水，連叫親爺不絕。這西門慶滿心歡喜。纔繫上褲子，因問西門慶：「他怎的去恁些時不來？」西門慶道：「我這裏也盼他哩，只怕京中夏大人留住他使。」又與了老婆二三兩銀子盤纏。因說：「我待與你一套衣服，恐賁四知道，不好意思。不如與你些銀子兒，你自家治買罷。」開門送出來。玳安又閒在鋪子裏，掩門等候的西門慶進來，方纔關上拴，西門慶便往後邊去了。看官聽說：自古上梁不正，則下梁歪，此理之自然也。如人家主子行苟且之事，家中使的奴僕，皆效尤而行。原來賁四這個老婆，不是守本分的。先與玳安有姦，落後又把西門慶勾引上了。這玳安剛打發西門慶進去了，傳夥計又沒在鋪子裏上宿，他與平安兒打了兩大壺酒，就在賁四老婆屋裏，吃到有二更時分。平安在鋪子裏歇了，他就和老婆在屋裏睡了一宿，有這等的事！正是：對人不用穿針線，那得工夫送巧來？有詩為證：

滿眼風流滿眼迷，殘花何事濫如泥？
捨琴暫息商陵操，惹得山禽繞樹啼。

卻說賁四老婆晚夕對玳安說：「只怕隔壁韓嫂兒傳嚷的後邊知道，也似韓夥計娘子，一時被你娘每說上幾句，羞人答答的，怎好相見？」玳安道：「如今家中除了俺大娘和五娘不言語，別的不打緊。俺大娘倒也罷了，只是五娘快出尖兒。你依我，節間買些甚麼兒進去孝順俺大娘；別的不稀罕，他平昔好吃蒸酥。你買一錢銀子果餡蒸酥，一盒好大壯瓜子送進去。這初九日是俺五娘生日，你再送些禮去，梯己再送一盒瓜子與俺五娘。你到明日進來磕頭，管情就掩住許多口嘴。」這賁四老婆真個依著玳安之言，第二日趕西門慶不在家，玳安就替他買了盒子掇進後邊月娘房中。月娘便道：「是那裏的？」玳安道：「是賁四嫂送這盒兒點心瓜子與娘吃。」月娘道：「男子漢又不在家，那討個錢來，又教他費心！」連忙收了，又回出一盒饅頭，一盒果子與他，說：「多上覆，多謝了。」那日西門慶拜人回家早，有玉皇廟吳道官來拜，在廳上留坐吃酒。剛打發吳道官去了，西門慶脫了衣服，使玳安：「你騎了馬，問聲文嫂兒去。俺爹今日要來拜拜太太，看他怎的說？」玳安道：「爹且不消去。頭裏小的撞見文嫂兒騎著驢子，打門首過去了。他說明日初四，王三官兒起身往東京與六黃公公磕頭去了。太太說，教爹初六日過去見節，他那裏伺候著哩。」西門慶便道：「他真個這等說來？」玳安道：「莫不小的敢說謊？」這西門慶就入後邊去了。剛到上房坐下，忽有來安兒來報：「大舅來了。」只見吳大舅冠冕著，束著金帶，進入後堂，先拜西門慶，說道：「一言難盡！我吳鎧多蒙姐夫抬舉看顧，又破費姐夫了。多謝厚禮！日昨姐夫下降，我又不在家，失迎！空慢姐夫來了。今日敬來與姐夫磕個頭兒，恕我遲慢之罪！」說著，磕下頭去。西門慶慌忙平頭相還下來，說道：「大舅恭喜，自然之道理，至親何必計較！」吳大舅于是拜畢西門慶，月娘出來與他哥磕頭。頭戴翡白縐紗金梁冠兒，海獺臥兔，白綾對衿襖兒，沈香色遍地金比甲，玉色綾寬襴裙。耳邊二珠環兒，金鳳釵梳，胸前帶著金三事攃領兒，裙邊紫遍地金八條穗子的荷包，五色鑰匙線帶兒，紫遍地金扣花白綾高底鞋兒，打扮的鮮鮮兒的，向前花枝招展，繡帶飄飄，插燭也似磕了四個頭。慌的大舅忙還半禮，說道：「姐姐兩禮兒罷！」說道：「哥哥、嫂嫂不識好歹，常來擾害你兩口兒。你哥老了，看顧看顧罷。」月娘道：「一時不到，望哥耽待便了。」吳大舅道：「姐姐沒的說，累你兩口兒還少哩！」拜畢，西門慶留吳大舅坐，說道：「這咱晚了，料大舅也不拜人了。寬了衣裳，咱房裏坐罷。」不想孟玉樓與潘金蓮兩個都在屋裏，聽見讓吳大舅進來，連忙走出來與大舅磕頭，都是海獺臥兔兒，白綾襖兒，玉色挑線裙子。一個綠遍地金比甲兒，一個是紫遍地金比甲兒。頭上戴的都是鬏髻。玉樓帶的是環子，金蓮是青寶石墜子，下邊尖尖趫趫顯露金蓮。與吳大舅磕了頭，逕往各人房裏去了。西門慶讓大舅房內坐的，騎火盆安放桌兒，擺上春盛果盒，各樣熱碗夏飯，大饅頭，點心，八寶攢湯，一齊拏上來。小玉、玉簫都來與大舅磕頭。須臾，吃了湯飯，月娘用小金鑲玳瑁鍾兒斟酒，遞與大舅。西門慶主位相陪。吳大舅讓道：「姐姐，你也來坐的。」月娘道：「我就來。」又往裏間房內，拏出數樣配酒的果菜來，都是冬笋、銀魚、黃鼠、鯗鮓、海蜇、天花菜、蘋婆、螳螂鮮柑、石榴、風菱、雪梨之類。飲酒之間，西門慶便問：「大舅的公事都了畢停當了？」吳大舅道：「蒙姐夫抬舉，衛中任便到了，上下人事，倒也都周給的七八。還有屯所裏未曾去到到任。明日是個好日期，衛中開了印來家，整理些盒子，須得抬到屯所裏到任，行牌拘將那屯頭來參見，分付分付。前官丁大人壞了事情，已是被巡撫侯爺參劾去了任。如今我接管承行，須得也要振刷在冊花戶，警勵屯頭，務要把這舊管新增，開報明白。到明日秋糧夏稅，纔好下屯徵收。」西門慶道：「通共約有多少屯田？」吳大舅道：

「這屯田，不瞞姐夫說，太祖舊例，練兵衛因田養兵，省轉輸之勞，纔立下這屯田。那時只是上納屯田秋糧，又不問民地。後吃宰相王安石立青苗法，增上這夏稅。而今這濟州管內，除了拋荒葦場港隘，通共二萬七千頃屯地。每頃秋稅、夏稅，只徵收一兩八錢，不上五百兩銀子。到年終纔傾銷了，往東平府交納，轉行招商，以備軍糧馬草之用。」西門慶又問：「還有羨餘之利？」吳大舅道：「雖故還有些拋零人戶，不在冊者，鄉民頑滑，若十分進徵緊了，等秤斛斗重，恐聲口致起公論。」西門慶道：「若是有些甫餘兒也罷，難道說全徵？若徵收些出來，斛斗等秤上，也夠咱每上下攬給❶。」吳大舅道：「不瞞姐夫說，若會管此屯，見一年也有百十兩銀子尋。到年終，人戶每還有些雞鵝豚米面見相送。那個是各人取覓，不在數內的。只是多賴姐夫力量扶持。」西門慶道：「得夠你老人家攬給，也盡我一點之心。」

正說著，月娘也走來旁邊陪坐。三人飲酒，到掌燈已後，吳大舅纔起身去了。西門慶那日就在前邊金蓮房中歇了一夜。到次日，早往衙門中開印，陞廳畫卯，發放公事。先是雲離守家發帖兒，初五日請西門慶並合衛官員吃慶官酒。次日，何千戶娘子藍氏下帖兒，初六日請月娘姊妹相會。

且說那日西門慶同應伯爵、吳大舅三人，起身到雲離守家。原來旁邊又典了人家一所房子，三間客位內擺酒，叫了一起吹打鼓樂迎接，都有桌面，吃至晚夕來家。巴不到次日，月娘往何千戶家吃酒去了。西門慶打選衣帽齊整，袖著賞賜包兒，騎馬帶眼紗，玳安、琴童跟隨，午後時分，逕來王招宣府中拜節。王三官兒不在，留下帖兒。文嫂兒又早在那裏接了帖兒，連忙報與林太太說，出來請老爹後邊坐。轉道大廳，到于後邊，進入儀門。少間，住房掀起明簾子，上面供養著先公王景崇影像，陳設兩桌春臺果酌，

❶ 攬給：開銷。

朱紅公座虎皮交椅。腳下氍毹匝地，簾幙垂紅。少頃，林氏穿著大紅通袖襖兒，珠翠盈頭，粉妝膩臉，與西門慶見畢禮數，留坐待茶。分付大官把馬牽于後槽餵養。茶罷，讓西門慶寬衣房內坐，說道：「小兒從初四日往東京與他叔父六黃太尉磕頭去了，只過了元宵纔來。」這西門慶一面喚玳安脫去上蓋，裏邊穿著白綾襖子，天青飛魚氅衣，粉底皂靴，十分綽耀。婦人房內安放桌席。黃銅四方獸面火盆，生著炭火。朝陽房屋，日色照窗。房中十分明亮。須臾，丫鬟拏酒菜上來。盃盤羅列，肴饌堆盈，酒汎金波，茶烹玉蕊。婦人錦裙繡襖，皓齒明眸。玉手傳盃，秋波送意。猜枚擲骰，笑語烘春。良久，意洽情濃。飲多時，目邪心蕩。看著日落黃昏，又早高燒銀燭。玳安、琴童，下邊耳房放桌兒，自有文嫂兒主張酒饌點心管待。三官兒娘子，另在那邊角門內一所屋裏居住，自有丫鬟、養娘伏侍，等閒不過這邊來。婦人又倒扣角門，僮僕誰敢擅入。酒酣之際，兩個共入裏間房內，掀開繡帳，關上窗戶。丫鬟輕剔銀釭，佳人忙掩朱戶。男子則解衣就寢，婦人即洗腳上床。枕設寶花，被翻紅浪。原來西門慶家中磨鎗備劍，帶了淫器包兒來，安心要鏖戰這婆娘，早把胡僧藥用酒吃在腹中。有長詞一篇道這場交戰。但見：錦屏前迷魂陣擺，繡幃下攝魄旗開。迷魂陣上，閃出一員酒金剛，色魔王，頭戴肉紅盔，錦兜鍪，身穿烏油甲，絳紅袍，纏觔絲，魚皮帶，沒縫靴；使一柄黑纓鎗，帶的是虎眼鞭，皮薄頭流星摣，沒毬箭；跨一匹掩毛凹眼渾紅馬，打一面發雨翻雲大帥旗。攝魂旗下，擁一個粉骷髏，花狐狸，頭戴雙鳳翹，珠絡索，身穿素羅衫，翠裙腰，白練襠，凌波襪，鮫綃帶，鳳頭鞋；使一條隔天邊話絮刀，不得見，淚偷垂，容瘦減，粉面搊，羅幃旁；騎一匹百媚千嬌玉面毬，打一柄倒鳳顛鸞遮日傘。須臾，這陣上撲鼕鼕鼓震春雷，那陣上鬧挨挨麝蘭靉靆；這陣上腹溶溶被翻紅浪，那陣上刷刺刺帳控銀鈎。被翻紅浪精神健，帳控銀鈎情意乖。這一個急展展二十四解任徘徊，那一個忽剌剌一十八滾難掙扎。一個是慣使的紅綿套索鴛鴦扣，一個是好耍的拐子流星雞心槌。一個火忿忿桶子鎗，恨不的扎夠三千下；一個顫巍巍肉膀牌，巴不得榻夠五十回。這一個善貫甲披袍戰，那一個能奪精吸髓華。一個戰馬，叭碣碣踏翻歌舞地；一個征人，軟濃濃塞滿密林崖。一個醜搊搜剛硬形骸，一個俊嬌嬈，杏臉桃腮。一個施展他久戰熬場法，一個賣弄他鶯聲燕語諧。一個鬥良久，汗浸浸釵橫鬢亂；一個戰多時，喘吁吁枕欹裀歪。頃刻間，只見這內襠縣，吃砲打成堆，個個皆腫眉䐃眼；霎時下則望那莎草場，被鎗扎倒底，人人肉綻皮開。正是：愁雲拖上九重天，一派敗兵沿地滾；幾番鏖戰貪婬婦，不是今番這一遭。當下西門慶就在這婆娘心口與陰戶，燒了兩炷香，許下明日家中擺酒，使人請他同三官兒娘子去看燈耍子。這婦人一段身心，已是被他拴縛定了。于是滿口應承都去。這西門慶滿心歡喜，起來與他留連痛飲，至二更時分，把馬從後門牽出，作別方回家去。正是：不愁明日盡，自有暗香來。有詩為證：

盡日思君倚畫樓，相逢不捨又頻留。
劉郎莫謂桃花老，浪把輕紅逐水流。

卻說西門慶到家，有平安迎門稟說：「今日有薛公公家差人送請帖兒，請爹早往門外皇莊看春。又是雲二叔家差人送了五個帖兒，請五位娘吃節酒。帖兒都交進去了。」西門慶聽了，沒言語，進入後邊月娘房來，只見孟玉樓、潘金蓮都在房內坐的。月娘從何千戶家赴了席來家，已摘了首飾花翠，只戴著鬏髻，撇著六根金簪子，勒著珠子箍兒。上著藍綾襖，下著軟黃綿紬裙子，坐著說話。見西門慶進來，連忙道了萬福。西門慶就在正面椅上坐下。問道：「你今日往那裏，這咱纔來？」西門慶無得說，只說：「我在應二哥家留坐，到這咱晚。」月娘便說起今日何千戶家酒席上事：「原來何千戶娘子還年小哩，今年纔十八歲！生的燈人兒也似一表人物，好標致！知今博古，透靈兒還強十分！見我去，恰似會了幾遍，好不喜狎。嫁了何大人二年光景，房裏倒使著四個丫頭，兩個養娘，兩房家人媳婦。」西門慶道：「他是內府御前生活所藍大監姪女兒，與他陪嫁了好少錢兒！」月娘又道：「小廝對你說來？明日雲夥計家又請俺每吃節酒，送了五個帖兒，在揀妝上閣著。連薛內相家帖子，都放在一處。」因令玉簫：「拏過來與你爹瞧。」這西門慶看了薛內相家帖兒，又看雲離守家帖兒，下書他娘子兒「雲門蘇氏斂衽拜請」。西門慶說：「你每明日收拾了，都去走走。」月娘道：「留雪姐在家罷，只怕大節下，一時有個人客驀將來，他每沒處搊撓。」西門慶道：「也罷，留雪姐在家裏，你每四個去罷。明日我也不往那裏去，薛太監請我門外看春，我也懶待去。這兩日春氣發也怎的，只害這邊腰腿疼。」月娘道：「你腰腿疼，只怕是痰火。問任醫官討兩服藥吃不是？只顧挨著怎的？」那西門慶道：「不妨事，由他，一發過了這兩日吃，心淨些。」因和月娘計較，到明日燈節，咱少不的置席酒兒，請請何大人娘子，連周守備娘子、荊南崗娘子、張親家母、喬親家母、雲二哥娘子，連王三官兒母親和大妗子、崔親家母，這幾位都會會，也只在十二三掛起燈來。還叫王皇親家那起小廝扮戲耍一日，爭奈去年還有賁四在家，扎了幾架煙火放。今年他東京去了，只顧不見來了，卻教誰人看著扎？」那金蓮在旁插口道：「賁四去了，他娘子兒扎也是一般。」這西門慶就瞅了金蓮道：「這個小淫婦兒，三句活就說下道兒去了。」那月娘、玉樓也不睬顧，就罷了。因說道：「那三官兒娘，咱每與他沒有大會過，人生面不熟的，怎麼好請他？只怕他也不肯來。」西門慶道：「他既認我做親，咱送個帖兒與他，來不來隨他就是了。」月娘又道：「我明日不往雲家去罷，懷著個臨月身子，只管往人家撞來撞去的，教人家唇齒❷！」玉樓道：「姐姐，沒的說，怕怎麼的？你身子懷的又不顯，怕還不是這個月的孩子，不妨事。大節下，自恁散心去走走兒纔好。」說畢，西門慶吃了茶，就往後邊孫雪娥房裏去了。那潘金蓮見他往雪娥房中去，叫了大姐，也就往前邊去了。西門慶到于雪娥房中，晚間教他打腿揑身上，揑了半夜。

一宿晚景題過。到次日早晨，只見應伯爵走來借衣服頭面，對西門慶說：「昨日雲二嫂送了個帖兒，今日請房下陪眾嫂子坐。家中舊時有幾件衣服兒，都倒塌了。大正月出門入戶，不穿件好衣服，惹的人家笑話！敢來上覆嫂子，有上蓋衣服，借的兩套兒；頭面簪環，借的幾件兒。教他穿戴了去。」西門慶令王經：「你裏邊對你大娘說去。」伯爵道：「應寶在外邊拏著氈包並盒兒哩，哥哥累你拏進去，就包出來罷。」那王經接氈包進去。良久抱出來，交與應寶，說道：「裏面兩套上色段子織金衣服，大小五件頭面，一雙二珠環兒。」應寶接的，往家去了。西門慶陪著伯爵吃茶，說道：「昨日房下在何大人家吃酒，來晚了。今日不想雲二哥娘子送了五個帖兒，又請房下每都會會兒。大房下又有臨月身孕，懶待去。我說他既來請，大節下你等走走去罷。我又連日不得閒，只昨日纔把人事拜了。前日咱每在雲二哥家吃了酒來家，昨日又出去有些小事，來家晚了。今日薛內相又請我門外看春，怎麼得工夫去？吳親家廟裏又送帖兒，初九日年例打醮，也是去不成，教小婿去了罷。這兩日不知酒多了也怎的，只害腰疼，懶待動旦。」伯爵道：「哥，你還是酒之過，濕痰流注在這下部，也還該忌忌。」西門慶道：「這節間

❷ 唇齒：議論。

到人家，誰是肯輕放了你我的？怎麼忌的住！」伯爵又問：「今日那幾位嫂子去？」西門慶道：「大房下和第二、第三、第五的房下四人去，我在家且歇息兩日兒罷。」正說著，只見玳安拏進盒兒來，說道：「何老爹家差人送請帖兒來，初九日請吃節酒。」西門慶道：「早是你看著，人家來請，你不去？」于是看盒兒內放著三個請書兒，一個宛紅僉兒，寫著：「大寅丈四泉翁老先生大人」，一個寫「大都閫吳老先生大人」，一個寫著「大鄉望應老先生大人」；俱是「侍生何永壽頓首拜」。玳安說：「他那裏說不認的，教咱這裏轉送送兒罷。」伯爵一見便說：「這個卻怎樣兒的？我還沒送禮兒去與他，他來請，我怎好去？」西門慶道：「我這裏替你封上分帕禮兒，你差應寶早送去就是了。」一面令王經：「你封二錢銀子，一方手帕，寫你應二爹名字，與你應二爹。」因說：「你把這請帖兒袖了去，省的我又教人送。」只把吳大舅的差來安兒送去了。須臾，王經封了帕禮，遞與伯爵。伯爵打恭說道：「又多謝哥！我後日早來會你，咱一同起身。」說畢，作辭去了。午間卻表吳月娘等打扮停當，一頂大轎，三頂小轎，後面又帶著來爵媳婦兒惠元收疊衣服，一頂小轎兒；四名排軍喝道，琴童、春鴻、棋童、來安四個跟隨，往雲指揮家來吃酒。正是：翠眉雲鬢畫中人，嬝娜宮腰迎出塵。天上嫦娥元有種，嬌羞釀出十分春。

不說月娘與李嬌兒、孟玉樓、潘金蓮都往雲離守家吃酒去了。西門慶分付大門上平安兒：「隨問甚麼人，只說我不在。有帖兒，接了就是了。」那平安經過一遭，那裏再敢離了左右，只在門首坐的。但有人客來望，只回不在家。西門慶那日，只在李瓶兒房中圍爐坐的。自從李瓶兒沒了，月娘教如意兒休勒上奶去，每日只餵奶來興女孩兒城兒。連日西門慶害腿疼，猛然想起任醫官與他延壽丹，用人乳吃。于是來到房中，教如意兒擠乳。那如意兒節間，頭上戴著黃霜霜簪環，滿頭花翠，勒著翠藍銷金汗巾，藍紬子襖兒，玉色雲段披襖兒，黃綿紬裙子，腳下沙綠路紬，白綾高底鞋兒，妝點打扮，比昔時不同。手上戴著四個烏銀戒指兒，坐在旁邊，打發吃了藥，又與西門慶斟酒哺菜兒。迎春打發吃了飯，走過隔壁，和春梅下棋去了。要茶要水，自有綉春在廚下打發。西門慶見丫鬟都不在屋裏，在炕上斜靠著背，一面旁邊放著果酌，斟酒自飲。因呼道：「章四兒，我的兒，我到明日尋出件好妝花段子比甲兒來，你正月十二日穿。」老婆道：「看爹可憐見。」西門慶道：「我兒，我心裏要在你身上燒炷香兒。」老婆道：「隨爹你揀著燒炷香兒。」西門慶令他關上房門，把裙子脫了，上炕來仰臥在枕上，底下穿著新做的大紅潞紬褲兒，褪下一隻褲腿來。西門慶袖內還有燒林氏剩下的三個燒酒浸的香馬兒，撇去他抹胸兒，一個坐在他心口內，一個坐在他小肚兒底下，一個安在他毬蓋子上，用安息香一齊點著。須臾，那香燒到肉根前，婦人蹙眉齧齒，忍其疼痛，口裏顫聲柔語，哼成一塊，沒口子叫：「達達爹爹，罷了我了，好難忍也！」西門慶便叫道：「章四兒淫婦，你是誰的老婆？」婦人道：「我是爹的老婆。」西門慶教與他：「你說是熊旺的老婆，今日屬了我的親達達了。』那婦人回應道：「淫婦原是熊旺的老婆，今日屬了我的親達達了！」兩個淫聲艷語，無般言語不說出來。正是：不知已透春消息，但覺形骸骨節鎔。有詩為證：

任君隨意薦霞盃，滿腔春事浩無涯。
一身徑藉東君愛，不管床頭墜寶釵。

當日西門慶燒了這老婆身上三處香，開門尋了一件玄色段子妝花比甲兒與他。

至晚月娘眾人來家，對西門慶說：「原來雲二嫂也懷著個大身子。俺兩個今日酒席上都遞了酒，說過到明日兩家若分娩了，若是一男一女，兩家結親做親家；若都是男子，同堂攻書；若是女兒，拜做姐妹，一處做針指，來往同親戚兒耍子。應二嫂做保證。」西門慶聽了話，笑言：「休饒舌。」到第二日，卻是潘金蓮上壽。西門慶早起往衙門中去了。分付小廝每抬出燈來，收拾揩抹乾淨，大廳捲棚各處掛燈，擺設錦帳圍屏，叫來興買下鮮果，晚夕上壽的東西，叫了小優。這潘金蓮早晨打扮出來，花妝粉抹，翠袖朱唇。走來大廳上，看見玳安與琴童站著高凳，在那裏掛燈，那三大盞珠子吊掛燈。笑嘻嘻說道：「我道是誰在這裏，原來是你每在這裏掛燈哩。」琴童道：「今日是五娘上壽，爹分付下俺每掛了燈，明日娘的生日好擺酒。晚夕小的每與娘磕頭，娘已定賞俺每哩。」婦人道：「要打便有，要賞可沒有！」琴童道：「耶噤，娘怎的沒打不說話，行動只把打放在頭裏？小的每是娘的兒女，娘看顧看顧兒便好，如何只說打起來！」婦人道：「賊囚，別要說嘴！你與他好生仔細掛那燈，沒的例兒搊兒的，拏不牢掉將下來。前日年裏為崔本來，說你爹大白日裏不見了，險了險，赦了一頓打，沒曾打。這遭兒可打成了！」琴童道：「娘只說破話，小的命兒薄薄的，又諕小的！」玳安道：「娘也不打聽，這個話兒娘怎得知？」婦人道：「宮外有株松，宮內有口鍾。鍾的聲兒，樹的影兒。我怎麼有個不知道的！昨日可是你爹對你大娘說，去年有賁四在家，還扎了幾架煙火放。今年他不在家，就沒人會扎。吃我說了兩句：『他不在家，左右有他老婆會扎，教他扎不是！』」玳安道：「娘說的甚麼話？一個夥計家，那裏有此事？」婦人道：「甚麼話？檀木靶！有此事，真個的！畫一道兒，只怕肏過界兒去了！」琴童道：「娘也休聽人說他，只怕賁四來家知道。」婦人道：「瞞那傻王八千來個！我只說那王八也是明王八，怪不的他往東京去的放心，丟下老婆在家，料莫他也不肯把毜閒著！賊囚根子每，別要說嘴！打夥兒替你爹做牽頭，勾引上了道兒，你每好圖躧狗尾兒❸！說的是也不是？敢說我知道，嗔道賊淫婦買禮來！與我也罷了，又送蒸酥與他大娘。另外又送一大盒瓜子兒與我，小買住我的嘴頭子。他是會養漢兒！我就猜沒別人，就知道是玳安兒這賊囚根子替他鋪謀定計。」玳安道：「娘屈殺小的，小的平白管他這勾當怎的？小的等閒也不往他屋裏去，娘也少聽韓回子老婆說話。他兩個為孩子好不嚷亂！常言：『要好不能夠，要歹登時就；房倒壓不殺人，舌頭倒壓殺人；聽者有，不聽者無。』論起來賁四娘子為人和氣，在咱門首住著，家中大小，沒曾惡識了一個人。誰人不在他屋裏討茶吃？莫不都養著？倒沒放處！」金蓮道：「我見那水眼淫婦，矮著個靶子，像個半頭磚也似的，把那水濟濟眼擠著，七八拏的杓兒舀，好個怪淫婦！他便和那韓道國老婆，那長大摔瓜淫婦，我不知怎的，掐了眼兒不待見他！」正說著，只見小玉走來說：「俺娘請五娘、潘姥姥來了，要轎子錢哩。」金蓮道：「我在這裏站著，他從多咱進去了？」琴童道：「姥姥打夾道裏，我送進去了。坐來的轎子，該他六分銀子轎子錢。」金蓮道：「我那得銀子？來人家來，不帶轎子錢兒走！」一面走到後邊，見了他娘，只顧不與他轎子錢，只說沒有。月娘道：「你與姥姥一錢銀子，寫帳就是了。」金蓮道：「我是不惹他，他的銀子都有數兒。只教我買東西，沒教我打發轎子錢！」坐了一回，大眼看小眼。外邊抬轎子的，催著要去。玉樓見不是事，向袖中拏出一錢銀子來，打發抬轎的去了。不一時，大妗子、二妗子、大師父來了。月娘擺茶吃了。潘姥姥歸到前邊他女兒房內來，被金蓮儘力數落了一頓，說道：「你沒轎子錢，誰教你來了？恁出醜刮面的，教人家小看！」潘姥姥道：

❸ 躧狗尾兒：跟在後面撈油水。躧，同踩。

「姐姐你沒與我個錢兒，老身那討個錢兒來？好容易賙辦了這分禮兒來！」婦人道：「指望問我要錢，我那裏討個錢兒與你？你看睜著眼，七個窟窿，倒有八個眼兒等著在這裏！今後你有轎子錢，便來他家來；沒轎子錢，別要來。料他家也沒少你這個窮親戚，休要傲打嘴的獻世包❹！關王買豆腐，人硬！我又聽不上人家那等毬聲顙氣。前日為你去了，和人家大嚷大鬧的，你知道？你罷了，驢糞毬兒面前光，卻不知裏面受恓惶！」幾句說的潘姥姥嗚嗚咽咽哭起來了。春梅道：「娘今日怎的只顧說起姥姥來了！」一面安撫老人家在裏邊炕上坐的，連忙點了盞茶與他吃。潘姥姥氣的在炕上睡了一覺，只見後邊請陪大妗子吃飯，纔起來往後邊去了。

西門慶從衙門中來家，正在上房擺飯。忽有玳安拏進帖兒來說：「荊老爹陞了東南統制，來拜爹。」西門慶見帖兒上寫「新陞東南統制兼督漕運總兵官荊忠頓首拜」。慌的西門慶令抬開飯桌，連忙穿衣冠帶，迎接出來。只見荊統制穿著大紅麒麟補服，渾金帶進來，後面跟著許多僚掾軍牢。一面讓至大廳上，敘禮畢，分賓主而坐。茶湯上來，待茶畢，荊統制說道：「前日陞官，勅書纔到。還未上任，逕來拜謝老翁。」西門慶道：「老總兵榮擢，恭喜！大才必有大用，自然之道。吾輩亦有光矣，容當拜賀。」一面：「請寬尊服，少坐一飯。」即令左右放桌兒。荊統制再三致謝道：「學生奉告老翁，一家尚未拜，還有許多薄冗，容日再來請教罷。」便逕起身。西門慶那裏肯放，隨令左右上來，寬去衣服，登時打抹春臺，收拾酒果上來。獸炭頻燒，煖簾低放；金壺斟玉液，翠盞貯羊羔。纔斟上酒來，只見鄭春、王相兩個小優兒來到，扒在面前磕頭。西門慶道：「你兩個如何這咱纔來？」問鄭春：「那一個叫甚名字？」鄭春

---

❹ 獻世包：即「現世報」。俗稱不肖子孫為「現世報」。

道：「他喚王相，是王桂的兄弟。」西門慶即令拏樂器上來彈唱，與你荊爺聽。須臾，兩個小優安放樂器停當，歌唱了一套齊景融和。左右拏上兩盤攢盒點心嗄飯，兩瓶酒，打發馬上人等。荊統制道：「這等就不是了。學生叨拜，下人又蒙賜饌，何以克當！」即令上來磕頭。西門慶道：「一二日房下還要潔誠請尊正老夫人賞燈一敘，望乞下降。仕座者惟老夫人、張親家夫人、同僚何天泉夫人，還有兩位舍親，再無他人。」荊統制道：「若老夫人尊票到，賤荊已定趨赴。」又問起：「周老總兵怎的不見陞轉？」荊統制道：「我聞得周菊軒也只在三月間，有京營之轉。」西門慶道：「這也罷了。」坐不多時，荊統制告辭起身。西門慶送出大門，看著上馬喝道而去。晚夕潘金蓮上壽，後廳小優彈唱，遞了酒，西門慶便起身往金蓮房中去了。月娘陪著大妗子、潘姥姥、女兒、郁大姐、兩個姑子，在上房坐的飲酒。潘金蓮便陪西門慶在他房內，從新又安排上酒來，與西門慶梯己遞酒磕頭。落後潘姥姥來了，金蓮打發他李瓶兒這邊歇臥。他便陪著西門慶自在飲酒作歡，玩耍做一處。

卻說潘姥姥到那邊屋裏，如意、迎春讓他熱炕上坐著。先是姥姥看見明間內，靈前供擺著許多獅仙五老定勝，樹果柑子，石榴蘋婆，雪梨鮮果，蒸酥點心，饊子蕪花，滿爐焚著末子香蠟，點著長明燈，桌上拴著銷金桌幃，旁邊掛著他影，穿大紅遍地金袍兒，錦裙繡襖，珠子挑牌，向前道了個問訊，說道：「姐姐好處生天去了！」因坐在炕下，向如意兒、迎春道：「你娘夠了，官人這等費心追薦，受這般大供養夠了！他是有福的。」如意兒道：「前日娘的白日，請姥姥怎的不來？門外花大妗子和大妗子，都在這裏來。十二個道士念經，好不大吹大打，揚播道場，水火煉度，晚上纔去了。」潘姥姥道：「幫年逼節，丟著個孩子在家，我來家中沒人，所以就不曾來。今日你楊姑娘怎的不見？」如意兒道：「姥姥還不知道，楊姑娘老病死了。從年裏俺娘念經就沒來。俺娘每都往北邊與他上祭去來。」潘姥姥道：「可傷！他大如我，我還不曉的他老人家沒了！嗔道今日怎的不見他！」說了一回楊姑娘。如意兒道：「姥姥有鍾兒甜酒兒，你老人家用些兒？」一面教：「迎春姐，你放小桌兒在炕上，篩甜酒與姥姥吃盃。」不一時取到，飲酒之間，婆子又題起李瓶兒來：「你娘好人，有仁義的姐姐，熱心腸兒。我但來這裏，沒曾把我老娘當外人看承。一到就是熱茶熱水與我吃，還只恨我不吃。夜間和我坐著說話兒。我臨家去，好歹包些甚麼兒與我拏了去，再沒曾空了我。不瞞姐姐你每說，我身上穿的這披襖兒，還是你娘與我的！正經我那冤家，半個折針兒也迸不出來與我！我老身不打誑語，阿彌陀佛，水米不打牙，他若肯與我一個錢兒，我滴了眼睛在地！你娘與了我些甚麼兒，他還說我小眼薄皮❺，愛人家的東西！想今日為轎子錢，你大包家拏著銀子，就替老身出幾分，便怎的！咬定牙兒，只說他沒有。倒教後邊西房裏姐姐，拏出一錢銀子來，打發抬轎的去了。歸到屋裏，還數落了我一頓：到明日有轎子錢，便教我來；沒轎子錢，休教我上門走！我這去了，不來了！來到這裏，沒的受他的氣！隨他去，有天下人心狠，不似俺這短壽命！姐姐你每聽著我說，老身若死了，他到明日不聽人說，還不知怎麼收成結果哩！想著你從七歲沒了老子，我怎的守你到如今？從小兒教你做針指，往余秀才家上女學去，替你怎麼纏手縛腳兒的。你天生就是這等聰明伶俐？到這步田地，他把娘喝過來斷過去，不看一眼兒！」如意兒道：「原來五娘從小兒上學來？嗔道恁題起來，就會識字深！」潘姥姥道：「他七歲兒上女學，上了三年，字倣也曾寫過；甚麼詩詞歌賦唱本上字不認的？」正說著，只見打的角門子響。如意兒道：「是誰叫門？」使綉春：「二

❺ 小眼薄皮：眼孔淺。

姐，你去瞧瞧去。」那綉春走來說：「是春梅姐來了。」如意兒連忙捏了潘姥姥一把手，就說道：「姥姥悄悄的，春梅來了。」潘姥姥道：「老身知道。他與我那冤家一條腿❻兒。」只見春梅進來，頭上翠花雲髻兒，羊皮金沿的珠子箍兒，藍綾對衿襖兒，黃綿紬裙子，金燈籠墜子，貂鼠圍脖兒，走來見眾人陪著潘姥姥吃酒，說道：「姥姥還沒睡哩？我來瞧瞧姥姥來了。」如意兒讓他坐。這春梅把裙子摟起，一屁股坐在炕上。迎春便緊挨著他坐。如意坐在右邊炕頭上，潘姥姥坐在當中，因問：「你爹和你娘睡了不曾？」春梅道：「剛纔吃了酒，打發他兩個睡下了。我來這邊瞧瞧姥姥，有幾樣菜兒，一壺兒酒，取了來和姥姥坐的。」因央及綉春：「你那邊教秋菊掇了來，我已是攢下了。」那綉春不一時，走過那邊，取了來。秋菊放盒内掇著菜兒，綉春提了一錫瓶金華酒。春梅分付秋菊：「你往房裏看去，聽著若叫我，來這裏對我說。」那秋菊把嘴谷都著去了。一面擺酒在炕桌上，都是燒鴨火腿、薰臘鵝、細鮓糟魚、果仁、鹹酸蜜食、海味之類，堆滿春臺。綉春關上角門，走進在旁邊陪坐。于是篩上酒來，春梅先遞了一鍾與潘姥姥，然後遞一鍾與如意兒，一鍾與迎春。綉春在旁邊炕兒上坐的。共五人坐，把酒來斟。春梅護衣碟兒内，每樣揀出遞與姥姥眾人吃，說道：「姥姥，這個都是整菜，你用些兒。」那婆子道：「我的姐姐，我老身吃。」因說道：「就是你娘，從來也沒費恁幾遍為他心齷齪，我也勸他，他就扛的我失了色！今早是姐姐你看著，我來你家討冷飯吃來了？你下老實那等扛我！」春梅道：「姥姥罷麼，你老人家只知其一，不知其二。俺娘他爭強不伏弱的性兒，比不同的六娘，銀錢自有。他本等手裏沒錢，你只說他不與你；別人不知道，我知道。像俺爹雖是抄的銀子放在屋裏，俺娘正眼兒也不看他的。若遇

❻ 一條腿：同心合意，走一條路。

著買花兒東西，明公正義問他要，不恁瞞藏背掖的；教人看小了他，他怎麼張著嘴兒說人！他本沒錢，姥姥怪他，就虧了他了。莫不我護他？也要個公道！」如意兒道：「錯怪了五娘。自古親兒骨肉，五娘有錢，不孝順姥姥，再與誰？常言道：『要打看娘面，千朵桃花一樹兒生❼。』到明日你老人家黃金入櫃，五娘他也沒個貼皮貼肉的親戚，就如死了俺娘樣兒！」婆子道：「我有今年沒明年，知道今日死明日死？我也不怪他。」春梅見婆子吃了兩鍾酒，韶刀上來了。便叫迎春：「二姐，你拏骰盆兒來，咱每擲個骰兒搶紅耍子兒罷。」不一時，取了四十個骰盆兒來。春梅先與如意兒擲，擲了一回，又與迎春擲，都是賭大鍾子。你一盞，我一鍾，須臾，竹葉穿心，桃花上臉，把一錫瓶酒吃的罄淨。迎春又拏上半罈麻姑酒來，也都吃了。約莫到二更時分，那潘姥姥老人家，熬不的，又早前靠後仰打起盹來，方纔散了。春梅便歸這邊來。推了推角門，開著；進入院內，只見秋菊正在明間板壁縫兒內，倚著春凳兒，聽他兩個在屋裏行房。怎的作聲喚，口中呼叫甚麼。正聽在熱鬧，不防春梅走來到跟前，向他腮頰上，儘力打了個耳刮子，罵道：「賊少死的囚奴，你平白在這裏聽甚麼！」打的秋菊睜睜的說道：「我這裏打盹，誰聽甚麼來？你就來打我？」不想房內婦人聽見，便問春梅：「他和誰說話？」春梅道：「沒有人。我使他關門，他不動。」于是替他摭過了。秋菊揉著眼，關上房門。春梅走到炕上，摘頭睡了，不在話下。

正是：鶬鶊有意留殘景，杜宇無情戀晚暉。

一宿晚景題過。次日，潘金蓮生日，有傅夥計、甘夥計、賁四娘子、崔本媳婦段大姐、吳舜臣媳婦鄭三姐、吳二妗子，都在這裏。西門慶約會吳大舅、應伯爵，整衣冠，尊瞻視，騎馬喝道，往何千戶家

❼ 千朵桃花一樹兒生：譬喻同胞弟兄姊妹。

赴席。那日也有許多官客，四個唱的，一起雜耍，周守禦同席。飲酒至晚回家，就在前邊和如意兒歇了。到初十日，發帖兒請眾官娘子吃酒。月娘便向西門慶說：「趁著十二日看燈酒，把門外他孟大姨和俺大姐，也帶著請來坐坐，省的教他知道惱，請人不請他。」西門慶道：「早是你說。」分付陳經濟：「再寫兩個帖，差琴童兒請去。」這潘金蓮在旁聽著多心，走到屋裏，一面攛掇把潘姥姥就要起身。月娘道：「姥姥，你慌去怎的？再消住一日兒是的。」金蓮道：「姐姐，大正月裏，他家裏丟著孩子沒人看，教他去罷。」慌的月娘裝了兩個盒子點心茶食，又與了他一錢轎子錢，管待打發去了。金蓮因對著李嬌兒說：「他明日請他有錢的大姨兒來看燈吃酒。一個老行貨子，觀眉觀眼的，不打發去了，平白教他在屋裏做甚麼？待要說是客人，沒好衣服穿；待要說是燒火的媽媽子，又不似。倒沒的教我惹氣！」西門慶使玳安兒送了兩個請書兒往招宣府，一個請林太太，一個請王三官兒娘子黃氏。又使他院中早叫李桂姐、吳銀兒、鄭愛月兒、洪四兒四個唱的，李銘、吳惠、鄭奉三個小優兒。不想那日賁四從東京來家，梳洗頭臉，打選衣帽齊整，來見西門慶磕頭，遞上夏指揮回書。西門慶問他：「如何住這些時不來？」賁四具言在京感冒打寒一節：「直到正月初二日，纔收拾起身回來。夏老爹多上覆老爹，多承看顧。」西門慶照舊還把鑰匙教與他管絨線鋪。另打一間，教吳二舅開鋪子賣紬絹。到明日松江貨船到，都卸在獅子街房內，同來保發賣。且教賁四叫花兒匠在家，攢造兩架煙火，十二日要放與堂客看。早約下應伯爵、謝希大、吳大舅、常時節四位，白日在廂房內坐的。晚夕只見應伯爵領了李三見西門慶，先道當日外承攬之事。坐下吃畢茶，方纔說起：「李三哥來，今有一宗買賣與你說，你做不做？」西門慶道：「端的甚麼買賣，你說來？」李三道：「今有朝庭東京行下文書，天下十三省，每省要萬兩銀子的古器。咱這東平府坐派著二萬兩，批文在巡按處，還未下來。如今大街上張二官府破二百兩銀子幹這宗批要做，都看有一萬兩銀子尋。小人會了二叔，敬來對老爹說。老爹若做，張二官府拏出五千兩來，老爹拏出五千兩來，兩家合著做這宗買賣。左右沒人，這邊是二叔和小人與黃四哥，他那邊還有兩個夥計，二八分錢使。未知老爹意下何如？」西門慶問道：「是甚麼古器？」李三道：「老爹還不知。如今朝庭皇城內新蓋的艮嶽，改為壽岳，上面起蓋許多亭臺殿閣；又建上清寶籙宮會真堂璇神殿；又是安妃娘娘梳妝閣；都用著這珍禽奇獸，周彝商鼎，漢篆秦爐，宣王石鼓，歷代銅鞮，仙人掌，承露盤，並希世古董玩器擺設。好不大興工程，好少錢糧！」西門慶聽了，說道：「比是我與人家打夥兒做，我自家做了罷。敢量我拏不出這一二萬銀子來？」李三道：「得老爹全做，又好了！俺每就瞞著他那邊了。左右這邊二叔和俺每兩個，再沒人。」伯爵道：「哥家裏還添個人兒不添？」西門慶道：「到跟前，再添上賁四替你每走跳就是了。」西門慶又問道：「批文在那裏？」李三道：「還在巡按上邊，沒發下來哩。」西門慶道：「不打緊，我這差人寫封書，封些禮，問宋松原討將來就是了。」李三道：「老爹若討去，不可遲滯。自古兵貴神速，先下米的先吃飯。誠恐遲了，行到府裏，吃別人家幹的去了。」西門慶笑道：「不怕他。設使就行到府裏，我也還教宋松原拏回去就是；胡府尹我也認的。」于是留李三、伯爵同吃了飯，約會：「我如今就寫書，明日差小价去。」李三道：「又一件，宋老爹如今按院不在這裏了。從前日起身，往兖州府盤查去了。」西門慶道：「你明日就同小价往兖州府走遭。」李三道：「不打緊，等我去，來回破五六日罷了。老爹差那位管家？等我會下，有了書，教他往我那裏歇。明日我同他好早起身。」西門慶道：「別人你宋老爹不認的。他常喜的是春鴻，教春鴻、來爵一時兩個去罷。」于是叫他二人到面前，會了李三，晚夕往他家宿歇。伯爵道：「這等纔好，事要早幹。高才疾足者先得之！」于是與李三吃畢飯，告辭而去。西門慶隨即教陳經濟寫了書，又封了十兩葉子黃金，在書帕內，與春鴻、來爵二人，分付路上仔細：「若討了批文，即便早來；若是行到府裏，問你宋老爹討張票，問府裏要。」來爵道：「爹不消分付，小的曾在兗州答應過徐參議，小的知道。」于是領了書禮，打在身邊，逕往李三家去了。

不說十一日來爵、春鴻同李三早顧了長行頭口，往兗州府去了。卻說十二日，西門慶家中請各堂客飲酒，那日在家不出門，約下吳大舅、應伯爵、謝希大、常時節四位，晚夕來在捲棚內賞燈飲酒。王皇親家樂小廝，從早晨就挑了箱子來了，在前邊廂房做戲房。堂客到，打銅鑼銅鼓迎接。周守禦娘子有眼疾，不得來，差人來回。又是荊統制娘子、張團練娘子、雲指揮娘子，並喬親家母、崔親家母、吳大姨、孟大妗都先到了。只有何千戶娘子、王三官母親林太太，並王三官娘子不見到。西門慶使排軍玳安、琴童兒，來回催邀了兩三遍，又使文嫂兒催邀。午間，只見林氏一頂大轎，一頂小轎跟了來。見了禮，請西門慶拜見。問：「怎的三官娘子不來？」林氏道：「小兒不在，家中沒人。」拜畢下來。只有何千戶娘子，直到晌午大錯纔來。坐著四人大轎，一個家人媳婦，坐小轎跟隨，排軍抬著衣箱，又是兩位青衣家人，緊扶著轎竿。到二門裏纔下轎，前邊鼓樂吹打迎接。吳月娘眾姊妹，迎至儀門首。西門慶悄悄在西廂房放下簾來，偷瞧見這藍氏，年約不上二十歲，生的長挑身材，打扮的如粉妝玉琢。頭上珠翠堆滿，鳳翹雙插。身穿大紅通袖五彩妝花四獸麒麟袍兒，繫著金鑲碧玉帶，下襯著花錦藍裙，兩邊禁步叮噹，麝蘭香噴。但見：儀容嬌媚，體態輕盈。姿性兒百伶百俐，身段兒不短不長。細彎彎兩道蛾眉，直侵入鬢；滴溜溜一雙鳳眼，來往踅人。嬌聲兒似囀日流鶯，嫩腰兒似弄風楊柳，端的是綺羅隊裏生來，卻壓豪華氣象；珠翠叢中長大，那堪雅淡梳妝。開遍海棠花，也不問夜來多少；飄殘楊柳絮，竟不知春色如何。要知他半點真情，除非是穿綺窗皓月；能施他一腔心事，卻便似翻繡幌清風。輕移蓮步，有蕊珠仙子之風流；款蹙湘裙，似水月觀音之態度。正是：比花花解語，比玉玉生香！這西門慶不見則已，一見魂飛天外，魄喪九宵。未曾體交，精魄先失。少頃，月娘等迎接，進入後堂相見。敘禮已畢，請西門慶拜見。西門慶得不的這一聲，連忙整衣冠行禮，恍若瓊林玉樹臨凡，神女巫山降下。躬身施禮，心搖目蕩，不能禁止。拜見畢，下來。先在捲棚內放桌兒擺茶，極盡希奇美饌。然後大廳上坐陳水陸珍羞，正面設石崇錦帳圍屏，四下鋪玳筵廣席。花燈高挑，綵繩半拽。雕梁錦幕低垂，畫燭齊明寶蓋。魚龍山戲，恍一片珠璣；殿閣樓臺，簇千團翡翠。左邊廂，九姊十妹美人圖畫丹青；右首下，九曜八洞神仙妝成金碧。吃的是龍肝鳳髓，熊掌駝峰。歌的是錦瑟銀箏，鳳簫象管。鼉鼓鼕鼕驚過鳥，歌喉囀囀遏行雲。席上嬌嬈，盡是珠圍翠繞；階下腳色，皆按離合悲歡。正是：得多少進酒丫鬟雙落浦，獻羹侍妾兩嫦娥。

當下林太太上席，戲文扮的是小天香半夜朝元記。唱了兩摺下來，李桂姐、吳銀兒、鄭月兒、洪四兒四個唱的上去彈唱。唱燈詞「錦繡花燈半空挑」。西門慶在捲棚內，自有吳大舅、應伯爵、謝希大、常時節陪著吃酒；李銘、吳惠、鄭奉三個小優兒彈唱伺候。不住下來大廳格子外，往裏觀覷。這各家跟轎子家人伴當，自有酒饌，前廳管待，不必細說。看官聽說：明月不常圓，彩雲容易散；樂極悲生，否極泰來，自然之理。西門慶但知爭名奪利，縱意奢淫。殊不知天道惡盈，鬼錄來追，死限臨頭。到晚夕，堂中點起燈來，小優兒彈唱燈詞。還未到起更時分，西門慶正陪著人坐的，就在席上齁齁的打起睡來。伯爵便行令猜枚，鬼混他，說道：「哥，你今日沒高興，怎的只打睡？」西門慶道：「我昨日沒曾睡，不知怎的，今日只是沒精神打睡。」只見四個唱的下來。伯爵教兩個唱燈詞，兩個遞了酒。當下洪四兒與鄭月兒兩個彈著箏琵琶唱，吳銀兒與李桂姐遞酒。正耍在熱鬧處，忽玳安來報：「林太太與何老爹娘子起身了。」這西門慶下席來，黑影裏走到二門裏首，偷看著他上轎。月娘眾人送出來，前邊天井內看放煙火。藍氏穿著大紅遍地金貂鼠皮襖，翠藍遍地金裙。林太太是白綾襖兒，貂鼠披，大紅裙，帶著金鐸玉珮。家人打著燈籠，簇擁上轎而去。這西門慶正是餓眼將穿，饞涎空嚥，恨不能就要成雙。見藍氏去了，悄悄從夾道進來。當時沒巧不成語，姻緣會湊，可霎作怪！不想來爵兒媳婦見堂客散了，正從後邊歸來開他房門。不想頂頭撞見西門慶，沒處藏躲。原來西門慶見媳婦子生的喬樣，安心已久。雖然不及來旺妻宋氏風流，也頗充得過第二。于是乘著酒興兒，雙關接進他房中親嘴。這老婆當初在王皇親家，因是養了主子，被家人不忿攘鬧，打發出來。今日又撞著這個道路，如何不從了。一面就遞舌頭在西門慶口中。兩個解衣褪褲，就按在炕沿子上，掇起腿來，被西門慶就聳了個不亦樂乎。正是：未曾得遇鶯娘面，且把紅娘去解饞。有詩為證：

燈月交光浸玉壺，分得清光照綠珠。
莫道使君終有婦，教人桑下覓羅敷。

畢竟未知後來何如，且聽下回分解。

第七十九回　西門慶貪慾得病　吳月娘墓生產子

仁者難逢思有常，閒居慎勿恃無傷。
爭先徑路機關惡，近後語言滋味長。
爽口物多終妨病，快心事過必為殃。
與其病後能求藥，不若病前能自防。

此八句詩，乃邵堯夫所作，皆言天道福善，鬼神惡盈。作善降之百祥，作不善降之百殃。西門慶自知淫人妻子，而不知死之將至。當日在夾道內姦耍了來爵老婆，走到捲棚內陪吳大舅、應伯爵、謝希大、常時節飲酒。荊統制娘子、張團練娘子、喬親家母、崔親家母、吳大姨、吳大妗子、段大姐坐了好一回，上罷元宵圓子，方纔起身，告辭上轎家去了。大妗子那日，同吳舜臣媳婦，都家去了。陳經濟打發王皇親戲子二兩銀子唱錢，酒食管待出門。只見四個唱的並小優，還在捲棚內彈唱遞酒。伯爵向西門慶說道：「明日花大哥生日，哥你送了禮去不曾？」西門慶說道：「我早晨送過去了。」玳安道：「花大舅那裏頭裏使來定兒送請帖兒來了。」伯爵道：「哥，你明日去不去？我好來會你。」西門慶道：「到明日看，再不你先去罷，我慢慢兒去遞盃酒。」四個唱的後邊去了。李銘等上來彈唱。那西門慶不住只是在椅子上打睡。吳大舅道：「姐夫連日辛苦了。罷罷，咱每告辭罷。」于是起身。那西門慶又不肯，只顧攔著留坐。到二更時分纔散。西門慶先打發四個唱的轎子去了。拏大鍾賞李銘等三人，每人兩鍾酒，與了六錢唱錢。臨出門，叫回李銘分付：「我十五日要請你周爺和你荊爺、何老爹眾位，你早替叫下四個唱的，休要誤了。」李銘跪下稟問：「爹叫那四個？」西門慶道：「樊百家奴兒、秦玉芝兒，前日何老爹那裏唱的一個馮金寶兒並呂賽兒，好歹叫了來。」李銘應諾：「小的知道了。」磕了頭去了。西門慶歸後邊月娘房裏來。月娘告訴：「今日林太太在席，與荊大人娘子，好不喜歡！坐到那咱晚纔去了。荊大人娘子在酒席上，再三謝我說：『蒙老爹扶持，但得好處，不敢有忘！』也在出月，往淮上催儹糧運去也。」又說：「何大人娘子，今日也吃了好些酒，喜歡六姐。又引到那邊花園山子上瞧了瞧。今日各項也賞唱的許多東西。」說畢，西門慶就在上房歇了。到半夜，月娘做了一夢。天明告訴西門慶說道：「敢是我日裏看見他林太太穿著大紅絨袍兒，我黑夜就夢見你從李大姐箱子內，尋出一件大紅絨袍兒，與我穿在身上。被潘六姐劈手奪了去，披在他身上。教我就惱了，說道：『他的皮襖你要的去穿了罷了，這件袍兒你又來奪！』他使性兒，把袍兒上身扯了一道大口子。吃我大吆喝，和他罵嚷，嚷嚷著，就醒了，不想卻是南柯一夢！」西門慶道：「你從睡夢中，只顧氣罵不止？不打緊，我到明日替你尋一件穿就是了。自古夢是心頭想。」到次日起來，頭沈，懶待往衙門中去。梳頭淨面，穿上衣裳，走來前邊書房中籠上火，那裏坐的。只見玉簫早晨來如意兒房中，擠了半甌子奶，逕到廂房與西門慶吃藥。見西門慶倚靠床上，有王經替他打腿。王經見玉簫來，就出去了。玉簫打發他吃了藥，西門慶使他拏了一對金裹頭簪兒，四個烏銀戒指兒，教他送到來爵媳婦子屋裏去。那玉簫聽見主子使他幹此營生，又似來旺媳婦子那一本帳，連忙鑽頭覓縫袖的去了。送到了物事，還走來回西門慶話，說道：「收了，改日與爹磕頭。」拏回空甌子兒到上房。月娘問他：「你爹吃了藥了？在廂房內做甚麼哩？」玉簫道：「沒言語。」月娘道：「你替他熬粥下來。」約莫等飯時前後，還不見進來。原來王經捎帶了他姐姐王六兒一包兒物事，遞與西門慶瞧，就請西門慶往他家去。西門慶打開紙包兒，卻是老婆剪下一柳黑鬒鬒光油油的青絲，用五色絨纏就的一個同心結托兒，用兩根錦帶兒拴著，安放在塵柄根下，做的十分細巧工夫。那一件是兩個口的鴛鴦紫遍地金順袋兒，都緝著迴紋錦繡，裏邊盛著瓜穰兒。西門慶觀玩良久，滿心歡喜。遂把順袋放在書廚內，錦托兒褪于袖中。正在凝思之際，忽見吳月娘驀地走來，掀開簾子，見躺在床上，王經扒著替他打腿。便說道：「你怎的只顧在前頭，就不進去了？屋裏擺下粥了。你告我說，你心裏怎的？只是恁沒精神！」西門慶道：「不知怎的，心中只是不耐煩，害腿疼。」月娘道：「想必是春氣起了。你吃了藥，也等慢慢來。」一面請到房中，打發他吃了粥。因說道：「大節下，你也打起精神兒來。今日門外花大舅生日，請你往那裏走走去。再不叫將應二哥來，同你坐坐。」西門慶道：「他也不在了，與花大舅做生日去了。你整治下酒菜兒，我往燈市鋪子內，和他二舅吃回酒坐坐罷。」月娘道：「你備馬去，我教丫鬟整理。」這西門慶一面分付玳安備馬，王經跟隨，穿上衣裳，逕到獅子街燈市裏來。但見燈市中車馬轟雷，燈毬燦綵，遊人如蟻，十分熱鬧。有詩為證：

太平時序好風催，羅綺爭馳鬥錦迴。
鼇山高聳青雲上，何處遊人不看來。

西門慶看了回燈，到獅子街房子門首下馬，進入裏面坐下。慌的吳二舅、賁四都來聲喏。門首買賣，甚是興盛。來昭妻一丈青，又早書房內籠下火，拏茶吃了。不一時，家中吳月娘使琴童兒、來安兒，拏了兩方盒點心上嗄飯菜蔬，鋪內有南邊帶來豆酒，打開一罈，擺在樓上，坐著炭火，請吳二舅與賁四輪番吃酒。樓窗外就著見燈市往來人煙不斷，諸行貨殖如山。吃至飯後的時分，西門慶使王經對王六兒說去。王六兒聽見西門慶來，家中又整治下春臺果盒酒肴等候。西門慶分付來昭：「將這一桌酒菜晚夕留著，與二舅、賁四在此上宿吃，不消拏回家去了。」又教琴童提送一罈酒過王六兒這邊來。西門慶于是騎馬，逕到他家。婦人打扮迎接，到明間內，插燭也似磕了四個頭。西門慶說道：「迭承你厚禮，怎的兩次請你不去？」王六兒道：「爹倒說的好，我家中再有誰？不知怎的，這兩日只是心裏不好，茶飯兒也懶吃，做事沒入腳處！」西門慶道：「敢是想你家老公？」婦人道：「我那裏想他，倒是見爹這一向不來，不知怎的怠慢著爹了，爹把我網巾圈兒打靠後了，只怕另有個心上的人兒了！」西門慶笑道：「那裏有這個道理？倒因家中節間擺酒，忙了兩日。」婦人道：「說昨日爹家中請堂客來？」西門慶道：「便是你大娘吃過人家兩席節酒，須得請人回席。」婦人道：「請了那幾位堂客？」西門慶便說某人某人，從頭訴說一遍。婦人道：「看燈酒兒，只請要緊的，就不請俺每請兒了？」西門慶道：「不打緊，到明日正月十六日，還有一席，可請你每眾夥計娘子走走去。是必到跟前，又推故不去著？」婦人道：「娘若賞個帖兒來，怎敢不去？不是因前日他小大姐罵了申二姐，教他好不抱怨說俺每。他那日要不去來，倒是俺每攛掇了他去了。落後罵了來，好不在這裏哭。俺每倒沒意思刺刺的！落後又教爹娘費心，送了盒子，並那一兩銀子來安撫了他，纔罷了。不知原來家中小大姐這等躁暴性子，就是打狗，也看主人面！」西門慶道：「你不知這小油嘴，他好不兜䏲❶的性，著緊把我也擦扛❷的眼直直的！也沒見他，教你唱，唱個兒與他聽罷了。誰教你不唱，又說他來？」婦人道：「耶嚛，耶嚛，他對我說，他幾時說他來！走來指著臉子，就罵他起身；罵的他來在我這裏，好不醜的三行鼻涕兩行眼淚的哭！我這裏留他住了一夜，纔打發他去了。」說了一回，丫鬟拏茶吃了。小廝進財兒買了點心鮮魚嗄飯來，老馮婆子在廚下整理，又走來上邊與西門慶磕頭。西門慶與了他約三四錢一塊銀子，說道：「從你娘沒了，就不常往我那裏走走去？」婦人道：「沒他的主兒，那裏著落？倒常時來我這邊和我做伴兒。」不一時，房中收拾乾淨，婦人請西門慶房中坐的，問：「爹用了午飯不曾？」西門慶道：「我早晨家中吃了些粥，剛纔陪你二舅又吃了兩個點心，且不吃甚麼哩。」一面放桌兒，設擺春臺，安排上酒來。桌上無非是節食美饌，佳肴果菜之類。婦人令王經打開荳酒，篩將上來，陪西門慶做一處飲酒。婦人問道：「我捎來的那物件兒，爹看見來？都是奴旋剪下頂中一柳頭髮親手做的。管情爹見了愛。」西門慶道：「多謝你厚情。」飲至半酣，見房內無人，西門慶摟婦人坐在懷內，兩個一遞一口飲酒咂舌頭。婦人把果仁兒用舌尖哺與西門慶吃，直玩笑吃至掌燈。馮媽媽廚下做了豬肉韮菜餅兒拏上來，婦人陪西門慶每人吃了兩個，丫鬟收下去。兩個在裏間廂成的煖炕上，撩開錦幔，二人解衣就寢。婦人知道西門慶好點著燈行房，把燈臺移在明間炕邊一張桌上安放，一面將紙門關上，換了一雙大紅潞紬白綾平底鞋兒，穿在腳上，脫了褲兒，鑽在被窩裏，與西門慶做一處，相摟相抱睡了一回。原來西門慶心中，只想著何千戶娘子藍氏，慾情如火，

❶ 兜䏲：大膽。兜，應作「斗」。

❷ 擦扛：頂撞。

心中還不美意，起來披上白綾小襖，坐在一隻枕頭上，婦人仰臥，尋出兩條腳帶，把婦人兩隻腳拴在兩邊護炕柱兒上，這西門慶乘其酒興，把燈光挪近跟前，燈光影裏，見他兩隻腿兒，穿著大紅鞋兒，白生生腿兒，蹺在兩邊，吊的高高的，其興不可遏。因口呼道：「淫婦，你想我不想？」婦人道：「我怎麼不想達達，只要你松柏兒冬夏長青，便好，休要日遠月疏，玩耍膩了，把奴來也不理，奴就想死了罷了！敢和誰說？有誰知道？比是俺那王八來家，我也不和他說。想他恁在外邊做買賣，有錢不養老婆的，他肯掛念我？」西門慶道：「我的兒，你若一心在我身上，等他在家，我爽利替他另娶一個，你只長遠等著我便了。」婦人道：「我達達，等他來家，好歹替他娶了一個罷！或把我放在外頭，或是招我到家去，隨你心裏。淫婦爽利把不值錢的身子，拚與達達罷，無有個不依你的。」西門慶道：「我知道。」兩個說話之間，又幹夠兩頓飯時，方纔解卸下婦人腳帶來，摟在被窩內，並頭交股，醉眼朦朧，一覺直睡到三更天氣方醒。西門慶起來穿衣淨手。婦人開了房門，叫丫鬟進來，再添美饌，復飲香醪，滿斟煖酒，又陪西門慶吃了十數盃，不覺醉上來，纔點茶來漱了口，向袖中掏出一紙帖兒，遞與婦人：「問甘夥計鋪子裏取一套衣服你穿，隨你要甚花樣。」那婦人萬福謝了，送出門，王經打著燈籠，玳安、琴童籠著馬，打發上了馬，婦人方纔關門。這西門慶身穿紫羊羢褶子，圍著風領，騎在馬上。那時也有三更時分，天氣有些陰雲，昏昏慘慘的月色，街市上靜悄悄，九衢澄淨，鳴柝喝號提鈴。打馬正過之次，剛走到西首那石橋兒跟前，忽然見一個黑影子，從橋底下鑽出來，向西門慶一拾，那馬見了，只一驚躲，西門慶在馬上打了個冷戰，醉中把馬加了一鞭，那馬搖了搖鬃，玳安、琴童兩個用力拉著嚼環，收煞不住，雲飛般望家奔將來，直跑到家門首方止。王經打著燈籠，後邊跟不上。西門慶下馬，腿軟了，被左右扶進，逕往前邊潘金蓮房中來。此這一不來，倒好；若來，正是：失曉人家逢五道，溟冷餓鬼撞鍾馗。

原來金蓮從後邊來，還沒睡，渾衣倒在炕上，等待西門慶。聽見來了，慌的一砧碌扒起來，向前替他接衣服。見他吃的酩酊大醉，也不敢問他。這西門慶隻手搭伏著他肩膊上，摟在懷裏，口中喃喃吶吶說道：「小淫婦兒，你達達今日醉了，收拾鋪我睡也。」那婦人扶他上炕，打發他歇下。那西門慶丟倒頭在枕頭上，鼾睡如雷，再搖也搖不醒。然後婦人脫了衣裳，鑽在被窩內，慢慢用手腰裏摸他那話，猶如綿軟，再沒些硬朗氣兒，更不知在誰家來？翻來覆去，怎禁那慾火燒身，淫心蕩意。不住用手只顧捏弄，蹲下身子，被窩內替他百計品咂，只是不起。急的婦人要不的。因問西門慶：「和尚藥在那裏放著哩？」推了半日，推醒了。西門慶酩子裏罵道：「怪小淫婦，只顧問怎的？你又教達達擺布你？你達今日懶待動旦。藥在我袖中金穿心盒兒內，你拏來吃了，有本事品弄的他起來，是你造化。」那婦人便去袖內摸出穿心盒來，打開裏面，只剩下三四丸藥兒。這婦人取過燒酒壺來，斟了一鍾酒，自己吃了一丸。還剩下三丸，恐怕力不效，千不合萬不合，拏燒酒都送到西門慶口內。醉了的人，曉得甚麼，合著眼只顧吃下去。那消一盞熱茶時，藥力發作起來。婦人將白綾帶子拴在根上，那話躍然而起。西門慶由著他撥弄，只是不理。婦人情不能當，以舌親于西門慶口中，兩手摟著他脖項，比三鼓，凡五換巾帕，西門慶只是不泄。一回，害箍脹的慌，令婦人把根下帶子去了，還發脹不已。又勒勾約一頓飯時，那管中之精，猛然一股，冒將出來，猶水銀之瀉筒中相似，只顧流將起來。初時還是精液，往後盡是血水出來，再無個收救。西門慶已昏迷去，四肢不收。婦人也慌了，急取紅棗與他吃下去。精盡繼之以血，血盡出其冷氣而已。良久方止。婦人慌做一團，便摟著西門慶問道：「我的哥哥，你心裏覺怎麼的？」西門慶甦省了一回，方言：「我頭目森森然，莫知所以。」婦人道：「你今日怎的流出恁許多來？」更不說他用的藥多了。看官聽說：一己精神有限，天下色慾無窮。又曰：「嗜慾深者，其天機淺。」西門慶自知貪淫樂色，更不知油枯燈盡，髓竭人亡。原來這女色坑陷得人有成時必有敗。古人有幾句格言道得好：

花面金剛，玉體魔王，綺羅妝做豺狼。法場斗帳，獄牢牙床，柳眉刀，星眼劍，絳唇鎗。口美舌香，蛇蝎心腸，共他者無不遭殃！纖塵入水，片雪投湯。秦楚強，吳越壯，為他亡！早知色是傷人劍，殺盡世人人不防！

二八佳人體似酥，腰間仗劍斬愚夫。
雖然不見人頭落，暗裏教君骨髓枯！

一宿晚景題過，到次日清早晨，西門慶起來梳頭，忽然一陣暈起來，望前一頭搶將去。早被春梅雙手扶住，不曾跌著，磕傷了頭臉。在椅子上坐了半日，方纔回過來。慌的金蓮連忙問道：「只怕你空心虛弱，且坐著吃些甚麼兒著出去也不遲。」一面使秋菊：「後邊取粥來，與你爹吃。」那秋菊走到後邊廚下，問雪娥：「熬的粥怎麼了？爹如此這般，今早起來害頭暈，跌了一交，如今要吃粥哩！」不想被月娘聽見，叫了秋菊，問其端的，秋菊悉把西門慶梳頭，頭暈跌倒之事，告訴一遍。月娘不聽便了，聽了魂飛天外，魄散九霄。一面分付雪娥快熬粥，一面走來金蓮房中看視。見西門慶坐在椅上，問道：「你今日怎的頭暈？」西門慶道：「我不知怎的，剛纔就頭暈起來。」金蓮道：「早時我和春梅在跟前扶住了。不然，好輕身子兒，這一交和你善哩！」月娘道：「敢是你昨日來家晚了，酒多了，頭沈？」金蓮道：「昨日往誰家吃酒，這咱晚纔來？」月娘道：「他昨日和他二舅在鋪子裏吃酒來。」不一時，雪娥熬了粥，教秋菊拏著，打發西門慶吃。那西門慶拏起粥來，只吃了半甌兒，懶待吃，就放下了。月娘道：「你心裏覺怎的？」西門慶道：「我不怎麼，只是身子虛飄飄的，懶待動旦。」月娘道：「你今日不往衙門中去罷？」西門慶道：「我不去了。消一回，我往前邊看著姐夫寫了帖兒，發帖兒去，十五日請周菊軒、荊南崗、何大人他每眾官客吃酒。」月娘道：「你今日還沒吃藥，取奶來，把那藥你再吃上一服。是你連日張羅的，你有著辛苦勞碌了。」一面教春梅問如意兒擠了奶來，用盞兒盛著，教西門慶吃了藥，起身往前邊去。春梅扶著，剛走到花園角門首，覺眼便黑了，身子晃晃蕩蕩，做不的主兒，只要倒。春梅又扶回來了。月娘道：「依我，且歇兩日兒，請人也罷了。那裏在乎這一時上！今日在屋裏將息兩日兒，不出去罷。」因說：「你心裏要吃甚麼？我往後邊教丫鬟做來與你吃。」西門慶道：「我心裏不想吃。」月娘到後邊，從新又審問金蓮：「他昨日來家不醉？再沒曾吃酒？與你行甚麼事？」那金蓮聽了，恨不的生出幾個口來，說一千個沒有：「姐姐，你沒的說。他那咱晚來了，醉的行禮兒也不顧的，還問我要燒酒吃。教我拏茶當酒與他吃，只說沒了酒，好好打發他睡了。自從姐姐那等說了，誰和他有甚事來？倒沒的羞人子剌剌的！倒只怕外邊別處有了事來？俺每不知道。若說家裏，可是沒絲毫事兒！」月娘一面和玉樓都坐在一處，叫了玳安、琴童兩個，到跟前審問他：「你爹昨日在那裏吃酒來？你實說便罷，不然有一差二錯，就在你這兩個囚根子身上！」那玳安咬定牙，只說：「獅子街和二舅、賁四吃酒，再沒往那裏去。」落後叫將吳二舅來問他。二舅道：「姐夫只陪俺每吃了沒多大回酒，就起身往別處去了。」這吳月娘聽了，心中大怒。待二舅去了，把玳安、琴童儘力數罵了一頓，要打他二人。二人慌了，方纔說出昨日在韓道國老婆家吃酒來。那潘金蓮得不的一聲，就來了，說道：「姐姐，剛纔就埋怨起俺每來，正是冤殺旁人笑殺賊！俺每人人有面，樹樹有皮。姐姐那等說來，莫不俺每成日把這件事放在頭裏！」又道：「姐姐，你再問這兩個囚根子，前日你往何千戶家吃酒，他爹也是那咱時分纔來，不知在誰家來？誰家一個拜年，拜到那咱晚！」玳安又生恐琴童說出來，隱瞞不住，遂把私通林太太之事，具說一遍。月娘方纔信了，說道：「嗔道教我拏帖兒請他！我還說人生面不熟，他不肯來。怎知和他有連手！我說恁大年紀，描眉畫鬢兒的，搽的那臉倒像膩抹兒抹的一般，乾淨是個老浪貨！」玉樓道：「姐姐，沒見一個兒子也長恁大，大兒大婦，還幹這個營生！忍不住嫁了個漢子，也休要出這個醜！」金蓮道：「那老淫婦有甚麼廉恥！」月娘道：「我說只怕他不來，誰想他浪搧著來了！」金蓮道：「這個姐姐纔顯出個皂白來了！相韓道國家這個淫婦，姐姐還嗔我罵他罷？乾淨一家子都養漢，是個明王八！把個王八花子也栽派將來，早晚好做勾使鬼！」月娘道：「王三官兒娘，你還罵他老淫婦；他說你從小兒在他家使喚來！」那金蓮不聽便罷，聽了把臉掣耳朵帶脖子紅了，便罵道：「汗邪了那賊老淫婦！我平白在他家做甚麼？還是我姨娘在他家緊隔壁住。他家有個花園。俺每小時在俺姨娘家住，常過去和他家伴姑兒耍去，就說我在他家來，我認的他甚麼？是個張眼露睛的老淫婦！」月娘道：「你看那嘴頭子，人和你說話，你罵他！」那金蓮一聲兒就不言語了。金蓮主張雪娥做了些水角兒，拏了前邊與西門慶吃。正走到儀門首，只見平安兒逕直往花園中走，被金蓮叫住，問道：「你做甚麼？」平安兒道：「李銘叫了四個唱的，十五日擺酒，因來回話，問擺的成擺不成？我說還未發帖兒哩。他不信，教我進來稟爹。」月娘罵道：「怪賊奴才，還擺甚麼酒？問甚麼？還不回那王八去哩，還來稟爹娘哩！」把平安兒罵的往外金命水命，走投無命！月娘走到金蓮房中，看著西門慶只吃了三四個水角兒，就不吃了。因說道：「李銘來回唱的，教我回倒他酒且擺不成，改了日子了，他去了。」西門慶點頭兒。

西門慶自知一兩日好些出來。誰知過了一夜，到次日，下邊虛陽腫脹，不便處發出紅暈來了，連腎囊都腫的明滴溜如茄子大。但溺尿，尿管中猶如刀子犁的一般。溺一遭，疼一遭。外邊排軍伴當備下馬伺候，還等西門慶往衙門裏大發放。不想又添出這樣症候來！月娘道：「你依我，拏帖兒回了何大人，在家調理兩日兒，不去罷。你身子恁虛弱，趁早使小廝請了任醫官教瞧瞧。你吃他兩貼藥過來，休要只顧耽著，不是事！你偌大的身量，兩日通沒大好吃甚麼兒，如何禁的？」那西門慶只是不肯吐口兒請太醫，只說：「我不妨事。過兩日兒好了，我還出去。」雖故差人拏帖兒，送假牌往衙門裏去，在床上睡著，只是急躁沒好氣。應伯爵打聽得知，走來看他。西門慶請至金蓮房中坐的。伯爵聲喏道：「前日打攪哥，不知哥哥心中不好。嗔道花大舅那裏不去。」西門慶道：「我心中若好時，我去了。不知怎的懶待動旦！」伯爵道：「哥，你如今心內怎樣的？」西門慶道：「不怎的，只是有些頭暈起來，身子軟，走不的。」伯爵道：「我見你面容發紅色，只怕是火。教人看來不曾？」西門慶道：「房下說請任后溪來看我。我說又沒甚大病，怎好請他的？」伯爵道：「哥你這個就差了。還請他來看，看怎的說。吃兩貼藥，散開這火，就好了。春氣起，人都是這等，痰火舉發舉發。昨日李銘撞見我，說你使他叫唱的，今日請人擺酒；說你心中不好，改了日子。把我諕了一跳，教我今日早來看看哥。」西門慶道：「我今日連衙門中拜牌也沒去，送假牌去了。」伯爵道：「可知去不的。大調理兩個日兒出門。」吃畢茶，道：「我去罷，再來看哥。李桂姐會了吳銀兒，也要來看你哩。」西門慶道：「你吃了飯去。」伯爵道：「我一些不吃。」揚長出去了。西門慶于是使琴童兒往門外請了任醫官來，進房中診了脈，說道：「老先生此貴恙，乃虛火上炎，腎水下竭，不能既濟，乃是脫陽之症。須是補其陰虛，方纔好得。」說畢，作辭起身去了。封了五星銀子，討將藥來吃了，止住了頭暈，身子依舊還軟，起不來，下邊腎囊越發腫痛，溺尿甚難。到後晌時分，李桂姐、吳銀兒坐轎子來看；每人兩個盒子，一盒果餡餅兒，一盒玫瑰金餅，一副蹄，兩隻燒鴨。進房與西門慶磕頭，說道：「爹怎的心裏不自在？」西門慶道：「你姐兒兩個自恁來看看便了，如何又費心買禮兒？」因說道：「我今年不知怎的，痰火發的重些。」桂姐道：「還是爹這節間酒吃的多了，清潔他兩日兒就好了。」坐了一回，走去李瓶兒那邊屋裏，與月娘眾人見節。請到後邊，擺茶畢，又走來前邊，陪西門慶坐的說話兒。只見伯爵又陪了謝希大、常時節來望。西門慶教玉簫攙扶他起來坐的，留他三人在房內放桌兒吃酒。謝希大道：「哥用了些粥不曾？」玉簫把頭扭著不答應。西門慶道：「我還沒吃粥，嗛不下去。」希大道：「拏粥，等俺每陪哥吃些粥兒還好。」不一時，拏將粥來。玉簫拏盞兒伺候，眾人陪著吃點心下飯。西門慶拏起粥來，只扒了半盞兒，就吃不下去。月娘和李桂姐、吳銀兒，都在李瓶兒那邊坐的管待。伯爵問道：「李桂姐與銀姐來了，怎的不見？」西門慶道：「在那邊坐的。」伯爵因令來安兒：「你請過來唱一套兒，與你爹聽。」那吳月娘恐怕西門慶不耐煩，攔著，只說吃酒哩，不教過來。眾人吃了一回酒，說道：「哥，你陪著俺每坐，只怕勞碌著你。俺每去了，你自在側側兒罷。」西門慶道：「起動列位掛心！」三人于是作辭去了。應伯爵走出小院門，叫玳安過來，分付：「你對你大娘說，你就說應二爹說來，你爹面上變色，有些滯氣，不好。早尋人看，他大街上胡太醫，最治的好痰火，何不使人請他看看？休要耽遲了！」玳安不敢怠慢，走來告訴月娘。

月娘慌進房來，對西門慶說：「方纔應二哥對小廝說，大街上胡太醫看的痰火，你何不請他來看看你？」西門慶道：「胡太醫前番看李大姐不濟，又請他？」月娘道：「藥醫不死病，佛度有緣人。看他不濟，只怕有緣，吃了他的藥兒，好了是的。」西門慶道：「也罷，你請他去。」不一時，使棋童兒請了胡太醫來。適有吳大舅來看，陪他到房中看了脈，對吳大舅、陳經濟說：「老爹是個下部蘊毒，若久而不治，卒成溺血淋之疾，迺是忍便行房。」又封了五星藥金，討將藥來吃下去，如石沈大海一般，反溺不出來。月娘慌了，打發桂姐、吳銀兒去了。又請何老人兒子何春泉來看，又說是癃閉便毒，一團膀胱邪火，趕到這下邊來，四肢經絡中，又有濕痰流聚，以致心腎不交。封了五錢藥金，討將藥來，越發弄的虛陽舉發，麈柄如鐵，晝夜不倒。潘金蓮晚夕不知好歹，還騎在他上邊，倒澆燭掇弄，死而復甦者數次。到次日，何千戶要來望，先使人來說。月娘便對西門慶道：「何大人便來看你，我扶你往後邊去罷。這邊隔二偏三，不是個待人的。」那西門慶點頭兒，于是月娘替他穿上煖衣，于金蓮肩搭搊扶著，往離了金蓮房，往後邊上房，鋪下被褥高枕，安頓他在明間炕上坐的。房中收拾乾淨，焚下香。不一時何千戶來到，陳經濟請他到于後邊臥房，看見西門慶坐在病榻上，說道：「長官，我不敢作揖。」因問：「貴恙覺好些？」西門慶告訴：「上邊火倒退下了，只是下卵腫毒當不的。」何千戶道：「此係便毒。我學生有一相識，在東昌府探親。昨日新到舍下，有一封書下。乃是山西汾州人氏，姓劉號橘齋，年半百，極看的好瘡毒。我就使人請他來看看長官貴恙。」西門慶道：「多承長官費心，我這裏就差人請去。」何千戶吃畢茶，說道：「長官你耐煩保重。衙門中事，我每日委答應的，遞事件與你，不消掛意。」西門慶舉手道：「只是有勞長官了。」作辭出門。西門慶這裏隨即差玳安拏帖兒，同何家人請了這劉橘齋來。看了脈，並不便處。連忙上了藥，又封一貼煎藥來。西門慶答賀了一疋杭州絹，一兩銀子。吃了他頭一盞藥，還不見動靜。那日，不想鄭愛月兒送了一盒鴿子雛兒，一盒果餡頂皮酥，坐轎子來看西門慶。進門花枝招展，繡帶飄飄，與西門慶磕著頭，說道：「不知道爹不好，桂姐和銀姐好人兒，不對我說聲兒，兩個就先來了。看的爹遲了，休怪！」西門慶道：「不遲，又起動你媽費心，又買禮來！」愛月兒笑道：「甚麼大禮！惶恐的要不的。」因說：「爹清減❸的恁樣的！每日飲饌，也用些兒？」月娘道：「用的倒好了，吃不多兒。今日早晨，只吃了些粥湯兒，還沒有吃甚麼兒。剛纔太醫看了去了。」愛月兒道：「娘，你分付姐把鴿子雛兒頓爛一個兒來，等我勸爹進些粥兒。你老人家不吃，恁偌大身量，一家子金山也似靠著你，卻怎麼樣兒的！」月娘道：「他只害心口內攔著，吃不下去。」愛月兒道：「爹你依我說，把這飲饌兒逐日就懶待吃，須也強吃些兒，怕怎的？『人無根本，水食為命。』終須但用的，有柱戧些兒。不然，越發淘渌的身子空虛了！」不一時，頓爛了鴿子雛兒，小玉拏粥上來，十香甜醬瓜茄，粳粟米粥兒。這鄭月兒跳上炕去，用盞兒托著，跪在西門慶身邊，一口口餵他。強打著精神，只吃了上半盞兒，揀了兩筋兒鴿子雛兒在口內，就搖頭兒不吃了。愛月兒道：「一來也是藥，二來還虧我勸爹，卻怎的也進了些飲饌兒。」玉簫道：「爹每常也吃，不似今日月姐來勸著吃的多些。」月娘一面擺茶與愛月兒吃，臨晚管待酒饌，與了他五錢銀子，打發他家去。愛月兒臨出門，又與西門慶磕頭，說道：「爹你耐心兒將息兩日兒，我再來看你。」比及到晚夕，西門慶又吃了劉橘齋第二貼藥，遍身痛，叫喚了一夜。到五更時分，那不便腎囊腫脹破了，流了一灘鮮血，龜頭上又生出疳瘡來，流黃水不止。西門慶不

❸ 清減：瘦。

覺昏迷過去。月娘眾人慌了，都守著看視。見吃藥不效，一面請了劉婆子，在前邊捲棚內，與西門慶點人燈跳神。一面又使小廝往周守禦家內，訪問吳神仙在那裏，請他來看西門慶；他原相他，今年有嘔血流膿之災，骨憔形衰之病。賁四說：「也不消問周老爹宅內去。如今吳神仙見在門外土地廟前，出著個卦肆兒，又行醫又賣卦。人請他，不爭利物，就去看治。」月娘連忙就使琴童把這吳神仙請將來。進房看了西門慶，不似往時，形容消減，病體懨懨，勒著手帕，在于臥榻。先診了脈息，說道：「官人乃是酒色過度，腎水竭虛；是太極邪火，聚于慾海。病在膏肓，難以治療。吾有詩八句，說與你聽。只因他：

醉飽行房戀女娥，精神血脈暗消磨。
遺精溺血流白濁，燈盡油乾腎水枯。
當時只恨歡娛少，今日翻為疾病多。
玉山自倒非人力，總是盧醫怎奈何！」

月娘見他治不的了，說道：「既下藥不好，先生看他命運如何？」吳神仙掐指尋紋，打算西門慶八字，說道：「屬虎的，丙寅年，戊申月，壬午日，丙辰時，今年戊戌流年，三十三歲算命，見行癸亥運，雖然是火土傷官，今年戊土來剋壬水，歲傷旱，正月又是戊寅月，三戊沖辰，怎麼當的？雖發財發福，難保壽元！有四句斷語不好。」說道：

命犯災星必主低，身輕煞重有災危。

時日若逢真太歲，就是神仙也皺眉！

月娘道：「命中既不好，先生你替他演演禽星如何？」這吳神仙鋪下禽遁干支，他說道：

心月狐狸角水蛟，絳幃深處不相饒。
常在月宮飛玉露，慣從月下奪金標。
樂處化為真雞子，死時還想爛甜桃。
天罡地煞皆無救，就是王禪也徒勞。

月娘道：「禽上不好，請先生替我圓圓夢罷。」神仙道：「請娘子說來貧道圓。」月娘道：「我夢見大廈將頹，紅衣罩體，顛折碧玉簪，跌破了菱花鏡。」神仙道：「娘子莫怪我說，大廈將頹，夫君有厄；紅衣罩體，孝服臨身；顛折了碧玉簪，姊妹一時失散；跌破了菱花鏡，夫妻指日分離。此夢猶然不好，不好！」月娘道：「問先生有解麼？」神仙道：「白虎當頭攔路，喪門魁在生災。神仙也無解，太歲也難推。造物已定，神鬼莫移！」月娘見命中無有救星，于是拏了一疋布謝了神仙，打發出門，不在話下。正是：卦裏陰陽仔細尋，無端閒事莫閒心。平生作善天加慶，心不欺貧禍不侵。

月娘見求神問卜，皆有凶無吉，心中慌了。到晚夕天井內焚香，對天發願，許下兒夫好了，要往泰安州頂上，與娘娘進香掛袍三年。孟玉樓又許下逢七拜斗。獨金蓮與李嬌兒不許願心。西門慶自覺身體沈重，要便發昏過去，眼前看見花子虛、武大在他跟前站立，問他討債。又不肯告人說，只教人廝守著他。見月娘不在跟前，一手拉著潘金蓮，心中捨不的他，滿眼落淚，說道：「我的冤家，我死後，你姊妹每好好守著我的靈，休要失散了。」那金蓮亦悲不自勝，說道：「我的哥哥，只怕人不肯容我。」西門慶道：「等他來，等我和他說。」不一時，吳月娘進來，見他二人哭的眼紅紅的，便道：「我的哥哥，你有甚話對奴說幾句兒，也是奴和你做夫妻一場！」西門慶聽了，不覺哽咽，哭不出聲來，說道：「我覺自家好生不濟，有兩句遺言和你說。我死後，你若生下一男半女，你姊妹好好待著，一處居住，休要失散了，惹人家笑話！」指著金蓮說：「六兒他從前的事，你耽待他罷！」說畢，那月娘不覺桃花臉上滾下珍珠來，放聲大哭，悲慟不止。西門慶道：「你休哭，聽我囑付你。」有駐馬聽為證：

> 賢妻休悲，我有衷情告你知。妻你腹中是男是女，養下來看大成人，有我的家私。三賢九烈要貞心，一妻四妾，攜帶著住。彼此光輝光輝！我死在九泉之下，口眼皆閉！

月娘聽了，亦回答道：

> 多謝兒夫，遺後良言教道奴。夫我本女流之輩，四德三從，與你那樣夫妻，平生作事不模糊。守貞肯把夫名污？生死同途同途，一鞍一馬，不須分付！

囑付了吳月娘，又把陳經濟叫到跟前，說道：「姐夫，我養兒靠兒，無兒靠婿；姐夫就是我的親兒一般。我若有些山高水低，你發送了我入土，好歹一家一計，幫扶著你娘兒每過日子，休要教人笑話！」又分付：「我死後，段子鋪是五萬銀子本錢，有你喬親家爹那邊多少本利，都找與他，教傅夥計把貨賣一宗交一宗，休要開了。賁四絨線鋪，本銀六千五百兩，吳二舅紬絨鋪，是五千兩，都賣盡了貨物，收了來家。又李三討了批來，也不消做了，教你應二叔拏了別人家做去罷。李三、黃四身上，還欠五百兩本錢，一百五十兩利錢未算，討來發送我。你只和傅夥計，守著家門這兩個鋪子罷；段子鋪占用銀二萬兩，生藥鋪五千兩。韓夥計、來保松江船上四千兩。開了河，你早起身往下邊接船去。接了來家，賣了銀子，交進來你娘兒每盤纏。前邊劉學官還少我二百兩，華主簿少我五十兩，門外徐四鋪內，還本利欠我三百四十兩，都有合同見在，上緊使人催去。到日後，對門並獅子街兩處房子，都賣了罷，只怕你娘兒每顧攬不過來。」說畢，哽哽咽咽的哭了。陳經濟道：「爹囑付，兒子都知道了。」不一時打夥兒，傅夥計、甘夥計、吳二舅、賁四、崔本都進來看視問安。西門慶一一都分付了一遍。眾人都道：「你老人家寬心，不妨事。」見一日來問安看者，也有許多。見西門慶不好的沈重，皆嗟嘆而去。過了兩日，月娘癡心，只指望西門慶還好，誰知天數造定，三十三歲而去。到于正月二十一日，五更時分，像火燒身，變出風來，聲若牛吼一般，喘息了半夜。捱到早晨巳牌時分，嗚呼哀哉，斷氣身亡！正是：三寸氣在千般用，一日無常萬事休！古人有幾句格言說得好：

為人多積善，不可多積財；積善成好人，積財惹禍胎。石崇當日富，難免殺身災；鄧通飢餓死，錢山何用哉！今日非古比，心地不明白。只說積財好，反笑積善呆！多少有錢者，臨了沒棺材！

原來西門慶一倒頭，棺材尚未曾預備。慌的吳月娘叫了吳二舅與賁四到跟前，開了箱子，拏出四錠元寶，教他兩個看材板去。剛打發去了，不防月娘一陣就害肚裏疼，急撲進去看床上倒下，就昏暈不省人事。孟玉樓與潘金蓮、孫雪娥，都在那邊屋裏七手八腳，替西門慶戴唐巾，裝柳穿衣服。忽聽見小玉來說：「俺娘跌倒在床上！」慌的玉樓、李嬌兒就來問視。月娘手按著害肚內疼，就知道決撒了！玉樓教李嬌兒守著月娘，他便就使小廝快請蔡老娘去。李嬌兒又使玉簫，前邊教如意兒來了。比及玉樓回到裏面屋裏，不見李嬌兒。原來李嬌兒趕月娘昏沈，房內無人，箱子開著，暗暗拏了五錠元寶，往他屋裏去了。手中拏將一搭紙，見了玉樓，只說：「尋不見草紙，我往房裏取草紙去來。」那玉樓也不留心，且守著月娘，拏楿子伺候。見月娘看看疼的緊了，不一時蔡老娘到了，登時生下一個孩兒來。這屋裏裝柳西門慶停當，口內纔沒了氣兒，合家大小，放聲號哭起來。蔡老娘收裹孩兒，剪去臍帶，煎定心湯與月娘吃了，扶月娘煖炕上坐的。月娘與了蔡老娘三兩銀子，蔡老娘嫌少，說道：「養那位哥兒賞了我多少，還與我多少便了。休說這位哥兒，是大娘生養的。」月娘道：「比不的那時，有當家的老爹在此。如今沒了老爹，將就收了罷。待洗三來，再與你一兩就是了。」那蔡老娘道：「還賞我一套衣服兒罷。」拜謝去了。月娘甦省過來，看見箱子大開著，便罵玉簫：「賊臭肉，我便昏了，你也昏了！箱子大開著，恁亂烘烘人走，就不說鎖鎖兒！」玉簫道：「我只說娘鎖了箱子，就不曾看見。」于是取鎖來鎖。玉樓見月娘多心，就不肯在他屋裏。走出對著金蓮說：「原來大姐姐恁樣的，死了漢子頭一日，就防範起人來了！」殊不知李嬌兒已偷了五錠元寶往屋裏去了。

當下吳二舅、賁四往尚推官家買了一付棺材板來，教匠人解鋸成槨。眾小廝把西門慶抬出，停放在大廳上，請了陰陽徐先生來批書。不一時，吳大舅也來了。吳二舅、眾夥計，都在前廳熱亂，收燈捲畫，蓋上紙被，設放香燈几席。來安兒專一打磬。徐先生看了手，說道：「正辰時斷氣，合家都不犯凶煞。」

請問月娘，三日大殮，擇二月十六日破土出殯，也有四七多日子。一面管待徐先生去了，差人各處報喪，交牌印往何千戶家去。家中破孝搭棚，俱不必細說。到三日，請僧人念倒頭經，挑到紙錢去。合家大小，都披蔴帶孝。女婿陳經濟斬衰泣杖，靈前還禮。月娘在暗房中出不來。李嬌兒與玉樓陪侍堂客。潘金蓮管理庫房收祭桌。孫雪娥率領家人媳婦，在廚下打發各項人茶飯。傅夥計、吳二舅管帳，賁四管孝帳，來興管廚，吳大舅與甘夥計陪待人客。蔡老娘來洗了三次，月娘與了一套紬子衣裳，打發去了。就把孩子改名叫孝哥兒。未免送些喜麵與親鄰。眾街坊鄰舍都說：「西門慶大官人正頭娘子，生了一個墓生兒子❹，就與老頭同日同時，一頭斷氣，一頭生了個兒子。世間少有蹺蹊古怪事！」

不說眾人理亂這樁事，且說應伯爵聞知西門慶沒了，走來吊孝哭泣。哭了一回，吳大舅、二舅，正在捲棚內看著與西門慶傳影。伯爵走來與眾人見禮說道：「可傷，做夢不知哥沒了！」要請月娘出來拜見。吳大舅便說：「舍妹暗房出不來。如此這般，就是同日添了個娃兒！」伯爵愕然道：「有這等事！也罷，也罷，哥有了個後代，這家當有了主兒了！」落後陳經濟穿著一身重孝，走來與伯爵磕頭。伯爵道：「姐夫，姐夫煩惱，你爹沒了，你娘兒每是死水兒❺了！家中凡事，要你仔細。有事不可自家專，請問你二位老舅主張。不該我說，你年幼，事體上還不大十分歷練。」吳大舅道：「二哥，你沒的說。我也有公事，不得閒。見有他娘在。」伯爵道：「好大舅，雖故有嫂子，外邊事怎麼理的？還是老舅主張！自古沒舅不生，沒舅不長。一個親娘舅，比不的別人。你老人家就是個都根主兒，再有誰大如你老

---

❹ 墓生兒子：遺腹子。

❺ 死水兒：不活動的人。

人家的！」因問道：「有了發引的日期？」吳大舅道：「擇在二月十六日破土，三十日出殯，也在四七之外。」不一時，徐先生來到，祭告入殮，將西門慶裝入棺材內，用長命丁釘了。安放停當，題了銘旌：「誥封武略將軍西門公之柩」。那日何千戶來吊孝，靈前拜畢，吳大舅與伯爵陪侍吃茶，問了發引的日期。何千戶分付手下該班排軍，原答應的，一個也不許動，都在這裏伺候。直過發引之後，方掣回衙門當差。委兩名節級管領，如有違誤，呈來重治！又對吳大舅道：「如有外邊人拖欠銀兩不還者，老舅只顧說來，學生即行追治。」吊孝畢，到衙門裏，一面行文開缺，申報東京本衛去了。

話分兩頭，卻說來爵、春鴻同李三，一日到兗州察院投下了書禮。宋御史見西門慶書上，要討古器批文一節，說道：「你早來一步便好。昨日已都派下各府買辦去了！」尋思間，又見西門慶書中封著金葉十兩，又不好違阻了的，須得留下春鴻、來爵、李三在公廨駐箚。隨即差快子拏牌，趕回東平府批文來，封回與春鴻書中，又與了一兩路費，方取路回清河縣，往返十日光景。走進城，就聞得路上人說：「西門大官人死了！今日三日，家中念經做齋哩！」這李三就心生奸計，路上說念來爵、春鴻：「將此批文按下，說宋老爹沒與來。自每都投到大街張二官府那裏去罷！你二人不去，我與你每人十兩銀子，到家隱住不拏出來就是了！」那來爵見財物，倒也肯了。只春鴻有些不肯，口裏含糊應諾到家見門首挑著紙錢，僧人做道場，親朋吊喪者，不計其數。這李三就分路回家去了。來爵、春鴻見吳大舅、陳經濟磕了頭。問：「討的批文如何？怎的李三不來？」那來爵還不言語。這春鴻把宋御史書連批，都拏出來，遞與大舅，悉把李三路上與的十兩銀子，說的言語，如此這般，教他隱下休拏出來，同他投往張二官家去。「小的怎敢忘恩背義！敬奔家來。」吳大舅一面走到後邊，告訴月娘：「這個小的兒，就是個有恩的！

叵耐李三這廝短命，見姐夫沒了幾日，就這等壞心！」因把這件事對應伯爵說：「李智、黃四借契上本利還欠六百五十兩銀子。趁著剛纔何大人分付，把這件寫紙狀子，呈到衙門裏，教他替俺追追這銀子出來，發送姐夫！他同僚間，自恁要做分上。這些事兒，莫肯不依！」伯爵慌了，說道：「李三卻不該行此事！老舅快休動意，等我和他說罷。」于是走到李三家，請了黃四來一處計較，說道：「你不該先把銀子遞與小廝，倒做了管手；狐狸打不成，倒惹了一屁股臊！他如今恁般恁般，要拏文書提刑所告你每哩！常言道，官官相護；何況又同僚之間，費甚難事？你等怎抵鬥的過他？依我，不如如此如此，這般這般，悄悄送上二十兩銀子與吳大舅，只當兗州府幹了事來了。我聽得說，這宗錢糧，他家已是不做了，把這批文難得挈出來。咱投張二官那裏去罷。你每二人，再湊得二百兩，少了也拏不出來。再備辦一張祭桌，一者祭奠大官人，二者交這銀子與他，另立一紙欠結。你往後有了買賣，慢慢還他就是了。這個一舉而兩得，又不失了人情，有個始終！」黃四道：「你說的是！李三哥，你幹事忒慌速些了！」真個到晚夕，黃四同伯爵，送了二十兩銀子到吳大舅家，如此這般：「討批文　節，累老舅張主張主！」這吳大舅已聽他妹子說，不做錢糧；何況又黑眼見了白晃晃銀子，如何不應承？于是收了銀子。到次日，李智、黃四備了一張插桌，豬首三牲，二百兩銀子，來與西門慶祭奠。吳大舅對月娘說了，拏出舊文書，從新另立了四百兩一紙欠帖，饒了他五十兩。餘者教他做上買賣，陸續交還。把批文交付與伯爵手內，同往張二官處合夥，上納錢糧去了，不在話下。正是：金逢火煉方知色，人與財交便見心。有詩為證：

造物于人莫強求，勸君凡事把心收。

你今貪得收人業，還有收人在後頭。

畢竟未知後來如何，且聽下回分解。

第八十回　陳經濟竊玉偷香　李嬌兒盜財歸院

詩曰：

寺廢僧居少，橋塔客過稀。
家貧奴婢懶，官滿吏民欺。
水淺魚難住，林踈鳥不棲。
世情看冷煖，人面逐高低！

此八句詩，單說著這世態炎涼，人心冷煖，可嘆之甚也！西門慶死了首七光景，玉皇廟吳道官受齋在家，攢念二七經不題。卻說那日報恩寺朗僧官十六眾僧人做水陸，有喬大戶家上祭。這應伯爵約會了齋祀中幾位朋友，頭一個是應伯爵，第二個謝希大，第三個花子由，第四個祝日念，第五個孫天化，第六個常時節，第七個白來創，七人坐在一處。伯爵先開說道：「大官人沒了，今二七光景。你我相交一場，當時也曾吃過他的，也曾用過他的，也曾使過他的，也曾借過他的，也曾嚼他過的。今日他沒了，莫非推不知道？灑土也瞇了後人眼睛兒；不然，他就到五殿閻王跟前，也不饒你我了。你我如今這等計較，每人各出一錢銀子，七人共湊上七錢。使一錢六分連花兒買上一張桌面，五碗湯飯，五碟果子；使了一錢一付三牲；使了一錢五分一瓶酒；使了五分一盤冥紙香燭；使了二錢，買一錢軸子，再求水先生作一篇祭文；使一錢二分銀子雇人抬了去，大官人靈前，眾人祭奠了。咱還便益，又討了他值七分銀一條孝絹，拏到家做裙腰子。他莫不白放咱每出來？咱還吃他一陣。到明日出殯，山頭饒飽餐一頓，每人還得他半張靠山桌面，來家與老婆孩子吃，省兩三日買燒餅錢，這個好不好？」眾人都道：「哥說的是！」當下每人湊出銀子來，交與伯爵，整理備祭物停當。買了軸子，央門外人水秀才做了祭文。這水秀才平昔知道應伯爵這起人與西門慶，乃小人之朋，于是暗藏譏刺作就一篇祭文。登軸停當，把祭祀抬到西門慶靈前擺下。陳經濟穿孝，在旁還禮。伯爵為首，各人上了香。人人都粗俗，那裏曉的其中滋味！澆了奠酒，只顧把祝文來宣念。其文略曰：

維重和元年，歲戊戌二月戊子朔，越初三日庚寅，侍生應伯爵、謝希大、花子由、祝日念、孫天化、常時節、白來創，謹以清酌庶羞之奠，致祭于故錦衣西門大官人之靈曰：維靈生前梗直，秉性堅剛。軟的不怕，硬的不降。常濟人以點水，容人以瀝露，助人精光。囊篋頗厚，氣概軒昂。逢藥而舉，遇陰伏降。錦襠隊中居住，團夭庫裏收藏。有八角而不用撓搁，逢虱蟣而騷痒難當。受恩小子，常在胯下隨幫。也曾在章臺而宿柳，也曾在謝館而猖狂。正宜撐頭活腦，久戰熬場；胡何一疾，不起之殃！見今你便長伸著腳子去了，丟下子如班鳩跌蛋，倚靠何方？難上他煙花之寨，難靠他八字紅牆。再不得同席而偎軟玉，再不得並馬而傍溫香。撇的人垂頭跌腳，閃得人囊溫郎當❶，今特奠茲白濁，次獻寸觴。靈其不昧，來格來歌，尚享！

眾人祭畢，陳經濟下來還禮，請去捲棚內，三湯五割，管待出門。

那日院中李家虔婆，聽見西門慶死了，鋪謀定計，備了一張祭桌，使了李桂卿、李桂姐坐轎子來上紙弔問。月娘不出來，都是李嬌兒、孟玉樓在上房管待。李家桂卿、桂姐悄悄對李嬌兒說：「俺媽說，人已是死了，你我院中人，守不的這樣貞節。自古千里長棚，沒個不散的筵席。教你手裏有東西，悄悄教李銘捎了家去防後，你還恁傻！常言道：『揚州雖好，不是久戀之家。』不拘多少時，也少不的離他家門。」那李嬌兒聽記在心。不想那日韓道國妻王六兒亦備了張祭桌，喬素打扮，坐轎子來與西門慶燒紙。在靈前擺下祭祀，只顧站著。站了半日白沒個人兒出來陪待。原來西門慶死了，首七時分，就把王經打發家去不用了。小廝每見王六兒來，都不敢進去說。那來安兒不知就裏，到月娘房裏向月娘說：「韓大嬸來與爹上紙，在前邊站了一日了。大舅使我來對娘說。」這吳月娘心中還氣忿不過，便喝罵道：「怪賊奴才。不與我走，還來甚麼韓大嬸，毬大嬸！賊狗攮的養漢的淫婦，把人家弄的家敗人亡，父南子北，夫逝妻散的，還來上甚麼毬紙！」一頓罵的來安兒摸門不著。來到靈前，吳大舅問道：「對後邊說了不曾？」來安兒把嘴谷都著，不言語。問了半日，才說：「娘捎出『四馬』兒❷來了！」這吳大舅連忙進去對月娘說：「姐姐，你怎麼這等的！快休要舒口。自古人惡禮不惡。他男子漢領著咱偌多的本錢，你如何這等待人？好名兒難得，快休如此！你就不出去，教二姐姐、三姐姐好好待他出去，也是一般。做甚麼恁樣的，教人說你不是？」那月娘見他哥這等說，纔不言語了。良久，孟玉樓還了禮，陪他在靈前

❶ 囊溫郎當：無精打彩。

❷ 四馬兒：是拆字格，「罵」字的隱語。

坐的。只吃一鍾茶，婦人也有些省虛，就坐不住，隨即告辭起身去了。正是：誰人汲得西江水，難洗今朝一面羞！

那李桂卿、桂姐、吳銀兒，都在上房坐著，見月娘罵韓道國老婆淫婦長，淫婦短；砍一枝，損百林，兩個就有些坐不住。未到日落，就要家去。月娘再三留他姐兒兩個：「晚夕夥計每伴宿，你每看了提偶的，明日去罷。」留了半日，只桂姐、銀姐不去了，只打發他姐姐桂卿家去了。到了晚夕，僧人散了，果然有許多街坊夥計主管、喬大戶、吳大舅、吳二舅、沈姨夫、花子由、應伯爵、謝希大、常時節，也有二十餘人，叫了一起偶戲，在大捲棚內擺設酒席伴宿。提演的是孫榮、孫華殺狗勸夫戲文。堂客都在靈旁廳內，圍著幃屏，放下簾來，擺放桌席朝外觀看。李銘、吳惠在這裏答應，晚夕也不家去了。不一時，眾人都到齊了。祭祀已畢，捲棚內點起燭來，安席坐下。打動鼓樂，戲文上開，直搬演到三更天氣，戲文方了。

原來陳經濟自從西門慶死後，無一日不和潘金蓮兩個嘲戲。或在靈前溜眼，帳子後調笑。至是趕人散一亂中，堂客都往後邊去了，小廝每都收家火。這金蓮趕眼錯捏了經濟一把，說道：「我兒，你娘今日可成就了你罷！趁大姐在後邊，咱要就往你屋裏去罷。」經濟聽了，巴不的一聲，先往屋裏開門去了。婦人黑影裏，抽身鑽入他房內。更不答話，解開裙子，仰臥在炕上，雙鳧飛肩，教陳經濟奸耍，正是：色膽如天怕甚事，鴛幃雲雨百年情。二載相逢，一朝配偶；數年姻眷，一旦和諧。一個柳腰款擺，一個玉莖忙舒。耳邊訴雨意雲情，枕上說山盟海誓。鶯恣蝶採，旖旎摶弄百千般；狂雨羞雲，嬌媚施逞千萬態。一個低聲不住叫親親，一個摟抱未免呼達達。正是：得多少柳色乍翻新樣綠，花容不減舊時紅！霎時雲雨了畢，婦人恐怕人來，連忙出房，往後邊去了。到次日，這小夥兒噹著這個甜頭兒，早晨走到金蓮房來。金蓮還在被窩裏未起來。從窗眼裏張看，見婦人被擁紅雲，粉腮印玉，說道：「好管庫房的，這咱還不起來？今日喬親家爹來上祭，大娘分付教把昨日擺的李三、黃四家那祭桌，收進來罷。你快些起來，且拏鑰匙出來與我。」婦人連忙教春梅拏鑰匙與經濟。經濟先教春梅樓上開門去了。婦人便從窗眼裏遞出舌頭，兩個咂了一回。正是：得多少脂香滿口涎空嚥，甜唾融心溢肺肝。有詞為證：

恨杜鵑聲透珠簾，心似針簽，情似膠黏。我則見笑臉腮窩，愁粉黛瘦顯春纖。寶髻亂雲鬆，翠鈿睡顏酡。玉減紅添，檀口曾沾。到如今唇上猶香，想起來口內猶甜。

良久，春梅樓上開了門，經濟往前邊看搬祭祀去了。

不一時，喬大戶家祭來擺下。喬大戶娘子並喬大戶許多親眷，靈前祭畢，吳大舅、二舅、甘夥計陪侍，請至捲棚管待。李銘、吳惠彈唱。那日鄭愛月兒家也來上紙弔孝。月娘俱令玉樓打發了孝裙束腰，後邊與堂客一處坐的。鄭愛月兒看見吳銀姐、李桂姐都在這裏，便嗔他兩個不對他說：「我若知道爹沒了，有個不來的？你每好人兒，就不會我會兒去！」又見月娘生了孩兒，說道：「娘一喜一憂，惜乎只是爹去世太早了些兒！你老人家有了主兒，也不愁。」月娘俱打發了孝，留坐至晚方散。

到二月初三日，西門慶二七，玉皇廟吳道官十六個道眾，在家念經做法事。那日衙門中何千戶作創，約會了劉薛二內相、周守禦、荊統制、張團練、雲指揮等數員武官，合著上了一壇祭。月娘這裏請了喬大戶、吳大舅、應伯爵來陪侍。李銘、吳惠兩個小優兒彈唱，捲棚管待去了。俱不必細說。到晚夕念經送亡，月娘分付把李瓶兒靈床，連影抬出去，一把火焚之，將箱籠都搬到上房內堆放。奶子如意兒並迎春，收在後邊答應，把綉春與了李嬌兒房內使喚。將李瓶兒那邊房門，一把鎖鎖了。可憐！正是：畫棟雕梁猶未乾，堂前不見癡心客。有詩為證：

襄王臺下水悠悠，一種相思兩把愁。
月色不知人事改，夜深還到粉牆頭！

那時李銘日日假以孝堂助忙，暗暗教李嬌兒偷轉東西，與他掖送到家，又來答應。常兩三夜不往家去，只瞞過月娘一人眼目。吳二舅又和李嬌兒舊有首尾，誰敢道個不字。初九日念了三七經，月娘出了暗房。四七就沒曾念經。十二日陳經濟破了土回來，二十日早發引，也有許多冥器紙箚送殯之人，終不似李瓶兒那時稠密。臨棺材出門，陳經濟摔盆扶柩，也請了報恩寺朗僧官起棺，坐在轎上，捧的高高的，念了幾句偈文，說西門慶一生始末，道得好：

恭惟故錦衣武略將軍西門大官人之靈：伏以人生在世，如電光易滅，石火難消。落花無返樹之期，逝水絕歸源之路。你畫堂繡閣，命盡有若風燈；極品高官，緣絕猶如作夢。黃金白玉，空為禍患之資；紅粉輕裘，總是塵勞之費。妻奴無百載之歡，黑暗有千重之苦。一朝枕上，命掩黃泉，空榜揚虛假之名，黃土埋不堅之骨。田園百頃，其中被兒女爭奪；綾錦千箱，死後無寸絲之分。風火散時無老少，溪山磨盡幾英雄。苦苦苦，氣化清風形歸土。三寸氣斷去弗迴，改頭換面無遍數。

詩曰：

人生最苦是無常，個個臨終手腳忙。
地水火風相逼迫，精神魂魄各飛揚。
生前不解尋活路，死後知他去那廂。
一切萬般將不去，赤條條的見閻王。

朗僧官念畢偈文，陳經濟摔破紙盆，棺材起身，合家大小孝眷，放聲號哭動天。吳月娘坐魂轎，後面眾堂客上轎，都圍隨材走，逕出南門外五里原祖塋安厝。陳經濟備了一疋尺頭，請雲指揮點了神主，陰陽徐先生下了葬。眾孝眷掩土畢，山頭祭桌，可憐通不上幾家。只是吳大舅、喬大戶、何千戶、沈姨夫、韓姨夫，與眾夥計五六處而已。吳道官還留下十二眾道童回靈，安于上房明間正寢。大小安靈，陰陽灑掃已畢，打發眾親戚出門。吳月娘等，不免伴夫靈守孝。

一日煖了墓回來，答應班上排軍節級，各都告辭回衙門去了。西門慶五七，月娘請了薛姑子、王姑子、大師父十二眾尼僧，在家誦經禮懺，超度夫主生天。吳大妗子並吳舜臣媳婦，都在家中相伴。原來出殯之時，李桂卿、桂姐在山頭，悄悄對李嬌兒如此這般：「媽說你摸量。你手中沒甚細軟東西？不消只顧在他家了。你又沒兒女，守甚麼？教你一場嚷亂，登開了罷。昨日應二哥來說，如今大街坊張二官府，要破五百兩金銀，娶你做二房娘子，當家理紀。你那裏便圖出身。你在這裏守到老死，也不怎麼！你我院中人家，棄舊迎新為本，趨炎附勢為強，不可錯過了時光！」這李嬌兒聽記在心，過了西門慶五七之後，因風吹火❸，用力不多。不想潘金蓮對孫雪娥說：「出殯那日，在墳上看見李嬌兒與吳二舅，在花園小房內兩個說話來。春梅孝堂中又親眼看見李嬌兒帳子後，遞了一包東西與李銘搵在腰裏，轉了家去。」嚷的月娘知道，把吳二舅罵了一頓，趕去鋪子裏做買賣，再不許進後邊來。分付門上平安，不許李銘來往。這花娘惱羞變成怒，正尋不著這個由頭兒哩！一日，因月娘在上房和大妗子吃茶，請孟玉樓不請他，就惱了，與月娘兩個大嚷大鬧，拍著西門慶靈床子，哭哭啼啼，叫叫嚎嚎，到半夜三更，在房中要行上弔。丫鬟來報與月娘。月娘慌了，與大妗子計議，請將李家虔婆來，要打發他歸院。虔婆生怕留下他衣服頭面，說了幾句言語：「我家人在你這裏，做小伏低，頂缸受氣，好容易就開交了罷？須得幾十兩遮羞錢！」吳大舅居著官，又不敢張主。相講了半日，教月娘把他房中衣服首飾，箱籠床帳家火，盡與他，打發出門。只不與他元宵、綉春兩個丫鬟去。李嬌兒一心要這兩個丫頭，月娘生死不與他，說道：「你倒好買良為娼！」一句慌了鴇子，就不敢開言，變做笑吟吟臉兒，拜辭了月娘，李嬌兒坐轎子抬的往家去了。看官聽說：院中唱的，以賣俏為活計，將脂粉作生涯。早晨張風流，晚夕李浪子。前門進老子，後門接兒子。棄舊迎新，見錢眼開，自然之理！未到家中，撾打揪撏，燃香燒紙，走死哭嫁，娶到家，改志從良。饒君千般貼戀，萬種牢籠，還鎖不住他心猿意馬。不是活時偷食抹嘴，就是死後嚷鬧離門。不拘幾時，還吃舊鍋粥去了！正是：蛇入筒中曲性在，鳥出籠輕便飛騰。有詩為證：

堪嘆煙花不久長，洞房夜夜換新郎。

❸ 因風吹火：乘機行事，用力不多。

兩隻玉腕千人枕，一點朱唇萬客嘗。
造就百般嬌艷態，生成一片假心腸。
饒君總有牢籠計，難保臨時思故鄉。

月娘于是打發李嬌兒出門，大哭了一場，眾人都在旁勸解。潘金蓮道：「姐姐罷，休煩惱了！常言道：『娶淫婦，養海青；食水不到想海東！』這個都是他當初幹的營生，今日教大姐姐這等惹氣！」

家中正亂著，忽有平安兒來報：「巡鹽蔡老爹來了，在廳上坐著哩。我說家老爹沒了。他問沒了幾時了？我回正月二十一日病故，到今過了五七。他問有靈沒靈？我回有靈，在後邊供養著哩。他要來靈前拜拜，我來對娘說。」月娘分付：「教你姐夫出去見他。」不一時陳經濟穿上孝衣，出去拜見了蔡御史。良久，後邊收拾停當，請蔡御史進來西門慶靈前參拜了。月娘穿著一身重孝，出來回禮。再不交一言，就讓月娘：「夫人請回房。」因問經濟說道：「我昔時曾在府相擾，今差滿回京去，敬來拜謝拜謝，不期作了故人！」便問：「甚麼病來？」陳經濟道：「是個痰火之疾。」蔡御史道：「可傷，可傷！」即喚家人上來，取出兩疋杭州絹，一雙羢襪，四尾白鯗，四罐蜜餞，說道：「這些微禮，權作奠儀罷！」又拏出五十兩一封銀子來，「這個是我向日曾貸過老先生些厚惠，今積了些俸資奉償，以全始終之交。分付大官，交進房去。」經濟道：「老爹忒多計較了！」月娘說：「請老爹前廳坐。」蔡御史道：「也不消坐了。拏茶來，我吃一鍾就是了。」左右須臾拏茶上來，蔡御史吃了，揚長起身上轎去了。月娘得了這五十兩銀子，心中又是那歡喜，又是那慘切！想有他在時，似這樣官員來到，肯空放去了？又不知吃酒到多咱晚！今日他伸著腳子，空有家私，眼看著就無人陪侍。正是：人得交游是風月，天開圖畫即江山。有詩為證：

靜掩重門春日長，為誰展轉怨流光？
更憐無瓜秋波眼，默地懷人淚兩行！

話說李嬌兒到家，應伯爵打聽得知，報與張二官兒，就拏著五兩銀子，來請他歇了一夜。原來張二官小西門慶一歲，屬兔的，三十二歲了。李嬌兒三十四歲。虔婆瞞了六歲，只說二十八歲，教應伯爵瞞著。使了三百兩銀子，娶到家中，做了二房娘子。祝日念、孫寡嘴依舊領著王三官兒還來李家行走，與桂姐打熱，不在話下。

伯爵、李三、黃四借了徐內相五千兩銀子，張二官出了五千兩，做了東平府古器這批錢糧，逐日寶鞍大馬，在院中搖擺。張二官見西門慶死了，又打點了千兩金銀，上東京尋了樞密院鄭皇親人情，對堂上朱太尉說，要討刑所西門慶這個缺，家中收拾買花園蓋房子。應伯爵無日不在他那邊趨奉，把西門慶家中大小之事，盡告訴與他。說：「他家中還有第五個娘子潘金蓮，排行六姐，生的極標致，上畫兒般人材！詩詞歌賦，諸子百家，拆牌道字，雙陸象棋，無不通曉！又會識字，一筆好寫，彈一手好琵琶。今年不上三十歲，比唱的還喬！」說的這張二官心中火動，巴不得就要了他。便問道：「莫非是當初的賣炊餅武大郎的妻子麼？」伯爵道：「就是他。被他占來家中，今也有五六年光景。不知他嫁人不嫁？」張二官道：「累你打聽著，待有嫁人的聲口，你來對我說，等我娶了罷。」伯爵道：「我身子裏有個人在他家做家人，名來爵兒，等我對他說，若有出嫁聲口，就來報你知道。難得你若娶過教這個人來家，也強如娶過唱的！當時有西門慶在，為娶他，也費了許多心。大抵物各有主，也說不的。這好有福的匹配。你如今有了這般勢耀，不得此女貌，同享榮華，枉自有許多富貴！我只叫來爵兒密密打聽，但有嫁人的風縫兒，憑我甜言美語，打動春心；你卻用幾百兩銀子，娶到家中，儘你受用便了！」看官聽說：但凡世上幫閒子弟，極是勢利小人。見他家豪富，希圖衣食，便竭力承奉，稱功誦德；或肯撒漫使用，說是疏財仗義慷慨丈夫。脅肩諂笑，獻子出妻，無所不至。一見那門庭冷落，便脣譏腹誹，說他外務，不肯成家立業；祖宗不肖，有此敗兒！就是平日深恩，視如陌路。當初西門慶待應伯爵如膠似漆，賽過同胞弟兄。那一日不吃他的，穿他的，受用他的？身死未幾，骨肉尚熱，便做出許多不義之事！正是：畫虎畫皮難畫骨，知人知面不知心！有詩為證：

昔年意氣似金蘭，百計趨承不等閒。
今日西門身死後，紛紛謀妾伴人眠。

畢竟未知後來如何，且聽下回分解。

第八十一回　韓道國拐財倚勢　湯來保欺主背恩

萬事從天莫強尋，天公報應自分明。
貪淫縱意奸人婦，背主侵財被不仁。
莫道身亡人弄鬼，由來勢敗僕忘恩。
堪嘆西門成甚業，贏得奸徒富半生！

話說韓道國與來保兩個，自從西門慶將四千兩銀子，打發他在江南等處置買貨物。一路餐風宿水，夜住曉行。到于揚州去處，抓尋苗青家內宿歇。苗青見了西門慶手札，想他活命之恩，儘力趨奉。他兩個成日尋花問柳，飲酒取樂。一日初冬天氣，寒雲淡淡，哀雁淒淒，樹木彫零，景物蕭瑟，不勝旅思。于是二人連忙將銀往各處置了布疋，裝在揚州苗青家安下，待貨物買完起身。先是韓道國舊日請的表子揚州舊院王玉枝兒，來保便請了林彩虹妹子小紅，日逐請揚州鹽客王海峰和苗青遊寶應湖。遊了一日，歸到院中。玉枝兒鴇子生日，這韓道國又邀請眾人擺酒，與鴇子王一媽做生日。使後生胡秀置辦酒肴果菜，又使他請客商汪東橋與錢晴川兩個，又不見到，想他就同王海峰來了。至日落時分，胡秀纔來，被韓道國帶酒罵了幾句，說：「這廝不知在那裏咊酒，咊得這咱纔來！口裏噴出來酒氣！客人也先來了已半日，你不知那裏來？我到明日定算你出去！」那胡秀把眼斜瞅著他，走到下邊，口裏喃喃吶吶說：「你罵我？你一家老婆在家裏仰搧著掙，你在這裏合蓬著丟！宅裏老爹，包著你家老婆，肏的不值了，纔教你領本錢出來做買賣！你在這裏快活，你老婆不知怎麼受苦哩！得人不化，白出你來？你落得為人！」對玉枝兒鴇子只顧說。鴇子便拉出他院子裏說：「胡官人，你醉了，你往房裏睡去罷！」那胡秀大吆小喝，白不進房來。不料韓道國正陪眾客商在席上吃酒，身穿著白綾道袍，線絨氅衣，氈鞋羢襪。聽見胡秀口內放屁辣臊，心中大怒，走出來踹了兩腳，罵道：「賊野囚奴，我有了五分銀子雇你一日，怕尋不出人來！」即時趕他去。那胡秀那裏肯出門，在院子內聲叫起來，說道：「你如何趕我？我沒壞了管帳事。你倒養老婆，倒攆我？看我到家說不說！」被來保勸住韓道國，手拉他過一邊，說道：「你這狗骨頭，原來這等酒硬？」那胡秀道：「保叔，你老人家休管他！我吃甚麼酒來？我和他做一做！」被來保推他往屋裏挺覺去了。正是：酒不醉人人自醉，色不迷人人自迷！來保打發胡秀房裏睡去不題。韓道國恐怕眾客商恥笑，和來保席上觥籌交錯，遞酒鬨笑。林彩虹、小紅姊妹二人，並王玉枝兒，三個唱的，彈唱歌舞。花攢錦簇，行令猜枚，吃至三更方散。次日，韓道國要打胡秀。胡秀說：「小的通不曉一字！」被來保、苗小湖做好做歹，勸住了。

話休饒舌，有日貨物置完，打包裝載上船。苗青打點人事禮物，抄寫書帳，打發二人並胡秀起身。王玉枝並林彩虹姊妹，少不的置酒馬頭，作別餞行。從正月初十日起身，一路無詞。一日，到臨清閘上，這韓道國正在船頭上站立，忽見街坊嚴四郎從上流坐船而來，往臨江接官去。看見韓道國，舉手說：「韓西橋，你家老爹，從正月間沒了！」說畢，船行得快，就過去了。這韓道國聽了此言，遂安心在懷，瞞著來保，不對他說。不想那時河南、山東大旱，赤地千里，田蠶荒蕪不收，棉花布價，一時踊貴，每疋布帛，加三利息，各處鄉販，都打著銀兩遠接，在臨清一帶馬頭，迎著客貨而買。韓道國便與來保商議：「船上布貨，約四千餘兩。見今加三利息，不如且賣一半，便益鈔關納稅。就到家發賣，也不過如此。遇行市不賣，誠為可惜！」來保道：「夥計所言雖是，誠恐賣了，一時到家，惹當家財主見怪，如之奈何？」韓道國便說：「老爹見怪，都在我身上。」來保只得強不過他，在馬頭上發賣了一千兩布貨。韓道國說：「雙橋，你和胡秀在舡上等著納稅。我打旱路，同小郎王漢，打著這一千兩銀子，裝成馱垛，先行一步家去，報老爹知道。」來保道：「你到家，好歹討老爹一封書來，下與鈔關錢老爹，少納稅錢，先放船行。」韓道國應諾，同小郎王漢裝成馱垛，往清河縣家中來，不在言表。有日進城，在甕城南門裏，日色漸落。不想路上撞遇西門慶家看墳的張安，推著車輛酒米食盒，正出南門。看見韓道國，便叫：「韓大叔，你來家了！」韓道國看見他帶著孝，問其故。張安說：「老爹死了，明日三月初九日是斷七，大娘教我拏此酒米食盒往墳上去，明日墳上與老爹燒紙去也。」這韓道國聽了說：「可傷，可傷！果然路上行人口似碑，話不虛傳。」打頭口逕進城中，那時天已漸晚。但見：十字街熒煌燈火，九曜廟香藹鐘聲。一輪明月掛疏林，幾點疏星明碧落。六軍營內，嗚嗚畫角頻吹；五鼓樓頭，點點銅壺雙滴。四邊宿霧，昏昏罩舞榭歌臺；三市沈煙，隱隱閉綠窗朱戶。兩兩佳人歸繡幙，紛紛仕子捲書幃。這韓道國進城來，到十字街上，心中算計：「且住；有心要往西門慶家去，況今他已死了，天色又晚，不如且歸家，停宿一宵，和渾家商議了，明日再去不遲。」于是和王漢打著頭口，逕到獅子街家中。二人下了頭口，打發趕腳人回去。叫開門，王漢搬行李馱垛進來。有丫鬟看見，報與王六兒說：「爹來家了。」老婆一面迎接入門。拜了佛祖，拂去塵土，馱垛搭連放在堂中。王六兒替他脫衣坐下，丫鬟點茶吃。韓道國先告訴往回一路之事：「我在路上撞遇嚴四哥，說老爹死了。剛纔來到城外，又撞見墳頭張安，推酒米往墳上去，說明日是斷七，果不虛傳。端的好好的怎的死了？」王六兒道：「天有不測風雲，人有當時禍福！誰人保得無常？」韓道國一面把馱垛打開，裏面是他江南置的衣裳，細軟貨物，兩條搭連內，倒出那一千兩銀子，一封一封倒在坑上。打開都是白光光雪花銀兩。對老婆說：「此是我路上賣了這一千兩銀子先來了。」又是兩包梯己銀子一百兩：「今日晚了，明日早送與他家去罷。」因問老婆：「我去後，家中他也看顧你不曾？」王六兒道：「他在時倒也罷了！如今你這銀子，還送與他家去？」韓道國道：「正是要和你商議，咱留下些，把一半與他如何？」老婆道：「呸！你這傻才，這遭再休要傻了！如今他已是死了，這裏無人，咱和他有甚瓜葛？不爭你送與他一半，教他招韶道❶兒，問你下落！倒不如一狠二狠，把他這一千兩咱雇了頭口，拐了上東京，投奔咱孩兒那裏。愁咱親家太師爺府中，招放不下你我？」韓道國說：「丟下這房子，急切打發不出去，怎了？」老婆道：「你看沒才料！何不叫將第二的來，留幾兩銀子與他，就交他看守便了。等西門慶家人來尋你，只說東京咱孩兒叫了兩口去了。莫不他七個頭八個膽，敢往太師府中尋咱們去？就尋去，你我也不怕他！」韓道國說：「爭奈我受大官人好處，怎好變心的？沒天理了！」老婆道：「自古有天理，倒沒飯吃哩！他占用著老娘，使他這幾兩銀子，不差甚麼！想著他孝堂，我倒好意備了一張插桌三牲，往他家燒紙。他家大老婆，那不賢良的淫婦，半日不出來，在屋裏罵的我好訕的！我出又出不來，坐又坐不住。落後，他第三個老婆出來，陪我坐；我不

❶ 韶道：同第十三回註⑪。

去坐，坐轎子來家。想著他這個情兒，我也該使他這幾兩銀子！」一席話，說得韓道國不言語了。夫妻二人，晚夕計議已定。到次日五更，叫將他兄弟韓二來，如此這般，交他看守房子。又把與他一二十兩銀子盤纏。那二搗鬼千肯萬肯，說：「哥嫂只顧去，等我打發他。」這韓道國就把王漢小郎，並兩個丫頭，也跟他帶上東京去；雇了二輛大車，把箱籠細軟之物，都裝在車上，投天明出西門，逕上東京去了。正是：撞碎玉籠飛彩鳳，頓斷金鎖走蛟龍。

這裏韓道國夫妻東京去不題。單表吳月娘，次日帶孝哥兒，同孟玉樓、潘金蓮、西門大姐、奶子如意兒、女婿陳經濟，往墳上與西門慶燒紙。墳頭告訴月娘昨日撞見韓大叔來家一節。月娘道：「他來了，怎的不到家裏來？只怕他今日來。」在墳上剛燒了紙，坐了沒多回，老早就趕了來家。使陳經濟往他家叫韓夥計去，問他船到那裏了。初時叫著，不聞人言。次則韓二出來，說：「俺姪女兒東京叫了哥嫂去了。船不知在那裏？」這陳經濟回月娘。月娘不放心，使經濟騎頭口，往河下尋舟去了。三日到臨清馬頭舡上，尋著來保舡隻。來保問：「韓夥計先打了一千兩銀子家去了？」經濟道：「誰見他來？張安看見他進城，次日墳上來家，大娘使我問他去。他兩口子奪家，連銀子，都拐的上東京去了。如今爹死了，斷七過了。大娘不放心，使我來找尋船隻。」這來保口中不言，心內暗道：「這天殺，原來連我也瞞了！嗔道路上賣了這一千兩銀子，乾淨要起毛心❷！正是人面咫尺，心隔千里！」當下這來保見西門慶已死，也安心要和他一路。把經濟小夥兒，引誘在馬頭上各唱店中歌樓上飲酒，請表子玩耍。暗暗船上搬了八百兩貨物，卸在店家房內，封記了。一日鈔關上納了稅，放船過來，在新河口起腳裝車，往清河縣城裏

❷ 毛心：壞心。

來，家中東廂房卸下。那時自從西門慶死了，獅子街絲綿鋪已關了。對門段鋪，甘夥計、崔本賣貨銀兩，都交付明白，各辭歸家去了；房子也賣了。只有門首解當生藥鋪，經濟與傅夥計開著。這來保妻惠祥，有個五歲兒子，名僧寶兒；韓道國老婆王六兒，有個姪女兒四歲，二人割衿，做了親家。家中月娘，通不知道。這來保交卸了貨物，就一口把事情都推在韓道國身上，說他先賣了二千兩銀兩子來家。那月娘再三使他上東京，問韓道國銀子下落，被他一頓話，說：「咱早休去！一個太師老爺府中，誰人敢到？沒的招是惹非！得他不來尋趁，咱家念佛；倒沒的招惹虱子頭上撓！」月娘道：「翟親家也虧咱家替他保親，莫不看些分上兒？」來保道：「他家女兒見在他家得時，他敢只護他娘老子，莫不護咱不成？此話只好在家對我說罷了；外人知道，傳出去，倒不好了！這幾兩銀子罷了，更休題了。」月娘教他會買頭，發賣布貨。他甫會了主兒，月娘教陳經濟兌銀講價錢。主兒都不服，拏銀出去了。來保便說：「姐夫，你不知買賣甘苦。俺在江湖上走的多，曉的行情。寧可賣了悔，休要悔了賣！這貨來家，得此價錢就夠了。你十分把弓兒拽滿，迸了主兒，顯的不會做生意！我不是托大說話，你年少不知事禮！我莫不肐膊兒往外撇❸？不如賣掉了是一場事！」那經濟聽了，使性兒不管了。他不等月娘分付，劈手奪過算盤來，邀回主兒來，把銀子兌了二千餘兩，一件件交付與經濟經手，交進月娘收了，推貨出門。月娘與了他二三十兩銀子，房中盤纏。他便故意兒昂昂大意不收，說道：「你老人家還收了。死了爹，你老人家死水兒自家盤纏，又與俺每做甚？你收了去，我決不要！」一日晚夕，外邊吃的醉醉兒，走進月娘房中，搭伏著護炕，說念月娘：「你老人家青春少小，沒了爹，你自家守著這點孩兒子，不害孤另麼？」

❸ 肐膊往外撇：幫著外人。

月娘一聲兒沒言語。一日東京翟管家寄書來，知道西門慶死了，聽見韓道國說他家中有四個彈唱出色女子，該多少價錢，說了去，兌銀子來，要載到京中答應老太太。月娘見書，慌了手腳，叫將來保來計議：「與他去好，不與他去好？」來保進入房中，也不叫娘，只說：「你娘子人家不知事！不與他去，就惹下禍了！這個都是過世老頭兒惹的，恰似賣富一般，但擺酒請人，就教家樂出去，有個不傳出去的？何況韓夥計女兒，又在府中答應老太太，有個不說的？我前日怎麼說來，今果然有此勾當鑽出來！你不與他，他裁派府縣差人坐名兒來要，不怕你不雙手兒奉與他，還是遲了！不如今日，難說四個都與他，胡亂打發兩個與他，還做面皮！」這月娘沈吟半晌，孟玉樓房中蘭香，與金蓮房中春梅，都不好打發。綉春又要看哥兒，不出門，問他房中玉簫與迎春，情願要去。以此就差來保雇車輛，裝載兩個女子，出門往東京太師府中來。不料來保這廝，在路上把這兩個女子都姦了。有日到東京，會見韓道國夫婦，把前後事都說了。韓道國謝來保道：「若不是親家看顧我，在家阻住；我雖然不怕他，也未免多一番唇舌。」翟謙看見兩個女子迎春、玉簫，都生的好模樣兒，一個會箏，一個會絃子，都不上十七八歲；進入府中伏侍老太太，賞出兩錠元寶來。這來保還尅了一錠，到家只拏出一錠元寶來與月娘，還將言語恐嚇月娘：「若不是我去，還不得他這錠元寶拏家來。你還不知韓夥計兩口兒，在那府中，好不受用富貴！獨自住著一所宅子，呼奴使婢，坐五行三，翟管家以老爺呼之！他家女孩兒韓愛姐，日逐上去答應老太太，寸步不離，要一奉十，揀口兒吃用，換套穿衣。如今又會寫又會算，福至心靈，出落得好長大身材，姿容美貌！前日出來見我，打扮的如瓊林玉樹一般，百伶百俐，一口一聲，叫我保叔。如今咱家這兩個家樂，到那裏，還在他手裏討針線哩！」說畢，月娘還甚是知感他不盡，打發他酒饌吃了。與他銀子，又不受；

挐了一疋段子，與他妻惠祥做衣服穿，不在話下。

這來保一日同他妻弟劉倉往臨清馬頭上，將封寄店內布貨，盡行賣了八百兩銀子，暗買下一所房子在外邊，就來劉倉右邊門首，開雜貨鋪兒。他便日逐隨倚祀會茶。他老婆惠祥，要便對月娘說，假推往娘家去，到房子裏從新換了頭面衣服珠子箍兒，插金戴銀，往王六兒娘家王母豬家，扳親家，行人情，坐轎看他家女兒去。來到房子裏，依舊換了慘淡衣裳，纔往西門慶家中來。只瞞過月娘一人不知。來保這廝，常時吃醉了，來月娘房中嘲話調戲，兩番三次。不是月娘為人正大，也被他說念的心邪，上了道兒！又有一般家奴院公，在月娘跟前，說他媳婦子在外與王母豬作親家，插金戴銀，行三坐五。潘金蓮他也對月娘說了幾次。月娘不信。惠祥聽見此言，在廚房中罵大罵小；來保便裝胖學蠢，自己誇獎說眾人：「你每只好在家裏說炕頭子上嘴罷了！像我，水皮子❹上顧瞻將家中這許多銀子貨物來家！若不是我，都吃韓夥計老牛箝嘴，拐了往東京去。只呀的一聲，乾丟在水裏也不響！如今還不得俺每一個是，說俺轉了主子的錢了，架俺一篇是非！正是割股的也不知，撚香的也不知！自古信人調，丟了瓢❺！」他媳婦子惠祥便罵：「賊嚼舌根的淫婦！說俺兩口子轉的錢大了，在外行二坐五，扳親家！老道出門，問我姊那裏借的衣裳，幾件子首飾，就說是俺落得主子銀子治的！要擠撮俺兩口子出門，也不打緊，等俺每出去！料莫❻天也不著餓老鴉兒吃草❼！我洗淨著眼兒，看你這些淫婦奴才，在西門慶家裏住牢

❹ 水皮子：水面。

❺ 信人調二句：相信別人的挑撥，自己遭受了損失。

❻ 料莫：諒來。

著！」月娘見他罵大罵小，尋由頭兒和人嚷鬧上弔；漢子又兩番三次無人處在跟前無禮，心裏也氣得沒入腳處，只得教他兩口子搬離了家門。這來保就大剌剌和他舅子開起個布鋪來，發賣各色細布。日逐會倚祀，行人情，不在話下。正是：勢敗奴欺主，時衰鬼弄人！有詩為證：

我勸世間人，切莫把心欺。
欺心即欺天，莫道天不知。
天只在頭上，昭然不可欺！

畢竟未知後來何如，且聽下回分解。

---

❼ 天也不著餓老鴉兒吃草：是天下沒有餓死人的意思。

第八十二回　潘金蓮月下偷期　陳經濟畫樓雙美

記得書齋乍會時，雲蹤雨跡少人知。
晚來鸞鳳棲雙枕，剔盡銀燈半吐輝。
思往事，夢魂迷，今宵喜得效于飛。
顛鸞倒鳳無窮樂，從此雙雙永不離。

話說潘金蓮與陳經濟，自從西門慶孝堂在廂房裏得手之後，兩個人嚐著甜頭兒，日逐白日偷寒，黃昏送煖。或倚肩嘲笑，或並坐調情。掐打揪撏，通無忌憚。或有人跟前，不得說話，將心事寫成，搓在紙條兒內，丟在地下。你有話傳與我，我有話傳與你。一日，四月天氣，潘金蓮將自己袖的一方銀絲汗巾兒，裹著一個玉色紗挑線香袋兒，裏面裝安息排草，玫瑰花瓣兒，並一縷頭髮，又著些松柏兒，一面挑著「松柏長青」，一面是「人如花面」八字，封的停當，要與經濟。不想經濟不在廂房內，遂打窗眼內投進去。後經濟開門，進入房中，看見彌封甚厚，打開卻是汗巾香袋兒。紙上寫一詞，名寄生草：

將奴這銀絲帕，並香囊寄與他。當中結下青絲髮，松柏兒要你常牽掛，淚珠兒滴寫相思話。夜深燈照的奴影兒孤，休負了夜深潛等荼蘼架。

這經濟見詞上許他在荼蘼架下，等候私會佳期。隨即封了一柄金湘妃竹扇兒，亦寫一詞在上面答他，袖入花園內。不想月娘正在金蓮房中坐著，這經濟三不知恰進角門，就叫：「可意人在家不在？」這金蓮聽見是他語音，恐怕月娘聽見決撒了，連忙走出來掀起簾子，看見是他，佯做擺手兒，說：「我道是誰來？原來是陳姐夫來尋大姐。大姐剛纔在這裏，和他每往花園亭子上摘花兒去了。」這經濟見有月娘在房裏，就把物事暗暗遞與婦人袖了，他就出去了。月娘便問：「陳姐夫來做甚麼？」金蓮道：「他來尋大姐，我回他往花園中去了。」以此瞞過月娘。不久，月娘起身回後邊去了。金蓮向袖中取出物事拆開，卻是湘妃竹白紗扇兒一把。上畫一種青蒲，半溪流水。有水仙子一首為證：

紫竹白紗甚逍遙，綠水清蒲巧製成，金鉸銀錢十分妙。妙人兒堪用著，遮炎天少把風招。有人處常常袖著，無人處慢慢輕搖。休教那俗人見偷了！

婦人一見其詞，到于晚夕月上時，早把春梅、秋菊兩個丫頭，打發些酒與他吃，關在那邊炕屋睡。然後他便在房中，綠窗半啓，絳燭高燒，收拾床鋪衾枕，薰香澡牝，獨立木香棚下，專等經濟今晚來赴佳期。卻說西門大姐，那日被月娘請去後邊，聽王姑子宣卷去了。只有元宵兒在屋裏。經濟體己與了他一方手帕，安付他看守房中：「我往你五娘那邊，請我下棋去。等大姑娘進來，你快叫我去。」那元宵兒應諾了。這經濟得手，走來花園中。那花篩月影，參差掩映。走在荼蘼架下，遠遠望著。見婦人摘去冠兒，半挽烏雲，上著藕絲衫，下著翠紋裙，腳襯凌波羅襪，從木香棚下來。這經濟猛然從荼蘼架下突出，雙手把婦人抱住。把婦人諕了一跳，說：「呸，小短命！猛可鑽出來，諕了我一跳！早是我，你摟便將就罷了！若是別人，你也恁大膽摟起來？」經濟吃的半酣兒笑道：「早是摟了你，就錯摟了紅娘，也是沒奈何！」兩個于是相摟相抱，攜手進入房中。房中熒煌煌掌著燈燭，桌上設著酒肴。一面頂了角門，並肩而坐飲酒。婦人便問：「你來大姐知不知？」經濟道：「大姐後邊聽宣卷去了。我安付下元宵兒，有事來這裏叫我。只說在這裏下棋哩。」說畢，兩個歡笑做一處，飲酒多時。常言風流茶說合，酒是色媒人。不覺竹葉穿心，桃花上臉，一個嘴兒相親，一個腮兒廝搵。罩了燈上床交接。婦人摟抱經濟，經濟亦揣摸著婦人。婦人唱六娘子：

入門來將奴摟抱在懷，奴把錦被兒伸開。俏冤家玩的十分怪；嗏，將奴腳兒抬！腳兒抬！操亂了烏雲鬏髻兒歪。

經濟亦占回前詞一首：

兩意相投情掛牽，休要悶的人孤眠。山盟海誓說千遍，殘情上放著天，放著天。你又青春咱少年！

兩人雲雨纔畢，只聽得元宵叫門，說：「大姑娘進房中來了。」這經濟慌的穿衣出門去了。正是：狂蜂浪蝶有時見，飛入梨花無處尋。

原來潘金蓮那邊三間樓上，中間供養佛像，兩邊梢間，堆放生藥香料。兩個自此以後，情沾肺腑，意密如膠，無日不相會做一處。一日，也是合當有事。潘金蓮早晨梳妝打扮，走來樓上觀音菩薩前燒香。不想陳經濟正拏鑰匙上樓開庫房間，拏藥材香料，撞遇在一處。這婦人且不燒香，見樓上無人，兩個摟抱著親嘴咂舌。一個叫親親五娘，一個呼心肝性命。說：「趁無人，咱在這裏幹了罷！」一面解退衣褲，就在一張春凳上，不勝綢繆。有生藥名水仙子為證：

　當歸半夏紫紅石，可意檳榔招做女婿。浪蕩根插入蓽麻內，母丁香左右偎，大麻花一陣昏迷。白水銀撲簇簇下，紅娘子心內喜，快活殺兩片陳皮！

當初沒巧不成話。兩個正幹得好，不防春梅正上樓來，拏盒子取茶葉看見。兩個湊手腳不迭，都吃了一驚。春梅恐怕羞了他，連忙倒退回身子，走下胡梯。慌的經濟兜小衣不迭，婦人正穿裙子。婦人便叫春梅：「我的好姐姐，你上來，我和你說話。」那春梅于是走上樓來。金蓮道：「我的好姐姐，你姐夫不是別人，我今教你知道了罷。俺兩個情孚意合，拆散不開！你千萬休對人說，只放在你心裏！」春梅便說：「好娘，說那裏話！奴伏侍娘這幾年，豈不知娘心腹，肯對人說！」婦人道：「你若肯遮蓋俺每，趁你姐夫在這裏，你也過來和你姐夫睡一睡，我方信你。你若不肯，只是不可憐見俺每了！」那春梅把臉羞的一紅一白，只得依他；卸下湘裙，解開褪帶，仰在凳上，儘著這小夥兒受用。有這等事！正是：明珠兩顆皆無價，可奈檀郎盡得鑽！有紅繡鞋為證：

　假認做女婿親厚，往來和丈母歪偷！人情裏包藏鬼胡油❶！明講做兒女禮，暗結下燕鶯儔，他兩個見今有！

當下經濟耍了春梅，拏茶葉出去了。潘金蓮便與春梅打成一家，與這小夥兒暗約偷期，非只一日，只背著秋菊。婦人偏聽春梅說話，衣服首飾，揀心愛者與之，託為心腹。

六月初一日，金蓮娘潘姥姥老病沒了，有人來說。吳月娘買一張插桌、三牲、冥紙，教金蓮坐轎子，往門外探喪祭祀。去了一遭回來。到次日，卻是六月初三日，金蓮起來的早，在月娘房裏坐著說了半日話出來。走在大廳院子裏牆根下，急了溺尿。正撩起裙子，蹲踞溺尿。原來西門慶死了，沒人客來往，等閒大廳儀門，只是關閉不開。經濟在東廂房住，纔起來。忽聽見有人在牆根石榴花樹下，溺的尿刷刷的響。悄悄向窗眼裏張看，卻不想是他。便道：「是那個撒野，在這裏溺尿？撩起衣服，看濺濕了裙子了！」這婦人連忙繫上裙子，走到窗下問道：「原來你在屋裏，這咱纔起來？好自在！大姐沒在房裏麼？」經濟道：「在後邊幾時出來！昨夜三更纔睡。大娘後邊拉住我聽宣紅羅寶卷，與他聽坐到那咱晚，險些兒沒把腰累癱痪❷了！今日白扒不起來。」金蓮道：「賊牢成的，就休搗謊哄我！昨日我不在家，你幾時在上房內聽宣卷來？丫鬟說你昨日在孟三兒屋裏吃飯來！」經濟道：「早是大姐看著，俺每都在上房內，幾時在他屋裏去來？」說著，這小夥兒站在炕上，把那話弄的硬硬的，直豎的一條棍，隔窗眼裏舒過來。婦人一見，笑的要不的，罵道：「怪賊牢拉的短命！猛可舒出你老子頭來，諕了我一跳！你趁早

❶ 鬼胡油：鬼混；胡攪。

❷ 癱痪：直不起腰來。

好好抽進去，我好不好拏針刺與你一下子，教你忍痛哩！」經濟笑道：「你老人家這回兒又不待見他起來，你好歹打發他個好去處，也是你一點陰騭！」婦人罵道：「好個怪牢成久慣的囚根子！」一面向腰裏摸出面青銅小鏡兒來，放在窗欞上，假做勻臉照鏡。一面用朱唇吞裏吮咂他那話。吮咂的這小郎君，一點靈犀灌頂，滿腔春意融心。正是：自有內事迎郎意，慇懃愛把紫簫吹。原來婦人做作如此，若有人看見，只說他照鏡勻臉，麼不顯其事。其淫蠱顯然，通無廉恥！正咂在熱鬧處，忽聽的有人走的腳步兒響。這婦人連忙摘下鏡子，走過一邊。經濟便把那話抽回去。卻不想是來安兒小廝走來說：「傅大郎前邊，請姐夫吃飯哩。」經濟道：「教你傅大郎且吃著，我梳頭哩，就來。」來安兒回去了。婦人便悄悄向經濟說：「晚夕你休往那裏去了，在屋裏。我使春梅叫你，好歹等我有話和你說。」經濟道：「謹依來命！」婦人說畢，回房去了。經濟梳洗畢，往鋪中自做買賣不題。

不一時，天色晚來，那日月黑星密，天氣十分炎熱。婦人令春梅燒湯熱水，要在房中洗澡。修剪足甲，床上收拾衾枕，趕了蚊子，放下紗帳子。小篆內炷了香。春梅便叫：「娘，不知今日是頭伏？你不要些鳳仙花染指甲？我替你尋些來。」婦人道：「你尋去。」春梅道：「我直往那邊大院子裏纔有，我去拔幾根來。娘教秋菊尋下杵臼，搗下蒜。」婦人附耳低言，悄悄分付春梅：「你就廂房中請你姐夫晚夕來，我和他說話。」這春梅去了。這婦人在房中，比及洗了香肌，修了足甲，也有好一回。只見春梅拔了幾棵鳳仙花來，整叫秋菊搗了半夜。婦人又與了他幾鍾酒吃，打發他廚下先睡了。婦人燈光下染了十指春蔥，令春梅拏凳子放在天井內，鋪著涼簟衾枕納涼。約有更闌時分，但見朱戶無聲，玉繩低轉，牽牛織女二星，隔在天河兩岸。又忽聞一陣花香，幾點螢火。婦人手拈紈扇，正伏枕而待。春梅把角門虛掩。正是：待月西廂下，迎風戶半開。隔牆花影動，疑是玉人來。原來經濟約定搖木槿花樹為號，就知他來了。婦人見花枝搖影，知是他來。便在院內咳嗽接應。他推開門進來，兩個並肩而坐。婦人便問：「你來，房中有誰？」經濟道：「大姐今日沒出來。我已安付元宵兒在房裏，有事先來叫我。」因問：「秋菊睡了。」婦人道：「已睡熟了。」說畢，相摟相抱，二人就在院內凳上，赤身露體，席枕交歡，不勝繾綣。但見：情興兩和諧，摟定香肩臉揾腮。手捻香乳綿似軟，實奇哉！掀起腳兒脫繡鞋，玉體著郎懷，舌送丁香口便開。倒鳳顛鸞雲雨罷，囑多才，明朝千萬早些來！兩個雲雨畢，婦人拏出五兩碎銀子來，遞與經濟說：「門外你潘姥姥死了，棺材已是你爹在日，與了他。三日入殮時，你大娘教我去探喪燒紙來了。明日出殯，你大娘不放我去。說你爹熱孝在身，只見出門。這五兩銀子交與你，明日央你早去門外，發送發送你潘姥姥，打發抬錢，看著下入土內，你來家，就同我去一般。」這經濟一手接了銀子，說：「這個不打緊，你分付我幹事，受人之託，必當終人之事！我明日絕早出門，幹畢事，來回你老人家。」說畢，恐大姐進房，老早歸廂房中去了。

一宿晚景休題。到次日，到飯時就來家。金蓮纔起來，在房中梳頭。經濟走來回話，就門外昭化寺裏，拏了兩枝茉莉花兒來婦人戴。婦人問：「棺材下了葬了？」經濟道：「我管何事？不打發他老人家黃金入了櫃，我敢來回話？還剩了二兩六七錢銀子，交付與你妹子收了，盤纏度日。千恩萬謝，多多上覆你。」婦人聽見他娘入土，落下淚來。便叫春梅：「把花兒浸在盞內，看茶來與你姐夫吃。」不一時，兩盒兒蒸酥，四碟小菜，打發經濟吃了茶，往前邊去了。由是越發與這小夥兒日親日近。

一日七月天氣，婦人早晨約下他：「你今日休往那裏去，在房中等著。我往你房裏，和你耍耍。」

這經濟答應了。不料那日被崔本邀了他，和幾個朋友，往門外耍子。去了一日，吃的大醉來家，倒在床上，就睡著了，不知天高地下。黃昏時分，金蓮驀地到他房中。見他挺在床上，行禮兒也顧不的，推他推不醒，就知他在那裏吃了酒來。可霎作怪，不想婦人摸他袖子裏，掉下一根金頭蓮瓣簪兒來。上面鈒著兩溜字兒：「金勒馬嘶芳草地，玉樓人醉杏花天。」迎亮一看，就知是孟玉樓簪子。怎生落在他袖中？想必他也和玉樓有些首尾。不然他的簪子，如何他袖著？怪道這短命，幾次在我面上無情無緒！我若不留幾個字兒與他，只說我沒來。等我寫四句詩在壁上，使他知道。待我見了，慢慢追問他下落。于是取筆在壁上寫了四句，詩曰：

獨步書齋睡未醒，空勞神女下巫峰。
襄王自是無情緒，辜負朝朝暮暮情！

寫畢，婦人回房中去了。卻說經濟睡起一覺，酒醒過來，房中掌上燈，因想起今日婦人來相會，我卻醉了。回頭見壁上寫了四句詩在上，墨跡猶新。念了一遍，就知他來到，空回去了。打了送上門的風月兒，白丟了！心中懊悔不已：「這咱約起更時分，大姐元宵兒都在後邊未出來。我若往他那邊去，角門又關了！」走來木槿花下搖花枝為號，不聽見裏面動靜。不免踩著太湖石，扒過粉牆去。那婦人見他有酒，醉了挺覺，大恨歸房，悶悶在心，就渾衣上床歪睡。不料半夜，他扒過牆來。見院內無人，想丫鬟都睡了，悄悄躡足潛蹤，走到房門首。見門虛掩，就挨身進來。窗間月色，照見床上婦人，獨自朝裏歪著。低聲叫可意人數聲，不應。說道：「你休怪我，今日崔大哥眾朋友邀了我往門外五里原莊上，射箭耍子了一日，來家就醉了。不知你到，有負你之約。恕罪，恕罪！」那婦人也不理他。這經濟見他不理，慌了。一面跪在地下，說了一遍，又重複一遍。被婦人反手望臉上搧了一下，罵道：「賊牢拉負心短命！還不悄悄的，丫頭聽見！我知道你有個人，把我不放到心！你今日端的那去來？」經濟道：「我本被崔大哥拉了門外射箭去，灌醉了來，就睡著了！失誤你約，你休惱我！我看見你留詩在壁上，就知惱了你！」婦人道：「怪搗鬼牢拉的，別要說嘴，與我禁聲！你搗的鬼，如泥彈兒圓，我手內放不過你！今日便是崔本叫了你吃酒，醉了來家。你袖子裏這根簪子，卻是那裏的？」經濟道：「本是那日花園中拾的來，今纔兩三日了。」婦人道：「你還㑹神搗鬼，是那花園裏拾的？你再拾一根來我纔算！這簪子是孟三兒那麻淫婦的頭上簪子，我認千真萬真！上面還鈒著他名字，你還哄我？嗔道前日我不在，他叫進你房裏吃飯。原來你和他七個八個，我問著，你還不承認！你不和他兩個有首尾，他的簪子緣何到你手裏？原來把我的事，都透露出與他！怪道前日他見了我笑，原來有你的話在裏頭！自今以後，你是你，我是我，綠豆皮兒，請退❸了！」于是急的經濟賭神發咒，繼之以哭，道：「我經濟若與他有一字絲麻皁線❹，靈的是東岳城隍，活不到三十歲，生碗來大疔瘡，害三五年黃病，要湯不見，要水不見！」那婦人終是不信，說道：「你這賊才料，說來的牙疼誓！虧你口內不害硶❺！」兩個絮聒了一回，見夜深了，不免解卸衣衫，挨身上床躺下。那婦人把身子扭過，倒背著他，使個性兒不理他。由著他姐姐長，姐姐短，

❸ 綠豆皮兒二句：綠豆的皮「青」已「褪」了。「青褪」是「請退」的諧聲。

❹ 絲麻皁線：些微私弊。

❺ 害硶：怕羞。

只是反手望臉上搊過去。諕的經濟氣也不敢出一聲兒來，乾霍亂❻了一夜，就不曾肏成毬頭。天明，恐怕丫頭起身，依舊越牆而過，往前邊廂房中去了。有醉扶歸詞為證：

我嘴搵著他油䰂髻，他背靠著胸肚皮。早難送香腮左右偎，只在頂窩兒裏長吁氣！一夜何曾見面皮，只覷著牙梳背！

看官聽說：往後金蓮還把這根簪子，與了經濟。後來孟玉樓嫁了李衙內，往嚴州府去。經濟還拏著這根簪子做證見，認玉樓是姐，要暗中成事。不想玉樓哄跐，反陷經濟牢獄之災。此事表過不題。正是：三光有影遣誰繫，萬事無根只自生。畢竟後來如何，且聽下回分解。

❻ 乾霍亂：白白地忙亂。

第八十三回　秋菊含恨洩幽情　春梅寄柬諧佳會

堪笑西門識未通，惹將桃李笑春風。
滿床錦被藏賊睡，三頓珍羞養大蟲。
愛物只圖夫婦好，貪財常把丈人坑。
更有一件堪觀處，穿房入屋弄乾坤。

話說潘金蓮見陳經濟天明越牆過去了，心中又後悔。次日卻是七月十五日，吳月娘坐轎子出門，往地藏庵薛姑子那裏，替西門慶燒盂蘭會箱庫去。金蓮眾人，都送月娘到大門首回來。孟玉樓、孫雪娥、西門大姐，都往後邊去了。獨金蓮落後，走到前廳儀門首，撞遇經濟正在李瓶兒那邊樓上，尋了解當庫衣物抱出來。金蓮叫住，便向他說：「昨日我說了你幾句，你如何使性兒，今早就跳博出來了？莫不真個和我罷了？」經濟道：「你老人家還說哩，一夜誰睡著來？險些兒一夜沒曾把我麻犯死了！你看把我臉上肉，也撾的去了！」婦人罵道：「賊短命！既不與他有首尾，賊人膽兒虛，你平白走怎的！」經濟向袖中取出了紙帖兒來，婦人打開觀看，卻是寄生草一詞，說道：

動不動，將人罵，一徑把臉兒上撾。千般做小伏低下，但言語，便要和咱罷！罷字兒說的人心怕。

忘恩失義俏冤家，你眉兒淡了教誰畫？

金蓮一見，笑了，說道：「既無此事，你今晚來後邊，我慢慢再問你。」經濟道：「吃你麻犯了人，一夜誰合眼兒來！等我白日裏睡一覺兒去。」婦人道：「你不去，和你算帳！」說畢，婦人回房去了。經濟拏衣物往鋪子裏來，做了一回買賣。歸到廂房，歪在床上，睡了一覺。盼望天色晚來，要往金蓮那邊去。不想比及到黃昏時分，天氣一陣陰黑來，窗外簌簌下起雨來。正是：蕭蕭庭院黃昏雨，點點芭蕉不住聲。這經濟見那雨下得緊，說道：「好個不做美的天！他甫能教我對證話去，今日不想又下起雨來，好悶倦人也！」于是長等短等，那雨不住。簌簌直下到初更時分，下的房簷上流水。這小郎君等不得雨住，披著一條茜紅毯子臥單❶在身上。那時吳月娘來家，大姐與元宵兒都在後邊沒出來。于是鎖了房門，從西角門大雨裏，走入花園金蓮那邊，推了推角門。婦人知他今日晚必來，早已分付春梅，灌了秋菊幾鍾酒，同他在炕房裏先睡了。以此把角門虛掩。這經濟推了推角門，見掩著，便挨身而入，進到婦人臥房。見紗窗半啓，銀蠟高燒，桌上酒果已陳，金尊滿泛。兩個並肩疊股而坐。婦人便問：「你既不曾與孟三兒勾搭，這簪子怎得到你手裏？」經濟道：「本是我昨日在花園荼蘼架下拾的。若哄你，便促死促滅！」婦人道：「既無此事，還把這根簪子與你關頭❷，我不要你的。只要把我與你簪子香囊帕兒物事

❶ 臥單：被單。

❷ 關頭：綰髮髻。關，借作「綰」。

收好著，少了我一件兒，我與你答話！」兩個吃酒下棋，到一更方上床就寢。顛鸞倒鳳，整狂了半夜。婦人把昔日西門慶枕邊風月，一旦盡付與情郎身上。

卻說秋菊在那邊屋裏，夜聽見這邊房裏，恰似有男子聲音說話，更不知是那個了。到天明雞叫時分，秋菊起來溺尿。忽聽那邊房內開的門響，朦朧月色，雨尚未止。打窗眼看見一人，披著紅臥單，從房中出去了，恰似陳姐夫一般：「原來夜夜和我娘睡！我娘自來人前會撇清，乾淨暗裏養著女婿！」次日，逕走到後邊廚房裏，就如此這般，對小玉說。不想小玉和春梅好，又告訴與春梅：「你那邊秋菊說，你娘養著陳姐夫。昨日在房裏睡了一夜，今早出去了。大姑娘和元宵，又沒在前邊睡。」這春梅歸房，一五一十對婦人說：「娘不打與你這奴才幾下，教他騙口張舌❸，葬送主子！」金蓮聽了大怒，就叫秋菊到跟前跪著，罵道：「教你煎煎粥兒，就把鍋來打破了！你屁股大，吊了心也怎的？我這幾日沒曾打你，這奴才骨朵痒了！」于是拏棍子，向他脊背上儘力狠抽了三十下。打的殺豬也似叫，身上都破了。春梅走將來，說：「娘沒的打他這幾下兒，與他搊痒痒兒哩！旋剝了，叫將小廝來，拏大板子，儘力砍與他二三十板，看他怕不怕！湯他這幾下兒，打水不渾的，只像鬥猴兒一般！他好小膽兒，你想他怕也怎的！做奴才，裏言不出，外言不入。都似這般，養出家生哨兒來了！」秋菊道：「誰說甚麼來？」婦人道：「還說嘴哩！賊破家誤五鬼的奴才，還說甚麼！」幾聲喝的秋菊往廚下去了。正是：蚊蟲遭扇打，只為嘴傷人！

一日八月中秋時分，金蓮夜間暗約經濟賞月飲酒，和春梅同下鱉棋兒。晚夕貪睡失曉，至茶時前後，

❸ 騙口張舌：搬弄口舌。

還未起來，頗露圭角。不想被秋菊睃到眼裏，連忙走到後邊上房門首，對月娘說。不想月娘正梳頭，小玉在上房門，秋菊拉過他一邊，告他說：「俺姐夫如此這般昨日又在我娘房裏，歇了一夜，如今還未起來哩！前日為我告你說，打了我一頓。今日真實看見，我須不賴他。請奶奶快去瞧去。」小玉罵道：「張眼露睛奴才，又來葬送主子！俺奶奶梳頭哩，還不快走哩！」月娘便問：「他說甚麼？」小玉不能隱諱，只說五娘使秋菊來請奶奶說話，更不題出別的事。這月娘梳了頭，輕移蓮步，驀然來到前邊金蓮房門首。早被春梅看見，慌的先進來報與金蓮。金蓮與經濟兩個還在被窩內未起。聽見月娘到，兩個都吃了一驚，慌做手腳不迭。連忙藏經濟在床身子裏，用一床錦被遮蓋的。教春梅放小桌兒，在床上拏過珠花來，且穿珠花。不一時，月娘到房中坐下，說：「六姐，你這咱裏還不見出門，只道你做甚麼，原來在屋裏穿珠花哩。」一面拏在手中觀看，誇道：「且是穿得好！正面芝麻花，兩邊槅子眼方勝兒，周圍蜂趕菊。你看著的珠子，一個挨一個兒，湊的同心結，且是好看！到明日你也替我穿恁條箍兒戴。」婦人見月娘說好話兒，那心頭小鹿兒，纔不跳了。一面令春梅倒茶來，與大娘吃。少頃，月娘吃了茶，坐了回去了，說：「六姐，快梳了頭，後邊坐。」金蓮道：「知道。」打發月娘出來，連忙攛掇經濟出港，往前邊去了。春梅與婦人整捏兩把汗。婦人說：「你大娘等閒無事，他不來我這屋裏來。無上事，他今日大清早來做甚麼？」春梅道：「左右是咱家這奴才戳的來。」不一時，只見小玉走來，如此這般：「秋菊後邊說去，說姐夫在這屋裏，明睡到夜，夜睡到明。被我罵喝了他兩聲，他還不動。俺奶奶問，我沒的說，只說五娘請奶奶說話，方纔來了。你老人家只放在心裏，大人不見小人過，只隄防著這奴才就是了！」看官聽說：雖是月娘不信秋菊說話，只恐金蓮少女嫩婦，沒了漢子，日久一時心邪，著了道兒，恐傳出去，被外人唇齒。西門慶為人一場，沒了多時光兒，家中婦人都弄的七顛八倒，恰似我養的這孩子，也來路不明一般！香香噴噴在家裏，臭臭烘烘在外頭。又以愛女之故，不教大姐遠出門。把李嬌兒廂房挪與大姐住，教他兩口兒搬進後邊儀門裏來。遇著傅夥計家去，教經濟輪番在鋪子裏上宿。取衣物藥材，同玳安兒出入。各處門戶，都上了鎖鑰。丫鬟婦女，無事不許往外邊去。凡事都嚴禁。這潘金蓮與經濟兩個熱突突恩情，都間阻了。正是世間好事多間阻，就裏風光不久長！有詩為證：

幾向天臺訪玉真，三山不見海沈沈。
侯門一入深如海，從此蕭郎是路人！

潘金蓮自被秋菊洩露之後，月娘雖不見信，晚夕把各處門戶都上了鎖。西門大姐搬進李嬌兒房中居住。經濟尋取藥材衣物，同玳安或平安眼同出入。二人恩情，都間阻了。約一個多月，不曾相會一處。金蓮每日，難挨繡幃孤枕，怎禁畫閣淒涼？未免害些木邊之目，田下之心❹，脂粉懶勻，茶飯頓減，帶圍寬褪，懨懨瘦損。每日只是思睡，扶頭不起。有春梅向前問道：「娘，你這兩日怎的不去後邊坐？或是往花園中散心走走？每日短歎長吁，端的為些甚麼？」婦人道：「你不知道我與你姐夫相交？」有鴈兒落為證：

我與他好似並頭蓮一處生，比目魚纏成塊。初相逢熱似黏，乍離別怎難禁耐。好是怪奇哉，這兩

❹ 木邊之目二句：相思。

日他不進來！大娘又把門上鎖，花園中狗兒乖。難猜，奴婢每毆聽的怪；這相思實難解！

春梅道：「娘，你放心，不妨事。塌了天，還有四個大漢扶著哩！昨日大娘留下兩個姑子，今晚夕宣卷，後邊關的儀門早。晚夕我推往前邊馬坊內取草裝填枕頭，等我往前邊鋪子裏叫他去。你寫下個柬帖兒，與我拏著。我好歹叫了姐夫，和娘會一面。娘心下如何？」婦人道：「我的好姐姐！你若肯可憐見，叫得他來，我恩有重報，不敢有忘！我的病兒好了，替你做雙滿臉花鞋兒！」春梅道：「娘說的是那裏話。你和我是一個人，爹又沒了，你明日往前後進，我情願跟娘去。咱兩個還在一處。」婦人道：「你有此心，可知好哩！」婦人于是輕拈象管，款拂花箋，寫就一個柬帖兒，彌封停當。到于晚夕，婦人先在後邊月娘前，假托心中不自在，得了個金蟬脫殼，歸到前邊，房中沒事。月娘後邊儀門，老早關了。丫鬟婦女都放出來，聽尼僧宣卷。金蓮央及春梅遞與他柬帖，說道：「好姐姐，你快些請他去！」有河西六娘子為證：

央及春梅好姐，你放寬洪海量些。俺團圓，只難今宵夜。嗏，你把腳步兒快走些些，我這裏錦被兒重重等待者。

春梅道：「等我先把秋菊那奴才，與他幾鍾酒灌醉了，倒扣他在廚房內。我方拏了筐，推往前邊馬坊中取草來填枕頭，就叫他來。」于是篩了兩大碗酒，打發秋菊吃的，扣他在廚房內。拏了婦人柬帖兒出門。有鴈兒落為證：

我與馬坊中，推取草；到前邊，就把他來叫。歸來把狗兒藏，門上將鎖兒套。尊前酒兒篩，床上
燈兒罩。帳煖度准備鳳鸞交。休教人知覺，把秋菊灌醉了。今宵，聽著花影動，知他到；今宵，
管恁兩個成就了！

春梅走到前邊，撮了一筐草，到印子鋪門首叫門。正值傅夥計不在鋪中，往家去了。獨有經濟在炕上，纔歪下。忽見有人叫門，問：「是那個？」春梅道：「是你前世娘，散相思五瘟使！」經濟開門。見是他，滿臉笑道：「原來是小大姐，沒人，請裏面坐。」進入房內，見桌上點著燭，問：「小廝每在那裏？」經濟道：「玳安和平安在那裏生藥鋪中睡哩。獨我一個在此受孤恓，挨冷淡，就是小生！」春梅道：「俺娘多上覆，你好人兒，這幾日就門邊兒也不傍，往俺那屋裏走走去！說你另有了對門主顧兒了，不希罕俺娘兒每了！」經濟道：「那裏話！自從那日因些閒話，見大娘緊門緊戶，所以不耐煩走動。」春梅道：「俺娘為你這幾日，心中好生不快！逐日無心無緒，茶飯懶吃，做事沒入腳處。今日大娘留他後邊聽宣卷，也沒去就來了，一心只是牽掛你。巴巴使我捎寄了一柬帖在此，好歹教你快去哩！」這經濟接過柬帖，見封的甚密。拆開觀看，卻是寄生草一詞，說道：

將奴這桃花面，只因你憔瘦損。不是因惜花愛月傷春困，則是因今春不減前春恨！常則是淚珠兒
滴盡相思症，恨的是繡幃燈照影兒孤，盼的是書房人遠天涯近！

經濟一見了此詞，連忙向春梅躬身，深深地唱諾，說道：「多有起動起動，我並不知他不好，沒曾去看

的你娘兒每，休怪，休怪！你且先走一步，我收拾了如今就去。」一面開櫥門，取出一方白綾汗巾，一副銀三事挑牙兒荅贈。和春梅兩個摟抱，按在炕上且親嘴咂舌，不勝歡謔。正是：無緣得會鶯鶯面，且把紅娘去解饞！有詩為證：

淡畫眉兒斜插梳，不欣拈弄繡工夫。
雲窗霧閣深深許，靜坐芸窗學景書。
多艷麗，更清姝，神仙標映世間無。
當初只說梅花似，細看梅花卻不如。

當下兩個相戲了一回，春梅先拏著草歸到房來，一五一十對婦人說：「姐夫我叫了，他便來也！他看了你那柬帖兒，好不喜歡。與我深深作揖，與了我一方汗巾，一副銀挑牙兒相謝。」婦人便叫春梅：「你去外邊看著，只怕他來，休教狗咬。」春梅道：「我把狗藏過一邊。」原來那時正值中秋八月十六七，月色正明。且說陳經濟旋那邊生藥鋪叫過平安兒來這邊歇。他一個獵古調兒，前邊花園門關了，打後邊角門走入金蓮那邊，搖木槿花為號。春梅隔牆看見花梢動，且連忙以咳嗽應之，報婦人。經濟推開門，挨身進入到房中。婦人迎門接著笑語，說道：「好人兒，就不進來走走兒？」經濟道：「彼此怕是非，躲避兩日兒。不知你老人家不快，有失問候！」婦人道，有四換頭詞為證：

赤緊的❺因此閒話，把海樣恩情一旦差。你這兩日門兒不抹，我心兒掛。關情的我兒，你怎生便撇的下！

兩個坐下，春梅關上角門，房中放桌兒，擺上酒肴。婦人和經濟並肩疊股而坐。春梅打橫，把酒來斟。穿盃換盞，倚翠偎紅，吃了一回。擺下棋子，三人同下鱉棋兒。吃得酒濃上來，婦人嬌眼施斜，烏雲半嚲，便赤身露體仰臥在一張醉翁椅上兒。經濟亦脫的上下沒條絲，也對坐一椅，在燈下行事。卻表秋菊在後邊廚下，睡到半夜裏，起來淨手。見房門倒扣著，推不開。于是伸手出來，拔了門弔兒❻，大月亮地裏，躡足潛蹤，走到前房窗下，打窗眼裏潤破窗紙，望裏張看。見房中掌著明晃晃燈燭，三個吃的大醉，都光赤著身子，正做得好。兩個對面坐著椅子，春梅便在後邊推車，三人串作一處。但見：一個不顧夫主名分，一個那管上下尊卑。一個氣喘吁吁，猶如牛吼柳影；一個嬌聲嚦嚦，猶似鶯囀花間。一個椅上逞雨意雲情，一個耳畔說山盟海誓。一個寡婦房內，翻為快活道場；一個丈母跟前，變作行淫世界。一個把西門慶枕邊風月，盡付與嬌婿，一個將韓壽偷香手段，悉送與情娘。正是：寫成今世不休書，結下來生歡喜帶！當時都被秋菊看到眼裏，口中不說，心裏想道：「還只在人前撇清要打我，今日卻真實被我看見了。到明日對大娘說，莫非又說騙嘴張舌賴他不成！」于是瞧了個不亦樂乎，依舊還往廚房中睡去了。三個整狂到三更時分纔睡。春梅未曾天明，先起來。走到廚房，見廚房門開了，便問秋菊。秋菊道：「你還說哩！我尿急了，往那裏溺？我拔了門弔，出來院子裏溺尿來。」春梅道：「成精奴才，

❺ 赤緊的：當真。

❻ 門弔兒：門上的搭鈎，即「了鳥」。

屋裏放著榪子溺不是？」秋菊道：「我不知榪子在屋裏。」兩個後邊聒譟。經濟天明起來，早往前邊去了。正是：兩手劈開生死路，翻身跳出是非門。婦人便問春梅：「後邊亂甚麼？」這春梅如此這般，告說秋菊夜裏開門一節。婦人發恨要打秋菊。這秋菊早晨，又走來後邊報與月娘知道。被月娘喝了一聲，罵道：「賊葬弄主子的奴才！前日平空走來輕事重報，說他主子窩藏陳姐夫在屋裏，明睡到夜，夜睡到明，叫了我去。他主子正在床上放炕桌兒，穿珠花兒，那得陳姐夫來？落後陳姐夫打前邊來。恁一個弄主子的奴才！一個大人放在屋裏，端的走糖人兒木頭兒，不拘那裏安放了？一個漢子，那裏發落？莫不放在眼面前不成？傳出去，知道的是你這奴才每葬送主子；不知道的，只說西門慶平昔要的人強占多了，人死了多少時兒，老婆每一個個都弄的七顛八倒！恰似我的這孩子，也有些甚根兒不正一般！」于是要打秋菊。諕的秋菊往前邊疾走如飛，再不敢來後邊說去了。婦人聽見月娘喝出秋菊，不信其事，心中越發放下膽子來了。于是與經濟作一詞以自快。有紅繡鞋為證：

會雲雨風般疏透，閒是非屁似休偢，那怕無縫鎖上十字扭！輪鍬的閃了手腕，散楚的叫破咽喉，咱兩個關心的情越有！

西門大姐聽見此言，背地裏審問。陳經濟道：「你信那汗邪了的奴才，我昨日見在鋪子上宿，幾時往花園那邊去了，花園門成日又關著。」西門大姐罵道：「賊囚根子，你別要說嘴！你若有風吹草動，到我耳朵內，惹娘說我，你就信信脫脫去了罷，也休想在這屋裏了！」經濟道：「是非終日有，不聽自然無！怪不的說舌的奴才，到明日得了好，大娘眼見不信他。」西門大姐道：「得你這般說，就好了。」正是：

誰料郎心輕似絮，那知妾意亂如絲！
畢竟未知後來何如，且聽下回分解。

第八十四回　吳月娘大鬧碧霞宮　宋公明義釋清風寨

冬夏長青不世情，乾坤妙化屬生成。
清標不染塵埃氣，貞操惟持泉石盟。
凡節通靈無並品，孤霜釀味有餘馨。
世人欲問長生術，到底芳姿益壽齡。

話說一日吳月娘請將吳大舅來商議，要往泰安州頂上，與娘娘進香；西門慶病重之時，許的願心。吳大舅道：「既要去，須是我同了你去。」一面備辦香燭紙馬祭品之物。玳安、來安兒跟隨，顧了頭口騎。月娘便坐一乘煖轎子，分付孟玉樓、潘金蓮、孫雪娥、西門大姐：「好生看家，同奶子如意兒、眾丫頭，好生看孝哥兒。後邊儀門，無事早早關了。休要出去外邊。」又分付陳經濟：「休要那去，同傅夥計大門首看顧。我約莫到月盡就來家了。」十五日早晨燒紙通誠，晚夕辭了西門慶靈，與眾姊妹置酒作別。把房門各庫門房鑰匙，交付與小玉拏著：「前後仔細。」次日早五更起身，離了家門，一行人顧了頭口，眾姊妹送出大門而去。那秋深時分，天寒日短，一日行兩程，六七十里之地，未到黃昏，投客店村坊安歇。次早再行。一路上秋雲淡淡，寒雁啛啛，樹木凋落，景物荒涼，不勝悲愴。有詩單道月娘為夫主遠涉關山答心願為證：

平生志節傲冰霜，一點真心格上蒼。
為夫遠許神州願，千里關山姓字香。

話休饒舌，一路無詞。行了數日，到了泰安州。望見泰山，端的是天下第一名山。根盤地腳，頂接天心。居齊魯之邦，有巖巖之氣象。吳大舅見天晚，投在客店，歇宿一宵。次日早起上山，望岱岳廟來。那岱岳廟就在山前，乃累朝祀典，歷代封禪，為第一廟貌也！但見：廟居岱岳，山鎮乾坤。為山岳之至尊，乃萬福之領袖。山頭倚檻，直望弱水蓬萊；絕頂攀松，都是濃雲薄霧。樓臺森聳，金烏展翅飛來；殿宇稜層，玉兔騰身走到。雕梁畫棟，碧瓦朱簷。鳳扉亮槅映黃紗，龜背繡簾垂錦帶。遙觀聖像，九獵舞舜目堯眉；近觀神顏，袞龍袍湯肩禹背。九天司命，芙蓉掩映絳綃衣；炳靈聖公，赭黃袍偏襯藍田帶。左侍下玉簪朱履，右侍下紫綬金章。闔殿威儀，護駕三千金甲將；兩廊勇猛，擎王十萬鐵衣兵。蒿里山下，判官分七十二司；白騾廟中，土神按二十四氣。管太池鐵面太尉，日日通靈；掌生死五道將軍，年年顯聖。御香不斷，天神飛馬報丹書；祭祀依時，老幼望風祈護福。嘉寧殿祥雲香藹，正陽門瑞氣盤旋。正是萬民朝拜碧霞宮，四海皈依神聖帝！吳大舅領月娘，到了岱岳廟正殿上，進了香，瞻拜了聖像。廟祝道士，在旁宣念了文書；然後兩廊都燒化了錢紙，吃了些齋食。然後統領月娘上頂，登四十九盤，攀藤攬葛上去。娘娘金殿，在半空中，雲煙深處，約四十五里。風雲雷雨，都望下觀看。月娘眾人，從辰牌時分岱岳廟起身，登盤上頂，至申時已後，方至娘娘金殿上。有朱紅牌匾，金書「碧霞宮」三字。進入宮內，瞻禮娘娘金身。怎生模樣？但見：頭綰九龍飛鳳髻，身穿金縷絳綃衣。藍田玉帶曳長裙，白玉圭璋擎彩袖。臉如蓮萼，天然眉目映雲鬟；唇似金朱，自在規模瑞雪體。猶如王母宴瑤池，卻似嫦娥離月殿。正大仙容描不就，威嚴形像畫難成！

月娘瞻拜了娘娘仙容。香案邊立著一個廟祝道士，約四十年紀。生的五短身材，三溜髭鬚，明眸皓齒。頭戴簪冠，身披絳服，足穿云履。向前替月娘宣讀了還願文疏，金爐內炷了香，焚化了紙馬金銀，令左右小童收了祭供。原來這廟祝道士，也不是個守本分的。乃是前邊岱岳廟裏金住持的大徒弟，姓石雙名伯才。極是個貪財好色之輩，趨時攬事之徒。這本地有個殷太歲，姓殷，雙名天錫，乃是本州知州高廉的妻弟。常領許多不務本的人，或張弓挾彈，牽架鷹犬，在這上下二宮，專一睃看四方燒香婦女，人不敢惹他。這道士石伯才，專一藏奸蓄詐，替他賺誘婦女到方丈，任意姦淫，取他喜歡。因見月娘生的姿容非俗，戴著孝冠兒。若非官戶娘子，定是豪家閨眷；又是一位蒼白髭鬚老子，跟隨兩個家童。不免向前稽首，收謝神福，請二位施主方丈一茶。吳大舅便道：「不勞生受，還要趕下山去。」伯才道：「就是下山，也還早哩。」不一時，說至方丈。裏面糊的雪白，正面芝麻花坐床，柳黃錦帳，香几上供養一軸洞賓戲白牡丹圖畫。左右一聯淡濃之筆，大書「攜兩袖清風舞鶴，對一軒明月談經」。問吳大舅上姓。大舅道：「在下姓吳名鎧，這個就是舍妹吳氏。因為夫主來還香願，不當取擾上官。」伯才道：「既是令親，俱延上坐。」他便主位坐了，便叫徒弟守清、守禮看茶。原來他手下有兩個徒弟，一個叫郭守清，一個名郭守禮，皆十六歲，生的標致。頭上戴青段道髻，用紅扎住總角，後用兩根飄帶。身穿青絹道服，腳上涼鞋淨襪，渾身香氣襲人。客至則遞茶遞水，斟酒下菜。到晚來，背地來掇箱子，拏他解饞填餡。明雖為腳兒徒弟，實為師父大小老婆。更有一件不可說，脫了褲子，每人小幅裏夾著一條大手巾。看官聽說：但凡人家好兒好女，切記休要送與寺觀中出家，為僧作道；女孩兒做女冠姑子，都稱瞎男盜女娼。十個九個都著了道兒。有詩為證：

琳宮梵剎事因何，道即天尊釋即佛。
廣栽花草虛清意，待客迎賓假做作。
美衣麗服裝徒弟，浪酒鬧茶戲女娥。
可惜人家嬌養子，送與師父作老婆。

不一時，兩個徒弟守清、守禮房中安放桌兒，就擺齋上來，都是美口甜食，蒸煠餅饊鹹春饌，各樣菜蔬，擺滿春臺。白定磁盞兒，銀杏葉匙，絕品雀舌甜水好茶。吃了茶，收下家火去。就擺上案酒，大盤大碗肴饌，都是雞、鵝、魚、鴨葷菜上來。斟琥珀銀鑲盞，滿泛金波。吳月娘見酒來，就要起身。叫玳安近前，用紅漆盤托出一疋大布，二兩白金，與石道士作致謝之禮。吳大舅便說：「不當打攪上宮。這些微禮，致謝仙長，不勞見賜酒食。天色晚來，如今還要趕下山去。」慌的石伯才致謝不已，說：「小道不才，娘娘福蔭，在本山碧霞宮做個主持，仗賴四方錢糧，不管待四方財主，作何項下使用？今聊備粗齋薄饌，倒反勞見賜厚禮，使小道卻之不恭，受之有愧！」辭謝再三，方令徒弟收下去。一面留月娘、吳大舅坐：「好歹坐片時，略飲三盃，盡小道一點薄情而已。」吳大舅見款留懇切，不得已和月娘坐下。不一時熱下飯上來，石道士分付徒弟：「這個酒不中吃，另打開昨日徐知府老爹送的那一罈透瓶香荷花酒來，與你吳老爹用。」不一時，徒弟弔用熱壺，篩熱酒上來。先滿斟一盃，雙手遞與月娘。月娘不肯接。吳大舅說：「舍妹他天性不用吃酒。」伯才道：「老夫人連路風霜，用些何害？好歹淺用些。」一面倒去半鍾，遞上去，與月娘接了。又斟一盃遞與吳大舅，說：「吳老爹，你老人家試嘗此酒，其味何如？」吳大舅飲了一口，覺香甜絕美，其味深長。說道：「此酒甚好！」伯才道：「不瞞你老人家說，此是青州徐知府老爹，送與小道的酒。他老夫人、小姐、公子，年年來岱岳廟燒香建醮，與小道相交極厚。他小姐衙內，又寄名在娘娘位下。見小道立心平淡，慇懃香火，一味志誠，甚是敬愛小道。常年這岱岳廟上下二宮錢糧，有一半征收入庫。近年多虧了我這恩主徐知府老爹，題奏過，也不征收，都全放常住用度，侍奉娘娘香火。餘者接待四方香友。」這裏說話，下邊玳安、平安跟從轎夫，下邊自有坐處，湯飯點心，大盤大碗酒肉，都吃飽了。看官聽說：這石伯才窩藏殷天錫，賺引月娘到方丈，要暗中取事。豈不加意奉承？飲了幾盃，吳大舅見天晚，要起身。伯才道：「日色將落，晚了，趕不下山去。倘不棄，在小道方丈，權宿一宵，明早下山從容些。」吳大舅道：「爭奈有些小行李在店內，誠恐一時小人囉唣。」伯才笑道：「這個何須掛意？如有絲毫差遲，聽得是我這裏進香的，不拘村坊店道，聞風害怕！好不好把店家拏來本州夾打，就教他尋賊人下落。」吳大舅聽了，就坐住了。伯才拏大鍾斟上酒，吳大舅見酒利害，遂偷酒在懷推醉了，更衣，要往後邊閣上觀看隨喜。伯才便教徒弟守清引領，拏鑰匙開門，教大舅觀看去了。這月娘覺身子乏困，便要床上側側兒。這石伯才一面把房門拽上，外邊坐去了。

也是合當有事，月娘方纔床上歪著，忽聽裏面響亮了一聲。床背後紙門內，跳出一個人來，淡紅面貌，三柳髭鬚，約三十年紀。頭戴滲青巾，身穿紫錦袴衫。雙關抱住月娘，說道：「小生姓殷名天錫，乃高太守妻弟。久聞娘子乃官豪宅眷，天然國色。思慕已久，渴欲一見，無由得會。今既接英標，乃三生有幸，死生難忘也！」一面按著月娘在床上求歡。月娘諕的慌做一團，高聲大叫：「清平世界，朗朗乾坤，沒事把良人妻室，強攔攔在此做甚？」就要奪門而走。被天錫死邊攔擋不放，便跪下說：「娘子禁聲，下顧小生，懇求憐允！」那月娘越高聲叫的聲緊了。口口大叫：「救人！」來安、玳安聽見是月娘聲音，慌慌張張，走去後邊閣上，叫大舅說：「大舅快去！我娘在方丈和人合口❶哩！」這吳大舅兩步做一步，奔到方丈推門，那裏推得開！只見月娘高聲：「清平世界，攔燒香婦女在此做甚麼！」這吳大舅便叫：「姐姐休慌，我來了！」一面拏石頭把門砸開，那殷天錫見有人來，撒開手，打床背後一溜煙走了。原來這石道士床背後，都有出路。吳大舅砸開方丈門，問月娘道：「姐姐，那廝玷污不曾？」月娘道：「不曾玷污。那廝打床背後走了。」吳大舅尋道士，那石道士躲去一邊，只教徒弟來支調❷。被大舅大怒，喝令手下跟隨玳安、來安兒，把道士門窗戶壁都打碎了。一面保月娘出離碧霞宮，上了轎子，便趕下山來。

約黃昏時分起身，走了半夜，投天明趕到山下客店內。如此這般，告店小二說。小二叫苦連聲，說：「不合惹了殷太歲，他是本州知州相公妻弟，有名殷太歲。你便去了，把俺開店之家，他遭塌淩辱，怎肯干休！」吳大舅便多與他一兩店錢，取了行李，保定月娘轎子，急急奔走。後面殷天錫氣不捨，率領二三十閒漢，各執腰刀短棍，趕下山來。吳大舅一行人，兩程做一程。約四更時分，趕到一山凹裏。遠

---

❶ 合口：鬪口。

❷ 支調：應付。

遠樹木叢中，有燈光。走到跟前，卻是一座石洞，裏面有一老僧秉燭念經。吳大舅問：「老師，我等頂上燒香，被強人所趕，奔下山來。天色昏黑，迷蹤失路至此，敢問老師，此處是何地名？從那條路回家去？」老僧道：「此是岱岳東峰，這洞名喚雪澗洞。貧僧就叫雪洞禪師，法名普靜，在此修行二三十年。你今遇我，實乃有緣！休往前去，山下狼蟲虎豹極多。明日早行，一直大道，就是你清河縣了。」吳大舅道：「只怕有人追趕。」老師把眼一觀，說：「無妨，那強人趕至半山，已回去了。」因問月娘姓氏。吳大舅道：「此乃吾妹，西門之妻。因為夫主，來此進香。得遇老師搭救，恩有重報，不敢有忘！」于是在洞內歇了一夜。次日五更，月娘拏出一疋大布謝老師。老師不受，說：「貧僧只化你親生一子，作個徒弟。你意下何如？」吳大舅道：「吾妹只生一子，指望承繼家業。若有多餘，就與老師作徒弟出家。」月娘道：「小兒還小，今纔不到一周歲兒，如何來得？」老師道：「你只許下我，如今不問你要。過十五歲纔問你要哩。」月娘口中不言。「過十五年再作理會。」遂許下老師。看官聽說：不當今日許老師一子出家，後來十五年之後，天下荒亂，月娘攜領孝哥孩兒，往河南投奔雲離守就昏去。路遇老師度化在永福寺，落髮為僧。此事表過不題。

次日，月娘辭了老師，往前所進。走了一日，前有一山攔路。這座山名喚清風山，生的十分險惡。但見：八面嵯峨，四圍險峻。古怪喬松盤翠蓋，搓枒老樹掛藤蘿。瀑布飛來，寒氣逼人毛髮冷；巔崖直下，清光射目夢魂驚。澗水時聞，推一人齊響。峰巒倒卓，山鳥聲哀。麋鹿成群，狐狸結黨。穿荊棘往來跳躍，尋野食前後呼號。佇去草坡，一望並無商旅店行來山徑，週迴盡是死屍坑。若非佛祖修行處，定是強人打劫場。原來這山喚做清風山，山上有座清風寨，寨中有三個強寇。一名錦毛虎燕順，一名矮腳虎王英，一個白面郎君鄭天壽，手下聚五百小嘍囉，專一打家劫道，放火殺人，人不敢惹他。當下吳大舅一行人騎頭口，簇擁著月娘轎子，進入山來。那時日色已落，天色昏黑，不見村坊店道。正在危懼之際，不防地下抛去一條絆馬索子，把吳大舅頭口絆倒，跌落塹坑內。原來山下小嘍囉，見月娘轎子，吳大舅一行人騎著馱垛，逕入山來，搶上山來報與三個強寇。閃出一夥小嘍囉，吳大舅一行人，都被拏到寨前。三個強寇在寨上，正陪山東及時雨宋江飲酒。宋江因殺了娼婦閻婆惜，逃躲至此。三人留他寨中住幾日。宋江看見月娘頭戴孝髻，身穿縞素衣服，舉止端莊，儀容秀麗，斷非常人妻子，定是富家閨眷，因問其姓氏。月娘向前道了萬福：「大王，妾身吳氏之女，千戶西門慶之妻，守節孤孀。因為夫主病重，許下泰山香願。先在山上被殷天錫所趕，走了一日一夜，要回家去。不想天晚，誤從大王山下所過。行李馱垛，都不敢要，只是乞饒性命還家，萬幸矣！」宋江因見月娘詞氣哀惋動人，便有幾分慈憐之意。乃便欠身向燕順道：「這位娘子，乃是我同僚正官之妻，有一面之識。為夫主到此進香，因被殷天錫所趕，誤到此山所過，有犯賢弟清蹕；也是個烈婦。看我宋江的薄面，放他回去，以全他名節罷！」王英便說：「哥哥，爭奈小弟沒個妻室，讓與小弟做個押寨夫人罷！」遂令小嘍囉，把月娘擄入他後寨去了。宋江向燕順、鄭天壽道：「我恁說一場，王英兄弟就不肯教我做個人情？」燕順道：「這兄弟諸般都好，自吃了有這些毛病！見了婦人女色，眼裏火就愛。」那宋江也不吃酒，同二人走到後寨，見王英正摟著月娘求歡。宋江走到跟前，一把手將王英拉著前邊，便說道：「賢弟既做英雄，犯了『溜骨腿』三字，不為好漢！你要尋妻室，等宋江替你做媒，保一個實女好的，行茶過水，娶來做個夫人。何必要這再醮做甚麼？」王英道：「哥哥，你且胡亂權讓兄弟這個罷。」宋江道：「不好，我宋江久後決然替賢弟宅娶一個好的。不爭你今日要個這婦人，惹江湖上好漢恥笑！殷天錫那廝，我不上梁山便罷；若上梁山決替這個婦人報了仇！」看官聽說：後宋江到梁山做了寨主，因為殷天錫奪了紫皇城花園，使黑旋風李逵殺了殷天錫，大鬧了高唐州。此事表過不題。當日燕順見宋江說此話，也不問王英肯不肯，喝令轎夫上來，把月娘抬了去。吳月娘見放了他，向前拜謝宋江說：「蒙大王活命之恩！」宋江道：「阿呀！我不是這山寨大王，我是鄆城縣客人。你是拜這三位大王便了。」月娘拜畢，吳大舅保著離了山寨，上了轎子，過了清風山，往清河縣大道前來。正是：撞碎玉籠飛彩鳳，頓開金鎖走蛟龍！有詩為證：

世上只有人心歹，萬物還教天養人。
但教方寸無諸惡，狼虎叢中也立身。

畢竟未知後來何如，且聽下回分解。

第八十五回　月娘識破金蓮奸情　薛嫂月夜賣春梅

人家養女甚無聊，倒踏來家更不合。
口稱爹媽虛情意，權當為兒假做作。
入戶只嫌恩愛少，出門翻作怨仇多。
若有一些不到處，一日一場罵老婆。

話說吳大舅保月娘，有日取路來家不題。單表潘金蓮，自從月娘不在家，和陳經濟兩個，家前院後庭，如雞兒趕彈兒相似，纏做一處，無一日不會合。一日金蓮眉黛低垂，腰肢寬大，終日懨懨思睡，茶飯懶嚥。叫經濟到房中說：「奴有件事告你說，這兩日眼皮兒懶待開，腰肢兒漸漸大，肚腹中撥撥跳，茶飯兒怕待吃，身子好生沈困！有你爹在時，我求薛姑子符藥衣胞，那等安胎，白沒見個蹤影！今日他沒了，和你相交多少時兒，便有了孩子！我從三月內洗換身上，今方六個月，已有半肚身孕。往常時我排磕❶人，今日卻輪到我頭上！你休推睡裏夢裏，趁你大娘未來家，那裏討貼墮胎的藥，趁早打落了這胎氣離了身，奴走一步也伶俐！不然弄出個怪物來，我就尋了無常罷了！再休想抬頭見人！」經濟聽了

❶ 排磕：攻擊。

便道：「咱家鋪中，諸樣藥都有，倒不知那幾樁兒墮胎？又沒方修合。你放心，不打緊處，大街坊胡太醫，他大小方脈，婦人科，都善治，常在咱家看病。等我問他那裏贖取兩貼，與你吃，下胎便了。」婦人道：「好哥哥，你上緊快去，救奴之命！」這陳經濟包了三錢銀子，逕到胡太醫家叫問。胡太醫正在家，出來相見聲喏，認得經濟西門大官人女婿，讓坐說：「一向稀面，動問到舍有何見教？」經濟道：「別無干瀆。」向袖中取出白金三星：「充藥資之禮，敢求下良劑一二貼，足見盛情！」胡太醫說道：「我家醫道大方脈，婦人科、小兒科、內科、外科，加減十三方、壽域神方、海上方、諸般雜症方，無不通曉。又專治婦人胎前產後。且婦人以血為本，藏于肝，流于臟，上則為乳汁，下則為月水，合精而成胎氣。女子十四而天癸至，任脈通放，月候按時而行。常以三旬一見，則無病。一或血氣不調，則陰陽愆伏。過于陽則經水前期而來，過于陰則經水後期而至。血性得熱而流，寒則凝滯。過與不及，皆致病也。冷則多白，熱則多赤。冷熱不調，則赤白帶。大抵血氣和平，陰陽調順，其精血聚而包胎成。心腎二脈，應手而動。精盛則為男，血勝則為女，此自然之理也。胎前必須以安胎為本，如無他疾，不可妄服藥餌。待十月分娩之時，尤當謹護。不然，恐生產後諸疾。慎之，慎之！」經濟笑道：「我不要安胎。我今只用墮胎藥。」胡太醫道：「天地之間，以好生為本。人家十個九個只要安胎的藥，你何如倒要墮胎？沒有，沒有！」經濟見他掣肘，又添了二錢藥資，說：「你休管他，各自人自有用處。此婦，子女生落不順，情願下胎。」這胡太醫接了銀子，說道：「不打緊，我與你一服紅花一掃光，吃下去，如人行五里，其胎自落矣。」有西江月為證：

牛膝蟹瓜甘遂，定磁大戟芫花，斑毛赭石與硇砂，水銀與芒硝研化。又加桃仁通草，麝香文帶凌花。更燕醋煮好紅花，管取孩兒落下。

經濟于是討了兩貼紅花一掃光，作辭胡太醫，到家遞與婦人，一五一十說了。婦人到晚夕，煎紅花湯吃下去，登時滿肚裏生疼。睡在炕上，教春梅按在身，盡情揉揣。可霎作怪，須臾，坐淨桶，把孩子打下來了。只說身上來，令秋菊攪草紙，倒將東淨毛司裏。次日掏坑的漢子，挑出去一個白胖的小廝兒。常言好事不出門，惡事傳千里。不消幾日，家中大小，都知金蓮養女婿，偷出私肚子❷來了。

卻說吳月娘有日來家，往回泰安州，去了半個月光景。來時正值十月天氣，家中大小接著，如天上落下來的一般。月娘到家中，先到天地佛前炷了香，然後西門慶靈前拜罷，告訴孟玉樓眾姊妹家中大小，把岱岳廟中及山寨上的事，從頭告訴一遍，因大哭一場。合家大小都來參見了。月娘見奶子抱孝哥兒到跟前，子母相會在一處，燒紙置酒，管待吳大舅回家。晚夕，眾姊妹與月娘接風，俱不在話下。到第二日，月娘路上風霜跋涉，著了辛苦，又吃了驚怕，身上疼痛沈困，整不好了兩三日。那秋菊在家，把金蓮、經濟兩人幹的勾當，聽的滿耳滿心。要走上房告月娘說，二人怎生偷出私肚子來，傾在毛司裏，吃掏坑的掏出去，何人不看見；又被婦人怎生打罵，含恨正沒發付處。走到上房門首，又被小玉噦罵在臉上，打耳刮子打在臉上，罵道：「賊說舌的奴才，趁早與我走！俺奶奶遠路來家，身子不快活，還未起來，趁早與我走！氣了他，倒值了多少的！」罵得秋菊忍氣吞聲，喏喏而退。

---

❷ 私肚子：私孕。

一日，也是合當有事。經濟進來尋衣裳，婦人和他又在玩花樓上兩個做得好。被秋菊走到後邊，叫了月娘來看，說道：「奴婢兩番三次告大娘說，不信。娘不在，兩個在家明睡到夜，夜睡到明，明偷出私肚子來，與春梅兩個，都打成一家。今日兩人，又在樓上幹歹事！不是奴婢說謊，娘快些瞧去！」月娘急忙走到前邊，兩個正幹的好，還未下樓。不想金蓮房簷籠內，馴養得個鸚哥兒會說嘴，高聲叫：「大娘來了！」春梅正在房中，聽見迎出來。見是月娘，比及樓上叫婦人，先是經濟拏衣服下樓往外走，被月娘喝罵了幾句，說：「小孩兒沒記性！有要沒緊，進來撞甚麼？」經濟道：「鋪子內人等著，沒人尋衣裳。」月娘道：「我那等分付，教小廝進來取。如何又進來寡婦房裏，有要沒緊做甚麼？沒廉恥！」幾句罵得經濟往外金命水命，走投無命。婦人羞的半日不敢下來。然後下來，被月娘儘力數說了一頓，說道：「六姐，今後再休這般沒廉恥！你我如今是寡人，比不的有漢子，香噴噴在家裏，臭烘烘在外頭。盆兒罐兒，都有耳朵，你有要沒緊，和這小廝纏甚麼？教奴才每背地排說的硶死了！常言道：『男兒沒信，寸鐵無鋼；女人無性，爛如麻糖。』『其身正，不令而行；其身不正，雖令不行。』你有長俊正條，肯教奴才排說你？在我跟前說了幾遍，我不信。今日親眼看見，說不的了！我今日說過，要你自家立志，替漢子爭氣。像我進香去，兩番三次，被強人擄掠逼勒；若是不正氣的，也來不到家了！」金蓮吃月娘數說，羞的臉上紅一塊白一塊，口裏說一千個沒有。只說：「我在樓上燒香，陳姐夫自去那邊尋衣裳，誰和他說甚話來？」當下月娘亂了一回，歸後邊去了。晚夕西門大姐在房內，又罵經濟：「賊囚根子，敢說又沒真賍實犯拏住你？你還那等嘴巴巴的！今日兩個又在樓上做甚麼？說不的了！兩個弄的好硶兒，只把我合在缸底下一般！那淫婦要了我漢子，還在我跟前拏話兒拴縛人。毛司裏磚兒，又臭又硬！

恰似強伏著那個一般，他便羊角蔥靠南牆，老辣已定！你還在這屋裏雌飯吃？」經濟罵道：「淫婦，你家收著我銀子，我雌你家飯吃！」使性往前邊來了。自此已後，經濟只在前邊，無事不敢入後邊來。取東取西，只是玳安、平安兩個往樓上取去。每日飯食，晌午還不拏出來，把傅夥計餓得只拏錢街上盪麵吃。正是龍門虎傷，苦了小獐！各處門戶，日頭半天老早關了。由是，與金蓮兩個恩情，又間隔阻了。

經濟那邊陳宅房子，一向教他母舅張團練看守居住。張團練革任，在家閒住。經濟早晚往那裏吃飯去。月娘亦不追問。兩個隔別，約一月不得會面。婦人獨在那邊，挨一日，似三秋；過一宵，如半夏。怎禁這空房寂靜，慾火如蒸！要見他一面，難上之難。兩下音信不通，這經濟無門可入。忽一日，見薛嫂兒打門首所過。有心要托他寄一紙柬兒，到那邊與金蓮，訴其間阻之事，表此肺腑之情。一日，推門外討帳，騎頭口逕到薛嫂家，拴了騾子，掀簾便問：「薛媽在家？」有他兒子薛紀媳婦兒金大姐，抱孩子在炕上，伴著人家賣的兩個使女。聽見有人叫薛媽，出來問：「是誰？」經濟道：「是我。問薛媽在家不在？」金大姐道：「姑夫請家來坐。俺媽往人家兌了頭面，討銀子去了。有甚話說？使人叫去。」連忙點茶與經濟吃。少坐片時，只見薛嫂兒來了。同經濟道了萬福，說：「姑夫那陣風兒吹來我家？」叫金大姐：「倒茶與姑夫吃。」金大姐道：「剛纔吃了茶了。」經濟道：「無事不來。如此這般，與我五娘勾搭日久，今被秋菊丫頭戳舌，把俺兩個姻緣拆散。大娘與大姐甚是疏淡我。我與六姐拆散不開，二人離別日久，音信不通，欲捎寄數字進去與他。無人得到內裏，須央及你，如此這般，通個消息。」向袖中取出一兩銀子來：「這些微禮，權與薛媽買茶吃。」那薛嫂一聞其言，拍手打掌笑起來，說道：「誰家女婿戲丈母？世間那裏有此事！姑夫你實對我說，端的你怎麼得手來？」經濟道：「薛媽禁聲，且休取笑。我有這柬帖封好在此，好歹明日替我送與他去。」薛嫂一手接了，說：「你大娘從進香回來，我還沒看他去。兩當一節，我去走走。」經濟道：「我在那裏討你信？」薛嫂道：「往鋪子裏尋你回話。」說畢，經濟騎頭口來家。

次日，卻說薛嫂提著花箱兒，先進西門慶家上房看月娘。坐了一回，又去孟玉樓房中。然後纔到金蓮這邊。金蓮正放桌兒吃粥。春梅見婦人悶悶不樂，說道：「娘，你老人家也少要憂心。仙姑人說：『日日有夫，是非來入耳。不聽自然無。』古昔仙人，還有小人不足之處，休說你我。如今爹也沒了，大娘他養出個墓生兒來，莫不也來路不明？他也難管你我暗地的事。你把心放開，料天塌了，還有撐天大漢哩！人生在世，且風流了一日是一日！」于是篩上酒來，遞一鍾與婦人，說：「娘，且吃一盃兒煖酒，解解愁悶！」因見階下兩隻犬兒交戀在一處，說道：「畜生尚有如此之樂，何況人而反不如此乎？」正飲酒，只見薛嫂來到，向前道了萬福，笑道：「你娘兒兩個好受用！」因觀二犬戀在一處，笑道：「你家好祥瑞！你娘兒每看著，怎不解許多悶？」于是又道個萬福。婦人道：「那陣風兒今日刮你來？怎的一向不來走走？」一面讓薛嫂坐。薛嫂兒道：「我鎮日不知幹的甚麼，只是不得閒。大娘頂上進了香，看著他剛纔好不怪我。西房三娘也在跟前，留了我兩對翠花，一對大翠圍髮，好快性，就秤了八錢銀子與我。只是後邊住的雪娘，從八月裏要了我二對線花兒，該二錢銀子來，一些沒有支用著，白不與我，好慳吝的人！我對你說，怎的不見你老人家？」婦人道：「我這兩日，身子有些不快，不曾出去走動。」春梅一面篩了一鍾酒，遞與薛嫂兒。薛嫂連忙道萬福，說：「我進門就吃酒。」婦人道：「你到明日，養個好娃娃！」薛嫂兒道：「我養不的，俺家兒子媳婦兒金大姐，倒新添了個娃兒，纔兩個月來。」又道：「你老人家沒了爹，終久這般冷清清了。」婦人道：「說不得，有他在好了！如今弄得俺娘兒每，一折一磨的！不瞞老薛說，如今俺家中人多舌頭多。他大娘自從有了這孩兒，把心腸兒也改變了，姊妹不似那咱親熱了。這兩日，一來我心裏不自在，一來因些閒話，沒曾往那邊去。」春梅道：「都是俺房裏秋菊這奴才，大娘不在，霹空架了俺娘一篇是非，把我也扯在裏面，好不亂哩！」薛嫂道：「就是房裏使的那大姐？他怎的倒弄主子？自古穿青衣抱黑柱，這個使不的！」婦人使春梅：「你瞧瞧那奴才，只怕他來覷聽。」春梅道：「他在廚下揀米哩，這破包簍奴才，在這屋，就是走水的槽，單管屋裏事兒，往外學舌！」薛嫂道：「這裏沒人，咱娘兒每說話。直道昨日，陳姐夫到我那裏，如此這般告訴我，乾淨是他戳犯你們的事兒了。陳姐夫說，他大娘數說了他，各處門戶都緊了。不許他進來取衣裳，拏藥材，又把大姐搬進東廂房裏住。每日晌午還不拏飯出去與他吃，餓得他只往他母舅張老爹那裏吃去。一個親女婿不托他，倒托小廝，有這個道理！他有好一向沒得見你老人家，巴巴央及我捎了個柬兒，多多拜上你老人家，少要焦心，左右爹也是沒了，爽利放倒身大做一做，怕怎的？點根香怕出煙兒，放把火倒也罷了！」于是取出經濟封的柬帖兒遞與婦人。拆開觀看，別無甚話，上寫紅繡鞋一詞：

祆廟火，燒皮肉；藍橋水渰過咽喉。緊按納，風聲滿南州。洗淨了終是染污，成就了倒是風流。

不甚麼，也是有！

六姐妝次，

經濟百拜上。

婦人看畢，收了入袖中。薛嫂兒道：「他教你回個記色，與他寫幾個字兒捎了去，方信我送的有個下落。」婦人教春梅陪著薛嫂吃酒，他進入房。半晌，拏了一方白綾帕，一個金戒子兒，帕兒上也寫著一詞在上，說道：

我為你耽驚受怕，我為你折挫渾家，我為你脂粉不曾搽，我為你在人前拋了些見識，我為你奴婢上使了些鍬筏；咱俩個一雙憔悴殺！

婦人寫了，封得停當，交與薛嫂，便說：「你上覆他，教他休要使性兒往他母舅張家那裏吃飯，惹他張舅唇齒。說你在丈人家做買賣，卻來我家吃飯，顯得俺每都是沒處活的一般，教他張舅怪。或是未有飯吃，教他鋪戶裏拏錢，買些點心和夥計吃便了。你使性兒不進來，和誰賭鱉氣哩？卻是賊人膽兒虛一般！」薛嫂道：「等我對他說。」婦人又與薛嫂五錢銀子，作別出門。來到前邊鋪子裏，尋見經濟，兩個走到僻靜處說話。把封的物事遞與他：「五娘說，教你休使性兒賭鱉氣，教你常進來走走；休往你張舅家吃飯去，惹人家怪。」因拏出五錢銀子與他瞧：「此是裏面與我的。漏眼不藏絲，久後你兩個愁不會在一答裏？對出來，我臉放在那裏？」經濟道：「老薛，多有累你！」深深與他唱喏。那薛嫂走了兩步，又回來，說：「我險些忘了一件事！剛纔我出來，大娘又使丫頭綉春叫進我去，叫我晚上來領春梅，要打發賣他。說他與你每做牽頭，和他娘通同養漢。敢就因這件事？」經濟道：「薛媽你只個領在家，我改日到你家見他一面，有話問他。」那薛嫂說畢，回家去了。

果然到晚夕月上的時分，走來領春梅。到月娘房中，月娘開口說：「那咱原是你手裏十六兩銀子買的，你如今拏十六兩銀子來就是了。」分付小玉：「你看著到前邊收拾了，教他罄身❸兒出去，休要他帶出衣裳去了。」那薛嫂兒到前邊，向婦人如此這般：「他大娘教我領春梅姐來了。對我說，他與你老人家通同作弊偷養漢子，不管長短，只問我要原價。」婦人聽見說領賣春梅，就睜了眼，半日說不出話來。不覺滿眼落淚，叫道：「薛嫂兒，你看我娘兒兩個沒漢子的好苦也！今日他死了多少時兒，就打發他身邊人！他大娘這般沒人心仁義，自恃他身邊養了個尿胞種，就放人躧到泥裏！李瓶兒孩子週半還死了哩，花巴痘疹未出，赤道天怎麼算計，就心高遮了太陽❹！」薛嫂道：「孩兒出了痘疹了沒曾？」婦人道：「何曾出來了？還不到一週兒哩！」薛嫂道：「春梅姐，說爹在日，曾收用過他。」婦人道：「收用過二字兒！死鬼把他當心肝肺腸兒一般看待，說一句聽十句，要一奉十。正經成房立紀老婆，且打靠後！他要打那個小廝十棍兒，他爹不敢打五棍兒。」薛嫂道：「可又來，人娘差了！爹收用的恁個出色姐兒，打發他，箱籠兒也不與，又不許帶一件衣服兒。只教他罄身兒出去，鄰舍也不好看的！」婦人道：「他對你說，休教帶出衣裳去？」薛嫂道：「大娘分付小玉姐便來，教他看著休教帶衣裳出去。」那春梅在旁聽見打發他，一點眼淚也沒有。見婦人哭，說道：「娘，你哭怎的？奴去了你耐心兒過，休要思慮壞了。你思慮出病來，沒人知你疼熱的。等奴出去，不與衣裳也罷。自古好男不吃分時飯，好女不穿嫁時衣！」正說著，只見小玉進來，說道：「五娘你信我奶奶，倒三顛四的！小大姐扶持你老人家一場，瞞上不瞞下，你老人家拏出他箱子來，揀上色的包與他兩套，教薛嫂兒替他拏了去，做個一念兒，也是

❸ 罄身：空身；光身。

❹ 心高遮了太陽：自視太高。

他翻身一場！」婦人道：「好姐姐，你倒有點仁義！」小玉道：「你看誰人保得常無事？蝦蟇促織兒，都是一鍬土上人！兔死狐悲，物傷其類！」一面拏出春梅箱子來，是戴的汗巾兒，翠簪兒，都教他拏去。婦人揀了兩套上色羅段衣服鞋腳，包了一大包；婦人梯己與了他幾件釵梳簪墜戒子，小玉也頭上拔下兩根簪子來，遞與春梅。餘者珠子纓絡，銀絲雲髻，遍地金妝花裙襖，一件兒沒動，都抬到後邊去了。春梅當下拜辭婦人、小玉，灑淚而別。臨出門，婦人還要他拜辭拜辭月娘眾人。只見小玉搖手兒。這春梅跟定薛嫂，頭也不回，揚長決裂，出大門去了。小玉和婦人送出大門回來。小玉到上房回大娘，只說罄身子去了，衣服都留下沒與他。這金蓮歸進房中，往常有春梅娘兒兩個相親相熱，說知心話兒。今日他去了，丟得屋裏冷冷落落，甚是孤恓，不覺放聲大哭。有詩為證：

耳畔言猶在，于今恩愛分。
房中人不見，無語自消魂。

畢竟未知後來如何，且聽下回分解。

第八十六回　孫雪娥唆打陳經濟　王婆子售利嫁金蓮

人生雖未有十全，處事規模要放寬。
好事但看君子語，是非休聽小人言。
且看世俗如幻戲，也畏人心似隔山。
寄與知音女娘道，莫將苦處認為甜。

話說潘金蓮自從春梅出去，房中納悶不題。單表陳經濟次日，早飯時出去，假作討帳，騎頭口到于薛嫂兒家。薛嫂兒正在屋裏，一面讓進來坐。經濟拴了頭口，進房坐下，點茶吃了。春梅在裏間屋裏，不出來。薛嫂故意問：「姐夫來有何話說？」經濟道：「我往前街討帳，竟到這裏。昨晚小大姐出來了？在你這裏？」薛嫂道：「是在我這裏，還未上主兒哩。」經濟道：「在這裏，我要見他，和他說句話兒。」薛嫂故作喬張致，說：「好姐夫，昨日你家丈母好不分付我。因為你每通同作弊，弄出醜事來，纔被他打發出門。教我防範你每，休要與他會面說話。你還不趁早去哩，只怕他一時使將小廝來看見，到家學了，又是一場兒，倒沒的弄的我也上不的門！」那經濟便笑嘻嘻袖中拏出一兩銀子來：「權作一茶，你且收了。改日還謝你。」那薛嫂見錢眼開，說道：「好姐夫，自恁沒錢使，將來謝我？只是我去年臘月，你鋪子當了人家兩付扣花枕頂，將有一年來，本利該八錢銀子，你討與我罷。」經濟道：「這個不打緊，明日就尋與你。」這薛嫂兒一面請經濟裏間房裏去與春梅廝見，一面叫他媳婦金大姐定菜兒：「我去買茶食點心。」又打了一壺酒，並肉鮓之類，教他二人吃。這春梅看見經濟，說道：「姐夫，你好人兒，就是個弄人的劊子手，把俺娘兒兩個，弄的上不上下不下，出醜惹人嫌到這步田地！」經濟道：「我的姐姐，你既出了他家門，我在他家也不久了。妻兒趙迎春，各自尋投奔。你教薛媽替你尋個好人家去罷。我醃韮已是入不的畦了！我往東京俺父親那裏去，計較了回來，把他家女兒休了，只要我家寄放的箱子。」說畢，不一時，薛嫂買將茶食酒菜來，放炕桌兒擺了。兩個做一處飲酒敘話。薛嫂也陪他吃了兩盞，一遞一句，說了回月娘心狠：「宅裏恁個出色姐兒出來，通不與一件兒衣服簪環！就是往人家上主兒去，裝門面也不好看。還要舊時原價，就是清水，這碗裏傾倒那碗內，也抛撒些兒！原來這等夾腦風！臨時出門，倒虧了小玉丫頭，做了個分上，教他娘拏了兩件衣服與他。不是，往人家相去，拏甚麼做上蓋❶？」比及吃得酒濃時，薛嫂教他媳婦金大姐，抱孩子躲去人家坐的。教他兩個在裏間自在坐個房兒。正是：雲淡淡天邊鸞鳳，水沈沈波底鴛鴦。寫成今世不休書，結下來生歡喜帶。兩個幹訖一度，作別。比時難割難捨。薛嫂恐怕月娘使人來瞧，連忙攛掇經濟出港，騎上頭口來家。

遲不上兩日，經濟又捎了兩方銷金汗巾，兩雙膝褲與春梅，又尋枕頂出來與薛嫂兒。拏銀子打酒，在薛嫂兒房內，正和春梅吃酒。不想月娘使了來安小廝來，來催薛嫂兒：「怎的還不上主兒？」看見頭口拴在門首，來安兒到家學了舌，說：「姐夫也在那裏來。」這月娘聽了，心中大怒。使人一替兩替，

❶ 上蓋：上身的外衣。

叫了薛嫂兒去，儘力數說了一頓：「你領了奴才去，今日推明日，明日推後日，只顧不上緊替我打發，好窩藏著養漢，掙錢兒與你家使！若是你不打發，把丫頭還與我領了來，我另教馮媽媽子賣，你再休上我門來！」這薛嫂兒聽了，到底還是媒人的嘴，恨不的生出七八個口來，說道：「天麼，天麼！你老人家怪我差了，我趕著增福神著棍打，你老人家照顧我，怎不打發？昨日也領著走了兩三個主兒，都出不上。你老人家要十六兩原價，俺媒人家，那裏有這些銀子賠上？」月娘又道：「小廝說陳家種子，今日在你家和丫頭吃酒來？」薛嫂慌道：「耶嚛，耶嚛！又是一場兒！還是去年臘月，當了人家兩付枕頂，在咱家獅子鋪內，銀子收了，今日姐夫送枕頂與我，我讓他吃茶，他不吃，忙忙就上頭口來了。幾時進屋裏吃酒來？原來咱家這大官兒，恁快搗謊駕舌❷！」月娘吃他一篇說的不言語了，說道：「我只怕一時被那種子設念隨邪，差了念頭。」薛嫂道：「我是三歲小孩兒，豈可恁些事兒不知道？你那等分付了我，我長吃好，短吃好！他在那裏，也沒得久停久坐，與了我枕頂，茶也沒吃就來了。幾曾見咱家小大姐面兒來？萬物也要個真實，你老人家就上落我起來！既是如此，如今守備周爺府中要他圖生長，只出十二兩銀子。看他若添至十三兩上，我兌了銀子來罷？說起來，守備老爺，前者在咱家酒席上，也曾見過小大姐來。因他會這幾套唱，好模樣兒，纔出這幾兩銀子；又不是女兒，其餘別人出不上。」這薛嫂當下和月娘砧死了價錢。次日早，把春梅收拾打扮妝點起來。戴著圍髮雲髻兒，滿頭珠翠，穿上紅段襖兒，下著藍段裙子，腳上雙彎尖趫趫，一頂轎子，送到守備府中。周守備見了春梅生的模樣兒，比舊時越又紅又白，身段兒不短不長，一對小腳兒，滿心歡喜。就兌出五十兩一錠元寶來。這薛嫂拏來家，鑿

❷ 搗謊駕舌：造言生事，掉唇弄舌。

下十三兩銀子，往西門慶家交與月娘。另外又拏出一兩來，說：「是周爺賞我的喜錢。你老人家這邊不與我些兒？」那吳月娘只得免不過，又秤出五錢銀子與他，恰好他還禁了三十七兩五錢銀子。十個九個媒人，都是如此轉錢養家。

卻表陳經濟見賣了春梅，又不得往金蓮那邊去。見月娘凡事不理他，門戶都嚴緊。到晚夕，親自出來，打燈籠，前後照看了，方纔關後邊儀門，夜裏上鎖，方纔睡去。因此弄不得手腳，十分急了，先和西門大姐嚷了兩場，淫婦前淫婦後罵大姐：「我在你家做女婿，不道的雌飯吃吃傷了！你家都收了我許多金銀箱籠，你是我老婆，不顧贍我，反說我雌你家飯吃！我白吃你家飯來？」罵得大姐，只是哭涕。十一月廿七日，孟玉樓生日。玉樓安排了幾碟酒菜點心，好意教春鴻拏出前邊鋪子，教經濟陪傅夥計吃。月娘便攔說：「他不是才料，休要理他！要與傅夥計，自與傅夥計自家吃就是了。不消叫他。」玉樓不肯。春鴻拏出來，擺在水櫃上，一大壺酒，都吃不夠。又使來安兒後邊要去。傅夥計便說：「姐夫，不消要酒去了。這酒夠了。我也不吃了。」經濟不肯，定教來安要去。等了半晌，來安兒出來，回說：「沒了酒了。」這陳經濟也有半酣酒兒在肚內。又使他要去。那來安不動。又另拏錢打了酒來，吃著罵來安兒：「賊小奴才兒，你別要慌！你主子不待見我，連你這奴才每也欺負我起來了！使你使兒不動。我與你家做女婿，不道的酒肉吃傷了。有爹在，怎麼行來？今日爹沒了，就改變了心腸，把我來不理，都亂來擠撮我！我大丈母聽信奴才言語，反防範我起來，凡事托奴才不托我。由他，我好耐驚耐怕兒！」傅夥計勸道：「好姐夫，快休舒言。不敬奉姐夫，再敬奉誰？想必後邊忙，怎不與姐夫吃？你罵他不打緊，牆有縫，壁有耳，恰似你醉了一般！」經濟道：「老夥計，你不知道。我酒在肚裏，事在心頭！俺丈母聽信小人言語，罵我一篇是非，就算我肏了人，人沒肏了我！好不好我把這一屋子裏老婆，都刮剌了，到官也只是後丈母通奸，論個不應罪名！如今我先把你家女兒休了，然後一紙狀子，告到官；再不，東京萬壽門進一本，你家見收著我家許多金銀箱籠，都是楊戩應沒官贓物。好不好，把你這幾間業房子，都抄沒了，老婆便當官辦賣！我不圖打魚，只圖混水耍子！會事的，把俺女婿須收籠著，照舊看待，還是大鳥便益！」傅夥計見他話頭兒來的不好，說道：「姐夫，你原來醉了。王十九自吃酒，且把散話❸擱起。」這經濟睜眼瞅著傅夥計，便罵：「賊老狗，怎的說我散話擱起？我醉了，吃了你家酒了？我不才是他家女婿嬌客，你無故❹只是他家行財❺。你也擠撮我起來？我教你這老狗別要慌，你這幾年轉的俺丈人錢夠了，飯也吃飽了。心裏要打夥兒把我疾發了去，要獨權兒做買賣，好禁錢養家。我明日本狀也帶你一筆，教你打官司！」那傅夥計最是個小膽兒的人，見頭勢不好，穿上衣裳，悄悄往家一溜煙走了。小廝收了家火，後邊去了。經濟倒在炕上睡下。一宿晚景題過。次日，傅夥計早晨進後邊見月娘，把前事具訴一遍，哭哭啼啼，要告辭家去，交割帳日，不做買賣了。月娘便勸道：「夥計，你只安心做買賣，休要理那潑才料，如臭屎一般丟著他！當初你家為官事，投到俺家來權住著，有甚金銀財寶？也只是大姐幾件妝奩，隨身箱籠。你家老子便躲上東京去了，教俺家那一個不恐怕小人不足，晝夜耽憂的那心！你來時纔十六七歲，黃毛團兒也一般。也虧在丈人家養活了這幾年，調理的諸般買賣兒都會。今

❸散話：閒話。
❹無故：不過。
❺行財：夥計。

日翅膀毛兒乾了，反恩將仇報，一掃箒掃的光光的！小孩兒家說話欺心，恁沒天理，到明日只天照著他！夥計，你自安心做你買賣，休理他便了。他自然也羞。」一面把傅夥計撫住了不題。

一日，也是合當有事。印子鋪擠著一屋裏人，贖討東西。只見奶子如意兒抱著孝哥兒，送了一壺茶來，與傅夥計吃，放在桌上。孝哥兒在奶子懷裏，哇哇的只管哭。這陳經濟對著那些人，作耍當真說道：「我的哥哥乖乖兒，你休哭了。」向眾人說：「這孩子倒相我養的，依我說話。教他休哭，他就不哭了。」那些人就呆了。如意兒說：「姐夫，你說的好妙話兒，越發叫起兒來了。看我進房裏說不說！」這陳經濟趕上，踢了奶子兩腳，戲罵道：「怪賊邋遢，你說不是？我且踢個響屁股兒著。」那奶子抱孩子走到後邊，如此這般，向月娘哭說：「經濟對眾人，將哥兒這般言語發出來！」這月娘不聽便罷，聽了此言，正在鏡臺邊梳著頭，半日說不出話來。往前一撞，就昏倒在地，不省人事。但見：荊山玉損，可惜西門慶正室夫妻；寶鑑花殘，枉費九十日東君匹配！花容淹淡，猶如西園芍藥倚朱欄；檀口無言，一似南海觀音來入定。小園昨日春風急，吹折江梅就地拖。慌了小玉，叫將家中大小，扶起月娘來炕上坐的。孫雪娥跳上炕，撅救了半日，舀薑湯灌下去，半日甦醒過來。月娘氣堵心胸，只是哽咽，哭不出聲來。奶子如意兒，對孟玉樓、孫雪娥將經濟對眾人將哥兒戲言之事，說了一遍：「我好意說他，又趕著我踢了兩腳。把我也氣的發昏在這裏！」雪娥扶著月娘，待的眾人散去，悄悄在房中對月娘說：「娘也不消生氣。氣的你有些好歹，越發不好了！這小廝因賣了春梅，不得與潘家那淫婦弄手腳，纔發出話來。如今一不做二不休，大姐已是嫁出女，如同賣出田一般，咱顧不的他這許多。斷言：『養蝦蟆，得水蠱兒病。』只顧教那小廝在家裏做甚麼？明日哄賺進後邊，老實打與他一頓，即時趕離門，教他家去。然後叫將王媽媽子；來是是非人，去是是非者，把那淫婦教他領了去，變賣嫁人。如同狗屎臭屎，掠將出去，一天事都沒了！平空留著他在屋裏做甚麼？到明日沒的把咱每也扯下水去了！」月娘道：「你說的也是。」當下計議已定了。到次日飯時已後，月娘埋伏下丫鬟媳婦七八個人，各拏短棍棒槌，使小廝來安兒誆進陳經濟來後邊，只推說話，把儀門關了，教他當面跪著，問他：「你知罪麼？」那陳經濟也不跪，還似每常臉兒高揚。月娘便道，有長詞為證：

「起初時，月娘不觸犯，龐兒變了。次則陳經濟耐搶白，臉而揚著，不消你枉話兒絮叨叨，須和你討個分曉。」

月娘道：「此是你丈人深宅院，又不是麗春院，鶯燕巢，你如何把他婦女廝調？他是你丈人愛妾，寡居守孝。你因何把他戲嘲！也有那沒廉恥斜皮，把你刮剌上了，自古母狗不掉尾，公狗不跳槽。都是些污家門罪犯難饒！」陳經濟道：「閃出夥縛鍾馗母妖，你做成這慣打姦夫的圈套。我臂尖難禁這頓拷，梅香休鬧，大娘休焦，險些不大棍無情打折我腰。」月娘道：「賊才料，你還敢嘴兒挑！常言冰厚三尺不是一日惱。最恨無端難恕饒！虧你呵，再躲著筒兒蒲棒剪稻！你再敢不敢，我把你這短命王鸞兒割了，教你直孤到老！」

當下月娘率領雪娥，並來興兒媳婦、來昭妻一丈青、中秋兒、小玉、綉春，眾婦人，七手八腳，按下地下，拏棒槌短棍，打了一頓。西門大姐走過一邊，也不來救。打的這小夥兒急了，把褲子脫了，露出那直豎一條棍來，諕的眾婦女看見，都丟下棍棒亂跑了。月娘又是那惱，又是那笑，口裏罵道：「好個沒根基的王八羔子！」經濟口中不言，心中暗道：「若不是我這個好法兒，怎得脫身？」于是扒起來，一手兜著褲子，往前走了。月娘隨令小廝跟隨，教他算帳，交與傅夥計。經濟自然也知立不住，一面收拾衣服鋪蓋，也不作辭，使性兒一直出離西門慶家，逕往他母舅張團練住的他舊房子內住去了。正是：自古感恩並積恨，萬年千載不生塵。

潘金蓮在房中，聽見打了經濟，趕離出門去了。越發憂上加憂，悶上添悶。一日，月娘聽信雪娥之言，使玳安去叫王婆子來。那王婆自從他兒子王潮兒，跟淮上客人，拐了起車的一百兩銀子來家，得其發跡，也不賣茶了。買了兩個驢兒，安了盤磨，一張羅櫃，開起磨房來。聽見西門慶宅裏叫，他連忙穿衣就走。到路上問玳安說：「我的哥哥幾時沒見你，又早籠起頭去了。有了媳婦兒不曾？」玳安道：「還不曾有哩。」王婆子道：「你爹沒了，你家誰人請我？做甚麼？莫不是你五娘養了兒子了，請我去抱腰？」玳安道：「俺五娘倒沒養兒子，倒養了女婿！俺大娘請你老人家領他出來嫁人。」王婆子道：「天麼，天麼，你看麼！我說這淫婦，死了你爹，原守著住。只當狗改不了吃屎，就弄碜兒來了！就是你家大姐那女婿子？他姓甚麼？」玳安道：「他姓陳，名喚陳經濟。」王婆子道：「想著去年我為何老九的事，去央煩你爹。到宅內，你爹不在。賊淫婦他就沒留我房裏坐坐兒，折針也迸不出個來！只叫丫頭倒了一鍾清茶我吃了，出來了。我只道千年萬歲在他家，如何今日也還出來？好個浪蹄子淫婦！休說我是你個媒主，替你作成了恁好人家。就是世人進去，也不該那等大意！」玳安道：「為他和俺姐夫在家裏毆作攘亂❻，昨日差些兒沒把俺大娘氣殺了哩！俺姐夫已是打發出去了。只有他老人家，如今教你領他去哩。」

---

❻ 毆作攘亂：搗亂。

王婆子道：「他原是轎兒來，少不得得還叫頂轎子。他也有個箱籠來這裏，少不的也與他個箱子兒。」玳安道：「這個少不的。俺大娘他有個處。」兩個說話中間，到于西門慶門首。進入月娘房裏，道了萬福，坐下。丫鬟拏茶吃了。月娘便道：「老王，無事不請你來。」悉把潘金蓮如此這般上項，說了一遍：「今來是是非人，去是是非者。一客不煩二主，還起動你領他出去。或聘嫁，或打發，教他吃自在飯去罷。我男子漢已是沒了，招攬不過這些人來！說不的當初死鬼為他丟了許多錢底那話了，就打他恁個銀人兒也有！如今隨你聘嫁多少兒，交得來，我替他爹念個經兒，也是一場勾當！」王婆道：「你老人家是稀罕這錢的！只要把禍害離了門就是了！我知道，我也不肯差了。」又道：「今日好日，就出去罷。又一件，他當初有個箱籠兒，有頂轎兒來。也少不的與他頂轎兒坐了去。」月娘道：「箱子與他一個，轎子不容他坐。」小玉道：「俺奶奶氣頭上便是這等說。到臨岐，少不的雇頂轎兒。不然，街坊人家看著拋頭露面的，不吃人笑話！」月娘不言語了。一面使丫鬟綉春，前邊叫金蓮來。這金蓮一見王婆子在房裏，就睜了，向前道了萬福，坐下。王婆子開言便道：「你快收拾了。剛纔大娘說，教我今日領你出去哩。」金蓮道：「我漢子死了多少時兒，我為下甚麼非，作下甚麼歹來？如何平空打發我出去？」王婆道：「你休稀裏打哄⑦，做啞裝聾。自古蛇鑽窟窿蛇知道，各人幹的事兒，各人心裏明！金蓮你休呆裏撒奸⑧，兩頭白面，說長並道短！我手裏使不的你巧語花言，幫閒鑽懶！自古沒個不散的筵席，出頭椽兒先朽爛⑨。人的名兒，樹的影兒，蒼蠅不鑽沒縫兒蛋。你休把養漢當飯！我如今要打發你上陽關！」

⑦ 稀裏打哄：胡言亂語。

⑧ 呆裏撒奸：假作癡呆，暗藏奸詐。

金蓮道：「你打人休打臉，罵人休揭短！常言：『一雞死了一雞鳴。』誰打鑼，誰吃飯，誰人常把鐵箍子戕？那個長將蓆篾兒支著眼？為人還有相逢處，樹葉兒落還到根邊。你休要把人赤手空拳，往外攢，是非莫聽小人言！正是女人不穿嫁時衣，男兒不吃分時飯，自有徒牢話歲寒！」當下金蓮與月娘亂了一回，月娘到他房中打點與了他兩個箱子，一張抽替桌兒，四套衣服，幾件釵梳簪環，一床被褥。其餘他穿的鞋腳，都填在箱內。把秋菊叫得後邊來，一把鎖把他房門鎖了。金蓮穿上衣服，拜辭月娘，在西門慶靈前，大哭了一場。又走到孟玉樓房中，也是姊妹相處了一場，一旦分離，兩個落了一回眼淚。玉樓悄瞞著月娘與了他一對金碗簪子，一套翠藍段襖紅裙子，說道：「六姐，汝與你離多會少了！你看好人家，往前進了罷！自古道：『千里長蓬，也沒個不散的筵席！』你若有了人家，使人來對奴說聲。奴往那裏去，順便到你那裏看你去，也是姊妹情腸！」于是灑淚而別。臨出門，小玉送金蓮，悄悄與了金蓮兩根金頭簪兒。金蓮道：「我的姐姐，你倒有一點人心兒在！我上轎子，在大門首。」王婆又早雇人把箱籠桌子，抬的先去了。獨有玉樓、小玉，送金蓮到門首，坐上轎子纔回。正是：世上萬般哀苦事，除非死別共生離！

卻說金蓮到王婆家。王婆安插他在裏間，晚夕同他一處睡。他兒子王潮兒，也長成一條大漢，籠起頭去了，還未有妻室，外間支著床子睡。這潘金蓮，次日依舊打扮喬眉喬眼，在簾下看人。無事坐在炕上，不是描眉畫眼，就是彈弄琵琶。王婆不在，就和王潮兒鬥葉兒下棋。那王婆自去掃麵餵養驢子，不去管他。朝來暮去，又把王潮兒刮剌上了。晚間等的王婆子睡著了，婦人推下炕溺尿，走出外間床子上，

❾ 出頭椽兒先朽爛：搶先出頭的人往往先遭到麻煩。

和王潮兒兩個幹。搖的床子一片響聲，被王婆子醒來聽見，問：「那裏響？」王潮兒道：「是櫃底下貓捕的老鼠響。」王婆子睡夢中，喃喃吶吶，口裏說道：「只因有這些麩麵在屋裏，引的這扎心的，半夜三更耗爆人，不得睡。」良久，又聽見動旦，搖的床子格支支響。王婆又問：「那裏響？」王潮道：「是貓咬老鼠，鑽在坑洞底下嚼的響。」婆子側耳，果然聽見貓在坑洞裏狼虎，方纔不言語了。婦人和小廝幹事，依舊悄悄上炕睡去了。有幾句雙關，說得這老鼠好：

你身軀兒小膽兒大，嘴兒尖忒潑皮。見了人藏藏躲躲，耳邊廂叫叫唧唧，攪混人半夜三更不睡，不行正人倫，偏好鑽穴隙。更有一樁兒不老實，到底改不了偷饞抹嘴！

有日，陳經濟打聽得金蓮出來，還在王婆子家聘嫁。提著兩弔銅錢，帶著銀錢，走到王婆子家來。婆子正在門前掃驢子街撒下的糞。這經濟向前深深地唱個喏。婆子問道：「哥哥你做甚麼？」經濟道：「請借裏邊說話。」王婆便讓進裏面。經濟揭起眼紗，便道：「動問西門大官人宅內，有一位娘子潘六姐在此出嫁？」王婆便道：「你是他甚麼人？」那經濟嘻嘻笑道：「不瞞你老人家說，我是他兄弟，他是我姐姐。」那王婆子眼上眼下，打量他一回，說：「他有甚兄弟，我不知道？你休哄我。你莫非不是他家女婿姓陳的，來此處撞蠓子⑩？我老娘手裏放不過！」經濟笑向腰裏解下兩弔銅錢來，放在面前，說：「這兩弔錢，權作王奶奶一茶之費，教我且見一面，改日還重謝你老人家。」婆子見錢，越發喬張致起來，便道：「休說謝的話，他家大娘子分付將來，不教閒雜人來看他。咱放倒身說話，你既要見這雌兒

⑩ 撞蠓子：鑽空子；朦人。

一面，與我五兩銀子；見兩面，與我十兩；你若娶他，便與我一百兩銀子。我的十兩媒人錢在外，我不管閒帳！你如今兩串錢兒，打水不渾的做甚麼！」經濟見這虔婆口硬，不收錢，又向頭上拔下一對金頭銀腳簪子，重五錢，殺雞扯脖跪在地下，說道：「王奶奶，你且收了，容日再補一兩銀子來與你，不敢差了！且容我見他一面，說些話兒則個。」那婆子于是收了他簪子和錢，分付：「你進去見他，說了話就與我出來，不許你涎眉睜目，只顧坐著。所許那一兩頭銀子，明日就送來與我。」于是掀簾放經濟進裏間。婦人正坐在炕邊納鞋，看見經濟，放下鞋扇，會在一處，埋怨經濟：「你好人兒，弄的我前不著村，後不著店；有上稍，沒下稍，出醜惹人嫌！你就影兒不見，不來看我看兒了！我娘兒每好好兒的，拆散開，你東我西，皆因是為誰來？」說著扯住經濟，只顧哭泣。王婆又嗔哭，恐怕有人聽見。經濟道：「我的姐姐，我為你剮皮割肉，你為我受氣耽羞。怎不來看你？昨日到薛嫂兒家，已知春梅賣在守備府裏去了。又打聽你出離了他家門，在王奶奶這邊聘嫁。今日特來見你一面，和你計議。咱兩個恩情難捨，拆散不開，如之奈何？我如今要把他家女兒休了，問他要我家先前寄放金銀箱籠。他若不與我，我東京萬壽門一本一狀進下來，那時他雙手奉與我，還是遲了！我暗地裏假名托姓，一頂轎子，娶你到家去，咱兩個永遠團圓，做上個夫妻，有何不可？」婦人道：「現今王乾娘要一百兩銀子，你有這些銀子與他？」經濟道：「如何要這許多？」婆子說道：「你家大丈母說，當初你家爹為他打個銀人兒也還多，定要一百兩銀子，少一絲毫也成不的！」經濟道：「實不瞞你老人家說，我與六姐打得熱了，拆散不開。看你老人家下顧，退下一半兒來，五六十兩銀子也罷，我往張舅那裏，典上兩三間房子，娶了六姐家去，也是春風一度。你老人家少轉些兒罷！」婆子道：「休說五十兩銀子，八十兩也輪不到你手裏了！昨日湖州販紬絹何官人，出到七十兩。大街坊張二官府如今見在提刑院掌刑，使了兩個節級來，出到八十兩上。拏著兩封銀子來兌，還成不的，都回去了。你這小孩兒家，空口來說空話，倒還敢傒落老娘，老娘不道的吃傷了哩！」當下一陣走出街上，大吆喝說：「誰家女婿，要娶丈母？還來老娘屋裏放屁！」這經濟慌了，一手扯進婆子來，雙膝跪下，央及：「王奶奶噤聲，我依了奶奶價值一百兩銀子罷！爭奈我父親在東京，我明日起身，往東京取銀子去。」婦人道：「你既為我一場，休與乾娘爭執，上緊取去。只恐來遲了，別人娶了奴去了，就不是你的人了！」經濟道：「我顧上頭口，連夜兼程，多則半月，少則十日，就來了。」婆子道：「常言先下米，先食飯。我的十兩銀子在外，休要少了。我得說明白著。」經濟道：「這個不必說，恩有重報，不敢有忘！」說畢，經濟作辭出門，到家收拾行李。次日早顧頭口，上東京取銀子去。此這去，正是：青龍與白虎同行，吉凶事全然未保。

畢竟未知後來如何，且聽下回分解。

第八十七回 王婆子貪財受報 武都頭殺嫂祭兄

平生作善天加福，若是剛強定禍殃。
舌為柔和終不損，齒因堅硬必遭傷。
杏桃秋到多零落，松柏冬深愈翠蒼。
善惡到頭終有報，高飛遠走也難藏。

話說陳經濟顧頭口起身，叫了張團練一個伴當跟隨，早上東京去不題。卻表吳月娘打發潘金蓮出門，次日使春鴻叫薛嫂兒來，要賣秋菊。這春鴻正走到大街，撞見應伯爵叫住，問春鴻：「你往那裏去？」春鴻道：「家中大娘使小的叫媒人薛嫂兒去。」伯爵問：「叫媒人做甚麼？」春鴻道：「賣五娘房裏秋菊丫頭。」伯爵又問：「你五娘為甚麼打發出來，在王婆子家住著，說要尋人家嫁人，端的有此話麼？」這春鴻便如此這般：「因和俺姐夫有些說話，大娘知道了，先打發了春梅小大姐，然後打了俺姐夫一頓，趕出往家去了。昨日纔打發出俺五娘來。」伯爵聽了，點了點頭兒，說道：「原來你五娘和你姐夫有楂兒❶，看不出人來！」又向春鴻說：「孩兒，你爹已是死了，你只顧還在他家做甚麼？終是沒出產。你

❶ 楂兒：男女間不正當的關係。

心裏還要歸你南邊去？這裏尋個人家跟罷，心下如何？」春鴻道：「便是這般說。老爹已是沒了，家中大娘好不嚴緊。各處買賣都收了，房子也賣了，琴童兒、畫童兒多走了，也攬不過這許多人口來。小的待回南邊去，又沒順便人帶去。這城內尋個人家跟，又沒個門路。」伯爵道：「傻孩兒！人無遠見，安身不牢。千山萬水，又往南邊去做甚？誰人帶去？你肚裏會幾句唱，愁這城內尋不出主兒來答應？我如今舉保個門路與你。如今大街坊張二老爹家，有萬萬貫家財，百間房屋，見頂補了你爹在提刑院做掌刑千戶。如今你二娘，又在他家做了二房。我把你送到他宅中答應他。他見你會唱南曲，管情一箭就上垛，留下你做個親隨大官兒。又不比在你這家裏，他性兒又好，年紀小小，又倜儻，又好愛好，你就是個有造化的！」這春鴻扒到地下，就磕了個頭：「有累二爹！小的若見了張老爹，得一步之地，買禮與二爹磕頭。」伯爵一把手拉著春鴻說：「傻孩兒，你起來，我無有個不作成人的，肯要你謝！你那得錢兒來？」春鴻道：「小的去了，只怕家中大娘找尋小的怎了？」伯爵道：「這個不打緊，我問你張二老爹討個帖兒，封一兩銀子與他家。他家銀子不敢受，不怕把你不雙手兒送了去。」說畢，春鴻往薛嫂兒家，叫了薛嫂兒，見月娘，領秋菊出來，只賣了五兩銀子，交與月娘，不在話下。

卻說應伯爵領春鴻到張二官宅裏見了。張二官見他生的清秀又會唱南曲，就留下他答應。便拏拜帖兒，封了一兩銀子，往西門慶家討他箱子。那日吳月娘家中，正陪雲離守娘子范氏吃酒。先是雲離守襲過哥雲參將指揮，補在清河左衛做同知。見西門慶死了，吳月娘守寡，手裏有東西，就安心有垂涎圖謀之意。此日正買了八盤羹果禮物，來看月娘。見月娘生了孝哥，范氏房內亦有一女，方兩月兒，要與月娘結親。那日吃酒，遂兩家割衫襟，做了兒女親家，留下一雙金環為定禮。聽見玳安兒拏進張二官府帖兒，並一兩銀子，說：「春鴻投在他家答應去了。使人來討他箱子衣服。」月娘見他現做提刑官，不好不與他，銀子也不曾收，只得把箱子與將出來。初時應伯爵對張二官說：「西門慶第五娘子潘金蓮，生的標致，會一手琵琶，百家詞曲，雙陸象棋，無不通曉，又會寫字。因為年小守不的，又和他大娘子合氣，今打發出來，在王婆家聘嫁人。」這張二官一替兩替，使家人拏銀子往王婆家相看。王婆只推他大娘子分付，不倒口❷要一百兩銀子。那人來回講了幾遍，還到八十兩上，王婆還不吐口兒。落後春鴻到他宅內，張二官聽見春鴻說，婦人在家養著女婿，因為如此，打發出來。這張二官就不要了。對著伯爵說：「我家現放著十五歲未出幼兒子，上學攻書，要這樣婦人來家做甚？」又聽見李嬌兒說，金蓮當初用毒藥擺布死了漢子，被西門慶占將來家，又偷小廝，把第六個娘子生了兒子，娘兒兩個生生吃他害殺了。以此張二官就不要了。

話分兩頭，卻說春梅賣到守備府中，守備見他生的標致伶俐，舉止動人，心中大喜。與了他三間房住，手下使一個小丫鬟，就一連在他房中歇了三夜三日。替他裁了兩套衣裳，薛嫂兒去，賞了薛嫂五錢銀子。又買了個使女扶侍他，立他做二房。大娘子一目失明，吃長齋念佛，不管閒事。還有生姐兒的孫二娘，在東廂房住。春梅在西廂房，各處鑰匙，都教他掌管，甚是寵愛他。一日，聽薛嫂兒說，潘金蓮出來，在王婆家聘嫁。這春梅晚夕，啼啼哭哭，對守備說：「俺娘兒兩個，在一處廝守這幾年，他大氣兒不曾呵著我，把我當親女兒一般看承。自知拆散開了，不想今日他也出來了！你若肯娶將他來，俺娘兒每還在一處過好日子。」又說：「他怎的好模樣兒，諸家詞曲都會，又會彈琵琶。聰明俊俏，百伶百

❷ 不倒口：不轉口，即「口氣不變」。

俐！屬龍的，今纔三十二歲兒。他若來，奴情願做第三的也罷！」于是把守備念轉了，使手下親隨張勝、李安，封了兩方手帕，二錢銀子，往王婆家相看。果然生的好個出色的婦人。王婆開口指稱：「他家大娘子，要一百兩銀子。」張勝、李安講了半日，還了八十兩，那王婆還不肯。走來回守備，又添了五兩，復使二人拏著銀子和王婆子說。王婆子只是假推：「他大娘子不肯，不轉口兒要一百兩。媒人錢，要不要罷，天也不使空人！」這張勝、李安只得又拏回銀子來稟守備。丟了兩日，怎禁這春梅晚夕哭哭啼啼：「好歹再添幾兩銀子娶了來，和奴做伴兒，死也甘心！」守備見春梅只是哭泣，只得又差了大管家周忠，同張勝、李安氈包內拏著銀子，打開與婆子看，又添到九十兩上。婆子越發張致起來，說：「若九十兩到不的，如今提刑張二老爹家抬的去了。」這周忠就惱了，分付李安把銀子包了，說道：「三隻腳蟾沒處尋，兩腳老婆愁那裏尋不出來！這老淫婦連人也不識，你說那張二官府怎的？俺府裏老爺管不著你？不是新娶的小夫人再三在老爺跟前說念，要娶這婦人，平白出這些銀子要你何用！」李安道：「勒措俺兩番三次來回去，賊老淫婦，越發鸚哥兒了！」拉周忠說：「管家哥，咱去來。到家回了老爺，好不好教牢子拏去，拶與他一頓好拶子！」這婆子終是貪著陳經濟那口食，由他罵，只是不言語。二人到府中，回稟守備說：「已添到九十兩，還不肯。」守備說：「明日兌與他一百兩，拏轎子抬了來罷。」周忠說：「爹，就添了一百兩，王婆子還要五兩媒人錢。且丟他兩日。他若張致，拏到府中，且拶與他一頓拶子，他纔怕。」看官聽說：大凡潘金蓮生有地兒，死有處。不爭被周忠說這兩句話，有分教這婦人，從前作過事，今朝沒興一齊來！有詩為證：

人生雖未有前知，禍福因由更問誰。
善惡到頭終有報，只爭來早與來遲。

按下一頭，卻說一人。單表武松，自從西門慶墊發孟州牢城充軍之後，多虧小管營施恩看顧。次後施恩與蔣門神爭奪快活林酒店，被蔣門神打傷，央武松出力，反打了蔣門神一頓。不想蔣門神妹子玉蘭，嫁與張都監為妾，賺武松去，假捏賊情，將武松拷打，轉又發安平寨充軍。這武松走到飛雲浦，又殺了兩個公人，復回身殺了張都監、蔣門神全家老小，逃躲在施恩家。施恩寫了一封書，皮箱內封了一百兩銀子，教武松到安平寨與知寨劉高，教看顧他。不想路上聽見太子立東宮，放郊天大赦，武松就遇赦回家。到清河縣下了文書，依舊在縣當差，還做都頭。來到家中，尋見上鄰姚二郎，交付迎兒。那時迎兒已長大十九歲了，收攬來家，一處居住。打聽西門慶已死：「你嫂子出來了，如今還在王婆家，早晚嫁人。」這漢子聽了，舊仇在心。正是踏破鐵鞋無處覓，算來全不費工夫！次日，裹幘穿衣，逕出門來到王婆門首。金蓮正在簾下站著，見武松來，連忙閃入裏間去。武松掀開簾子，來問：「王媽媽在家？」那婆子正在磨上掃麵，連忙出來應道：「是誰叫老身？」見是武松，道了萬福。武松深深唱喏。婆子道：「武二哥，且喜幾時回家來了？」武松道：「遇赦回家，昨日纔到。一向多累媽媽看家，改日相謝。」婆子笑嘻嘻道：「武二哥比舊時保養，鬍子楂兒也有了，且是好身量，在外邊又學得這般知禮！」一面上坐，點茶吃了。武松道：「我有一樁事和媽媽說。」婆子道：「有甚事？武二哥只顧說。」武松道：「我聞的人說，西門慶已是死了，我嫂子出來，在你老人家這裏居住。敢煩媽媽對嫂子說，他若不嫁人便罷，若是嫁人，如今迎兒大了，娶得嫂子家去看管迎兒，早晚招個女婿，一家一計過日子，庶不教人笑話。」婆子初時還不吐口兒，便道：「他是在我這裏？倒不知嫁人不嫁人。」次後聽見武松重謝他，便道：「等我慢慢和他說。」那婦人便簾內聽見武松言語，要娶他看管迎兒；又見武松在外，出落得長大身材，胖了，比昔時又會說話兒。舊心不改，心下暗道：「這段姻緣，還落在他家手裏！」就等不得王婆叫，他自己出來，向武松道了萬福，說道：「既是叔叔還要奴家去看管迎兒，招女婿成家，可知好哩！」王婆道：「又一件，如今他家大娘子，要一百兩雪花銀子纔嫁人。」武松道：「如何要這許多？」王婆道：「西門大官人當初為他使了許多，就打恁個銀人兒也夠了！」武松道：「不打緊，我既要請嫂嫂家去，就使一百兩也罷。另外破五兩銀子，謝你老人家。」這婆子聽見，喜歡的屁滾尿流，沒口說：「還是武二哥知禮，這幾年江湖上見的事多，真是好漢！」婦人聽了此言，走到屋裏，又濃點了一盞瓜仁泡茶，雙手遞與武松吃了。婆子問道：「如今他家要發脫的緊，又有三四處官戶人家爭著娶，都回阻了，價錢不合。你這銀子，作速些便好。常言：『先下米先吃飯。』千里姻緣著線牽。休要落在別人手內。」婦人道：「既要娶奴家，叔叔上緊些。」武松便道：「明日就來兌銀，晚夕請嫂嫂過去。」那王婆還不信武松有這些銀子，胡亂答應去了。到次日，武松打開皮箱，拏出小管營施恩與知寨劉高那一百兩銀子來，又另外包了五兩碎銀子，走到王婆家，拏天平兌起來。那婆子看見白晃晃擺了一桌銀子，口中不言，心內暗道：「雖是陳經濟許下一百兩，上東京去取，不知幾時到來？仰著合著，我見鐘不打，卻打鑄鐘？」又見五兩謝他，連忙收了。拜了又拜，說道：「還是武二哥曉禮，知人甘苦！」武松道：「媽媽收了銀子，今日就請嫂嫂過門。」婆子道：「武二哥且是好急性，門背後放花兒，你等不到晚了！

也待我往他大娘子那裏交了銀子，纔打發他過去。」又道：「你今日帽兒光光，晚夕做個新郎！」那武松緊著心中不自在，那婆子不知好歹，又傒落他。打發武松出門，自己尋思：「他家大娘子自交我發脫，又沒和我則定價錢。我今胡亂與他一二十兩銀子就是了。綁著鬼，也落他多一半養家。」一面把銀鑿下二十兩銀子，往月娘家裏交割明白。月娘問：「甚麼人家娶了去了？」王婆道：「兔兒沿山跑，還來歸舊窩！嫁了他小叔，還吃舊鍋裏粥去了！」月娘聽了，暗中跌腳；常言：「仇人見仇人，分外眼睛明！」與孟玉樓說：「往後死在他小叔子手裏罷了！那漢子殺人不眨眼，豈肯干休？」

不說月娘家中嘆息，卻表王婆交了銀子到家，下午時，教王潮先把婦人箱籠桌兒送過去。這武松在家，又早收拾停當。打下酒肉，安排下菜蔬。晚上婆子領婦人進門，換了孝，戴著新鬏髻，身穿紅衣服，搭著蓋頭。進門來，見明間內明亮亮點著燈燭，武大靈牌供養在上面，先自有些疑忌。由不得髮似人揪，肉如鉤搭。進入門，來到房中。武松分付迎兒把前門上了拴，後門也頂了。王婆見了，說道：「武二哥我去罷，家裏沒人。」武松道：「媽媽請進房裏吃盞酒。」武松教迎兒拏菜蔬擺在桌上，須臾，盪上酒來，請婦人和王婆吃酒。那武松也不讓，把酒斟上，一連吃了四五碗酒。婆子見他吃得惡，便道：「武二哥，老身酒夠了，放我去，你兩口兒自在吃盞兒罷。」武松道：「媽媽且休得胡說，我武二有句話問你！」只聞颼的一聲響，向衣底掣出一把二尺長刃薄背厚的朴刀子來，一隻手籠著刀靶，一隻手按住掩心，便睜圓怪眼，倒豎剛鬚，便道：「婆子休得吃驚！自古冤有頭，債有主，休推睡裏夢裏！我哥哥性命都在你身上！」婆子道：「武二哥，夜晚了，酒醉拏刀弄杖，不是耍處！」武松道：「婆子休胡說！我武二就死也不怕！等我問了這淫婦，慢慢來問你這老豬狗！若動一動步兒，身上先吃我五七刀子！」

一面回過臉來，看著婦人罵道：「你這淫婦聽著，我的哥哥怎生謀害了？從實說來，我便饒你！」那婦人道：「叔叔如何冷鍋中豆兒爆，好沒道理！你哥哥自害心疼病死了，干我甚事！」說由未了，武松把刀子忔楂的插在桌子上，用左手揪住婦人雲髻，右手劈胸提住，把桌子一腳踢翻，碟兒、盞兒都落地打得粉碎。那婦人能有多大氣脈，被這漢子隔桌子輕輕提將過來，拖出外間靈桌子前。那婆子見頭勢不好，便去奔前門走；前門又上了拴。被武松大扠步趕上，揪翻在地，用腰間纏帶解下來，四手四腳綑住，如猿猴獻果一般，便脫身不得，口中只叫：「都頭不消動意，大娘子自做出來，不干我事！」武松道：「老豬狗！我都知了，你賴那個？你教西門慶那廝墊發我充軍去，今日我怎生又回家了！西門慶那廝卻在那裏？你不說時，先剮了這個淫婦，後殺你這老豬狗！」提起刀來，便望那婦人臉上撇兩撇。婦人慌忙叫道：「叔叔且饒，放我起來，等我說便了！」武松一提提起那婆娘，旋剝淨了，跪在靈桌子前。武松喝道：「淫婦快說！」那婦人諕得魂不附體，只得從實招說。將那時收簾子打了西門慶起，並做衣裳入馬通姦，後怎的踢傷了武大心，如何下藥，王婆怎地教唆下毒，撥置燒化，又怎的娶到家去，一五一十，從頭至尾說了一遍。王婆聽見，只是暗地叫苦，說：「傻才料，你實說了，卻教老身怎的支吾！」這武松一面就靈前一手揪著婦人，一手澆奠了酒，把紙錢點著，說道：「哥哥，你陰魂不遠，今日武二與你報仇雪恨！」那婦人見頭勢不好，纔待大叫，被武松向爐內搊了一把香灰塞在他口，就叫不出來了。然後腦揪翻在地，那婦人掙扎，把鬏髻簪環都滾落了。武松恐怕他掙扎，先用油靴只顧踢他肋肢。後用兩隻腳踏他兩隻胳膊，便道：「淫婦自說你伶俐，不知你心怎麼生著！我試看一看！」一面用手去攤開他胸脯。說時遲，那時快，把刀子去婦人白馥馥心窩內，只一剜，剜了個血窟窿，那鮮血就冒出來。那婦人就星眸半閃，兩隻腳只顧登踏。武松口噙著刀子，雙手去斡開他胸脯，撲扢的一聲，把心肝五臟生扯下來，血瀝瀝供養在靈前。後方一刀割下頭來，血流滿地。迎兒小女在旁看見，唬的只掩了臉。武松這漢子，端的好狠也！也可憐這婦人，正是：三寸氣在千般用，一日無常萬事休！亡年三十二歲。但見：手到處青春喪命，刀落時紅粉亡身。七魄悠悠，已赴森羅殿上；三魂渺渺，應歸枉死城中。星眸緊閉，直挺挺屍橫光地下；銀牙半咬，血淋淋頭在一邊離。好似初春大雪壓折金線柳，臘月狂風吹折玉梅花。這婦人嬌媚不知歸何處，芳魂今夜落誰家。古人有詩一首，單悼金蓮死的好苦也：

堪悼金蓮誠可憐，衣服脫去跪靈前。
誰知武二持刀殺，只道西門綁腿玩！
往事堪嗟一場夢，今身不值半文錢。
世間一命還一命，報應分明在眼前！

當下武松殺了婦人，那婆子看見，大叫：「殺人了！」武松聽見他叫，向前一刀，也割下頭來，拖過屍首。一邊將婦人心肝五臟，用刀插在樓後房簷下。那時也有初更時分，倒扣迎兒在屋裏。迎兒道：「叔叔，我也害怕。」武松道：「孩兒，我顧不得你了！」武松跳過王婆家來，還要殺他兒子王潮兒。不想王潮合當不該死，聽見他娘這邊叫，就知武松行兇。推前門不開，叫後門也不應。慌的走去街上叫保甲，那兩鄰明知武松兇惡，誰敢向前？武松跳過牆來，到王婆房內，只見點著燈，房內一人也沒有。一面打開王婆箱籠，就把他衣服撒了一地。那一百兩銀子，止交與吳月娘二十兩，還剩了八十五兩，並些釵環首飾，武松一般皆休，都包裹了。提了朴刀，越後牆，趕五更挨出城門，投十字坡張青夫婦那裏躲住，做了頭佗，上梁山為盜去了。正是：平生不作皺眉事，世上應無切齒人。

畢竟未知後來如何，且聽下回分解。

第八十八回 潘金蓮托夢守備府 吳月娘布施募緣僧

上臨之以天鑒，下察之以地祇。
明有王法相制，暗有鬼神相隨。
忠直可存于心，喜怒戒之在氣。
為不節而忘家，因不廉而失位。
勸君自警平生，可笑可驚可畏！

話說武松殺了婦人、王婆，劫去財物，逃上梁山為盜去了。卻表王潮兒去街上叫保甲，見武松家前後門都不開。又王婆家被劫去財物，房中衣服丟的地下橫三豎四，就知是武松殺死二命，劫取財物而去。未免打開前後門，見血瀝瀝兩個死屍，倒在地下。婦人心肝五臟，用刀插在後樓房簷下。迎兒倒扣在房中。問其故，只是哭泣。次日早衙，呈報到本縣。殺人兇刃，都拏放在面前。本縣新任知縣也姓李，雙名昌期，乃河北真定府棗強縣人氏。聽見殺人公事，即委差當該吏典，拘集兩鄰保甲，並兩家苦主，王潮、迎兒，眼同招出，當街如法檢驗。生前委被武松因忿帶酒，殺潘氏、王婆二命。疊成文案，就委地方保甲瘞埋看守，掛出榜文，四廂差人跟尋，訪拏正犯武松。有人首告者，官給賞銀五十兩。守備府中張勝、李安，打著一百兩銀子，到王婆家。看見王婆、婦人俱已被武松殺死，縣中差人檢屍，捉拏兇犯。二人回報到府中。春梅聽見婦人死了，整哭了兩三日，茶飯都不吃。慌了守備，使人門前叫了調百戲❶的貨郎兒進去，耍與他觀看，只是不喜歡。日逐使張勝、李安打聽拏住武松正犯，告報府中知道，不在話下。

按下一頭，卻表陳經濟前往東京取銀子，一心要贖金蓮，成其夫婦，不想走到半路，撞見家人陳定從東京來，告說家爺病重之事：「奶奶使我來請大叔往家去，囑托後事。」這經濟一聞其言，兩程做一程，路上儹行。有日到東京，他姑夫張世廉家。張世廉已死，只有姑娘見在。他父親陳洪，已是沒了三日光景，滿家帶孝。經濟參見他父親靈座，與他母親張氏，並姑娘磕頭。張氏見他長成人，母子哭做一處，通同商議：「如今一則以喜，一則以憂。」經濟便道：「如何是喜？如何是憂？」張氏道：「喜者，如今且喜朝廷冊立東宮，郊天大赦；憂則不想你爹爹得病，死在這裏，你姑夫又沒了，姑娘守寡，這裏住著，不是常法。方使陳定叫將你來，和你打發你爹爹靈柩回去，葬埋鄉井，也是好處。」這經濟聽了，心內暗道：「這一回發送裝載靈柩，家小粗重上車，少說也得許多日期耽擱，卻不誤了娶六姐？不如如此這般，先誆了兩車細軟箱籠家去，待娶了六姐，往來搬取靈柩不遲。」一面對張氏說道：「如今隨路盜賊，十分難走。假如靈柩家小箱籠，一同起身，若說數輛車馱，未免起眼。倘遇小嘍囉，怎了？寧可耽遲不耽錯。我先押兩車細軟箱籠家去，收拾房屋。母親隨後和陳定家眷，跟父親靈柩，過年正月間起身回家，寄在城外寺院，然後做齋念經，入墳安葬，也是不遲。」張氏終是婦人家，不合一時聽信經濟

❶ 調百戲：表演雜耍兒。

巧言念轉，先打點細軟箱籠，裝載兩大車，上插旗號，扮做香車，從臘月初一日東京起身，不上數日，到了山東清河縣家門首，對他母舅張團練說：「父親已死，母親押靈車不久就到。我押了兩車行李，先來收拾打掃房屋。」他母舅聽了說：「既然如此，我須搬回家便了。」一面就令家人搬家火，騰出房子來。這經濟見母舅搬去，滿心歡喜說：「且得冤家離眼前，落得我娶六姐來家，自在受用。我父親已死，我娘又疼我，先休了那個淫婦，然後一紙狀子，把俺丈母告到官，追要我寄放東西，誰敢道個不字？又挾制俺家充軍人數不成？」正是：人莫如此如此，天理不然不然。這經濟早擸掇他母舅出來，然後打了一百兩銀子在腰裏，另外又袖著十兩謝王婆。來到縣西街王婆門首。可霎作怪，只見門前街旁，埋著兩個屍首。上面兩桿鎗交叉，上面挑著個燈籠。門首掛著一張手榜，上書：「本縣為人命事，兇犯武松殺死潘氏、王婆二命，有人捕獲首告官司者，官給賞銀五十兩。」這經濟仰頭還大看了，只見從窩鋪中鑽出兩個人來，喝聲道：「甚麼人？看此榜文做甚？見今正身兇犯捉拏不著，你是何人？」大扠步便來捉獲。這經濟慌的奔走不迭，恰纔走到石橋下酒樓邊，只見一個人頭戴萬字巾，身穿青衲襖，隨後趕到橋下，說道：「哥哥，你好大膽，平白在此看他怎的？」這經濟扭回頭看時，卻是一個識熟朋友，鐵指甲楊大郎。二人聲喏。楊大道：「哥哥，一向不見，那裏去來？」經濟便把東京父死往回之事，告說一遍：「恰才這殺死婦人，是我丈人的小潘氏，不知他被人殺了。適纔見了榜文，方知其故。」楊大郎告道：「是他小叔武松充配在外，遇赦回還。不知因甚殺了婦人，連王婆子也不饒。他家還有個女孩兒，在我姑夫姚二郎家養活了三四年。昨日他叔叔殺了人，走的不知下落。我姑夫將此女縣中領出，嫁與人為妻小去了。見今這兩瘞屍首，日久只顧埋著，只是苦了地方保甲看守，更不知何年月日纔拏住兇犯武松。」

說畢，楊大郎招了經濟上酒樓飲酒：「與哥哥拂塵。」這經濟見那人已死，心中轉痛不了，那裏吃得下酒。約莫飲勾三盃，就起身下樓，作別來家。到晚夕，買了一陌錢紙，在縣西街，離王婆門首遠遠的石橋邊，題著婦人：「潘六姐，我小兄弟陳經濟，今日替你燒陌錢紙。皆因我來遲了一步，誤了你性命！你活時為人，死後為神。早保佑捉獲住仇人武松，替你報仇雪恨！我去法場上，看著剮他，方趁我平生之志！」說畢哭泣，燒化了錢紙。經濟回家，關了門戶，走歸房中，恰纔睡著，似睡不睡，夢見金蓮身穿素服，一身帶血，向經濟哭道：「我的哥哥，我死的好苦也！實指望與你相處在一處，不期等你不來，被武松那廝害了性命！如今陰司不收，我白日遊遊蕩蕩，夜歸向各處尋討漿水。適間蒙你送了一陌錢紙與我。但只是仇人未獲，我的屍首埋在當街。你可念舊日之情，買具棺材盛了葬埋，免得日久暴露？」經濟哭道：「我的姐姐，我可知要葬埋你，但西門慶家中，我丈母那無仁義的淫婦知道，他自恁賴我，倒趁了他機會！姐姐，你須往守備府中對春梅說知，教他葬埋你身屍便了。」婦人道：「剛纔奴到守備府中，又被那門新戶尉攔擋不放。奴須慢慢再哀告他則個。」經濟哭著，還要拉著他說話，被他身上一陣血腥氣，撒手掙脫，卻是南柯一夢。枕上聽那更鼓時，正打三更二點。說道：「怪哉！我剛纔分明夢見六姐向我訴告衷腸，教我葬埋之意，又不知甚年何日拏住武松，是好傷感人也！」正是：夢中無限傷心事，獨坐空房哭到明。

不說經濟這裏，也打聽武松不題。卻表縣中訪拏武松，約兩個月有餘，捕獲不著。已知逃遁梁山為盜，地方合甲鄰佑，呈報到官，所有兩瘞屍首，相應責令家屬領埋。王婆屍首，便有他兒子王潮領的埋葬。只有婦人身屍，無人來領。卻說府中春梅，兩三日一遍，使張勝、李安來縣中打聽，回去只說：「兇犯還未拏住，屍首照舊埋瘞，地方看守，無人敢動。」直挨過年，正月初旬時節，忽一日晚間，春梅作一夢，恍恍惚惚，夢見金蓮雲髻鬅鬆，渾身是血，叫道：「龐大姐，我的好姐姐，奴死的好苦也！好容易來見你一面，又被門神把住，嗔喝不敢進來。今仇人武松已是逃走脫了。所有奴的屍首，在街暴露日久，風吹雨灑，雞犬作踐，無人領埋。奴舉眼無親，你若念舊日母子之情，買具棺木，把奴埋在一個去處。奴死在陰司，口眼皆閉！」說畢，大哭不止。春梅扯住他，還要再問他別的話。被他掙開，撒手驚覺，卻是南柯一夢。從睡夢直哭醒來，心內猶疑不定。次日叫進張勝、李安分付：「你二人去縣前打聽，那埋的婦人、婆子屍首，還有無有？」張勝、李安應諾去了。不多時走來回報：「正犯兇身，已逃走脫了。所有殺死身屍，地方看守，日久不便。相應責令各人家屬領埋。那婆子屍首，他兒子招領的去了。還有那婦人，無人來領，還埋在街心。」春梅道：「既然如此，我有樁事兒，累你二人替我幹得來，我還重賞你！」二人跪下：「小夫人說那裏話？若肯在老爺前抬舉小人一二，只消受不了！雖赴湯跳火，敢說不去！」春梅走到房中，拏出十兩銀子，兩疋大布，委付二人：「這死的婦人，是我一個嫡親姐姐，嫁在西門慶家。今日出來，被人殺死。你二人休教你老爺知道，拏這銀子替我買一具棺材，把他裝殮了，抬出城外，擇方便地方，埋葬停當，我還重賞你！」二人道：「這個不打緊，小人就去。」李安說：「只怕縣中不教你我領屍怎了？須拏老爺個帖兒，下到縣官纔好。」張勝道：「只說小夫人是他妹子，嫁在府中，那縣官不敢不依，何消帖子。」于是領了銀子，來到班房內。張勝便向李安說：「想必這死的婦人，與小夫人曾在西門慶家做一處，相結的好，今日方這等為他費心。想著死了時，整哭了三四日不吃飯，直教老爺門前叫了調百戲貨郎兒，調與他觀看，還不喜歡。今日他無親人領去，小夫人豈肯不葬埋他？咱每若替他幹得此事停當，早晚他在老爺跟前，只方便你我，就是一點福星！見今老爺百依百隨，聽他說話。正經大奶奶、二奶奶，且打靠他！」說畢，二人拏銀子到縣前，遞了領狀，就說他妹子在老爺府中，來領屍首。使了六兩銀子，合了一具棺木。把婦人屍首掘出，把心肝填在肚內。頭用線縫上，用布裝殮停當，裝入材內。張勝說：「就埋在老爺香火院城南永福寺裏，那裏有空閒地。葬埋了，回小夫人話去。」叫了兩名伴當，抬到永福寺，對長老說：「這是宅內小夫人姐姐，要一塊地埋葬。」長老不敢怠慢，就在寺後揀一塊空心白楊樹下，那裏葬埋已畢，走來宅內回春梅話，說：「除買棺材裝殮，還剩四兩銀子。」交割明白。春梅分付：「多有起動你二人！將這四兩銀子，拏二兩與長老道堅，教他早晚替他念些經懺，超度他生天。」又拏出一大瓶酒，一腿豬肉，一腿羊肉：「這二兩銀子，你每人將一兩家中盤纏。」二人跪下，那裏敢接。只說：「小夫人若肯在老爺面前抬舉，小人消受不了！這些小勞，豈敢接受銀兩！」春梅道：「我賞你不收，我就惱了。」二人只得磕頭領了出來。兩個班房吃酒，甚是稱念小夫人好處。次日張勝送銀子與長老念經。春梅又與五錢銀子，買紙與金蓮燒，俱不在話下。

卻說陳定從東京載靈柩家眷，到清河縣城外，把靈柩寄在永福寺，待的念經發送，歸葬墳內。經濟在家，聽見母親張氏家小車輛到了，父親靈柩寄停在城外永福寺，收卸行李已畢，與張氏磕了頭。張氏怪他：「就不去接我一接？」經濟只說：「心中不快，家裏無人看守。」張氏便問：「你舅舅怎的不見？」經濟道：「他見母親到了，連忙搬回家去了。」張氏道：「且教你舅舅住著，慌搬去怎的？」一面他母舅張團練，來看他姐姐。姊妹抱頭而哭，置酒敘話，不必細說。次日他娘張氏，早使經濟拏五兩銀子，幾陌金銀錢紙，往門外與長老，替他父親念經。正騎頭口街上走，忽撞遇他兩個朋友陸大郎、楊大郎，下頭口聲喏。二人問道：「哥哥往那裏去？」經濟悉言：「先父靈柩，寄在門外寺裏。明日廿日是終七，家母使我送銀子與長老，做齋念經。」二人道：「兄弟不知老父靈柩到了，有失弔問。」因問：「幾時發引安葬？」經濟道：「也只在一二日之間，念畢經，入墳安葬。」說罷，二人舉手作別。這經濟又叫住，因問楊大郎：「縣前我丈人的小，那潘氏屍首，怎不見？被甚人領的去了。」楊大郎便道：「半月前，地方因捉不著武松，稟了本縣相公，令各家領去葬埋。王婆是他兒子領去。只有婦人屍首，丟了三四日，被守備府中買了一口棺木，差人抬出城外永福寺那裏葬去了。」經濟聽了，就知是春梅在府中，收葬了他屍首。因問大郎：「城外有幾個永福寺？」大郎道：「本自南門外，只一個永福寺，是周秀老爺香火院。那裏有幾個永福寺來？」經濟聽了暗喜：「就是這個永福寺，也是緣法湊巧，喜得六姐亦葬在此處！」一面作別二人，打頭口出城，逕到永福寺中。見了長老，且不說念經之事，就先問長老道堅：「此處有守備府中新近葬的一個婦人，在那裏？」長老道：「就在寺後白楊樹下。說是宅內小夫人的姐姐。」這陳經濟且不參見他父親靈柩，先拏錢紙祭物，到于金蓮墓上，與他祭了，燒化錢紙。哭道：「我的六姐，你兄弟陳經濟敬來與你燒一陌錢紙。你好處安身，苦處用錢！」祭畢，然後纔到方丈內他父親靈柩跟前，燒紙祭祀。遞與長老經錢，教他二十日請八眾禪僧，念斷七經。長老接了經襯，備辦齋供。經濟來家，回了張氏話。二十日都去寺中拈香，擇吉發引，把父親靈柩，歸到祖塋。安葬已畢，來家母子過日不題。

卻表吳月娘，一日二月初旬，天氣融和。孟玉樓、孫雪娥、西門大姐、小玉出來大門首站立，觀看來往車馬，人煙熱鬧。忽見一簇男女，跟著個和尚，生的十分胖大。頭頂三尊銅佛，身上拘著數枝燈樹，杏黃袈裟風兜袖，赤腳行來泥沒踝。自言說是五臺山戒壇上下來的行腳僧，雲遊到此，要化錢糧，蓋造佛殿。當時古人有幾句，讚的這行腳僧好處：

> 打坐參禪，講經說法。鋪眉苫眼，習成佛祖家風；賴教求食，立起法門規矩。白日裏賣杖搖鈴，黑夜間舞鎗弄棒。有時門首磕光頭，餓了街前打響嘴。空色色空，誰見眾生離下土；去來來去，何曾接引到西方！

那和尚見月娘眾婦女在門首，向前道了個問訊，說道：「在家老菩薩施主，既生在深宅大院，都是龍華一會上人。貧僧是五臺山下來的，結化善緣，蓋造十王功德三寶佛殿。仰賴十方施主菩薩，廣種福田，捨資財共成勝事，修來生功果。貧僧只是挑腳漢。」月娘聽了他這般言語，便喚小玉往房中取一頂僧帽、一雙僧鞋、一弔銅錢、一斗白米。原來月娘平昔好齋僧布施常時閒中，發心做下僧帽、僧鞋，預備布施。這小玉取出來，月娘分付：「你叫那師父近前來，布施與他。」這小玉故做嬌態，高聲叫道：「那變驢的和尚，還不過來？俺奶奶布施與你這許多東西，還不磕頭哩！」月娘便罵道：「怪墮業的小臭肉兒，一個僧家，是佛家弟子。你有要沒緊，恁謗他怎的，不當家化化的！你這小淫婦兒，到明日不知墮多少罪業！」小玉笑道：「奶奶，這賊和尚，我叫他，他怎的把那一雙賊眼，眼上眼下打量我？」那和尚雙手接了鞋帽、錢米，打問訊說道：「多謝施主老菩薩布施布施！」小玉道：「這禿廝好無禮，這些人站著，只打兩個問訊兒，就不與我打一個兒？」月娘道：「小肉兒，還恁說白道黑❷。他一個佛家之子，

❷ 說白道黑：信口亂說。

你也消受不的他這個問訊！」小玉道：「奶奶，他是佛爺兒子，誰是佛爺女兒？」月娘道：「相這比丘尼姑僧，是佛的女兒。」小玉道：「譬若說像薛姑子、王姑子、大師父，都是佛爺女兒；誰是佛爺女婿？」月娘忍不住笑罵道：「這賊小淫婦兒，學的油嘴滑舌，見見就說下道兒去了！」小玉道：「奶奶只罵我。本等這禿和尚，賊眉豎眼的只看我！」孟玉樓道：「他看你，想必認得的，要度脫你去！」小玉道：「他若度我，我就去。」說著，眾婦女笑了一回。月娘喝道：「你這小淫婦兒，專一毀僧謗佛！」那和尚得了布施，頂著三尊佛，揚長去了。小玉道：「奶奶還嗔我罵他，你看這賊禿，臨去還看了我一眼纔去了！」

有詩單道月娘修善施僧好處：

守寡看經歲月深，私邪空色久違心。
奴身好似天邊月，不許浮雲半點侵。

月娘眾人正在門首說話，忽見薛嫂兒提著花箱兒，從街上過來。見月娘眾人，道了萬福。月娘問：「你往那裏去來？怎的影跡兒不來我這裏走走？」薛嫂兒道：「不知我終日窮忙的是些甚麼！這兩日，大街上掌刑張二老爹家，與他兒子娶親，和北邊徐公公做親，娶了他姪兒。也是我和文嫂兒說的親事。昨日三日，擺大酒席，忙的連守備府裏咱家小大姐，那裏叫，我也沒去。不知怎麼惱我哩！」月娘問道：「你如今往那裏去？」薛嫂道：「我有樁事，敬來和你老人家說來。」月娘道：「你有話進來說。」一面讓薛嫂兒到後邊上房裏坐下，吃了茶，薛嫂道：「你老人家還不知道，你陳親家從去年在東京得病沒了。親家母叫了姐夫去，搬取家小靈柩，從正月來家，已是念經發送墳上安葬畢。我只說你老人家這邊知道，怎不去燒張紙兒探望探望？」月娘道：「你不來說，俺這裏怎得曉的？又無人打聽。倒自知道潘家的，吃他小叔兒殺了，和王婆子都埋在一處。卻不知如今怎樣了？」薛娘兒道：「自古生有地兒，死有處！五娘他老人家，不因那些事出去了，卻不好來？平日不守本分，幹出醜事來出去了。若在咱家裏，他小叔兒怎得殺了他？還是仇有頭，債有主！倒還虧了咱家小大姐春梅，越不過娘兒每情腸，差人買了口棺材，領了他屍首葬埋了。不然，只顧暴露著，又拏不著小叔子，誰去管他？」孫雪娥在旁說：「春梅賣在守備府裏，多少時兒，就這等大了！手裏拏出銀子，替他買棺材埋葬。那守備也不嗔，當他甚麼人？」薛嫂道：「耶嚛，你還不知，守備好不喜他！他每日只在他房裏歇臥，說一句，依十句！一娶了他，見生的好模樣兒，乖覺伶俐，就與他西廂房三間房住，撥了個使女伏侍他。老爺一連在他房裏歇了三夜，替他裁四季衣服。上頭三日吃酒，當了我一兩銀子，一疋段子。他大奶奶五十歲，雙目不明，吃長齋，不管事。東廂孫二娘，生了小姐，雖故當家，挶著個孩子。如今大小庫房鑰匙，倒都是他拏著。守備好不聽他說話哩！且說銀子，手裏拏不出來！」幾句說的月娘、雪娥，都不言了。坐了一回，薛嫂起身。月娘分付：「你明日來我這裏，備一張祭桌、一疋尺頭、一分冥紙；你來送大姐與他公公燒紙去。」薛嫂兒道：「你老人家不去？」月娘道：「你只說我心中不好，改日望親家去罷。」那薛嫂約定：「你教大姐收拾下等著我，飯罷時候。」月娘道：「你如今到那裏去？守備府中，不去也罷。」薛嫂道：「不去，就惹他怪死了！他使小伴當叫了我好幾遍了。」月娘道：「他叫你做甚麼？」薛嫂道：「奶奶你不知，他如今有了四五個月身孕了。老爺好不喜歡！叫了我去，已定賞我。」提著花箱，作辭去了。雪娥便說：「老淫婦說的沒個行款兒！他賣守備家多少時，就有了半肚孩兒？那守備身邊少說也有幾房頭，莫就興起他來，這等大道！」月娘道：「他還有正景大奶奶，房裏還有一個生小姐的娘子兒哩！」雪娥道：「可又來，到底還是媒人嘴；一尺水，十丈波❸的！」不因今日雪娥說的話，就種下他時的禍根！正是：天降下鈎和線，就地引起是非來！有詩為證：

曾記當年侍主旁，誰知今日變風光。
世間萬事皆前定，莫笑浮生空自忙。

畢竟未知後來如何，且聽下回分解。

❸ 一尺水二句：譬喻加油加醬的說話。

第八十九回　清明節寡婦上新墳　吳月娘誤入永福寺

風拂煙籠錦旆揚，太平時節日初長。
多添壯士英雄膽，善解佳人愁悶腸。
三尺繞垂楊柳岸，一竿斜插杏花旁。
男兒未遂平生志，且樂高歌入醉鄉。

話說吳月娘次日備辦了一張祭桌，豬首、三牲、羹飯、冥紙之類，封了一疋尺頭，教大姐收拾，一身縞素衣服，坐轎子，薛嫂兒押著祭禮先行，來到陳宅門首。只見陳經濟，正在門首站立。那薛嫂把祭禮，交人抬進去。經濟便問：「那裏的？」薛嫂道了萬福，說：「姐夫，你休推不知。你丈母家來與你爹燒紙，送大姐來了。」經濟便道：「我髱髱肏的纔是丈母。正月十六日貼門神，遲了半月！人也入了土，纔來上祭？」薛嫂道：「好姐夫，你丈母說，寡婦人，沒腳蟹，不知你這裏親家靈柩來家，遲了一步，休怪！」正說著，只見大姐轎子落在門首，經濟問：「是誰？」薛嫂道：「再有誰？你丈母心內不好，一者送大姐來家，二者敬與你爹燒紙。」經濟罵道：「趁早把淫婦抬回去，好的死了萬萬千千，我要他做甚麼！」薛嫂道：「常言道，嫁夫著主，你怎的說這個話？」經濟道：「我不要這淫婦了，還不與我走？」那抬轎的只顧站立不動。被經濟向前踢了兩腳，罵道：「還不與我抬了去，我把花子腿砸折了，把淫婦鬢毛都㨃淨了！」那抬轎子的見他踢起來，只得抬轎子往家中走不迭。比及薛嫂叫出他娘張氏來，轎子已抬的去了。薛嫂兒沒奈何，教張氏收下祭禮，走來回覆吳月娘。把吳月娘氣的一個發昏，說道：「恁個沒天理的短命囚根子！當初你家為了官事，躲來丈人家居住，養活了這幾年，今日反恩將仇報起來了！恨起死鬼，當初攬下的好貨在家裏，弄出事來，到今日教我做臭老鼠，教他這等放屁辣臊！」對著大姐說：「孩兒，你是眼見的，丈人、丈母，那些兒虧了他來？你活是他家人，死是他家鬼，我家裏也難以留你。你明日還去，休要怕他。料他挾不到你井裏！他好膽子，恆是殺不了人。難道世間沒王法管他也怎的！」當晚不題。到次日，一頂轎子，教玳安兒跟隨著，把大姐又送到陳經濟家來。不想陳經濟不在家，往墳上替他父親添上疊山子去了。張氏知禮，把大姐留下，對著玳安說：「大官到家，多多上覆親家，多謝祭禮，休要和他一般兒見識！他昨日已有酒了，故此這般。等我慢慢說他。」一面管待玳安兒，安撫來家。至晚陳經濟墳上回來，看見了大姐，就行踢打，罵道：「淫婦你又來做甚麼？還是說我在你家雌飯吃！你家收著俺許多箱籠，因此起的這大產業，不道的白養活了女婿！好的死了萬千，我要你這淫婦人！」這大姐亦罵：「沒廉恥的囚根子！沒天理的囚根子！淫婦出去吃人殺了，沒的禁拏我煞氣！」被經濟抹過頂髮，儘力打了幾拳頭。他娘走來解勸，把他娘推了一交。他娘叫罵哭喊，說：「好囚根子，紅了眼，連我也不認的了！」到晚上，一頂轎子，把大姐又送將來。分付道：「不討將寄放妝奩箱籠來家，我把你這淫婦活殺了！」這大姐害怕，躲在家中居住。再不敢去了。有詩為證：

相識當初信有疑，心情還似永無涯。
誰知好事多更變，一念翻成怨恨媒！

這裏西門大姐在家躲住，不敢去了。一日三月清明佳節，吳月娘備辦香燭、金錢、冥紙、三牲祭物、酒肴之類抬了兩大食盒，要往城外五里原新墳上，與西門慶上新墳祭掃。留下孫雪娥，和大姐、眾丫頭看家。帶了孟玉樓和小玉，並奶子如意兒，抱著孝哥兒，都坐轎子，往墳上去。又請了吳大舅和大妗子老公母二人同去。出了城門，只見那郊原野曠，景物芳菲，花紅柳綠，仕女遊人，不斷頭的走的。一年四季，無過春天，最好景緻。日謂之麗日，風謂之和風。吹柳眼，綻花心，拂香塵。天色煖謂之暄，天色寒謂之料峭；騎的馬謂之寶馬，坐的轎謂之香車，行的路謂之香徑；地下飛的土來謂之香塵。千花發蕊，萬草生芽，謂之春信。韶光淡蕩，淑景融和。小桃深妝臉妖嬈，嫩柳嬝宮腰細膩。百囀黃鸝，驚回午夢；數聲紫燕，說破春愁。日舒長煖澡鵝黃，水渺茫浮香鴨綠。隔水不深誰院落，鞦韆高掛綠楊煙。端的春景，果然是好。到的春來，那府州縣道，與各處村鎮鄉市，都有遊玩去處。有詩為證：

清明何處不生煙，郊外微風掛紙錢。
人笑人歌芳草地，乍晴乍雨杏花天。
海棠枝上綿鶯語，楊柳堤邊醉客眠。
紅粉佳人爭畫技，綵繩搖拽學飛仙。

却說吳月娘等轎子到五里原墳上，玳安押著食盒，又早先到廚下，生起火來。廚役落作❶整理不題。月娘與玉樓、小玉，奶子如意兒抱著孝哥兒，到于莊院客坐內，坐下吃茶。等著吳大妗子，不見到。玳安向西門慶墳上祭臺上，擺設桌面三牲，羹飯祭物，列下紙錢。只等吳大妗子。原來吳大妗子顧不出轎子來。約巳牌時分，纔同吳大舅顧了兩個驢兒騎將來。月娘便說：「大妗子顧不出轎子來，這驢兒怎麼騎？」一面吃了茶，換了衣服，走來西門慶墳前祭掃。那月娘手拈著五根香，一根香他拏在手內，一根香遞與玉樓，一根遞與奶子如意兒，替孝哥兒上。那兩根遞與吳大舅、大妗子。月娘插在香爐內，深深拜下去，說道：「我的哥哥，你活時為人，死後為神！今日三月清明佳節，你的孝妻吳氏三姐、孟三姐，同你周歲孩童孝哥兒，敬來與你墳前燒一陌錢紙。你保佑他長命百歲，替你做墳前拜掃之人。我的哥哥，我和你做夫妻一場，想起你那模樣兒，並說的話來，是好傷感人也！」玳安把紙錢點著，有哭山坡羊為證：

燒罷紙，小腳兒連蹤；奴與你做夫妻一場，並沒個言差語錯！實指望同諧到老，誰知你半路將奴抛却！却當初人情看望，全然是我；今丟下銅斗兒家緣，孩兒又小，撇的俺子母孤孀，怎生遣過！恰便似中途遇雨，半路裏遭風來呵！拆散了鴛鴦，生揪斷異果！叫了聲好性兒的哥哥，想起你那動靜行藏，可不嗟嘆我！

〔帶步步嬌〕燒的紙灰兒團團轉，不見我兒夫面。哭了聲年少夫，撇下嬌兒，閃的奴孤單！咱兩無緣，怎得和你重相見！

❶落作：廚子準備筵席。

玉樓向前插上香，深深拜下，哭唱前腔：

燒罷紙，滿眼淚墮。叫了聲，人也天也，丟的奴無有個下落！實承望和你白頭廝守，誰知道，半路花殘月沒！大姐姐有兒童，他房裏還好。閃的奴樹倒無陰，跟著誰過？獨守孤幃，怎生奈何！恰便似前不著店，後不著村裏來呵！那是我葉落歸根，收園結果？叫了聲，年小的哥哥，要見你只非夢兒裏相逢，卻不想念殺了我！

〔帶步步嬌〕哭來哭去，哭的奴癡呆了！你一去了無消耗，思量好無下稍，無下稍！你正青春，奴又多嬌；好心焦，清減了花容月貌！

玉樓上了香，奶子如意抱著哥兒，也跪下上香，磕了頭。吳大舅、大妗子，都炷了香，行畢禮數，同讓到莊上捲棚內，放桌席擺飯，收拾飲酒。月娘讓吳大舅、大妗子上坐，月娘與玉樓打橫。小玉和奶子如意兒，同大妗子家使的老姐蘭花，都兩邊打橫列坐，把酒來斟。

按下這裏吃酒不題。卻表那日周守備府裏也上墳。先是春梅隔夜和守備睡，假推做夢，睡夢中哭醒了。守備慌的問：「你怎的哭？」春梅便說：「我夢見我娘向我哭泣，說養我一場，怎地不與他清明寒食燒紙兒？因此哭醒了。」守備道：「這個也是養女一場，你的一點孝心。不知你娘墳在何處？」春梅道：「在南門外，永福寺後面便是。」守備說：「不打緊，永福寺是我家香火院。明日咱家上墳，你教伴當抬些祭物，往那裏與你娘燒分紙錢，也是好處。」至此日，守備令家人收拾食盒酒果祭品，逕往城南祖墳上，那裏有大莊院、廳堂、花園去處，那裏有享堂、祭臺。大奶奶、孫二娘並春梅，都坐四人轎，排軍喝路，上墳耍子去了。卻說吳月娘和大舅、大妗子，吃了回酒，恐怕晚來，分付玳安、來安兒，收拾了食盒酒果，先往那十裏長隄杏花村酒樓下，揀高阜去處，人煙熱鬧那裏，設放桌席等候。又見大妗子沒轎子，都把轎子抬著，後面跟隨不坐。領定一簇男女，吳大舅牽著驢兒壓後同行，踏青遊玩。三里抹過桃花店，五里望見杏花村。只見那隨路上墳遊玩的王孫士女，花紅柳綠，鬧鬧喧喧，不斷頭的走。偏襯著日煖風和，尋芳問景，不知又多少。正走之間，也是合當有事，遠遠望見綠槐影裏，一座庵院，蓋造得十分齊整。但見：山門高聳，梵宇清幽。當頭敕額字分明，兩下金剛形勢猛。五間大殿，龍鱗瓦砌碧成行；兩廊僧房，龜背磨磚花嵌縫。前殿塑風調雨順，後殿供過去未來。鐘鼓樓森立，藏經閣巍峨。旛竿高峻接青雲，寶塔依稀侵碧漢。木魚橫掛，雲板高懸。佛前燈燭熒煌，爐內香煙繚繞。幢幡不斷，觀音殿接祖師堂；寶蓋相連，鬼母位通羅漢院。時時護法諸天降，歲歲降魔尊者來。吳月娘便問：「這座寺叫做甚麼寺？」吳大舅便說：「此是周秀老爺香火院，名喚永福禪林。前日姐夫在日，曾捨幾十兩銀子在這寺中，重修佛殿，方是這般新鮮。」月娘向大妗子說：「咱也到這寺中看一看。」于是領著一簇男女，進入寺中來。不一時，小沙彌看見，報于長老知道。見有許多男女，便出方丈來迎，請施主菩薩隨喜。但見這長老怎生模樣？一個青旋旋光頭新剃，把麝香松子勻搽。黃烘烘直裰初縫，使沈速籢檀濃染。山根鞋履，是福州染到深青：九縷絲縧，係西地買來真紫。那和尚光溜溜一雙賊眼，單睃趁施主嬌娘；這禿廝美甘甘滿口甜言，專說誘喪家少婦。淫情動處，草庵中去覓尼姑；色膽發時，方丈內來尋行者。仰觀神女思同寢，每見嫦娥要講歡。這長者見吳大舅、吳月娘，向前合掌道了問訊，連忙喚小和尚開了佛殿，請施主菩薩隨喜遊玩，小僧看茶。那小沙彌開了殿門，領月娘一簇男女，前後兩廊參拜。

覷看了一回，然後到長老方丈。長老連忙點上茶來，雪錠般盞兒，甜水好茶。吳大舅請問長老道號。那和尚笑嘻嘻說：「小僧法名道堅，這寺是恩主帥府周爺香火院。小僧忝在本寺長老，廊下管百十眾僧。後邊禪堂中，還有許多雲遊僧行，常串座禪，與四方檀越，答報功德。」一面方丈中擺齋，讓月娘：「眾菩薩請坐，小僧一茶而已。」月娘道：「不當打攪長老寶刹。」一面拏出五錢銀子，交大舅遞與長老：「佛前請香燒。」那和尚笑吟吟打問訊謝了。說道：「小僧無甚管待施主菩薩，少坐略備一茶而已。何勞費心賜與布施？」不一時，小和尚放了桌兒，拏上素菜齋食餅饊上來，那和尚在旁陪坐。舉筯兒，纔待讓月娘眾人吃時，忽見兩個青衣漢子，走的氣喘吁吁，暴雷也一般，報與長老說道：「長老還不快出來迎接，府中小奶奶來祭祀來了！」慌的長老披袈裟，戴僧帽不迭。分付小沙彌，連忙收了家火：「請列位菩薩且在小房避避，打發小夫人燒了紙，祭畢去了，再款坐一坐不遲。」吳大舅告辭。和尚死活留住，又不肯放。那和尚慌的鳴起鐘鼓來，出山門迎接，遠遠在馬道口上等候。只見一簇青衣人，圍著一乘大轎，從東雲飛般來。轎夫走的個個汗流滿面，衣衫皆濕。那長老躬身合掌說道：「小僧不知小奶奶前來，理合遠接；接待遲了，萬勿見罪！」這春梅在簾內答道：「起動長老！」那手下伴當，又早向寺後金蓮墳上，抬將祭桌來，擺設已久，紙錢列下。春梅轎子來到，也不到寺，逕入寺後白楊樹下金蓮墳前下了轎子。兩邊青衣人伺候。這春梅不慌不忙，來到墳前插了香，拜了四拜，說道：「我的娘，今日龐大姐特來與你燒陌紙錢。你好處生天，苦處用錢！早知你死在仇人之手，奴隨問怎的，也要來府中，和奴做一處。還是奴耽誤了你，悔已是遲了！」說畢，令左右把紙錢燒了。這春梅向前放聲大哭，有哭山坡羊為證：

燒罷紙，把鳳頭鞋跌綻。叫了聲娘，把我肝腸兒叫斷！自因你逞風流，人多惱你，疾發你出去，被仇人纔把你命兒坑陷！奴在深宅，怎得個自然？又無親，誰把你掛牽？實指望和你同床兒共枕，怎知道你命短無常，死的好可憐！叫了聲不睜眼的青天，常言道好物難全，紅羅尺短！

這裏春梅在金蓮墳上祭祀哭泣不題。

卻說吳月娘在僧房內，只知有宅內小夫人來到，長老出去山門迎接，又不見進來。問小和尚。和尚說：「這寺後有小奶奶的一個姐姐，新近葬下。今日清明節，特來祭掃燒紙。」孟玉樓便道：「怕不就是春梅來了？也不止的。」月娘道：「他又那得個姐來，死了葬在此處？」又問小和尚：「這府裏小夫人姓甚麼？」小和尚道：「姓龐氏，這日與了長老四五兩經錢，教替他姐姐念經，薦拔生天。」玉樓道：「我聽見爹說，春梅娘家姓龐，叫龐大姐。莫不是他？」正說話，只見長老先走來，分付小沙彌，快看好茶。不一時轎子抬進方丈二門裏，纔下轎。月娘和玉樓眾人，打僧房簾內，望外張看怎樣的小夫人？定睛仔細看時，卻是春梅。但比昔時出落長大身材，面如滿月，打扮的淡妝玉琢。頭上戴著冠兒，珠翠堆滿，鳳釵半卸，穿大紅妝花襖兒，下著翠藍縷金寬襴裙子，帶著玎璫禁步，比昔不同許多！但見：寶髻巍峨，鳳釵半卸。胡珠環耳邊低掛，金挑鳳鬢後雙插。紅繡襖偏襯玉香肌，翠紋裙下映金蓮小。行動處，胸前搖響玉玎璫；坐下時，一陣麝蘭香噴鼻。膩粉妝成脖頸，花鈿巧貼眉尖。舉止驚人，貌比幽花殊麗；姿容閒雅，性如蘭蕙溫柔。若非綺閣生成，定是蘭房長就。儼若紫府瓊姬離碧漢，蕊宮仙子下塵寰。那長老一面掀簾子，請小夫人方丈明間內，上面獨獨安放一張公座椅兒。春梅坐下，長老參見已畢，小沙彌拏上茶。長老遞茶上去，說道：「今日小僧不知宅內上墳，小奶奶來這裏祭祀，有失迎接，恕罪小僧！」春梅道：「外日多有起動長老誦經追薦！」那和尚沒口子說：「小僧豈敢！有甚慇懃補報恩主？多蒙小奶奶賜了許多經錢襯施，小僧請了八眾禪僧，整做道場，看經禮懺一日。晚夕又多與他老人家裝些箱庫焚化。道場圓滿，纔打發三位管家進城，宅裏回小奶奶話。」春梅吃了茶，小和尚接下鐘盞來。長老只顧在旁，一遞一句與春梅說話，把吳月娘眾人攔阻在內，又不好出來的。月娘恐怕天晚，使小和尚請下長老來要起身。那長老又不肯放，走來方丈稟春梅說：「小僧有件事，稟知小奶奶。」春梅道：「長老有話，但說無妨。」長老道：「適間有幾位遊玩娘子，在寺中隨喜，不知小奶奶來。如今他要回去，未知小奶奶尊意如何？」春梅道：「長老何不請來相見？」那長老慌的來請，吳月娘又不肯出來。只說：「長老不見，天色晚了，俺每告辭去罷。」長老見收了他布施，又沒管待，又意不過，只顧再三催促。吳月娘與孟玉樓、吳大妗子推阻不過，只得出來。春梅一見，便道：「原來是二位娘與大妗子！」于是先讓大妗子轉上，花枝招展，磕下頭去。慌的大妗子還禮不迭，說道：「姐姐，今非昔日比，折殺老身！」春梅道：「好大妗子，如何說這說？奴不是那樣人，尊卑上下，自然之理！」拜了大妗子，然後向月娘、孟玉樓，插燭也似磕下頭去，月娘、玉樓亦欲還禮。春梅那裏肯，扶起磕了四個頭，說：「不知是娘每在這裏，早知也請出來相見。」月娘道：「姐姐，你自從出了家門，在府中，一向奴多缺禮，沒曾看你，你休怪！」春梅道：「好奶奶，奴那裏出身，豈敢說怪？」因見奶子如意兒抱著孝哥兒，說道：「哥哥也長的恁大了！」月娘說：「你和小玉過來，與姐姐磕個頭兒。」那如意兒和小玉二人，笑嘻嘻過來，亦與春梅都平磕了頭。月娘道：「姐姐，你受他兩個一禮兒。」春梅向頭上拔下一對金頭銀簪兒，插在孝哥兒帽兒上。月娘說：「多謝姐姐簪兒！還不與姐姐唱個喏兒？」如意兒抱著孝哥兒，真個與春梅唱了個喏，把月娘喜歡的要不得。玉樓說：「姐姐，你今日不到寺中，咱娘兒每怎得遇在一處相見？」春梅道：「便是因俺娘他老人家，新埋葬在這寺後。奴在他手裏一場，他又無親無故，奴不記掛著替他燒張紙兒，怎生過得去？」月娘說：「我記的你娘沒了好幾年，不知葬在這裏？」孟玉樓道：「大娘，還不知龐大姐說話？說的潘六姐死了，多虧姐姐如今把他埋在這裏！」月娘聽了，就不言語了。吳大妗子道：「誰似姐姐這等有恩！不肯忘舊，還葬埋了。你逢節令，題念他來，替他燒錢化紙！」春梅道：「好奶奶，想著他怎生抬舉我來！今日他死的苦，是這般拋露丟下，怎不埋葬他！」說畢，長老教小和尚放桌兒，擺齋上來。兩張大八仙桌子，蒸酥糕，餅饊點心，各樣素饌菜蔬，堆滿春臺；絕細金芽雀舌甜水好茶，眾人吃了，收下家火去。吳大舅自有僧房管待，不在話下。孟玉樓起身，心裏要往金蓮墳上看看，替他燒張紙，也是姊妹一場。見月娘不動身，拏出五分銀子，教小沙彌買紙去。長老道：「娘子不消買去，我這裏有金銀紙，拏幾分燒去。」玉樓把銀子遞與長老，使小沙彌領到後邊白楊樹下金蓮墳上。見三尺墳堆，一堆黃土，數柳青蒿，上了根香，把紙錢點著，拜了一拜，說道：「六姐，不知你埋在這裏，今日孟三姐誤到寺中，與你燒陌錢紙！你好處生天，苦處用錢！」一面取出汗巾兒來，放聲大哭。有哭山坡羊為證：

燒罷紙，淚珠兒亂滴。叫六姐一聲，哭的奴一絲兒兩氣！想當初，咱二人不分個彼此。做姊妹一場，並無面紅面赤。你性兒強，我常常兒的讓你，一面兒不見，不是你尋我，我就尋你。恰便像

比目魚，雙雙熱黏在一處。忽被一陣風，咱分開來喋！共樹同栖，一旦各自去飛！叫了聲六姐，
你試聽知，可惜你一段兒聰明，今日埋在土裏！

那奶子如意兒見玉樓往後邊，也抱了孝哥兒來看一看。月娘在方丈內和春梅說話，教奶子：「休抱了孩子去，只怕諕了他。」如意兒道：「奶奶不妨事，我知道。」逕抱到墳上，看玉樓燒紙哭罷回來。春梅和月娘勻了臉，換了衣裳。分付小伴當將食盒打開，將各樣細果甜食肴品點心攢盒，擺下兩桌子，布甑內篩上酒來，銀鐘牙筯，請大妗子、月娘、玉樓上坐，他便主位相陪。奶子、小玉、老姐，兩邊打橫。吳大舅另放一張桌子在僧房內。正飲酒中間，忽見兩個青衣伴當，走來跪下稟道：「老爺在新莊，差小的來請小奶奶看雜耍調百戲的。大奶奶、二奶奶都去了。請奶奶快走哩！」這春梅不慌不忙，說：「你回去，知道了。」那二人應諾下來，又不敢去，在下邊等候，且待他陪完。大妗子、月娘，便要起身，說：「姐姐，不可打攪。天色晚了，你也有事，俺每去罷。」那春梅那裏肯放，只顧令左右將大鍾來勸道：「咱娘兒每會少離多，彼此都見長著，休要斷了這門親路。奴也沒親沒故，到明日娘好的日子，奴往家裏走走去。」月娘道：「我的姐姐，說一聲兒就夠了，怎敢起動你！容一日，奴去看姐姐去。」飲過一盃，月娘說：「我酒夠了，你大妗子沒轎子，十分晚了，不好行的。」春梅道：「大妗子沒轎子，我這裏有跟隨小馬兒，撥一匹與妗子騎，送了家去。」一面收拾起身。春梅叫過那長老來，令小伴當拏出一疋大布，五錢銀子與長老。長老拜謝了，送出山門。春梅與月娘拜別，看著月娘、玉樓眾人上了轎子，他也坐轎子，兩下分路，一簇人跟隨，喝著道往新莊上去了。正是：樹葉還有相逢處，豈可人無得

運時！

畢竟未知後來如何，且聽下回分解。

第九十回　來旺盜拐孫雪娥　雪娥官賣守備府

花開花落開又落，錦衣布衣更換著。
豪家未必常富貴，貧人未必常寂寞。
扶人未必上青天，推人未必填溝壑。
勸君凡事莫怨天，天意與人無厚薄。

話說吳大舅領著月娘等一簇男女，離了永福寺，順著大樹長堤前來。玳安又早在杏花村酒樓下邊，人煙熱鬧，揀高阜去處，那裏幕天席地設下酒肴，等候多時了。遠遠望月娘眾人轎子到了，問道：「如何這咱纔來？」月娘又把永福寺中遇見春梅，告訴一遍。不一時，斟上酒來。眾人坐下，正飲酒，只見樓下香車繡轂，往來人煙喧雜，車馬轟雷，笙歌鼎沸。月娘眾人躧著高阜，把眼觀看。看見人山人海圍著，都看教師走馬耍解的。原來是本縣知縣相公兒子李衙內，名喚李拱璧，年約三十餘歲，見為國子上舍。一生風流博浪，懶習詩書，專好鷹犬走馬，打毬蹴踘。常在三瓦兩巷中走，人稱他為李棍子。那日穿著一弄兒輕羅軟滑衣裳，頭戴金頂纏棕小帽，腳踏乾黃靴，納繡襪口，同廊吏何不韋帶領二三十好漢，拏彈弓吹筒毬棒，在于杏花莊大酒樓下，看教場李貴走馬賣解，豎肩樁，隔肚帶，輪鎗舞棒，做各樣技藝玩耍。有這許多男女圍著烘笑。那李貴諢名，號為山東夜叉，頭戴萬字巾，腦後撲匾金環，身穿紫窄衫，銷金裹肚，腳上蹦踢腿絣，乾黃鞝靴，五彩飛魚襪口，坐下銀鬃馬，手執朱紅桿明鎗，背插招風令字旗，在街心扳鞍上馬，高聲說念一篇道：

我做教師世罕有，江湖遠近揚名久。雙拳打下如錘鑽，兩腳入來如飛走。南北兩京打戲臺，東西兩廣無敵手。分明是個鐵嘴行，自家本事何曾有！少林棍，只好打田雞；董家拳，只好嚇小狗。撞對頭不敢喊一聲，沒人處專會誇大口！騙得銅錢放不牢，一心要折章臺柳。虧了北京李大郎，養我在家為契友。蘸生醬喫了半畦蒜，捲春餅味了兩擔韭。小人自來生得饞，寅時吃酒直到酉。牙齒疼，把來剉一剉；肚子脹，將來扭一扭。充饑吃了三斗米飯，點心吃了七石缸酒。多虧了此人未得酬，來世做隻看家狗。若有賊來掘壁洞，把他陰囊咬一口。問君何故咬他囊？動不的手來只動口！

當下李衙內一見那長挑身材婦人，不覺心搖目蕩。觀之不足，看之有餘。口中不言，心內暗道：「不知誰家婦女，有男子沒有？」一面叫過手下答應的小張閑架兒來，悄悄分付：「你去那高坡上，打聽那三個穿白的婦人是誰家的？訪得是實，告我知道。」那小張閑掩口應諾，雲飛跑去。不多時走到跟前，附耳低言，回報說：「如此這般，是縣門前西門慶家妻小，一個年老的姓吳，是他妗子。一個五短身材，是他大娘子吳月娘。那個長挑身材，有白麻子的，是第三個娘子，姓孟，名喚玉樓。如今都守寡在家。」這李衙內聽了，獨看上孟玉樓，重賞小張閑，不在話下。吳大舅和月娘眾人，觀看了半日，見日色銜山，令玳安收拾了食盒，攛掇月娘上轎回家。一路上得多少錦轡郎搖羅袖醉，綺羅人揭繡簾看。有詩為證：

柳底花陰壓路塵，一回遊賞一回新。
有緣千里來相會，無緣對面不相親。

這月娘眾人回家不題。卻說那日孫雪娥與西門大姐在家，午後時分無事，都出大門首站立。也是天假其便，不想一個搖驚閨的過來。那時賣胭脂粉花翠生活磨鏡子，都搖驚閨。大姐說：「我鏡子昏了，使平安兒叫住那人，與我磨磨鏡子。」那人放下擔兒說道：「我不會磨鏡子，我賣些金銀生活，首飾花翠。」站立在門前，只顧眼上眼下看著雪娥。雪娥便道：「那漢子，你不會磨鏡子，去罷，只顧看我怎的？」那人說：「雪姑娘、大姑娘，不認得我了？」大姐道：「眼熟，急忙想不起來。」那人道：「我是爹手裏出去的來旺兒。」雪娥便道：「你這幾年在那裏來？怎的不見，出落得恁胖了！」來旺兒道：「我離了爹門，到原籍徐州家裏，閒著沒營生，投跟了個老爺上京來做官。不想到半路裏，他老爺兒死了，丁憂家去了。我便投在城內顧銀鋪，學會了此銀行手藝，揀鈒大器頭面，各樣生活。這兩日行市遲，顧銀鋪教我挑副擔兒出來，街上發賣些零碎，看見娘每在門首，不敢來相認，恐怕蜇門瞭戶的！今日不是你老人家叫住，還不敢相認！」雪娥道：「原來教我只顧認了半日，白想不起！既是舊兒女，怕怎的？」因問：「你擔兒裏賣的是甚麼生活？挑進裏面，等俺每看一看。」那來旺兒一面把擔兒挑入裏邊院子裏來，打開箱子，用匣兒托出幾件首飾來，金銀鑲嵌不等，打造得十分奇巧。但見：孤雁啣蘆，雙魚戲藻。牡丹巧嵌碎寒金，貓眼釵頭火焰蠟。也有獅子滾繡毬，駱駝獻寶。滿冠擎出廣寒宮，掩鬢鑿成桃源境。

左右圍髮，利市相對荔枝叢；前後分心，觀音盤膝蓮花座。也有寒雀爭梅，也有孤鸞戲鳳。正是絲環平安珇珊綠，帽頂高嵌佛頭青。看了一回，問來旺兒：「你還有花翠？拏出來。」那來旺兒又取一盒子各樣大翠鬢花，翠翹滿冠，並零碎草蟲生活來。大姐揀了他兩對鬢花，這孫雪娥便留了他一對翠鳳，一對柳穿金魚兒。大姐便稱出銀子來與他，雪娥兩件生活，欠他一兩二錢銀子，約下他：「明日早來取罷。今日你大娘不在家，同你三娘和哥兒，都往墳上與你爹燒紙去了。」來旺道：「我去年在家裏，就聽見人說爹死了，大娘子生了哥兒。怕不的好大了？」雪娥道：「你大娘孩兒如今纔周半兒。一家兒大大小小，如寶上珠一般，全看他過日子哩！」說話中間，來昭妻一丈青出來，傾了盞茶與他吃。那來旺兒接了茶，與他唱了個喏。來昭也在跟前，同敘了回話。分付：「你明日來見見大娘。」那來旺兒挑擔出門。

到晚上，月娘眾人轎子來家。雪娥、大姐眾人丫鬟接著，都磕了頭。玳安跟盒擔走不上，顧了匹驢兒騎來家，打發抬盒人去了。月娘告訴雪娥、大姐，說今日寺裏遇見春梅一節：「原來他把潘家的就葬在寺後首，俺每也不知。他來替他娘燒紙，誤打誤撞遇見他，娘兒每又認了回親。先是寺裏長老擺齋吃了，落後又放下兩張桌席，教伴當擺上他家的四五十攢盒，各樣菜蔬下飯，篩酒上來，通吃不了。他看見哥兒，又與了一對簪兒，好不和氣！起解行三坐五，坐著大轎子，許多跟隨，又且是出落的比舊時長大了好些，越發白胖了！」吳大妗子道：「他倒也不改常忘舊，那咱在咱家時，我見他比眾丫鬟行事兒正大，說話兒沉穩，就是個才料兒！你看今日福至心靈，恁般造化！」孟玉樓道：「姐姐沒問他，我問他來。果然半年沒洗換，身上懷著喜事哩！也只是八九月裏孩子，守備好不喜歡哩！薛嫂兒說的倒不差。」說了一回。雪娥題起：「今日娘不在，我和大姐在門首，看見來旺兒。原來又在這裏學會了銀匠，挑著擔兒賣金銀生活花翠，俺每就不認得他了！買了他幾枝花翠。他問娘來，我說往墳上燒紙去了。」月娘道：「你怎的不教他等著我來家？」雪娥道：「俺每叫他明日來。」正坐著說話，只見奶子如意兒向前對月娘說：「哥兒來家，這半日只是昏睡不醒，口中出冷氣，身上湯燒火熱的！」這月娘聽見慌了，向炕上抱起孩兒來，口搵著口兒，果然出冷汗，渾身發熱。罵如意兒：「好淫婦，此是轎子冷了孩兒了！」如意兒道：「我挐小被兒裹的嚴嚴的，怎得凍著？」月娘道：「再不是，抱了往那死鬼墳上，諕了他來了！那等分付，教你休抱他去，你不依，浪著抱的去了！」如意兒道：「早是小玉姐看著，抱了他到那裏，看看就來了。幾時諕著他來？」月娘道：「別要說嘴！看那看兒，便怎的卻把他諕了！」即忙叫來安兒：「快請劉婆子去！」不一時，劉婆來到。看了脈息，抹了身上，說：「著了些驚寒，撞見祟禍了。」留了兩服朱砂丸，用薑湯灌下去。分付奶子：「捲著他，熱炕上睡。」到半夜出了些冷汗，身上纔涼了。于是管待劉婆子吃了茶，與了他三錢銀子，叫他明日還來看看。一家子慌得要不的，開門闔戶，整亂了半夜。

　　卻說來旺次日依舊挑將生活擔兒來到西門慶門首，與來昭唱喏說：「昨日雪姑娘留下我些生活，許下今日教我來取銀子，就見見大娘。」來昭道：「你且去著，改日來。昨日大娘來家，哥兒不好，叫醫婆太醫看下藥，整亂一夜，好不心焦。今日纔好些，那得工夫稱銀子與你？」正說著，只見月娘、玉樓、雪娥送出劉婆子來。到大門首，看見來旺兒。那來旺兒扒在地下，與月娘、玉樓磕了兩個頭。月娘道：「幾時不見你，就不來這裏走走？」來旺悉將前事說了一遍：「要來不好來的！」月娘道：「舊兒女人家，怕怎的？你爹又沒了。當初只因潘家那淫婦，一頭放火，一頭放水，架的舌，把個好媳婦兒，生逼臨的弔死了！將有作沒，把你墊發了去！今日天也不容他，往那去了！」來旺兒道：「也說不得，只是娘心裏明白就是了！」說了回話，月娘問他：「賣的是甚樣生活？」拏出來瞧，揀了他幾件首飾，該還他三兩二錢銀子，都用等子稱了與他。叫他進入儀門裏面，分付小玉取一壺酒來，又是一般點心，教他吃。那雪娥在廚上，一力攛掇，又熱了一大碗肉出來與他。吃的酒飯飽了，磕頭出門。月娘、玉樓眾人歸到後邊去。雪娥獨自悄悄和他打話：「你常常來走著，怕怎的？奴有話，教來昭嫂子對你說。我明日晚夕，在此儀門裏紫牆兒跟前耳房內等你。」兩個遞了眼色。這來旺兒就知其意，說：「這儀門晚夕關不關？」雪娥道：「如此這般，你來先到來昭屋裏。等到晚夕，踩著梯凳，越過牆，順著遮隔，我這邊接你下來。咱二人會合一面，還有底細話與你說。」這來旺得了此話，正是歡從額起，喜向腮生。作辭雪娥，挑擔兒出門。正是：不著家神，弄不得家鬼！有詩為證：

閒來無事倚門闌，偶遇多情舊日緣。
對人不敢高聲語，故把秋波送幾番。

這來旺兒歡喜回家，一宿無話。到次日，也不挑擔兒出來賣生活，慢慢踅來西門慶門首，等來昭出來，與他唱喏。那來昭便說：「旺哥希罕，好些時不見你了！」來旺兒說：「沒事，閒來走走。裏邊雪姑娘少我幾錢生活銀，討討。」來昭道：「既如此，請來屋裏坐。」把來旺兒讓到房裏坐下。來旺兒道：「嫂子怎不見？」來昭道：「你嫂子今日後邊上竈哩。」那來旺兒拏出一兩銀子，遞與來昭說：「這幾星銀子，取壺酒來和哥嫂吃。」來昭道：「何消這許多？」即叫他兒子鐵棍兒過來，那鐵棍吊起頭去，十五歲了；拏壺出來，打了一大注酒。使他後邊叫一丈青來。不一時，一丈青蓋了一錫鍋熱飯，一大碗雜熬下飯，兩碟菜蔬，說道：「好呀，旺官兒在這裏！」來昭便拏出銀子與一丈青瞧，說：「兄弟破費，也打壺酒咱兩口兒吃。」一丈青笑道：「無功消受，怎生使得？」一面放了炕桌，讓來旺炕上坐。擺下酒菜，把酒來斟。來旺兒先傾頭一盞，遞與來昭，次斟一盞，與一丈青，深深唱喏說：「一向不見哥嫂，這盞水酒，孝順哥嫂。」一丈青便說：「哥嫂不道酒肉吃傷了？你對真人，休說假話！裏邊雪姑娘昨日已央及達知我了。你兩個舊情不斷，托俺每兩口兒，如此這般周全。你每休推睡裏夢裏！要問山下路，且得過來人！你若入港相會，有東西出來，休要獨吃，須把些汁水，教我呷一呷！俺替你每須耽許多利害！」那來旺便跪下說：「只是望哥嫂周全，並不敢有忘！」說畢，把酒吃了一回。一丈青往後邊，和雪娥答了話。出來對他說，約定晚上來來昭屋裏窩藏，待夜裏關上儀門，後邊人歇下，越牆而過，于中取事。有詩為證：

報應本無私，影響皆相似。
要知禍福因，但看所為事。

這來旺得了此言，回來家，巴不到晚，趄到來昭屋裏，打酒和他兩口兒吃。至更深時分，更無一人覺的。直待的大門關了，後邊儀門上了拴，家中大小歇息定了。彼此都有個暗號兒，只聽牆內雪娥咳嗽之聲。這來旺兒躧著梯凳，黑影中扒過粉牆，順著遮洋搧子，雪娥那邊用凳子接著，兩個在西耳房堆馬鞍子去處，兩個相摟相抱，雲雨做一處。彼此都是曠夫寡女，慾心如火。那來旺兒纓鎗強壯，儘力般弄了一回。

事畢，雪娥遞與他一包金銀首飾，幾兩碎銀子，兩件段子衣服，分付：「明日晚夕你再來，我還有些細軟與你，你外邊尋下安身去處。往後這家中過不出好來，不如我和你悄悄出去，外邊尋下房兒，成其夫婦。你又會銀行手藝，愁過不得日子？」來旺兒便說：「如今東門外細米巷，有我個姨娘，有名收生的屈老娘，他那裏曲彎小巷倒避眼，咱兩個投奔那裏去。遲些時，看無動靜，我帶你往原籍家裏，買幾畝地種去也好。」兩個商量已定，這來旺兒作別雪娥，依舊扒過牆來，到來昭屋裏。等至天明，開了大門，挨身出去。到黃昏時分，又來門首，踅入來昭屋裏。晚夕依舊跳過牆去，兩個幹事。朝來暮往，非只一日，也抵盜了許多細軟東西，金銀器皿，衣服之類。來昭兩口子，也得抽分好些肥己，俱不必細說。

一日，後邊月娘看孝哥兒出花兒❶，心中不快，睡得早。這雪娥房中使女中秋兒，原是大姐使的。因李嬌兒房中元宵兒，被經濟要了，月娘就把中秋兒與了雪娥，把元宵兒扶侍大姐。那一日，雪娥打發中秋兒睡下。房裏打點一大包釵環頭面，裝在一個匣內，用手帕瞞蓋了頭，隨身衣服，約定來旺兒在來昭屋裏等候，兩個要走。這來昭便說：「不爭你走了，我看守大門，管放水鴨兒？若大娘知道，問我要人，怎了？不如你二人打房上去，就躧破些，還有蹤跡。」來旺兒道：「哥也說得是。」雪娥又留一個銀折盂，一根金耳幹，一件青綾襖，一條黃綾裙，謝了他兩口兒。直等五更鼓，月黑之時，隔房扒過去。來昭夫婦又篩上兩大鍾燙酒，與來旺、雪娥吃，說：「吃了好走，路上壯膽些。」吃到五更時分，每人拏著一根香躧著梯子，打發兩個扒上房去，一步一步走，把房上瓦也跳破許多。比及扒到房簷跟前，街上人還未行走。聽巡捕的聲音，這來旺先跳下去，後卻教雪娥躧著他肩背，接摟下來。兩個往前邊走，

❶ 出花兒：出痘。

到十字路口上，被巡捕的攔住，便說：「往那裏去的男女？」雪娥便諕慌了手腳。這來旺兒不慌不忙，把手中官香彈了一彈，說道：「俺是夫婦二人，前往城外岳廟裏燒香，起的早了些。長官勿怪。」那人問：「背的包袱內是甚麼？」來旺兒道：「是香燭紙馬。」那人道：「既是兩口兒，岳廟燒香，也是好事，你快去罷！」這來旺兒得不迭一聲，拉著雪娥往前飛走。走到城下，城門纔開。打人鬧裏挨出城去，轉了幾條街巷。原來細米巷在個僻靜去處，住著不多幾家人家，都是矮房低廈，後邊就是大水穴沿子。到于屈姥姥家，屈姥姥還未開門。叫了半日，屈姥姥纔起來開了門，見來旺兒領了個婦人來。原來來旺兒本姓鄭，名喚鄭旺。說：「這婦人是我新尋的妻小。姨娘這裏有房子，且尋一個寄住些時，再尋房子。」遞與屈姥姥三兩銀子，教買柴米。那屈姥姥見這金銀首飾，來因可疑。他兒子屈鏜，因他娘屈姥姥安歇鄭旺夫妻，二人帶此東西，夜晚見財起意，掘開房門，偷盜出來耍錢。致被捉獲，具了事件，拏去本縣見官。李知縣見係賊賍之事，賍物執儀見在，差人押著屈鏜到家，把鄭旺、孫雪娥，一條索子都拴了。那雪娥諕的臉蠟渣也似黃了，換了慘淡衣裳，帶著眼紗，把手上戒指都勒下來，打發了公人，押去見官。當下烘動了一街人觀看。有認得的，說：「是西門慶家小老婆，今被這走出去的小廝來旺兒，今改名鄭旺，通姦拐盜財物在外居住。又被這屈鏜掏摸了，今事發見官。」當下一個傳十，十個傳百個，路上行人口似飛！

月娘家中自從雪娥走了，房中中秋兒見箱內細軟首飾都沒了，衣服丟的亂三攪四，報與月娘。月娘吃了一驚，便問中秋兒：「你跟著他睡，走了你豈不知？」中秋兒便說：「他要便晚夕，悄悄偷走出外邊，半日方回。不知詳細。」月娘又問來昭：「你看守大門，人出去你怎不曉的？」來昭便說：「大門每日上鎖，莫不他飛出去！」落後看見房上瓦躧破許多，方知越房而去了。又不敢使人躧訪，只得按納含忍。不想本縣知縣，當堂問理這件事，先把屈鏜夾了一頓，追出金頭面四件，銀首飾三件，金環一雙，銀鐘二個，碎銀五兩，衣服二件，手帕一個，匣一個；向鄭旺名下，追出銀三十兩，金碗簪一對，金仙子一件，戒指四個；向雪娥名下，追出金挑心一件，銀鐲一付，金鈕五付，銀簪四對，碎銀一包；屈姥姥名下，追出銀三兩。就將來旺兒，問擬奴婢因奸盜取財物，屈鏜係竊盜，俱係雜犯死罪，准徒五年，贓物入官。雪娥孫氏，係西門慶妾，與屈姥姥，當下都當官拶了一拶。屈姥姥供明放了。雪娥責令本縣差人到西門慶家，教人遞領狀領孫氏。那吳月娘叫吳大舅來商議：「已是出醜，平白又領了來家做甚麼？沒的玷辱了家門，與死的裝幌子！」打發了公人錢，回了知縣話。知縣拘將官媒人來，當官辨賣。

卻說守備府中春梅，打聽得知，說：「西門慶家中孫雪娥，如此這般，被來旺兒拐出，盜了財物去，在外居住。事發到官，如今當官辨賣。」這春梅聽見，要買他來家上竈，要打他嘴，以報平昔之仇。對守備說：「雪娥善能上竈，會做的好茶飯湯水，買來家中伏侍。」這守備即便差張勝、李安，拏帖兒對知縣說。知縣自恁要做分上，只要八兩銀子官價。交完銀子，領到府中，先見了大奶奶，並二奶奶孫氏，次後到房中來見春梅。春梅正在房裏縷金床錦帳之中，纔起來。手下丫鬟領雪娥見面。那雪娥見是春梅，不免低身進見，望上倒身下拜，磕了四個頭。這春梅把眼瞪一瞪，喚將當直的家人媳婦上來：「與我把這賤人撮去了鬏髻，剝了上蓋衣裳，打入廚下，與我燒火做飯！」這雪娥聽了，口中只叫苦。自古世間打牆板兒翻上下❷，掃米卻做管倉人！既在他簷下，怎敢不低頭！孫雪娥到此地步，只得摘了髻兒，換

❷ 打牆板兒翻上下：譬喻盛衰無常。

了艷服，滿臉悲慟，往廚下去了。有詩為證：

布袋和尚到明州，策杖芒鞋任意遊。
饒你化身千百億，一身還有一身愁！

畢竟未知後來如何，且聽下回分解。

第九十一回　孟玉樓愛嫁李衙內　李衙內怒打玉簪兒

百歲光陰疾似飛，其間花景不多時。
秋凝白露蛩蟲泣，春老黃昏杜宇啼。
富貴繁華身上孽，功名事跡目中魑。
一場春夢由人做，自有青天報不欺。

話說一日，陳經濟聽見薛嫂兒說，西門慶家孫雪娥，被來旺因姦抵盜財物，拐出在外事發，本縣官賣，被守備府裏買了，朝夕受春梅打罵。這陳經濟乘著這個因由，使薛嫂兒往西門慶家對月娘說，只是經濟風裏言風裏語，在外聲言發話，說不要大姐，寫了狀子，巡撫巡按處，要告月娘，說西門慶在日，收著他父親寄放許多金銀箱籠細軟之物。這月娘一來因孫雪娥被來旺兒盜財拐去，二者又是來安兒小廝走了，三者家人來興媳婦惠秀又死了。剛打發出去，家中正七事八事。聽見薛嫂兒來說此話，諕的慌了手腳，連忙顧轎子打發大姐家去。但是大姐床奩箱廚陪嫁之物，交玳安顧人都抬送到陳經濟家。經濟說：「這是他隨身嫁我的床帳妝奩，還有我家寄放的細軟金銀箱籠，須索還我。」薛嫂道：「你大丈母說來，當初丈人在時，只收下這個床奩嫁妝，並沒見你的別的箱籠。」經濟又要使女元宵兒，薛嫂兒和玳安兒來對月娘說。月娘不肯把元宵與他，說：「這丫頭是李嬌兒房中使的，如今沒人看哥兒，留著早晚看哥兒哩。」把中秋兒打發將來，說：「原是買了扶侍大姐的。」這經濟又不要中秋兒。兩頭來回，只教薛嫂兒走。他娘張氏便向玳安說：「哥哥，你到家頂上你大娘，你家姐兒每多，豈希罕這個使女看守。既是與了大姐房裏好一向，你姐夫已是收用過他了。你大娘只顧留怎的？」玳安一面到家，把此話對月娘說了。月娘無言可對，只得把元宵兒打發將來。經濟這裏收下，滿心歡喜，說道：「可怎的也打我這條道兒來！」正是：饒你奸似鬼，也吃我洗腳水！

按下一頭，卻表一處。單說李知縣兒子李衙內，自從清明郊外那日，在杏花莊酒樓看見吳月娘、孟玉樓，兩人一般打扮，生的俱有姿色。使小張閒打聽，回報俱是西門慶妻小。衙內有心愛孟玉樓。見生的長挑身材，爪子面皮，面上稀稀有幾點白麻子兒，模樣兒風流清麗。原來衙內喪偶，鰥居已久。一向著媒婦各處求親，多不遂意。及見玉樓，終有懷心，無門可入，未知嫁與不嫁，從違如何。不期雪娥緣事在官，已知是西門慶家出來的。周旋委曲，在伊父案前，將各犯用刑研審，追出賍物數目，稽其來領。月娘害怕，又不使人見官，衙內失望。因此纔將賍物入官，雪娥官賣。至是衙內謀之于廊吏何不韋，逕使官媒婆陶媽媽，來西門慶家訪求親事。許說成此門親事，免縣中打卯，還賞銀五兩。這陶媽媽聽了，喜歡的疾走如飛。一日到于西門慶門首，來昭正在門首立，只見陶媽媽向前道了萬福，說道：「動問管家哥一聲，此是西門老爹家？」那來昭道：「你是那裏來的？這是西門老爹家。老爹下世了，來有甚話說？」陶媽媽道：「累及管家進去稟聲，我是本縣官媒人，名喚陶媽媽。奉衙內小老爹鈞語分付，說咱宅內有位奶奶要嫁人，敬來說頭親事。」那來昭喝道：「你這婆子，好不近理！我家老爹沒了一年有餘，只有兩位奶奶守寡，並不嫁人！常言：『疾風暴雨，不入寡婦之門！』你這媒婆有要沒緊，走來胡撞甚親事？還不走快著，惹的後邊奶奶知道，一頓好打！」那陶媽媽笑說：「管家哥，常言：『官差吏差，來人不差。』小老爹不使我，我敢來做甚麼？嫁不嫁，起動進去稟聲，我好回話去。」這來昭道：「也罷，與人方便，自己方便。你少待片時，等我進去。兩位奶奶，一位奶奶有哥兒，一位奶奶無哥兒，不知是那一位奶奶要嫁人？」陶媽媽道：「衛內小老爹說，是清明那日郊外曾看見來，是面上有幾點白麻子兒的那位奶奶。」這來昭聽了，走到後邊，如此這般，告月娘說：「縣中使了個官媒人在外面。」倒把月娘吃了一驚，說：「我家裏並沒半個字兒迸出，外邊人怎得曉的？」來昭道：「曾在郊外清明那日見來，說臉上有幾個白麻子兒的那位奶奶。」月娘便道：「莫不孟三姐也臘月裏蘿蔔動個心，忽刺八要往前進嫁人？」正是：世間海水知深淺，惟有人心難忖量！一面走到玉樓房中坐下，便問：「孟三姐，沒有件事兒來問你。外邊有個保山媒人，說是縣中小衙內，清明那日曾見你一面，說你要往前進。端的有此話麼？」看官聽說：當時沒巧不成話，自古姻緣著緣牽。那日郊外孟玉樓看見衙內生的一表人物，風流博浪，兩家年甲多相彷彿，又會走馬拈弓弄箭，彼此兩情回目都有意，已在不言之表。但未知有妻子無妻子，口中不言，心內暗度：「況男子漢已死，奴身邊又無所出，雖故大娘有孩兒，到明日長大了，各肉兒各疼❶，歸他娘去了，閃的我樹倒無陰，竹籃兒打水！」又見月娘自有了孝哥兒，心腸兒都改變，不似往時：「我不如往前進一步，尋上個葉落歸根之處，還只顧傻傻的守些甚麼！倒沒的耽閣了奴的青春，辜負了奴的年少！」正在思慕之間，不想月娘進來說此話，正是清明郊外看見的那個人，心中又是歡喜，又是羞愧。口裏雖說：「大娘休聽人胡說，奴並沒此話。」不覺把臉來飛紅了。正是：含羞對眾

---

❶ 各肉兒各疼：各人憐愛自己養的孩子。

慵開口，理鬢無言只搵頭。月娘說：「既是各人心裏事，奴也管不的許多！」一面叫來昭：「你請那保山來。」來昭來門首，喚陶媽媽進到後邊。月娘在上房明間內，正面供養著西門慶靈床。那陶媽媽行畢禮數，坐下。小丫鬟綉春倒茶吃了。月娘便問：「保山來有甚事？」那陶媽媽便道：「小媳婦無事不登三寶殿。奉本縣正宅衙內分付，敬來說咱宅上有一位奶奶要嫁人，講說親事。」月娘道：「是俺家這位娘子嫁人，又沒曾傳出去，你家衙內怎得知道？」陶媽媽道：「俺家衙內說來，清明那日，在郊外親見這位娘子，生的長挑身材，瓜子面皮，臉上有稀稀幾個白麻子兒的，便是這位奶奶。」月娘聽了，不消說，就是孟三姐了。于是領陶媽媽到玉樓房中，明間內坐下。等夠多時，玉樓梳洗打扮出來。那陶媽媽道了萬福道：「就是此位奶奶，果然語不虛傳！人材出眾，蓋世無雙！堪可與俺衙內老爹，做得個正頭娘子。你看從頭看到底，風流實無比；從頭看到腳，風流往下跑！」玉樓笑道：「媽媽休得亂說！且說你衙內今年多大年紀？原娶過妻小來沒有？房中有人也無？姓甚名誰？鄉貫何處？地理何方？有官身無官身？從實說來，休要搗謊。」陶媽媽道：「天麼，天麼，小媳婦是本縣官媒，不比外邊媒人快說謊！我有一句說一句，並無虛假。俺知縣老爹，年五十多歲，只生了衙內老爹一人，今年屬馬的，三十一歲，正月二十三日辰時建生。見做國子監上舍，不久就是舉人進士；有滿腹文章，弓馬熟嫻，諸子百家，無不通曉。沒了大娘子二年光景，房內只有一個從嫁使女答應，又不出才兒。要尋個娘子當家，一地裏又尋不著門當戶對婦人，敬來宅上說此親事。若成，免小媳婦縣中打卯，還重賞在外。若是咱宅上若做這門親事，老爹說來，門面差傜，墳塋地土錢糧，一例盡行蠲免。有人欺負，指名說來，拏到縣裏，任意拶打。」玉樓道：「你衙內有兒女沒有？原籍那裏人氏？誠恐一時任滿，千山萬水帶去，奴親都在此處，莫不也要同他去？」陶媽媽道：「俺衙內老爹身邊，兒花女花沒有，好不單徑！原籍是咱北京真定府棗強縣人氏。過了黃河，不上六七百里。他家中田連阡陌，騾馬成群，人丁無數。走馬牌樓，都是撫按明文，聖旨在上，好不赫耀驚人！如今娶娘子到家，做了正房，扶正房入門為正。過後他得了官，娘子便是五花官誥，坐七香車，為命婦夫人，有何不好？」這孟玉樓被陶媽媽一席話，說得千肯萬肯，一面喚蘭香放桌兒看茶食點心，與保山吃。因說：「保山，你休怪我叮嚀盤問，你這媒人每說謊的極多。初時說的天花亂墜，地湧金蓮。及到其間，並無一物。奴也吃人哄怕了！」陶媽媽道：「好奶奶，只要一個比一個，清自清，渾自渾！好的帶累了歹的！小媳婦並不搗謊，只依本分說媒，成就人家好事。奶奶肯了，討個婚帖兒與我，好回小老爹話去。」玉樓取了一條大紅段子，使玳安教鋪子裏傅夥計寫了生時八字。吳月娘便說：「你當初原是薛嫂兒說的媒，如今還使小廝叫將薛嫂兒來，兩個同拏了帖兒去，說此親事，纔是理。」不多時，使玳安兒叫薛嫂兒見陶媽媽，道了萬福。當行見當行，拏著帖兒，出離西門慶家門，往縣中回衙內話去。一個是這裏冰人，一個是那頭保山。兩張口，四十八個牙，這一去，管取說得月裏孀娥尋配偶，巫山神女嫁襄王！

陶媽媽在路上問薛嫂兒：「你就是這位娘子的原媒？」薛嫂道：「便是。」陶媽媽問他原先嫁這裏跟兒：「是何人家的女兒？嫁這裏是再婚兒？」這薛嫂兒便一五一十，把西門慶當初從楊家娶來的話，告訴一遍。因見婚帖兒上寫如命三十七，十一月二十七日子時生，說：「只怕衙內嫌娘子年紀大些，怎了？他今纔三十一歲，倒大六歲！」薛嫂道：「咱拏了這婚帖兒，交個路過的先生，算看年命妨礙不妨礙？若是不對，咱瞞他幾歲兒，不算發了眼。」正走中間，也不見路過響板的先生。只見路南遠遠的一個卦肆，青布帳幔，掛著兩行大字：「子平推貴賤，鐵筆判榮枯；有人來算命，直言不容情。」帳子底下，安放一張桌席。裏面坐著個能寫快算靈先生。這兩個媒人，向前道了萬福，先生便讓坐下。薛嫂道：「有個女人命，累先生算一算。」向袖中拏出三分命金來說：「不當輕視，先生權且收了。路過不曾多帶錢來。」先生道：「此是合婚的意思。請說八字。」陶媽媽遞與他婚帖，看上面有八字生日年紀，先生道：「此是合婚。」一面掐指尋紋，把算子搖了一搖，開言說道：「這位女命，今年三十七歲，十一月廿七日子時生，甲子月，辛卯日，庚子時，理取印綬之格。女命逆行，見在丙申運中。丙合辛生，往後大有威權，執掌正堂夫人之命。四柱中雖夫星多，然是財命，益夫發福，受夫寵愛。不久定見妨剋。果然見過了不曾？」薛嫂道：「已見過兩位夫主了。」先生道：「若見過，後來得了屬馬的。」薛嫂兒道：「他往後有子沒有？」先生道：「子早哩，命中直到四十一歲，纔有一子送老。一生好造化，富貴榮華真無比！」取筆批下命詞八句：

花盛果收奇異時，欣遇良君立鳳池。
嬌姿不失江梅態，三揭紅羅兩畫眉。
攜手相邀登玉殿，含羞獨步捧金卮。
會看馬首昇騰日，脫卻寅皮任意移。

薛嫂問道：「先生如何是『會看馬首昇騰日，脫卻寅皮任意移』？這兩句，俺每不懂，起動先生講說講說。」先生道：「馬首者，這位娘子如今嫁個屬馬的夫主，方是貴星，享受榮華。寅皮是剋過的夫主，是屬虎的。雖故受寵愛，只是偏房。往後一路功名，直到六十八歲，有一子壽終，夫妻偕老。」兩個媒人收了命狀說道：「如今嫁的倒果是個屬馬的，只怕大了好幾歲，配不來。求先生改少兩歲纔好。」先生道：「既要改，就改作丁卯三十四歲罷。」薛嫂道：「三十四歲與屬馬的也合的著？」先生道：「丁火庚金，火逢金煉，定成大器。正合得著！」當下改做三十四歲。兩個拜辭了先生，出離卦肆，逕到縣中。衙內正坐，門子報入。良久，喚進陶嫂。二媒人旋跪下磕頭。衙內便問：「那個婦人是那裏的？」陶媽媽道：「是那邊媒人。」因把親事說成，且訴一遍，說：「娘子人材無比的好，只爭年紀大些。小媳婦不敢擅便，隨衙內老爹尊意。討了個婚帖在此。」于是遞上去。李衙內看了，上寫著三十四歲，十一月廿七日子時生。說道：「就大三兩歲也罷。」薛嫂兒插口道：「老爹見的多，自古妻大兩，黃金長；妻大三，黃金山。這位娘子人才出眾，性格溫柔，諸子百家，當家理紀，自不必說。」衙內道：「我已是見過，不必再相。命陰陽擇吉日良時，行茶禮過去就是了。」兩個媒人稟說：「小媳婦幾時來伺候？」衙內道：「事不可稽遲。你兩個明日來討話，往他家說。」分付左右：「每人且賞與他一兩銀子，做腳步錢。」兩個媒人歡喜出門，不在話下。這李衙內見親事已成，喜不自勝。即喚廊吏何不韋來，兩個商議。對父親李知縣說了，令陰陽生擇定四月初八日行禮，十五日吉日良時，准娶婦人過門。就兌出銀子來，委托何不韋、小張閒買辦花紅酒禮，不必細說。兩個媒人，次日討了日期，往西門慶家，回月娘、孟玉樓話。正是：姻緣本是前生定，曾向藍田種玉來。

四月初八日，縣中備辦十六盤羹果茶餅，一付金絲冠兒，一個副金頭面，一條瑪瑙帶，一付玎璫七事，金鐲銀釧之類，兩件大紅宮錦袍兒，四套妝花衣服，三十兩禮錢，其餘布絹棉花，共約二十餘抬。

兩個媒人跟隨，廊吏何不韋押擔，到西門慶家下了茶。十五日，縣中撥了許多快手閒漢來，搬抬孟玉樓床帳嫁妝箱籠。月娘看著，但是他房中之物，盡數都交他帶去。原舊西門慶在日，把他一張拔步彩漆床，陪了大姐。月娘就把潘金蓮房那張螺鈿床，陪了他。玉樓教蘭香跟他過去。留下小鸞，與月娘看哥兒。月娘不肯，說：「你房中丫頭，我怎好留下你的？左右哥兒有中秋兒、綉春，和奶子也夠了。」玉樓只留下一對銀回回壺，與哥兒耍子做一念兒。其餘都帶過去了。到晚夕，一頂四人大轎，四對紅紗鐵落燈籠，八個皂隸跟隨，來娶孟玉樓。玉樓戴著金梁冠兒，插著滿頭珠翠胡珠子，身穿大紅通袖袍兒，繫金鑲瑪瑙帶玎璫七事；下著柳黃百花裙，先辭拜西門慶靈位，然後拜月娘。月娘說道：「孟三姐，你好狠也！你去了，撇的奴孤另另獨自一個，和誰做伴兒？」兩個攜手，哭了一回。然後家中大小，都送出大門。媒人替他帶上紅羅銷金蓋袱，抱著金寶瓶。月娘守寡，出不的門，請大姨送親。穿大紅妝花袍兒，翠藍裙，滿頭珠翠，坐大轎，送到知縣衙裏來。滿街上人看見說：「此是西門大官人第三娘子，嫁了知縣相公兒子衙內，今日吉日良時，娶過門。」也有說好，也有說歹的。說好者：「當初西門大官人，怎的為人做人，今日死了，只是他大娘子守寡正大，有兒子；房中攬不過這許多人來，都教各人前進來，甚有張主！」有那說歹的，街談巷議，指戳說道：「此是西門慶家第三個小老婆，如今嫁人了。當初這廝在日，專一違天害理，貪財好色，姦騙人家妻子。今日死了，老婆帶的東西，嫁人的嫁人，拐帶的拐帶，養漢的養漢，做賊的做賊，都野雞毛兒零撏了！常言：『三十年遠報』，而今眼下就報了！」旁人都如此發這等暢快言語。孟大姨送親到縣衙內，鋪陳床帳停當，留坐酒席來家。李衙內將薛嫂兒、陶媽媽叫到跟前，每人五兩銀子，一段花紅利市，打發出門。至晚，兩個成親，極盡魚水之歡，曲盡于飛之樂。

到次日，吳月娘這邊，送茶完飯。楊姑娘已死，孟大妗子、二妗子、孟大姨，都送茶到縣中。衙內這邊下回書，請眾親戚女眷做三日，扎彩山吃筵席，都是三院樂人妓女，動鼓樂，扮演戲文。吳月娘那日亦滿頭珠翠，身穿大紅通袖袍兒，百花裙，繫蒙金帶，坐大轎來衙中做三日赴席，在後廳吃酒。知縣奶奶出來陪待。月娘回家，因見席上花攢錦簇，歸到家中，進入後邊院落，見靜悄悄，無個人接應。想起當初有西門慶在日，姊妹每那樣熱鬧！往人家赴席來家，都來相見說話，一條板凳，姊妹每都坐不了。如今並無一個兒了！一面撲著西門慶靈床兒，不覺一陣傷心，放聲大哭。哭了一回，被丫鬟小玉，勸止，住了眼淚。正是：平生心事無人識，只有穿窗皓月知。

這裏月娘憂悶不題。卻說李衙內和玉樓兩個，女貌郎才，如魚似水。正合著油瓶蓋上，每日燕爾新婚。在房中廝守，一步不離。端詳玉樓容貌，觀之不足，看之有餘，越看越愛。又見帶了兩個從嫁丫鬟，一個蘭香，年十八歲，會彈唱；一個小鸞，年十五歲，俱有顏色。心中歡喜沒入腳處。有詩為證：

> 堪誇女貌與郎才，天合姻緣禮所該。
> 十二巫山雲雨會，兩情願保百年偕。

原來衙內房中，先頭娘子丟了一個大丫頭，約三十年紀，名喚玉簪兒，專一搽胭抹粉，作怪成精。頭上打著盤頭揸髻，用手帕苫蓋。周圍勒銷金箍兒，假充作鬏髻。又插著些銅釵蠟片、敗葉殘花。耳朵上帶雙甜瓜墜子，身上穿一套前露臀後露褊怪綠喬紅的裙襖。在人前好似披荷葉老鼠。腳上穿著雙裏外油劉海笑撥舡樣四個眼的剪絨鞋，約尺二長。臉上搽著一面鉛粉，東一塊白，西一塊紅，好似青冬瓜一般。

在人跟前輕聲浪顙，做勢拏班。衙內未娶玉樓來時，他使逐日頓羹頓飯，慇懃扶侍；不說強說，不笑強笑，何等精神。自從娶過玉樓來，見衙內日逐和他床上睡，如膠似漆般打熱，把他不去揪採。這丫頭就有些使性兒起來。一日，衙內在書房中看書，這玉簪兒在廚下頓熱了一盞好果仁泡茶，雙手用盤兒托來。到書房裏面，笑嘻嘻掀開簾兒，送與衙內。不想衙內看了一回書，搭伏定書桌，就睡著了。這玉簪兒叫道：「爹，誰似奴疼你，頓了這盞好茶兒與你吃？你家那新娶的娘子，還在被窩裏睡得好覺兒！怎不教他那小大姐送盞茶來與你吃？」因見衙內打盹，在跟前只顧叫，不應。說道：「老花子，你黑夜做夜作，使乏了也怎的，大白日打盹磕睡！起來吃茶！」叫衙內醒了，看見是他，喝道：「怪砢奴才！把茶放下，與我過一邊裏去！」這玉簪兒便臉羞紅了，使性子把茶丟在桌上，出來說道：「好不識人敬重！奴好意用心，大清早晨送盞茶兒來你吃，倒吆喝罵我！常言：『醜是家中寶，可喜惹煩惱！』我醜，你當初瞎了眼，誰教你要我來家的！值我的那大精毴！」被衙內聽見，趕上儘力踢了兩靴腳。這玉簪兒走去，登時把那付奴臉，膀的有房梁高。也不搽臉了，也不頓茶造飯了，趕著玉樓也不叫娘，只你也我也的。無人處，一個屁股，就同在玉樓床上坐。玉樓亦不去理他。他背地又壓伏蘭香、小鸞，說：「你休趕著我叫姐，只叫姨娘。我與你娘，係大小之分。」又說：「你只背地叫罷，休對著你爹叫。你每日逐跟我行，用心做活。你若不聽我說，老娘拏煤鍬子請你！」後來幾次見衙內不理他，他就撒懶起來。睡到日頭半天，還不起來，飯兒也不做，地兒也不掃。玉樓分付蘭香、小鸞：「你休靠玉簪兒了。你二人自去廚下做飯，打發你爹吃罷。」他又氣不憤，使性謗氣，牽家打活❷，在廚房內打小鸞，罵蘭香：「賊小奴才，

❷ 牽家打活：使氣摜傢具。

小淫婦兒，碓磨也有個先來後到！先有你娘來？先有我來？都是你娘兒每占了罷，不獻這個勤兒也罷了！當原先俺死了那個娘，也沒曾失口叫我聲玉簪兒。你進門幾日，就題名道姓叫我，我是你手裏使的人也怎的！你未來時，我和俺爹同床共枕，那一日不睡到齋時纔起來？和我兩個如糖拌蜜，如蜜攪酥油一般打熱。房中事，那些兒不打我手裏過？自從你來了，把我蜜罐兒也打碎了，把我姻緣也拆散開了！一攆攆到我明間，冷清清支板凳，打官鋪。再不得嘗著俺爹那件東西兒甚麼滋味兒！我這氣苦，正也沒處聲訴！你當初在西門慶家，也曾做第三個小老婆來，你小名兒叫玉樓，敢說老娘不知道？你來在俺家，你識我見，大家朧著些罷了！會那等大廝不道❸喬張致，呼張喚李，誰是你買到的，屬你管轄？」不識那玉樓在房中聽見，氣得發昏，連套手戰，只是不敢聲言對衙內說。一日熱天，也是合當有事。晚夕，衙內分付他廚下熱水，拏浴盆來房中，要和玉樓洗澡。玉樓便說：「你教蘭香熱水罷，休要使他。」衙內不從，說道：「我偏使他，休要慣了這奴才。」玉簪兒見衙內要水和婦人洗澡，共浴蘭湯，效魚水之歡，諧于飛之樂，心中正沒好氣。拏浴盆進房，往地下只一墩，用大鍋燒上一鍋滾水，口內喃喃呐呐說道：「也沒見這浪淫婦，刁鑽古怪，禁害❹老娘！無過也只是個浪精毴，沒三日不拏水洗！像我與俺主子睡，成月也不見點水兒，也不見展污了甚麼佛眼兒！偏這淫婦，會兩番三次刁蹬❺老娘！」直罵出房門來。玉樓聽見，也不言語。衙內聽了此言，心中大怒，澡也洗不成，精脊梁，靸著鞋，向床頭取拐子，就要

❸ 大廝不道：大模大樣。

❹ 禁害：害苦。

❺ 刁蹬：刁難。

走出來。婦人攔阻住，說道：「隨他罵罷，你好惹氣？只怕熱身子出去，風試著你，倒值了多的！」衙內那裏按納得住，說道：「你休管他，這奴才無禮！」向前一把手採住他頭髮，拖踏在地下，輪起拐子，雨點打將下來。饒玉樓在旁勸著，也打了二三十下在身。打的這丫頭急了，跪在地下告說：「爹，你休打我，我有句話兒和你說。」衙內罵：「賊奴才，你說。」有山坡羊為證：

告爹行，停嗔息怒，你細細兒聽奴分訴。當初你將八兩銀子財禮錢，娶我當家理紀，管著些油鹽醬醋。你吃了飯吃茶，只在我手裏抹布。沒了俺娘，你也把我陞為個署府。咱兩個同鋪同床，何等的玩耍？奴按家伏業❻，纔把這活來做。誰承望你哄我，說不娶了。今日又起這個毛心兒來呵，把往日恩情，弄的半星兒也無！叫了聲爹，你忒心毒！我如今不在你家了，情願嫁上個姐夫！

衙內聽了，亦發惱怒起來，又狠了幾下。玉樓勸道：「他既要出去，你不消打，倒沒得氣了你。」衙內隨令伴當即時叫將媒人陶媽媽來，把玉簪兒領出去，便賣銀子來交，不在話下。正是：蚊蟲遭扇打，只為嘴傷人！有詩為證：

百禽啼後人皆喜，惟有鴉鳴事若何。
見者多嫌聞者唾，只為人前口嘴多！

畢竟未知後來何如，且聽下回分解。

---

❻ 按家伏業：依次整理家務。

第九十二回　陳經濟被陷嚴州府　吳月娘大鬧授官廳

暑往寒來春復秋，夕陽西下水東流。
雖然富貴皆由命，運去貧窮亦自由。
事遇機關須進步，人逢得意早回頭。
將軍戰馬今何在，野草閒花滿地愁。

話說當日李衙內打了玉簪兒一頓，即時叫了陶媽媽來，領出賣了八兩銀子，買了個十八歲使女，名喚滿堂兒上竈，不在話下。卻表陳經濟自從西門大姐來家，交還了許多床帳妝奩箱籠家火。三日一場攘，五日一場鬧，問他娘張氏要本錢做買賣。他母舅張團練來問他母親借了五十兩銀子，復謀管事。被他吃醉了，往在張舅門上罵攘。他張舅受氣不過，另問別處借了銀子，幹成管事，還把銀子交還將來。他母親張氏著了一場重氣，染病在身，日逐臥床不起，終日服藥，請醫調治。吃他逆毆不過，兌出二百兩銀子交他。陳定在家門首，打開兩間房子，開布鋪做買賣。逐日結交朋友陸二郎、楊大郎，狐朋狗黨，在鋪中彈琵琶，抹骨牌，打雙陸，吃半夜酒，看看把本錢弄下去了。陳定對張氏說：「他每日飲酒花費。」張氏聽信陳定言語，不托他。經濟反說陳定染布去，剋落了錢，把陳定兩口兒攆出來外邊居住，卻搭了楊大郎做夥計。這楊大郎名喚楊光彥，綽號為鐵指甲，專一趯風賣雨❶，架謊鑿空❷，搗著人家本錢就使。他祖貫係沒州脫空縣拐帶村無底鄉人氏。他父親叫做楊不來，母親白氏。他兄弟叫楊二風。他師父是崆峒山拖不洞火龍庵精光道人，那裏學的謊。他渾家是沒驚著小姐，生生吃謊諕死了。他許人話如捉影撲風，騙人財似探囊取物。這經濟問娘又要出二百兩銀子來添上，共湊了五百兩銀子，信著他往臨清販布去。這楊大郎到家收拾行李，沒底兒褡褳裝著些軟篏榆錢兒，拏一張黑心鵰弓，騎一匹白眼龍馬，跟著經濟從家中起身，前往臨清馬頭上尋缺貨去。三里抹過沒州縣，五里來到脫空村，有日到于臨清。這臨清閘上，是個熱鬧繁華大馬頭去處。商賈往來，船隻聚會之所，車輛輻輳之地。有三十二條花柳巷，七十二座管絃樓。這經濟終是年小後生，被這鐵指甲楊大郎領著遊娼樓，串酒店，每日睡睡，終宵蕩蕩，貨物倒販得不多。因走在一娼樓館上，見了一個粉頭，名喚馮金寶，生的風流俏麗，色藝雙全。問：「青春多少？」鴇子說：「姐兒是老身親生之女，只是他一人掙錢養活。今年青春纔交二九一十八歲。」經濟一見，心目蕩然，與了鴇子五兩銀子房金，一連和他歇了幾夜。楊大郎見他愛這粉頭，留連不捨，在旁花言說念，就要娶他家去。鴇子開口要銀一百五十兩，講到一百兩上，兌了銀子，娶到來家，一路上抬著。楊大郎和經濟押著貨物車走，一路上揚鞭走馬，那樣歡喜！正是：多情燕子樓，馬道空回首；載得武陵春，陪作鸞凰友！他娘張氏見經濟貨到，販得不多，把本錢倒娶了一個唱的來家，又著了口重氣，嗚呼哀哉，斷氣身亡。這經濟不免買棺裝殮，念經做七。停放了一七光景，發送出門，祖塋合葬。他母

❶ 趯風賣雨：興風作浪。

❷ 架謊鑿空：憑空說謊。

舅張團練看他娘面上，亦不和他一般見識。這經濟墳上覆墓回來，把他娘正房三間，中間供樣靈位，那兩間收拾與馮金寶住，大姐倒住著耳房。又替馮金寶買了丫頭重喜兒伏侍。門前楊大郎開著鋪子，家裏大酒大肉，買與唱的吃。每日只和唱的睡，把大姐丟著不去瞅睬。一日，打聽孟玉樓嫁了李知縣兒子李衙內，帶過許多東西去。三年任滿，李知縣陞在浙江嚴州府，做了通判，領憑起身，打水路赴任去了。這陳經濟因想起昔日在花園中，拾了孟玉樓那根簪子，吃醉又被金蓮所得，落後還與了他收到如今。就把這根簪子做個證見，把物趕上嚴州去，只說玉樓先與他有了姦，與了他這根簪子，不合又帶了許多東西，嫁了李衙內，都是昔日楊戩寄放金銀箱籠應沒官之物。那李通判一個文官，多大湯水？聽見這個利害口聲，不怕不教他兒子雙手把老婆奉與我。我那時取將來家，與馮金寶又做一對兒，落得好受用！正是：計就月中擒玉兔，謀成日裏捉金烏！經濟不來倒好，此這一來，正是：失曉人家逢五道，溟冷餓鬼撞鍾馗！有詩為證：

趕到嚴州訪玉人，人心難忖是石沈。
侯門一入深如海，從此蕭郎落陷坑！

卻說一日陳經濟打點他娘箱中，尋出一千兩金銀。留下一百兩與馮金寶家中盤纏。把陳定復叫進來看家，並門前鋪子發賣零碎布疋。與他楊大郎，又帶了家人陳安，押著九百兩銀子，從八月中秋起身，前往湖州販了半船絲綿紬絹，來到清江浦江口馬頭上，灣泊住了船隻。投在個店主人陳二店內，夜間點上燈光，交陳二郎殺雞取酒，與楊大郎共飲。飲酒中間，和楊大郎說：「夥計，你暫且看守船上貨物，在二郎店內略住數日。等我和陳安拏些人事禮物，往浙江嚴州府，看家姐嫁在府中。多不上五日，少只三日期程就來。」楊大郎道：「哥去只顧去，兄弟情願店中等候哥到日，一同起身。」這陳經濟千不合萬不合和陳安身邊帶了些銀兩，人事禮物。有日取路逕到嚴州府，進入城內，投在寺中安下。打聽李通判到任一個月，家小船隻，纔到三日光景。這陳經濟不敢怠慢，買了四盤禮物，兩疋紵絲尺頭，兩罈酒，陳安押著；他便揀選衣帽齊整，眉目光鮮，逕到府衙內，前與門吏作揖道：「報一聲，說我是通判李老爹衙內新娶娘子的親孟二舅來探望。」這門吏聽了，不敢怠慢，隨即稟報進去。衙內正在書房中看書，聽見是婦人兄弟，令左右先把禮物抬進來，一面忙整衣冠，道：「有請。」把陳經濟請入府衙廳上敘禮，分賓主坐下，說道：「前日做親之時，怎的不會二舅？」經濟道：「在下因在川廣販貨，一年方回。不知家姐嫁與府上，有失親近。今日敬備薄禮，來看看家姐。」李衙內道：「一向不知，失禮，恕罪恕罪！」須臾，茶湯已罷。衙內令左右把禮帖並禮物取進去：「對你娘說，二舅來了。」孟玉樓正在房中坐的，只聽小門子進來報說：「孟二舅來了！」玉樓道：「二年不曾回家，再有那個孟舅？莫不是我二弟孟銳來家了，千山萬水來看我？」只見伴當拏進禮物和帖兒來，上面寫著眷生孟銳。就知是他兄弟，一面道：「有請。」令蘭香收拾後堂乾淨。玉樓裝點打扮，伺候出見。只見衙內讓進來。玉樓在簾內觀看，可霎作怪，不是他兄弟，卻是陳姐夫：「他來做甚麼？等我出去，看他怎的說話？斷言：『親不親，故鄉人；美不美，鄉中水。』雖然不是我兄弟，也是我女婿人家。」一面整裝出來拜見。那經濟說道：「一向不知姐姐嫁在這裏，沒曾看得。」纔說得這句，不想門子來請衙內。外邊有客來了。這衙內分付玉樓管待二舅，就出去待客去了。玉樓見經濟磕下頭，連忙還禮說道：「姐夫免禮，那陣風兒刮你到此處？」敘畢禮數，讓坐，叫蘭香看茶出來。吃了茶，彼此敘了些家常話兒。玉樓因問：「大姐好麼？」經濟就把從前西門慶家中出來，並討箱籠的一節話，告訴玉樓。玉樓又把清明節上墳，在永福寺遇見春梅在金蓮墳上燒紙的話，告訴他。又說：「我那時在家中，也常勸你大娘，疼女兒，就疼女婿；親姐夫，不曾養活了外人，他聽信小人言語，把姐夫打發出來。落後姐夫討箱子，我就不知道。」經濟道：「不瞞你老人家說，我與六姐相交，誰人不知？生生吃他信奴才言語，把他打發出去，纔吃武松殺了！他若在家，那武松有七個頭八個膽，敢往你家來殺他？我這仇恨，結的有海來深！六姐死在陰司裏，也不饒他！」玉樓道：「姐夫也罷，丟開了手的事！自古冤仇只可解，不可結！」說話中間，丫鬟放下桌兒，擺上酒來，盃盤肴品，堆滿春檯。玉樓斟上一盃酒，雙手遞與經濟說：「姐夫遠路風塵，無事破費，且請一盃兒水酒。」這經濟用手接了，唱了喏，亦斟一盃回奉婦人，敘禮坐下。因見婦人姐夫長姐夫短叫他，口中不言，心內暗道：「這淫婦怎的不認犯？只叫我姐夫？等我慢慢的探他。」當下酒過三巡，肴添五道，彼此言來語去，說得入港。這經濟酒蓋著臉兒，常言：「酒情深似海，色膽大如天。」見無人在跟前，先丟的幾句邪言說入去，說道：「我兒弟思想姐姐，如渴思漿，如熱思涼！想當初在丈人家，怎的在一處下棋抹牌，同坐雙雙，似背蓋一般！誰承望今日各自分散，你東我西！」玉樓笑道：「姐夫好說。自古清者清，而渾者渾，久而自見！」這經濟笑嘻嘻向袖中，取出一包雙人兒的香茶，遞與婦人說：「姐姐，你若有情，可憐見兒弟，吃我這個香茶兒。」說著，就連忙跪下。那婦人登時一點紅從耳畔起，把臉飛紅了！一手把香茶包兒，掠在地下，說道：「好不識人敬重！奴好意遞酒與你吃，倒戲弄我起來！」就撇了酒席，往房裏去了。經濟見他不就，一面拾起香茶來，發話道：「我好意來看你，你倒變了卦兒！

你敢說你嫁了通判兒子好漢子，不睬我了！你當初在西門慶家做第三個小老婆，沒曾和我兩個有首尾？」因向袖中取出舊時那根金頭銀簪子，拏在手內說：「這個物，是誰人的？你既不和我有姦，這根簪兒怎落在我手裏？上面還刻著玉樓名字！你和大老婆串同了，把我家寄放的八箱子金銀細軟，玉帶寶石東西，都是當朝楊戩寄放應沒官之物，都帶來嫁了漢子。我教你不要謊，到八字八鎪兒上和你答話！」玉樓見他發話，拏的簪子，委的他頭上戴的金頭蓮瓣簪兒，昔日在花園中不見，怎的落在這短命手裏？恐怕攘的家下人知道！須臾變作笑吟吟臉兒，走將出來，一把手拉經濟說道：「好姐夫，奴鬥你耍子，如何就惱起來？」因觀看左右無人，悄悄說：「你既有心，奴亦有意。」兩個不由分說，摟著就親嘴。這陳經濟把舌頭似蛇吃燕子一般，就舒到他口裏，教他咂。說道：「你叫我聲親親的姐夫，纔算你有我之心。」婦人道：「且禁聲，只怕有人聽見。」經濟悄悄向他說：「我如今治了半船貨，在清江浦等候。你若肯下顧時，如此這般，到晚夕假扮門子，私走出來，跟我上船家去，成其夫婦，有何不可？他一個文職官，怕是非，莫不敢來抓尋你不成？」婦人道：「既然如此，也罷！」約會下：「你今晚在府牆後等著，奴有一包金銀細軟，打牆上繫過去，與你接了。然後奴纔扮做門子，打門裏出來，跟你上船去罷。」看官聽說：正是佳人有意，那怕粉牆高萬丈；紅粉無情，總然共坐隔千山！當時孟玉樓若嫁得個癡蠢之人，不如經濟，經濟便下得這個鍬钁著。如今嫁個李衙內有前程，又是人物風流，青春年少，恩情美滿，他又勾你做甚？休說平日又無連手。這個郎君，也早合當倒運，就吐實話，泄機與他，倒吃婆娘哄賺了。正是：花枝葉下猶藏刺，人心難保不懷毒！

當下二人會下話，這經濟吃了幾盃酒，少頃，告辭回去。李衙內連忙送出府門，陳安跟隨而去。衙內便問婦人：「你兄弟住那裏下處？我明日回拜他去，送些嗄程與他。」婦人便說：「那裏是我兄弟，他是西門慶家女婿。如此這般，來勾搭，要拐我出去。奴已約下他，今晚夜至三更，在後牆相等。咱不好將計就計，把他當賊拏下，除其後患如何？」衙內道：「叵耐這廝無端！自古無毒不丈夫，不是我去尋他，他自來送死！」一面走出外邊，叫過左右伴當心腹快手，如此這般，預備去了。這陳經濟不知機變，至半夜三更，果然帶領家人陳安，來府衙後牆下，以咳嗽為號。只聽牆內玉樓聲音，打牆上掠過十條索子去。那邊繫過一大包銀子來。原來是庫內拏的二百兩贓罰銀子。這經濟纔待教陳安拏著走，忽聽一聲梆子響，黑影裏閃出四五條漢，叫聲：「有賊了！」登時把經濟連陳安，都綁了，稟知李通判，分付：「都且押送牢裏去，明日問理。」原來嚴州府正堂知府，姓徐名喚徐對，係陝西臨洮府人氏，庚戌進士，極是個清廉剛正之人。次日早升堂，左右排兩行官吏。這李通判上去畫了公座，庫子呈稟賊情事，帶陳經濟上去說：「昨夜至三更時分，有先不知名，今知名賊人二名陳經濟、陳安，鍬開庫門鎖鑰，偷出贓銀二百兩，越牆而過，致被捉獲，來見老爺。」徐知府喝令：「帶上來！」把陳經濟並陳安揪簇採擁，驅至當廳跪下。知府見年小清俊，便問：「這廝是那裏人氏？因何來我這府衙公廨夜晚做賊，偷盜官庫贓銀數多，有何理說？」那陳經濟只顧磕頭聲冤。徐知府道：「你做賊如何聲冤？」李通判在旁欠身便道：「老先生不必問他，眼見得贓證明白，何不加起刑來？」徐知府即令左右拏下去打二十板。李通判道：「『人是苦蟲❸，不打不成！』不然這賊便要展轉！」當下兩邊皁隸，把經濟、陳安拖翻，大板打將下來。這陳經濟口內只罵：「誰知淫婦孟三兒陷我至此，冤哉苦哉！」這徐知府終是黃堂出身官人，

---

❸ 苦蟲：苦，「倮」的音轉。凡物無羽毛鱗介若青蛙蚯蚓等，都是倮蟲；而人則是倮蟲中最靈的。

聽見這一聲，必有緣故，纔打到十板上，喝令：「住了！且收下監去，明日再問。」李通判道：「老先生不該發落他。常言：『人心似鐵，官法如爐。』❹從容他一夜不打緊，就翻異口詞。」徐知府道：「無妨，吾自有主意。」當下獄卒把經濟、陳安押送監中去訖。這徐知府心中有些疑忌，即喚左右心腹近前，如此這般：「下監中探聽經濟所犯來歷，即便回報。」這幹事人假扮做犯人，和經濟晚間在一櫃上睡，問其所以：「我看哥哥青春年少，不是做賊的。今日落在此刑憲，打屈官司！」經濟便說：「一言難盡！小人本是清河縣西門慶女婿。這李通判兒子新娶的婦人孟氏，是俺丈人的小，舊與我姦的。今帶過我家老爺楊戩，寄放十箱金銀寶玩之物來他家。我來此間問他索討，反被他如此這般欺負，把我當賊拏了，苦打成招，不得見其天日，是好苦也！」這人聽了，走來退廳，告報徐知府。知府道：「如何？我說這人聲冤叫孟氏，必有緣故。」到次日升堂，官吏兩旁侍立。這徐知府把陳經濟、陳安提上來，摘了口詞，取了張無事的供狀，喝令釋放。李通判在旁邊不知，還再三說：「老先生，這廝賊情既的，不可放他！」反被徐知府對佐貳官，儘力數說了李通判一頓，說：「我居本府正官，與朝廷幹事。不該與你家官報私仇，誣陷平人作賊！你家兒子娶了他丈人西門慶妾孟氏，帶了許多東西，應沒官贓物，金銀箱籠來。他是西門慶女婿，逕來索討前物。你如何假捏賊情，拏他入罪，教我替你家出力？做官養兒養女，也要長大！若然如此，公道何堪！」當廳把李通判數說的滿面羞，垂首喪氣而不敢言。陳經濟與陳安便釋放出去了。良久，徐知府退廳。這李通判回到本宅，心中十分焦躁。夫人便問：「相公每常退衙，歡天喜地；

❹ 人心似鐵二句：鐵雖硬，到了爐中，自然鎔化。犯人雖然強硬，怎奈官法如爐火一般，一經刑訊，無不屈服。這是說舊時代官吏的淫威。

今日這般心中不快，何說？」那李通判大喝一聲：「你女婦人家，曉得甚麼？養的好不肖子！今日吃徐知府當堂對眾同僚官吏，儘力上數落了我一頓，可不氣殺我也！」夫人慌了，便問：「甚麼事？」李通判即把兒子叫到跟前，喝令左右：「拏大板，氣殺我也！」說道：「你當初為娶這個婦人來家，今是他家女婿因這婦人帶了許多妝奩金銀箱籠，口口聲聲稱是當朝逆犯楊戩寄放應沒官之物，來問你要。說你假盜出庫中官銀，當賊情拏他！我通一字不知，反被正堂徐知府對眾數說了我這一頓！此是我頭一日官未做，你照顧我的！我要你這不肖子何用？」即令左右，雨點般大板打將下來。可憐打得這李衙內皮開肉綻，鮮血迸流。夫人見打得不像模樣，在旁哭泣勸解。孟玉樓又在後廳角門首，掩淚潛聽。當下打了三十大板。李通判分付左右：「押著衙內，即時與我把婦人打發出門，令他任意改嫁，免惹是非，全我名節！」那李衙內心中怎生捨得離異，只顧在父母跟前啼哭哀告：「寧把兒子打死爹爹跟前，並捨不得婦人！」李通判把衙內用鐵索墩鎖在後堂，不放出去，只要囚禁死他。夫人哭道：「相公，你做官一場，年紀五十餘歲，也只落得這點骨血！不爭為這婦人，你因死他。往後你年老休官，倚靠何人？」李通判道：「不然，他在這裏，須帶累我受人氣！」夫人道：「你不容他在此，打發他兩口兒上原籍真定府家去便了。」通判依聽夫人之言，放了衙內，限三日就起身，打點車輛，同婦人歸棗強縣家裏攻書去了。

卻表陳經濟與陳安，出離嚴州府，到寺中取了行李，逕往清江浦陳二店中來尋楊大郎。說：「三日前往府前尋你去，說你監在牢中，他收拾了貨船，起身往家中去。」這經濟未信，向河下不見船隻，撲了空，說道：「這天殺的！如何不等我來，就起身去了？」況新打監中出來，身邊盤纏已無。和陳安不免搭在人船上，把衣衫解當，討吃歸家。忙忙似喪家之犬，急急如漏網之魚。隨路找尋楊大郎，並無蹤跡。那時正值秋暮天氣，樹木凋零，金風搖落，甚是淒涼。有詩八句，單道這秋天行人最苦：

栖栖芰荷枯，葉葉梧桐墜。
蛩鳴腐草中，鴈落平沙地。
細雨濕青林，霜重寒天氣。
不是路行人，怎曉秋滋味！

有日經濟到家，陳定正在門首。看見經濟來家，衣衫襤褸，面貌黧黑，諕了一跳。接到家中，問：「貨船到于何處？」經濟氣得半日不言，把嚴州府遭官司一節說了：「多虧正堂徐知府放了我。不然性命難保！今被楊大郎這天殺的，把我貨物不知拐的往那裏去了？」先使陳定往他家探聽。他家說：「還不曾來家。」陳經濟又親去問了一遭，並沒下落。心中著慌，走入房來。那馮金寶又和西門大姐扭南面北。自從經濟出門，兩個合氣，直到如今。大姐便說馮金寶：「拏著銀子錢，轉與他鴇子去了。他家鴇兒成日來，瞞藏背掖，打酒買肉，在屋裏吃。家中要的沒有，睡到晌午，諸事兒不買，只熬俺每！」馮金寶又說大姐：「成日橫草不拈，豎草不動，偷米換燒餅吃。又把煮的醃肉，偷在房裏和丫頭元宵兒同吃。」這陳經濟就信了，反罵大姐：「賊不是才料淫婦！你害饞癆饞痞了？偷米出去換餅吃！又和丫頭打夥兒偷肉吃！」把元宵兒打了一頓，把大姐踢了幾腳。這大姐急了，趕著馮金寶兒撞頭罵道：「好養漢的淫婦！你偷盜的東西，與鴇子不值了！倒學舌與漢子，說我偷米偷肉！犯夜的倒拏住巡更的了！教漢子踢我，我和你這淫婦換兌了罷，要這命做甚麼！」這經濟道：「好淫婦，你換兌他？你還不值他個腳指頭兒哩！」也是合當有事，禍便是這般起。于是一把手揪過大姐頭髮來，用拳撞腳踢拐子打，打得大姐鼻口流血，半日甦醒過來。這經濟便歸娼的房裏睡去了，由著大姐在下邊房裏，嗚嗚咽咽只顧哭泣。元宵兒便在外間睡著了。可憐大姐到半夜，用一條索子，懸梁自縊身死！亡年二十四歲。到次日早晨，元宵起來，推裏間不開。上房經濟和馮金寶還在被窩裏。使他丫頭重喜兒來叫大姐，要取木盆洗坐腳，只顧推不開。經濟還罵：「賊淫婦，如何還睡，這咱晚不起來？我這一跺開門進去，把淫婦鬢毛都拔淨了！」重喜兒打窗眼內望裏張看，說道：「他起來了，且在房裏打鞦韆耍子兒哩。」又說：「他提偶戲耍子兒。」只見元宵瞧了半日，叫道：「爹，不好了！俺娘吊在床頂上吊死了！」這小郎纔慌了，和娼的齊起來，跺開房門，向前解卸下來，灌救了半日，那得口氣兒來！原來不知多咱時分，嗚呼哀哉死了！正是：不知真性歸何處，疑在行雲秋水中！

陳定聽見大姐死了，恐怕連累，先走去西門慶家中，報知月娘。月娘聽見大姐吊死了，經濟娶娼的在家，正是：冰厚三尺，不是一日之寒！率領家人小廝丫鬟媳婦七八口，往他家來。見了大姐屍首吊的直挺挺的，哭喊起來。將經濟拏住揪採亂打，渾身錐子眼兒，也不計數。娼的馮金寶躲在床底下，採出來也打了個臭死。把門窗戶壁都打得七零八落，房中床帳妝奩，都還搬的去了。歸家請將吳大舅、二舅來商議。大舅說：「姐姐，你趁此時咱家死了不到官，到明日他過不的日子，還來纏要箱籠。人無遠慮，必有近憂。不如到官處斷開了，庶杜絕後患。」月娘道：「哥見得是！」一面寫了狀子。次日，月娘親自出官，來到本縣，投官廳下遞上狀去。原來新任知縣姓霍，名大立，湖廣黃岡縣人氏，舉人出身，為人鯁直，聽見係人命重事，即升廳受狀。見狀上寫著：

告狀人吳氏，年三十四歲，係已故千戶西門慶妻。狀告為惡婿欺凌孤孀，聽信娼婦，熬打逼死女命，乞憐究治，以存殘喘事：比有女婿陳經濟，遭官事投來氏家潛住數年。平日吃酒行兇，不守本分，打出吊入；是氏懼法，逐離出門。豈期經濟懷恨在家，將氏女西門氏時常熬打，一向含忍。不料伊又娶臨清娼婦馮金寶來家，奪氏女正房居住。聽信唆調，將女百般痛辱熬打，又採去頭髮，渾身踢傷。受忍不過，比及將死。于本年八月廿三日三更時分，方纔將女上吊縊死。若不具告，竊思經濟恃逞兇頑，欺氏孤寡，聲言還要持刀殺害等語，情理難容！乞賜行拘到案，嚴究女死根因，盡法如律！庶兇頑知警，良善得以安生，而死者不為含冤矣！為此具狀上告本縣青天老爺施行。

這霍知縣在公座上看了狀子，又見吳月娘身穿縞素，腰繫孝裙，係五品職官之妻。生的容貌端莊，儀容閒雅。欠身起來說道：「那吳氏起來，據我看，你也是個命官娘子。這狀上情理，我都知了。你請回去，不必在這裏。今後只令一家人在此伺候就是了。我就出牌去拏他。」那吳月娘連忙拜謝了知縣出來，坐轎子回家，委付來昭廳下伺候。須臾，批了呈狀，委的兩個公人，一面白牌，行拘陳經濟，娼婦馮金寶，並兩鄰保甲正身，赴官聽審。這經濟正在家裏亂喪事。聽見月娘告下狀來，縣中差公人發牌來拏他，諕的魂飛天外，魄喪九霄！那馮金寶已被打的渾身疼痛，睡在床上。聽見人拏他，諕的勢不知有無！陳經濟沒高低使錢打發公人吃了酒飯，一條繩子，連娼的都拴到縣裏。左鄰范綱，右鄰孫紀，保甲王寬兒。霍知縣聽見拏了人來，即時升廳。來昭跪在上首，陳經濟、馮金寶一行人跪在階下。知縣看了狀子，便叫經濟上去說：「你是陳經濟？」又問：「那是馮金寶？」那馮金寶道：「小的是馮金寶。」知縣因問經濟：「你這廝可惡！因何聽信娼婦打死西門氏，方令上吊，有何理說？」經濟磕頭告道：「望乞青天老爺察情，小的怎敢打死他？因為搭夥計在外，被人坑陷了資本，著了氣來家，問他要飯吃，他不曾做下飯，委被小的踢了兩腳。他到半夜，自縊身死了！」知縣喝道：「你既娶下娼婦，如何又問他要飯吃？尤說不通！吳氏狀上說，你打死他女兒，方纔上吊，你還不招認？」經濟道：「吳氏與小的有仇，故此誣賴小的，望老爺察情！」知縣大怒，說：「他女兒見死了，還推賴那個！」喝令左右：「拏下去，打二十大板！」提馮金寶上來，拶了一拶，敲一百敲，令公人帶下收監。次日，委典史臧不息帶領吏書保甲鄰人等，前至經濟家抬出屍首，當場檢驗。身上都有青傷，脖項間亦有繩痕，生前委因經濟踢打傷重，受忍不過，自縊身亡。取供具結，填圖解檄，回報縣中。知縣大怒，褪衣又打了經濟、金寶十板。問陳經濟：「夫毆妻至死者絞罪！」馮金寶遞決一百，發回本司院當差。這陳經濟慌了，監中寫出帖子，對陳定說：「把布鋪中本錢，連大姐頭面，共湊了一百兩銀子，暗暗送與知縣。」知縣一夜把招卷改了，只問了個逼令身死，係雜犯，准徒五年，運灰贖罪。吳月娘再三跪門哀告，知縣把月娘叫上去說道：「娘子，你女兒項上見繩痕，如何問他毆殺條律？人情莫非忒偏向麼？你怕他後邊纏擾你，我這替你取了他杜絕文書，令他再不許上你門就是了！」一面把經濟提到跟前分付道：「我今日饒你一死，務要改過自新，不許再去吳氏家纏擾！再犯到我案下，決然不饒！」即便把西門氏買棺裝殮，發送葬埋來回話。我這裏好中文書往上司去。」這經濟得了個饒，交納了贖罪銀子，歸到家中抬屍入棺，停放一七，念經送葬，埋在城外。前後坐了半個月監，使了許多銀兩，唱的馮金寶也去了，家中所有的都乾淨了，房兒也典了，剛刮刺出個命兒來，再也不敢聲言丈母了！正是：禍福無門人自招，須知樂極有悲來！有詩為證：

風波平地起蕭牆，義重恩深不可忘。

水溢藍橋應有會，三星權且作參商！

畢竟未知後來如何，且聽下回分解。

第九十三回　王杏庵仗義賙貧　任道士因財惹禍

誰道人生運不通，吉凶禍福並肩行。
只因風月將身陷，未許人心直似針。
自課官途無枉屈，豈知天道不昭明。
早知成敗皆由命，信步而行暗黑中！

話說陳經濟自從西門大姐死了，被吳月娘告了一狀，打了一場官司出來。唱的馮金寶又歸院中去了。剛刮刺出個命兒來，房兒也賣了，本錢兒也沒了，頭面也使了，家火也沒了。又說陳定在外邊打發人剋落了錢，把陳定也攆去了。家中日逐盤費不週，坐吃山空。不免往楊大郎家中，問他這半船貨的下落。一日來到楊大郎門首，叫聲：「楊大郎在家不在？」不想楊光彥拐了他半船貨物，一向在外賣了銀兩，四散躲閃。及打聽得他家中吊死了老婆，他丈母縣中告他，坐了半個月監房。這楊大郎驀地來家住著，不出來。聽見經濟上門叫他，問貨船下落，一逕使兄弟楊二風出來，反問經濟要人：「你把我哥哥叫的外邊做買賣，這幾個月通無音信。不知抛在江中，推在河內，害了性命。你倒還來我家尋貨船下落！人命要緊？你那貨物要緊？」這楊二風平昔是個刁徒潑皮，耍錢搗子。胳膊上紫肉橫生，胸前上黃毛亂長。

是一條直率之光棍。走出來，一把手扯住經濟，就問他要人。那經濟慌忙掙開手，跑回家來。這楊二風故意拾了塊三尖瓦楔，將頭顱磕破，血流滿面，趕將經濟來罵道：「我肏你娘眼！我見你家甚麼銀子來？你來我屋裏放屁！吃我一頓好拳頭！」那陳經濟金命水命，走投無命！奔到家，把大門關閉，如鐵桶相似，就是樊噲也撞不開！由著楊二風牽爺娘罵父母，拏大磚砸門，只是鼻口內不聽見氣兒。又況纔打了官司出來，夢條繩蛇也害怕！只得含忍過了。正是：嫩草怕霜霜怕日，惡人自有惡人磨！不消幾時，把大房賣了，找了七十兩銀子，典了一所小房，在僻巷內居住。落後兩個丫頭，賣了一個重喜兒，只留著元宵兒和他同鋪歇。又過了不上半月，把小房倒騰了，卻去賃房居住。陳安也走了，家中沒營運；元宵兒也死了，只是單身獨自。家火桌椅都變賣了，只落得一貧如洗。未幾房錢不給，鑽入冷鋪內存身。花子見他是個富家勤兒，生的清俊，叫他在熱坑上睡，與他燒餅兒吃。有當夜的過來，教他頂火夫，打梆子搖鈴。那時正值臘月殘冬時分，天降大雪，吊起風來，十分嚴寒。這陳經濟打了回梆子，打發當夜的兵牌過去，不免手提鈴串了幾條街巷。又是風雪，地下又踏著那寒冰，凍得聳肩縮背，戰戰兢兢。臨五更雞叫，只見個病花子，躺在牆底下。恐怕死了，總甲分付他看守著他，尋了把草教他烤。這經濟支更一夜，沒曾睡，就歪下睡著了。不想做了一夢，夢見那時在西門慶家，怎生受榮華富貴，和潘金蓮勾搭玩耍戲謔，從睡夢中就哭醒了。眾花子說：「你哭怎的？」這經濟便道：「你眾位哥哥，聽我訴說一遍。」

有紛蝶兒為證：

九臘深冬雪漫天，涼然冰凍，更搖天撼地狂風！凍得我體僵麻，心膽戰，實難扎掙！挨不過肚中饑，又難禁身上冷，住著這半邊天，端的是冷！挨不過淒涼，要尋死路，百忙裏捨不得頹命！

〔耍孩兒一煞〕不覺撞昏鐘，昏鐘人初定。是誰人叫我，原來是總甲張成。他那裏急急呼，我這裏連連應。趁今宵誰肯與我支更？也是我一時僥倖，他先遞與我幾個燒餅。

〔二煞〕多承總甲憐咱冷，教我敲梆守守更，由著他調用。但得這濟心饑錢米，那裏管人貧下賤，一任教喝號提鈴！

〔三煞〕坐一回腳手麻，立一回肚裏疼。冷燒餅乾嚥無茶送。剛然未到三更後，下夜的兵牌叫點燈。歪踢弄，與了他四十文，方纔得買一個姑容。

〔四煞〕到五更雞打鳴，大街上人漸行。眾人各去都不等。只見病花子躺在牆根下，教我煨著他，不暫停。得他口煖氣兒心纔定。剛合眼一場幽夢，猛驚回哭到天明。

〔五煞〕花子說你哭怎的？我從頭兒訴始終。我家積祖根基兒重，說聲賣松槁陳家，誰不怕名姓？多居仕宦中。我祖爺爺曾把淮鹽種，我父親專結交勢耀，生下我吃酒行兇！

〔六煞〕先亡了打我的爺，後亡了我父親。我娘疼，專隨縱，吃酒耍錢般般會，酒肆窠窩❶處處通。所事兒都相稱，娶了親就遭官事，丈人家躲重投輕。

〔七煞〕我也曾在西門家做女婿，調風月，把丈母淫，錢場裏信著人鎖狗洞。也曾黃金美玉當場賭，也曾馱米擔柴往院裏供。毆打妻兒病死了，死了時他家告狀，使了許多錢，方得頭輕。

〔八煞〕賣大房，買小房，贖小房；又倒騰。不思久遠含餘剩。饑寒苦惱妄成病，死在房簷不許

❶ 窠窩：娼門。

停。所有都乾淨。嘴頭饞不離酒肉，沒攬汁拆賣墳塋。

〔九煞〕掇不得輕，負不得重；做不得傭，務不得農。未曾幹事兒先愁動。閒中無事思量嘴，睡起須教日頭紅。狗性子生鐵般硬！惡盡了十親九眷，凍餓死有那個憐憫！

〔十煞〕討房錢不住催，他料我也住不成。沙鍋破碗全無用。幾推趕出門兒外，凍骨淋皮無處存。不免冷鋪將身奔。但得個時通運轉，我那其間忘不了恩人。

頻年困苦痛妻亡，身上無衣口絕糧。
馬死奴逃房又賣，隻身獨自走他鄉。
朝依肆店求遺饌，暮宿莊園倚敗牆。
只有一條身後路，冷鋪之中去打梆。

卻說陳經濟晚夕在冷鋪存身，白日間街頭乞食。清河縣城內有一老者，姓王名宣，字廷用，年六十餘歲。家道殷實，為人心慈。好仗義疏財，廣結交，樂施捨，專一濟貧拔苦，好善敬神。所生二子，皆當家成立。長子王乾，襲祖職為牧馬所掌印正千戶。次子王震，充為府學庠生。老者門首搭了個主管，開著個解當鋪兒。每日豐衣足食，閒散無拘，在梵宇聽經，琳宮講道。無事在家門首施藥救人，拈素珠念佛。因後園中有兩株杏樹，道號為杏庵居士。一日，杏庵頭戴重簷幅巾，身穿水合道服，在門首站立。只見陳經濟打他門首過，向前扒在地下磕了個頭。慌的杏庵還禮不迭，說道：「我的哥，你是誰？老拙眼昏，不認得你。」這經濟戰戰兢兢，站立在旁邊說道：「不瞞你老人家，小人是賣松槁陳洪兒子。」

老者想了半日，說：「你莫不是陳大寬的令郎麼？」因見他衣服襤褸，形容憔悴，說道：「我賢姪，你怎的弄得這等模樣？」便問：「你父親、母親可安麼？」經濟道：「我爹死在東京，我母親也死了！」杏庵道：「我聞得你在丈人家住來？」經濟道：「家外父死了，外母把我攆出來。他女兒死了，告我到官，打了一場官司，把房兒也賣了。有些本錢兒，都吃人坑了。一向閒著沒有營運。」杏庵道：「賢姪，你如今在那裏居住？」經濟半日不言語，說：「不瞞你老人家說，如此如此。」杏庵道：「可憐，賢姪你原來討吃哩！想著當初，你府上那樣根基人家！我與你父親相交，賢姪你那咱還小哩！纔扎著總角上學哩！一向流落到此地位，可傷，可傷！你還有甚親家，也不看顧你看顧兒？」經濟道：「正是，俺張舅那裏，一向也久不上門，不好去的。」問了一回話，老者把他讓到裏面客位裏，令小廝放桌兒，擺出點心嗄飯來，教他儘力吃了一頓。見他身上單寒，拏出一件青布綿道袍兒，一頂氈帽，又一雙氈襪綿鞋，又秤一兩銀子，五百銅錢，遞與他，分付說：「賢姪，這衣服鞋襪，與你身上；那銅錢與你盤纏，賃半間房兒住。這一兩銀子，你拏著做上些小買賣兒，也好糊口過日子。強如在冷鋪中，學不出好人來！每月該多少房錢，來這裏老拙與你。」這陳經濟扒在地下磕頭謝了，說道：「小姪知會！」拏著銀錢，出離了杏庵門首，也不尋房子，也不做買賣。把那五百文錢，每日只在酒店麵店，以了其事。那一兩銀子，搗了些白銅頓罐，在街上行使。吃巡邏的當土賊拏到該坊節級處，一頓栲打，使的罄盡，還落了一屁股瘡。不消兩日，把身上綿衣也輸了，襪兒也換來嘴吃了，依舊原在街上討吃。一日，又打王杏庵門首所過。杏庵正在門首，只見經濟走來磕頭，身上衣襪都沒了，只戴著那氈帽，精腳靸鞋，凍的乞乞縮縮。老者便問：「陳大官做買賣如何？房錢到了，來取房錢來了？」那陳經濟半日無言可對。問之再三，方說：「如此這般，都沒了！」老者便道：「阿呀，賢姪你這等就不是過日子的道理！你又拈不得輕，負不得重，但做了些小活路兒，還強如乞食，免教人恥笑，有玷你父祖之名！你如何不依我說？」一面又讓到裏面，教安童拏飯來與他吃飽了。又與了他一條袷褲，一領白布衫，一雙裹腳，一吊銅錢，一斗米。「你拏去，務要做上了小買賣，賣些柴炭豆兒，瓜子兒，也過了日子。強似這等討吃。」這經濟口雖答應，拏錢米在手，出離了老者門，那消數日，熟食肉麵，都在冷鋪內，和花子打夥兒都吃了。耍錢，又把白布衫、袷褲都輸了。大正月裏，又抱著肩兒，在街上走。不好來見老者，走在他門首房山牆底下，向日陽站立。老者冷眼看見他，不叫他。他挨挨搶搶，又到跟前，扒在地下磕頭。老者見他還依舊如此，說道：「賢姪，這不是常策。咽喉深似海，日月快如梭！無底坑如何填得起？你進來，我與你說。有一個去處，又清閒，又安得你身，只怕你不去。」經濟跪下哭道：「若得老伯見憐，不拘那裏，但安下身，小的情願就去！」杏庵道：「此去離城不遠，臨清馬頭上，有座晏公廟。那裏魚米之鄉，舟船輻輳之地，錢糧極廣，清幽消灑。廟主任道士，與老拙相交極厚。他手下也有兩三個徒弟徒孫。我備分禮物，把你送與他，做個徒弟出家，學些經典吹打，與人家應福，也是好處。」經濟道：「老伯看顧，可知好哩！」杏庵道：「既然如此，你去。明日是個好日子，你早來，我送你去。」經濟去了，這王老連忙叫了裁縫來，就替經濟做了兩件道衣，一頂道髻，鞋襪俱全。

次日，經濟果然來到。王老教他空屋裏洗了澡，梳了頭，戴上道髻，裏外換了新襖新褲。上蓋青絹道衣，下穿雲履氈襪。備了四盤羹果，一罈酒，一疋尺頭，封了五兩銀子，他便乘馬，顧了一匹驢兒，與經濟騎著。安童、喜童跟隨，兩個人抬了盒擔，出城門，逕往臨清馬頭晏公廟來，只七十里，一日路程。比及到晏公廟，天色已晚。但見：日影將沈，繁陰已轉。斷霞映水散紅光，落日轉山生碧霧。綠楊影裏，時聞鳥雀歸林；紅杏村中，每見牛羊入圈。正是：溪邊漁父投林去，野外牧童跨犢歸。王老到于馬頭上，過了廣濟閘大橋，見無數舟船，停泊在河下。來到晏公廟前下馬，進入廟來。只見青松鬱鬱，翠柏森森。兩邊八字紅牆，正面三間朱戶。端的好座廟宇。但見：山門高聳，殿閣崚層。高懸勅額金書，彩畫出朝入相。五間大殿塑龍王，一十二尊；兩下長廊刻水族，百千萬眾。旗竿凌漢，帥字招風。四通八達，春秋社禮享依時；雨順風調，河道民間皆祭賽。萬年香火威靈在，四境官民仰賴安。山門下，早有小童看見，報入方丈。任道士忙整衣出迎。王杏庵令經濟和禮物，且在外邊伺候。不一時，任道士把杏庵讓入方丈松鶴軒敘禮。說：「王老居士怎生一向不到敝廟隨喜？今日何幸，得蒙下顧？」杏庵道：「只因家中俗冗所羈，久失拜望。」敘禮畢，分賓主而坐，小童獻茶。茶罷，任道士道：「老居士今日天色已晚，你老人家不去罷了。」分付把馬牽入後槽餵息。杏庵道：「沒事不登三寶殿。老拙敬來有一事干瀆，未知尊意肯容納否？」任道士道：「老居士有何見教？只顧分付。小道無不領命。」杏庵道：「今有故人之子，姓陳名經濟，年方二十四歲。生的資格清秀，倒也伶俐。只是父母去世太早，自幼失學。若說他父祖根基，也不是無名少姓人家子孫，有一分家當。只因不幸遭官事沒了家，無處棲身，老拙念他乃尊舊日相交之情，欲送他來貴宮作一徒弟。未知尊意如何？」任道士便道：「老居士分付，小道怎敢違阻？奈因小道命蹇，手下雖有兩三個徒弟，都不省事，沒一個成立的！小道常時惹氣。未知此人誠實不誠實？」杏庵道：「這個小的，不瞞尊師說，只顧放心，一味老實本分！膽兒又小，所事兒伶範，堪可作一徒弟。」任道士問：「幾時送來？」杏庵道：「見在山門外伺候。還有些薄禮，伏乞笑納。」

慌的任道士道：「老居士何不早說！」一面道：「有請。」于是抬盒人抬進禮物。任道士見帖兒上寫著：「謹具粗段一端，魯酒一罇，豚蹄一副，燒鴨二隻，樹果二盒，白金五兩，知生王宣頓首拜。」連忙稽首謝道：「老居士何以遠勞，見賜許多重禮？使小道卻之不恭，受之有愧！」只見陳經濟頭戴著金梁道髻，身穿青絹道衣，腳下雲履淨襪，腰繫絲絛，生的眉清目秀，齒白唇紅，面如傅粉，走進來向任道士倒身下拜，拜了四雙八拜。任道士因問：「多少青春？」經濟道：「屬馬，交新春二十四歲了。」任道士見他果然伶俐，取了他個法名，叫做陳宗美。原來任道士手下有兩個徒弟，大徒弟姓金名宗明，二徒弟姓徐名宗順，他便叫陳宗美。王杏庵都請出來，見了禮數。一面收了禮物，小童掌上燈來，放桌兒，先擺飯，後吃酒。肴品盃盤，堆滿桌上。無非是雞蹄鵝鴨魚蝦之類。王老吃不多酒，師徒輪番勸夠幾巡。王老不勝酒力，告辭，房中自有床鋪，安歇一宿。到次日清晨，小童舀水淨面，梳洗盥漱畢。任道士又早來遞茶。不一時擺飯，又吃了兩盃酒，餵飽頭口，與了抬盒人力錢。王老臨起身，叫過經濟來，分付：「在此好生用心，習學經典，聽師父指教。我常來看你，按季送衣服鞋腳來與你。」又向任道士說：「他若不聽教訓，一任責治，老拙並不護短。」一面背地又囑付經濟：「我去後，你要洗心改正，習本等事業。你若再不安分，我不管你了！」那經濟應諾道：「兒子理會了。」王老當下作辭任道士出山門上馬，離晏公廟回家去了。

經濟自此，就在晏公廟做了道士。因見任道士年老赤鼻，身體魁偉，聲音洪亮，一部髭髯，能談善飲，只專迎賓送客，凡一應大小事，都在大徒弟金宗明手裏。那時朝廷運河初開，臨清設二閘，以節水利。不拘官民船到閘上，都來廟裏，或求神福，或來祭願，或討卦與笤，或做好事。也有布施錢米的，也有餽送香油紙燭的，也有留松篙蘆蓆的。這任道士將常署裏多餘錢糧，都令手下徒弟，在馬頭上開設錢米鋪，賣將銀子來，積儹私囊。他這大徒弟金宗明，也不是個守本分的，年約三十餘歲。常在娼樓包占樂婦，是個酒色之徒。手下也有兩個清紫年小徒弟，同鋪歇臥，日久絮繁。因見經濟生的齒白唇紅，面如傅粉；清俊乖覺，眼裏說話，就纏他同房居住。晚夕和他吃半夜酒，把他灌醉了，在一鋪歇臥。初時兩頭睡，便嫌經濟腳臭，叫過一個枕頭上睡。睡不多回，又說他口氣噴著，令他吊轉身子，屁股貼著肚子。那經濟推睡著，不理他。他把那話弄得硬硬的，往他糞門裏只一頂。原來經濟在冷鋪中，被花子飛天鬼侯林兒弄過的，眼子大了，那話不覺就進去了。這經濟口中不言，心內暗道：「這廝合敗！他討得十分便益多了，把我不知當做甚麼人兒，與他個甜頭兒，且教他在我手內納些敗缺！」一面故意聲叫起來。這金宗明恐怕老道士聽見，連忙掩住他口，說：「好兄弟，禁聲！隨你要的，我都依你。」經濟道：「你既要勾搭我，我不言語，須依我三件事。」宗明道：「好兄弟，休說三件，就是十件事，我也依你。」經濟道：「第一件，你既要我，不許你再和那兩個徒弟睡。第二件，大小房門上鑰匙，我要執掌。第三件，隨我往那裏去，你休嗔我。你都依了我，我方依你此事。」金宗明道：「這個不打緊，我都依你。」當夜兩個顛來倒去，整狂了半夜。這陳經濟自幼風月中撞，甚麼事不知道。當下被底山盟，枕邊海誓，淫聲艷語，摳吮舔品，把這金宗明哄得歡喜無盡。到第二日，果然把各處鑰匙都交與他手內，就不和那兩個徒弟在一處，每日只同他一鋪歇臥。

一日兩，兩日三，忽一日任道士師徒三個，都往人家應福做好事去。任道士留下他看家，逕智賺他；王老居士只說他老實，看老實不老實。臨出門，分付：「你在家好看著那後邊養的一群雞，說道，是鳳凰。我不久功成行滿，騎他上昇，朝參玉帝。那房內做的幾缸，都是毒藥汁。若是徒弟壞了事，我也不打他，只與他這毒藥汁吃了，直教他立化。你須用心看守，我午齋回來，帶點心與你吃。」說畢，師徒去了。這經濟關上門，笑道：「豈可我這些事兒不知道？那房內幾缸黃米酒，哄我是甚毒藥汁！那後邊養的幾隻雞，說是鳳凰，要騎他上昇！」于是揀肥的宰了一隻，退的淨淨，煮在鍋裏。把缸內酒，用鏇子舀出來，火上篩熱了，手撕雞肉，蘸著蒜醋，吃了個不亦樂乎。還說了四句：「黃銅鏇，舀清酒，煙籠皓月；白污雞，蘸爛蒜，風捲殘雲。」正吃著，只聽師父任道士外邊叫門。這經濟連忙收拾了家火，走出來開門。任道士見他臉紅，問他怎的來。這經濟逕低頭不言語。師父問：「你怎的不言語？」經濟道：「告稟師父得知。師父去後，後邊那鳳凰，不知怎的飛了去一隻。教我慌了，上房尋了半日，沒有。怕師父來家打，待要拏刀子抹，恐怕疼；待要上吊，恐怕斷了繩子跌著；待要投井，又怕井眼小掛脖子。算計的沒處去了，把師父缸內的毒藥汁，舀了兩碗來吃了！」師父便問：「你吃下去覺怎樣的？」經濟道：「吃下去半日，不死不活的，倒像醉了的一般。」任道士聽言，師徒每都笑了說：「還是他老實！」又替他使錢討了一張度牒，以此逕後，凡事並不防範。正是：三日賣不得一擔真，一日賣了三擔假。

這陳經濟因此常拏著銀錢往馬頭上遊玩。看見院中架兒陳三兒，說：「馮金寶兒他鴇子死了。他又賣在鄭家叫鄭金寶兒。如今又在大酒樓上趕趁哩！你不看他看去？」這小夥兒舊情不改，拏著銀錢跟定陳三兒，逕往馬頭大酒樓上來。此不來倒好，若來，正是：五百載冤家來聚會，數年前姻眷又相逢。有詩為證：

人生莫惜金縷衣，人生莫負少年時。
見花欲折須當折，莫待無花空折枝！

原來這座酒樓，乃是臨清第一座酒樓，名喚謝家酒樓。裏面有百十座閣兒，週圍都是綠欄杆。就緊靠著山岡，前臨官河，極是人煙熱鬧去處，舟船往來之所。怎見得這座酒樓齊整？雕簷映日，畫棟飛雲。綠欄杆低接軒窗，翠簾櫳高懸戶牖。吹笙品笛，盡都是公子王孫；執盞擎盃，擺列著歌嫗舞女。消磨醉眼，倚青天萬疊雲山；勾喏吟魂，翻瑞雪一河煙水。白蘋渡口，時聞漁父鳴榔；紅蓼灘頭，每見釣翁擊楫。樓畔綠楊啼野鳥，門前翠柳繫花驄。這陳三兒引經濟上樓，到一個閣兒裏坐下，烏木春檯，紅漆凳子。便叫店小二連忙打抹了春檯，拏一付鍾筯，安排一分上品酒果下飯來擺著，使他下邊叫粉頭去了。須臾，只聽樓梯響，馮金寶上來，手中拏著個廝鑼兒，見了經濟，深深道了萬福。常言情人見情人，不覺簌地兩行淚下。正是：數聲嬌語如鶯囀，一串珍珠落線頭！經濟一見，便拉他一處坐，問道：「姐姐，你一向在那裏來！怎不見你？」這馮金寶收淚道：「自從縣中打斷出來，我媽不久著了驚諕，得病死了。把我賣在鄭五媽兒家做粉頭。這兩日子弟稀少，不免又來在臨清馬頭上趕趁酒客。昨日聽見陳三兒說，你在這裏開錢鋪，要見你一見。不期你今日在此樓上吃酒，會見一面，可不想殺我也！」說畢，又哭了。經濟便取袖中帕兒，替他抹了眼淚說道：「我的姐姐，你休煩惱，我如今又好了。自從打出官司來，家業都沒了。投在這晏公廟，一向出家做了道士。師父甚是重托我。往後我常來看你。因問：「你如今在那裏安下？」金寶便說：「奴就在這橋西酒家店劉二那裏，有百十間房子，四外衏衏窠子妓女，都在那裏安下。白日裏便來這各酒樓趕趁。」說著，兩個挨身做一處飲酒。陳三兒盪酒上樓，拏過琵琶來。金寶彈唱了個曲兒，與經濟下酒，名普天樂：

淚雙垂，垂雙淚，三盃別酒，別酒三盃。鸞鳳對拆開，拆開鸞鳳對。嶺外斜暉看看墜，看看墜嶺外斜暉，天昏地暗，徘徊不捨，不捨徘徊！

兩人吃得酒濃時，未免解衣雲雨，下個房兒。這陳經濟一向不曾近婦女，久渴的人。合得遇金寶，儘力盤桓。尤雲殢雨，未肯即休。但見：一個玉臂忙搖，一個柳腰款擺。雙睛噴火，星眼郎當。一個汗浹胸膛，發狠要贏三五陣；一個香消粉黛，呻吟叫夠數千聲。戰良久，靈龜深入性偏剛；鬥多時，一股清泉往裏冒。幾番鏖戰煙蘭妓，不似今番這一遭。須臾事畢，各整衣衫。經濟見天色晚來，與金寶作別，與了金寶一兩銀子，與了陳三兒三百文銅錢。囑付：「姐姐，我常來看你，咱在這搭兒裏相會。你若想我，使陳三兒叫我去。」下樓來，又打發了店主人謝三郎三錢銀子酒錢。經濟回廟中去了。這馮金寶送至橋邊方回。正是：盼穿秋水因錢鈔，哭損花容為鄧通！

畢竟未知如何，且聽下回分解。

第九十四回　劉二醉毆陳經濟　酒家店雪娥為娼

花開不擇貧家地，月照山河到處明。
世間只有人心歹，萬事還教天養人。
癡聾瘖瘂家豪富，伶俐聰明卻受貧。
年月日時該載定，算來由命不由人！

話說陳經濟，自從陳三兒引到謝家大酒樓上見了馮金寶，兩個又勾搭上前情，往後沒三日不和他相會。或一日經濟廟中有事不去，金寶就使陳三兒捎寄物事，或寫情書來叫他去。一次或五錢，或一兩。以後日間供其柴米，納其房錢，歸到廟中，便臉紅。任道士問他何處吃酒來？經濟只說：「在米鋪和夥計暢飲三盃解辛苦來。」他師兄金宗明又替他遮掩，晚夕和他一處盤弄那勾當，是不必說。朝來暮往，把任道士囊篋中細軟的本也抵盜出大半花費了。一日，也是合當有事。這酒家店的劉二，有名坐地虎。他是帥府周守備府中親隨張勝的小舅子。專一在馬頭上開娼店，倚強淩弱，舉放私債，與巢窩中各娼使錢，加三討利。有一不給，搗換文書，將利作本，利上加利。嗜酒行兇，人不敢惹他。就是打粉頭的班頭，欺酒客的領袖。因見陳經濟是晏公廟任道士的徒弟，白臉小廝，在謝三家大酒樓上，把粉頭鄭金寶兒包占住了。吃的楞楞睜睜，提著碗來大小拳頭，走來謝家樓下，問：「金寶在那裏？」慌的謝三郎連忙聲喏說道：「劉二叔，他在樓上，第二個閣兒裏便是。」這劉二大扠步上樓來。經濟正與金寶在閣兒裏面，兩個飲酒，做一處快活。只把房門關閉，外邊簾子掛著。被劉二一把手扯下簾子，大叫：「金寶兒出來！」諕的陳經濟鼻口內氣兒也不敢出。這劉二用腳把門踋開，金寶兒只得出來相見，說：「劉二叔叔，有何說話？」劉二罵道：「賊淫婦，你少我三個月房錢，卻躲在這裏就不去了！」金寶笑嘻嘻說道：「二叔叔你家去，我使媽媽就送房錢來。」被劉二只摟心一拳，打了老婆一交，把頭顱搶在階沿下磕破，血流滿地。罵道：「賊淫婦，還等甚送來，我如今就要！」看見陳經濟在裏面，走向前把桌子只一掀，碟兒打得粉碎。那經濟便道：「阿呀，你是甚麼人？走來撒野！」劉二罵道：「我肏你道士秫秫娘！」手採過頭髮來，按在地下，拳打腳踢無數。那樓上吃酒的人看著，都立睜了。店主人謝三郎初時見劉二醉了，不敢惹他。次後見打得人不像模樣，上樓來解勸說道：「劉二叔，你老人家息怒。他不曉得你老人家大名，誤言沖撞，休要和他一般見識。看小人薄面，饒他去罷！」這劉二那裏依從，儘力把經濟打了個發昏章第十一。叫將地方保甲，一條繩子，連粉頭都拴在一處墩鎖。分付：「天明早解到老爺府裏去！」原來守備勅書上，命他保障地方，巡捕盜賊，兼管河道。這裏拏了經濟，任道士廟中，還尚不知；只說他晚夕米鋪中上宿未回。

卻說次日，地方保甲，巡河快手，押解經濟、金寶，顧頭口騎上，趕清晨，早到府前伺候。先遞手本與兩個管事張勝、李安看看，說是劉二叔地方喧鬧一起，晏公廟道士一名陳宗美，娼婦鄭金寶。眾軍牢都問他要錢，說道：「俺每是廳上動刑的，一班十二人隨你罷；正景兩位管事的，你倒不可輕視了他！」

經濟道：「身邊銀錢倒有，都被夜晚劉二打我時，被人掏摸的去了！身上衣服都扯碎了，那得錢來？只有頭上關頂一根銀簪兒，拔下來與二位管事的罷？」眾牢子拏著那根簪子，走來對張勝、李安如此這般：「他一個錢兒不拏出來，只與了這根簪兒，還是鬧銀的。」張勝道：「你叫他近前，等我審問他。」眾軍牢不一時，推擁他到跟前跪下，問：「你是任道士第幾個徒弟？」經濟道：「第三個徒弟。」又問：「你今年多大年紀？」經濟道：「廿四歲了。」張勝道：「你這等年少，只該在廟中做道士，習學經典，許你在外宿娼飲酒喧嚷？你把俺老爺帥府衙門，當甚麼些小衙門，不拏了錢兒來？這根簪子打水不渾，要他做甚！」還掠與他去。分付牢子：「等住回老爺升廳，把他放在頭一起，眼看這狗男女道士，就是個倿錢的！只許你白要四方施主錢糧？休說你為官事，你就來吃酒赴席，也帶方汗巾兒揩嘴！等動刑時，著實加力栘打這廝！」又把鄭金寶叫上去。鄭家有王八跟著，上下打發了三四兩銀子。張勝說：「你係娼門，不過趁熟❶。趁些衣飯為生，沒甚大事。看老爺喜怒不同；看惱，只是一兩栘子；若喜歡，只恁放出來也不止。」旁邊那個牢子說：「你再把與我一錢銀子，等若栘你，待我饒你兩個大指頭！」李安分付：「你帶他遠些伺候，老爺將次出廳。」不一時，只見裏面雲板響，守備升廳，兩邊僚掾軍牢森列，甚是齊整！但見：緋羅繳壁，紫綬桌圍。當廳額掛茜羅，四下簾垂翡翠。勘官守正，戒石上刻御製四行；人從謹廉，鹿角旁插令旗兩面。軍牢沈重，僚掾威儀。執大棍授事立階前，挾文書廳旁聽發放。雖然一路帥臣，果是滿堂神道！當時沒巧不成話。也是五百劫冤家聚會，姻緣合當湊著。春梅在府中，從去歲八月間，已生了個哥兒小衙內，今方半歲光景。貌如冠玉，脣若塗朱。守備喜似席上之珍，過如無價之

---

❶ 趁熟：奉承有錢有勢的人。

寶。未幾大奶奶下世，守備就把春梅冊正，做了夫人，就住著五間正房。買了兩個養娘抱奶哥兒，一名玉堂，一名金匱；兩個小丫鬟伏侍，一個名喚翠花，一個名喚蘭花。又有兩個身邊得寵彈唱的姐兒，都十六七歲，一名海棠，一名月桂，都在春梅房中侍奉。那孫二娘房中，只使著一個丫鬟，名喚荷花兒，不在話下。比的小衙內，只要張勝懷中抱他外邊玩耍。遇著守備升廳，在旁邊觀看。當日守備升廳坐下，放了告牌出去，各地方解進人來。頭一起正叫上陳經濟，並娼婦鄭金寶兒去。守備看了呈狀，又見經濟面上帶傷，說道：「你這廝是個道士，不守那清規，如何宿娼飲酒，騷擾我地方？行止有虧！左右拏下去打二十棍，追了度牒還俗。那娼婦鄭氏，桚一桚，敲五十敲，責令歸院當差。」兩邊軍牢向前，纔待扯翻經濟，攤去衣服，用繩索綁起，輪起棍來，兩邊招呼打時，可霎作怪，張勝抱著小衙內，正在廳前月臺上站立觀看。那小衙內看見走過來打經濟，在懷裏攔不住，撲著要經濟抱。張勝恐怕守備看見，走過來。亦發大哭起來，直哭到後邊春梅跟前。春梅問：「他怎的哭？」張勝便說：「老爺廳上發放事，打那晏公廟道士，姓陳，他就撲著他抱。小的走下來，他就哭了。」這春梅聽見是姓陳的，不免輕移蓮步，款蹙湘裙，走到軟屏後面，探頭觀覷。廳下打的那人，聲音模樣，倒好似陳姐夫一般。「他因何出家做了道士？」又叫過張勝問他：「此人姓甚名誰？」張勝道：「這道士供狀上年廿四歲，俗名叫陳經濟。」春梅暗道：「正是他了！」一面使張勝：「請下你老爺來。」這守備廳上打經濟，纔打到十棍，一邊還桚著娼的。忽聽後邊夫人有請，分付牢子，把棍且閣住休打。一面走下廳來。春梅說道：「你打的那道士是我姑表兄弟，看奴面上，饒了他罷！」守備道：「夫人不早說，我已打了他十棍，怎生奈何？」一面出來分付牢子：「都與我放了。」娼的便歸院去了。守備悄悄使張勝：「叫那道士回來，且休去。問了你奶奶，請他相見。」這春梅纔待使張勝請他到後堂相見，忽然想起一件事來，口中不言，心內暗道：「剜去眼前瘡，安上心頭肉；眼前瘡不去，心頭肉如何安得上？」于是分付張勝：「你且叫那人去著，等我慢慢再叫他。」度牒也不曾追，這陳經濟打了十棍，出離了守備府，還奔來晏公廟。不想任道士聽見人來說：「你那徒弟陳宗美在大酒樓上包著娼的鄭金寶兒，惹了酒家店坐地虎劉二，打得臭死，連老婆都拴了解到守備府裏去了。行止有虧，便差軍牢來拏你去審問，追度牒還官！」這任道士聽了，一者年老的著了驚怕，二來身體胖大，因打開囊篋內，又沒了細軟東西，著了口重氣，心中痰疾湧上來，昏倒在地。眾徒弟慌忙向前扶救，請將醫者來灌下藥去，通不省人事。到半夜，嗚呼斷氣身亡！亡年六十三歲。第二日陳經濟來到，左邊鄰人說：「你還敢廟裏去？你師父因為你，如此這般得了口重氣，昨夜三更鼓死了！」這經濟聽了，諕得忙忙似喪家之犬，急急如漏網之魚！復回清河縣城中來。正是：鹿隨鄭相應難辨，蝶化莊周未可知！

話分兩頭，卻說春梅一見經濟，方待留他，忽然心上想起一件事來，還使出張勝來，教經濟且去罷。走歸房中摘了冠兒，脫了繡服，倒在床上，一面揣心摀被，聲疼叫喚起來。諕的合宅大小都慌了。下房孫二娘來問道：「大奶奶行好好的，怎的來就不好起來？」春梅說：「你每且去，休管我。」落後守備退廳進來，見他躺在床上叫一番也慌了。扯著他手兒問道：「你心裏怎的來？」也不言語。又問：「那個惹著你來？」也不做聲。守備道：「不剛纔兒我打了你兄弟，你心內惱麼？」亦不應答。這守備無計奈何，自出外邊，麻犯起張勝、李安來了：「你那兩個，早知他是你奶奶兄弟，如何不早對我說？卻教我打了他十下，惹的你奶奶心中不自在起來！我曾教你留下他，請你奶奶相見。你如何又放他去了？你這廝每卻討分曉！」張勝說：「小的曾稟過奶奶來，奶奶說且教他去著。小的纔放他去了。」一面走入房中，哭啼哀告春梅：「望乞奶奶在爺前方便一言，不然，爺要見責小的每哩！」這春梅睜圓星眼，剔起蛾眉，叫過守備近前說：「我自心中不好，干他每甚事？那廝他不守本分，在外邊做道士，且崇他些時，等我慢慢招認他！」這守備纔不厤犯張勝、李安了。守備見他只厲聲喚，又使張勝請下醫官來看脈，說：「老夫人染了六慾七情之病，著了重氣在心。」討將藥來，又不吃，都放冷了。丫頭每都不敢向前說話。請將守備來看著吃藥，只呷了一口，就不吃了。守備出去了，大丫鬟月桂拏過藥來：「請奶奶吃藥。」被春梅拏過來劈臉只一潑，罵道：「賊浪奴才，你只顧拏這苦水來灌我怎的！我肚子裏有甚麼？」教他跪在面前。孫二娘走來問道：「月桂怎的奶奶教他跪著？」海棠道：「奶奶因他拏藥與奶奶吃來！奶奶說我肚子裏有甚麼？拏這藥來灌我？教他跪著。」孫二娘道：「奶奶你委的今一日沒曾吃甚麼，這月桂他不曉得。奶奶休打他，看我面上，饒他這遭罷！」分付海棠：「你往廚下熬些粥兒來，與你奶奶吃口兒。」春梅于是把月桂放起來。那海棠走到廚下，用心用意熬了一小鍋粳小米濃濃的粥兒，定了四碟小菜兒，用甌兒盛著，象牙快兒，熱烘烘拏到房中。春梅躺在床上，面朝裏睡，又不敢叫。直待他翻身，方纔請他：「有個粥兒在此，請奶奶吃粥。」春梅把眼合著，不言語。海棠又叫道：「粥晾冷了，請奶奶起來吃粥。」孫二娘在旁說道：「大奶奶，你這半日沒吃甚麼。這回你覺好些，且起來吃些個，有柱戧些！」那春梅一砧碌子扒起來，教奶子拏過燈來，取粥在手，只呷了一口，往地下只一推，早是不曾把家火打碎，被奶子接住了。就大吆喝起來，向孫二娘說：「你平白叫我起來吃粥，你看賊奴才熬的好粥！我又不坐月子，熬這照面湯來與我吃怎麼？」分付奶子金匱：「你與我把這奴才臉上，打與他四個嘴巴！」當下真個把海棠打了四個嘴巴。孫二娘便道：「奶奶你不吃粥，卻吃些甚麼兒？卻不餓著你？」春梅道：「你教我吃，我心內攔著吃不下去。」良久，叫過小丫鬟蘭花兒來，分付道：「我心內想些雞尖湯兒吃。你去廚房內，對著淫婦奴才，教他洗手做碗好雞尖湯兒與我吃口兒。教他多著些酸笋，做的酸酸辣辣的我吃。」孫二娘便說：「奶奶分付他，教雪娥做去。你心下想吃的，就是藥。」這蘭花不敢怠慢，走到廚下對雪娥說：「奶奶教你做雞尖湯，快些做，等著要吃哩！」原來這雞尖湯，是雛雞脯翅的尖兒，碎切的做成湯。這雪娥一面洗手剔甲，旋宰了兩隻小雞，退刷乾淨，剔選翅尖，用快刀碎切成絲，加上椒料蔥花芫荽酸笋油醬之類，揭成清湯。盛了兩甌兒，用紅漆盤兒熱騰騰蘭花拏到房中。春梅燈下看了，呷了一口，怪叫大罵起來：「你對那淫婦奴才說去，做的甚麼湯！精水寡淡，有些甚味？你每只教我吃，平白教我惹氣！」慌的蘭花生怕打，連忙走到廚下，對雪娥說：「奶奶嫌湯淡，好不罵哩！」這雪娥一聲兒不言語，忍氣吞聲，從新坐鍋，又做了一碗。多加了些椒料，香噴噴教蘭花拏到房裏來。春梅又嫌忒鹹了，拏起來照地下只一潑，早是蘭花躲得快，險些兒潑了一身。罵道：「你對那奴才說去，他不憤氣做與我吃！這遭做的不好，教他討分曉哩！」這雪娥聽見，千不合萬不合悄悄說了一句：「姐姐幾時這般大了，就抖摟❷起人來！」不想蘭花回到房裏，告春梅說了。這春梅不聽便罷，聽了此言，登時柳眉倒豎，星眼圓睜，咬碎銀牙，通紅了粉面，大叫：「與我採將那淫婦奴才來！」須臾，使了養娘丫鬟三四個，登時把雪娥拉到房中。春梅氣狠狠的，一手扯住他頭髮，把頭上冠子跺了，罵道：「淫婦奴才！你怎的說幾時這般大？不是你西門慶家抬舉的我這般大！我買將你來伏侍我，你不憤氣！

---

❷ 抖摟：驕傲自大。

教你做口子湯，不是精淡，就是苦了子鹹！你倒還對著丫頭說我幾時恁般大起來？摟搜索落我！要你何用？」一面請將守備來：「採雪娥出去，當天井跪著！前邊叫將張勝、李安，旋剝褪去衣裳，打三十大棍！」兩邊家人點起明晃晃燈籠，張勝、李安各執大棍伺候。那雪娥只是不肯脫衣裳。守備恐怕氣了他，在跟前不敢言語。孫二娘在旁邊再三勸道：「隨大奶奶分付打他多少，免褪他小衣罷！不爭對著下人脫去他衣裳，他爺體面上不好看的！只望奶奶高抬貴手，委的他的不是了！」春梅不肯，定要去他衣服打，說道：「那個攔我，我把孩子先摔殺了！然後我也一條繩子吊死就是了！留著他便是了！」于是也不打了，一頭撞倒在地，就直挺挺的昏迷，不省人事。守備諕的連忙扶起說道：「隨你打罷，沒的氣著你！」當下可憐，把這孫雪娥拖翻在地，褪去衣服，打了三十大棍，打的皮開肉綻。一面使小牢子半夜叫將薛嫂兒來，即時罄身領出去辦賣。春梅把薛嫂兒叫在背地分付：「我只要八兩銀子，將這淫婦奴才，好歹與我賣在娼門！隨你轉多少，我不管你。你若賣在別處，我打聽出來，只休要見我！」那薛嫂兒道：「我靠那裏過日子？卻不依你說！」當夜領了雪娥來家。那雪娥悲悲切切，整哭到天明。薛嫂便勸道：「你休哭了。也是你的晦氣，冤家撞在一處！老爺見你倒罷了，只恨你與他有些舊仇舊恨，折挫你，那老爺也做不得主兒！見他有孩子，須也依隨他。正景下邊孫二娘，不讓他幾分？常言：『拐米倒做了倉官』，說不的了！你休氣哭。」雪娥收淚謝薛嫂：「只望早晚尋個好頭腦，我去自有飯吃罷！」薛嫂道：「他千萬分付，只教我把你送在娼門。我養兒養女，也要天理！等我替你尋個單夫獨妻，或嫁個小本經紀人家，養活得你來也！」那雪娥千恩萬福，謝了薛嫂。

過了兩日，只見鄰住一個開店張媽走來，叫：「薛媽，你這壁廂有甚娘子？怎的哭的悲切？」薛嫂便道：「張媽請進來坐。」說道：「便是這位娘子。他是大人家出來的。因和大娘子合不著，打發出來，在我這裏嫁人。情願個單夫獨妻，免得惹氣！」張媽媽道：「我那邊下著一個山東賣綿花客人，姓潘，排行第五，年三十七歲。幾車花果，常在老身家安下。前日說他家有個老母有病，七十多歲；死了渾家半年光景，沒人扶侍。再三和我說，替他保頭親事，並無相巧的。我看來，這位娘子年紀倒相當，嫁與他做個娘子罷！」薛嫂道：「不瞞你老人家說，這位娘子大人家出身，不拘粗細都做的。針指女工，鍋頭竈腦，自不必說，又做的好湯水。今纔三十五歲。本家只要三十兩銀子，倒好保與他罷。」張媽媽道：「有箱籠沒有？」薛嫂道：「只是他隨身衣服簪環之類，並無箱籠。」張媽媽道：「既是如此，老身回去對那人說，教他自家來看一看。」說畢，吃茶坐回去了。晚夕對那人說了。次日飯罷以後，果然領那人來相看。一看見了雪娥，好模樣兒，年小，一口就還了二十五兩，另外與薛嫂一兩媒人錢。薛嫂也沒爭競，就兌了銀子，寫了文書，晚夕過去。次日就上車起身。薛嫂教人改換了文書，只兌了八兩銀子，交到府中春梅收了，只說賣與娼門去了。那人娶雪娥到張媽家，只過得一夜。到第二日五更時分，謝了張媽媽，作別上了車，逕到臨清去了。此是六月天氣，日子長。到馬頭上，纔日西時分。到于酒家店，那裏有百十間房子，都下著各處遠方來的窠子衏衏娼的。這雪娥一領進入一個門戶，半間房子裏，打著土炕，炕上坐著個五六十歲的婆子，還有個十七八頂老丫頭，打著盤頭揸髻，抹著鉛粉紅唇，穿著一弄兒軟絹衣服，在炕邊上彈弄琵琶。這雪娥看見，只叫得苦！纔知道那漢子潘五是個水客❸，買他來做粉頭，起了他個名兒叫玉兒。這小妮子名喚金兒，每日拏廝鑼兒出去，酒樓上接客供唱，做這道路營生。

---

❸ 水客：販運貨物的流動商人。

這潘五進門，不問長短，把雪娥先打了一頓，睡了兩日，只與他兩碗飯吃。教他樂器，學彈唱；學不會又打。打得身上青紅遍了，引上道兒，方與他好衣穿，妝點打扮，門前站立，倚門獻笑，眉目嘲人。正是：遺蹤堪入時人眼，不買胭脂畫丹青！有詩為證：

窮途無奔更無投，南去北來休便休。
一夜彩雲何處散，夢隨明月到青樓！

這雪娥在酒家店，也是天假其便。一日，張勝被守備差遣，往河下買幾十石酒麯，宅中造酒。這酒家店坐地虎劉二，看見他姐夫來，連忙打掃酒樓乾淨，在上等閣兒裏安排酒肴盃盤，各樣時新果品，好酒活魚，請張勝坐在上面飲酒。酒博士保兒篩酒，近前跪下：「稟問二叔，下邊叫那幾個唱的上來遞酒？」劉二分付：「叫王家老姐兒、趙家嬌兒、潘家金兒、玉兒四個，上來伏侍你張姑夫。」酒博士保兒應諾下樓。不多時，只聽得胡梯畔笑聲兒，一般兒四個唱的頂老，打扮得如花似朵，都穿著輕紗軟絹衣裳，上的樓來，望下一面花枝招展，繡帶飄飄，拜了四拜，立在旁邊。這張勝猛睜眼觀看，內中一個粉頭，可霎作怪：「倒像老爺宅裏小奶奶打發出來廚下做飯的那雪娥娘子，他如何做這道路在這裏！」那雪娥亦眉眼掃見是張勝，都不做聲。這張勝便問劉二：「那個粉頭是誰家的？」劉二道：「不瞞姐夫，他是潘五屋裏玉兒、金兒，這個是王老姐，一個是趙嬌兒。」張勝道：「王老姐兒我認的。這潘家玉兒我有些眼熟。」因叫他近前，悄悄問他：「你莫不是老爺宅裏雪姑娘麼？怎生到于此處？」那雪娥聽見他問，便簌地兩行淚下，便道：「一言難盡！」如此這般，具說一遍：「被薛嫂攛瞞，把我賣了二十五兩銀子，賣在這裏供筵習唱，接客迎人！」這張勝平昔見他生的好，常是懷心。這雪娥席前慇懃勸酒。兩個說得入港，雪娥和金兒不免拏過琵琶來，唱了個詞兒，與張勝下酒，名四塊金：

前生想著少欠下他相思債。中途洋卻綰不住同心帶。說著教我淚滿腮，悶來愁似海。萬誓千盟，到今何在？不良才，怎生消磨了我許多時恩愛！

當下唱畢，彼此穿盃換盞，倚翠偎紅。吃得酒濃時，常言：「世財紅粉歌樓酒，誰為三般事不迷！」這張勝就把雪娥來愛了。兩個晚夕留在閣兒裏，就一處睡了。這雪娥枕邊風月，耳畔山盟，和張勝儘力盤桓，如魚似水，百般難述。次日起來，梳洗了頭面，劉二又早安排酒肴上來，與他姐夫扶頭。大盤大碗，饕食一頓。收起行裝，餵飽頭口，裝載米麵，伴當跟隨，臨出門與了雪娥三兩銀子。分付劉二：「好生看顧他，休教人欺負！」自此以後，張勝但來河下，就在酒家店與雪娥相會。往後走來走去，每月與潘五幾兩銀子，就包住了他，不許接人。那劉二自恁要圖他姐夫歡喜，連房錢也不問他要了。各窠窩刮刷將來，替張勝出包錢，包定雪娥柴米來。有詩為證：

豈料當年縱意為，貪淫倚勢把心欺。
禍不尋人人自取，色不迷人人自迷！

畢竟未知後來如何，且聽下回分解。

第九十五回　平安偷盜解當物　薛嫂喬計說人情

格言：

有福莫享盡，福盡身貧窮。
有勢莫倚盡，勢盡冤相逢。
福宜常自惜，勢宜常自恭。
人間勢與福，有始多無終！

話說孫雪娥，賣在酒家店為娼不題。話分兩頭，卻說吳月娘自從大姐死了，告了陳經濟一狀到官，大家人來昭也死了。他妻一丈青帶著小鐵棍兒，也嫁人去了。來興兒看守門戶。房中綉春與了王姑子做了徒弟，出家去了。那來興兒自從他媳婦惠秀死了，一向沒有妻室。奶子如意兒要便引著孝哥兒，在他屋裏玩耍吃東西。來興兒又打酒和奶子吃，兩個嘲戲勾來去，就刮剌上了；非止一日，但來前邊，歸入後邊，就臉紅。月娘察知其事，罵了一頓。家醜不可外揚，與了他一套衣裳，四根簪子，一件銀壽字兒，一件梳背兒，揀了個好日子，就與了來興兒完房，做了媳婦子。白日上竈，看哥兒，後邊扶侍。到夜間，往前邊他屋裏睡去。

一日，八月十五日，月娘生日。有吳大妗、二妗子，並三個姑子，都來與月娘做生日，在後邊堂屋裏吃酒。晚夕都在孟玉樓住的廂房內，吳大妗、二妗子，三個姑子，同在一處睡。聽宣卷到二更時分，中秋兒便在後邊竈上看茶，由著月娘叫，都不應。月娘親自走到上房裏，只見玳安兒正按著小玉，在炕上幹得好。看見月娘推開門進來，慌的湊手腳不迭。月娘便一聲兒也沒言語，只說得一聲：「賊臭肉！不在後邊看茶去，那屋裏師父宣了這一日卷，要茶吃，且在這裏做甚麼哩！」那小玉道：「中秋兒竈上我教他頓茶哩。」低著頭往後邊去。玳安便走出儀門，往前邊來。過了兩日，大妗子、二妗子、三個女僧，都家去了。這月娘把來興兒房騰出，收拾了與玳安住。卻教來興兒搬到來昭屋裏，看守大門去了。替玳安做了兩床鋪蓋，做了一身裝新衣服，盔了一頂新網新帽，做了雙新靴襪。又替小玉張了一頂鬏髻，與了他幾件金銀首飾，四根金頭銀腳簪，環墜戒指之類，兩套段絹顏色衣服，擇日完房，就配與玳安兒做了媳婦。白日裏還進來，在房中答應月娘，只晚夕臨關儀門時，便出去和玳安歇去。這丫頭揀好東好西，甚麼不拏出來和玳安吃。這月娘當看見，只推不看見。常言道：「溺愛者不明，貪得者無厭。羊酒不均，駟馬奔鎮；處家不正，奴婢抱怨。」卻說平安兒見月娘把小玉配與玳安，做了媳婦兒。與了他一間房住，衣服穿戴，勝似別人。他比玳安倒大兩歲，今年二十二歲，倒不與他妻室一間房住。一日，在解當鋪，看見傅夥計當了人家一副金頭面，一柄鍍金鉤子，當了三十兩銀子。那家只把銀子使了一個月，加了利錢，就來贖討。傅夥計同玳安尋出來，放在鋪子大櫥櫃內的。不隄防，這平安兒見財起心，就連匣兒偷了。走去南瓦子裏開坊子的武長腳家，有兩個私窠子，一個叫薛存兒，一個叫伴兒，在那裏歇了兩夜。王八見他使錢兒猛大，匣子盛著金頭面，撇著銀挺子打酒，與鴇兒買東西。戳與土番，就把他截在屋裏，打了兩個耳刮子，就拏了。也是合當有事，不想吳典恩新陞巡檢，騎著馬，頭裏打著一對板子，正從街上過來。看見問：「拴的甚麼人？」土番跪下稟說：「如此這般，拐帶出來瓦子裏宿娼，拏金銀頭面行使。小的看他可疑，拏了。」吳典恩分付：「與我帶來審問。」一面拏到巡檢廳兒內。吳典恩坐下，兩邊弓皂排列。土番拴平安兒到跟前，認的是吳典恩，當初是他家夥計：「已定見了我就放的。」開口就說：「小的是西門慶家平安兒。」吳典恩道：「你既是他家人，拏這金東西，在這坊子裏做甚麼？」平安道：「小的大娘借與親戚家頭面戴，使小的取去。來晚了，城門閉了，小的投在坊子權借宿一夜。不料被土番拏了。」吳典恩罵道：「你這奴才胡說！你家只是這般頭面多，金銀廣，教你這奴才把頭面拏出來老婆家歇宿行使！想必是你偷盜出來頭面，趁早說來，免我動刑！」平安道：「委的親戚家借去頭面，家中大娘使我討去來，並不敢說謊。」吳典恩大怒，罵道：「此奴才真賊！不打如何肯認？」喝令左右：「與我拏夾棍夾這奴才！」一面套上夾棍起來，夾的小廝猶如殺豬叫，叫道：「爺，休夾小的，放小的實說了罷！」吳典恩道：「你只實說，我就不夾你。」平安兒道：「小的偷的解當鋪當的人家一副金頭面，一柄鍍金鉤子。」吳典恩問道：「你因甚麼偷出來？」平安道：「小的今年二十二歲，大娘許了替小的娶媳婦兒，不替小的娶。家中使的玳安兒小廝，纔二十歲，倒把房裏丫頭配與他完了房。小的因此不憤，纔偷出解當鋪這頭面走了！」吳典恩道：「想必是這玳安兒小廝，與吳氏有奸，纔先把丫頭與他配了妻室。你只實說，沒你的事，我便饒了你。」平安兒道：「小的不知道。」吳典恩道：「你不實說，與我拶起來。」左右套上拶子。慌的平安沒口子說道：「爺休拶小的，等小的說就是了。」吳典恩道：「可又來！你只說了，須沒你的事！」一面放了拶子。那平安說：「委的俺大娘與玳安兒有奸，先要了小玉丫頭。俺大娘看見了，就沒言語，倒與了他許多衣服首飾東西，配與他完房。」這吳典恩一面令吏典上來抄了他口詞，取了供狀，把平安監在巡檢司，等著出牌提吳氏、玳安、小玉來審問這件事。

那日卻說解當鋪櫥櫃裏不見了頭面，把傅夥計諕慌了。問玳安，玳安說：「我在生藥鋪子裏看，你在這邊吃飯。我不知道。」傅夥計道：「我把頭面匣子放在櫥裏，如何不見了？」一地裏尋平安兒尋不著，急的傅夥計插香賭誓。那家子討頭面，傅夥計只推還沒尋出來哩。那人走了幾遍，見沒有頭面，只顧在門前嚷鬧，說：「我當了兩個月，本利不少你的，你如何不與我？頭面鈎子，值七八十兩銀子！」傅夥計見平安兒一夜沒來家，就知是他偷出去了。四下使人找尋不著。那討頭面主兒，又在門首嚷亂。對月娘說，賠他五十兩銀子，那人還不肯，說：「我頭面值六十兩。鈎子連寶石珠子鑲嵌，共值十兩。該賠七十兩銀子。」傅夥計又添了他十兩，還不肯，定要與傅夥計合口。正鬧時，有人來報說：「你家平安兒偷了頭面，在南瓦子養老婆，被吳巡檢拏在監裏。還不教人快認賍去？」這吳月娘聽見吳典恩做巡檢，是咱家舊夥計，一面請吳大舅來商議。連忙寫了領狀，第二日教傅夥計領賍去：「有了原物在，省得兩家賴。教人家人在門前放屁！」傅夥計拏狀子到巡檢司，實承望吳典恩看舊時分上，領得頭面出來。不想反被吳典恩老狗老奴才儘力罵了一頓，叫皁隸拉倒要打。褪去衣裳，把屁股脫了半日，饒放起來。說道：「你家小廝在這裏供出吳氏與玳安許多奸情來。我這裏申過府縣，還要行牌提取吳氏來對證。你這老狗骨頭，還敢來領賍！」倒吃他千奴才萬老狗，罵將出來，諕的往家中走不迭。來家不敢隱諱，如此這般，對月娘說了。月娘不聽便罷，聽了，正是：分開八塊頂梁骨，傾下半桶冰雪來，慌的手腳麻木！又見那討頭面人在門前大嚷大鬧，說道：「你家不見了我頭面，又不與我原物，又不賠我銀子，只哄反著我兩頭回來走，今日哄我去領贓，明日等領頭面。端的領的在那裏？這等不合理！」那傅夥計陪下情，將好言央及安撫他：「略從容兩日，就有頭面出來了。若無原物，加倍賠你！」那人說：「等我回聲當家的去。」說畢去了。這吳月娘憂上加憂，眉頭不展，使小廝請吳大舅來商議，教他尋人情對吳典恩說，掩下這樁事罷。吳大舅說：「只怕他不受人情，要些賄賂打點他。」月娘道：「他當初這官，還是咱家照顧他的。還借咱家一百兩銀子，文書俺爹也沒收他的。今日反恩將仇報起來！」吳大舅說：「姐姐說不的那話了！從來忘恩背義，纔一個兒也怎的？」吳月娘道：「累及哥哥，上緊尋個路兒。寧可幾十兩銀子罷，領出頭面來，還了人家，省得合費舌！」打發吳大舅吃了飯去了。月娘送哥哥到大門首。也是合當事情湊巧，只見薛嫂兒提著花箱兒，領著一個小丫鬟過來。月娘叫住便問：「老薛，你往那裏去？怎的一向不來俺這裏走走？」薛嫂道：「你老人家倒且說的好，這兩日好不忙哩！偏有許多頭緒兒！咱家小奶奶那裏使牢子大官兒，叫了好幾遍，還不得空兒去哩！」月娘道：「你看媽媽子撒風！他又做起俺小奶奶來了！」薛嫂道：「如今不做小奶奶，倒做了大奶奶了！」月娘道：「他怎的做大奶奶？」薛嫂道：「你老人家還不知道，他好小造化兒！自從生了哥兒，大奶奶死了，守備老爺就把他扶了正房，做了封贈娘子！正景二奶奶孫氏，不如他。手下買了兩個奶子，四個丫頭扶侍。又是兩個房裏得寵學唱的姐兒，都是老爺收用過的。要打時就打他躺棍兒！老爺敢做的主兒？自恁還恐怕氣了他！那日不知因甚麼，把雪娥娘子打了一頓，把頭髮都挦了。半夜叫我去領出來，賣了八兩銀子。如今孫二娘房裏，使著個荷花丫鬟。他手裏倒使著四五個。又是兩個奶子，還言人少！二娘又不敢言語，成日奶奶長奶奶短，只哄著他。前日對我說：『老薛，你替我尋個小丫頭來我使。』嫌那小丫頭不會做生活，只會上竈。他屋裏事情冗雜。今日我還睡哩，大清早晨，又早使牢子叫了我兩遍，教我快往宅裏去。問我要兩副大翠重雲子鈿兒，又要一付九鳳鈿銀根兒，一個鳳口裏啣一串珠兒，下邊墜著青紅寶石金牌兒。先與了我五兩銀子。銀子不知使的那裏去了，還沒送與他生活去哩！這一見了我，還不知怎生罵我哩！我如今就送這丫頭去。」月娘道：「你到後邊，等我瞧瞧怎樣翠鈿兒？」一面讓薛嫂到後邊明間內坐下。薛嫂打開花箱，取出與吳月娘看。果然做的好樣範！約四指寬，通掩過鬢髻來，金翠掩映，翡翠重疊，背面貼金。那九鳳鈿，每個鳳口內啣著一掛寶珠牌兒，十分奇巧。薛嫂道：「自這付鈿兒做著本錢三兩五錢銀子。那付重雲子的，只一兩五錢銀子。還沒尋他的錢。」正說著，只見玳安兒走來，對月娘說：「討頭面的又來在前邊嚷哩。等不的領賍：『領到幾時？』若明日沒頭面，要和傅二叔打了，到個去處理會哩！傅二叔心裏不好，往家去了。那人嚷了回去了。」薛嫂問：「是甚麼勾當？」月娘便長吁了一口氣，如此這般告訴薛嫂說：「平安兒奴才偷去印子鋪人家當的一付金頭面，一個鍍金鉤子，走在城外坊子裏養老婆。被吳巡檢拏住，監在監裏。人家來討頭面，沒有，在門前嚷鬧。吳巡檢又勒掯刁難，不容俺家領賍。打夥計，將來要錢。白尋不出個頭腦來！如何是好？死了漢子，敗落一齊來，就這等被人欺負！好苦也！」說著，那眼中淚紛紛落將下來。薛嫂道：「好奶奶，放著路兒不會尋！咱家小奶奶，你這裏寫個帖兒，等我對他說聲，教老爺差人分付巡檢司；莫說一副頭面，就十副頭面，也討去了！」月娘道：「周守備他是武職官，他管的著那巡檢司？」薛嫂道：「奶奶你還不知道。如今周爺，朝廷新與他的勅書，好不管的事情寬廣！地方河道，軍馬錢糧，都在他手裏打卯遞手本。又河東水西，捉拏強盜賊情，正在他手裏。」月娘聽了，便道：「既然管著，老薛就累你多上覆龐大姐，說聲。一客不煩二主，教他在周爺面前，美言一句兒，問巡檢司討出頭面來，我破五兩銀子謝你。」薛嫂道：「好奶奶，錢恁中使！我見你老人家剛纔慘惶，我倒下意不去。你教人寫了帖兒，不吃茶罷。等我到府裏和小奶奶說成了，隨你老人家。不成，我還來回你老人家話。」這吳月娘一面叫小玉擺茶與薛嫂吃。薛嫂兒道：「這咱晚了，不吃罷。你只教大官兒寫了帖兒，我拏了去罷。你不知我一身的事在身上哩！」月娘道：「我曉的你也出來這半日了，吃了點心兒去。」小玉即便放桌兒，擺上茶食來。月娘陪他吃茶。薛嫂兒遞與丫頭兩個點心吃。月娘問：「丫頭幾歲了？」薛嫂道：「今年十二歲了。」不一時，玳安兒前邊寫了說帖兒。薛嫂兒吃了茶，放在袖內，作辭月娘，提著花箱出門，轉彎抹角，逕到守備府中。春梅還在煖床炕上睡，還沒起來哩。只見大丫鬟月桂進來說：「老薛來了。」春梅便叫小丫頭翠花，把裏面窗寮開了。日色照的紗窗，十分明亮。薛嫂進去說道：「奶奶這裏還未起來？」放下花箱，便磕下頭去。春梅道：「不當家化化的，磕甚麼頭？」說道：「我心裏不自在，今日起來的遲些。」問道：「你做的我翠雲子，和九鳳鈿兒，拏了來不曾？」薛嫂道：「奶奶這兩副鈿兒，好不費手！昨日晚夕，我纔打翠花鋪子裏討將來。今日要送來，不想奶奶又使了牢子去。」一面取出來，與春梅過目。春梅還嫌翠雲子做的不十分現撇，還安放在紙匣兒內，交與月桂收了，看茶與薛嫂兒吃。薛嫂便叫小丫鬟進來，與奶奶磕頭。春梅問：「是那裏的？」薛嫂兒道：「二奶奶和我說了好幾遍，說荷花只做的飯，教我替他尋個小孩子，學做些針指。我替他領了這個孩子來了。倒是鄉裏人家女孩兒，今年纔十二歲，正是養材兒。只好狗漱著學做生活。」春梅道：「你亦發替他尋個城裏孩子，還伶便些。這鄉裏孩子，曉的甚麼？也是前日一個張媽子，領了兩個鄉裏丫頭子來。一個十一歲，那一個十二歲了。一個叫生金，一個叫活寶。

兩個且是不善，都要五兩銀子，娘老子就在外頭等著要銀子。我說：『且留他住一日兒，試試手兒，會答應不會，教他明日來領銀子罷。』死活留下他一夜。丫頭每不知好歹，與了他些肉湯子泡飯吃了。到第二日天明，只見丫頭每嚷亂起來。我便罵：『賊奴才，亂的是甚麼？』原來那生金，撒了被窩屎；那活寶溺的褲子提溜不動！把我又是那笑，又是那砢碜。等的張媽子來，還教他領的去了。」因問：「這丫頭要多少銀子？」薛嫂兒道：「要不多。只四兩銀子，他老子要投軍使。」春梅教海棠：「你領到二娘房裏去，明日兌銀子與他罷。」又叫月桂：「拏大壺內有金華酒，篩來與薛嫂兒吃盪寒。再有甚點心，拏上一盒子與他吃。省得又說：大清早晨，拏寡酒灌他。」薛嫂道：「桂姐，且不要篩上來，等我和奶奶說了話著。剛纔在那裏，也吃了些甚麼來了。」春梅道：「你對我說，在誰家吃甚來？」薛嫂道：「剛纔大娘那頭，留我吃了些甚麼來了。如此這般，望著我好不哭哩！說平安兒小廝，偷了印子鋪內人家當的金頭面，還有一把鍍金鈎子，在外面養老婆。吃番子拏在巡檢司拶打。這裏人家要頭面嚷亂，使傅夥計領賍。那吳巡檢舊日是咱那裏夥計，有爹在日，照顧他的官。今日一旦反面無恩，夾打小廝攀扯人。又不容這裏領賍，要錢纔准，把夥計打罵將來，諕的夥計不好了，躲的往家去了。央我來多多上覆你老人家，不知咱家老爺管的著這巡檢司。可憐見舉眼兒無親的，教你替他對老爺說聲，領出頭面來，交與人家去了，大娘親來拜謝你老人家。」春梅問道：「有個帖兒沒有？不打緊，有你爺出巡去了，怕不的今晚來家，等我對你爺說。」薛嫂兒道：「他有說帖兒在此。」向袖中取出。這春梅看了，順手就放在窗戶檯上。不一時，托盤內拏上四樣嗄飯菜蔬。月桂拏大銀鍾，滿滿斟了一鍾，流沿兒遞與薛嫂。薛嫂道：「我的奶奶，我怎捱內了這大行貨子！」春梅笑道：「比你家老頭子那大貨差些兒。那個你倒捱了，這個你倒捱不的？好歹與我捱了。要不吃，月桂你與我捏著鼻子灌他。」薛嫂道：「你且拏了點心，與我打了底❶兒著。」春梅道：「這老媽子單管說謊！你纔說在那裏吃了來，這回又說沒打底兒？」薛嫂道：「吃了他兩個茶食，這咱還有哩？」月桂道：「薛媽媽，你且吃了這大鍾酒，我拏點心與你吃。俺奶奶又怪我沒用，要打我哩！」這薛嫂沒奈何，只得吃了。被他灌了一鍾，覺心頭小鹿兒劈劈跳起來。那春梅掓掓個嘴兒，又叫海棠斟滿一鍾教他吃。薛嫂推過一邊，說：「我的好娘人家，我卻一點兒也吃不的了！」海棠道：「你老人家捱了月桂姐一下子，不捱我一下子，奶奶要打我！」那薛嫂兒慌的直撅兒跪在地下。春梅道：「也罷，你拏過那餅與他吃了，教他好吃酒。」月桂道：「薛媽媽，誰似我恁疼你？留下恁好玫瑰果餡餅兒與你吃！」就拏過一大盤子頂皮酥玫瑰餅兒來。那薛嫂兒只吃了一個，別的春梅都教他袖在袖子裏：「到家捎與你家老王八吃！」薛嫂兒吃酒蓋著臉兒，把一盤子火薰肉，醃臘鵝，都用草紙包，布子裹，塞在袖內。海棠使氣白賴，又灌了半鍾酒。見他嘔吐上來，纔收過家火去，不要他吃了。春梅分付：「明日來討話說，兌丫頭銀子與你。」又使海棠問孫二娘去。回來說：「丫頭留下罷，教大娘娘與他銀子。」臨出門拜辭，春梅分付：「媽媽，休推聾裝啞。那翠雲子做的不好，明日另帶兩副好的我瞧。」薛嫂道：「我知道。奶奶叫個大姐送我送，看狗咬了我腿。」春梅笑道：「俺家狗都有眼，只咬到骨禿跟前就住了。」一面使蘭花送出角門來。

話休饒舌。周守備至日落時分，牌兒馬藍旗作隊，文栔後隨，出巡來家。進入後廳，左右丫鬟接了冠服，進房見了春梅、小衙內，心中歡喜，坐下。月桂、海棠拏茶吃了。將出巡往回之事，告訴一遍。

❶ 打底：飲酒之前先吃些食物叫「打底」。

不一時，放桌兒擺飯。飯罷，掌上燭，安排盃酌飲酒。因問：「前邊沒甚事？」一面取過薛嫂拏的帖兒來與守備看，說：「吳月娘那邊如此這般，小廝平安兒偷了頭面，被吳巡檢拏住監禁，不容領贓，只拷打小廝，攀扯誣賴吳氏奸情，索要銀兩，呈詳府縣等事。」守備看了說：「此事正是我衙門裏事，如何呈詳府縣？吳巡檢那廝，這等可惡！我明日出牌，連他都提來發落！」又說：「我聞得這吳巡檢是他門下夥計，只因往東京與蔡太師進禮，帶挈他做了這個官。如何倒要誣害他家？」春梅道：「見是這等說。你替他明日處處罷。」一宿晚景題過。次日旋教吳月娘家補了一紙狀，當廳出了個大花欄批文，用一個封套裝了。上面批：「山東守禦府為失盜事，仰巡檢司官，連人贓解繳。右差虞候張勝、李安准此。」當下二人領出公文來，先到吳月娘家。月娘管待了酒飯，每人與了一兩銀子鞋腳錢。傳夥計家中睡倒了。吳二舅跟隨到巡檢司。吳巡檢見平安監了兩日，不見西門慶家中人來打點。正教吏典做文書，申呈府縣。只見守禦府中兩個公人到了，拏出批文來與他。見封套上朱紅筆標著：「仰巡檢司官連人解繳。」拆開見裏面吳氏狀子，諕慌了。反賠下情，與李安、張勝每人二兩銀子。隨即做文書，解人上去。到于守備府前，伺候半日。待的守備升廳，兩邊軍牢排下，然後帶進人去。這吳巡檢把文書呈遞上去。守備看了一遍，說：「此正是我這衙內裏事，如何不申解前來我這裏發送？只顧延捱監滯，顯有情弊！」那吳巡檢稟道：「小官纔待做文書申呈老爺案下，不料老爺鈞批到了。」守備喝道：「你這狗官可惡！多大官職，這等欺玩法度，抗違上司！我欽奉朝廷勑命，保障地方，巡捕盜賊，提督軍門，兼管河道，職掌開載已明。你如何拏了起件，不行申解？妄用刑杖拷打犯人，誣攀無辜？顯有情弊！」那吳巡檢聽了，摘去冠帽，在階前只顧磕頭。守備道：「本當參治你這狗官，且饒你這遭。下次再若有犯，定行參究！」

一面把平安提到廳上說道：「你這奴才，偷盜了財物，還肆言謗主人家！都是你恁如此，也不敢使奴才了！」喝令左右：「與我打三十大棍，放了；將賍物封貯，教本家人來領去。」一面喚進吳二舅來，遞了領狀，守備這裏還差張勝拏帖兒同送到西門慶家，見了分上。吳月娘打發張勝酒飯，又與了一兩銀子。走來府裏，回了守備春梅話。那吳巡檢乾拏了平安兒一場，倒折了好幾兩銀子。月娘還了那人家頭面鈎子兒。是他原物，一聲兒沒言語去了。傳夥計到家，傷寒病睡倒了。只七日光景，調治不好，嗚呼哀哉死了！月娘見這等合氣，把印子鋪只是收本錢贖討，再不解當出銀子去了。只是教吳二舅同玳安在門首生藥鋪子，日逐轉得來家中盤纏。此事表過不題。

一日吳月娘叫將薛嫂兒來，與了三兩銀子。薛嫂道：「不要罷，傳的府裏小奶奶怪我。」月娘道：「天不使空人，多有累你！我見他不題出來就是了。」于是買了四盤下飯，宰了一鮮豬，一罈南酒，一疋紵絲尺頭，薛嫂押著，來守備府中致謝春梅。玳安穿著青絹褶摺兒，用描金匣兒盛著禮帖兒，逕到裏邊見春梅。薛嫂領著到後堂，春梅出來，戴了金梁冠兒，金釵梳，鳳鈿，上穿繡襖，下著錦裙，左右丫鬟、養娘侍奉。玳安兒扒倒地下磕頭。春梅分付放桌兒擺茶食，與玳安吃。說道：「沒上事，你奶奶免了罷。如何又費心送這許多禮來？你周爺已定不肯受。」玳安道：「家奶奶說，前日平安兒這場事，多有累周爺、周奶奶費心。沒甚麼，些小微禮兒，與爺、奶奶賞人便了。」春梅道：「如何好受的？」薛嫂道：「你老人家若不受，惹那頭又怪我！」春梅一面又請進守備來計較了，只受了豬酒下飯，把尺頭回將來了。與了玳安一方手帕，三錢銀子。抬盒人二錢。春梅因問：「你奶奶、哥兒好麼？」玳安說：「哥兒好不要子兒哩！」又問玳安兒：「你幾時籠起頭去包了網巾？幾時和小玉完房來？」玳安道：「是八月內來。」春梅道：「到家多頂上你奶奶，多謝了重禮！待要請你奶奶來坐坐，你周爺早晚又出巡去。我到過年正月裏哥兒生日，我往家裏走走。」玳安道：「你老人家若去，小的到家就對俺奶奶說，到那日來接奶奶。」說畢，打發玳安出門。薛嫂便向玳安兒說：「大官兒，你先去罷，奶奶還要與我說話哩！」那玳安兒押盒擔來家，見了月娘說：「如此這般，守備只受了豬酒下飯，把尺頭回將來了。春梅姐讓到後邊，管待茶食吃。問了回哥兒好，家中長短，與了我一方手帕，三錢銀子。抬盒人二錢銀子。多頂上奶奶，多謝重禮！都不受來，被薛嫂兒和我再三說了，纔受了下飯豬酒，抬回尺頭。要不是，請奶奶過去坐坐。一兩日周爺出巡去。他只到過年正月，孝哥生日，來家走走。」告說：「他住著五間正房，穿著錦裙繡襖，戴著金梁冠兒，出落的越發胖大了！手下好少丫頭奶子侍奉！」月娘問：「他其實說明年往咱家來？」玳安兒道：「委的對我說來。」月娘道：「到那日咱這邊使人接他去。」因問：「薛嫂怎的還不來？」玳安道：「我出門，他還坐著說話，教我先來了。」自此兩家交往不絕。正是：世情看冷煖，人面逐高低！有詩為證：

得失榮枯命裏該，皆因年月日時栽。
胸中有志應須至，囊裏無財莫論才！

畢竟未知後來何如，且聽下回分解。

第九十六回　春梅遊玩舊家池館　守備使張勝尋經濟

裏虛外實費張羅，待客酬人使用多。
馬死奴逃難宴集，臺傾樓倒罷笙歌。
租田稅店歸農主，玩好金珠托賣婆。
欲向富家權借用，當人開口奈羞何！

話說光陰迅速，日月如梭。又早到正月二十一日。春梅和周守備說了，備一張祭桌，四樣羹果，一罈南酒，差家人周仁送與吳月娘。一者是西門慶三週年，二者是孝哥兒生日。月娘收了禮物，打發來人帕一方，銀三錢。這邊連忙就使玳安兒穿青衣，具請書兒請去。上寫著：

重承厚禮，感感。即刻舍具菲酌，奉酬腆儀。仰希高軒俯臨不外，幸甚！

大德周老夫人妝次。

西門吳氏端肅拜請。

春梅看了到日中纔來。戴著滿頭珠翠，金鳳頭面釵梳，胡珠環子，身穿大紅通袖四獸朝麒麟袍兒，翠藍十樣錦百花裙，玉玎璫禁步，束著金帶，腳下大紅繡花白綾高底鞋兒。坐著四人大轎，青段銷金轎衣，軍牢執藤棍喝道，家人伴當跟隨，抬著衣匣。後邊兩頂家人媳婦小轎兒，緊緊跟著大轎。吳月娘這邊請了吳大妗子相陪，又叫了兩個唱的女兒彈唱。聽見春梅來到，月娘亦盛妝縞素打扮，頭上五梁冠兒，戴著稀稀幾件金翠首飾，耳邊二珠環子，金摿領兒，上穿白綾襖，下邊翠藍段子織金拖泥裙。腳下穿玉色段高底鞋兒。與大妗子迎接至前廳。春梅大轎子抬至儀門首，纔落下轎來。兩邊家人圍著，到于廳上敘禮。向月娘插燭也似拜下去。月娘連忙答禮相見，沒口說道：「向日有累姐姐費心，粗尺頭又不肯受！今又重承厚禮祭桌，感激不盡！」春梅道：「惶恐！家官府沒甚麼。這些薄禮，表意而已！一向要請姥姥過去，家官府不一時出巡，所以不曾請得。」月娘道：「姐姐，你是幾時好日子？我只到那日，買禮看姐姐去罷。」春梅道：「奴賤日是四月廿五日。」月娘道：「奴到那日已定去。」兩個敘畢禮，春梅務要把月娘讓起，受了兩禮。然後吳大妗子相見，亦還下禮去。春梅道：「你看大妗子又沒正經！」一手扶起受禮。大妗子道：「姐姐，你今非昔比，折殺老身！」只受了半禮。一面讓上坐，月娘和大妗子主位相陪。然後家人媳婦，丫鬟養娘，都來參見。春梅見了奶子如意兒抱著孝哥兒，吳月娘道：「小大哥，還不來與姐姐磕個頭兒，謝謝姐姐？今日來與你做生日。」那孝哥兒真個下如意兒身來，與春梅唱喏。月娘道：「好小廝，不與姐姐磕頭，只唱喏？」那春梅連忙向袖中掏出一方錦手帕，一付金八吉祥兒，教替他摿帽兒上戴。月娘道：「又教姐姐費心！」又拜謝了。落後小玉、奶子來見，磕頭。春梅與了小玉一對金頭簪子，與了奶子兩枝銀花兒。月娘道：「姐姐你還不知，奶子與了來興兒做了媳婦兒了。來興兒那媳婦，害病沒了！」春梅道：「他一心要在咱家，倒也好。」一面丫鬟拏茶上來，吃了茶。月娘說：「請姐姐後邊明間內坐罷。這客位內冷。」春梅來後邊。西門慶靈前，又早點起燈燭，擺下桌面祭禮。春梅燒了紙，落了幾點眼淚。然後周圍設放圍屏，火爐內生起炭火，安放大八仙桌席，擺茶上來。月娘和無非是細巧蒸酥，異樣甜食，美口菜蔬，希奇果品，縷金碟，象牙節，雪錠盤盞兒，絕品芽茶。月娘和大妗子陪著吃了茶，讓春梅進上房裏換衣裳，脫了上面袍兒。家人媳婦，開衣匣取出衣服，更換了一套綠遍地錦妝花襖兒，紫丁香色遍地金裙。在月娘房中坐著，說了一回。月娘因問道：「哥兒好麼？今日怎不帶他來這裏走走？」春梅道：「若不是，也帶他來與姥姥磕頭。他爺說天氣寒冷，怕風冒著他。他又不肯在房裏，只要那當直的抱出來廳上外邊走。這兩日不知怎的，只是哭。」月娘道：「你出來，他也不尋你？」春梅道：「左右有兩個奶子輪番看他，也罷了。」月娘道：「他周爺也好大年紀，得你替他養下這點孩子也夠了，也是你裙帶上的福！說他孫二娘還有位姐兒，幾歲兒了？」春梅道：「他二娘養的叫玉姐，今年交生四歲。俺這個叫金哥。」月娘道：「說他周爺身邊，還有兩位房裏姐兒？」春梅道：「是兩個學彈唱的丫頭子，都有十六七歲，成日淘氣在那裏！」月娘道：「他爺也常往他身邊去不去？」春梅道：「奶奶，他那裏得工夫在家？多在外，少在裏。如今四外，好不盜賊生發！朝廷敕書上，又教他兼管許多事情，鎮守地方，巡理河道，提拏盜賊，操練人馬。常不時往外出巡幾遭，好不辛苦哩！」說畢，小玉拏茶來吃了。春梅向月娘說：「姥姥你引我往俺娘那邊花園山子下走走。」月娘道：「我的姐姐，山子花園，還是那咱的山子花園哩！自從你爹下世，沒人收拾他。如今丟搭❶的破零二落，石頭也倒了，樹木也死了，俺等閒也不去了！」春梅道：「不妨，奴就往俺娘那邊看看去。」這月娘強不過，

❶ 丟搭：糟蹋。

只得教小玉拏花園門山子門鑰匙，開了門。月娘、大妗子，陪春梅眾人到裏面遊看了半日。但見：垣牆欹損，臺榭歪斜。兩邊畫壁長青苔，滿地花磚生碧草。山前怪石遭塌毀，不顯嵯峨；亭內涼床被滲漏，已無框檔。石洞口蛛絲結網，魚池內蝦蟆成群。狐狸常睡臥雲亭，黃鼠往來藏春閣。料想經年人不到，也知盡日有雲來。春梅看了一回，先走到李瓶兒那邊。見樓上丟著些折桌壞凳破椅子，下邊房都空鎖著。地下草長的荒荒的。方來到他娘這邊，樓上還堆烏生藥香料，下邊他娘房裏，只有兩座廚櫃，床也沒了。因問小玉：「俺娘那張床往那去了？怎的不見？」小玉道：「俺三娘嫁人，賠了俺三娘去了。」月娘走到跟前說：「因有你爹在日，將他帶來那張拔步床，賠了大姐在陳家。落後他起身，卻把你娘這張床，賠了他嫁人去了。」春梅道：「我聽見大姐死了。說你老人家把床還抬的來家了。」月娘道：「那床沒錢使，只賣了八兩銀子。打發縣中皁隸，都使了。」春梅聽言，點了點頭兒。那星眼中，由不的酸酸的。口內不言，心下暗道：「想著俺娘那咱爭強不伏弱的，問爹要買了這張床。我實承望要回了這張床去，也做他老人家一念兒！不想又與了人去了！」由不的心下慘切。又問月娘：「俺六娘那張螺甸床，怎的不見？」月娘道：「一言難盡。自從你爹下世，日逐只有出去的，沒有進來的。常言：『家無營活計，不怕斗量金！』也是家中沒盤纏，抬出去交人賣了。」春梅問：「賣了多少銀子？」月娘道：「只賣了三十五兩銀子。」春梅道：「可惜了的！那張床，當初我聽見爹說，值六十兩多銀子，只賣這些兒！早知你老人家打發，我倒與你老人家三四十兩銀子，我要了也罷！」月娘道：「好姐姐，諸般都有，人沒早知道的一面！」嘆息了半日。只見家人周仁走來接：「爹請奶奶早些家去，哥兒尋奶奶哭哩！」這春梅就抽身往後邊。月娘教小玉鎖了花園門，同來到後邊明間內，又早屏開孔雀，簾控鮫綃，擺下酒筵。

兩個妓女，銀箏琵琶，在旁彈唱。吳月娘遞酒安席，不必細說。安春梅上坐，春梅不肯，務必拉大妗子同他一處坐的。月娘主位，筵前遞了酒。湯飯點心，割切上席。春梅教家人周仁賞了廚子三錢銀子。說不盡盤堆異品，酒泛金波。當下傳盃換盞，吃至日色將落時分。只見宅內又差伴當，拏燈籠來接。月娘那裏肯放，教兩個妓女，在跟前跪著彈唱勸酒。分付：「你把好曲兒，孝順你周奶奶一個兒。」一面叫小玉斟上大鍾，放在跟前，教春梅吃：「姐姐，你分付個心下愛的曲兒，教他兩個唱與你聽下酒。」春梅道：「姥姥，奴吃不得的，怕孩兒家中尋我。」月娘道：「哥兒尋，左右有奶子看著。天色也還早哩，我曉得你好小量兒！」春梅因問那兩個妓女：「你叫甚名字？是誰家的？」兩個跪下說：「小的一個是韓金釧兒妹子韓玉釧兒，一個是鄭愛香兒姪女鄭嬌兒。」春梅道：「你每會唱懶畫眉不會？」玉釧兒道：「奶奶分付，小的兩個都會。」月娘道：「你兩個既會唱，斟上酒你周奶奶吃，你每慢唱。」小玉在旁連忙斟上酒。兩個妓女一個彈箏，一個琵琶，唱道：

冤家為你幾時休，捱過春來，又到秋。誰人知道我心頭，天害的我伶仃瘦！聽的音書兩淚流，從前已往訴緣由。誰想你無情把我丟！

那春梅吃過，月娘又令鄭嬌兒遞上一盃酒與春梅。春梅道：「你老人家也陪我一盃。」兩家于是都齊斟上，兩個妓女又唱道：

冤家為你減風流，鵲噪簷前不肯休。死聲活氣❷沒來由，天倒惹的情拖逗！助的淒涼兩淚流，從他去後意無休。誰想你辜恩把我丟！

春梅說：「姥姥，你也教大妗子吃盃兒？」月娘道：「大妗子吃不的，教他拏小鍾兒陪你罷。」一面令小玉斟上大妗子一小鍾兒酒。兩個妓女又唱道：

冤家為你惹場憂，坐想行思日夜愁。香肌憔瘦減溫柔，天要見你不能夠！悶的我傷心兩淚流，從前與你共綢繆。誰想你今番把我丟！

當下春梅見小玉在跟前，也斟了一大鍾教小玉吃。月娘道：「姐姐，他吃不的。」春梅道：「姥姥，他也吃兩三鍾兒。我那咱在家裏沒和他吃？」于是斟上，教小玉也吃了一盃。妓女唱道：

冤家為你惹閒愁，病枕著床無了休。滿懷憂悶鎖眉頭，天忘了還依舊！助的我腮邊兩淚流，從前與你兩無休。誰想你經年把我丟！

看官聽說：當時春梅為甚教妓女唱此詞？一向心中牽掛陳經濟在外，不得相會。情種心苗，故有所感，發于吟咏。又見他兩個唱的，好口兒甜乖覺，奶奶長，奶奶短侍奉，心中歡喜。叫家人周仁近前來，拏出兩包兒賞賜來，每人二錢銀子。兩個妓女放下樂器，插燭也似磕頭，謝了賞賜。不一時春梅起身，月娘款留不住，伴當打燈籠，拜辭出門，坐上大轎，家人媳婦都坐上小轎，前後打著四個燈籠，軍牢喝道

❷ 死聲活氣：陰陽怪氣的聲音。

而去。正是：時來頑鐵有光輝，運去黃金無艷色！有詩為證：

點絳唇紅弄玉嬌，鳳凰飛下品鸞簫。
堂前高把湘簾捲，燕子還來續舊巢。

且說春梅自從來吳月娘家赴席之後，因思想陳經濟，不知流落在何處？歸到府中，終日只是臥床不起，心下沒好氣。守備察知其意，說道：「只怕思念你兄弟不得其所？」一面叫將張勝、李安來分付道：「我一向委你尋你奶奶兄弟，如何不用心找尋？」二人告道：「小的一向找尋來，一地裏尋不著下落。已回了奶奶話了。」守備道：「限你二人五日，若找尋不著，討分曉！」這張勝、李安領了鈞語下來，都帶了愁顏，沿街繞巷，各處留心找問不題。

話分兩頭，單表陳經濟自從守備府中打了出來，欲投晏公廟。聽見人說：「你師父任道士，因為你宿娼壞事，被人打了，拏在守備府去。查點房中箱籠，東西銀兩沒了。一口重氣，半夜就死了。你還敢進廟中去，眾徒弟就打死你！」這經濟害怕，就不敢進廟來。又沒臉兒見杏庵王老。白日裏到處裏打油飛❸，夜晚間還鑽入冷鋪中存身。一日也是合當有事。經濟正在街上站立，只見鐵指甲楊大郎頭戴新羅帽兒，身穿白綾襖子，玄色段氅衣，沈香色襪口，光素琴鞋，騎著一匹驢兒，揀銀鞍轡，一個小廝跟隨，正從街心走過來。經濟認的是楊光彥，便向前一把手把嚼環拉住，說道：「楊大哥，一向不見！咱兩個同做朋友，往下江販布。船在清江浦泊著，我在嚴州府探親，吃人陷害，打了一場官司，你就不等我？

❸ 打油飛：閒逛。

把我半船貨物，偷拐走的不知去向，我好意往你家問，反吃你兄弟楊二風拏瓦楔礸破頭，趕著打上我家門來！今日弄的我一貧如洗，你是會搖擺受用！」那楊大郎見了經濟討吃，佯佯而笑說：「如今晦氣，出門撞見瘟死鬼！量你這餓不死賊花子，那裏討半船貨，我拐了你的來了？你不撒手，須吃我一頓好馬鞭子！」那經濟便道：「我如今窮了。你有銀子，與我些盤纏。不然，咱到個去處！」楊大郎見他不放，跳下驢來，向他身上也抽了幾鞭子。喝令小廝：「與我搊了這少死的花子去！」那小廝使力把經濟推了一交。楊大郎又向前踢了幾腳，踢打的經濟怪叫。須臾，圍了許多人。旁邊閃過一個人來，青高裝帽子，勒著手帕，倒披紫襖，白布䙗子，精著兩條腳，靸著蒲鞋。生的阿兜眼，掃帚眉，料綽口❹，三鬚鬍子。面上紫肉橫生，手腕橫觔競起。吃的楞楞睜睜，提著拳頭，向楊大郎說道：「你此位哥，好不近理！他年少這般貧寒，你只顧打他怎的？自古嗔拳不打笑面！他又不曾傷犯著你，你有錢，看平日相交，與他些。沒錢，罷了。如何只顧打他！自古路見不平，也有向燈向火！」楊大郎說：「你不知，他賴我拐了他半船貨。量他恁窮嘴臉，有半船貨物？」那人道：「想必他當時也是根基人家娃娃，天生就這般窮來？閣下就倒這般有錢？老兄依我，你有銀子，與他盤纏罷。」那楊大郎見那人說了，袖內汗巾兒上，拴著四五錢一塊銀子，解下來遞與經濟。與那人舉一舉手兒，上驢子揚長去了。經濟地下扒起來，抬頭看那人時，不是別人，卻是舊時同在冷鋪內，和他一鋪睡的土作頭兒飛天鬼侯林兒。近來領著五十名人，在城南水月寺，曉月長老那裏做工，起蓋伽藍殿。因一隻手拉著經濟說道：「兄弟，剛纔若不是我拏幾句言語譏犯他，他肯拏出這五錢銀子與你？他賊卻知見範！他若不知範時，好不好吃我一頓好拳頭！你跟

❹料綽口：闊口。

著我，咱往酒店內吃酒去。」來到一個食葷小酒店內，案頭上坐下。叫量酒拏四賣嗄飯，兩大壺酒來。不一時，量酒打抹條桌乾淨，擺下小菜嗄飯。四盤四碟，兩大坐壺時興橄欖酒。不用小盃，拏大磁甌子。因問經濟：「兄弟，你吃麵吃飯？」量酒道：「麵是溫淘，飯是白米飯。」經濟道：「我吃麵。」須臾，掉上兩三碗濕麵上來。侯林兒只吃一碗，經濟吃了兩碗。然後吃酒。侯林兒向經濟說：「兄弟，你今日跟我往坊子裏睡一夜。明日我領你城南水月寺曉月長老那裏，修蓋伽藍殿，並兩廊僧房。你哥率領著五十名做工。你到那裏，不要你做重活，只抬幾筐土兒就是了，也算你一工，討四分銀子。我外邊賃著一間廈子，晚夕咱兩個就在那裏歇。做些飯，打發咱的人吃。門，你一把鎖鎖了，家都交與你，好不好？強如你在那冷鋪中替花子搖鈴打梆子。這個還官樣些！」經濟道：「若是哥哥這般下顧兄弟，可知好哩！不知這工程做的長遠不長遠？」侯林兒道：「纔做了一個月。這工程做到十月裏，不知完不完。」兩個說話之間，你一鍾我一盞，把兩大壺酒都吃了。量酒算帳，該一錢三分半銀子。經濟要會銀子；拏出銀子來秤。侯林兒推過一邊，說：「傻兄弟，莫不教你出錢？哥有銀子在此。」一面扯出包兒來，秤了一錢五分銀子與掌櫃的，還找了一分半錢袖了。搭伏著經濟肩背，同到坊子裏，兩個在一處歇臥。二人都醉了。這侯林兒晚夕幹經濟後庭花，足幹了一夜。親哥，親達達，親漢子，親爺，口裏無般不叫將出來。

到天明，同往城南水月寺，果然寺外侯林兒賃下半間廈子。裏面燒著炕柴竈，也買下許多碗盞家火。早晨上工，叫了名字。眾人看見經濟不上二十四五歲，白臉子，生的眉目清俊，就知是侯林兒兄弟，都亂調戲他。先問道：「那小夥子兒，你叫甚名字？」陳經濟道：「我叫陳經濟。」那人道：「陳經濟，可不由著你就擠了！」又一人說：「你恁年小小的，原幹的這營生？挨的這大扛頭子？」侯林兒喝開眾人，罵：「怪花子，你只顧傒落他怎的？」一面散了鍬钁筐扛，派眾人抬土的抬土，和泥的和泥，打禡的打禡。原來曉月長老教一個葉頭陀做火頭，造飯與各作匠人吃。這葉頭陀年約五十歲，一個眼瞎，穿著皁直裰，精著腳，腰間束著爛絨絛。也不會看經，只會念佛，善會麻衣神相。眾人都叫他做葉道。一日做了工下來，眾人都吃畢飯，閒坐的，站的，也有蹲著的。只見經濟走向前，問葉頭陀討茶吃。這葉頭陀只顧上上下下看他。內有一人說：「葉道，這個小夥子兒，是新來的。你相他一相。」又一人說：「你相他相，倒相個兄弟？」一人說：「倒相個二尾子❺！」葉頭陀教他近前，端詳了一回，說道：「色怕嫩兮又怕嬌，聲嬌氣嫩不相饒！老年色嫩招辛苦，少年色嫩不堅牢！只吃了你面嫩的虧！一生多得陰人寵愛。八歲十八二十八，下至山根上至髮，有無活計兩頭消，三十印堂莫帶煞！眼光帶秀心中巧，不讀詩書也可人。做作百般人可愛，縱然弄假亦成真。休怪我說，一生心伶機巧，常得陰人發跡。你今年多大年紀？」經濟道：「我二十四歲。」葉道道：「虧你前年怎麼打過來！吃了你印堂太窄，子喪妻亡；懸壁昏暗，人亡家破；唇不蓋齒，一生惹是招非；鼻若竃門，家私傾喪。那一年遭官司口舌，傾家喪業？見過不曾？」經濟道：「都見過了。」葉頭陀道：「又一件，你這山根不宜斷絕。麻衣祖師說得兩句好：『山根斷兮早虛花，祖業飄零定破家！』早年父祖丟下家產，不拘多少，到你手裏都了當了！你上停短兮下停長，主多成多敗，錢財使盡又還來。總然你久後營得成家計，猶如烈日照冰霜！你走兩步我瞧。」那經濟真個走了兩步。葉頭陀道：「頭先過步，初主好而晚景貧窮；腳不點地，賣盡田園而走他鄉。一生不守祖業。你往後好有三妻之命，剋過一個妻宮不曾？」經濟道：「已剋過了。」葉頭陀道：「後來

❺ 二尾子：一身具有陰陽兩性的[illegible]

還有三妻之會。你面若桃花光焰，雖然子遲，但圖酒色歡娛，但恐美中不美。三十上小人有些不足，花柳中少要行走，還計較些。」一個人說：「葉道，你相差了！他還與人家做老婆，他那有三個妻來？」眾人正笑做一團。只聽得曉月長老打梆子，各人都拏鍬钁筐扛，上工做活去了。如此者經濟在水月寺也做了約一月光景。

一日，三日中旬天氣，經濟正與眾人抬出土來，在寺山門牆下倚著牆根，向日陽蹲踞著，捉身上虱蟣。只見一個人頭戴萬字頭巾，腦後撲匾金環，身穿青窄衫，紫裹肚，腰繫纏帶，腳穿匾靴，騎著一匹黃馬，手中提著一籃鮮花兒，見了經濟猛然跳下馬來，向前深深的唱了喏，便叫：「陳舅，小人那裏沒處尋？你老人家原來在這裏！」倒諕了經濟一跳，連忙還禮不迭。問：「哥哥，你是那裏來的？」那人道：「小人是守備周爺府中親隨張勝。自從舅舅捉府中官事出來，奶奶不好，直到如今。老爺使小人，那裏不曾找尋舅舅？不知在這裏！今早不是俺奶奶使小人往外莊上折取這幾朵芍藥花兒，打這裏所過，怎得看見你老人家在這裏？一來也是你老人家際遇，二者小人有緣！不消猶豫，就騎上馬，跟你老人家往府中去。」那眾做工的人看著，都面面相覷，不敢做聲。這陳經濟把鑰匙遞與侯林兒，騎上馬，張勝緊緊跟隨，逕往守備府中來。正是：良人得意正年少，今夜月明何處樓！有詩為證：

白玉隱于頑石裏，黃金埋在污泥中。
今朝貴人提拔起，如立天梯上九重！

畢竟未知後來如何，且聽下回分解。

第九十七回　陳經濟守備府用事　薛嫂兒賣花說姻親

在世為人保七旬，何勞日夜弄精神。
世事到頭終有盡，浮華過眼恐非真。
貧窮富貴天之命，得失榮枯隙裏塵。
不如且放開懷樂，莫待無常鬼使侵！

話說陳經濟到于守備府中下了馬，張勝先進去稟報春梅。春梅分付，教他在外邊班直房內，用香湯澡盆，沐浴了身體乾淨，後邊使養娘包出一套新衣服靴帽來，與他更換了。張勝把他身上脫下來舊藍縷衣服，捲做一團，閣在班直房內上吊著，然後稟了春梅。那時守備還未退廳，春梅請經濟到後堂，盛妝打扮，出來相見。這經濟進門，就望春梅拜了四雙八拜：「讓姐姐受禮！」那春梅受了半禮，對面坐下，敘說寒溫離別之情，彼此皆眼中垂淚。春梅恐怕守備退廳進來，見無人在跟前，使眼色與經濟，悄悄說：「等住回他若問你，只說是姑表兄弟，我大你一歲，二十五歲了，四月廿五日午時生的。」經濟道：「我知道了。」不一時，丫鬟拏上茶來。兩人吃了茶。春梅便問：「你一向怎麼出了家做了道士？打我這府中出去，守備不知是我的親，錯打了你，悔的要不的！若不是那時就留下你，爭奈有雪娥那賤人在我這裏，不好又安插你的，所以放你去了。落後打發了那賤人，纔使張勝到處尋你不著。誰知你在城外做工，流落至于此地位！」經濟道：「不瞞姐姐說，一言難盡！自從與你相別，要娶六姐。我父親死在東京，來遲了，不曾娶成，被武松殺了。聞得你好心，葬埋了他永福寺，我也到那裏燒紙來。在家又把俺娘沒了。剛打發喪事出去，被人坑陷了資本。來家又是大姐死了，被俺丈母那淫婦告了我一狀，床帳妝奩，都搬的去了。打了一場官司，將房兒賣了，弄的我一貧如洗。多虧了俺爹朋友王杏庵賙濟，把我纔送到臨清晏公廟那裏出家。不料又被光棍打了，拴到咱府中，打了十棍。出去投親不理，投友不顧，因此在寺內傭工。多虧姐姐掛心，使張管家尋將我來。見姐姐一面，恩有重報，不敢有忘！」說到傷心處，兩個都哭了。正說話中間，只見守備退廳，進入後邊來。左右掀開簾子，守備進來。這陳經濟向前倒身下拜。慌的守備答禮相還，說：「向日不知是賢弟，被下人隱瞞，有誤衝撞，賢弟休怪！」經濟道：「不才有玷，一向缺禮，有失親近，望乞恕罪！」又磕下頭去。守備一手拉起，讓他上坐。那經濟乖覺，那裏肯，務要拉下椅兒旁邊坐了。守備關席，春梅陪他對坐下。須臾，換茶上來，吃畢。守備便問：「賢弟貴庚？一向怎的不見？如何出家？」經濟便告說：「弟虛度二十四歲，俺姐姐長我一歲，是四月二十五日午時生。向因父母雙亡，家業凋喪，妻又沒了，出家在晏公廟。不知家姐嫁在府中，有失探望。」守備道：「自從賢弟那日去後，你令姐晝夜憂心，常時啾啾唧唧不安，直到如今。一向使人找尋賢弟不著。不期今日相會，實乃三生有緣！」一面分付左右放桌兒，安排酒上來。須臾，擺設許多盃盤，雞蹄鵝鴨，烹炮蒸煠，湯飯點心，堆滿桌上。銀壺玉盞，酒泛金波。守備相陪敘話，吃至晚來，掌上燈燭方罷。守備分付家人周仁，打掃西書院乾淨，那裏書房床帳都有。春梅拏出兩床鋪蓋衾枕，與他安歇。又撥一個小廝喜兒答應他。又包出兩套紬絹衣服來，與他更換。每日飯食，春梅請進後邊吃。正是：一朝時運至，半點不由人。

光陰迅速，日月如梭，但見：行見梅花臘底，忽逢元旦新正。不覺艷杏盈枝，又早新荷貼水。經濟在守備府裏，住了一個月有餘。一日，四月二十五日，春梅的生日，吳月娘那邊買了禮來，一盤壽桃，一盤壽麵，兩隻湯鵝，四隻鮮雞，兩盤果品，一罈南酒，玳安穿青衣，拏帖兒送來。守備正在廳上坐的，門上人稟報進去，抬進禮來。玳安遞上帖兒，扒在地下磕頭。守備看了禮帖兒，說道：「多承你奶奶費心，又送禮來。」一面分付家人：「收進禮去，討茶來與大官兒吃。把禮帖教小伴當送與你舅收了。封一方手帖，三錢銀子，與大官兒；抬盒人錢一百文。拏回帖兒，多上覆。」說畢，守備穿了衣服，就起身出去拜人去了。玳安只顧在廳前伺候討回帖兒。只見一個年小的，戴著瓦楞帽兒，穿著青紗道袍，涼鞋淨襪，從角門裏走出來，手中拏著帖兒賞錢，遞與小伴當，一直往後邊去了。「可霎作怪！模樣倒好相陳姐夫一般，他如何卻在這裏？」只見小伴當遞與玳安手帕銀錢，打發出門。到于家中，回月娘話。見回帖上寫著周門龐氏斂衽拜。月娘便問：「你沒見你姐？」玳安道：「姐姐倒沒見，倒見姐夫來！」月娘笑道：「怪囚，你家倒有恁大姐夫！守備好大年紀，你也叫他姐夫？」玳安道：「不是守備，是咱家的陳姐夫！我初進去，周爺正在廳上。我遞上帖兒，與他磕了頭，他說：『又生受你奶奶送重禮來！』分付伴當拏茶與我吃：『把帖兒拏與你舅收了，討一方手帕三錢銀子，與大官兒。抬盒人是一百文錢。』說畢，周爺穿衣服出來上馬，拜人去了。半日，只見他打角門裏出來，遞與伴當回帖賞賜，他就進後邊去了。我就押著盒擔出來。不是他卻是誰？」月娘道：「怪小囚兒，休胡說白道的！那羔子赤道流落在那裏討吃，不是凍死就是餓死！他平白在那府裏做甚麼？守備認的他甚麼毛片兒，肯招攬下他何用？」玳安道：「奶奶敢和我兩個賭？我看得千真萬真！就燒的成灰骨兒，我也認的！」月娘問：「他穿著甚麼？」玳安告訴：「他戴著新瓦楞帽兒，金簪子，身穿著青紗道袍，涼鞋淨襪，吃的好了！」月娘道：「我不信，不信！」這裏說話不題。

卻說陳經濟進入後邊，春梅還在房中鏡臺前搽臉描畫雙蛾。經濟拏吳月娘禮帖兒與他看，因問：「他家如何送禮來與你？是那裏緣故？」這春梅便把從前已往，清明郊外永福寺撞遇月娘相見的話，訴說一遍。後來怎生平安兒偷了解當鋪頭面，吳巡檢怎生夾打平安兒，追問月娘奸情之事。薛嫂又怎生說人情，守備替他處斷了事。落後他家買禮來相謝，正月裏我往他家與孝哥兒生日，勾搭連環到如今。他許下我生日，買禮來看好一節說了一遍。經濟聽了，把眼瞅了春梅一眼，說：「姐姐，你好沒志氣！想著這賊淫婦，那咱把咱姐兒每生生的拆散開了，又把六姐命喪了，永世千年，門裏門外，不相逢纔好！反替他說人情兒？那怕那吳典恩追拷著平安小廝，供出奸情來，隨他那淫婦，一條繩子拴去出醜見官，管咱每大腿事！他沒和玳安小廝有奸，怎的把丫頭小玉配與他？有我早在這裏，我斷不教你替他說人情！他是你我仇人，又和他上門往來做甚麼？六月連陰，想他好晴天兒！」幾句話說得春梅閉口無言。春梅道：「過往勾當也罷了！還是我心好，不念舊仇。」經濟道：「如今人好心不得好報哩！」春梅道：「他既送了禮，莫不白受他的？還等著我這裏人請他去哩！」經濟道：「今後不消理那淫婦了，又請他怎的？」春梅道：「不請他又不好意思的。丟個帖與他，來不來隨他就是了。他若來時，你在那邊書院內，休出來見他。往後咱不招惹他就是了！」經濟惱的一聲兒不言語，走到前邊，寫了帖子。春梅使家人周義，去請吳月娘。月娘打扮出門，教奶子如意兒抱著孝哥兒，坐著一頂小轎，玳安跟隨，來到府中。春梅、孫二娘都打扮出來迎接，至後廳相見，敘禮坐下。如意兒抱著孝哥兒相見磕頭畢。經濟躲在那邊書院內，不走出來。由著春梅、孫二娘，在後廳擺茶安席遞酒。叫了兩個妓女，韓玉釧、鄭嬌兒彈唱，俱不必細說。玳安在前邊廂房內管待。只見一個小伴當，打後邊拏出一盤湯飯點心下飯，往西角門書院中走。玳安便問他：「拏與誰吃？」小伴當道：「是與舅吃的。」玳安道：「你舅姓甚麼？」小伴當道：「姓陳。」這玳安賊，悄悄後邊跟著他到西書院，小伴當便掀簾子進去。玳安慢慢打紗窗外，往裏張看。卻不是陳姐夫？正在書房床上歪著。見拏進湯飯點心來，連忙起來，放桌兒正吃。這玳安悄悄走出外邊來，依舊坐在廂房內。直待天晚，家中燈籠來接，吳月娘轎子起身，到家一五一十，告訴月娘說：「果然陳姐夫在他家居住。」自從春梅這邊被經濟把攔，兩家都不相往還。正是：誰知豎子多間阻，一念翻成怨恨媒！

自此經濟在府中，與春梅暗地勾搭，人都不知。或守備不在，春梅就和經濟在房中吃飯吃酒，閒時下棋調笑，無所不至。守備在家，便使丫頭小廝，拏飯往書院與他吃。或白日裏，春梅也常往書院內，和他坐半日，方歸後邊來。彼此情熱，俱不必細說。一日，守備領人馬出巡，正值五月端午佳節，春梅在西書院花亭上，置了一桌酒席，和孫二娘、陳經濟吃雄黃酒，解粽歡娛。丫鬟侍妾，都兩邊侍奉。當日怎見的蕤賓好景？但見：盆栽綠柳，瓶插紅榴。水晶簾捲蝦鬚，雲母屏開孔雀。菖蒲砌玉，佳人笑捧紫霞觴；角黍堆金，侍妾高擎碧玉盞。食烹異品，果獻時新。靈符艾虎簪頭，五色絨繩繫臂。家家慶賞午節，處處歡飲香醪。遨遊身外醉乾坤，消遣壺中閒日月。得多少珮環聲碎金蓮小，紈扇輕搖玉笋柔。

春梅令海棠、月桂兩個侍妾，在席前彈唱。當下直吃到炎光西墜，微雨生涼的時分，春梅拏起大金荷花盃來相勸。酒過數巡，孫二娘不勝酒力，起身先往後邊房中睡去了。獨落下春梅和經濟在花亭上吃酒，猜枚行令，你一盃，我一盃。不一時，丫鬟掌上紗燈上來，養娘金匱、玉堂，打發金哥兒睡去了。經濟輸了，便走出書房內，躲酒不出來。這春梅先使海棠來請。見經濟不去，又使月桂來。分付：「他不來，你好歹與我拉將來。拉不將來，回來把你這賤人打十個嘴巴！」這月桂走至西書房中，推開門，見經濟歪在床上，推打鼾睡不動。月桂說：「奶奶教我來請你老人家。請不去，要打我哩！」那經濟口裏喃喃吶吶說：「打你不干我事，我醉了，吃不的了！」被月桂用手拉將起來，推著他：「我好歹拉你去！拉不將你去，也不算好漢！」推拉的經濟急了，黑影子裏，佯裝著醉，作要當真，摟了月桂在懷裏，就親個嘴。那月桂亦發上頭上腦說：「人好意叫你，你做大不正，倒做這個營生！」經濟道：「我的兒！你若肯了，那個好意做大不成？」又按著親了個嘴，方走到花亭上。月桂道：「奶奶要打我，還是我把舅拉將來了！」春梅令海棠斟上大鍾，兩個下盤棋，賭酒為樂。當下你一盤，我一盤，熬的丫鬟都打睡去了。春梅又使月桂、海棠後邊取茶去。兩個在花亭上，解珮露相如之玉，朱唇點漢署之香。正是：得多少花陰曲檻燈斜照，旁有墜釵雙鳳翹！有詩為證：

花亭歡洽鬢雲斜，粉汗凝香沁絳紗。
深院日長人不到，試看黃鳥啄名花！

當下兩個正幹得好，忽然丫鬟海棠送茶來：「請奶奶後邊去，金哥睡醒了，哭著尋奶奶哩！」春梅陪經濟又吃了兩鍾酒，用茶漱了口，然後抽身往後邊來。丫鬟收拾了家火，喜兒扶經濟歸書房寢歇，不在話下。

一日，朝廷勅旨下來，命守備領本部人馬，會同濟州府知府張叔夜，征勦梁山泊賊王宋江，早晚起身。守備對春梅說：「你在家看好哥兒，叫媒人替你兄弟尋上一門親事。我帶他個名字在軍門，若早僥倖得功，朝廷恩典，陞他一官半職，于你面上也有光輝。」這春梅應諾了。遲了兩三日，守備打點行裝，整率人馬，留下張勝、李安看家。只帶家人周仁跟了去不題。一日春梅叫將薛嫂兒來，如此這般和他說：「他爹臨去，分付替我兄弟尋門親事。你替我尋個門當戶對好女兒，不拘十六七歲的也罷。只要好模樣，腳手兒聰明伶俐些的。他性兒也有些刁厥❶些兒。」薛嫂兒道：「我不知道他也怎的？不消你老人家分付。想著大姐那等的，還嫌哩！」春梅道：「若是尋的不好，看我打你耳刮子不打？我要趕著他叫小妗子兒哩，休要當耍子兒！」說畢，春梅令丫鬟擺茶與他吃。只見陳經濟進來吃飯。薛嫂向他道了萬福，說：「姑夫，你老人家一向不見，在那裏來？且喜呀！剛纔奶奶分付，教我替你老人家尋個好娘子，你怎麼謝我？」那陳經濟把臉兒蛙著不言語。薛嫂道：「老花子怎的不言語？」春梅道：「你休叫他姑夫，那個已是揭過去的帳了。你只叫他陳舅就是了。」薛嫂道：「只該打我這片子狗嘴！只要叫錯了。往後趕著你只叫舅爺罷。」那陳經濟忍不住撲吃的笑了，說道：「這個纔可到我心上！」那薛嫂撒風撒癡❷，趕著打了他一下，說道：「你看老花子說的好話兒！我又不是你影射的，怎麼可在你心上？」連春梅也笑了。不一時，月桂安排茶食，與薛嫂吃了。提著花箱兒出來，說道：「我替你老人家用心踏看，有人

❶ 刁厥：乖張；怪僻。

❷ 撒風撒癡：同第六十二回註❸。

家相應好女子兒，就來說。」春梅道：「財禮羹果，花紅酒禮，頭面衣服，不少他的。只要好人家好女孩兒，方可進入我門來。」薛嫂道：「我曉得。管情應的你老人家心便了！」良久，經濟吃了飯，往前邊去了。薛嫂兒還坐著，問春梅：「他老人家幾時來的？」春梅便把出家做道士一節說了：「我尋得他來，做我個親人兒。」薛嫂道：「好好，你老人家有後眼！」又道：「前日你老人家好的日子，說那頭他大娘來做生日來？」春梅道：「先送禮來，然後纔使人送帖兒請他坐了一日去了。」薛嫂道：「我那日在一個人家鋪床，整亂了一日，心內要來，急的我要不的！」又問：「他陳舅也見他那頭大娘來？」春梅道：「他肯下氣見他？為請他，好不和我亂成一塊！我與他說，人替他家說人情。說我沒志氣：『那怕吳典恩打著小廝，攀扯他出官纔好！管你腿事？你替他尋分上，想著他昔日好情兒？』」薛嫂道：「他老人家也說的是。及到其間，也不計舊仇罷了。」春梅道：「咱既受了他禮，不請他來坐坐兒又使不的。寧可教他不仁，休要咱不義！」薛嫂道：「怪不的你老人家有恁大福，你的心忒好了！」當下薛嫂兒說了半日話，提著花箱兒拜辭出門。

過了兩日，先來說：「城裏朱千戶家小姐，今年十五歲，也好陪嫁。只是沒了娘的兒了。」春梅嫌小，不要。又說：「應伯爵第二個女兒，年二十二歲。」春梅又嫌應伯爵死了，在大爺手內聘嫁，沒甚陪送，也不成。都回出婚帖兒來。又遲了幾日，薛嫂兒送花兒來，袖中取出個婚帖兒，大紅段子上寫著：「開段鋪葛員外家大女兒，年二十歲，屬雞的，十一月十五日子時生，小字翠屏，生的上畫般模樣兒，五短身材，瓜子面皮，溫柔典雅，聰明伶俐，針指女工，自不必說。父母俱在，有萬貫錢財，在大街上開段子鋪。走蘇、杭、南京，無比好人家！都是南京床帳箱籠。」春梅道：「既是好，成了這家子的罷。」

就交薛嫂兒先通信去。那薛嫂兒連忙說去了。正是：欲向繡房求艷質，須使紅葉是良媒！有詩為證：

天仙機上繫香羅，千里姻緣竟足多。
天上牛郎配織女，人間才子伴嫦娥。

這裏薛嫂通了信來。葛員外家知是守備府裏，情願做親。又使一個張媒人同說媒。春梅這裏備了兩抬茶葉，饊餅羹果，教孫二娘坐轎子，往葛員外家插定女兒，帶戒指兒。回來對春梅說：「果然好個女子！生的一表人材，如花似朵，人家又相當。」春梅這裏擇定吉日，納綵行禮。十六盤羹果茶餅，兩盤上頭面，二盤珠翠，四抬酒，兩牽羊，一頂鬏髻，全付金銀頭面，簪環之類，兩件羅段袍兒，四季衣服。其餘綿花布絹，二十兩禮銀，不必細說。陰陽生擇在六月初八日，准娶過門。春梅先問薛嫂兒：「他家那裏有陪床使女沒有？」薛嫂兒道：「床帳妝奩，描金箱廚都有，只沒有使女陪床。」春梅道：「咱這裏買一個十三四歲丫頭子，與他房裏使喚，掇桶子倒水方便些。」薛嫂道：「有兩個人家賣的丫頭子，我明日帶一個來。」到次日，果然領了一個丫頭，說：「是商人黃四家兒子房裏使的丫頭，今年纔十三歲。黃四因用下官錢糧，和李三家，還有咱家出去的保官兒，都為錢糧，拏在監裏追贓，監了一年多，家產盡絕，房兒也賣了。李三先死，拏兒子李活監著。咱家保官兒那兒子僧寶兒，如今流落在外，與人家跟馬哩！」春梅道：「是來保？」薛嫂道：「他如今不叫來保，改了名字叫湯保了。」春梅道：「這丫頭是黃四家丫頭，要多少銀子？」薛嫂道：「只要四兩半銀子，緊等著要交贓去。」春梅道：「甚麼四兩半！與他三兩五錢銀子留下罷。」一面就交了三兩五錢雪花官銀與他，寫了文書，改了名字，喚做金錢兒。

話休饒舌，又早到六月初八。春梅打扮珠翠鳳冠，穿通袖大紅袍兒，束金鑲碧玉帶，坐四人大轎，鼓樂燈籠，娶葛家女子，奠鴈過門。陳經濟騎大白馬，揀銀鞍轡，青衣，軍牢喝道，頭戴儒巾，穿著青段圓領，腳下粉底皁靴，頭上簪著兩枝金花。正是：久旱逢甘雨，他鄉遇故知；洞房花燭夜，金榜掛名時；一番拆洗一番新！到守備府中，新人轎子落下。戴著大紅銷金蓋袱，添妝含飯，抱著寶瓶，進入大門。陰陽生引入畫堂，先參拜家堂，然後歸到洞房。春梅安他兩口兒坐帳，然後出來。陰陽生撒帳畢，打發喜錢出門，鼓手都散了。經濟與這葛翠屏小姐，坐了回帳，騎馬打燈籠，往岳丈家謝親，吃的大醉而歸。晚夕女貌郎才，未免燕爾新婚，交姤雲雨。正是：得多少春點杏桃紅綻蕊，風欺楊柳綠翻腰！有詩為證：

近覩多情花月標，教人無福也難消。
風吹列子歸何處，夜夜嬋娟在柳梢。

當夜經濟與這葛翠屏小姐，倒且是合得著。兩個被底鴛鴦，帳中鸞鳳，如魚似水，合巹歡娛。三日完飯，春梅在府廳後堂，張筵掛綵，鼓樂笙歌，請親眷吃會親酒，俱不必細說。每日春梅吃飯，必請他兩口兒，同在房中一處吃。彼此以姑妗稱之，同起同坐。丫頭養娘，家人媳婦，誰敢道個不字？原來春梅收拾西廂房三間，與他做房。裏面鋪著床帳，翻的雪洞般齊整，垂著簾幃。外邊西書院，是他書房，裏面亦有床榻几席古書，並守備往來書柬拜帖，並各處遞來手本揭帖，都打他手裏過。或登記簿籍，或御使印信。

筆硯文房都有，架閣上堆滿書集。春梅不時常出來書院中，和他閒坐說話。兩個暗地交情，非止一日。

正是：朝陪金谷宴，暮伴綺樓娃。休道歡娛處，流光逐落霞！

畢竟未知後來何如，且聽下回分解。

第九十八回　陳經濟臨清開大店　韓愛姐翠館遇情郎

心安茅屋穩，性定菜根香。
世味憐方好，人情淡最長。
因人成事業，避難遇豪強。
今日崢嶸貴，他年身必殃。

話說一日周守備，濟南府知府張叔夜，領人馬征勦梁山泊，賊王宋江三十六人，萬餘草寇，都受了招安，地方平復。表奏，朝廷大喜。加陞張叔夜為都御史，山東安撫大使。陞守備周秀為濟南兵馬制置，管理分巡河道，提察盜賊。部下從征有功人員，各陞一級。軍門帶得經濟名字，陞為參謀之職，月給米二石，冠帶榮身。守備至十月中旬，領了勅書，率領人馬來家。先使人來報與春梅家中知道。春梅滿心歡喜，使陳經濟與張勝、李安，出城迎接。家中廳上排設酒筵，慶官賀喜。官員人等，來拜賀送禮者，不計其數。守備下馬，進入後堂。春梅、孫二娘接著，參拜已畢。陳經濟換了衣巾，就穿大紅員領，頭戴冠帽，腳穿皁靴，束著角帶，和新婦葛氏兩口兒拜見。守備見好個女子，賞了一套衣服，十兩銀子打頭面，不在話下。晚夕，春梅和守備房中飲酒，未免敘些家常事務：「又娶我兄弟媳婦，費許多東西。」

守備道：「阿呀！你只這個兄弟投奔你來，無個妻室，不成個前程道理！就使費了幾兩銀子，不曾為了別人。」春梅道：「你今又替他掙了這個前程，足以榮身夠了！」守備道：「朝廷旨意下來，不日我往濟南府到任。你在家看家，打點些本錢，教他搭個主管，做些大小買賣。三五日教他下去查算帳目一遭，轉得些利錢來，也夠他攪計❶。」春梅道：「你說的也是。」兩個晚夕，夫妻同歡，不可細述。在家只住了十個日子，到十一月初旬時分，守備收拾起身，帶領張勝、李安，前去濟南到任，留周仁、周義看家。陳經濟送到城南永福寺方回。

一日，春梅向經濟商議：「守備教你如此這般，河下尋些買賣，搭個主管，覓得些利息，也夠家中費用。」這經濟聽言，滿心歡喜。一日，正打街前所走，尋覓主管夥計。也是合當有事，不料撞遇舊時朋友陸二哥陸秉義，作揖說：「哥怎的一向不見？」這經濟道：「我因亡妻為事，被楊光彥那廝拐了我半船貨物，坑陷的我一貧如洗。我如今又好了，幸得我姐姐嫁在守備府中，又娶了親事，陞做參謀，冠帶榮身。如今要尋個夥計，做些買賣，一地裏沒尋處。」陸秉義道：「楊光彥那廝，拐了你貨物，如今搭了個姓謝的做夥計，在臨清馬頭上謝家大酒樓上，開了一座大酒店。又收錢放債，與四方趁熟窠子娼門人使，好不獲大利息！他每日穿好衣，吃好肉，騎著一匹驢兒，三五日下去走一遭，算帳收錢，把舊朋友都不理。他兄弟在家開賭場，鬥雞養狗，人不敢惹他！」經濟道：「我去年曾見他一遍。他反面無情，打我一頓，被一朋友救了。我恨他入于骨髓！」因拉陸二郎入路旁一酒店內，兩個在樓上吃酒。兩人計議：「如何處置他，出我這口氣？」陸秉義道：「常言說得好：『恨小非君子，無毒不丈夫！』咱

❶ 攪計：同第七十八回註❶。

如今將理和他說，不見棺材不下淚，他必然不肯。小弟有一計策，哥也不消做別的買賣，只寫一張狀子，把他告到那裏，追出你貨物銀子來。就奪了這座酒店，再添上些本錢，和謝合夥，等我在馬頭上和謝三哥掌櫃發賣。哥哥，你三五日下去走一遭，查算帳目。管情見一月，你穩拍拍的有百十兩銀子利息，強如做別的生意。」看官聽說：當時不因這陸秉義說出這樁事，有分教數個人死于非命！陳經濟一種死，死之太苦；一種亡，亡之太屈！死的不好相似那五代的李存孝，漢書中彭越？正是：非干前定數，半點不由人！

經濟聽了，忙與陸秉義作揖，便道：「賢弟，你說的正是了。我到家，就對我姐夫和姐姐說。這買賣成了，就安賢弟同謝三郎做主管。」當下兩個吃了回酒，各下樓來，還了酒錢。經濟分付：「陸二哥兄弟，千萬謹言！有事我謝你去。」陸二郎道：「我知道。」各散回家。這經濟就一五一十，對春梅說。春梅道：「爭奈他爺不在，如何理會？」有老家人周忠在旁，便道：「不打緊，等舅寫了一張狀子，該拐了多少銀子貨物，拏爺個拜帖兒，都封在裏面。等小的送與提刑所，兩位官府案下。把這姓楊的拏去衙門中，一頓夾打追問，不怕那廝不拏出銀子來！」經濟大喜。一面寫就一紙狀子，拏守備拜帖，彌封停當，就使老家人周忠，送到提刑院。兩位官府，正升廳問事。門上人稟進，說：「帥府周爺，差人下書。」何千戶與張二官府喚周忠進見，問周爺上任之事，說了一遍。拆開封套觀看，見了拜帖狀子，自恁要做分上。即便批行，差委緝捕番捉，往河下拏楊光彥去。回了個拜帖，付與周忠：「到家多上覆你爺、奶奶，待我這裏追出銀兩，伺候來領。」周忠拏回帖到府中，回覆了春梅說話：「即時准行拏人去了。待追出銀子，使人領去。」經濟看見兩個摺帖上面，寫著倖生何永壽、張懋得頓首拜，經濟心中大喜。遲了不上兩日光景，提刑緝捕，觀察番捉，往河下把楊光彥並兄弟楊二風，都拏了到于衙門中。兩位官府據著陳經濟狀子審問，一頓夾打，監禁數日，追出三百五十兩銀子，一百桶生眼市。其餘酒店中家火，共算了五十兩。陳經濟狀上告著九百兩，還差三百五十兩銀子。把房兒賣了五十兩，家產盡絕。這經濟就把謝家大酒樓奪過來，和謝胖子合夥。春梅又打點出五百兩本錢，共湊了一千兩之數，委付陸秉義做主管，從新把酒樓裝修，油漆彩畫。闌干灼耀，棟宇光新，桌案鮮明，酒肴齊整。一日開張，鼓樂喧天，笙簫雜奏，招集往來客商，四方遊妓。陳經濟道：「那日宰豬祭祀燒紙。」常言：「啓瓮三家醉，開樽十里香。神仙留玉珮，卿相解金貂。」經濟上來大酒樓上，週圍都是推窗亮槅，綠油闌干。四望雲山疊疊，上下天水相連。正東看，隱隱青螺堆岱嶽；正西瞧，茫茫蒼霧鎖皇都；正北觀，層層甲第起朱樓；正南望，浩浩長淮如素練。樓上下有百十座閣兒，處處舞裙歌妓，層層急管繁絃。說不盡肴如山積，酒若流波。正是：得多少舞低楊柳樓心月，歌罷桃花扇底風！從正月半頭，這陳經濟在臨清馬頭上大酒樓開張，見一日也發賣三五十兩銀子，都是謝胖子和主管陸秉義，眼同經手，在櫃上掌櫃。經濟三五日騎頭口，伴當小姜兒跟隨，往河下算帳一遭。若來，陸秉義和謝胖子兩個夥計，在樓上收拾一間乾淨閣兒，鋪陳床帳，安放桌椅，糊的雪洞般齊整，擺設酒席，教四個好出色粉頭相陪，陳三兒那裏往來做量酒❷。

一日，三月佳節，春光明媚，景物芬芳。翠依依槐柳盈堤，紅馥馥杏桃燦錦。陳經濟在樓上，搭伏定綠闌干，看那樓下景致，好生熱鬧！有詩為證：

❷ 量酒：酒店裏的職工；酒保。

風拂煙籠錦施楊，太平時節日初長。
能添壯士英雄膽，善解佳人愁悶腸。
三尺曉垂楊柳岸，一竿斜插杏花旁。
男兒未遂平生志，且樂高歌入醉鄉。

一日，經濟在樓窗後瞧看，正臨著河邊，泊著兩隻駁船。船上載著許多箱籠桌凳家火。四五個人盡搬入樓下空屋裏來。船上有兩個婦人：一個中年婦人，長挑身材，紫膛色；一個年小婦人，搽脂抹粉，生的白淨標致，約有二十多歲。盡走入屋裏來。經濟問謝主管：「是甚麼人？不問自由，擅自搬入我屋裏來？」謝主管道：「此是兩個東京來的婦人，投親不著，一時間無尋房住，央此間鄰居范老來說，暫住兩三日便去。正欲報知官人，不想官人來問。」這經濟正欲發怒，只見那年小婦人斂衽向前，望經濟深深的道了個萬福，告說：「官人息怒，非干主管之事。是奴家大膽，一時出于無奈，不及先來宅上稟報，望乞恕罪！容略住得三五日，拜納房金，就便搬去。」這經濟見小婦人會說話兒，只顧上上下下把眼看他。那婦人一雙星眼，斜盼經濟。兩情四目，不能定神。經濟口中不言，心內暗道：「倒像那裏會過，這般眼熱！」那長挑身材中年婦人，也定晴看著經濟，說道：「官人，你莫非是西門老爺家陳姑夫麼？」這經濟吃了一驚，便道：「你怎的認得我？」那婦人道：「不瞞姑夫說，奴是舊夥計韓道國渾家。這個就是我女孩兒愛姐。」經濟道：「你兩口兒在東京，如何來在這裏？你老公在那裏？」那婦人道：「在船上看家火。」經濟急令量酒，請來相見。不一時，韓道國走來作揖，已是摻白鬚鬢。因說起：「朝中蔡太師、童太尉、李右相、朱太尉、高太尉、李太監六人，都被大學國子生陳東，上本參劾，後被科道交章彈奏，倒了。聖旨下來，拏送三法司問罪。發煙瘴地面，永遠充軍。太師兒子禮部尚書蔡攸處斬，家產抄沒入官。我等三口兒，各自逃生，投到清河縣我兄弟第二的那裏。第二的把房兒賣了，流落不知去向。三口兒顧船，從河道中來。不想撞遇姑夫在此，三生有幸！」因問：「姑夫今還在那邊西門老爺家裏？」經濟把頭一傾，說了一遍，說：「我也不在他家了。我在姐夫守備周爺府中做了參謀官，冠帶榮身。近日合了兩個夥計，在此馬頭上開了個酒店，胡亂過日子便了。你每三口兒既遇著我，也不消搬去，便在此間住也不妨。請自穩便。」婦人與韓道國一齊下禮。說罷，就搬運船上家火箱籠。經濟看得心痒，也使伴當小姜兒和陳三兒，也替他搬運了幾件家火。王六兒道：「不勞姑夫費心用力！」彼此俱各歡喜。經濟道：「你我原是一家，何消計較！」經濟見天色將晚，有申牌時分，要回家。分付主管：「咱早送些茶盒與他。」上馬，伴當跟隨來家。一夜心心念念，只是放韓愛姐不下。

過了一日，到第三日早起身，打扮衣服齊整，伴當小姜跟隨，來河下大酒樓店中，看著做了回買賣。韓道國那邊使的八老來請吃茶。經濟心下，正要瞧去。恰八老來請，便起身進去。只見韓愛姐見了，笑容可掬，接將出來，道了萬福：「官人請裏面坐。」經濟到閣子內坐下。王六兒和韓道國都來陪坐。少頃茶罷，彼此敘些舊時已往的話。經濟不住把眼只瞟那韓愛姐。愛姐涎瞪瞪秋波一雙眼，只看經濟。彼此都有意了。有詩為證：

弓鞋窄窄剪春羅，香體酥胸玉一窩。

麗質不勝嬝娜態，一腔幽恨蹙秋波。

少頃，韓道國下樓去了。愛姐因問：「官人青春多少？」經濟道：「虛度二十六歲。敬問姐姐青春幾何？」愛姐笑道：「奴與官人一緣一會，也是二十六歲。舊日又是大老爹府上相會過面，如今又幸遇在一處。正是有緣千里來相會！」那王六兒見他兩個說得入港，看見關目❸，推個故事也下樓去了。只有他兩人對坐。愛姐把些風月話兒把勾經濟。經濟自幼幹慣的道兒，怎不省得？一逕起身出去。這韓愛姐從東京來，一路兒和他娘也做些道路。在蔡府中答應，與翟管家做妾，詩詞歌賦，諸子百家皆通，甚麼事兒不久慣！見經濟起身出去無人處，走向前挨在他身邊坐下，作嬌作癡說道：「官人，你將頭上金簪子借我看一看。」經濟正欲拔時，被愛姐一手按住經濟頭髻，一手拔下簪子來。便起身說：「我和你去樓上說句話兒。」一頭說，一頭走。經濟不免跟上樓來。正是：饒你奸似鬼，也吃洗腳水！經濟跟他上樓，便道：「姐姐，有甚話說？」愛姐道：「奴與你是宿世姻緣，你休要作假，願偕枕蓆之歡，共效于飛之樂！」經濟道：「只怕此間有人知覺，卻使不得。」那韓愛姐做出許多妖嬈來，摟經濟在懷，將尖尖玉手扯下他褲子來。兩個情興如火，按納不住。愛姐不免解衣，仰臥在床上，交姤在一處。正是：色膽如天怕甚事，鴛幃雲雨百年情！經濟問：「你叫幾姐？」那韓愛姐道：「奴是端午所生，就叫五姐，又名愛姐。」說畢話，霎時雲收雨散，偎倚共坐。韓愛姐便告經濟說：「自從三口兒東京來投親不著，盤纏缺欠。你有銀子，乞借應與我父親五兩。奴按利納還，不可推阻。」經濟應允說：「不打緊，姐姐開口，就兌五

❸ 關目：情節。

兩來。」愛姐見他依允，還了他金簪子。兩個又坐了半日。恐怕人談論，吃了一盃茶，愛姐留吃午飯。經濟道：「我那邊有事，不吃飯了。少間，就送盤纏來與你。」愛姐道：「午後，奴略備一盃水酒，官人不要見卻，好歹來坐坐。」經濟在店中吃了午飯，又在街上閒散。走了一回，撞見昔晏公廟師兄金宗明，作揖，把前事訴說了一遍。金宗明道：「不知賢弟在守備老爺府中認了親，在大樓開大店，有失拜望！明日就使徒弟送茶來，閒中請去廟中坐一坐。」說罷，宗明歸去了。經濟走到店中，陸主管道：「裏邊住的老韓，請官人吃酒，沒處尋。」恰好八老又來請：「官人，就請二位主管相陪，再無他客。」經濟就同陸主管，走到裏邊房內，早已安排酒席齊整，無非魚肉菜果之類。經濟上坐，韓道國主位，陸秉義、謝胖子打橫，王六兒與愛姐旁邊僉坐。八老往來篩酒下菜。吃過數盃，兩個主管會意，說道：「官人慢坐，小人櫃上看去。」起身去了。經濟平昔酒量，不十分洪飲。又見主管去了，開懷與韓道國三口兒吃了數盃，便覺有些醉將上來。愛姐便問：「今日官人，不回家去罷了？」經濟道：「這咱晚了，回去不得。明日起身去罷。」王六兒、韓道國吃了一回，下樓去了。經濟向袖中取出五兩銀子，遞與愛姐收了，到下邊交與王六兒。兩個交盃換盞，倚翠偎紅，吃至天晚。愛姐卸下濃妝，留經濟就在樓上閣兒裏歇了。當下枕畔山盟，衾中海誓，鶯聲燕語，曲盡綢繆，不能悉記。愛姐將來東京，在蔡太師府中，曾扶持過老太太，也學會些彈唱，又能識字會寫，說了一遍。經濟聽了，歡喜不勝。就同六姐一般，正可在心上。以此與他盤桓一夜，停眠整宿。免不的第二日起來得遲，約飯時纔起來。王六兒安排些雞子肉圓子，做了個頭腦，與他扶頭。兩個吃了幾盃煖酒。少頃，主管來請經濟，那邊擺飯。經濟包巾梳洗，穿衣。吃了飯，又來辭愛姐，要回家去。那愛姐不捨，只推抛淚。經濟道：「我到家三五日就來看你，你休煩惱。」說畢，伴當跟隨，騎馬往城中去了。一路上分付小姜兒：「到家休要說出韓家之事。」小姜兒道：「小的知道，不必分付。」經濟到府中，只推店中買賣忙，算了帳目，不覺天晚，歸來不得，歇了一夜。交割與春梅利息銀兩，見一遭，也有三十兩銀子之數。回到家中，又被葛翠屏聒聒：「官人，怎的外邊歇了一夜？想必在柳陌花街行踏，把我丟在家中，獨自空房一個，就不思想來家！」一連留住陳經濟七八日，不放他往河下來。

這裏韓愛姐見他一去數日光景不來，店中自使小姜兒來問主管討算利息。主管一一封了銀子去。韓道國免不得又教老婆王六兒，又招惹別的熟人兒，或是商客，來屋裏走動，吃茶吃酒。這韓道國先嘗著這個甜頭，靠老婆衣飯肥家。況此時王六兒年約四十五六，年紀雖半百，風韻猶存。恰好又得他女兒來接代，也不斷絕這樣行業。如今索性大做了。原來不當官身衣飯，別無生意，只靠老婆賺錢，謂之隱名娼妓。今時呼為私窠子是也。當時見經濟不來，量酒陳三兒替他勾了一個湖州販絲綿客人何官人來，請他女兒愛姐。那何官人年約五十餘歲，手中有千兩絲綿紬絹貨物，要請愛姐。愛姐一心想著經濟，推心中不快，三回五次，不肯下樓來。急的韓道國要不的。那何官人又見王六兒長挑身材，紫膛色，瓜子面皮，描眉鋪鬢，大長水鬢，涎瞪瞪一雙星眼，眼光如醉，抹的鮮紅嘴唇，料此婦人一定好風情。就留下一兩銀子，在屋裏吃酒，和王六兒歇了一夜。韓道國便躲避在外間歇了。他女兒見做娘的留下客，只在樓上，不下樓來。自此以後，那何官人被王六兒搬弄得快活，兩個打得一似火炭般熱。沒三兩日，不來婦人過夜。韓道國也禁過他許多錢使。這韓愛姐兒見經濟一去十數日不見來，心中思想，挨一日似三秋，盼一夜如半夏。未免害「木邊之目，田下之心」。使八老往城中守備府中探聽。看見小姜兒，悄悄問他：

「官人如何不去？」小姜兒說：「官人這兩日有些身子不快，不曾出門。」回來訴與愛姐。愛姐與王六兒商議，買了一副豬蹄，兩隻燒鴨，兩尾鮮魚，一盒酥餅，在樓上磨墨揮筆，拂開花箋，寫封柬帖，使八老送到城中與經濟去。當下把禮物裝在盒內，交八老挑著，叮嚀囑付：「你到城中，見了陳官人，須索見他親收，討回帖來。」八老懷內揣著柬帖禮物，一路無詞。來到城內，守備府前，坐在沿街石臺基上。只見伴當小姜兒出來，看見八老：「你又來做甚麼？」八老與聲喏，拉在僻淨處說：「我特來見你官人，送禮來了。有話說。我只在此等你，你可通報官人知道。」小姜隨即轉身進去。不多時，只見經濟搖將出來。那時約五月，天氣暑熱。經濟穿著紗衣服，頭戴瓦楞帽，金簪子，腳上涼鞋淨襪。八老慌忙聲喏，說道：「官人貴體好些？韓愛姐使我捎一柬帖，送禮來了。」經濟接了柬帖，說：「五姐好麼？」八老道：「五姐見官人一向不去，心中也不快。在那裏多上覆官人，幾時下去走走？」經濟拆開柬帖觀看，上面寫著甚言詞？

賤妾韓愛姐斂衽拜，謹啓情郎陳大官人臺下：自別尊顏，思慕之心，未嘗少怠；懸懸不忘于心。向蒙期約，妾倚門凝望，不見降臨蓬蓽。昨遣八老探問起居，不遇而回。聽聞貴體欠安，令妾空懷悵望，坐卧悶懨。不能頓生兩翼，而傍君之足下也！君在家自有嬌妻美愛，又豈肯動念于妾？猶吐去之果核也！茲具腥味茶盒數事，少申問安誠意。幸希笑納，情照不宣！外具錦繡鴛鴦香囊一個，青絲一縷，少表寸心！

仲夏念日賤妾愛姐再拜。

經濟看了柬帖，並香囊。香囊裏面，安放青絲一縷。香囊是鴛鴦雙口做的，扣著：「寄與情郎陳君膝下」八字。依先摺了，藏在袖中。府旁側首，有個酒店。令小姜兒：「領八老同店内吃鍾酒，等我寫回帖與你。」分付小姜兒：「把禮物收進我房裏去。你娘若問，只說河下店主人謝家送的禮物。」小姜不敢怠慢，把四盒禮物，收進去了。經濟走到書院房内，悄悄寫了回柬。又包了五兩銀子，到酒店内，問八老：「吃了酒不曾？」八老道：「多謝官人好酒！吃不得了，起身去罷。」經濟將銀子並回柬付與八老，說：「到家多多拜上五姐，這五兩白金與他盤纏。過三兩日，我自去看他。」八老收了銀柬下樓，經濟送出店門，八老一直去了。經濟走入房中，葛翠屏便問：「是誰家送來禮物？」經濟悉言：「店主人謝胖子，打聽我不快，送這禮物來問安。」翠屏亦信其實。兩口兒計議，教丫鬟金鍼兒挐盤子，挐了一隻燒鴨，一尾鮮魚，半副蹄子，送到後邊與春梅吃。說是店主人家送的，也不查問。此事表過不題。

卻說八老到河下，天已晚了。入門將銀柬都付與愛姐收了。拆開銀柬，燈下觀看。上面寫道：

經濟頓首字覆愛卿韓五姐妝次：向蒙會問，又承厚款，亦且雲情雨意，衽席鍾愛，無時少怠！所云期望，正欲趨會。偶因賤軀不快，有失卿之盼望！又蒙遣人垂顧，兼惠可口佳肴，不勝感激！只在二三日間，容當面布。外具白金五兩，綾帕一方，少申遠芹之敬！伏乞心鑒，萬萬！

經濟再拜。

愛姐看了，見帕上寫著四句詩曰：

吳綾帕兒織迴紋，灑翰揮毫墨跡新。
寄與多情韓五姐，永諧鸞鳳百年情！

看畢，愛姐把銀子付與王六兒。母子千歡萬喜等候經濟，不在話下。正是：得意友來情不厭，知心人至話相投。有詩為證：

碧紗窗下啓箋封，一紙雲鴻香氣濃。
知你揮毫經玉手，相思都付不言中。

畢竟未知後來何如，且聽下回分解。

第九十九回　劉二醉罵王六兒　張勝忿殺陳經濟

格言：

一切諸煩惱，皆從不忍生。
見機而耐性，妙悟生光明。
佛語戒無倫，儒書貴莫爭。
好個快活路，只是少人行！

話說陳經濟過了兩日，到第三日，卻是五月二十五日他生日。春梅後廳整置酒肴，與他上壽，合家歡樂了一日。次日早晨，經濟說：「我一向不曾往河下去，今日沒事去走一遭。一者和主管算帳，二來就避炎暑，散走走便回。」春梅分付：「你去坐一乘轎子，少要勞碌。」教兩個軍牢抬著轎子，小姜兒跟隨，逕往河下馬頭上謝家大酒樓店中來，一路無詞。午後時分，早到河下大酒樓前，下了轎子，進入裏面。兩個主管齊來參見，說：「官人身體好些？」那經濟一心只在韓愛姐身上，便道：「生受二位夥計掛心！」坐了一回，便起身。分付主管：「查下帳目，等我來算。」就轉身到後邊。八老又早迎見，報與王六兒夫婦。韓愛姐正在樓上凭欄盼望，揮毫灑翰，作了幾首詩詞，以遣悶懷。忽報陳經濟來了，連忙輕移蓮步，款蹙湘裙，走下樓來。母子面上，堆下笑來迎接，說道：「官人，貴人難見面，那陣風兒吹你到俺這裏？」經濟與母子作了揖，同進入閣兒內坐定。少頃，王六兒點茶上來。吃畢茶，愛姐道：「請官人到樓上奴房內坐。」經濟上的樓來，兩個如魚得水，似漆投膠，無非說些深情密意的話兒。愛姐硯臺底下，露出一幅花箋。經濟取來觀看。愛姐便說：「此是奴家這幾日盼你不來，閒中在樓上作得幾首詞，以消遣悶懷。恐污官人貴目！」經濟念了一遍。上寫著：

倦倚繡床愁懶動，閒垂繡帶鬢鬟低。
玉郎一去無消息，一日相思十二時。
右春
危樓高處眺晴光，滿架薔薇藹異香。
十二欄杆閒凭遍，南薰一味透襟涼。
右夏
帳冷芙蓉夢不成，知心人去轉傷情。
枕邊淚似階前雨，隔著窗兒滴到明。
右秋
羞對菱花拭淨妝，為郎瘦損減容光。
閉門不管閒風月，分付梅花自主張。

經濟看了，極口稱羨，喝采不已。不一時，王六兒安排酒肴上樓。撥過鏡架，就擺在梳妝桌上。兩個並坐，愛姐篩酒一盃，雙手遞與經濟，深深道了萬福說：「官人一向不來，妾心無時不念！前八老來，又多謝盤纏，舉家感之不盡！」經濟接酒在手，還了喏，說：「賤疾不安，有失期約，姐姐休怪！」酒盡，也篩一盃，敬奉愛姐吃過。兩人坐定，把酒來斟。王六兒、韓道國上來，也陪吃了幾盃，各取方便下樓去了。教他二人自在吃幾盃，敘些闊別話兒。良久，吃得酒濃時，情興如火，免不得再把舊情一敘。交歡之際，無限恩情。穿衣起來，洗手更酌。又飲數盃，醉眼朦朧，餘興未盡。這小郎君一向在家中不快，又心在愛姐，一向未與渾家行事。今日一旦見了情人，未肯一次即休。正是：生死冤家，五百年前撞在一處！經濟魂靈，都被他引亂。少頃，情竇復起，又幹一度。自覺身體困倦，打熬不過。午飯也沒吃，倒在床上就睡著了。也是合當禍起，不想下邊販絲綿何官人來了。王六兒陪他在樓下吃酒。韓道國出去街上，買菜蔬肴品果子來配酒。兩個在下邊行房。落後韓道國買將果菜來，三人又吃了幾盃。約日西時分，只見酒家店坐地虎劉二，吃的酩酊大醉，軃開衣衫，露著一身紫肉。提著拳頭，走來酒樓下大叫，要採去何蠻子來打。諕的兩個主管，見經濟在樓上睡，恐他聽見。慌忙走出櫃來，向前聲喏說道：「劉二哥，何官人並不曾來。」這劉二那裏依聽，大扠步撞入後邊韓道國屋裏，一手把門簾扯上半邊來。見何官人正和王六兒並肩飲酒，心中大怒，罵那何官人：「賊狗男女！我肏你娘！那裏沒尋你，卻在這裏！你在我店中占著兩個粉頭，幾遭歇錢不與。又塌下我兩個月房錢，卻來這裏養老婆？」那何官人忙出來：

「老二你請回，我去也。」那劉二罵道：「去？你這狗肏的！」不防颼的一拳來，正打在何官人面門上，登時就青膅起來。那何官人起來，奪門跑了。劉二將王六兒酒桌一腳登翻，家火都打了。王六兒便罵道：「是那裏少死的賊殺才，無事來老娘屋裏放屁？老娘不是耐驚耐怕兒的人！」被劉二向前一腳，跺了個仰八叉，罵道：「我肏你淫婦娘！你是那裏來的無名少姓私窠子？不來老爺手裏報過，許你在這酒店內趁熟？還與我搬去！若搬遲，須吃我一頓好拳頭！」那王六兒道：「你是那裏來的光棍搗子？老娘就沒了親戚兒，許你便來欺負老娘！要老娘這命做甚麼？」一頭撞倒哭起來。劉二罵道：「我把淫婦腸子也踢斷了！你還不知老爺是誰哩？」這裏喧亂，兩邊鄰舍並街上過往人，登時圍看約有許多。有知道的旁邊人說：「王六兒，你新來，不知他是守備老爺府中管事張虞候的小舅子，有名坐地虎劉二，在酒家店住，專一是打粉頭的班頭，降酒客的領袖！你讓他些兒罷，休要不知利害！這地方人誰敢惹他？」王六兒道：「還有大似他的，睬這殺才做甚麼！」陸秉義見劉二打得兇，和謝胖子做好做歹，把他勸的去了。陳經濟正睡在床上，聽見樓下攘亂，便起來看。時天已日西時分，問：「那裏攘亂？」那韓道國不知走的往那裏去了，只見王六兒披髮垢面上樓，如此這般告訴說：「那裏走來一個殺才搗子，諢名喚坐地虎劉二，在酒家店住，說是咱府裏管事張虞候小舅子，因尋酒客，無事把我踢打，罵了恁一頓去了！又把家火酒器，都打得粉碎！」一面放聲大哭起來。經濟叫上兩個主管問他，兩個都面面相覷，不敢說。陸主管嘴快，說：「是府中張主管小舅子，來這裏尋何官人，說少他二個月房錢，又是歇錢，來討。見他在屋裏吃酒，不由分說，把簾子扯下半邊來，打了何官人一拳，諕的何官人跑了。又和老韓娘子兩個相罵，踢了一交，烘的滿街人看。」這經濟恐怕天晚惹起來，分付把眾人喝散。問劉二那廝，主管道：「被小人勸，他回去了。」經濟聽了，記在心內。安撫王六兒母子放心：「有我哩，不妨事。你母子只情住著。我家去自有處置！」主管算了利錢銀兩，遞與他，打發起身上轎，伴當跟隨。剛走趕進城來，天已昏黑，心中甚惱。到家見了春梅，交了利息銀兩。歸入房中，一宿無話。到次日，心心念念，要告春梅說。展轉尋思：「且住！等我慢慢尋張勝那廝幾件破綻，亦發教我姐姐對老爺說了，斷送了他性命！叵耐這幾次在我身上欺心！敢說我是他尋得來，知我根本出身，量視我？禁不得他！」正是：冤仇還報當如此，機會遭逢莫遠圖。踏破鐵鞋無覓處，得來全不費工夫！

一日，經濟來到河下酒店內，見了愛姐母子，說：「外日吃驚！」又問陸主管道：「劉二那廝不曾走動？」陸主管道：「自從那日去了，再不曾來。」又問韓愛姐，那何官人也沒來行走。這經濟吃了飯，算畢帳目，不免又到愛姐樓上，兩個敘了回衷腸之話，幹訖一度出來。因閒中叫過量酒陳三兒近前，如此這般：「打聽府中張勝和劉二幾樁破綻。」這陳三兒千不合萬不合，說出張勝包占著府中出來的雪娥在酒家店做表子；劉二又怎的各處窠窩加三討利，舉放私債，竊逞老爺名壞事。這經濟一一聽記在心，又與了愛姐二三兩盤纏。和主管算了帳目，包了利息銀兩作別，騎頭口來家。

閒話休題。一向懷意在心，一者也是冤家相湊，二來合當禍這般起來。不料東京朝中徽宗天子，見大金人馬犯邊，搶至腹內地方，聲息十分緊急。天子慌了，與大臣計議，差官往北國講和，情願每年輸納歲幣金銀彩帛數百萬。一面傳位與太子登基，改宣和七年為靖康元年。宣帝號為欽宗皇帝，在位；徽宗自稱太上道君皇帝，退居龍德宮。朝中陞了李綱為兵部尚書，分部諸路人馬。种師道為大將，總督內外軍務。一日降了一道勅書來濟南府守備，陞他為山東都統制，提調人馬一萬，往東昌府駐扎，會同巡撫都御史張叔夜防守地方，阻當金兵。守備正在濟南府衙正坐，忽然左右來報：「有朝廷降勅來，請老爺接旨意！」這周守備不敢怠慢，香案迎接勅旨，跪聽宣讀。使命官開讀，其略曰：

奉天承運皇帝制曰：朕聞文能安邦，武能定國。三皇憑禮樂而有封疆，五帝用征伐而定天下。征從順逆，人有賢愚。朕承祖宗不拔之洪基，上皇付託之重位。創造萬事，惕然悚懼。自古舜征四凶，湯伐有苗。非用兵而不能啓，非威武而莫能安。兵乃邦家爪牙，武定封疆扞禦。茲者中原陸沈，犬羊犯順。遼寇擁兵西擾，金虜控騎南侵。生民塗炭，朕甚憫焉！山東濟南制置使周秀，老練之才，干城之將。屢建奇勳，忠勇茂著。用兵有略，出戰有方。今陞為山東都統制，兼四路防禦使。會同山東巡撫都御史張叔夜，提調所部人馬，前赴高陽關防守，聽大將种師道分布截殺。安幾危之社稷，驅猖獗之腥膻！嗚乎，任賢匡國，赴難勤王，乃臣子之忠誠；旌善賞功，激揚敵愾，實朝廷之大典。各殫厥忠，以副朕意。欽哉！故諭。靖康元年秋九月日諭。

周守備開讀已畢，打發使命官去了。一面叫過張勝、李安兩個虞候近前，分付先押兩車箱馱行李細軟器物家去。原來在濟南做了一年官職，也撰得巨萬金銀。都裝在行李馱箱內，委托二人：「押到家中，交割明白。晝夜巡風仔細，我不日會同你巡撫張爺，調領四路兵馬，打清河縣起身。」二人當日領了鈞旨，打點車輛起身先行。一路無詞。有日到于府中，交割明白。二人晝夜內外巡風，不在話下。

卻說陳經濟見張勝押車輛來家，守備陞了山東統制，不久將到。正欲把心腹中事，要告訴春梅。等守備來家，要發露張勝之事。不想一日，因渾家葛翠屏往娘家回門住去了，他獨自個在西書房寢歇。春梅早晨驀進房中看他，見無丫鬟跟隨，兩個就解衣在房內雲雨做一處。不防張勝搖著鈴巡風過來。到書院角門外，聽見書房內彷彿有婦人笑語之聲。就把鈴聲按住，慢慢走來窗下竊聽。原來春梅在裏面，與經濟交姤。聽得經濟告訴春梅說：「㕽耐張勝那廝，好生欺壓于我！說我當初虧他尋得來，幾次在下人前敗壞我。昨日見我在河下開酒店來，一逕使小舅子坐地虎劉二，專一倚逞他在姐夫麾下，在那裏開窠窩，放私債，把去雪娥，隱占在外姦宿。只瞞了姐姐一人眼目。昨日教他小舅子劉二，打我酒店來，把酒客都打散了。我幾次含忍，不敢告姐姐說。趁姐夫來家，若不早說知，往後我定然不敢往河下做買賣去了！」春梅聽了，說道：「這廝恁般無禮！雪娥那賊人賣了，他如何又留住在外？」經濟道：「他非是欺壓我，就是欺壓姐姐一般！」春梅道：「等他爺來家，教他定結果了這廝！」常言道：「隔牆須有耳，窗外豈無人！」兩個只管在內說，卻不知張勝窗外聽了個不亦樂乎！口中不言，心內暗道：「此時教他算計我每，我先算計了他罷！」一面撇下鈴，走到前邊班房內，取了把解腕鋼刀。說時遲，那時快，在石上磨了兩磨，走入書院中來，不想天假其便，還是春梅不該死于他手！忽被後邊小丫鬟蘭花兒，慌慌走來叫春梅，報說：「小衙內金哥兒，忽然風搐倒了，快請奶奶看去。」諕的春梅兩步做來一步走，奔入後房中看孩兒去了。剛進去了，那張勝提著刀子逕奔到書房內。不見春梅，只見經濟睡在被窩內。見他進來，叫道：「阿呀！你來做甚麼？」張勝怒道：「我來殺你！你如何對淫婦說倒要害我？我尋得你來不是了！反恩將仇報？常言：『黑頭蟲兒不可救，救之就要吃人肉！』休走，吃我一刀子！明年今日是你死忌！」那經濟光赤條著身子，沒處躲，摟著被。吃他拉被過一邊，向他身就扎了一刀子來。扎著軟肋，鮮血就冒出來。這張勝見他掙扎，復又一刀去，攮著胸膛上，動旦不得了！一面採著頭髮，把頭割下來。正是：三寸氣在千般用，一日無常萬事休！可憐經濟青春不上三九，死于非命！張勝提刀，繞屋裏床背後，尋春梅不見。大扠步逕望後廳走。走到儀門首，只見李安背著牌鈴，在那裏巡風。一見張勝兇神也似提著刀跑進來，便問：「那裏去？」張勝不答，只顧走，被李安攔住。張勝就向李安戳一刀來。李安冷笑說道：「我叔叔有名山東夜叉李貴，我的本事不用借！」早飛起右腳，只聽忒楞的一聲，把手中刀子踢落一邊。張勝急了，兩個就揪採在一處。被李安一個潑腳，跌翻在地。解下腰間纏帶，登時綁了。攘的後廳春梅知道。說：「張勝持刀入內，小的拏住了！」那春梅方救得金哥甦省，聽言大驚失色。走到書院內經濟已被殺死在房中，一地鮮血橫流！不覺放聲大哭。一面使人報知渾家，葛翠屏慌奔家來。看見經濟殺死，哭倒在地，不省人事。被春梅扶救甦省過來，拖過屍首，買棺材裝殯。把張勝墩鎖在監內，單等統制來家處治這件事。那消數日期程，軍情事務緊急，兵牌來催促，周統制調完各路兵馬，張巡撫又早先往東昌府那裏等候取齊。統制到家，春梅把殺死經濟一節說了。李安將兇器放在面前，跪稟前事。統制大怒，坐在廳上，提出張勝，也不問長短，喝令軍牢：「五棍一換，打一百棍！」登時打死。隨即馬上差旗牌快手，往河下捉拏坐地虎劉二，鎖解前來。孫雪娥見拏了劉二，恐怕拏他，走到房中自縊身死。旗牌拏劉二到府中，統制也分付打一百棍，當日打死。烘動了清河縣，大鬧了臨清州。正是：平生作惡欺天，今日上蒼報應！有詩為證：

為人切莫用欺心，舉頭三尺有神明。
若還作惡無報應，天下兇徒人食人！

當時統制打死二人，除了地方之害。分付李安：「將馬頭大酒店還歸本主；把本錢收算來家。」分付春梅：「在家，與經濟做齋累七，打發城外永福寺擇吉日葬埋。」留李安、周義看家。把周忠、周仁帶去軍門答應。春梅晚夕與孫二娘置酒送餞，不覺簌地兩行淚下，說：「相公此去，未知幾時回還？出戰之間，須要仔細。番兵猖獗，不可輕敵！」統制道：「你每自在家清心寡慾，好生看守孩兒，不必憂念！我既受朝廷爵祿，盡忠報國。至于吉凶存亡，付之天也！」囑付畢，過了一宿。次日，軍馬都在城外屯集，等候統制起程。果然人馬整齊！但見：繡旗飄號帶，畫鼓間銅鑼。三股叉、五股叉，燦燦秋霜；六花鎗、點銅鎗，紛紛瑞雪。蠻牌引路，強弓硬弩當先；火炮隨車，大斧長刀在後。鞍上將，似南山猛虎，人人好鬥偏爭；坐下馬，如北海蛟虬，騎騎能爭敢戰。端的刀鎗流水急，果然人馬撮風行！當下一路無詞。有日哨馬來報說：「不可前進，馬哨東昌府下。」周統制差一面令字藍旗，把人馬屯城外：「我報進城。」巡撫張叔夜聽見周統制人馬來到，與東昌府知府達天道出衙迎接，至公廳敘禮坐下，商議軍情，打聽聲息緊慢，駐馬一夜。次日人馬早行，往關上防守去了。不在話下。

卻表韓愛姐母子在謝家樓店中，聽見經濟已死，愛姐晝夜只是哭泣，茶飯都不吃。一心只要往城內統制府中，見經濟屍首一見，死了也甘心！父母旁人，百般勸解不從。韓道國無法可處，使八老往統制府中，打聽經濟靈柩，已出了殯，埋在城外永福寺內。這八老走來回了話。愛姐一心只要到他墳上燒紙，哭一場，也是和他相交一場。做父母的，只得依他。顧了一乘轎子，到永福寺中，問長老：「葬于何處？」長老令沙彌引到寺後：「新墳堆便是。」這韓愛姐下了轎子，到墳前點著紙錢，道了萬福，叫聲：「親郎！我的哥哥！奴實指望我你同諧到老，誰想今日死了！」放聲大哭，哭的昏暈倒了，頭撞于地下，就死過去了。慌了韓道國和王六兒向前扶救：「大姐姐！」叫不應，越發慌了。只見那日是葬了三日，春梅與渾家葛翠屏，坐著兩乘轎子，伴當跟隨，抬三牲祭物來，與他燒墓燒紙。看見一個年小的婦人，穿著縞素，頭戴孝髻，哭倒在地。一個男子漢，和一中年婦人，摟抱他，扶起來又倒了，不省人事。吃了一驚！因問：「那男子漢是那裏的？」這韓道國夫婦，向前施禮，把從前已往話，告訴了一遍：「這個是我的女孩兒韓愛姐。」春梅一聞愛姐之名，就想起昔日曾在西門慶家中會過，又認得王六兒。韓道國悉把東京蔡府中出來一節說了一遍：「女孩兒曾與陳官人有一面相交，不料死了，他只要來墳前見他一見燒紙錢。不想到這裏，又哭倒了！」當下兩個救了半日，這愛姐吐了口粘痰，方纔甦省。尚哽咽哭不出聲來。痛哭了一場，起來與春梅、翠屏，插燭也似磕了四個頭，說道：「奴與他雖是露水夫妻，他與奴說山盟，言海誓，情深意厚！實指望和他同諧到老，誰知天不從人願，一旦他先死了！撇得奴四脯著地。他在日曾與奴一方吳綾帕兒，上有四句情詩。知道宅中有姐姐，奴願做小！倘不信。」向袖中取出吳綾帕兒來，上面寫詩四句。春梅同葛翠屏看了，詩云：

吳綾帕兒織迴紋，灑翰揮毫墨跡新。
寄與多情韓五姐，永諧鸞鳳百年情！

愛姐道：「奴也有個小小鴛鴦錦囊，與他佩帶在身邊。兩面都扣繡著並頭蓮。每朵蓮花瓣兒一個字兒：『寄與情郎，陳君膝下。』」春梅便問翠屏：「怎的不見這個香囊？」翠屏道：「在地裲子上拴著不是？奴替他裝殮在棺槨內了。」當下祭畢，讓他母子到寺中，擺茶飯，與他吃了些飯食。做父母的見天色將晚，催促他起身。他只顧不思動身。一面跪著春梅、葛翠屏哭說：「情願不歸父母，同姐姐守孝寡居，也是奴和他恩情一場！活是他妻小，死旁他鬼靈！」那翠屏只顧不言語。春梅便說：「我的姐姐，只怕年小青春，守不住！只怕誤了你好時光！」愛姐便道：「奶奶說那裏話？奴既為他，雖刳目斷鼻，也當守節，誓不再配他人！」囑付他父母：「你老公母回去罷，我跟奶奶和姐姐府中去也！」那王六兒眼中垂淚，哭道：「我承望你養活俺兩口兒到老，纔從虎穴龍潭中奪得你來，今日倒閃賺了我！」那愛姐口裏只說：「我不去了，你就留下我到家，也尋了無常！」那韓道國因見女孩兒堅意不去，和王六兒大哭一場，灑淚而別，回上臨清店中去了。這韓愛姐同春梅、翠屏坐轎子往府裏來。那王六兒一路上悲悲切切，只是捨不的他女兒。哭了一場，又一場。那韓道國又怕天色晚了，顧上兩匹頭口，望前趕路。正是：

馬遲心急路途窮，身似浮萍類轉蓬。只有都門樓上月，照人離恨各西東！

畢竟未知後來如何，且聽下回分解。

第一百回　韓愛姐湖州尋父　普靜師薦拔群冤

格言：

人生切莫將英雄，術業精粗自不同。
猛虎尚然遭惡獸，毒蛇猶自怕蜈蚣。
七擒孟獲恃諸葛，兩困雲長羨呂蒙。
珍重李安真智士，高飛逃出是非門。

話說韓道國與王六兒，歸到謝家酒店內，無女兒，道不得個坐吃山崩。使陳三兒去，又把那何官人來續上。那何官人見他地方中沒了劉二，除了一害，依舊又來王六兒家行走。和韓道國商議：「你女兒愛姐，已是在府中守孝，不出來了。等我賣盡貨物討了賒帳，你兩口跟我往湖州家去罷，省得在此做這般道路！」那韓道國說：「官人下顧，可知好哩！」一日賣盡了貨物，討上賒帳，顧了船，同王六兒跟往湖州去了。

卻表愛姐在府中，與葛翠屏兩個持貞守節，姊妹稱呼，甚是合當著。白日裏與春梅做伴兒在一處。那時金哥兒大了，年方六歲。孫二娘所生玉姐，年長十歲。相伴兩個孩兒，便沒甚事做。誰知自從陳經濟死後，守備又出征去了。這春梅每日珍饈百味，綾錦衣衫，頭上黃的金，白的銀，圓的珠，光照的無般不有。只有晚夕難禁，獨眠孤枕，慾火燒心。因見李安一條好漢，只因打殺張勝，巡風早晚十分小心。一日冬月天氣，李安正在班房內上宿。忽聽有人敲後門，忙問道：「是誰？」只聞叫道：「你開門則個。」李安連忙開了房門，卻見一個人搶入來，閃身在燈光背後。李安看時，卻認得是養娘金匱。李安道：「養娘，你這晚來有甚事？」金匱道：「不是我私來，裏邊奶奶差出我來的。」李安道：「奶奶教你來怎麼？」金匱笑道：「你好不理會得！看你睡了不曾，教我把一件物事來與你。」向背上取下一包衣服：「把與你，包內又有幾件婦女衣服，與你娘。前日多累你押解老爺行李車輛，又救得奶奶一命。不然，也吃張勝那廝殺了！」說畢，留下衣服，出門走了兩步，又回身道：「還有一件要緊的！」又取出一錠五十兩大元寶來，撇與李安自去了。當夜過了一宿。次早起來，逕拏衣服到家，與他母親。做娘的問道：「這東西是那裏的？」李安把夜來事說了一遍。做母的聽言叫苦：「當初張勝幹壞了事，一百棍打死。他今日把東西與你，卻是甚麼意思？我今六十已上年紀。自從沒了你爹爹，滿眼只看著你。若是做出事來，老身靠誰？明早便不要去了！」李安道：「我不去，他使人來叫，如何答應？」婆婆說：「我只說你感冒風寒，病了。」李安道：「終不成不去，惹老爺不見怪麼？」做娘的便說：「你且投到你叔叔山東夜叉李貴那裏住上幾個月，再來看事故何如。」這李安終是個孝順的男子，就依著娘的話，收拾行李，往青州府投他叔叔李貴去了。春梅以後見李安不來，三四五次，使小伴當來叫。婆婆初時答應家中染病。次後見人來驗看，纔說往原籍家中打盤纏去了。這春梅終是惱恨在心不題。

時光迅速，日月如梭，又早臘月盡陽日，正月初旬天氣。統制領兵一萬二千，在東昌府屯住已久，使家人周忠捎書來家，教搬取春梅、孫二娘，並金哥、玉姐家小上車，只留下周忠：「東莊上請你二爺看守宅子。」原來統制還有個族弟周宣，在莊上住。周忠在府中，與周宣、葛翠屏、韓愛姐看守宅舍。周仁與眾軍牢保定車輛往東昌府來。此這一去，不為身名離故土，爭知此去少回程！有詞一篇，單道這周統制，果然是一員好將材！當此之時，中原蕩掃，志欲吞胡！但見：四方盜起如屯蜂，狼煙烈焰薰天紅。將軍一怒天下息，腥膻掃盡夷從風！公事忘私願已久，此身許國不知有。金戈揮日酬戰征，麒麟圖畫功為首！鴈門關外秋風烈，鐵衣披張臥寒月。汗馬辛勤二十年，贏得斑斑鬢如雪！天子明見萬里餘，幾番勞勣來旌書。肘懸金印大如斗，無負堂堂七尺軀！有日，周仁押家眷車輛到于東昌。統制見了春梅、孫二娘、金哥、玉姐，眾丫鬟家小都到了，一路平安，心中大喜。就在統制府衙後廳居住。周仁悉把東莊上叫了二爺周宣來宅，同小的老子周忠，看守宅舍，說了一遍。周統制又問：「怎的李安不見？」春梅道：「又題甚李安那廝！我因他捉獲了張勝，好意賞了他兩件衣服，與他娘穿。他到晚夕巡風，進入後廳，把他二爺東莊上收的子粒銀一包五十兩，放在明間桌上，偷的去了。幾番使伴當叫他，只是推病不來。落後又使叫去，他躲的上青州原籍家去了。」統制便道：「這廝我倒看他，原來這等無恩！等我慢慢差人拏他去。」這春梅不題起韓愛姐之事。過了幾日，春梅見統制日逐理論軍情，幹朝廷國務，焦心勞思，日中尚未暇食。至于房幃色慾之事，久不沾身。因見老家人周忠次子周義，年十九歲，生的眉清目秀，眉來眼去，兩個暗地私通，就勾搭了。朝朝暮暮，兩個在房中下棋飲酒，只滿過統制一人不知。

一日，不想北國大金皇帝滅了遼國，又見東京欽宗皇帝登基，集大勢番兵，分兩路寇亂中原。大元帥粘沒喝，領十萬人馬，出山西太原府井陘道，來搶東京；副元帥斡離不，由檀州來搶高陽關。邊兵抵擋不住，慌了兵部尚書李綱、大將种師道，星夜火牌羽書，分調山東、山西、河南、河北、關東、陝西，分六路統制人馬，各依要地防守截殺。那時陝西劉延慶領延綏之兵，關東王稟領汾絳之兵，河北王煥領魏博之兵，河南辛與宗領彰德之兵，山西楊惟忠領澤潞之兵，山東周秀領青兗之兵。卻說周統制見大勢番兵來搶邊界，兵部羽書火牌星火來，連忙整率人馬，全裝披掛，兼道進兵。比及哨馬到高陽關上，金國斡離不的人馬，已搶進關來，殺死人馬無數。正值五月初旬，交陣堵截，黃沙四起，大風迷目。統制提兵進趕，不防被活立兜馬反攻，沒鞦一箭，正射中咽喉，墮馬而死。眾番將就用鈎索搭去。被這邊將士向前，僅搶屍首，馬載而還。所傷軍兵無數。可憐周統制，一旦陣亡！亡年四十七歲。正是：忘家為國忠良將，不辨賢愚血染沙！古人意不盡，作詩一首以嘆之曰：

勝敗兵家不可期，安危端自命為之。
出師未捷身先喪，落日江流不勝悲！

又鷓鴣天一首：

定國安邦美丈夫，心存正道氣吞胡。謨謀國事如家事，軍用陰符佩虎符！　胡騎盛，武功弛，兵不用命將驕癡。可憐身死沙場內，千載英魂恨未舒！

巡撫張叔夜見統制折于陣上，連忙鳴金收軍，查點折傷士卒。退守東昌，星夜奏朝廷，不在話下。部下卒載屍首，還到東昌府。春梅合家大小，號哭動天。合棺木盛殮，交割了兵符印信。一日，春梅與家人周仁，發喪載靈柩，歸清河縣不題。

話分兩頭，單表葛翠屏與韓愛姐，自從春梅去後，兩個在家清茶淡飯，守節持貞，過其日月。正值春盡夏初天氣，景物鮮明。日長針指困倦，姊妹二人閒中徐步到西書院花亭上。見百花盛開，鶯啼燕語，觸景傷情。葛翠屏心還坦然；這韓愛姐一心只想念男兒陳經濟大官人，凡事無情無緒。睹物傷悲，口是心苗，形吟咏者，有詩數首為證：

翠屏先道：

花開靜院日初晴，深鎖重門白晝清。
倒倚銀屏春睡醒，綠槐枝上一聲鶯。

愛姐道：

春事闌珊首夏時，弓鞋款款出簾遲。
晚來悶倚妝臺立，巧畫蛾眉為阿誰！

翠屏又道：

紅綿掩鏡照窗紗，畫就雙蛾八字斜。
蓮步輕移何處去？階前笑折石榴花。

愛姐道：

雪為容貌玉為神，不遣風流浣此身。
顧影自憐還自惜，新妝好好為何人！

翠屏道：

莎草連綿厚似氈，榆莢遍地亂如錢。
誰知蕩子多輕薄，沈醉終朝花下眠。

愛姐道：

亂愁依舊鎖翠舉，為甚年來瞧悴容。
離別終朝魂耿耿，碧霄無路得相逢。

姊妹兩個吟詩已畢，不覺潸然淚下。二爺周宣走來勸道：「你姊妹兩個，少要煩惱，須索解嘆省過罷。我連日做得夢，有些不吉。夢見一張弓，掛在旗竿上；旗竿折了，不知是兇是吉！」韓愛姐道：「倒只怕老爺邊上有些說話！」正在猶疑之間，忽見家人周仁掛著一身孝，慌慌張張走來報道：「禍事！老爺如此這般，五月初七日在邊關上陣亡了！大奶奶、二奶奶家眷，載著靈車，都來了。」慌了二爺周宣，收拾打掃前廳乾淨，停放靈柩，擺下祭祀，合家大小哀號起來。一面做齋累七，僧道念經。金哥、玉姐，披麻帶孝，弔客往來，擇日出殯，安葬于祖塋，俱不必細說。

卻說二爺周宣，引著六歲金哥兒，行文書申奏朝廷，討祭葬，襲替祖職。朝廷明降：「兵部覆題引奏，已故統制周秀，奮身報國，沒于王事。忠勇可嘉！遣官諭祭一壇，墓頂追封都督之職。伊子照例優養，出幼襲替祖職。」這春梅在內頤養之餘，淫情愈盛。常留周義在香閣中，鎮日不出。朝來暮往，淫慾無度，生出骨蒸癆病症。逐日吃藥，減了飲食，消了精神，體瘦如柴，而貪淫不已。一日，過了他生辰，到六月伏暑天氣，早晨晏起。不料他摟著周義，在床上一泄之後，鼻口皆出涼氣，淫津流下一窪口，就嗚呼哀哉，死在周義身上。亡年二十九歲。這周義見沒了氣，就慌了手腳。向箱內抵盜了些金銀細軟，帶在身邊，逃走在外。丫鬟、養娘不敢隱匿，報與二爺周宣得知。把老家人周忠鎖了，押著抓尋周義。可霎作怪！正走在城外他姑娘家投住。一條索子，拴將來。已知其情，恐揚出醜去，金哥久後不好襲職。拏到前廳，不由分說打了四十大棍，即時打死。把金哥與孫二娘看養，一面發喪于祖塋，與統制合葬畢。房中兩個養娘，並海棠、月桂，都打發各尋投向嫁人去了。只有葛翠屏與韓愛姐，再三勸他，不肯前去。

一日，不想大金人馬，搶了東京汴梁，太上皇帝與靖康皇帝，都被虜上北地去了。中原無主，四下荒亂。兵戈匝地，人民逃竄。黎庶有塗炭之哭，百姓有倒懸之苦。大勢番兵，已殺到山東地界。民間夫逃妻散，鬼哭神號，父子不相顧。葛翠屏已被他娘家領去，各逃生命。只丟下韓愛姐無處依倚，不免收拾行裝，穿著隨身慘淡衣衫，出離了清河縣，前往臨清找尋他父母。到臨清謝家店，店也關閉，主人也走了。不想撞見陳三兒，三兒說：「你父母去年時，就跟了何官人往江南湖州去了。」這韓愛姐一路上懷抱月琴，唱小詞曲，往前抓尋父母。隨路飢餐渴飲，夜住曉行。忙忙如喪家之犬，急急似漏網之魚！

弓鞋又小，萬苦千辛。行了數日，來到徐州地方。天色晚來，投在孤村裏面。一個婆婆，年紀七旬之上，頭綰兩道雪鬢，挽一窩絲，正在竈上杵米造飯。這韓愛姐便向前道了萬福，告道：「奴家是清河縣人氏，因為荒亂，前往江南投親。不期天晚，權借婆婆這裏投宿一宵，明早就行，房金不少。」那婆婆只顧觀看這女子，不是貧難人家婢女，生的舉止典雅，容貌非俗。但見：烏雲不整，惟思昔日家豪。眉斂遠山，為憶當年富貴。此夜月朦雲霧瑣，牡丹花被土沈埋。婆婆道：「既是投宿，娘子請炕上坐。等老身造飯，有幾個挑河夫子來吃。」那老婆婆炕上柴竈，登時做出一大鍋稗稻插荳子乾飯。又切了兩大盤生菜，撮上一包鹽。只見幾個漢子，都蓬頭精腿，裩褲兜襠，腳上黃泥，流進來，放下荷鍬钁，便問道：「老娘，有飯也未？」婆婆道：「你每自去盛吃。」當下各取飯菜，四散正吃。只見內一人，約三十四五年紀，紫面黃髮，便問婆婆：「這炕上坐的是甚麼人？」婆婆道：「此位娘子是清河縣人氏，前往江南尋父母去，天晚在此投宿。」那人便問：「娘子，你姓甚麼？」愛姐道：「奴家姓韓。我父親名韓道國。」那人向前扯住問道：「姐姐，你不是我姪女韓愛姐麼？」那愛姐道：「你倒好似我叔叔韓二。」兩個抱頭相哭做一處。因問：「你爹娘在那裏？你在東京，如何至此？」這韓愛姐一五一十，從頭說了一遍：「因我嫁在守備府裏，丈夫沒了，我守寡到如今。我爹娘跟了何官人往湖州去了，我要找尋去。荒亂中又沒人帶去，胡亂單身唱詞，覓些衣食前去。不想在這裏撞見叔叔！」那韓二道：「自從你爹娘上東京，我沒營生過日，把房兒賣了，在這裏挑河做夫子，每日覓碗飯吃。既然如此，我和你往湖州尋你爹娘去。」愛姐道：「若是叔叔同去，可知好哩！」當下也盛了一碗飯，與愛姐吃。愛姐呷了一口，見粗飯不能咽，只呷了半碗就不吃了。

一宿晚景題過。到次日天明，眾夫子都去了。韓二交納了婆婆房錢，領愛姐作辭出門，望前途所進。那韓愛姐本來嬌嫩，弓鞋又小，身邊帶著些細軟釵梳，都在路上零碎盤纏。將到淮安上船，迤逦望江南湖州來。非止一日，抓尋到湖州何官人家，尋著父母，相會見了。不想何官人已死，家中又沒妻小，只是王六兒一人，丟下六歲女兒，有幾頃水稻田地。不上一年，韓道國也死了。王六兒原與韓二舊有揸兒，就配了小叔，種田過日。那湖州有富家子弟，見韓愛姐生的聰明標致，多來求親。韓二再三教他嫁人。愛姐割髮毀目，出家為尼姑，誓不再配他人。後年至三十二歲，以疾而終。正是：貞骨未歸三尺土，怨魂先徹九重天！後韓二與王六兒成其夫婦，情受何官人家業田地，不在話下。

卻說大金人馬，搶過東昌府來，看看到清河縣地界。只見官吏逃亡，城門晝閉，人民逃竄，父子流亡。但見：煙生四野，日蔽黃沙，封豕長蛇，互相吞併。龍爭虎鬥，各自爭強。皂幟紅旗，布滿郊野。男啼女哭，萬戶驚惶。番軍虜將，一似蟻聚蜂屯；短劍長鎗，好似森林密竹。一處處死屍朽骨，橫三豎四；一攢攢折刀斷劍，七斷八截。個個攜男抱女，家家閉戶關門。十室九空，不顯鄉村城郭；獐奔鼠竄，那存禮樂衣冠！正是：得多少宮人紅袖泣，王子白衣行！那時西門慶家中吳月娘，見番兵到了，家家都關鎖門戶，亂竄逃去。不免也打點了些金珠寶玩，帶在身邊。那時吳大舅已死，只同吳二舅、玳安兒、小玉，領著十五歲孝哥兒，把家中前後都倒鎖了，要往濟南府投奔雲離守。一來那裏避兵，二者與孝哥完就其親事去。一路上只見人人慌亂，個個驚駭。可憐這吳月娘穿著隨身衣裳，和吳二舅男女五口，雜在人隊裏，挨出城門，到于郊外，往前所行。到于空野十字路口，只見一個和尚，身披紫褐袈裟，手執九環錫杖，腳靸芒鞋，肩上背著條布袋，袋內裹著經典，大扠步迎將來，與月娘打了個問訊，高聲大叫道：「吳氏娘子，你看那裏去？還與我徒弟來！」諕月娘大驚失色，說道：「師父，你問我討甚麼徒弟？」那和尚又道：「娘子，你休推睡裏夢裏，你曾記得十年前在岱岳東峰，被殷天錫趕到我山洞中投宿？我就是那雪洞老和尚，法名普靜。你許下我徒弟，如何不與我？」吳二舅便道：「師父出家人，如何你不近道？此是荒亂年程，亂竄逃生。他有此孩兒，久後還要接代香火。他肯捨與你出家去？」和尚道：「你真個不與我去？」吳二舅道：「師父你休閒說，誤了人去路兒！後面只怕番兵來到，朝不保暮。」和尚道：「你既不與我徒弟，如今天色已晚，也走不出路去。番人就來，不到此處。你且跟我到這寺中歇一夜，明早去罷。」吳月娘問：「師父，是那寺中？」那和尚用手只一指兒：「那路旁便是。」和尚引著，不想來到永福寺。吳月娘認的是永福寺，曾走過一遍。比及來到寺中，長老僧眾，都走去大半。只有幾個禪和尚，在後邊禪堂中打坐。佛前點著一大盞琉璃海燈，燒著一爐香。此時日啣山時分。但見：十字街，熒煌燈火；九曜廟，香靄鐘聲。一輪明月掛青天，幾點疏星明碧落。六軍宮內，嗚嗚畫角頻吹；五鼓樓頭，點點銅壺正滴。四邊宿霧，紛紛罩舞榭歌臺；三市沈煙，隱隱閉綠窗朱戶。兩兩佳人歸繡閣，雙雙士子掩書幃。當晚吳月娘與吳二舅、玳安、小玉、孝哥兒男女五口兒，投宿在寺中方丈內。小和尚有認得，安排了些飯食，與月娘等吃了。那普靜老師，跏趺在禪堂床上，敲木魚，口中念經。月娘與孝哥兒、小玉在床上睡，吳二舅和玳安做一處；著了慌亂，辛苦了底人，都睡著了。只有小玉不曾睡熟，起來在方丈內，打門縫內看那普靜老師父念經。看看念至三更時，只見金風淒淒，斜月朦朦，人煙寂靜，萬籟無聲。覷那佛前海燈，半明不暗。這普靜老師，見天下荒亂，人民遭劫，陣亡橫死者數極多。發慈悲心，施廣惠力，禮白佛言世尊解冤經咒，薦拔幽魂，解釋宿冤，絕去掛礙，各去超生，再無留滯。于是誦念了百十遍解冤經咒。少頃，陰風淒淒，冷氣颼颼。有數十輩焦頭爛額，髯頭垢面者，或斷手折臂者，或有刳腹剜心者，或有無頭跛足者，或有弔頸枷鎖者，都來悟領禪師經咒，列于兩旁。禪師便道：「你等眾生，冤冤相報，不肯解脫，何日是了？汝當諦聽吾言，隨方托化去罷！」偈曰：

勸爾莫結冤，冤深難解結。
一日結成冤，千日解不徹！
若將冤解冤，如湯去潑雪。
若將冤報冤，如狼重見蝎！
我見結冤人，盡被冤磨折。
我今此懺悔，各把性悟徹。
照見本來心，冤愆自然雪。
仗此經力深，薦拔諸惡業。
汝當各托生，再勿將冤結！
改頭換面輪迴去，來世機緣莫再攀！

當下眾人都拜謝而去。小玉竊看，都不認得。少頃，又一大漢進來，身長七尺，形容魁偉，全裝貫甲，胸前關著一矢箭。自稱：「統制周秀，因與番將對敵，折于陣上。今蒙師薦拔，今往東京托生，與沈鏡為次子，名為沈守善去也。」言未已，又一人素體榮身，口稱：「是清河縣富戶西門慶，不幸溺血而死。

今蒙師薦拔，今往東京城内，托生富戶沈通為次子沈鉞去也。」小玉認的是他爹，諕的不敢言語。已而又有一人提著頭，渾身皆血，自言：「是陳經濟，因被張勝所殺。蒙師經功薦拔，今往東京城內，與王家為子去也。」已而又見一婦人，也提著頭，胸前皆血，自言：「奴是武大妻，西門慶之妾，潘氏是也。不幸被仇人武松所殺。蒙師薦拔，今往東京城內黎家為女，托生去也。」已而又有一人，身軀矮小，面背青色，自言：「是武植，因被王婆唆潘氏下藥，吃毒而死。蒙師薦拔，今往徐州鄉民范家為男，托生去也。」已而又有一婦人，面皮黃瘦，血水淋漓，自言：「妾身李氏，乃花子虛之妻，西門慶之妾，因害血山崩而死。蒙師薦拔，今往東京城内袁指揮家，托生為女去也。」已而又一男，自言：「花子虛，不幸被妻氣死。蒙師薦拔，今往東京鄭千戶家托生為男。」已而又見一女人，頸纏腳帶，自言：「西門慶家人來旺妻宋氏，自縊身死。蒙師薦拔，今往東京朱家為女去也。」已而又一婦人面黃肌瘦，自稱：「周統制妻龐氏春梅，因色癆而死。蒙師薦拔，今往東京與孔家為女，托生去也。」已而又一男子，裸形披髮，渾身杖痕，自言：「是打死的張勝，蒙師父薦拔，今往東京大興衛貧人高家為男去也。」已而又有一女人，項上纏著索子，自言：「西門慶妾孫雪娥，不幸自縊身死。蒙師薦拔，今往東京城外貧民姚家為女去也。」已而又一女人，年小，項纏腳帶，自言：「西門慶之女，陳經濟之妻，西門大姐是也。不幸自縊身死。蒙師薦拔，今往東京城外，與番役鍾貴為女，托生去也。」已而又見一小男子，自言：「周義，亦被打死。蒙師薦拔，今往東京城外高家為男，名高留住兒，托生去也。」言畢，各恍然不見。小玉諕的戰慄不已：「原來這和尚，只是和這些鬼說話！」正欲向床前，告訴與月娘。不料月娘睡得正熟。一靈真性，同吳二舅眾男女，身帶著一百顆胡珠，一柄寶石絛環，前往濟南府投奔親家雲離守那裏避兵，就與孝哥完成親事。一路饑食渴飲，夜住曉行。到于濟南府，問一老人：「雲參將住所在于何處？」老人指道：「此去二里餘地，名靈壁寨，一邊臨河，一邊是山；這靈壁寨就在城上，屯聚有一千人馬。雲參將就在那裏做知寨。」月娘五口兒到寨門，通報進去。雲參將聽見月娘送親來了，一見如故，敘畢禮數。原來新近沒了娘子，央浼鄰舍王婆婆來陪待月娘，在後堂酒飯，甚是豐盛。吳二舅、玳安，另在一處管待。因說起避兵來就親之事，因把那百顆胡珠寶石絲環，交與雲離守，權為茶禮。雲離守收了，並不言其就親之事。到晚又教王婆陪月娘一處歇臥，將言說念月娘，以挑探其意，說：「雲離守雖是武官，乃讀書君子。從割衫襟之時，就留心娘子。不期夫人沒了，鰥居至今。今據此山城，雖是任小，上馬管軍，下馬管民，生殺在于掌握。娘子若不棄，願成伉儷之歡，一雙兩好，令郎亦得諧秦晉之配。等待太平之日，再回家去不遲。」月娘聽言，大驚失色，半晌無言。這王婆回報雲離守。次日晚夕，置酒後堂，請月娘吃酒。月娘自知他與孝哥兒完親，連忙來到席前敘坐。雲離守乃言：「嫂嫂不知，下官在此，雖是山城，管著許多人馬，有的是財帛衣服，金銀寶物。缺少一個主家娘子。下官一向思想娘子，如渴思漿，如熱思涼。不想今日娘子到我這裏，與令郎完親。天賜姻緣，一雙兩好。成其夫婦，在此快活一世，有何不可？」月娘聽了，心中大怒，罵道：「雲離守，誰知你人皮包著狗骨！我過世丈夫，不曾把你輕待，如何一旦出此犬馬之言！」雲離守笑嘻嘻向前把月娘摟住，求告說：「娘子，你自家中，如何走來我這裏做甚？自古上門買賣好做。不知怎的一見你，魂靈都被你攝在身上！沒奈何，好歹完成了罷！」一面拏過酒來，和月娘吃。月娘道：「你前邊叫我兄弟來，等我與他說句話。」雲離守笑道：「你兄弟和玳安兒小廝，已被我殺了！」即令左右：「取那件物事與娘子看！」不一時，燈光下血瀝瀝提了吳二舅、玳安兩顆頭來。諕的月娘面如土色，一面哭倒在地。被雲離守向前抱起：「娘子不須煩惱，你兄弟已死，你就與我為妻。我一個總兵官，也不玷辱了你。」月娘自思道：「這賊漢將我兄弟家人害了命，我若不從，連我命也喪了！」乃回嗔作喜說道：「你須依我，奴方與你做夫妻。」雲離守道：「不拘甚事，我都依。」月娘道：「你先把我孩子完了房，我卻與你成婚。」雲離守道：「不打緊！」一面叫出雲小姐來，和孝哥兒推在一處，飲合巹盃，綰同心結，成其夫婦。然後拉月娘和他雲雨。這月娘卻拒阻不肯。被雲離守忿然大怒，罵道：「賤婦！你哄的我與你兒子成了婚姻，敢笑我殺不得你的孩兒？」向床頭隨手而落，血濺數步之遠。正是：三尺利刀著頂上，滿腔鮮血濕糢糊！月娘見砍死孝哥兒，不覺大叫一聲。不想撒手驚覺，卻是南柯一夢。諕的渾身是汗，遍體生津。連道：「怪哉，怪哉！」小玉在旁，便問：「奶奶怎的哭？」月娘道：「適間做得一夢不祥！」不免告訴小玉一遍。小玉道：「我倒剛纔不曾睡著，悄悄打門縫見那和尚，原來和鬼說了一夜話！剛纔過世俺爹、五娘、六娘，和陳姐夫、周守備、孫雪娥、來旺兒媳婦子、大姐，都來說話，各四散去了！」月娘道：「這寺後見埋著他每，夜靜時分，屈死淹魂，如何不來？」娘兒每也不曾說話。不覺五更雞叫，吳月娘梳洗面貌，走到禪堂中禮佛燒香。只見普靜老師在禪床上高叫：「那吳氏娘子，你如今可省悟得了麼？」這月娘便跪下參拜：「上告尊師，弟子吳氏肉眼凡胎，不知師父是一尊古佛。適間一夢中，都已省悟了！」老師道：「既已省悟，也不消前去。你就去，也無過只是如此，倒沒的喪了五口兒性命！合你這兒子有分有緣，遇著我，都是你平日一點善根所種。不然定然難免骨肉分離！當初你去世夫主西門慶，造惡非善。此子轉身，托化你家，本要蕩散其財本，傾覆其產業，臨死還當身手異處！今我度脫了他去，做了徒弟。常言：『一子出家，九祖升天！』你那夫主冤愆解釋，亦得超生去了。你不信，跟我來，與你看一看。」于是扠步來到方丈內，只見孝哥兒還睡在床上。老師將手中禪杖，向他頭上只一點，教月娘眾人看。忽然翻過身來，卻是西門慶，項帶沈枷，腰繫鐵索。復用禪杖只一點，依舊還是孝哥兒，睡在床上。月娘不覺見了放聲大哭，原來孝哥兒即是西門慶托生！良久，孝哥兒醒了。月娘問他：「如今你跟了師父出家，在佛前與他剃頭摩頂受記。」可憐月娘扯住慟哭了一場，乾生受養了他一場，到十五歲，指望承家嗣。不想被這個老師幻化去了！吳二舅、小玉、玳安亦悲不勝。當下這普靜老師領定孝哥兒，起了他一個法名，喚做明悟，作辭月娘而去。臨行，分付月娘：「你每不消往前途去了。如今不久，番兵退去，南北分為兩朝，中原已有個皇帝。多不上十日，兵戈退散，地方寧靜了，你每還回家去，安心度日。」月娘便道：「師父，你度托了孩兒去了，甚年何日，我母子再得見面？」不覺扯住，放聲大哭起來。老師便道：「娘子休哭兒的，那邊又有一位老師來了！」哄的眾人扭頸回頭，當下化陣清風不見了。正是：三降塵寰人不識，緣然飛過岱東峰！

不說普靜老師幻化孝哥兒去了。且說吳月娘與吳二舅眾人，在永福寺住了那到十日光景，果然大金國立了張邦昌在東京稱帝，置文武百官。徽宗、欽宗兩君北去。康王泥馬度江，在建康即位，是為高宗皇帝。拜宗澤為大將，復取山東、河北，分為兩朝。天下太平，人民復業。後月娘歸家，開了門戶，家產器物，都不曾疏失。後就把玳安改名做西門安，承受家業，人稱呼為西門小員外，養活月娘到老，壽年七十歲，善終而亡。此皆平日好善看經之報也！有詩為證：

閒閱遺書思惘然，誰知天道有循環！
西門豪橫難存嗣，經濟顛狂定被殲！
樓月善良終有壽，瓶梅淫佚早歸泉。
可怪金蓮遭惡報，遺臭千年作話傳！

中國古典名著

專家校注考訂　古典小說戲曲大觀

世俗人情類

紅樓夢
脂評本紅樓夢
金瓶梅
老殘遊記
平山冷燕
品花寶鑑
野叟曝言
綠野仙踪
禪真逸史
海上花列傳
九尾龜
醒世姻緣傳
三門街
花月痕
孽海花
魯男子
遊仙窟　玉梨魂（合刊）
筆生花
浮生六記
玉嬌梨
好逑傳
啼笑因緣
歧路燈

公案俠義類

水滸傳
兒女英雄傳
三俠五義
七俠五義
小五義
續小五義
蕩寇志
綠牡丹
羅通掃北
楊家將演義
萬花樓演義
粉妝樓全傳
七劍十三俠
包公案
海公大紅袍全傳
施公案
乾隆下江南

歷史演義類

三國演義
東周列國志
東西漢演義
隋唐演義
說岳全傳
大明英烈傳

神魔志怪類

西遊記
封神演義
濟公傳
三遂平妖傳
南海觀音全傳　達磨出身傳燈傳（合刊）

諷刺譴責類

儒林外史
官場現形記
文明小史
鏡花緣
二十年目睹之怪現狀
何典　斬鬼傳　唐鍾馗平鬼傳（合刊）

擬話本類

拍案驚奇
二刻拍案驚奇
喻世明言
警世通言
醒世恒言
今古奇觀
豆棚閒話　照世盃（合刊）
石點頭
十二樓
西湖佳話
西湖二集
型世言

著名戲曲選

竇娥冤
漢宮秋
梧桐雨
琵琶記
第六才子書西廂記
牡丹亭
荊釵記
荔鏡記
長生殿
桃花扇
雷峰塔
倩女離魂

鏡花緣

李汝珍／撰　尤信雄／校注

繆天華／校閱

《鏡花緣》是一部敘述「海外奇談」和描繪一百位才女故事的章回小說。它承受、融合了《山海經》和《神異經》的內容，然而卻將其予以人情化，而不單只是神話故事的翻版而已。作者藉由女人和神怪這兩種題材的安排，運用隱括斂藏、諧音暗喻等種種修辭方式，暗諷滿清之入僭中原，譏評現實的社會人生，並進一步提出個人的主張和理想。文筆幽默活潑，情節翻空出奇，雅俗共賞，為明清小說中獨樹一格之作。

國家圖書館出版品預行編目資料

金瓶梅／笑笑生著,劉本棟校注,繆天華校閱.——四版二刷.——臺北市：三民，2024
面；　公分.——（中國古典名著）

ISBN 978-957-14-7183-9（平裝）

857.48　　110006169

中國古典名著

金瓶梅（下）

作　　者｜笑笑生
校 注 者｜劉本棟
校 閱 者｜繆天華
封面繪圖｜蔡采穎

發 行 人｜劉振強
出 版 者｜三民書局股份有限公司
地　　址｜臺北市復興北路 386 號（復北門市）
　　　　　臺北市重慶南路一段 61 號（重南門市）
電　　話｜(02)25006600
網　　址｜三民網路書店 https://www.sanmin.com.tw

出版日期｜初版一刷 1980 年 3 月
　　　　　三版八刷 2018 年 6 月
　　　　　四版一刷 2021 年 6 月
　　　　　四版二刷 2024 年 1 月
書籍編號｜S851850
I S B N｜978-957-14-7183-9